Katzenaugen lügen nicht

Von Carole Nelson Douglas sind im Econ & List Taschenbuch Verlag außerdem lieferbar:

Neun Leben sind nicht genug (TB 27336)
Coole Katzen im Casino (TB 25137)
Eine Katze im Diamantenfieber (TB 27372)

Zum Buch

Katzendetektiv Midnight Louie gerät in einen Mordfall, in dem nichts so ist, wie es zu sein scheint. Während einer Séance, bei der der Geist des großen Magiers Houdini gerufen werden soll, wird ein berühmtes Medium ermordet. Midnight Louie findet gemeinsam mit Temple Barr, gleichzeitig Frauchen und Partnerin, heraus, daß der Tote hinter Scharlatanen des Übersinnlichen her war. Wird dadurch jeder, der an der Séance beteiligt war, zum potentiellen Mörder? Als Temples Ex-Lover Max auf der Bildfläche erscheint und offensichtlich mehr weiß, als er sagt, begreift Midnight Louie, daß er mal wieder für Ordnung sorgen muß, und beginnt ein gefährliches Katz-und-Maus-Spiel...

Zur Autorin

Carole Nelson Douglas war Journalistin und lebt jetzt als freie Schriftstellerin in Texas. Sie hat sich mit ihren preisgekrönten Midnight-Louie-Krimis in die Herzen aller Katzenfans geschrieben.

Carole Nelson Douglas

Katzenaugen lügen nicht

Roman

Aus dem Amerikanischen von Sylveline Schönwald

Econ & List Taschenbuch Verlag

*Für den echten und einzigartigen Midnight Louie:
Neun Leben haben nicht gereicht, wie alle Leser
dieses Buches leicht erkennen können.*

Veröffentlicht im Econ & List Taschenbuch Verlag 1998
Der Econ & List Taschenbuch Verlag
ist ein Unternehmen der Econ & List Verlagsgesellschaft
Deutsche Erstausgabe

First published by Tom Doherty Associates, Inc., New York
Titel des amerikanischen Originals: Cat with an Emerald Eye
Aus dem Amerikanischen übersetzt von Sylveline Schönwald
Umschlagkonzept: Büro Meyer & Schmidt, München – Jorge Schmidt
Umschlagrealisation: Init GmbH, Bielefeld
Titelabbildung: Init GmbH, Bielefeld
Lektorat: Gisela Klemt
Gesetzt aus der Caslon Helvetica, Linotype
Satz: Josefine Urban KompetenzCenter, Düsseldorf
Druck und Bindearbeiten: Ebner Ulm
Printed in Germany
ISBN 3-612-27552-6

»Im Alter von sechs Jahren wurde mir klar, daß fast alles auf dieser Welt unecht war oder mit Spiegeln erzeugt wurde. Seitdem habe ich immer Zauberer sein wollen.«

Orson Welles, 1943.

Prolog

Eine höhere Berufung

Es heißt, die meisten Leute seien froh, wenn sie von oben einen persönlichen Rat bekämen.

Allerdings bin ich nicht wie die meisten Leute. Ich bin schließlich noch nicht einmal ein Mensch.

Und gegenwärtig bereite ich mich auf mein alljährliches Herbstnickerchen vor. Das habe ich mit vielen gemeinsam. Wenn im Oktober die erste abendliche Kälte beißt, dann hält irgend etwas Primitives in den Zellen einer jeden Kreatur diese für einen Augenblick an. Sie schaut sich um und mutiert spontan zu einem ausschließlich in Sessel- und Sofabiotopen lebenden Geschöpf, das eher einem Gemüse ähnelt als einem Vierbeiner.

Man kann dieses Phänomen als eine genetische Disposition zum Winterschlaf bezeichnen. Man kann es eine saisonbedingte emotionale Störung nennen. Man kann es auch Ishmael nennen. Egal was, jedenfalls ist es einer der mächtigsten Impulse in der Natur, und ich habe mir den beneidenswerten Ruf des bedeutendsten Nachwuchs-Erzeugers dieser Stadt nicht erworben, indem ich ausgerechnet die mächtigsten Impulse der Natur außer acht ließ.

Es ist auch nicht von Bedeutung, daß meine Heimatstadt Las Vegas ist, wo es mehr oder minder das ganze Jahr lang heißer ist als in einem Backofen. Allerdings kenne ich mich bei Backöfen nicht so aus. Da sagt mir die Piano-Bar des Crystal Phoenix schon mehr. Der wahrhaft elegante Besucher trägt dort Pelz, und ich bin von der Natur mit einem luxuriösen Mäntelchen aus rabenschwarzem Pelz ausgestattet worden. Dennoch gibt es unter diesem samtweichen Plüsch Knochen und Muskeln, und ich bin schon alt genug, daß sich die Kälte durch meine abwehrenden Flauschigkeiten einschleichen kann, um meinen Knochenbau geradewegs schockzufrosten. Im September werden die Nächte außerordentlich frisch. Nur noch wenige kostbare Grade Wärme gibt es dann, fünfzehn oder sechzehn. Im Oktober, November und Dezember wird es schließlich richtig kalt – wenn sich das Tageslicht Richtung Südsee verabschiedet.

Ende Oktober also sehne ich mich danach, ordentlich zu essen, ordentlich zu trinken und mich dann irgendwo weit weg vom Fußboden zusammenzurollen, die Nase in meinen Außenbordmuff zu vergraben und die Ohren flach anzulegen. So höre ich den geschäftigen Lärm von Las Vegas nicht, der nie pausiert, und hoffe auf einen langen Winterschlaf. Vielleicht lasse ich die Äuglein bis Ende März zu, wenn Uncle Sams Fiskus die Einkommenssteuererklärung sehen will. (Allerdings bin ich von diesen Steuern befreit, aber das ist wieder eine andere Geschichte.)

Von mir aus kann sich Miss Temple von diesem Augenblick an mein Essen in die Haare schmieren. Sie kann sogar über meinem Kopf ein Zelt aus Zeitungen aufstellen und mich vergessen. Meinetwegen, bis die Spinnweben wie gehäkelte Topfhänger aussehen... und die darin wohnende Spinne groß genug ist, um die Universität zu besuchen.

Aber während ich da so liege, sanft von Morpheus' Armen gewiegt, überkommt mich plötzlich ein Zucken, als würde jemand sanft mit einem mit Juckpulver bestreuten Schwanz über mein Gesicht streichen.

Igitt! Wie soll ich dieses widerliche, abnorme Gefühl beschreiben, das sich über meine zufrieden schlummernde Gestalt senkt? Eine Fliege, die auf Zehenspitzen über eine Nagelfeile spaziert. Ein Sitzbad in gekörntem Meersalz oder ein Sandkorn zwischen genau den Zehen, an die man am schwersten herankommt...

Ach, das ist ja wirklich schrecklich! Eins meiner Augenlider klappt auf wie eine außer Kontrolle geratene Jalousie, die eine Handvoll Tageslicht hereinläßt. Ich bin ein friedlicher, der Dämmerung zugeneigter Typ. Warum auch sonst würde man mich Midnight Louie nennen?

Und im Moment will ich kürzere Tage und längere Nächte erleben. Dadurch würden meine regelmäßigen Nachmittagsschläfchen zu einem richtigen Nachmittagsschlaf für Erwachsene. Aber es soll offenbar nicht sein, jedenfalls nicht bei den Nachbarn, mit denen ich gestraft bin.

Ich spüre, wie das eigenartige Juckpulver von zwei Stockwerken über uns auf mich herabsinkt. Mein linkes Ohr vollführt den Alarmruck. Dann mein rechtes. Ein ekliges Summen am Rande meines Bewußtseins bringt mein rechtes Bein dazu, aufstehen und weggehen zu wollen... ohne mich. Schließlich hatte ich gerade doch einen so wunderbaren Traum. Ich dümpelte mit der göttlichen Yvette auf dem Nil, der durch die Lobby des riesigen neuen Oasis Hotels fließt, an einer Chrom-Sphinx mit den Augen von Bette Davis vorbei, unter einem Zeltdach von großen Dattelpalmen her... von denen Kokosnüsse auf meinen Kopf fallen, auf mein Bewußtsein... Bomben und Bombennachrichten von einer anderen, weniger phantasievollen, aber wacheren Intelligenz.

Verdammt, das ist ja zum Mäusemelken (wenn es nur welche in der Nähe gäbe).

Ich schrecke zusammen, bin jetzt endgültig wach. Automatisch konzentriert sich meine patentierte Nachtsicht auf die Schatten, die Miss Temples Wohnzimmermobiliar wirft. Ich bin versucht, in die Küche zu ziehen und dort nachzuschauen, was es wohl zu essen gibt, doch ein weiterer Meteorit unerwünschten Wissens knallt mit voller Wucht in mein Gehirn.

Louie! Komm her, ich brauch' dich! Louie!

Du und das ganze Ensemble von »Cats«, denke ich wütend.

Nicht böse sein, werde ich in den allerprivatesten Bereichen meines eigenen Kopfes ermahnt. *Du weißt doch, was jetzt zu tun ist.*

Ich weiß nur, was ich jetzt höchst ungerne tun werde. In der Hoffnung, daß Miss Temple nebenan im Schlafzimmer aufwacht und gleich hinausrast, um mich von diesem Ausflug abzuhalten (wohl kaum möglich), seufze ich möglichst laut und kämpfe mich aus meiner behaglichen, hingegossenen Ruheposition auf dem Sofa hoch. Ich springe auf den (brrrrr) kalten Parkettfußboden, strecke und dehne meine Beine und Arme.

(»Wieviel Arme hat denn eine Katze?« Ich kann den Vollidiot mit seinem dämlichen Grinsen schon hören. Zwei, und zwar vorne angebracht, wie bei allen anderen auch, und zwei Beine hinten. Jeder, der meine vorderen Gliedmaßen für Beine halten möchte, hat mich noch nie eine Verandatür öffnen sehen.)

Jedenfalls dehne ich meine vier Extremitäten und mache mich dann auf zum Gästebadezimmer. Das wird nur selten benutzt, selbst ich bringe fast nie die Knüddel in dem Katzenklo durcheinander, das Miss Temple Barr für mich unter dem Waschbecken eingerichtet hat. Jetzt springe ich auf eben dieses Becken (iiiih, kaltes Porzellan unter meinen zierlichen Füßelchen!), springe auf das Brett vor dem langen, hohen Fenster und winde mich durch den Kippschlitz.

Die Nachtluft ist so kalt wie eine Migränekompresse und haut mir links und rechts ein paar über die Schnute. Ich nehme ein paar frostige Atemzüge und sehe danach einen eisigen Strom von Luft entweichen. Ich springe hinunter auf den Balkon, dann auf dessen Geländer und von dort weiter rauf zu der gebogenen Palme – meine private Brücke zwischen häuslicher Gemütlichkeit und urbaner Unrast, zwischen dem Vorstadtglück und der Metropolenhektik.

Jetzt, da ich einmal wach bin und mich durch die Gegend schleiche, hat mein Gehirn endlich damit aufgehört, auf mich einzuprügeln. Ich halte inne, meine eingebauten Kletterhaken graben sich in die Rinde der Palme, und schaue hinauf zum Mond. Fast Vollmond. Sein wettergegerbtes Gesicht blickt leuchtend auf uns alle herab, als wäre er ein Spanner. Und spannend ist es ja auch, was ich vorhabe.

Mich fröstelt, oder vielleicht gruselt es mich auch. Mir und meinen Artgenossen hat diese Jahreszeit noch nie gefallen, aus Gründen, die nicht nur mit körperlicher Bequemlichkeit zusammenhängen. Halloween, das Fest der Hexen und Kobolde und Geister, ist für meine Katzenkollegen und mich ganz schön ungemütlich. Während ich meinen Gedanken nachhänge, erkenne ich plötzlich, daß die nächtliche Silhouette des Circle Ritz, die ich von meinen nächtlichen Ausflügen bestens kenne, anscheinend eine überraschende neue Eigenschaft hinzubekommen hat.

Ich starre sie an, als würde sie das zum Verschwinden bringen. Aber das Glück ist mir nicht vergönnt. Etwas Bleiches, Blasses glänzt am Geländer von Miss Electra Larks Balkon hoch über mir, taucht vor den grinsenden, dunklen Gestalten der Formbäume auf, die jetzt eher grotesken Figuren aus einem Alptraum ähneln. Vielleicht hat Miss Electra ja einen Albinokürbis auf ihren Balkon gestellt, in den sie noch ein Halloweengesicht schnitzen will.

Leider nein. Obwohl das Wesen dort oben rund genug wäre, um tatsächlich ein Gemüse zu sein, das auf seinen saisonal bedingten chirurgischen Eingriff wartet, manifestiert es jetzt eine Eigenschaft, die bei einem Gemüse außerordentlich beunruhigend wäre. Es geht das Geländer entlang, wohl um den Mond noch besser sehen zu können.

Ich fürchte, mein langer Winterschlaf ist schon vorbei, ehe

er überhaupt begonnen hat. Das sehr zurückgezogen lebende Wesen namens Karma hat bisher noch nie das Tageslicht erblickt. Was auch immer sie aus ihrem Heiligtum herausgelockt hat, so daß sie mit dem Mond Kontakt aufnimmt, als sei sie ein einfacher Hund ... Na, lieber will ich nichts darüber sagen.

Louie! Trödel nicht.

Ach, was tun mir meine inneren Ohren weh! Ihr Wort ist mir vielleicht Befehl, aber gefallen muß mir das nicht. Ich laufe den Stamm der gebogenen Palme hoch, hüpfe auf einen Balkon darüber und ziehe dann im Zickzack über die Fassade des Gebäudes nach oben. Ein Fehltritt, und ich bin ein toter schwarzer Kater.

1

Zauberkünste

Temple stand senkrecht im Bett.

Sie tastete auf ihrer Decke nach der warmen, pelzigen Masse von Midnight Louie.

Er war weg.

Das war nicht weiter verwunderlich. Die große schwarze Katze in ihrem Traum war auch gerade verschwunden. Aber die Traumkatze war ein riesiges Tier gewesen, ein Panther wie aus einer Jugendstilzeichnung – kantig, mit unglaublich starken Muskeln.

Sie schloß die Augen und sah noch einmal ihre Traumlandschaft vor sich, in der sie den Zauberern Siegfried und Roy assistierte und vom grellen Scheinwerferlicht förmlich auf die Bühne gebannt war. Riesige weiße Löwen und Tiger und ein schwarzer Panther sprangen um sie herum. Die großen Katzen posierten mit erhobenen Pfoten auf Piedestalen, die wie die Spitzen von New Yorker Wolkenkratzern bemalt waren. Auf dem höchsten, dem silbernen, spitzen Turm des Chrysler Building saß der einzige schwarze Panther und glänzte, als sei er aus Jett geschnitzt worden. Alle großen Katzen glitzerten im Scheinwerferlicht, als seien sie riesige, mit Rheinkieseln besetzte Modeschmuckbroschen. Die Streifen der hellen glänzenden Tiger waren Regenbogen aus der Aurora borealis. Diese juwelenbesetzten Tiere leuchteten sogar noch stärker als die unglaublich glitzerigen Anzüge, die Siegfried und Roy aufzubieten hatten. Beide Zauberer trugen lange, Elvis-dicke Koteletten – Siegfried in goldenem Blond und Roy pantherschwarz.

Ihr eigenes Kostüm konnte Temple nicht sehen, schließlich mußte ja auch einer Regie führen. Doch sie wußte, daß sie ihre neuen Midnight-Louie-Schuhe mit den österreichischen Glitzersteinen trug und daß ihr das Publikum applaudierte. Vielleicht wegen der Schuhe.

Und obwohl sie alles durch das hell leuchtende Teleskop ihres Traums wahrnahm, war Temple sich der Dunkelheit jenseits der Scheinwerfer bewußt, die auf merkwürdige Weise Gefahr bedeutete. Raubtieraugen glänzten da, wo eigentlich das Publikum sein sollte – ungezähmte Großkatzen, die nur darauf warteten, loszuspringen und sich die Bühne zurückzuerobern.

Dann erschien ein Tier auf der Bühne: Der schwarze Panther, der auf dem Chrysler Building balanciert hatte (das mittlerweile irgendwie zu einer Jugendstil-Stufenpyramide geworden war), flog durch die dünne, vom Spot erleuchtete Luft in das Dickicht der Dunkelheit.

Oh, hatte Temple im Traum ausgerufen. Das hatte doch gar nicht im Drehbuch gestanden. Sogleich verwandelte sich die Dunkelheit in einen Trupp schwarzer Panther, die alle auf die Bühne stürzten und das Licht auffraßen.

Ein dunkler Zauberer stand auf dem höchsten Schemel, ein in stumpfes Schwarz gekleideter Mann ohne Gesicht. Bevor das letzte Licht ausging, kurz bevor Temple nur noch ein allgegenwärtiges Knurren hörte, sah sie, wie er winkte ...

Da endete der Traum. Sie war endgültig wach. Sie stellte sich vor, sie hätte Photos von den wunderschönen, juwelenbesetzten Raubkatzen, von Siegfried und Roy mit Koteletten à la Elvis. Eigentlich müßte sie gleich aufstehen und das alles aufschreiben, aber dann würde sie den Traum nach dem Freudschen Symbolgehalt analysieren, und das würde seine Schönheit nur zerstören.

Temple schauderte. Sie wünschte, Midnight Louie wäre bei ihr. Er war warm und einigermaßen freundlich, war nicht leicht zu tragen, aber um so leichter zu ertragen. Sie wünschte, sie hätte nicht von dem dunklen Zauberer geträumt. Sie wußte, daß sie nicht sehr weit weg suchen und auch nicht zu sehr in Freudianischen Zusammenhängen denken mußte, um dem echten Max Kinsella eine noch mythischere Rolle in diesem Traum zuzuweisen: die Rolle des Todes.

2

Sensible Sensoren

»Schöner Abend, was?« begrüße ich Karma.

»Eigentlich nicht.« Sie wendet sich mir zu, und das Mondlicht verwandelt ihre türkisblauen Augen dabei in Silber.

Ich gebe gerne zu, daß meine Begrüßung nicht besonders originell war, aber das ist noch lange kein Grund, so arrogant zu antworten. Andererseits ist mir sehr klar, daß Miss Karma ohne Arroganz nur ein halber Mensch – pardon, nur eine halbe Katze wäre. Keine Ahnung, wie ihr Nachname lautet; jedenfalls heißt sie bestimmt nicht »Lark«.

»Ich nahm an, dir würde Nachtluft nicht zusagen«, fahre ich fort.

»Böse Vorhaben sausen durch das Dunkel wie Stäubchen in der Luft«, bemerkt sie ziemlich rätselhaft.

»Stimmt, die Nacht ist für Verbrechen wie geschaffen. Mein Glück, denn sonst hätte mein Leben ja auch gar keinen Sinn.«

»Und zu dieser Jahreszeit wird das Böse sogar noch schwärzer.«

»Ach, jetzt ist es aber gut! Schließlich trage ich diese viel zu häufig kritisierte Farbe selbst.«

»Na und?«

»Also, ich bin jedenfalls nicht ganz so schlecht.«

Karma schweigt.

»Wenigstens kommst du, wenn man dich ruft«, sagt sie schließlich.

Ehe ich gegen diese Bemerkung protestieren kann, wendet sie mir den Rücken zu – und den damit verbundenen langen, buschigen Schwanz, der meine Schnurrhaare durcheinanderbringt und mich an der Nase kitzelt – und läßt sich auf den Boden des Balkons gleiten. Offenbar erwartet sie, daß ich ihr folge, also tue ich es auch.

Die Tür zum Balkon steht offen. Dort wirft sie mir über die Schulter einen Flunderblick zu. Sowas von kaltem Fisch! Ich hab es hier wohl mit einem Piranha auf Eis zu tun!

»Drinnen bitte leise sein, und keine deiner Tapsigkeiten, Louie. Ich möchte nicht, daß Madame Electra aufwacht.«

»Ich und tapsig!«

»Wollen wir's hoffen.« Und damit schreitet sie auf ihren zierlichen weißen Handschuhen und Söckchen in den Raum.

Ich schleiche ihr aalglatt nach. Doch scheint sich die Tür wieder etwas geschlossen zu haben, denn um meine Bauchgegend ist es verdammt eng. Ich drücke sie weiter auf. Da gibt das Scharnier ein Krächzen von sich, das jeden Raben aus der Fassung bringen würde.

»Schschscht«, zischt meine Führerin. Sie hält kurz inne, um ein zierliches Füßchen unter die Tür zu schieben und sie wieder zu schließen.

Nur ungern tue ich kund, daß dies ohne ein einziges Geräusch geschieht.

Durch die Jalousien vor den Fenstern dringt kaum Licht ein. Selbst die Glastür zum Balkon hat zugezogene Vorhänge. Man sollte meinen, daß Miss Electra Lark hier oben irgend etwas Ungesetzliches im Schilde führt, wenn sie die Wohnung dermaßen abdunkelt.

»Ich bin's«, flüstert Karma plötzlich.

»Das weiß ich doch! Und nicht nur das.«

»Ich meine, ich bin der Grund, warum meine Gebieterin die Fenster und Türen abdunkelt. Ich bin zu sensibel.«

Ach, Bast! (Ich weiß, ich soll den Namen der ältesten Göttin meiner Artgenossen nicht mißbrauchen. Aber ich kann diese Mädels nicht ausstehen, die so tun, als seien sie aus Perlmutt gemacht, und man selbst aus Sandpapier.)

»Louie, bitte! Deine negativen Gefühle und diese Neandertaler-Manieren rühren stark an meinen zarten psychischen Vibrissae. Dir hat es auch nicht gefallen, als mein Schwanz deine Schnurrhaare berührt hat. Bitte denk an meine spektralen sensorischen Organe und behalte deine schlimmsten Gefühle und Gedanken für dich, wenn es geht.«

»Häh? Willst du damit behaupten, du hättest Geister-Schnurrhaare?«

Selbst im Dunkeln kann ich in ihrem Grinsen die Fangzähne erkennen.

»Das ist wohl eher primitiv ausgedrückt, aber was hätte ich schon anderes von jemandem mit deinem Hintergrund und Temperament erwarten können? Ja, Louie, meine Vibrissae reagieren sensibel auf mehr als bloße Körperlichkeit.«

Mehr als bloße Körperlichkeit... Ich brauche knapp eine Minute, um das zu kapieren.

»Du hast also einen direkten Draht zu toten Dingen? Das tut deinem Appetit ja bestimmt nicht besonders gut.«

»Mein Appetit war schon immer sehr damenhaft.«

Das soll ja wohl ein Witz sein! Dieses Schätzchen hier ist eine wahre Limousine von einer Lady, mit langen Schutzblechen und sahniger Farbe, da kann ihr Autoradio so sehr auf den Geistersender eingestellt sein, wie es mag.

»Ohne übermäßiges Essen fällt mir die Konzentration leichter«, fügt sie hinzu. »Dir würde es auch nicht schlecht tun, meinem Beispiel zu folgen.«

»Nein, danke. Bislang hatte ich noch keine besondere Lust, mit dem Jenseits Kontakt aufzunehmen, und ich glaube nicht, daß sich das irgendwann ändert. Was will also eine hochwohlgeborene Hohepriesterin des Hokuspokus mit einem straßenerprobten Typen wie mir? Bin ich nicht viel zu bodenständig für deinesgleichen?«

»Durchaus.« Sie seufzt. »Aber ich kann mich nicht von Äußerlichkeiten abhängig machen, vor allen Dingen nicht zu dieser gefährlichen Jahreszeit. Ich brauche einen Boten.«

»Du brauchst erst einmal eine professionelle Hilfe für deinen kleinen Kopf! Du glaubst, diese Jahreszeit sei für dich gefährlich? Stell dir mal vor, wie es dir in meinen Pfötchen ergehen würde, wenn du meinen – zugegebenermaßen wunderschönen, aber riskanten – Catsuit jeden Tag tragen müßtest? So beliebt schwarze Katzen auch als Deko-Elemente für die Zeit um Halloween sein mögen, auf der Straße ist man ein wahrer Lockvogel für diese ganzen sadistisch angehauchten Kids, insbesondere auch für die verrückten Satanisten. Im Moment gehst also besser du an meiner Stelle raus, nicht umgekehrt.«

»Dieses bedauerliche Vorurteil gegenüber Schwarzen mag ja stimmen, Louie, aber du hast schon mehrere Jahre den Gefahren dieser Jahreszeit getrotzt und sie überlebt. Allerdings hast du dabei natürlich noch nie Gefahren spiritueller Art gegenübergestanden.«

»Das behauptest auch nur du! Verehrte Katzenfreundin, ich habe schon mehr als einmal den Geist von Jersey Joe Jackson gesehen.«

»Ach, lächerlich! Das ist auch schon ein paar Menschen gelungen, die ja nun weiß Bast nicht mit psychischer Wahrnehmungsfähigkeit begabt sind. Ein zwei Wochen altes Kätzchen könnte diesen müden alten Wiederkehrer mit geschlossenen Augen erkennen! Ich rede hier nicht von freundlichen und daher nebensächlichen Geistern, sondern von jenen, die zu schrecklich sind, um sie zu benennen. Ich rede von einer unheiligen Verbindung von Mitteln, Motiv und Gelegenheit. Ich lese den Tod in den Karten.«

»Tod . . . oder Mord?«

»Jeder Tod ist auch ein Mord an der Hoffnung.«

»Aber nicht jeder Tod verstößt gegen das Gesetz, jedenfalls nicht gegen das Gesetz in diesem Bundesstaat. Jeden Tag sterben hier die Leute. Also soll dieses ganze Mondanstarren und In-der-dunklen-Wohnung-Herumseufzen nur bedeuten, daß du glaubst, es wird jemand ermordet? Das kannst du in Las Vegas doch Tag für Tag vorhersehen und dabei recht haben.«

»Dieser hier wird aber ein höchst . . . unnatürlicher Tod.«

»Sind das nicht alle Tode? Jedenfalls empfinde ich das so.«

»Ich sehe aber, daß jemand dir Nahestehendes damit zu tun haben wird.«

»Miss Temple Barr? Das war aber einfach vorherzusagen. Die steckt bis zur Oberkante Unterlippe in Mordangelegenheiten, seit ich mich damals auf dem Kongreß der American Booksellers Association neben der Leiche versteckt habe. Das war ihr erster Mordfall. Seither läuft unsere Verbindung immer in denselben alten Bahnen.«

»Hast du dich je gefragt, warum das so ist, Louie?«

»Warum wir diese Verbindung überhaupt eingegangen sind? Miss Temple frißt mir aus der Hand, das ist der Grund. Ich hab' gesehen, daß die Dame leicht rumzukriegen ist und hab' mich auf sie gestürzt. Man mag mich hinterhältig und schlau nennen, aber bei unseren Artgenossen ist Schlauheit schließlich Tradition.«

»Ich weiß doch genau, wieso du hier eingezogen bist. Du brauchtest ein Dach über dem Kopf.« Ehe ich dieser beleidigenden Darstellung meines Jahrhundertcoups widersprechen kann, fährt die sublime Karma fort: »Nein, Louie, meine Frage war eine andere: Weißt du, warum deine Herrin so oft in Mordfälle verwickelt ist?«

»Zum einen ist Vegas nicht gerade für einen gewaltlosen Lebensstil berühmt, jedenfalls nicht auf dem Strip und in dessen Nähe. Miss Temple wiederum ist eine PR-Tante. Sie hat die Aufgabe, ihre Kunden gut aussehen zu lassen. Also können ihr keine Situationen gefallen, die eventuell eine schlechte Presse mit sich bringen. Und Mord ist ganz klar eine solche Situation. Miss Temple kann da nicht aus ihrer Haut. Sie ist eine zwanghafte Fanatikerin, was die Behebung unangenehmer Situationen angeht.«

»Nein. Der Grund bist du, Louie.«

»Ich? Was hab' ich denn damit zu tun? Abgesehen davon, daß ich Miss Temple immer mal wieder aus einer verzwickten Lage helfe und dabei den Mord löse? Übrigens ohne daß meinen unerschrockenen Nachforschungen je der rechte Tribut gezollt würde? Man kann mich wahrhaftig die grauschwarze Eminenz der Katzenwelt nennen.«

»Von wegen Eminenz! Kaum bist du in Kontakt mit jemandem getreten, dessen Arbeit dich in das dunkle Herz der Stadt führte, wurde das Verbrechen zu eurem täglichen Begleiter. Du bist der Unglücksbringer, das Pechelement, das deine Herrin an die Grenze zwischen Leben und Tod treibt, immer und immer wieder.«

»Ich?« Das schockiert mich. Ich habe mich immer für einen eleganten, charmanten Typen gehalten, eine Art Hans im Glück. Und jetzt sagt die Alte mir, ich sei nichts anderes als ein Hans im Pech.

»Du stehst in der Pflicht, deinem schlechten Einfluß entgegenzusteuern.«

»Moment mal, schließlich führe ich doch meine eigenen Untersuchungen durch!«

»Ja, aber das geschieht immer erst nach dem Mord. Diesmal bitte ich dich, einem Verbrechen vorzugreifen, einem schrecklichen Justizirrtum.«

»Und was krieg' ich dafür?«

Diese höchst relevante Frage wird von der sublimen Karma ignoriert.

»Das Verbrechen wird nicht offen zutage liegen.« Karma senkt den Kopf, und ihre Ohren mit den dunklen Spitzen wirken, als würde sie jemandem lauschen ... jemandem, der nicht in der Wohnung ist. Oder zumindest jemandem, der nicht sichtbar ist.

Ich folge der Richtung ihres azurblauen Blicks und sehe nur ein verirrtes Licht, das von den glatten Oberflächen in Miss Electra Larks eklektizistisch möbliertem Wohnzimmer reflektiert wird. Da ist zum einen das mattgraue Schimmern der Glotze auf ihrer Fernsehkonsole aus den fünfziger Jahren. Ein bunterer Glanz liegt auf der riesigen grünen Glaskugel, die auf einem Ständer aus Messingelefanten ruht. Die müssen doch Hämorrhoiden haben, so wie die dabei Lambada tanzen! Na ja, wenn ich es mir recht überlege, bin ich froh, daß *ich* nichts »sehen« kann. Was als unsichtbar gilt, hat oft genug einen guten Grund dafür.

Karma ist merkwürdig schweigsam.

Na ja, Karma ist schließlich immer merkwürdig. Ich sollte also wohl lieber sagen, daß sie jetzt auf andere Weise als sonst merkwürdig ist. Immer noch hockt sie in dieser komischen Lauschposition da, als sei ein geheimnisvolles Wesen in der Nähe und rede mit ihr.

Schon wieder bekomme ich dieses zuckende, juckende Gefühl. Überall. An meinen Zehen und Ohren und an meiner Schwanzspitze.

»In Ordnung, Karma! Geht schon klar. Ich bin dein höchst gehorsamster Diener! Jetzt hör aber auf, mit dem Übersinnlichen zu kommunizieren und sag mir, wo ich hingehen und was ich tun soll. Dann schleiche ich mich gleich von dannen.«

Irgendeines meiner Worte ist wohl in ihr birmesisches Hirn durchgedrungen, denn plötzlich wendet sie mir wieder ihre Aufmerksamkeit zu.

»Bist du immer noch hier? Ich soll dir auch noch sagen, wo du hingehen und was du tun sollst? Dabei kann ich dir wirklich nicht weiterhelfen. Diese Dinge muß man doch selbst herausfinden können!«

Könnte ich singen, dann wäre jetzt hier die Musik von *Twilight Zone* fällig. Leider kann ich das nicht, nur schnurren, aber das durchaus melodisch.

Mit diesem höchst unherzlichen Abschied von der lokalen Hohepriesterin dieses merkwürdigen, exotischen Gebiets auf der Hochebene des Circle Ritz eilen wir nun also den schwarzen Marmorberg hinunter in weniger reine Sphären. Wir wissen nur wenig mehr als vorher. Immerhin ist klar geworden, daß die Große Hohe Karma tatsächlich auf einer anderen Ebene lebt.

Da bin ich doch froh, daß ich nur selten fliege, sondern mich statt dessen auf meine Füße verlasse, die sich ganz gut zurechtfinden.

3

Séance-Teilnehmer

Temple blickte im Crystal Phoenix Hotel und Casino von einem reglosen Gesicht zum anderen und suchte nach Anzeichen, daß das eben Gehörte ein Witz sein sollte.

»Ich glaube nicht, daß in meiner Stellenbeschreibung etwas von Abendarbeit steht. Vor allen Dingen, wenn es sich um derartige High-Tech-Geisterspielchen dreht.«

Weder Van von Rhine noch ihr Ehemann Nicky Fontana sahen jedoch so aus, als machten sie Witze. Als Geschäftsführer und Eigentümerin des Phoenix meinten sie es eigentlich fast immer ernst.

»Für deine Stelle gibt es gar keine Beschreibung«, bemerkte Van. Ihr Lächeln hatte sie eilig angeknipst. »Aber ich weiß, was du meinst. Mich könnte auch kein Mensch auf dieser Welt dazu überreden, mit okkulten Dingen herumzuspielen, nicht für Geld und gute Worte.«

»Hab' ich beides«, warf ihr dunkelhaariger Mann ein, und sein Lächeln war vertraut und gleichzeitig herausfordernd.

Van von Rhine schüttelte ihren blonden Schopf. »Ich kann es nicht fassen, daß die Geschäftsführung eines Hotels so etwas beinhaltet. Allerdings habe ich mir ja auch nie träumen lassen, daß ich überhaupt eines Tages ein Hotel in Las Vegas managen würde.«

»Du hast das Recht, uns sitzenzulassen, kannst gerne sagen, wir könnten uns das sonstwo hinstecken – «

»Nicht etwa, daß ich Angst hätte«, unterbrach ihn Temple. »Ich verstehe nur nicht, warum ihr wollt, daß ich an diesem, diesem – «

»Hell-o-ween Haunted Homestead teilnehme, an der höllischen Gespensterparty«, gab ihr Nicky mit einem strahlenden Lächeln das Stichwort.

»Hell-o-ween Haunted Homestead«, wiederholte Temple. Sie erstickte fast an dieser Bezeichnung, die sich nie für eine Öffentlichkeitskampagne eignen würde.

»Es ist doch für einen guten Zweck«, warf Van halbherzig ein.

»Und tut auch dem Phoenix gut«, sagte Nicky. Er bot allen Charme auf. »Diese Techniker aus Hollywood, die die Specialeffects kostenlos eingerichtet haben, könnten auch für unseren unterirdischen Vergnügungspark genau die richtigen sein. Du hast doch erst neulich gesagt, daß du da allermodernste Effekte haben willst.«

»Ja, das stimmt wohl ... Aber ihr wollt, daß ich am Vorabend von Halloween bei einer Séance mitmache? Händchen halte mit wahrhaft psychisch gestörten Leuten und darauf warte, daß ein paar holographische Gespenster erscheinen? Ist das nicht ein bißchen sehr merkwürdig?«

Nicky rutschte auf die Kante seines gepolsterten Chromsessels. »Klar, aber das ist doch das Großartige daran. Deswegen lädt doch das Phoenix die Sponsoren vom Gespensterhaus und den Wohltätigkeitsverein zum Crystal Ball. Hokuspokus mit Berühmtheiten, Temple. Die übliche Show von Las Vegas, wo der Homo sapiens an liebsten in Tierverkleidung herummarschiert. Die Séance wird mitten im Geisterhaus stattfinden. Jeder, der dort auf der Gruselachterbahn fährt, kann mal hineinschauen.«

»Ach, na großartig, dann bin ich also obendrein noch ein Ausstellungsstück und nicht nur eine Vollidiotin, die sowas mit sich machen läßt.«

»Sieh es doch einfach als großartigen Werbegag. Alle schrillen Hellsehertypen von hier und aus Hollywood kommen zusammen, um am Halloweenabend die ultimative Séance durchzufahren. Die wollen versuchen, Harry Houdini von den Toten wiederzuerwecken!«

»Ganz was Neues«, sagte Temple mit ironischem Tonfall. »Das versucht man doch schon seit 1907.«

»1926«, korrigierte sie Van spitzfindig.

Sie strich sich mit der Hand über den perfekten Haarknoten. »Er war der Sohn eines Rabbiners und ist in Budapest geboren. Wußtest du das schon?«

Temple schüttelte den Kopf. Allerdings wußte sie, daß Van in lauter Viersternehotels in Europa groß geworden war. Ihr deutscher Vater war deren Geschäftsführer gewesen, ihre amerikanische Mutter damals schon gestorben.

»Eigentlich hat er sich seinen Ruf zunächst in Europa erworben. Da wird er regelrecht verehrt«, fuhr Van fort. »Ich hab' alles mögliche über ihn erfahren, als ich noch klein war. Kurz nach Harry Houdinis Geburt als Erik Weisz im Pester Teil von Budapest ist die Familie ausgerechnet nach Appleton in Wisconsin ausgewandert. Dort wuchs Houdini als Ehrich Weiss auf, ehe er sich seinen Bühnennamen zulegte. Aber 1926 ist er gestorben, und wenn ich mich recht erinnere, auf durchaus tragische Weise.«

Nicky rutschte auf seinem Stuhl noch weiter vor. »Ja, aber als er starb, hat er in einem Schließfach einen Code hinterlassen. Sollte jemand behaupten, Houdini sei von den Toten wieder auferstanden, dann würde man das damit überprüfen können. Man stelle sich das nur vor! Der größte Entfesselungskünstler aller Zeiten schafft es, dem Tod selbst zu entrinnen.«

Nickys Bariton zitterte förmlich vor Aufregung. Mit diesem Gesicht, dieser Stimme, dieser Aura erregter Gewißheit hätte er jedem Vegetarier ein Beefsteak verkaufen können. Temple bewunderte sein Engagement, und Van schmachtete ihn von der anderen Seite des Schreibtisches aus regelrecht an. »Das muß doch unglaublich Spaß machen! Hey, ich wünschte, ich könnte dabei sein, aber ich muß heute abend vor dem Ball noch irgendwelche furchtbar wichtigen Leute herumführen.«

Temple nickte. Der Crystal Ball war ihre Idee gewesen. In Las Vegas nutzte man jede Gelegenheit, um ordentlich zu glitzern. Und sie hatte immer schon das Gefühl gehabt, daß Halloween als Feiertag ein bißchen mehr Schwung gebrauchen konnte. Großartige Kostüme und Ideen gab es haufenweise, aber keinen wirklich eleganten Ort, an dem man sie vorzeigen konnte.

Sie hatte sich den Crystal Ball als Erwachsenenphantasie für Halloween ausgedacht. Die elegante Dekadenz von Mardi Gras sollte mit dem eher selbstgemachten Verkleidungsgefühl von Halloween kombiniert werden. Die Kristallballsäle des Hotels – Lalique, Baccarat, Orrefors, Steuben und Hawkes – waren alle in eine diamantene Glitzerwelt aus Zellophanspinnweben, wirbelnden Kristallkugeln und Zauberstäben verwandelt worden – ein einziges strahlendes Wunderland der Phantasie und des Gespenstischen. Temple hielt es für einen ihrer größten PR-Triumphe, daß sie die bekanntermaßen abergläubische Hotelmanagerin Van davon hatte überzeugen können, ein Gespensterthema für eine solche Veranstaltung auszuwählen.

Mittlerweile genoß sie es, Veranstaltungen zu planen, als sei sie Geschäftsführerin eines riesengroßen Zirkus (es machte vor allen Dingen Spaß, weil sie das Geld des Crystal Phoenix ausgeben durfte). Wie konnte sie nun also Nicky und Van die Bitte abschlagen, bei einer werbewirksamen Séance mitzumachen, die wahrscheinlich genauso lebensecht sein würde wie die berühmten Tricks mit den zersägten Damen?

»In Ordnung. Normalerweise brauche ich meinen Schönheitsschlaf, weswegen mich die Teilnahme an etwas, das erst um Mitternacht anfängt, nicht gerade begeistert, aber wenigstens bin ich dann zum großen Ball direkt danach noch wach.«

»Bestens.« Van klang erleichtert. »Übrigens arbeiten die Jungs vom Glory Hole als Berater am Gespensterhaus mit. Die sind ja in gewisser Hinsicht Experten, mit ihrer Geisterstadt da draußen vor den Toren von Vegas. Also bist du im Gespensteraus nicht ganz ohne Freunde. Übrigens, werden deine neuen Midnight-Louie-Schuhe eigentlich rechtzeitig zum Ball fertig sein?«

»Ja, liebe gute Fee.«

Van lächelte, und diesmal war es tatsächlich ein herzliches Lächeln. »Ich kann es kaum erwarten, die zu sehen! Wie kriegt man bloß den ganzen Louie auf den Absatz von einem Schuh Größe 36?«

»Es ist doch in Wirklichkeit gar nicht Midnight Louie«, erklärte Nicky überflüssigerweise. »Nur irgendeine schwarze Katze, mehr nicht.«

»Wie geschaffen für einen Crystal Ball.« Van lächelte Temple verschwörerisch zu und stand auf. »Ich bin gespannt, was du zum Fest anziehen wirst.«

»Oder wen du zum Fest mitbringst«, murmelte Nicky in seinen Armani-Schlips, während er sich hinabbeugte, um Temples schweren Sessel von der Kristallkante des Schreibtisches wegzuziehen.

Temple warf ihm einen strengen Blick zu und versuchte, nicht so rot zu werden wie ihr Haar. Im Moment spekulierten mehr Leute in Las Vegas über ihr Liebesleben, als Geld in die einarmigen Banditen des Goliath Hotels gesteckt wurde.

Ihr mitternachtsblauer *Storm* räusperte sich einen Moment lang, als sie auf dem Parkplatz des Phoenix Hotels den Schlüssel in der Zündung drehte. Obwohl die Sonne immer noch bei 28 Grad auf die Stadt einprügelte, lagen die Temperaturen nachts schon deutlich niedriger. Temples blaues Auto wurde langsam heller – und bestimmt nicht jünger. Als der Motor aufjaulte, tätschelte sie ermutigend das Armaturenbrett und schlängelte sich dann über den Parkplatz zum Lavafluß aus sich bewegenden Metallkisten, der in Las Vegas »der Strip« genannt wurde – der Boulevard mit den größten Hotels und Kasinos der Stadt.

Kürbisse tanzten in ihrem Kopf herum. Hell-o-ween Haunted Homestead. *Das* war jedenfalls *nicht* ihre Idee gewesen. Dennoch waren Gespensterhäuser in den letzten Jahren wirklich zu außerordentlich profitablen Veranstaltungsarten in Las Vegas geworden. Dem eine etwas dubiose Mitternachtsséance hinzufügen zu wollen, erschien ihr keine besonders glorreiche Idee, aber wenn Nicky und Van sie unbedingt dabei haben wollten, dann würde sie eben dabei sein. Gähn. Sie mußte ohnehin für den Crystal Ball aufbleiben, aber jetzt war das Problem, was sie dazu anziehen sollte! Unmöglich konnte sie zu einer Séance ein Ballkleid anziehen, wenn die in einem Haus stattfand, wo man mit künstlichem Blut umherspritzte. Nicky hatte nicht daran gedacht; Männer dachten nie an so etwas. Und Van gefiel das Thema der Séance so wenig, daß sie sich auch mit dem Drumherum nicht beschäftigen wollte. Ihre Bitte an Temple, so kurz vor dem großen Ball Dienst zu tun (»von ein Uhr bis in die frühen Morgenstunden« hatte Temple selbst die Einladung getextet), bedeutete, daß es jetzt mehr als nur einer lieben guten Fee bedurfte, um ein Ballkleid zu organisieren. Vielleicht konnte sie auch für die Séance etwas *über* das Ballkleid anziehen. Zum Beispiel ein Einmannzelt. Nur würde man sie dann wahrscheinlich verdächtigen, sie wollte heimlich Erscheinungen über die von Geistern heimgesuchte Schwelle bringen.

Temple schüttelte den Kopf. In welche Situationen man als Werbefrau aber auch kam! Eine Séance konnte natürlich ganz interessant werden... Doch halt, was würde sie eigentlich zum Crystal Ball anziehen? Irgend etwas, das die Midnight-Louie-Schuhe nicht bedecken würde und doch ein bißchen sexy nach der guten Hexe Glinda aussah...

Temple war fast schon am Circle Ritz angekommen, als das UFO in ihrem Rückspiegel erschien, ungefähr auf der Position von drei Uhr. Groß und silbrig hing es hinter ihr, als wolle es auf der Straße landen.

Hilfe! Schon der erste Vampir, dabei waren es doch noch drei

Tage Zeit bis Halloween! Sie hatte die *Hesketh Vampire* noch nie von vorne gesehen. Das Motorrad war im Grunde genommen wie Quecksilber auf Rädern. Die Windschutzscheibe kippte scharf nach hinten, der behelmte Chauffeur – Fahrer, kapier's doch endlich, ermahnte sie sich selbst – war irgendein anonymes Gesicht hinter einer gerundeten Scheibe aus rauchfarbenem Acryl.

Max.

Temple heftete die Augen auf den Rückspiegel und schaute kaum noch auf die Straße. Sie lenkte den *Storm* auf seinen Parkplatz, versenkte ihren Schlüsselbund tief in ihrer Schultertasche und stieg aus.

Das Oldtimermotorrad hatte in der Nähe angehalten. Es summte wie ein Tiger aus mattiertem Aluminium.

Der Fahrer in dunkelblauer Nylonwindjacke und Baumwollhosen schob das Visier seines Helms hoch. Temple bereitete sich seelisch schon auf eine Unterhaltung mit Max vor.

Aber es war gar nicht Max. Diese Tatsache verwirrte sie kurz, so daß sie überhaupt nicht erkannte, wer es statt dessen war. Der glänzende, kürbisförmige Silberhelm hatte das Gesicht zu einer flachen Scheibe versteckter Gesichtszüge verwandelt.

Temples Herz klopfte heftig, als ihr die Männer, die sie im Parkhaus angegriffen hatten, einfielen. Vielleicht wußten sie, daß Max zurückgekommen war und wollten jetzt die nächste Botschaft an ihn übermitteln...

»Was ist denn los?« fragte der Fahrer.

»Matt! Du hast mich aber erschreckt.«

»Tut mir leid. Dieser Helm sieht wohl ziemlich gefährlich aus, was?«

»Was machst du überhaupt auf dem Ding?«

Der Helm schüttelte sich samt dem darin befindlichen Kopf. »Das wollte ich auch wissen, und da hat Electra mich zum Unterricht auf den Spielplatz vor der Kirche von Our Lady of

Guadeloupe geschleppt und es mir beigebracht. Sie meint, ich bräuchte einen fahrbaren Untersatz, und sie fährt ja nie damit.« Er blickte Temple einen Moment lang scharf an. »Du dachtest, ich wäre Max.«

»Na ja, es gab immerhin eine fünfzigprozentige Chance.«

»Ich hab Electra von Anfang an gesagt, daß mir diese Idee nicht gefällt.«

»Das war Electra bestimmt egal.«

»Sie meinte, Max würde bestimmt nicht auf einem so auffälligen Gefährt gesehen werden wollen.«

»Stimmt.«

Matt drehte an dem Gasgriff und ließ den kraftvollen Motor schwach aufjaulen. »Wenn die Gemeindeglieder von Saint Rose of Lima mich jetzt sehen könnten – dort kriegen die Priester immer einen leicht angejahrten Volvo.«

Temples Verlegenheit wich einem Kicheranfall. »Sehr praktisch. Was man von diesem Gefährt nicht sagen kann.«

»Ehrlich gesagt, ich komme mir albern vor.«

»Ginge mir genauso.«

»Vielleicht gewöhne ich mich ja noch daran.« Matt zuckte mit den Achseln. »Ein Transportmittel ist schon sehr praktisch, und einem geschenkten Gaul schaut man schließlich nicht ins Maul.«

»Schließ es nur gut ab, wenn du irgendwo parkst. Es ist ein Liebhaberstück.«

Matt schüttelte noch einmal den Kopf. »Ich bin es gar nicht gewöhnt, etwas zu besitzen, das irgend jemand anders auch haben möchte.«

Die darauf folgende Pause war so lang, daß die übertragene Bedeutung seiner Worte über ihren Köpfen herumsegeln konnte wie ein Bussard. Max war das unsichtbare Aas, um das die Bussarde kreisten, weit weg und trotzdem nicht unbemerkt. Wo steckte er?

Electras rosafarbener *Probe* bog in den Parkplatz ein. Als sie an ihnen vorbeikam, streckte sie einen Arm aus dem Fahrerfenster, den Daumen aufgerichtet.

»Großartig«, brüllte sie.

»Mein erster Soloflug«, erklärte Matt verlegen und fuhr dann langsam zum Schuppen hinter den Oleanderbüschen.

Hinreißend! Temple schüttelte den Kopf. Frauen nahmen Matt unter ihre Fittiche, erteilten ihm Unterricht im Motorradfahren und gaben ihm Tanzunterricht und alles mögliche, was sein kleines, widerspenstiges Herz von heute bis zum Jüngsten Gericht begehren mochte. Warum ärgerte sie das nur so?

Electra traf sie im Haus am Aufzug.

»Was halten Sie davon?«

Temple beäugte vorsichtig das sich ständig verwandelnde Haar ihrer Vermieterin, entdeckte aber nichts radikal Neues. »Wovon?«

Electra zuckte mit den Achseln und wies mit dem Kopf über ihre Schulter. »Daß ich Matt die *Vampire* benutzen lasse.«

»Hat er denn einen Führerschein?«

»Den macht er bald. Matt lernt sehr schnell. Außerdem mag ich gar nicht daran denken, daß der arme Mann morgens um drei von ConTact hierher zurück marschieren muß, wo es jetzt so kalt wird.«

Temple lachte.

»Was ist denn daran so witzig? Ich bin noch nie unabsichtlich komisch gewesen.«

»Doch, das sind Sie. Aber *wirklich!* Electra, es muß doch viel kälter sein, auf dieser windschnittigen Maschine nach Hause zu rasen, als wenn man geht.«

»Nicht, wenn man die richtigen Klamotten dafür hat, wie zum Beispiel schwarzes Leder.«

»Sie mögen ja imstande sein, Matt auf ein Motorrad zu setzen, aber wenn Sie ihm obendrein noch eine schwarze Ledermontur verpassen können, dann lade ich Sie auf ein Abendessen ins Hard Rock Café ein.«

»Abgemacht!« Electra blinzelte, als sich vor ihnen die Türen des Aufzugs öffneten. Sie gingen hinein. »Warum glauben Sie denn, daß er schwarzem Leder kritisch gegenübersteht?«

Temple zuckte mit den Achseln. »Schwarz sieht an blonden Männern so streng aus.«

»Regeln sind dazu da, gebrochen zu werden.«

»Aber nicht von Matt. Außerdem glaube ich, daß er in seinem Leben schon genug Schwarz getragen hat.«

»Was soll denn das heißen?«

»Ach, nichts. Ich habe keinen konkreten Grund, nur glaube ich, daß Ihre Vorstellung von Matt als Hell's Angel zum Scheitern verurteilt ist. Rein gefühlsmäßig«, endete Temple mit einem übertriebenen Kichern.

»Von wegen! Sie haben irgendwelche besonderen Kenntnisse. Ich kriege schon noch heraus, was Sie damit meinen.«

»Großartig. Lassen Sie mich wissen, wenn es soweit ist.«

Und Temple sauste durch die sich öffnenden Aufzugtüren hinaus.

4

Gespensterhaus

Gespensterhäuser auf Rummelplätzen hatten Temple noch nie angst gemacht. Sie sahen viel zu sehr nach dem aus, was sie waren: Rummelplatzattraktionen.

Gleichgültig, welche angsterregenden Szenarien sich hinter der bunt angestrichenen Fassade aus Holz verbargen, Temple konnte nie über das etwas zweifelhafte Äußere hinwegsehen.

Der riesige Platz, der von der Stadtplanung für das nächste themengebundene Großhotel vorgemerkt war, wirkte deprimierend gewöhnlich. Das alte Las Vegas war zu grob geschnitzt und das neue Las Vegas zu trendy, als daß ein Gespensterhaus in dieser Stadt natürlich wirken konnte.

Es gab einfach keine alten Straßen mit gruseligen, verfallenen viktorianischen Villen, in denen man einen Raum nach dem nächsten durchqueren konnte. Temple hatte auch noch nie gehört, daß es in Vegas einen Geist gab, abgesehen von Jersey Joe Jackson. Und die eine Hotelsuite, die er heimsuchte, war gerade mal fünfzig Jahre alt. Wieviel Böses konnte eigentlich in einem knappen halben Jahrhundert anwachsen? Jedenfalls nicht genug, um bei einem Publikum für Gänsehaut zu sorgen, das an Slasherfilme und Horrorromane gewöhnt war, die kaum noch etwas der Phantasie überließen.

Temple warf ihren Schlüsselbund in die Schultertasche und balancierte vorsichtig über den Großstadtmüll, der wie Herbstlaub den Las Vegas Strip hinunterwehte – Herbstlaub, das es in dieser Stadt, in der eigentlich immer etwas blühte, kaum gab.

Auf einem roh behauenen Stück Holz am Bürgersteig wurde kundgetan, daß die »Heimsuchungen« zehn Tage vor Halloween beginnen würden. Mittlerweile war der höllische Feiertag selbst nur noch achtundvierzig Stunden entfernt, aber der Platz sah aus, als hätte ihn seit Wochen niemand betreten.

Innerhalb des rautenförmigen Gitters aus Draht herrschte eine bedrohliche Ruhe. Natürlich nur, so rief Temple sich in Erinnerung, bis sich die Leute vor der Kasse des Gespensterhauses anstellten. Das wäre dann heute abend der Fall, pünktlich von sechs Uhr bis Mitternacht.

Ein trockenes, raschelndes Geräusch zu ihren Füßen ließ Temple zusammenzucken. Eine schmuddelige Seite des *Las Vegas Scoop* fegte vorbei. Crawford Buchanans Kolumne lag zufällig oben, und sein Gesicht auf dem Photo rechts war erfreulich zerknittert. Temple setzte dem noch eins drauf: Ihr Bleistiftabsatz ließ Buchanans Nase etwas nach oben rutschen, als sei sie gebrochen.

Temple ging weiter. Sie hörte, wie ihre Schuhsohlen von dem sandigen Untergrund zerkratzt wurden. Mit ihren neuen Midnight-Louie-Schuhen würde sie todsicher nicht hierhergehen.

Aus der Nähe wirkte die Fassade des Geisterhauses, als sei es eine mißglückte Kombination des Hauses auf dem Hügel aus *Psycho* und einem Bestattungsunternehmen, dessen Firmenpolitik sich an den Gedichten von Edgar Allan Poe orientiert.

Der wirkliche Horror waren allerdings die verschiedenen architektonischen Stile, die ohne Sinn und Verstand durcheinandergemischt waren. Grinsende Wasserspeier standen Schulter an Schulter mit viktorianischen Holzsägearbeiten, die Spinnennetze darstellten. Fledermäuse flogen aus einem gemalten Glockenturm aus grauen Ziegeln, während der Eingang wie in den Südstaaten von klassizistischen Säulen eingerahmt wurde. Bartflechten hingen wie Leichentücher darüber.

Ein Kreis von Spots war in den Boden eingelassen worden und zielte auf das kitschige Kunstwerk.

Ohne Zweifel würde das Ganze am Abend von wilden neonfarbenen Strahlern erleuchtet sein. Alles in Las Vegas war so konstruiert, daß es in der Nacht leuchtete.

Eine Türangel kreischte auf, und Temple starrte in Richtung Eingangstür.

Obwohl sie schwerem alten Holz ähneln sollte und groß genug war, um einem Elefanten Zugang zu ermöglichen, strafte die Leichtigkeit, mit der die Tür aufging, den ganzen Effekt Lügen. Dann erschien eine Figur im Schatten, bei deren Anblick Temple der Kiefer hinunterfiel.

Und er klappte noch weiter nach unten, als eine große schwarze Katze sich plötzlich durch die O-Beine des ältlichen Mannes wand.

»Tachchen, Miss Barr«, sagte er. »Jede Wette, Sie erinnern sich nicht mehr an mich. Wild Blue Pike von Three O'Clock Louie's draußen am See. Aber diesen alten schwarzen Teufel kennen Sie noch, hab' ich recht?«

»Three O'Clock Louie!« Der Kater hob zur Begrüßung den Kopf. Temple sah, daß er an der Schnauze schon lauter weiße Härchen hatte. Der Kater war älter als ihr Midnight Louie und vielleicht auch weiser.

»Ich wollte mir den Laden mal anschauen, bevor ich Donnerstag abend zur Hell-o-ween-Séance komme.«

»Die Angelegenheit hat man Ihnen tatsächlich ans Bein gebunden?« Wild Blue spuckte diskret aus (wenn ein solcher Akt je als diskret empfunden werden konnte), und ein Strahl mit Tabak versetzten Speichels klatschte auf den Boden, wo er auf wunderbare Weise den beschmuddelten Gesichtszügen von Crawford Buchanan eine neuerliche Beleidigung hinzufügte.

»Gut gezielt«, bemerkte Temple. »Und ›ans Bein gebunden‹ ist weiß Gott der richtige Ausdruck.«

»Ein Haufen Hokuspokus, wenn Sie mich fragen, was bislang natürlich noch keiner getan hat. Ich und ein paar andere Jungs sind als Berater hier, aber bislang hat sich noch niemand beraten lassen wollen.« Er trat beiseite, als Temple durch die Tür den dunklen Bereich dahinter beäugte. »Hier haben wir es nur mit irgendwelchen High-Tech-Wunderkindern zu tun. Die wissen eh schon alles. Wir kennen ja bloß eine *echte* Geisterstadt.«

»Könnten Sie mich einmal herumführen?«

»Klar doch. Aber eigentlich sollten Sie abends herkommen, um den vollen Effekt zu erleben.«

»Mach' ich bestimmt. Morgen.« Sie bückte sich und streichelte Three O'Clock Louie den Kopf. »Was macht der denn hier?«

»Lokalkolorit auf vier Beinen«, sagte Wild Blue trocken. »Man kann schließlich nicht immer damit rechnen, daß Katzen nach Zeitplan erscheinen.«

»Davon kann ich ein Lied singen.«

Wild Blue führte sie durch das typische Gespensterhausgelände, eine Art Geburtskanal für Frankenstein-Monster. Verworrene Gänge, alle mit gesprühten Spinnweben verhängt. Die unvermeidliche, unerwartete Plötzliche-Stufe-nach-unten, die immer dafür sorgte, daß der eigene Magen der Schwerkraft trotzte. Die traditionellen Verborgenen-Spiegel-zur-Hölle, die nicht nur denjenigen reflektierten, der gerade vorbeikam, sondern auch die unsichtbare Gruselfigur, die hinter dem ahnungslosen Spaziergänger dräute.

»Der Trick dabei ist, die Winkel richtig hinzubekommen«, sagte Wild Blue.

»Das hab' ich schon mal gehört.« Temple duckte sich unter einem herabhängenden Spinnennetz. Wenn jemand ihrer Größe sich schon ducken mußte, dann hieß das, daß dieses spinnenweiche Gewebe den meisten Menschen über das Gesicht streichen würde. Wild Blue Pike zog ebenfalls den Kopf ein. Er war ein drahtiger, kompakt gebauter Mann, genau wie die meisten Piloten aus alten Zeiten.

Er führte sie durch ein Labyrinth aus Korridoren – das klassische System von Irrgängen, in dem der verwirrte Besucher ewig zu gehen glaubt.

Als Temple aufschaute, bemerkte sie, daß die hohe, schwarz bemalte Decke verschwunden war und daß das Dunkel über ihnen tatsächlich riesenhafte Ausmaße zu haben schien.

»Vermutlich seid ihr Jungs vom Glory Hole nicht allzu sehr von diesen Special-effects beeindruckt«, kommentierte sie.

»Nee. Aber das Herzstück ist wirklich erste Sahne, das muß man denen schon lassen.«

Bei diesen Worten waren sie gerade in der Mitte des komplizierten Systems von Gängen angekommen. Temple verschlug es den Atem.

Sie und Wild Blue blickten in das wirre Zentrum der Dunkelheit. Es war ein riesiger, dämmeriger Raum in der Größe eines Hollywood-Tonstudios, von einem Schienenlabyrinth durchzogen. Der Kern dieses Aufbaus ragte wie ein Minenschacht zwölf oder fünfzehn Meter vor ihnen in die Höhe.

Das Ganze erinnerte Temple an eine verkleinerte Ausgabe des Eiffelturms. Aber das eigentliche Phänomen war das, was direkt vor ihren Augen lag.

Sie blickte durch ein Glasfenster in einen großen Raum und sah sofort in den gegenüberliegenden Fenstern ihre Umrisse reflektiert. Ein kaum wahrnehmbares Muster war in das Glas hineingeätzt worden, als sei es eine geisterhafte Tapete. Temple hatte das Gefühl, durch eine gemauerte Wand zu schauen, die plötzlich transparent geworden war.

Der Raum war in einem Stil möbliert, den Temple als altenglischen Gespenster-Landhausstil bezeichnet hätte, passend zu den klassischen Horrorfilmen der dreißiger Jahre. Unzählige düstere, mit Brokat bezogene Stühle, frisch aus Torquemadas Folterkammer. Ein massiger Kamin, in dem man aufrecht stehen konnte, umgeben von einem riesigen, pseudosteinernen Sims, in den dicht an dicht groteske Gesichter und Figuren geschnitzt waren. Mittelalterliche Waffen – Schlachtäxte, Streitkolben und anderes Gerät, das wohl weitaus unangenehmere Folgen hatte als ein bloßer Dolch oder ein Schwert – waren in surrealistischer Manier an den Wänden drapiert worden – dort, wo sich zufällig kein Fenster befand.

»Die ganze Geschichte geht über drei Stockwerke.« Wild Blues Stimme vibrierte von jener Freude, die jeder Pilot in bezug auf Höhen empfand – auch wenn es sich hier um eine ziemlich erdgebundene Höhe handelte.

»Wir sind doch gar nicht rauf- oder runtergegangen!«

»Nein, das geht anders. Wenn Sie auf diesem Weg bleiben, gehen Sie runter. Keine Treppe, abgesehen von den Zwanzig-Zentimeter-Stüfchen hier und da, die Ihr Herz auf Trab halten. Die sogenannte Ebene eins führt schräg nach oben ... und dann wieder nach unten. Dabei weiß man nicht, wie hoch oben oder wie tief unten man sich eigentlich befindet. Aber in der Mitte liegt das Dach drei Stockwerke über einem.« Er zeigte auf das leere Zimmer. »Der Clou ist, daß der Raum dort rauf- und runterfährt, so daß verschiedene Geisterchen vorbeikommen, je nachdem, in welchem Stock man sich befindet. Da drin wird übrigens die Séance abgehalten.«

»Damit wird das wohl ein recht bewegliches Fest, was?« grinste Temple.

»Fest, daß ich nicht lache! Eher eine Hungersnot. Also, glauben Sie bloß nicht, daß Sie da ein Abendessen kriegen. Ihr Händchenhalter werdet an Halloween wie ein Jo-Jo rauf- und runtergleiten, so daß alle gut lauschen und gleichzeitig auch die Action beobachten können.«

»Hilfe, und ich werde doch so leicht seekrank! Na ja, immerhin wird es dadurch vermutlich schwieriger zu schummeln.«

Wild Blue warf ihr einen schrägen Blick aus seinen berühmten Augen zu, die genauso azurblau waren wie Lake Mead. »Oder auch einfacher, Miss Barr. Sie wissen doch, was passiert, wenn Zauberer eine Hand deutlich sichtbar bewegen.«

»Und ob ich das tue«, murmelte sie.

Wild Blue Pike wußte nichts von ihrem ehemaligen Privatleben mit dem mysteriösen Max. Er kratzte sich in seinem Schopf weißgebleichter Haare. »Na ja, dann hat nämlich die andere Hand die besten Chancen, ihre Tricksereien zu machen.«

»Wollen Sie damit behaupten, daß die Séance am Donnerstag schon so aufgebaut ist, daß es in jedem Fall eine Erscheinung geben wird?«

Wild Blue runzelte die Stirn und zuckte gleichzeitig mit den Achseln. »Es ist ja nicht so, daß niemand mit uns geredet hätte, nicht wahr, aber uns sagt ja keiner nichts.«

Temple wartete, bis diese Herde an Verneinungen durch ihr Hirn gedonnert war, stellte dann aber fest, daß sie genauso schlau war wie vorher.

»Sagen Sie doch einfach nur ja oder nein«, schlug sie vor.

»So einfach ist das auch nicht. Wir sind nur ›Berater‹ und sollen dafür sorgen, daß alles glattläuft. Sobald sie alle in diesem Raum sind, stellen Sie sich einfach darauf ein, daß die Leute von draußen hereinstarren werden. Und sehen Sie zu, daß Sie immer schön die Füße auf dem Boden behalten.«

»Das hat mir meine Mutter auch gesagt, als ich zu meinem ersten Ball in der High-School gegangen bin.«

Wild Blues Lachen warf ein gespenstisches Echo von dem riesigen gläsernen Raum vor ihnen. »Der Rat gilt hier wahrhaftig auch. Wenn es Ihnen zu schaurig wird und dieser Houdini-Typ gerade mit seinem Kopf auf einem Schnittchentablett erscheint, dann denken Sie nur daran, daß draußen ein Haufen von Leuten alle möglichen Schalter in Bewegung setzt. Nehmen Sie das Ganze bloß nicht allzu ernst.«

»In Ordnung!«

Trotz seines eigenen guten Rates zuckte Wild Blue bei ihrer lauten Stimme zusammen.

Punkt sechs Uhr abends stand Temple vor der Wohnungstür von Electra Lark. Ihr Zeigefinger drückte energisch auf den Klingelknopf.

Unweigerlich mußte man immer mindestens ein ganzes geologisches Zeitalter warten, bis sich Electra endlich zu ihrer Wohnungstür bequemte. Temple, die immerhin mit einiger Phantasie begabt war, spekulierte währenddessen über irgendwelche Verehrer, die rasch aus einem Hinterausgang gescheucht wurden, oder Tarotkarten, die hastig zusammengeschoben und versteckt werden mußten.

Als sich die Tür schließlich öffnete, schnüffelte Temple unbewußt, um Zigarrenrauch oder Weihrauch zu erhaschen. Das einzige, was ihre Nase jedoch auskundschaftete, war... ein Thunfischauflauf im Ofen.

Electras Haare steckten heute in einem rosafarbenen und sehr nach totem Friseur riechenden Plastikding.

»Temple! Tut mir leid, daß ich Sie nicht hereinbitten kann, aber ich mache gerade eine Haarpackung.«

»Schon gut. Ich wollte nur wissen, ob Sie morgen mit mir durch ein Gespensterhaus gehen möchten. Ich werde beruflich dort sein, habe also die Eintrittskarten umsonst bekommen.«

»Du liebes bißchen... Doch nicht etwa durch dieses Hell-o-ween-Haus?«

»Doch, genau das.«

»Tut mir leid, meine Liebe. Am Donnerstag nehme ich da an einer Séance teil. Es würde wohl... nicht ganz den Regeln entsprechen, wenn ich vorher wie ein normaler Tourist hindurchgehe. Es könnte schließlich die Geisterwelt durcheinanderbringen, wenn ich Pseudogespenstereien mit dem wahren Jenseits vermische. Es ist schon schlimm genug, daß die Parapsychologische Vereinigung zugestimmt hat, die Suche nach Houdini unter derart kommerziellen Vorzeichen zu unterstützen. Ich habe dagegen gestimmt.«

»*Sie*? Sie gehen auch dahin?«

»Sie etwa auch? Aber warum denn das?«

»Van und Nicky laden zum Spätherbstball im Phoenix ein, und die beiden wollen, daß ich mich über außerirdische Sehenswürdigkeiten informiere, deswegen.«

»Eine Séance ist keine Veranstaltung, bei der man einfach dabeisitzen kann, Temple.« Electra schüttelte mißbilligend den Kopf. Die hervorsprühenden Tröpfchen brannten auf Temples Haut. »Nur wirklich Gläubige dürfen anwesend sein. Ich kann es nicht fassen, daß unsere Gesellschaft Ihrer Teilnahme zugestimmt hat. Mit der Göttin des Ektoplasmas spaßt man nicht.«

»Na ja, ich hatte eigentlich gedacht, daß es bestimmt schön wäre, da jemanden zu kennen.«

»Tut mir leid, daß ich so ärgerlich reagiert habe. In vierzig Minuten habe ich bei einer Trauung als Friedensrichterin Dienst, und meine Haare wollen sich einfach nicht frisieren lassen. Ich ärgere mich nur über diese dauernde, widerliche Kommerzialisierung von Ereignissen, die eigentlich eine wunderschöne und höchst private Geschichte zwischen einander zugeneigten Psychen sind. Versprechen Sie mir wenigstens, daß Sie der Sache offen gegenüberstehen werden.«

»Und die Augen schön geschlossen lassen?«

»Ach, schauen Sie sich ruhig alles an. Erschrecken Sie nur nicht, wenn Sie dabei etwas entdecken, das eigentlich nicht für Ihre Augen bestimmt ist.«

»Glauben Sie wirklich an Séancen?«

»Na, hören Sie mal!« Electra trat in den schwach beleuchteten Korridor hinaus und schloß die Tür hinter sich.

Ob doch jemand in ihrer Wohnung war, der sie hören konnte?

Electra nahm Temples Hand, obwohl sie noch voller rosafarbenem Gel war.

»Hören Sie, Liebes. Wenn Sie da mitkommen wollen, dann müssen Sie es auch ehrlich meinen. Sie müssen daran glauben, daß sich Houdini uns unbedingt nähern will.«

Temple nickte folgsam. Houdini wäre sicher liebend gerne in Vegas aufgetreten, wenn die Stadt zu seinen Lebzeiten schon existiert hätte.

»Sie müssen den Kräften, die stärker als alles Normale sind, vertrauen. Sie müssen von Houdinis Willensstärke überzeugt sein, von seiner Stärke im Leben und im Tod, und Sie müssen an die kraftvolle geistige Präsenz der versammelten Medien glauben. Sie müssen wissen, daß sich diesmal ungeahnte Mächte zusammenschließen könnten, um den Vorhang beiseite zu ziehen und das Undenkbare zu offenbaren. Sie müssen dem Tod eine Chance geben!«

»Ähm ... ja, natürlich. Ich habe neuen Dingen schon immer offen gegenübergestanden. Und es wäre auch eine großartige Story – «

»Es würde die Welt aus den Angeln heben.« Electra beäugte ihre Armbanduhr. »Zehn Minuten! Du liebe Zeit, ich muß unbedingt diesen Schmodder ausspülen, sonst sind meine Haare am Ende noch *braun*!«

Sie eilte zurück in ihre Wohnung. Temple schlurfte widerwillig zum Aufzug zurück. Sie wollte keinesfalls solo durch dieses Geisterhaus gehen. Die Tatsache, daß Electra nicht mitkommen konnte, bedeutete, daß Temple es mit Plan B versuchen mußte. Normalerweise wäre es Plan A gewesen, wenn Temple nicht so schüchtern wäre.

Sie hielt inne, um ebenfalls auf die Uhr zu schauen. Wenn sie noch länger trödelte, würde Matt schon zur Arbeit gegangen sein.

Trotzdem drückte sie nur zögernd auf den Rufknopf des Aufzugs.

Die Tür von Matts Wohnung öffnete sich viel zu rasch. Temple zuckte zusammen wie ein Lauscher an der Wand. »Hilfe!«

»Temple!«

Anders als Electra, die oft in einem Zustand eher mittelmäßiger Gepflegtheit an ihre Wohnungstür kam, sah Matt Devine immer aus, als sei er gerade der Hand seines Schöpfers entsprungen: gewaschen, gebürstet, gekämmt und mit der Fähigkeit begabt, das Gute vom Bösen zu unterscheiden.

»Ich weiß, daß du gleich zur Arbeit mußt«, sagte sie, »aber ich muß zu Halloween jobmäßig durch ein Gespensterhaus gehen. Damit ich nicht allzu überrascht bin, will ich eine Art Probelauf machen. Wenn du also zu der Show um sechs Uhr mitkommen möchtest, dann könnte ich dich hinterher bei der Arbeit vorbeibringen, und du wärst nur ein paar Minuten zu spät da. Electra kann nämlich nicht mit.«

Er lächelte ob dieser Maschinengewehrsalve von nervösen Erklärungsversuchen. »Davon habe ich jetzt nicht besonders viel verstanden, außer, daß du jemanden zum Händchenhalten brauchst und daß du nicht den Eindruck erwecken willst, als würdest du mich um eine Verabredung bitten. Klingt aber eigentlich so, als sei das Gespensterhaus eher eine Sache für diesen anderen Typen.«

»Ach ja, die Geister, die ich rief... Sag jetzt einfach ja oder nein.«

»Klar! Klingt nämlich sehr lustig. Vor allem, ehe ich mich in die nächste Nacht unglücklicher Monologe stürzen muß, die einem die Telefongesellschaft zuleitet.«

»Treffen wir uns um halb sechs unten an meinem Auto?«

»Ich wollte eigentlich vorschlagen, daß wir die *Vampire* nehmen. Angesichts des Ziels wäre das doch das angemessenere Transportmittel.«

»Lieber mein Auto. Ich fahr' dich dann rechtzeitig hierher zurück, damit du auf der *Vampire* zur Arbeit sausen kannst.«

»Fünf Uhr«, antwortete er. »Wir können dann unterwegs noch etwas zu essen holen.«

»Das klingt ja langsam wirklich wie eine Verabredung.«

»Erzähl es bloß niemandem, den ich kenne.« Er schloß die Tür, immer noch lächelnd.

Temple ging über den blaß lilafarbenen Teppich zum Aufzug zurück. Es stimmte, Max Kinsella wäre für diesen kleinen Ausflug wohl die passendere Begleitung gewesen. Nur würde er ihr bestimmt alle Tricks erklären können, und so wäre sie wahrscheinlich vollständig ernüchtert, wenn sie schließlich am Séancetisch landete.

Verabredung, schnaufte Temple. Sie haßte es, derart zwischen zwei Männern hin- und hergerissen zu sein. Sie haßte auch Verabredungen. Sie war von der Unruhe in ihrem Privatleben so angeekelt, daß sie, sollte Harry Houdini am Donnerstag abend tatsächlich pünktlich um Mitternacht auftauchen, mit ihm ausbüchsen würde, um der ganzen Sache endlich ein Ende zu bereiten.

5

Wenn Herz zu Herz sich findet

Diese Wischiwaschi-Aufträge finde ich wirklich großartig.

Es ist relativ einfach, in einem eleganten Penthouse zu sitzen und allen, die es wissen wollen, mitzuteilen, daß uns der Himmel auf den Kopf fällt. Aber es ist ein ganz anderes Ding, durch die schmuddeligen Straßen ziehen zu müssen, um herauszufinden, wo der Himmel herunterfällt, auf wen genau, und wie schnell. Natürlich fällt hier in Las Vegas der Himmel im wirklich physikalischen Sinne eher selten herunter. Das Wüstenklima hält uns meistens schön trocken. Das finde ich auch ganz in Ordnung so. Als ich noch auf der Straße lebte, war es ganz nett, nicht dauernd mit Regen, Schneeregen oder Schnee fertig werden zu müssen. Ich bin schließlich kein Postbote, der bei jedem Wetter unterwegs sein muß, obwohl von mir durchaus bekannt ist, daß ich gelegentlich eine Nachricht übermittelt habe.

Als die sublime Karma mich beim letzten Mal mit ihrer Wortpeitsche auf die Straßen von Las Vegas hinausgejagt hat, damit ich gefährliche Aufträge erledige, war sie genauso vage gewesen. Ich glaube, die weiß ganz genau, daß mich das unglaublich aufregt. Sie verläßt sich auf meine Nase für Übeltaten und heimst dann das Lob ein, weil sie die Missetat angeblich vorausgesehen hat.

Obwohl es mehr Böses im Himmel und auf Erden gibt, als die meisten Leute glauben würden, habe ich das meiste davon schon gesehen. Es handelt sich dabei eher um alltägliche Bosheiten: Armut, Hunger und Schmutz. Und die Gemeinheiten, die dem jeweiligen Nächsten, egal welcher

Herkunft, zugefügt werden. Und dann natürlich die größte Gemeinheit: Free-to-be-Feline ohne Sauce.

Genau wie die kleinen Freuden im Leben kommt auch das Böse allermeistens in homöopathischen Dosen daher, obwohl ich zugeben muß, daß ich mittlerweile von Miss Temples Mordfällen abhängig bin. Nichts ist schöner, als wenn man sich einmischen kann.

Der Mord ist ein interessantes menschliches Konzept. In meiner Rasse gibt es so etwas nicht. Natürlich töten wir, um zu essen. Das tun die Menschen auch, nur in größeren Aktionen, nicht im Einzelkampf. Und sie haben selbstverständlich die besseren Waffen. Ich bin eher ein Typ, der mit nackten Fäusten kämpft. Ich trage nur die Waffen, die ich von der Natur mitbekommen habe, Zähne und Klauen, wie jedes andere Raubtier auch.

Was mit den Menschen passiert ist, kann ich nicht sagen, da ich kein Anthropologe bin. Angesichts der menschlichen Geschichte kann ich durchaus verstehen, warum man in dieser Spezies eine wissenschaftliche Theorie entwickelt hat, die Entschuldigungen für solch eine gräßliche Geschichte wie Mord liefert. Ich glaube, daß das alles von einer Überkompensation für die schlechte Ausstattung dieser Spezies herrührt.

Haben Sie schon einmal die menschlichen Zähne und Klauen untersucht? Ziemlich lächerlich. Ganz offensichtlich war der »Mensch« urspünglich ein Haufen von Unkrautfressern, dazu ausersehen, wiederkäuend daneben zu stehen und zu beobachten, wie die mit Klauen und Reißzähnen Ausgestatteten die ganze Drecksarbeit leisten.

Dann aber waren sie es leid, daß wir Säbelzahntiger die ganzen Lorbeeren abstaubten, und so erfanden die Menschen Ersatzmittel für Zähne und Klauen. Sie sind wirklich ganz schön schlaue Tüftler, wenn es darum geht, jemandem Schaden zuzufügen, das muß man ihnen lassen. Tausende meiner Vorfahren mußten im bösen Mittelalter ihr Leben lassen, weil unsereiner noch als Scheiterhaufenanzünder bei den Hexenjagden diente.

Aus diesem Grund schaudere ich, wenn ich zur derzeitigen, vom Aberglauben stark geprägten Zeit in der Stadt unterwegs sein muß. Obwohl die Menschen sich inzwischen dauernd selbst auf die Schulter klopfen, weil sie es jetzt »besser wissen«, haben sie seit Jahrtausenden nichts anderes getan als gemordet, und sie werden wahrscheinlich auch in den nächsten Jahrmillionen nicht von ihren Gewohnheiten lassen.

Immerhin haben selbst Menschen den Anstand, diejenigen ihrer eigenen Spezies zu fürchten, die noch aus den schlechten alten Zeiten stammen: die Satanisten. Ich habe einmal Tuchfühlung (in meinem Fall natürlich: Pelzfühlung) mit diesen ewig Gestrigen aufgenommen, als ich in der Gemeinde von Our Lady of Guadeloupe Verbrechen gegen Katzen untersuchte. Der arme Peter, einer von einem Klosterkatzenpaar (sein Freund hieß Paul, sehr witzig, was?) wurde das Opfer einer versuchten Kreuzigung, ein Schicksal, das sein menschlicher Namensgeber vor fast zweitausend Jahren ebenfalls erlitten hat. Damit dürfte wohl bewiesen sein, wie wenig die Spezies »Mensch« sich in dieser langen Zeit weiterentwickelt hat. Man mag mir vorwerfen, daß ich gelegentlich mit meinem Essen herumspiele, aber derart quälerische Übungen gibt es bei mir wirklich nicht.

Wie dem auch sei. Ich gehe also durch die Straßen und sehe aus wie jeder andere normale Typ auch. Unterwegs denke ich darüber nach, was es mit dem Leben, dem Tod und den ewigen Wahrheiten auf sich hat. Insbesondere interessiert mich dabei die Frage, was es zum Abendessen gibt. Plötzlich weht etwas an mir vorüber, und ich halte mitten im Schritt an.

Vor mir liegt die zerknitterte Seite einer jener Zeitungen, die anständige Männer vor den Augen ihrer Familie verbergen, vor allem, wenn sie in Las Vegas wohnen.

Abgesehen von der widerlichen Abbildung jeder Menge nackter Menschen beiderlei Geschlechts – ich hoffe wirklich, daß kleinen Kätzchen dieser Anblick von abnorm pelzlosem Fleisch erspart bleibt – starrt mir die nächste Gräßlichkeit in die Pupille: Mr. Crawford Buchanan, der offenbar kürzlich von einem Bulldozer geliftet worden ist.

Daneben entdecke ich einen Text aus seiner allzu sterblichen Feder und die Abbildung eines Gebäudes mit vielen Giebeln und Türmchen, ein wahres Frankenstein-Monster der Architektur.

Ich kann nicht sagen, was mich überkommt, aber plötzlich fühle ich mich von einer Vorahnung erschüttert, die Karma todsicher von ihrem hohen Roß stürzen würde. Ich weiß, wohin ich gehen muß – zu dem Ort, an dem ich in größter Gefahr schwebe. Ich muß mich in eine Menge von Menschen begeben, die Halloween feiern, indem sie sich einer Nacht vorprogrammierter Angst unterziehen, mit gräßlichen Erscheinungen und Teufeleien. Und obendrein wird auch noch gegessen. Wein, Weib und Gefräßigkeit.

Nur das menschliche Gehirn kann Feiertage ersinnen, an denen es seine eigenen Artgenossen zu Tode erschrecken will. Diejenigen von uns, die wegen ihrer schwarzen Pelzfarbe unfreiwillige Symbole dieser Feiertage geworden sind, sind dabei oft genug nicht nur zu Tode erschreckt, sondern auch zu Tode gequält worden. Ich habe es schon einmal gesagt und wiederhole es an dieser Stelle gerne: Nur Menschen erlauben sich Sentimentalität gegenüber den Geschöpfen, die sie anschließend umbringen.

Es sei denn, es handelt sich dabei um einen anderen Menschen.

6

Mahlzeit außer Haus für Gespensterliebhaber

Um sechs Uhr abends an einem dämmerigen Oktobertag ist nicht unbedingt die richtige Schwiegermutterbeleuchtung für das Hell-o-ween Haunted Homestead.

Die bemalte, von lauwarmen Scheinwerfern angestrahlte Fassade wirkte vor der orangefarbenen Abendsonne wie ein blasses Aquarell.

Temple und Matt, gerade den Labsalen eines Hamburger-Lokals entronnen, befanden sich unter den ersten dreißig Kunden. Drei Meter von der Eingangstür entfernt stand jetzt ein Kiosk, der einem gotischen Klohäuschen ähnelte. Darin saß ein Opfer des großen Kettensägenmassakers und tauschte limettengrüne Tickets gegen laubgrüne Dollars aus.

»Wir wären wohl besser erst später gekommen«, bemerkte Matt. »Die Scheinwerfer kämen dann richtig zur Geltung, und sicher wären dann auch mehr Besucher da. Im Moment sind die Furchtsamen hier draußen wahrscheinlich in der Überzahl gegenüber den Gespenstern drinnen.«

»Stimmt, es sieht nicht besonders belebt aus«, gab Temple zu.

»Das hast du davon, dich mit einem zu verabreden, der in der Nachtschicht arbeitet. Ich könnte schnell bei ConTact anrufen und fragen, ob die mich wirklich gleich brauchen«, bot Matt an.

»Nein, laß nur. Drinnen ist die Beleuchtung jetzt sicher auch schon perfekt.« Plötzlich fiel Temple etwas ein. »Du hast doch wohl nichts Grundsätzliches gegen Gespensterhäuser einzuwenden, oder? Damit verstößt du doch nicht etwa gegen irgendein Gebot oder so etwas?«

»Lieber Himmel, nein.«

Matt nahm Temple am Ellbogen und führte sie zu der Schlange vor dem Eingang. »Langsam klingt es so, als wärst *du* diejenige, die der ganzen Sache eher reserviert gegenübersteht.«

»Von wegen reserviert – dann müßten wir ja nicht an diesem Monster an der Kasse vorbei. Übrigens, ich lade dich ein, oder vielmehr, das Crystal Phoenix.«

Als Temple eine blaue Personalkarte vorzeigte, reichte ihr eine riesige, rot beschmierte Hand zwei schleimig grüne Karten.

»Vielen Dank«, sagte sie und nahm die Karten mit spitzen Fingern, ohne die widerliche Gummihand zu berühren.

»Grrngäschschschmmmpf«, murmelte der mißgestaltete Kopf und nickte, so daß sein heraushängender Augapfel ein kleines Tänzchen an seinem zerschundenen Wangenknochen aufführte.

»Ich hoffe, die Gespenster sind drinnen ein bißchen weniger schlecht gefälscht als dieses hier«, flüsterte Temple Matt zu, während sie auf den Einlaß warteten.

»Warum glaubt alle Welt, daß solch ein Anblick so entsetzlich ist? Eher versetzen einen doch die Dinge, die man nicht sieht, in Angst und Schrecken.«

Als Matt sich vorbeugte, um sie besser zu verstehen, färbten die wild-bunten Scheinwerfer seine blonden Haare lila und grün und warfen sein Gesicht in ein gruseliges Spiel von Licht und Schatten.

»Oooh, Herr Telefonseelsorger, du siehst aber schrecklich aus!«

»Du solltest mal sehen, was dieses Licht mit deinen roten Haaren anstellt!«

»Schön gruselig?«

»Allerdings ... es ist braun.«

»Iiiiih, braun, um Gottes willen!« Temple erinnerte sich an

Electras Verachtung für diese Farbe. »Gibt's hier nicht irgendwo ein blondierendes Licht?«

»Das wäre doch viel zu fröhlich. Da vorne geht man übrigens gerade hinein.«

Temple biß sich auf die Unterlippe und schlang die Arme um sich.

»Spüre ich bei dir etwa schon ein Gruseln?«

»Mir ist nur kalt«, sagte sie zu ihrer Verteidigung.

In Wirklichkeit war sie froh, Gesellschaft zu haben. So sehr sie auch vorhatte, sich nicht durch diesen selbstgebastelten Kram aus der Fassung bringen zu lassen, wußte Temple doch, daß heutzutage Special-effects durchaus realistischer sein konnten, als es ihr lieb war.

»Schön festhalten«, tönte Matt, als sie dem Ghul an der Tür ihre Karten reichte.

Er nahm gerade noch rechtzeitig ihren Arm, denn einen Augenblick später verschwanden die vier Teenager vor ihnen plötzlich in der Dunkelheit.

»So schlimm kann es gar nicht werden«, wehrte Temple ab. »Wir gehen schließlich nur durch einen programmierten Irrgarten. Ich war zudem schon einmal bei Tageslicht hier.«

Vor und hinter ihnen hörten sie Menschen aufkreischen. Temple konnte nicht genau erkennen, ob das zu Tode erschrokkene zahlende Kunden waren oder auf Tonband aufgenommene Schauspielerstimmen, die die Angst der Besucher noch erhöhen sollten.

»Hey!« lachte Matt, als plötzlich eine Figur aus dem Dunkel ins Licht hineinrauschte, eine riesige, aufgeblasene Spinne, die kribbelige, krabbelige Minispinnen von sich gab.

Temple konnte nicht anders als aufkreischen, als ein paar der Spinnenjungen auf ihr Haupt fielen. Sie schlug sie hastig fort. Igitt.

Weil sie vor Matt herging, war sie die erste, die über die plötzliche Stufe nach unten stolperte. Diesmal schrie sie richtig, denn jetzt war es sehr dunkel.

»Nimm lieber meine Hand«, hörte sie Matt mit ruhiger Stimme sagen.

Jungejunge, wenn sie jemals die Telefonseelsorge anrufen müßte, dann würde sie sich diese Stimme geben lassen.

Seine Hand fühlte sich warm an, also mußte ihre eiskalt sein. Das war ja lächerlich! Wenn eine Spinne an einem Halterungsseil und eine Unebenheit von zwanzig Zentimetern sie so durcheinanderbringen konnten, was würde erst geschehen, wenn sie an die wirklichen Effects geriet?

»Gespenstisches Licht da vorne«, warnte Matt sie und führte sie um eine Ecke, als sei er nachtsichtig.

Gespenstisch war es wohl, ein leicht pulsierendes Blau... Während Temple sich Mühe gab, es genauer zu erkennen, schlossen sich Hände um ihren Hals.

»Matt – du darfst mich nicht so erschrecken!«

Heißer Atem keuchte an ihren Wangenknochen. Warme, klebrige Flüssigkeit rann an ihrem Hals herunter. Speichel? Ließen die Gesundheitsvorschriften eigentlich zu, daß zahlende Kunden bespuckt wurden? Oder von ihrem Arbeitgeber eingeladene Kunden?

Eine verbrecherisch klingende Stimmte krächzte rauh in ihr Ohr: »Hallo, du böses Mädchen! Zeit für eine Blutabnahme.«

Etwas stach ihr in den Hals. Temple hätte noch einmal aufschreien wollen, nur ging in dem Moment ein pulsierendes Licht an, und sie sah Welle über Welle von rotäugigen Fledermäusen, die direkt auf sie zuflogen...

Matt zog sie aus den Fängen von Graf Dracula. Der Vampir selbst trat jetzt wieder in die steinerne Wand zurück und verschwand. Blut troff sein Kinn hinunter.

Temple wich dem sirrenden Geschwader von Fledermäusen aus und faßte sich dabei an den Hals. Ihre tastenden Finger fanden nichts Feuchtes – außer ein paar weichen, gummiartigen Fäden, die zu Boden fielen.

»Warum bin ich denn darauf bloß hereingefallen?« fragte sie. »Wie können die uns eigentlich im Dunkeln sehen?«

»Sie sind es gewohnt, während wir dauernd ein Wechselbad zwischen Hell und Dunkel erleben, so daß sich unsere Augen nicht daran gewöhnen können.«

»Siehst du noch irgendwelche Spinnen, Fledermäuse oder Wassermolche in meinen braunen Haaren?«

»Nee.«

In dem pulsierenden Licht erkannte Temple, daß Matt grinste, während er sich Fledermausköttel – winzige schwarze Gummibällchen, die aussahen wie Mohn – von seinem Kopf klaubte. Dann fügte er hinzu: »Eigentlich müßte man für solch schöne Souvenirs bezahlen. Wenn du noch eine dieser Spinnen erwischst, heb sie doch bitte auf.«

»Das alles hier ist wirklich sehr durchschaubar, aber ich habe schon eins dabei gelernt.«

»Was denn?«

Wieder traten sie ins Dunkel und warteten auf das nächste Schockerlebnis.

»Angst hat nichts mit High-Tech zu tun, nicht wahr?«

Seine Hand faßte ihre fester. »Das ist ja eine ziemlich tiefschürfende Bemerkung – Achtung!«

»Wo? Was? Wann – Jetzt? Iiiieh ...«

Temple stolperte über eine unerwartete Stufe nach oben und saß plötzlich in einer vorbeirauschenden Gondel. Matt grunzte auf, als er neben ihr auf der Sitzbank landete.

Zusammen flogen sie in die Dunkelheit – eine Situation, die durchaus hätte romantisch sein können, wenn nicht Übelkeit ihr Begleiter gewesen wäre.

Von wegen Händchenhalten. Es ging jetzt nur noch ums nackte Überleben. Etwas ergreifen, das irgendwie stabil war ... die Sitzkante, den Fußboden unter ihren Füßen, ein Rohr ... nein, eine Stahlstange in dem ansonsten überall offenen Sessel.

»Das ist ja wie in einem Karussell!« Temple war empört.

Die Dunkelheit warf ihre Worte als Echo zurück, fügte ihnen ein Vibrato und eine Baßnote hinzu, und ein Sopranglissando verwandelte ihre Worte zu einem Kreischen.

»Aber niemand hat was von einem Echomikrofon gesagt«, fügte sie hinzu und vernahm, wie ihre Worte zu einer gespensterhaften Arie ausgedehnt wurden, für alle hörbar. »Muß das Ding denn dauernd so tun, als würde ich jammern?«

Genau das tat es.

»Schschsch«, riet ihr Matt beruhigend.

Temple spürte echte Angst. Wo war sie? Wohin fuhr sie? Wann würde das alles aufhören? Gab es einen Gott?

Sie befand sich zwar nicht in einem Fuchsbau, aber es war auch keinesfalls das, was sie erwartet hätte. Womit der Rummel natürlich schon einen Erfolg verbuchen konnte. Sie würde noch einmal darüber nachdenken müssen, ob sie wirklich junge, noch formbare Menschen in der geplanten Jersey-Jackson-Mine einem solchen Trauma aussetzen konnte. Andererseits waren es heutzutage gerade die Kids, die einen derartigen porgrammierten Streß verkrafteten, um hinterher kichernd nach mehr zu verlangen. Wann wurden die eigentlich erwachsen? Wann erkannten sie, daß man im Leben mehr verlieren konnte als nur seine gute Laune? Und wann war ihr selbst das eigentlich geschehen?

»Alles in Ordnung bei dir?« Matt klang besorgt.

»Doch, doch. Und wie geht es dir?«

»Beim nächsten Mal würde ich vorher bestimmt keine frittierten Zwiebelringe essen.«

»Du würdest das nochmal durchmachen?«

»Klar doch! Macht einen Riesenspaß.«

Temple schnaufte verzweifelt auf. Wieder dröhnte das Echo in ihren Ohren.

»Was geschieht hier eigentlich, wenn es keine so hysterischen Besucherinnen gibt wie mich?« fragte sie leise.

»Wahrscheinlich spielen die dann einen Song von Madonna, nur rückwärts.«

»Du weißt über Madonna Bescheid?«

»Wieso denn nicht?«

»Wie findest du sie?«

Schweigen. Temple fragte sich, ob es die zur Oberbekleidung umdeklarierte Unterwäsche der Sängerin war, die ihn so nachdenklich machte, oder ihr beinahe blasphemischer Name.

»Ich glaube, sie ist einfach eine verirrte Seele«, sagte er so laut, daß das Soundsystem den Satz aufgreifen und wiederholen konnte, bis das Wort »Seele« wie sprühende Gischt von den unsichtbaren Wänden widerhallte.

Heulen und Kreischen, Gelächter, das in Schreie umkippte – alles wogte wie riesige Wellen um sie herum. Körperloses Schluchzen schlug an ihre Ohren. Manche Geräusche schienen von anderen Karussellfahrern zu stammen; andere Laute – Grunzen, Stöhnen, Leidensschreie – wirkten so, als würden sie über Lautsprecher eingespielt. Wenigstens hoffte Temple das.

Jetzt stieg ihr Sessel im Dunkeln an, und die Neigung schien einem rechten Winkel zu entsprechen.

Temple gab sich große Mühe, sitzen zu bleiben, denn sie fürchtete, diese letzte Insel von Solidität aufgeben zu müssen. Sie wußte, daß Matt denselben Kampf führte. Um sie nichts als Lärm. Sie hatte langsam das Gefühl, als schwebe sie unter der Wasseroberfläche, werde von Geräuschen gesteuert wie ein Spionage-U-Boot.

Plötzlich tröpfelte etwas Helligkeit in den riesigen Raum.

Scheinwerfer schnitten durch den mitternächtlichen Wackelpudding. Die Schreie gingen weiter, auch wenn sie nicht mehr aus ihrem eigenen Sessel stammten. In der Entfernung fuhr etwas auf und ab, neblig und unscharf wie durch Milchglas, ein Glühwürmchen oder Tinkerbell auf LSD.

»Festhalten«, warnte sie Matt, kurz bevor das Phantom zu ihnen herabstieß, in zahllosen Stäubchen von schimmerndem, regenbogenfarbenem Licht explodierte, ektoplasmische Gliedmaßen hervorschoß … acht an der Zahl, als sei es Shiva, die Göttin des Todes. Der Kopf war katzenartig und pantherschwarz, um den Hals ein Band aus Rubinen.

Temple spürte knochenlose Gliedmaßen vorbeischweben, sah das Katzengesicht, wie es sich in einen vor Reißzähnen starren Rachen auflöste und dann vorbeirauschte. Acht lange, schwarze, strubbelige Schwänze wedelten hinterher, wie die Beine einer Tarantel.

»Ooooh!«

Ihr Wagen wirbelte plötzlich herum, tauchte so rasch hinab, daß ihre Mägen noch im oberen Stockwerk hängenblieben, und machte dann rasch eine Biegung in eine Höhle mit grün leuchtendem Wasser. Skelette tanzten auf dessen Oberfläche, Totenschädel schwebten an der Decke, auf der Lichtreflexe aus dem Wasser spielten, knochige Hände zerrten an ihren Kleidern, griffen nach der Haltestange des Sessels, zogen sich dann zurück und zerfielen in ihre Bestandteile. Eine Geisterstimme versprach ihnen nun, alle Geheimnisse der toten Ozeane zu offenbaren.

Wieder sanken sie tiefer, und diesmal fuhr der Sessel durch das Wasser. Auf diese Weise noch einmal bespritzt, naß und wild und echt, kreischte Temple auf. Das, so konnte man aus der sich intensivierenden Geräuschkulisse schließen, tat wohl auch jede andere anwesende Dame, die diesen Spaß durchlitt.

Warum schrien Männer eigentlich nie auf?

Matt saß unsichtbar und offenbar stoisch neben ihr. Moment mal – saß er *wirklich* noch neben ihr …

Temple löste ihre verkrampfte Faust von der Stahlstange, die unter ihrem Griff ganz heiß geworden war, und tastete in der Dunkelheit neben sich.

Eine phosphoreszierende Schlange aus Nebel wand sich um ihren Arm und bewegte sich dann auf ihren Bauch zu.

Temple schlug sie fort, doch jetzt bewegte sie sich um die

Haltestange auf die einzige Hand zu, die sie immer noch umklammerte. Ihre. Matt. Wo steckte Matt?

Geisterhafte Gesichter schwebten flüsternd um sie herum. Stinkender, kalter Atem strich ihr ins Gesicht. Andere Gesichter grinsten aus dem Wasser unter dem Sessel zu ihr empor, schwebten wie Seerosen auf seiner schwarzen, gefleckten Oberfläche.

Schwupp.

Wieder flogen sie hinauf, wo schwebende Monster die Schreie der Frauen und Kinder übertönten und mit riesigen, ausgestreckten Klauen auf sie zukamen. Temple duckte sich, wie die Designer des Geisterhauses das von ihr erwarteten und ärgerte sich anschließend über ihre reflexartige Reaktion.

Doch dann zog etwas ihre Aufmerksamkeit auf sich.

Eine Kristallkugel schwebte in mittlerer Entfernung. Nein, es war ein ganzer Raum, ein normales Zimmer, das an allen Seiten riesige Glasfenster hatte, ein sonderangefertigter Eisenbahnwaggon. Während ihr Sessel rasant darauf zu katapultiert wurde, entdeckte sie darin normale Menschen ...

Oder auch nicht normal?

Eine Frau in einem langen Kleid ging vor dem Kamin auf und ab.

Ein Mann hob ein Glas Brandy an die Lippen, kaum sichtbar unter seinem Schnurrbart. Eine alte Schellackplatte jammerte auf einem noch älteren Grammophon. Ein Kind saß auf einer Holzbank und wandte die Seiten eines Buches um, das viel zu groß für seine kleinen Hände war. Auf dem Teppich vor dem Kamin lag ein schlafender Hund, seine riesigen Ohren hatten sich auf dem orientalischen Muster ausgebreitet.

So klar umrissen war diese Szene, wie im Theater, wenn sich der Vorhang öffnet und die kleine Welt des Bühnenbildes sich zu drehen und zu entfalten beginnt. Ein Geheimnis wird aufgedeckt, ganz langsam.

Und Temple schwebt auf den Wogen eines Wiener Walzers auf dies alles zu ...

Dann wendet sich die Frau vom Kamin ab und offenbart ein maskenhaftes, verzerrtes Gesicht. Der Mann steht auf, um sein Glas in den Kamin zu werfen ... und Ziegenbeine staksen aus seinen gestreiften Hosen. Das Kind erhebt sich, dreht sich kopfüber und schwebt an die Decke, wo es wie eine Qualle dicht unter der Oberfläche des Meeres hängt. Das Buch schlägt mit den Seiten, als seien es Flügel, und wirft sich gegen das Glasfenster, einmal und noch einmal und immer wieder. Der Hund ... der Hund erhebt sich wie eine riesige schwarze Katze, ein Panther, mächtig wie ein Löwe mit Fledermausflügeln. Er dreht sich um und um, bis seine Schreie aus dieser Welt entkommen wollen, die immer größer und größer wird. Fast erdrückt sie Temple, als sie daran vorübergeführt wird. So muß sich Dorothy gefühlt haben, als sie vom Wind in ihrem Häuschen nach Oz getragen wurde.

Jetzt hört sie die Schienen, spürt sie unter ihrem Sessel rattern, riecht die dunklen Gerüche von Stein und Wasser, empfindet eine gerade, gleichmäßige Fahrt an einen Ort, der endlich eindeutig ist.

»Großartige Geisterbahn«, erklärt Matts Stimme aus dem Dunkel.

Geisterbahn. Genau. Endlich vorbei.

Das Licht ist echt, dauerhaft und unerträglich.

Gräßliche Gestalten beugen sich herüber, um ihnen aus dem Sessel zu helfen. Unerträglich lange war sie, diese Reise, in der sie völlig aus dem Lot geriet, sich in fremden Händen befand, keine Kontrolle über sich selbst besaß.

Temple ging auf wackeligen Beinen durch den schwach beleuchteten Korridor Richtung Ausgang und versuchte, nicht zu stolpern. Matt war hinter ihr.

Sie atmete tief durch.

»Das war wohl mehr, als du erwartet hast«, sagte Matt.

Temple nickte. »Vielleicht wird Houdini wirklich von den Toten zurückkehren. Und vielleicht sollte ich mich doch nicht auf etwas einlassen, das so ... merkwürdig und schräg ist. Angeblich wird die Séance in ... diesem Zimmer stattfinden.«

»Ich glaube, das ist nur einer der üblichen Special-effects, genau wie deine Séance.«

»Der ganz normale Hokuspokus, was?«

»Weißt du eigentlich, woher das Wort ›Hokuspokus‹ stammt?«

»Nee. Ist es ein Tanz? Mach mir den Hokuspokus? Ehrlich gesagt klingt es einfach nur gespenstisch, Grusel-Graus. Stimmt's?«

»Stimmt eben nicht. Der Begriff stammt aus der lateinischen Meßliturgie, aus dem Teil, in dem es um die Transsubstantiation geht.«

»Wie beliebt?«

»Wenn das Brot und der Wein in den Leib und das Blut Christi verwandelt werden, sagt der Priester, wenn er die Messe auf Latein feiert: ›Hoc est corpus meus‹ und wiederholt damit, was Jesus beim Letzten Abendmahl seinen Jüngern gesagt hat. ›Dies ist mein Leib‹.«

»Wieso wurde denn der lateinische Satz in einen Zauberspruch umgesetzt?«

»Vielleicht, weil Wunder wirklich auf Zauberkraft beruhen. Im Alten und im Neuen Testament gibt es eine Menge Wunder.«

»Stört es dich nicht, daß etwas so Heiliges zu einem Bannspruch verkürzt wurde?«

»Nein. Das war zu einer Zeit, als das Heilige und das Weltliche noch nicht Gegensätze waren, sondern Gefährten. Heute bedeutet ›Hokuspokus‹ etwas Lächerliches, Täuschung und Albernheit, und es soll aussagen, daß keine Wunder mehr geschehen, daß Lazarus zum Beispiel sich nicht von seinem Bett erhebt.«

»Glaubst du denn überhaupt nicht, daß bei dieser Séance etwas Ungewöhnliches geschehen könnte?«

»Nur, wenn ein Taschenspieler dabei ist, der es durchführt. Theater, Temple! Du hast doch selbst gesagt, daß du damit Erfahrungen hast. Es ist nichts als Theater.«

»Wie im *Exorzist*. Geht dir das überhaupt nicht an die Nieren? Dieser außerreligiöse, rituelle Versuch, den Tod herauszufordern? Indem das Leben nach dem Tod, wie auch immer es aussehen mag, gestört wird, ist schließlich auch eine Berührung mit dem absolut Bösen denkbar.«

Matt schüttelte den Kopf. »Du verstehst das nicht. Das wahre Böse ist immer ganz banal.«

Sein Gesicht war blaß geworden und spiegelte eine Gefühlsregung wider, die sie nicht benennen konnte. »Das wahre Böse kümmert sich einen Scheißdreck um dramatische Zusammenhänge.«

7

Louies Glückszahl?

Eine Stunde nach dem Sonnenuntergang taumele ich aus dem Haus der Hölle.

Meine Pflicht hab' ich erfüllt, Untersuchungen sind angestellt.

Und ich bin tatsächlich zutiefst erschüttert von dem, was ich im Hell-o-ween Haunted Homestead gesehen und gehört habe.

Was für eine Enttäuschung.

Trotz der angekündigten Blutrünstigkeit und der großen Versprechungen kann ich mit der Sicherheit eines Feliden, der mit bluttriefender Klaue geboren ist, erkennen, daß sich hier massenproduzierte Ersatzwesen als wahre Geister kostümiert haben. Ich rieche, rieche, rieche nicht Menschenfleisch, sondern das Aroma von Ölfarbe und Polyurethan.

Zugegeben, da gibt es eine unangenehme kleine Pfütze, durch die die Sessel im Dunklen planschen. Aber das ist nur stehendes Stadtwasser, das mit der öligen Essenz vom Getriebe und den Rädern parfümiert ist.

Und mir gefallen die dunklen, riesig hohen Räume nicht, in denen der Irrgarten aus Schienen für diese offenen Vehikel angelegt ist, in denen wiederum die leichtgläubige Menschheit durch das halbe Haus gekarrt wird. Höhenangst kenne ich nicht, aber meine Kletterei ist hier wirklich gefährlich. Jederzeit kann eine ganze Truppe dieser blödsinnigen Sessel mit kreischenden Menschen auf mich zu rauschen und meine Konzentration zerstören. Das Resultat wäre, daß ich kurz darauf an einem Nagel von irgendeinem Schwebebalken hänge – immerhin an einem Klauennagel.

Was die Qualität der hiesigen Geisterverseuchung angeht – ich habe etwas hinter den Kulissen gelauscht. Es sind schon Merkwürdigkeiten einer gewissen Sorte, die durch diese Anlage schleichen. Die meisten der sogenannten Horrorwesen sind arbeitsscheue Teenager, die ohnehin gut daran tun, ihre pickeligen Schnuten hinter Masken zu verstecken. Wenn sie nicht gerade damit beschäftigt sind, sich auf irgendeinen ahnungslosen Besucher zu werfen, hängen sie hinter den Kulissen herum, die Schreckensmasken halb heruntergezogen. Dabei rauchen sie stinkende filterlose Zigaretten, die von Orten zu stammen scheinen, die ohne Zweifel weitaus südlicher liegen als der übliche Zigarettenkiosk.

Und der ganze Lärm, und dieses völlige Chaos! Das allein reicht ja schon, um die Toten wieder ins Leben zurückzurufen. Als würden die durchdringenden Schreie der erschrockenen Kunden nicht reichen, ist der ganze Laden mit Lautsprechern ausgestattet, aus denen Heulen, Keuchen, Grunzen, Jammern, Bellen und Knurren dringt. Man würde meinen, es hier mit einem Kongreß von Hundeliebhabern zu tun zu haben. Ungern, äußerst ungern muß ich jedoch zugeben, daß auch ich mitkreische, wenn irgendein achtloser Besucher im Dunkeln auf meine Extremitäten tritt. Es sei ihnen vergeben – das Dunkel ist so undurchdringlich, daß selbst meine berühmte Nachtsicht es nicht überwinden kann.

Aber diesen meinen Röntgenblick brauche ich jetzt, um das Unsichtbare zu erkennen. In den Lüften über mir sehe ich zarte Geister hin und her huschen. Als ich ihrer zum ersten Mal gewahr wurde, hielt ich wie ein Labrador inne, einen Fuß in der Luft hängend. Ich habe in meinem Leben schon Trockeneisnebel gesehen und die diaphanen Kleidchen an den Damen des Las Vegas Chorus. Was da über mir Pirouetten dreht, ähnelt beiden Special-effects. Es sieht aus wie Qualm aus dem Mund eines Märchenriesen, der Sumpfgas raucht.

Zunächst halte ich sie für UFOs, so hoch fliegen sie über mir. Dann schweben sie aber herab und umschlingen die kleinen Sessel, die auf den Gleisen entlangsausen. Ich erkenne, daß sie größer sind, als sie mir vom Boden aus erschienen. Tatsächlich stoßen sie von oben nach unten herab, um dann wieder hochzuwirbeln, was eine neuerliche Serie Kreischanfälle auslöst. Ein Stück von diesem Nebel fällt zu mir herunter und verdichtet sich zu einer Masse, gewinnt Form und dehnt sich, bis es der Großvater aller Katzen ist, vielleicht sogar Kitty Kong in seiner ganzen Majestät (oder ihrer ganzen Majestät, muß man wohl heutzutage sagen).

Diese Kreatur knurrt, was pflichtgemäß von den Lautsprechern wiedergegeben wird, und springt wieder hinauf, um den Besuchern in ihren durch die Luft sausenden Sesseln aufzulauern. Sie schreien alle auf, scheinen aber ihre Angst außerordentlich zu genießen.

Mein eigener Schrecken ist subtiler. Denn die große Katze ist nicht echt, das sehe ich. Nur wirkt sie höchst echt. Einen Augenblick lang frage ich mich, ob es für meine Spezies einen Elefantenfriedhof gibt, auf den sich diejenigen zurückziehen, deren Leben sich langsam auf die letzten Augenblicke des neunten reduzieren. Ein Ort, an dem wir in einem Kreis sitzen können und die Nacht besingen, ohne daß es jemand hört. Ein Ort, an dem Große und Kleine sich an den Nasen beschnüffeln und die Schnurrhaare schütteln, wo die Wilden sich mit den Gezähmten treffen und höflich umeinandertänzeln.

Doch dann beobachte ich, wie die Schattenkatze umherspringt und mit den vielen kleinen Mäusesesseln spielt, die hilflos auf den im Zickzack verschlungenen Gleisen entlangsausen... bis ich erkenne, daß die große Katze ebenfalls programmiert ist. Sie wirkt zwar bedrohlich, wird aber nie Beute fangen. Und wieder höre ich die schrecklichen Jaulereien, eindeutiges Katzengewimmer in weiter Ferne, so nah.

Dieser Augenblick läßt mich wahrhaftig frösteln. Es ist eine Sache, gemütlich dabeizusitzen und zuzuhören, wie die Menschen wie Hunde jaulen und umgekehrt. Aber wenn melodische Felidenstimmen in fürchterlich hysterischen Tonlagen ertönen, dann ist das doch etwas dicht am eigenen Nerv.

Apropos Nervigkeit, da fällt mir doch gleich der einzige wirklich schreckliche Augenblick meiner ganzen Expedition ein.

Ich bin gerade auf dem Weg nach draußen, da mir klar ist, daß Karmas absolutes Böses wohl kaum dieses Spaßhaus heimsuchen wird. Wenn ich wirklich einmal das Fürchten lernen will, kann ich mir das effizienter organisieren, zum Beispiel, indem ich den Strip während des Stoßverkehrs zu überqueren versuche.

Mittlerweile kennt mein zuverlässiger Orientierungssinn, der selbst bei den kompliziertesten Pfaden und dunkelsten Schleichwegen nicht versagt, den Laden ziemlich gut. Ich schleiche an der Wand entlang durch den Korridor. Ich sause an dem falschen Graf Dracula vorbei, der unter seinem bodenlangen Cape Turnschuhe trägt und seinen Atem gerade mit einem Pfefferminzspray auffrischt. Wovor hat der denn Angst? Ein bißchen Knoblauch-Mundgeruch?

Ich springe über die Nische hinweg, in der die Stimme im Hinterhalt lauert, und vermeide es, auf dem dort verteilten Spinnenunrat auszurutschen, der nach Gummi stinkt.

Ich flitze um die Ecke und stehe dort Nase an Nase mit … mir selbst.

Selbstverständlich zische ich wütend. Billige Imitationen gefallen mir nicht.

Dann denke ich noch einmal nach. Möglicherweise ist das auch nur ein Spiegel. Davon habe ich ja schon mehrere in merkwürdigen Ecken stehen sehen, wo sie den gruseligen Effekt verstärken sollen.

Ich zische. Mein Spiegelbild zischt. Ich mache meine grünen Augen schmal. Dito. Ich wölbe den Rücken zum patentierten Halloween-Buckel (meine Spezies hat diese rituelle Kriegsposition über Jahrtausende eingeübt). Mein Gegenüber paßt sich dieser Haltung perfekt an.

Da ich jetzt weiß, daß es nur mein Spiegelbild ist, wende ich mich beruhigt ab.

Es springt vor und haut mir eins auf den im Rückzug begriffenen Schwanz.

Seit wann schlagen Spiegel zurück?

Ich wirble wie ein Derwisch herum und zeige meine Schneidezähne und das Zahnfleisch. Der Spiegel erwidert dieses Kompliment, und es wird offenbar, daß ihm ein paar Backenzähne fehlen.

Dann bemerke ich, daß das Haar um die Schnauze neben den auffällig weißen Schnurrhaaren angegraut ist. Soll das irgendeine Art Bildnis des Dorian Gray sein? Sehe ich gerade mein Alter ego der Zukunft? Ist mir diese Vision von einem bösen Geist geschickt worden, um mich zu entmutigen?

Mittlerweile stellen meine sanften Knurrlaute nicht nur mir, sondern auch meinem gespenstischen Doppelgänger diese Fragen.

»Keine Selbstgespräche«, ermahnt mich eine rauhe Stimme. »Man könnte dich für einen zahnlosen alten Deppen halten.«

Dies ist eine Tonbandbotschaft, die ich bislang im Hell-o-ween Haunted Homestead noch nicht gehört habe. Ich setze mich auf die Hinterläufe, um mein Gegenüber zu betrachten. Der hat mittlerweile auch die kriegerischen Feuerwerkskünste abgeschaltet.

Zwischen uns herrscht Schweigen, während weiter leises Heulen im Raum zu hören ist.

»Nun«, sagt er schließlich zu mir und hebt eine kohlrabenschwarze Pfote an die Schnurrhaare. »Lange nicht mehr gesehen. Was hast du denn so erlebt in letzter Zeit?«

»Was machst du eigentlich hier, Three O'Clock?« stelle ich die Frage zurück.

»Bin eingezogen worden«, sagt er und verzieht die Schnauze. »Richtige Farbe, falscher Ort, falsche Zeit. Der alte Joe hat mich als Maskottchen für dieses Gespensterhaus eingesetzt. Weswegen ich hier herumlaufe und die Ratten ein bißchen erschrecke.«

»Reden wir etwa von richtigen Ratten«, hake ich interessiert nach, »lange Schnauzen und lange, nackte Schwänze, scheußliche Zähne?«

»Nee, eher von Mäusen. Jedesmal, wenn die Touristen mich sehen, kreischen sie auf und betteln mich an, nicht vor ihnen die Straße zu überqueren. Als würde ich so etwas tun. Das weiß ich doch, daß das nicht nett wäre. Schließlich bin ich nicht in einem Stall groß geworden.«

»Wo wohnst du jetzt eigentlich?«

»Etwas weiter landeinwärts. In einem Vororthaus mit diesen niedlichen kleinen Schwingtüren zur Küche.«

»Nein! Das kann doch nicht wahr sein. So etwas gibt es also tatsächlich!«

»Na ja, ich kann dir bestätigen, daß die echt sind. Sandkästen übrigens auch.«

»Sandkästen! Öffentliche Freilufttoiletten an jeder Straßenecke? Las Vegas ist von einer Menge Sand umgeben, aber hier gibt es nichts vergleichsweise Zivilisiertes.«

»Nun häng es mal nicht zu hoch, mein Sohn. Man muß immer warten, bis man rein kann, weil erst die Kinderchen fertig sein müssen. Die bringen den ganzen Sand durcheinander und verbuddeln nutzloses Zeug darin, Plastiklaster und Spielzeugsoldaten. Und am Ende machen sie ihr Ah-Ah doch in die Hose. Ziemlich primitive Rasse, diese Menschen. Das Leben im Vorort würde dir nicht gefallen, mein Sohn. Ich weiß, wovon ich rede.«

»Wie lange machst du denn schon diesen Einsatz im Gespensterhaus?«

»Zu lange. Ziemlich langweilig. Und ziemlich anstrengend für die Ohren.«

»Was ist das eigentlich für ein Katzengejaule? Mir scheint, es ist authentisch. Weißt du eigentlich, wie man an diese Aufnahmen rangekommen ist? Das muß doch verboten sein.«

»Ist es wahrscheinlich auch. Manche Menschen behandeln uns wie Tiere. Meine eigenen Leute sind aber ziemlich anständig, und die Arbeitgeberleistungen bei Three O'Clock Louie's sind erste Sahne. Komm mal wieder vorbei, dann lade ich dich auf etwas Filet und Krabben ein.«

»Wie steht's mit Karpfen?«

»Ach, ich geh nicht mehr so oft fischen. Mir reicht es seit damals, als ich noch zur See gefahren bin. In meinem Alter ist es sehr angenehm, daß jemand anderes den Fisch fängt und das Kochen für mich erledigt.«

Ein gräßlicher Schrei schrillt durch das Gemäuer, wenn es an diesem Ort denn Mauern gäbe. Beide schauen wir empor. Als sich unsere Blicke wieder treffen, ist mein Alter aufgestanden.

»Du solltest mal lieber losziehen, mein Junge. Meine alten Kameraden kriegen die Krise, wenn sie dich hier sehen. Und ich will jeden vermeidbaren Streß von ihnen fernhalten.«

»Geht in Ordnung. Menschen sind so zartfühlende Wesen. Meine Miss Temple ist eine sehr sensible junge Dame und braucht dringend Fürsorge, genau wie meine entfernte Damenbekanntschaft, die göttliche Yvette. Merkwürdig, es hörte sich fast so an, als habe sie in dem Chor da oben mitgekreischt.«

»Du arbeitest zuviel, mein Sohn. Nimm dir ein bißchen frei. Leg dich ans Schwimmbad, laß dich von der Sonne bescheinen. Schließlich befinden wir uns hier in einem weltberühmten Freizeitort.«

»Ich weiß, Dad.« Zum ersten Mal nenne ich ihn so. Ich glaube, ein schwaches Grinsen auf seinem Gesicht wahrzunehmen, und ich bin schließlich ein sehr guter Detektiv.

Wir schütteln uns die Pfoten und gehen unserer getrennten Wege. Es tut mir leid, daß mein Erzeuger noch in seinem Alter aus dem Ruhestand zur Arbeit gerufen worden ist. Aber ohne Zweifel fühlt er sich dabei nützlich, und das ist schon immer Balsam für die Seele gewesen.

Ich hingegen fühle mich momentan ziemlich nutzlos. Diese hochnäsige Karma hat mir eine sinnlose Reise durch eine Nullachtfuffzehn-Touristenfalle aufgedrängt. Jetzt will ich nur noch langsam und gemütlich nach Hause spazieren. Vielleicht mache ich allerdings noch einen kleinen Umweg über den Karpfenteich von Chefkoch Song im Crystal Phoenix. Meine müden alten Pfoten könnten durchaus ein kleines Bad im kühlen Wasser gebrauchen, ganz zu schweigen von dem, was mein Magen von einem Karpfen hielte ...

Bald schon bin ich aus der Horrorheimstatt hinausgeglitten und stehe im Freien. Scheinwerfer umkreisen das Geisterhaus. Ich sehe eine recht lange Schlange von Leichtgläubigen auf die nächste Show warten. Sie können aber leider ziemlich gut sehen.

»Schau mal!« brüllt jemand. »Eine schwarze Katze!«

»Ooh«, ruft eine besorgte weibliche Stimme, »so kurz vor Halloween sollte die aber nicht frei herumlaufen. Irgendein Verrückter könnte versuchen, sie zu fangen. Komm mal her, mein Kitze-Kätzchen.«

Wenn es einen Satz gibt, der mich dazu bringt, wie eine

Fledermaus von einem Hell-o-ween Haunted Homestead fortzurasen, dann: »Komm mal her, mein Kitze-Kätzchen.«

Ich mache mich auf in die Dunkelheit hinter den Scheinwerfern, aber mittlerweile hat sich eine ganze Menschenmenge um die gute Frau geschart. Drei oder vier andere kommen auf mich zu, vornüber gebeugt, wie alte Hutzelweibchen und säuseln: »Komm mal her, mein Kitze-Kätzchen!« Sie halten leere Hände ausgestreckt, als könne ich nicht riechen, daß sie nicht mehr als Schweiß zu bieten haben.

Mein rascher Gang wird zu einem Galopp.

»Nicht weglaufen lassen!« höre ich sie hinter mir rufen. »Man weiß nie, was in dieser Jahreszeit im Dunkeln alles passieren kann.«

Genau. Zum Beispiel könnte ich von einem Mob wohlmeinender Leute überrannt werden, die mein Leben zerstören und meine Freiheit rauben wollen. Ich lege die Ohren zurück, strecke den Schwanz steil in die Luft und sehe zu, daß ich Land gewinne.

»Das Tor!« Das ist ein Ruf an die Mitverschwörer. »Schnell das Tor zumachen!«

Die ahnen wirklich nicht, daß wir jedes Wort verstehen können. Ich mache mich geradewegs zu dem netzstrumpfartigen Zaun auf und erklettere ihn genauso, wie ich mit einem Nylonstrumpf umgehen würde. Ich bin bereits drüber hinweg und verschmelze mit der Dunkelheit der Nacht, als sie am Zaun ankommen und dort ihr Klagelied anstimmen.

Karma hatte in einer Hinsicht recht: Beim Gespensterhaus bin ich tatsächlich mit echter Gefahr konfrontiert worden. Leider rührte diese jedoch nicht von den geisterhaften Insassen, sondern von den schrecklichen Besuchern davor.

8

Kleiner Gruselzoo

Das Hell-o-ween Haunted Homestead zu verlassen war so, als würde man aus einem Kino hinausspazieren. Die Helligkeit und Geschäftigkeit draußen wirkten nach dieser Reise durch die Dunkelheit überwältigend.

Matt und Temple traten aus dem Seiteneingang in ein wahres Feuerwerk von farbigen Scheinwerfern hinaus.

»Hui!« Matt hob einen Arm, um die Augen zu schützen.

Temple blinzelte und kramte in den Tiefen ihrer Schultertasche nach der Sonnenbrille.

»So viele Leute in der Schlange«, bemerkte Matt. »Das Geschäft läuft ja bestens.«

Temple setzte sich rasch die dunkle Brille auf und wandte sich dann zu der bemalten Fassade um. »Die wahre Illusion.« Sie lachte verlegen. »Da wir gerade von Illusionen sprechen: Ich hab' auf diese ganzen lächerlichen Effects wirklich ziemlich heftig reagiert. Ich bin wohl ein bißchen überarbeitet.«

»Und was ist daran so schlimm?« Matt steckte die Hände in die Hosentaschen. »Du hast schließlich auch eine Menge durchgemacht. Fast von einem sterbenden Covermodel erwürgt, dann diese feuchte Expedition ins Goliath wegen der Midnight-Louie-Schuhe –«

»Dabei bist du allerdings derjenige gewesen, der naß wurde.«

»Ich frage mich nur, wie Kinsella da ungesehen rausgekommen ist, und ohne ebenfalls naß zu werden.«

»Wer sagt denn, daß er nicht naß geworden ist? Max hat

schon häufiger eine Verschwindenummer unter Wasser vollführt, das kann ich dir sagen.«

»Hast du ihn seither nochmal gesehen?«

»Nein.« Temple wandte sich ab, um das leere Gelände bis zum Zaun zu begutachten.

»Ich auch nicht.«

Sie blickte Matt erstaunt an. »Wieso solltest du auch?«

Er zuckte mit den Achseln. »Ihm schien es damals Spaß zu machen, sich mir aufzudrängen.«

»Warum hast du dir das überhaupt denn angetan?«

»Weil ... weil er behauptet hat, er könne mir Informationen über meinen Stiefvater beschaffen.«

»Vielleicht kann er das auch. Aber das wird nur geschehen, wenn er selbst auch etwas davon hat.«

»Ist er so egoistisch?«

»Egoistisch? Nein. Nur einer, der es versteht, sein Durchkommen zu sichern. Und Max hat öfter als die meisten von uns durchkommen müssen, glaube ich.«

»Du meinst ... bei den Menschen im allgemeinen?«

»Ich meine dich und mich. Wir fingen gerade an, ein Wir zu sein, und jetzt – « Er blickte fort.

Temple seufzte. Max mochte ja verschwunden sein, aber er stand zwischen Matt und ihr wie eine Barriere aus Stacheldraht und verhinderte jede tiefere Begegnung.

»Ich glaube, wir können das sein, was wir wollen. Egal, was geschieht«, sagte sie.

»Und woher weißt du das so genau?«

»Instinkt. Erfahrung.«

»Und wenn man keine hat?«

Den Einwand verstand sie gut. »Hey, selbst mit Instinkt und Erfahrung ist es immer noch schwierig.«

»Vielleicht ist das ja auch gut so.« Matt starrte wieder in Richtung des Zauns. Er war Begrenzungen gewohnt. Das einzige, was ihm nicht vertraut war, war die Freiheit. »Vielleicht brauchen wir einfach eine ... eine Auszeit. Ich muß mich darauf konzentrieren, die Sache mit meinem Stiefvater aufzuklären.«

»Die Polizei ist sich immer noch nicht sicher, ob er wirklich tot ist?«

»Die Fingerabdrücke stimmen nicht überein. Die Frage ist, hat sich bis vor ein paar Jahren jemand anderes als Cliff Effinger ausgegeben? Oder vielleicht sogar bis vor kurzem? Und dann lautet natürlich die nächste Frage: warum so eine Maskerade?«

»Die Polizei wird die Akte wahrscheinlich ins Archiv der ungelösten Fälle packen müssen.«

»Die Erinnerung hat aber leider kein solches Archiv. Dessen bin ich mir völlig sicher. Also werde ich nachforschen, wo und zu welchen Gelegenheiten ich es nur irgendwie kann.«

»Ich könnte dir dabei helfen.«

»Ich weiß. Aber diese Sache muß ich selbst in die Hand nehmen, ohne irgendwelche Hilfe von Zauberern. Kinsella hat dafür gesorgt, daß ich in verschiedene neue Richtungen denke, das muß ich ihm zugestehen. Er hat recht mit seinem Gefühl, daß die Todesfälle im Casino etwas miteinander zu tun haben. Das weiß ich. Instinktiv.«

»Siehst du, du hast also doch einen Instinkt.«

»Vielleicht gibt es für mich ja noch Hoffnung.«

Worauf sich diese Hoffnung beziehen könnte, wurde allerdings nicht gesagt.

»Du weißt, daß du dich jederzeit an mich wenden kannst, wenn du Hilfe brauchst.«

Matt wandte sich Temple zu, schaute sie an, wollte etwas sagen.

Doch da hob sich ein Scheinwerfer vom Boden und richtete sich auf sie beide. Sie blinzelten und traten erschrocken zurück.

»Was halten Sie von den Demonstranten?« fragte eine Männerstimme aus dem Dunkel. »Haben sie Ihnen den Halloween-Spaß verdorben?«

»Welche Demonstranten?« fragte Matt.

»Diese Leute, die für die Rechte der Fledermäuse, Ratten, Schlangen und Spinnen demonstrieren. Haben Sie nicht gesehen, daß die mit lauter Schildern vor dem Zaun stehen?«

»Sie waren noch nicht da, als wir gekommen sind«, sagte Temple, »also haben wir auch nichts dazu zu sagen.« Sie packte Matt am Ärmel seiner Windjacke, um ihn aus dem Scheinwerferlicht zu ziehen.

»Trotzdem.« Die Stimme des Reporters und das Licht ließen nicht locker. »Sie waren doch im Gespensterhaus. Werden dort drin Ratten, Fledermäuse, Schlangen und Spinnen entwürdigt? Glauben Sie wirklich, daß solches Ungeziefer des Menschen Freund sein kann?«

Temple hielt inne und stellte sich dem Drehteam um ihren Lieblingsfeind, das hinter ihr hereilte. »Ich glaube, daß ich so manches Ungeziefer mit geschlossenen Augen erkennen könnte, aber das ist in der Regel menschlich. Also, Crawford: Ich habe keinen Kommentar, was diese anderen Kreaturen angeht.«

Mittlerweile waren sie am Tor angekommen. Die neuen Besucher des Gespensterhauses mußten an einer im Kreis marschierenden Reihe von Männern und Frauen mit Transparenten vorübergehen.

»Der wird uns jetzt trotzdem filmen«, murmelte Temple Matt zu, und ihre ohnehin schon leise Stimme war jetzt nur noch ein diskretes Knurren. »Nur, um uns zu ärgern.«

»Wollen Sie wirklich der Ausbeutung hilfloser Kreaturen Vorschub leisten?« fragte eine Frau in einem Nylonparka. Sie hob ihre Hände in die Höhe, und etwas Kleines, Pelziges wurde sichtbar. »Fledermäuse fressen Hunderttausende von Insekten und beschützen unsere Pflanzen. Sie verdienen es einfach nicht, als blutsaugende Gefährten von Vampiren diffamiert zu werden.«

»Große Spinnen wie diese Taranteln können bis zu zwanzig

Jahre alt werden, viel älter als das durchschnittliche Haustier.« Ein Teenager hielt ein kleines Glasterrarium in die Höhe, das von einer großen Wüstenspinne bewohnt wurde. »Möchten Sie, daß auch Lassie eine Schreckensfigur wird und als ekelerregendes Viech betrachtet wird wie meine Stella?«

Die beeindruckenden Beine der Spinne schlugen gegen ihre gläsernen Gefängniswände.

»Vielleicht will sie uns sagen, daß es ihr zu eng ist«, vermutete Temple und begutachtete diese Arachnide. Noch nie hatte sie ein solches Wesen aus dieser Nähe und so persönlich kennengelernt. »Ich bin mir sicher, daß sie eine aufrechte Bürgerin und eine gute Mutter ist, aber ...«

»Wir sind dagegen, daß unsere Freunde zu Monstern erklärt werden«, fuhr der Junge fort, und sein ernstes Gesicht blickte in die Kamera, »nur weil manche Leute Angst davor haben, sie als das wahrzunehmen, was sie wirklich sind.«

Plötzlich fanden sich Temple und Matt in der Rolle der ignoranten Hasser von Kriechtieren wieder. Dabei ging sie selbigen doch nur am liebsten aus dem Weg, dachte Temple.

»Ich würde keiner Fliege etwas zuleide tun«, sagte sie zu ihrer Verteidigung, »und ich bin mir sicher, daß nur sehr wenige Menschen das schlechte Halloween-Image dieser Tiere ernstnehmen. Die Menschen glauben ja auch nicht wirklich, daß schwarze Katzen Unglück bringen. Ich besitze zufälligerweise selbst eine schwarze Katze – «

»Wissen Sie eigentlich, wo Ihre schwarze Katze heute abend ist?« Ein Mann hatte sein blasses, konzentriertes Gesicht in den gut ausgeleuchteten Kreis vorgestreckt.

»Na ja, ähm... manchmal verläßt sie die Wohnung und ...«

»Sie läuft raus?« Das war die Fledermaus-Frau von vorhin, nur noch empörter. »Daß Sie Ihr Haustier frei herumlaufen lassen, ist ja schon schlimm genug, aber zu dieser Jahreszeit eine schwarze Katze? Sind Sie verrückt geworden, meine Dame?

Wollen Sie wirklich riskieren, daß irgendein Satanist sie aufgreift und grausame Dinge mit ihr anstellt?«

»Nein! Das ist kein Kater, den man so leicht aufgreifen kann. Ich meine, er ist groß, richtig groß.«

»Und was ist mit den heimlichen Sadisten, die gerne ein Tier überfahren, wenn sich ihnen die Möglichkeit bietet? Wer würde denn im Moment eine schwarze Katze auf der Straße erkennen?«

»Ich bin mir sicher, daß er jetzt zu Hause ist und auf mich wartet. Das tut er immer.«

»Bis zu dem Tag, an dem er nicht mehr nach Hause kommt«, sagte die Frau düster.

Der Junge hob sein Spinnenhaus empor. »Eines Tages wird sie auch nicht nach Hause kommen, und dann sterben alle ihre kleinen Babyspinnen.«

»Die Menschen finden es richtig, die Lebewesen umzubringen, die sie als schrecklich und angsterregend darstellen«, sagte der Mann. »Wir diffamieren die Kreaturen, vor denen wir Angst haben, als gräßliche Wesen, weil sie mit uns konkurrieren, oder auch nur, weil sie Verteidungsmechanismen gegen uns entwikkelt haben.«

»Keine Verfolgung von Ratten, Fledermäusen, Spinnen und Schlangen«, skandierte die Frau los. Der Mann, der Teenager und die anderen Demonstranten stimmten mit ein.

Matt und Temple standen daneben, schweigende Diffamierer, hilflos. Sie konnten nichts tun, waren arme, mißverstandene Kreaturen, die in einer Medienfalle gefangen saßen. Und hinter der Kamera stand ein gemeiner Crawford Buchanan.

Die Demonstranten wurden ihrer langsam überdrüssig und marschierten los, um anderswo ihre Slogans zu rufen.

»Nun«, ertönte Crawfords zutiefst unehrlicher Bariton. »Sind Sie jetzt anderer Meinung?«

»Ja. Wirklich«, sagte Matt mit gleichmütigem Tonfall. »Zur Fastenzeit werden wir sie jedenfalls nicht mehr anrühren.«

Mit diesen Worten drückten sie sich an der Kameracrew vorbei und eilten auf den tosenden Verkehr und die hellen Lichter des Las Vegas Strip zu.

»Ach, das ist doch wirklich ... unerträglicher Journalismus, unschuldige Passanten so zwischen der Kamera und diesen gutmeinenden Demonstranten festzunageln! Nur Crawford Buchanan ist sich nicht zu schade für solch einen billigen Trick, und das auch noch für Hot Heads, die billigste Boulevardfernsehsendung, die es gibt! Es sieht so aus, als arbeite dieser miese Wurm immer noch für die. Das gefällt mir gar nicht.«

Matt schmunzelte. »Würmer. Die haben vergessen, Würmer als weitere von übler Nachrede verfolgte Opfer von Halloween zu nennen. Wir hätten auch versprechen können, daß wir in der Fastenzeit keine Würmer mehr essen.«

Er lächelte kurz und wurde dann wieder ernst. »Temple, ich habe vorhin meinen Satz nicht zu Ende sprechen können. Ich weiß im Moment nicht so genau, wo es mit mir hingeht oder was ich tun werde, aber eines weiß ich sicher: daß ich nie wieder die Position des Schwächeren akzeptieren werde, egal, in welcher Situation ich auch sein mag.«

»Damals warst du doch noch ein junger Kerl.«

»Das bin ich jetzt aber nicht mehr. Also, obwohl ich nicht sagen kann, was ich ... einem anderen Menschen zu bieten habe, und obwohl ich noch Zeit brauche, um eine alte Angelegenheit zu regeln, ehe ich mich auf irgendwelche neuen Rollen oder Beziehungen einlassen kann, werde ich mich nicht einfach zurückziehen, nur weil jemand anderes vorbeispaziert kommt und ältere Rechte anmeldet.«

Sie traute ihren Ohren nicht, obwohl sie in seinen Augen lesen konnte, wie ernst er es meinte. »Du meinst –?«

»Glaub nicht, daß ich aus dem Rennen bin. Ich muß den Weg weitergehen, den ich eingeschlagen habe, aber das heißt noch lange nicht, daß ich für immer dort bleiben muß. Max kann mich nicht verscheuchen.«

Sie nickte.

Obwohl demnächst Halloween war, hatte im Moment offenbar niemand in ihrer Bekanntschaft Lust, sich erschrecken zu lassen.

9

Tränen nützen gar nichts

Temple stellte erleichtert fest, daß Midnight Louie allein zu Hause war und sich majestätisch auf ihrer zebragestreiften Überdecke räkelte. Kein einziges Schnurrhaar war in Unordnung geraten.

»Louie! Was bin ich froh, dich zu sehen! Diese Demonstranten haben mir richtig angst gemacht.«

Sie setzte sich neben ihn auf das Bett, warf die Schuhe ab und streichelte ihm über den glatten Pelz, bis sein Schnurren lauter dröhnte als das morgendliche Summen ihres Weckers.

»Allerdings – in einer Hinsicht haben die schon recht«, sagte sie nachdenklich. »Vielleicht sollte ich dein Schlupfloch am Badezimmerfenster schließen, bis Halloween vorbei ist. Ich weiß nicht, wie ich auf diese dämliche Idee komme, daß du auf dich selber aufpassen kannst. Schließlich bist du nur eine kleine, klit-ze-klei-ne Kitze-Katze.«

Temple versuchte, ihr Gesicht in seinem pelzigen Hals zu vergraben, aber Louie legte die Ohren flach und machte Anstalten, sich ihr zu entziehen. Augenblicklich hörte das Schnurren auf. Sie lehnte sich zurück, sah tief in seine schmalen grünen Augen und begutachtete den Ausdruck tiefer Verletztheit darin. Offenbar mochte er es nicht, wenn man ihn zu sehr streichelte.

Da sie gut wußte, wann der Spaß aufhörte, erhob sie sich und zog ihre herbstliche Nachtgarderobe an, einen lila Jogginganzug aus Samt und gestrickte Stoffpantoffeln. Auf glatten, weichen Sohlen schlappte sie in die Küche.

Höchste Zeit für einen kleinen Imbiß, das Abendessen war lang genug her. Temple ging ihre Vorräte durch, doch nichts machte ihr so richtig Appetit. Dann besann sie sich ihres Vorhabens und rutschte über das glatte Linoleum durch die andere Tür der Küche in ihr Arbeitszimmer. Papiere türmten sich am Computer; bei dem Gedanken, heute abend noch aufräumen zu müssen, zog sie eine Grimasse. Nach dem Streß im Gespensterhaus wollte sie sich nur noch entspannen, aber zuerst...

Sie sauste ins Badezimmer, klappte die Toilettenbrille samt Deckel herunter, stieg hinauf und stützte sich an der Wand gegenüber ab. Dann nahm sie mit beiden Händen den winzigen Fenstergriff und schob das Fenster zu. Bis zum November würde es keine Louie-Eskapaden mehr geben!

Sie grunzte zufrieden und schob sich von der Wand ab, um dann wieder von der Toilette zu steigen. Irgend etwas ging ihr nicht aus dem Kopf. Hatte sie etwas vergessen? Ein Telefonat? Nein. Sie schüttelte den Kopf und ging zurück in die Küche, wo sie erneut ihre Regale betrachtete. Doch nichts sagte ihr besonders zu, und ihre Gedanken schweiften abermals ab. Merkwürdig, daß sie nie daran gedacht hatte, Midnight Louie mit einem anderen Namen zu rufen! Magic zum Beispiel...

Dumpf starrte Temple eine geöffnete Schachtel von Fruity-Patooti-Frühstücksflocken an. Irgend etwas Wichtiges hatte sie vergessen, das wußte sie! Irgend etwas war gerade eben gewesen, und sie hatte noch gestutzt... war es etwas, das sie noch für die Arbeit machen mußte? Nein. Sie riß das Gefrierfach ihres Eisschranks auf und starrte auf einen Karton sechs Wochen alten gefrorenen Joghurts. Der war wohl mittlerweile eine Eisskulptur aus Gummi. Was fehlte ihr bloß? Fehlen. Louie. Etwas mit der Katze. Nein. Etwas mit dem Schlupfloch für die Katze... oder mit dem Weg dorthin? Jawoll!

Temple spürte, wie der Ausdruck angespannter Sorge auf ihrer Miene entsetzter Einsicht wich. Du liebes bißchen!

Genau in dem Moment hörte sie ein leises Klopfen, als würde jemand sanft mit dem Knöchel auf die Glasplatte ihres Sofatischchens schlagen.

Sie sauste um die Ecke ihrer Küche und begutachtete zum ersten Mal, seit sie nach Hause gekommen war, ihr Wohnzimmer genauer.

Max Kinsella, von oben bis unten in Einbrecherschwarz gekleidet, lag in seiner ganzen Länge – wenn auch nicht sehr majestätisch – auf dem Sofa und blätterte ein Heft von *Entertainment* durch.

Er schaute auf, hob die Knöchel und klopfte noch einmal auf die Glasplatte des Tischchens. »Ich hab wirklich geklopft, mehrmals sogar, aber du hast mich nicht gehört.«

»Du warst schon drinnen!« warf sie ihm vor.

Er zuckte mit den Achseln, klappte einen Artikel über Halloween-Verkleidungen der Stars zu und setzte sich auf.

»Du warst nicht zu Hause, und ich gebe eine viel zu gute Zielscheibe ab, wenn ich vor geschlossenen Türen herumhänge.«

»Du hast keinen Schlüssel mehr zur Wohnung.«

Mit gesenktem Kopf nahm er diese Anschuldigung an. »Ich komme an manche Orte auch ohne Schlüssel.« Er lächelte. »Außerdem hab' ich dir etwas mitgebracht.«

Er lehnte sich nach vorn und hob etwas vom Boden auf. Eine kleine Tüte mit Aluminiumbeschichtung.

»Du bist schon eine ganze Weile hier«, stellte sie fest.

»Großartig, Frau Detektivin!« Er stand auf, um ihr die Tüte zu überreichen. »Ich vermute, die genaue Dauer meiner Anwesenheit wird sich am Schmelzfaktor des Inhalts feststellen lassen, Sherlock.«

Temple nahm die Tüte und sah hinein. »Ooooh, Karamel-Pecannuß-Ahornsirup und Marshmallow an Schokolade! Genau das richtige für eine kalte Oktobernacht. Nur schade, daß der Hersteller da nicht noch ein bißchen Himbeere hineinpacken konnte.«

Sie sauste in die Küche und war nicht überrascht, daß Max ihr folgte: er holte zwei Glasteller herunter, nach denen sie sich gerade ausgestreckt hatte.

»Wie hast du denn festgestellt, daß ich hier bin?« Er lehnte sich an die Arbeitsfläche, während Temple mit einem großen Löffel große Scheiben des gefrorenen Joghurts aus Magermilch in zwei Glasschalen löffelte. »Und woher wußtest du, daß ich schon eine ganze Weile da bin?«

»Nun, es liegt nicht an meinen brillanten Fähigkeiten als Detektivin – eine deiner unverkennbaren, feinen Angewohnheiten hat dich verraten.«

»Was denn? Solche Dinge muß ich einfach für die Zukunft wissen.«

»Na ja, es wird dich nur gegenüber den Menschen verraten, die schon mal mit dir zusammengewohnt haben. Wie viele sind das wohl?«

»Nicht viele, und ich werde dir garantiert keine Statistiken darüber liefern. Hör auf zu nerven, Temple.«

Sie reichte ihm eine gefüllte Schale und einen Eßlöffel. Keiner von beiden machte sich die Mühe, Eiskrem mit einem Teelöffel zu essen. »Du bist in die uralte Männerfalle gestolpert. Der Deckel *und* die Brille der Toilette waren hochgestellt. Ergo warst du da, und schon lange genug, um aufs Klo zu müssen. Du hast dir nie angewöhnen können, die Brille und den Deckel wieder runterzuklappen.«

Max zog eine Grimasse, die nicht von dem köstlichen Joghurt herrührte, den er gerade probiert hatte. »Ich hab' es versucht, aber es ist nicht leicht, sich neue Gewohnheiten anzueignen. Warum bist du eigentlich so hastig ins Bad gestürzt?«

»Mir fiel ein, daß ich Louies Ausgang schließen wollte. Er ist jetzt vorübergehend eine richtige Hauskatze, bis Halloween vorbei ist und all die Verrückten, denen schwarze Katzen nicht passen, wieder von der Straße sind.«

Er nickte. Sie standen in der Küche und aßen, als wäre es das Normalste der Welt.

»Was ist eigentlich der Anlaß für dieses Mitbringsel?« fragte Temple schließlich.

»Ich fand, dein Hals könnte etwas Weiches, Kühlendes gebrauchen.«

»Mein Hals? Ich hab' doch gar keinen rauhen Hals, und glücklicherweise ist kein Schnupfen weit und breit in Sicht.«

»Vielleicht tut er nicht von innen weh, aber von außen hat er ja wohl kürzlich sehr geschmerzt.«

Temple schwieg.

»Warum hast du mir das nicht erzählt?« fragte er.

»Was meinst du?«

»Daß du von diesem Muskelprotz fast zu Tode gewürgt worden wärest! Und ich hab' dich auch noch auf diese Schuhsuchexpedition ins Goliath geschleppt!«

»Fast erwürgt zu werden ist eben nicht halb so schön wie die Suche nach wunderschönen Schuhen, und außerdem war es dein Auftritt. Wie hast du das eigentlich gemacht?«

»Was gemacht?«

»Von dieser Gondel im Goliath zu verschwinden, während Matt und ich noch den Schuh bestaunten.«

»Berufsgeheimnis.«

»Matt glaubt nicht, daß du einfach weggeschwommen bist. Er nimmt an, daß du nicht gerne naß wirst – genau wie Louie.«

»Vielleicht hat er damit auch recht.«

Temple schüttelte den Kopf. »Louie hat sich damals für mich geopfert und ein Bad im Burggraben des Treasure Island genommen. Wirklich! Er war auf dem Piratenschiff und hat die Schatztruhe umgekippt, damit ich den Inhalt sehen konnte. Er war der letzte Mann von Bord.«

»Ich hab' einen einfachen Verschwindetrick angewandt«, gab Matt zu. »Es gibt eine Betriebseinlaßöffnung in der Decke, gleich neben der Notbremse für die Gondeln. Es war keine große Sache, da hochzuklettern und zu verschwinden, ohne daß einer von euch beiden das bemerkt.«

»Aber warum bist du denn nicht zum Applaus geblieben? Du

hast doch wahrlich ein Lob dafür verdient, daß du die Schuhe gefunden hast. Und überhaupt, wer hat dir eigentlich erzählt, daß ich hinter ihnen her war?«

Max zuckte mit den Achseln, nahm den letzten Löffel seines gefrorenen Joghurts und spülte die Schale ab. Er hatte also während ihrer gemeinsamen Zeit doch etwas in Haushaltsangelegenheiten gelernt.

»Ich wollte nicht von dem triumphalen Erfolg deiner Detektivarbeit ablenken.«

»Aber du hast Matt und mich allein in diesem Liebestunnel zurückgelassen. Ich dachte, du wärst eifersüchtig.«

»Nicht eifersüchtig, nur ein Realist. Ich kann in deinem Leben keine konstante Rolle spielen, jetzt nicht und vielleicht nie. Wozu also sollte ich da als Neidhammel herumhängen?«

»Damit du ein bißchen meckern kannst? Wieso bist du denn dann auf Matt zugegangen und hast ihm angeboten, ihm zu helfen?«

»Vielleicht, weil es immer besser ist, seinen Feind zu kennen. Er ist ein interessanter Typ. Ich habe allerdings das Gefühl, daß ich nicht den richtigen Schlüssel zu seinem Charakter finde. Er ist viel zu nett, das kann ihm sehr schaden. Aber ... ich sehe auch etwas Dunkles bei ihm.« Er blickte Temple mit louiegrünen Augen an. »Du könntest mir da natürlich einen Hinweis geben, wenn du wolltest.«

»Wenn ich auch nur annähernd ein Recht dazu hätte.«

»Und ich habe natürlich nicht das Recht, dich zu drängen.« Max stieß sich von der Anrichte ab. »Temple, du kannst dich einfach nicht auf mich verlassen. Noch nicht einmal darauf, daß ich überhaupt da bin.«

Wieder schien er gehen zu wollen, und sie spürte dieselbe namenlose Panik, die sie gefühlt hatte, als er das erste Mal für immer verschwunden zu sein schien.

»Ich muß mich um Dinge kümmern, die möglicherweise nie geklärt werden«, sagte er. »Ich würde dich nicht stören und deinen neuen Nachbarn auch nicht, wenn ihr beide euch nicht in diese Dinge eingemischt hättet. Hört bitte damit auf. Ich weiß, daß es nicht fair von mir ist, wie ein Pingpongball in dein Leben zu hüpfen und wieder zu verschwinden. Es macht mir Sorge, daß du dein Leben aufs Spiel gesetzt hast. Laß dir sagen, daß sich solche Risiken nicht lohnen. Ich bin sie selbst einmal eingegangen, als ich noch jung war, und seither bin ich nur noch auf der Flucht. Also: Ich versuche in Zukunft, mich von dir und den oder dem Deinen fernzuhalten. Ich hoffe, daß du von jetzt an sicher lebst und vernünftig bist.«

Und schon war er an der Tür, hinterließ ihr abermals die unbeantworteten Fragen.

»Max!« Sie folgte ihm.

Doch er legte die Finger auf die Lippen und schloß die Tür, als würde er in eine seiner eigenen Trickkisten steigen. Als sie eine halbe Sekunde später die Tür wieder aufriß, war der Flur leer.

»Max?«

Aber er war fort. Nur die Reste auf der Küchenanrichte zeugten noch von seinem Besuch.

Temple spülte das Geschirr und weinte dabei ins Spülwasser. Schließlich nahm sie eine der Schalen und warf sie im Becken kaputt. Als das Wasser abgeflossen und nur noch ein regenbogenschillernder Schaum geblieben war, starrte sie auf die Scherben, die das Licht der Deckenleuchte reflektierten.

Temple spürte, daß sie nicht allein war. Sie wandte den Kopf und stellte fest, daß Midnight Louie auf dem Trockengestell saß und die Glasscherben mit höflichem Katzenentsetzen fixierte.

10

Ungeheuerliche Vorstellung

»Ich komme mir wirklich albern vor«, sagte Temple, »obwohl das in letzter Zeit ja nichts Neues ist.«

»So ein Quatsch, mein liebes Mädchen. Trauen Sie mir. Muumuus sind einfach großartig.«

Temple drehte sich in Electras schwach beleuchtetem Flur einmal um sich selbst und begutachtete sich in der widerspiegelnden Jalousie.

Eine Frau von einszweiundfünzig in einem bodenlangen Muumuu, übersät mit speisetellergroßen, fuchsienfarbenen Orchideen, war allerdings ein ungewöhnlicher Anblick.

»Schließlich ist ja Halloween«, sagte sie dann. »Vielleicht wird man mich für die unglaubliche schrumpfende Frau halten, die ihre Garderobe aus jenen alten Zeiten aufträgt, als sie noch dick war.«

»Wer ist eigentlich dieser ›man‹, der Sie so beschäftigt?«

»Sie wissen schon, alle. Alle Leute, die viel zu cool sind, um sich dabei erwischen zu lassen, wie sie etwas Albernes tun. Die zum Beispiel nie so aussehen würden, als gingen sie wie die Kinder von Haustür zu Haustür, um Süßigkeiten zu erbetteln, wie man das zu Halloween eben tut. Mit dreißig Jahren machen die so was nicht mehr.«

»Dreißig ist doch kein Alter. Und wenn Sie meinen Muumuu nicht tragen wollen – «

»Ich trag' ihn ja!«

Electra sah in einem ihrer lebhaften Muumuus großartig aus. Ihre Haare waren mit einem flammenden Rot besprüht, das in Temples Augen auf beunruhigende Weise ihrer eigenen Farbe ähnelte. Electra beugte sich vor, um Temples Saum zu begutachten.

»Tragen Sie da drunter Ihre tollen Midnight-Louie-Pumps?«

»Nein. Die sind hier drin.« Temple tätschelte ihre altgediente Schultertasche. »Viel zu hübsch, um damit durch das Gespensterhaus zu marschieren. Ich ziehe sie hinterher im Phoenix an, wenn ich mich dieses Zeltes hier für den Crystal Ball entledige.«

»Ach, das wird bestimmt lustig! Wie schade, daß Ihre Tante Kit nicht dabei ist, die würde sicher auch jede Menge Spaß dabei haben.«

Temple tat es überhaupt nicht leid, daß ihre Tante nicht dabei war; Kit war schließlich ein noch schlechterer Einfluß als Electra. »Ach«, lenkte sie ab und linste demonstrativ in Electras Wohnraum. »Was für eine tolle Katzenstatue! Ist die neu?«

»Nein. So alt wie die Zeit selbst, und es ist auch keine Katzenstatue.«

»Aber ich könnte schwören ...

Electra schlenkerte ungeduldig mit ihrer kistenförmigen Handtasche. »Wir müssen jetzt los. Man soll Geister schließlich nicht warten lassen. Ohne uns werden die bestimmt unruhig. Könnten sich irgendwelche Streiche ausdenken. Also, hinaus mit Ihnen, ich will abschließen ...«

Temple trat in den Korridor und wartete, bis Electra ihre Tür abgeschlossen hatte. Doch sie ließ nicht locker.

»Wenn Sie *doch* eine Katze haben, sind Sie gut beraten, sie so lange eingeschlossen zu halten, bis Halloween vorbei ist. Louie marschiert auch gerade zu Hause auf und ab und heult. Er hat Hausarrest, bis die Straßen für schwarze Katzen wieder sicher sind.«

»Wieso glauben Sie eigentlich, daß ich eine Katze hätte? Ehrlich, Temple, ich glaube, seit der Rückkehr von Max ist bei Ihnen etwas durcheinandergeraten.«

»Das stimmt nicht. Nur ist meine Geduld langsam am Ende. Die Männer fallen mir mehr zur Last, als sie mir Freude machen. Ich könnte mir vorstellen, daß Sie das bei Ihren – wie viele waren es noch genau? – Ehemännern auch festgestellt haben.«

»Ich glaube nicht, daß ich je die genaue Anzahl meiner verflossenen Gatten erwähnt habe, Liebes, und ich werde jetzt auf Ihr Kommando bestimmt keine Leichenzählung veranstalten.

Electra schob ihre Lesebrille auf der Nase nach unten und betrachtete Temple neugierig. »Ich habe eher das Gefühl, irgend jemand belästigt Sie *nicht* genug. Wer ist es denn?«

»Alle außer diesem gräßlichen Crawford Buchanan. Gehen wir.«

Aber Electra blieb wie festgefroren stehen, und ein entsetzter Ausdruck lag auf ihrem Gesicht.

»Sie haben ... etwas gegen Crawford Buchanan?«

»Hat das nicht jeder?«

»Eigentlich nicht. Er wird nämlich heute abend bei unserer Séance dabei sein.«

»Crawford das Ekel? Wie kommt denn das?

»Er filmt für eine Fernsehsendung, die schon einige sehenswerte Features zu übersinnlichen Phänomenen gebracht hat –«

»*Hot Heads* bringt etwas Sehenswertes? Und Crawford Buchanan hat etwas damit zu tun?« Dann kam Temple ein noch schrecklicherer Gedanke. »Sie meinen, ich werde in diesem Outfit *gefilmt*? Ich werde von anderen gesehen, nicht nur von Geistern und Kobolden?«

»Jetzt beruhigen Sie sich doch! Buchanan hat sich verpflichtet, strenge Regeln zu befolgen. Es wird niemand aufgenommen, der das nicht möchte.«

»Gilt das auch für irgendwelche Geister, die zufällig vorbeischauen?«

»Die Kamera wird sehr diskret sein, um sie nicht zu verschrecken. Einige der angesehensten Medien der Westküste nehmen an der Séance teil. Die würden nicht zulassen, daß die Veranstaltung von ihren Standards abweicht.«

»Versprechen Sie mir nur eins«, bat Temple.

»Alles, Liebes, was machbar ist.«

»Daß ich unter keinen Umständen neben Crawford Buchanan sitzen muß. Wenn ich schon mit jemandem Händchen halten und füßeln muß, dann wenigstens nicht mit ihm.«

»Selbstverständlich. Ich setze mich auf Ihre eine Seite, und wir werden einen absolut vertrauenswürdigen Menschen für die andere finden. Ich kenne die meisten der Medien oder habe sie schon als Vortragende gehört, und sie sind alle einfach wunderbar. Wir können es uns nicht leisten, daß wir unzufriedene Teilnehmer oder gar Streit an unserem Tisch haben. Dann kommen die Geister nämlich ganz bestimmt nicht.«

»Wenn die Geister auch nur einen Funken Intelligenz haben, dann halten sie sich kilometerweit von Crawford Buchanan entfernt. Der kann Ihrer Séance durchaus einen Strich durch die Rechnung machen.«

»Nicht! So etwas dürfen Sie nicht sagen!«

»Warum nicht?«

»Nicht schon wieder! Es ist absolut notwendig, eine durch und durch positive Grundhaltung zu bewahren, wenn man die Geisterwelt kontaktieren will. Je mehr Mißstimmung unter den versammelten Sterblichen herrscht, desto wahrscheinlicher ist es, daß wir etwas wenig Erfreuliches herausfordern.«

»Tatsächlich?«

»Ja. Ich mag bloß eine Amateurin in diesen Dingen sein, aber das weiß ich ganz genau.«

»Was ist, wenn Houdini wirklich zurückkehrt und es gefällt ihm nicht, was – oder wen – er bei uns sieht?«

»Er wird schon nicht kommen, wenn die Atmosphäre nicht stimmt.«

»Sie wird nicht stimmen«, sah Temple voraus. »Wenn ich nur unter der Bedingung von den Toten zurückkehren könnte, daß ich als erstes Crawford Buchanan ins Gesicht sehen muß, dann würde ich den ewigen Schlaf vorziehen.«

»Ich hoffe, Sie haben unrecht.« Electra stand stocksteif da, und selbst ihr Haar welkte sichtlich trotz des intensiven Rottons à la Bloody Mary. »Allerdings war Karma in den letzten Tagen ungewöhnlich aufgeregt.«

»Welches Karma denn?«

Electra zuckte zusammen und sprach dann hastig weiter, wobei sie Temple Richtung Aufzüge zog. »Ich sagte, das Karma wirkt in letzter Zeit etwas unruhig. Schlechte Vibrationen. Wir müssen auf dem Weg zur Séance meditieren, damit wir ruhig sind. Können Sie fahren und gleichzeitig meditieren, Temple?«

»Das mach' ich im Schlaf«, schwor sie.

Temple war froh, daß sie schon mal im Gespensterhaus gewesen war. Sie wußte, wo man am besten parken konnte: nicht allzuweit entfernt von den Scheinwerfern vor dem Haus. Sie kannte den Weg und den Ghul, dem man seine Eintrittskarte unter die Nase halten mußte.

Die formlose, gummiartige Version einer gerade stattfindenden Vivisektion begutachtete ihr Outfit und nickte ihre Zustimmung. An der riesigen Hand richtete sich lobend ein Daumen auf.

»Suuuppaaaa kououstiiiiem, Laahdiieh«, stöhnte das Wesen, als sie an ihm vorbeiging.

»Was hat ... es denn gesagt?« wollte Electra wissen.

»Ein uraltes thebanisches Losungswort zum Minotaurus.«

»Tatsächlich? Haben Sie sich eigentlich schon mal überlegt, wo Houdini in all diesen Jahrzehnten gewesen sein könnte? Wo hat er darauf gewartet, daß man ihn zurückruft? Ich habe den Verdacht, es könnte Atlantis gewesen sein!«

Ein Häuflein kostümierter Kunden drängte sich an der Tür, und so mußten sie noch warten.

Temple beäugte Electra. »Ich dachte, Sie wollten den Liebesroman fertigschreiben, für dessen Exposé Sie neulich den Preis gewonnen haben, *Sun City Sweet Pea*, oder wie hieß er noch?«

»*San Antonio Sunflower*. Das will ich auch.«

»Es hört sich aber an, als ob Sie mehr in das Übersinnliche als in das Sinnliche eingetaucht seien.«

»Ach, so ein Quatsch. Ich war schon immer telepathisch veranlagt. Das geht auf meinen Onkel Titmouse zurück.«

»Onkel Titmouse?«

»So haben nur wir Kinder ihn genannt. Sein richtiger Name war Thaddeus, und er konnte eine Menge großartiger Geschichten über die okkulte Vergangenheit unserer Familie erzählen. Außerdem sind Liebesromane mit übersinnlichen Aspekten momentan riesig in Mode. Ich überlege, ob ich nicht eine wiedergeborene ägyptische Prinzessin in meine Handlung einbauen soll.«

»In San Antonio?«

»Da ist es auch warm, und es gibt dort ebenfalls Palmen.«

»Aber gibt es in Ägypten auch Sonnenblumen?«

»Das weiß ich nicht. Meinen Sie, das ist wichtig?«

»Offensichtlich nicht. Herrje, kann das hier denn nicht mal vorwärts gehen?«

Temples Anrufung der höheren Mächte mußte funktioniert haben, denn dreißig Sekunden später wurden sie alle von der Dunkelheit verschluckt.

»Wir möchten zur Séance«, sagte Electra zu einem zweieinhalb Meter großen Frankenstein-Monster, das gleich hinter der Tür stand.

Es hob einen fast anderthalb Meter langen Arm und wies auf eine junge Frau, die ein enganliegendes Kleid aus Spinnennetzen trug, das mit einigen Glitzersteinen und einer Spinne dekoriert war.

»Ich bringe Sie gleich hinauf«, versicherte sie mit beflissener Hilfsbereitschaft, als fürchte sie, die beiden könnten über ihre Muumuus stolpern.

Temple donnerte hinter der Möchtegernkönigin der Dunkelheit die Treppe hinauf, während Electra, Herrin der bunten Muumuus, ihren geblümten Saum anhob, um nicht zu stolpern.

Temples Uhr hatte ein leuchtendes Zifferblatt, und als sie darauf schaute, stellte sie fest, daß es Viertel vor zwölf war. In einer Stunde und fünfzehn Minuten würde bereits alles hinter ihr liegen.

11

Louie allein zu Haus? Von wegen!

Ich sitze in meiner leeren Wohnung, zucke mit meinem Schwanz und verfluche mein Schälchen Free-To-Be-Feline. Da spüre ich wieder, wie es überall an meinem Körper juckt.

Als ich noch auf der Straße lebte, war es keine Frage, was dieses Jucken am ganzen Körper zu bedeuten hatte. Damals hatte ich eben Flöhe am ganzen Körper. Jetzt, da ich ein so bürgerliches Leben führe, habe ich nie mehr Grund, mich zu scheuern, zu kratzen oder mich in der Öffentlichkeit oder im Privaten sonst irgendwie ungehörig zu benehmen.«

Voller Wut springe ich auf. Nicht nur, daß man mich zu Hause sitzen läßt und mich einschließt, sondern zu alledem bin ich auch noch von Ungeziefer befallen!

Doch dann halte ich inne, setze mich hin und bedenke die Angelegenheit noch einmal in größerer Ruhe. Wo hätte ich mir denn diesen Zirkus fliegender Flöhe plötzlich einfangen sollen? Habe ich nicht bislang ein mustergültiges Leben geführt? Bin ich nicht ein höflicher Sohn, geduldiger Vater und freundlicher, beschützender Wohnungsgenosse? Wer würde mir denn Flöhe übertragen? Etwa die göttliche Yvette? Höchst unwahrscheinlich.

Nein, ich leide eindeutig an einem Floh im Ohr, und dieses Jucken überall am ganzen Körper ist nichts weiter als eine Salve telepathischer Nörgelei. Also beuge ich mich vor, rolle mich, so fest es nur irgend geht, zu einem Ball zusammen, stecke meine Krallen unter den Bauch und warte.

Wenn Karma meine Aufmerksamkeit erregen will, dann muß sie sich schon etwas Spektakuläreres einfallen lassen als ein bißchen Gespensterjuckpulver.

Zunächst bemerke ich nichts. Dann springt ein Körnchen von Free-To-Be-Feline aus meiner Schale und rollt über den Küchenfußboden. Ich nutze die Gelegenheit, über die wahrhaft ungesunde äußere Erscheinung dieser Gesundheitskörner zu meditieren, deren jedes einzelne einem trockenen, spinatfarbenen Papierkügelchen ähnlich sieht. *Meine* Spukke wird nicht am Ort dieses kulinarischen Verbrechens zu finden sein! Es sei denn natürlich, daß ich hier für mehrere Tage alleingelassen werde und dazu gezwungen bin, dieses Zeug tatsächlich zu essen, anstatt es wie sonst in einem Pingpongspiel an die Fußleisten zu schmettern.

Als ein zweites schlammgrünes Körnchen wie Popcorn knackt, ehe es auf dem Fußboden auftrifft, setze ich mich auf und beginne, der Sache etwas mehr Aufmerksamkeit zu widmen. Ich wußte schon, daß Free-To-Be-Feline knusprig ist und bleibt, und eine Übelkeit erregende, großartige Nährwerttabelle hat. Oder könnte es sein, daß sich das Zeug irgendwann selbst zerstört? Vielleicht ist es sein einziger Ausweg aus dem Druck der Perfektion.

Allerdings ist momentan schließlich Halloween.

Hat ein unsichtbarer Gremlin dieses uneinnehmende Lebensmittel gefressen und wirft jetzt damit in der Gegend herum, um mich aus der Fassung zu bringen? Es wäre schon eine Ironie des Schicksals, wenn Miss Temple mich zu meinem eigenen Schutz unter Hausarrest gestellt hätte, nur um mich letzten Endes doch einem katzenfeindlichen Dämon auszuliefern.

Was auch immer in das Free-To-Be-Feline geraten ist, eines hat es mit mir gemeinsam: Es will hier raus. Jedes Körnchen springt noch einmal höher als sein Vorgänger, bis die explodierenden Knüddel fast an die Decke schlagen. Ich beobachte das Ganze mit meiner üblichen stillen Aufmerksamkeit, kann aber keine menschliche Intervention entdekken. Als ich jedoch zur weißen Decke hochblicke und darüber sinniere, wie sie wohl Miss Temple Barr gefallen wird, mit lauter kleinen Punkten von FreeTo-Be-Feline, erspähe ich ein gespenstisches Phänomen.

Die altmodisch runde, fluoreszierende Deckenlampe glüht jetzt eindeutig blau. Das heißt, zwei Flecken darauf tun es, und während ich sie betrachte, erglänzt der Heiligenschein aus Licht so hell, daß ich die Augen schließen muß.

Hat sich ein UFO an Miss Temple Barrs Decke niedergelassen?

Kommen jetzt kleine grüne Wesen, die das Free-To-Be-Feline zurück auf einen kleinen grünen Planeten transportieren wollen, dessen Bewohner keine Geschmacksnerven haben?

Mittlerweile strahlt das Licht mit der Intensität eines Scheinwerfers und leuchtet jede Ecke und jedes Versteck aus, inklusive ein paar hastig Schutz suchende Wollmäuse. Ich registriere, wie sich die Haare überall auf meinem Körper erheben und ich die Verteidigungsposition einnehme: buckliger Rücken und steil aufgerichteter Schwanz.

Fürchte dich nicht.

Die körperlose Stimme trägt mitnichten zu meiner Fassung bei. Ich zische wie wild.

Du kennst mich in anderer Form, Louis. Mein Name ist Karma. Ich werde dir jetzt helfen.

Noch nie hat mich einer Louis genannt und das überlebt, außer natürlich meine liebste verstorbene Mama. Und obendrein behauptet dieser freche außerirdische Lichtball, meine Nachbarin von oben zu sein, die noch nie ihre Behausung verlassen hat.

»Ich brauche keine Hilfe.«

Das sagen immer die, die sie am dringendsten brauchen.

Aber es stimmt in einer Hinsicht. Obwohl du im Angesicht großer Gefahr stehst, müssen sich andere noch schlimmeren Feinden stellen. Sie brauchen deine Hilfe.

»Kann ich unmöglich leisten, verehrtes Glühwürmchen. Ich bin hier ein Gefangener. Ich schlage vor, daß Sie bei jemand anderem das Strahlemännchen spielen und mit dessen Abendessen herummachen.«

Das Licht wird schwächer. Vielleicht habe ich es verletzt. Aber noch während es schwindet, nimmt es die Züge eines Katzengesichts an, und zwar eines meiner Bekanntschaft. Ich scherze nicht! Die Erscheinung an Miss Temples Küchendecke ist die sublime Karma höchstselbst. Sie leuchtet mit der Seligkeit eines dicklichen Buddhas, fast scheint sie sogar zu lächeln. Obwohl ihre Lippen sich nicht bewegen, höre ich jetzt ihre süßen Töne.

Louie, du Faulpelz! Schick die Hilfe nicht weg. Du wirst andernorts gebraucht.

»Ich wäre liebend gerne anderswo. Dieser eingesperrte Zustand sagt mir überhaupt nicht zu. Aber die Türen sind verschlossen.«

Tatsächlich? Manchmal sind wir auch nur die Gefangenen unseres Selbst.

Ich hasse dieses merkwürdige, pseudophilosophische Gequatsche. Aber es stimmt: Ich habe noch nicht versucht, hier auszubrechen, und das könnte ich ja immerhin mal versuchen.

Außerdem bereitet mir die Aussicht, ich könnte für mehrere Tage verlassen worden sein, langsam ernstes Unwohlsein. Seit Stunden habe ich nichts mehr gegessen. Also stehe ich mit einem letzten Blick auf Ihre Sublime Hoheit an der Decke auf und streife durch die Wohnung.

Je vertrauter ein Terrain ist, selbst ein häusliches, desto mehr hält man wahrscheinlich alles darin für selbstverständlich. Ich bin es derart gewohnt, mich aus dem offenen Badezimmerfenster zu schleichen, daß ich seit Wochen keinen anderen Weg benutzt habe.

Zuerst schnüffle ich an der Balkontür. Mir gefällt der leicht zu öffnende Hebel daran, aber er bedeutet auch, daß es ein Schloß darunter gibt. Einige Versuche, hochzuspringen und daran zu ziehen, zeigen, daß Miss Temple ihre bisherige Nachlässigkeit in dieser Hinsicht korrigiert hat.

Ich begebe mich zur eindeutigen zweiten Wahl, zu der schweren Wohnungstür aus Mahagoni, obwohl ich dort wenig Hoffnung habe. Die ist so solide gebaut, daß sie die ganze mexikanische Armee abhalten könnte. Trotzdem lasse ich meine sensiblen Pfoten über den Türschlitz gleiten und taste nach einer Schwäche.

Als nächstes sind die Schlafzimmerfenster dran – original Fünfziger-Jahre-Teile, Metallrahmen mit in Gummi eingepaßten Glasscheiben. Die einzige Möglichkeit, diese Schätzchen zu durchdringen, wäre, sich an einen anderen Ort »beamen« zu lassen wie die Mannschaft des guten alten Raumschiffs Enterprise, die sich in glitzernde Atomwolken auflöst, um dann an einem anderen Ort wieder zusammengesetzt zu werden.

Zu schade, daß ich doch viel zu körperlich bin, um für meine Person Illusionen von subatomarer Übertragung hegen zu können. Obwohl, in einer klassischen Episode von Star Trek gab es schließlich einen Schauspieler meiner Spezies und Farbe, wenn auch nicht meines Geschlechts.

Ich stehe also am Schlafzimmerfenster meiner Mitbewohnerin und starre auf die zwinkernden Lichter des Strip hinaus, die das, was als Skyline von Las Vegas durchgeht, mit jenem flimmernden Neonleuchten erwärmen, das in bestimmten billigen Filmen einen atomaren Super-GAU darstellt.

Es ist eindeutig, daß bloße Körperkraft mich nicht aus dieser an sich gutgemeinten Falle herausholen wird. Ich lasse mir verschiedene Szenarien durch den Kopf gehen. Während ich auf den Tresen springe, um das Telefon zu beäugen, stelle ich mir vor, daß ich den Hörer von der Gabel schlagen könnte, um mir zum Beispiel eine Pizza zu bestellen. Aber der Lieferjunge würde vor der verschlossenen Tür stehen und wieder verschwinden, und mit ihm auch mein kleiner Imbiß. Ich denke also weiter nach. Ich könnte Mr. Matt Devine bei der Arbeit anrufen. Wenn die Telefone bei ConTact eine Anrufererkennung haben, würde er wissen, daß der Anruf von Miss Temples Apparat stammt und würde, erschrocken vom Schweigen in der Leitung, augenblicklich hierher eilen, in die Wohnung einbrechen und mich somit freilassen.

Großartig, Louie. Aber... was ist, wenn bei ConTact ein Telefonseelsorger drangeht, der Miss Temple gar nicht kennt? Was ist, wenn ConTact keine Anrufererkennung hat, um seinen Anrufern Datenschutz zu gewähren?

Dann gibt es immer noch den Notruf. Auch der ist sehr einfach zu wählen, selbst mit so großen Pfoten wie meinen.

Die Feuerwehr würde jemanden vorbeischicken, der hier einbrechen müßte, denn sowohl Miss Electra als auch Miss Temple sind ja zur Zeit weg. Mein Magen knurrt. Ich habe keine Lust auf dieses ewige Um-die-Ecke-Denken, und noch viel weniger darauf, daß meine Abenteuer mich möglicherweise um die Ecke bringen.

Meine einzige Hoffnung ist die lange Reihe von Türen im Wohnzimmer, die zum Balkon hinausführen. Ich springe auf den Fußboden und patrouilliere an deren Rand, stemme mein ganzes Gewicht gegen sie. Sie knarzen wohl, gehen aber nicht auf.

Ich entscheide mich für die mittlere Tür und setze mich davor, um sie dann meiner Geheimwaffe zu unterwerfen – dem Starren. Jeder Felide weiß, daß man nur lange genug vor einer Tür sitzen und sie mit ausreichender Konzentration anstarren muß, damit sich die Umstände irgendwann dem

Felidenwillen beugen. In der Regel kommt nämlich dann jemand vorbei und öffnet die Tür.

Ich hoffe allerdings, daß ich das Starren nicht so lange anwenden muß, bis Miss Temple vielleicht irgendwann in den frühen Morgenstunden zurückkehrt. Mir ist klar, daß dies meine letzte Chance ist, daß ich mit dem Starren außer Übung bin und daß es weit und breit keinen einzigen Menschen gibt, der meinen Wunsch erfüllen kann.

Dennoch verläßt man sich in verzweifelten Umständen auf althergebrachte Weisheiten und Zauberformeln. »Das Starren« hat meiner Spezies über Jahrhunderte geholfen. Vielleicht hilft es jetzt wieder einmal.

So ist es recht, Louie! Du hast, ohne es zu wissen, eine uralte Kraft angenommen. Konzentriere dich nur weiter, und ich werde bald schon in der Lage sein... Ach, das ist unglaublich ermüdend. Weiter so! In einem kleinen Moment werde ich in der Lage sein –

Meine Konzentration läßt nach. Karmas Anweisungen klingen auf beunruhigende Weise wie die üblichen weiblichen Forderungen, die einen Typen meiner Neigungen immer wieder garantiert in die Flucht schlagen.

Dann aber sehe ich ein winziges Licht auf dem Messinggriff blinken, mit dem sich diese Balkontür öffnen läßt. Zuerst denke ich, daß der Griff nur das Nachtlicht reflektiert, das Miss Temple freundlicherweise in jedem Zimmer für mich brennen gelassen hat. Doch das Licht ist zu hell dafür – und es blinkt.

Ja, Louie, ja! Noch einen Augenblick, dann kann ich den Mechanismus bewegen, und die Tür geht auf.

Man kann sich nur schwer konzentrieren, wenn eine Katzen-Tinkerbell den Türgriff vor den eigenen Augen aufzwingt. Ich spüre einen überwältigenden Drang zu blinzeln und wegzulaufen, will nicht feststellen müssen, daß jemand diese Gelegenheit nutzt, einen billigen Geisterfilm zu drehen. Trotzdem behalte ich das Starren bei und sehe zu, wie sich der Griff mühsam zu Boden senkt, als sei das Lichtpünktchen darauf tonnenschwer. Stimmt, wenn ich es mir überlege, ist Karma in ihrer körperhaften Form eine ziemlich solide gebaute Katze.

Der Griff hat sich jetzt vollständig herabgesenkt. Sofort geht die Tür ein paar Zentimeter auf, so daß ein Scheibchen kühler Nachtluft und der nächtliche Lärm der Stadt eindringen.

Aaah!

Das Licht geht aus, und dasselbe geschieht mit dem ungebetenen Soundsystem. Ich bin wieder allein – hoffe ich jedenfalls.

Ich schiebe die Tür mit meinen Pfoten auf und schreite in die kühle Dunkelheit hinaus, auf den kühlen Fliesen der Terrasse zugegebenermaßen eher zimperlich als forsch. Der Vollmond strahlt die einzige, eher heruntergekommene Palme des Circle Ritz an. Ich weiß nicht, ob es schon Mitternacht geschlagen hat, aber ich weiß, wohin ich jetzt gehen werde.

Ich springe auf die Brüstung, atme eine ganze Lunge voll trockener, kalter Luft ein und segle dann auf den gebeugten alten Rücken der Palme. Ich laufe im Mondenschein hinunter in die Schatten, die mich genauso gut kennen wie die dunkelsten Taten, die dort stattfinden. Die Nacht gehört mir, ich kann aus ihr machen, was ich will. Und das wird erst einmal ein Sprint an den Ort sein, an dem meine wunderschöne Wohnungsgenossin und ihre Vermieterin mit den Geistern spielen. Wenn heute abend auch nur annähernd so etwas unterwegs ist wie die sublime Karma, dann erleben die beiden die größte Überraschung ihres Lebens. Da muß ich doch dabei sein!

Wahrzeichen rauschen an mir vorbei. Übeltäter allenthalben, paßt auf! Ich bin wieder frei. Frei! Frei, ein Felide zu sein.

12

Was Temple egal ist …

Bei den Theaterleuten ist das sogenannte grüne Zimmer der Ort, an dem sich die Schauspieler vor ihrem Auftritt treffen. Daher fand Temple es durchaus angemessen, daß sich auch die Teilnehmer der Séance verabredet hatten, bevor sie sich in einem Glasraum versammeln und dort gemeinschaftlich lächerlich machen würden.

Allerdings hatte sie nicht damit gerechnet, daß es auch in einem Gespensterhaus ein »grünes Zimmer« geben würde. Das hiesige war außerdem unpassenderweise blutrot gestrichen und diente den Angestellten als Teeküche.

Temple versuchte sich zu entspannen, während verschiedene Gespenster, Phantome, Ghuls und Dämonen, ganz zu schweigen von eindeutig verstorbenen Berühmtheiten, in die Küche schlurften, um sich Stücke kalter Pizza zu holen und Cola hinunterzukippen.

Eine halbverweste Leiche dabei zu beobachten, wie sie an einer schon längst erkalteten Pizza mit Wurst und Peperoni knabberte, die von einem Leichentuch aus geronnenem Mozzarella bedeckt war, drehte ihr den Magen um.

Niemandem sonst schien dieses unappetitliche Detail aufzufallen. Vermutlich lag das daran, daß die versammelten Medien an nichts interessiert waren, was nichts mit ihnen selbst zu tun hatte.

»Ich hoffe wirklich, der Raum für die Séance ist nicht so heruntergekommen wie diese Küche«, beschwerte sich eine befehlsgewohnte weibliche Stimme.

»Man würde doch meinen«, kam das klagende Flüstern einer

anderen Frau, »daß die Veranstalter auch *uns* ein paar anständige Erfrischungen hingestellt hätten und nicht nur ihren gebuchten Möchtegerngespenstern.«

»Vielleicht sind *wir* ja das Essen für die angestellten Gespenster«, antwortete ein Mann und lachte abgehackt.

»Seien Sie bitte nicht so widerlich, Professor Mangel«, schimpfte eine andere Frau. »Houdini ist wohl kaum ein Gespenst.«

»Aber würde Houdini uns für wesentlich mehr halten als für eine zusammengewürfelte Gesellschaft von Grabräubern?« fragte eine Frau, deren Gesicht von einem riesigen Hut verdeckt war – er war schwarz und hatte einen Schleier in demselben deprimierenden Farbton. »Gibt es auch nur einen unter uns, den er nicht als einen wildgewordenen Betrüger abstempeln würde, wenn er noch lebte? Wieso glauben wir eigentlich, daß er persönlich erscheinen wird, anstatt uns als Betrüger und Nachsteller zu entlarven? Zu seinen Lebzeiten hat er sich oft verkleidet in solche Versammlungen gesetzt, um zu sehen, was Medien so alles machen.«

»Wir sind aber Profis!« sagte die erste Frau hochnäsig. Ihre wogende silbergraue Haarmähne konnte es mit jedem noch so extravaganten Hut aufnehmen. »Wir verlangen ja noch nicht einmal Honorar für diese Sitzung.«

»Was wirklich ein Jammer ist«, murmelte jemand.

Die Frau ließ sich davon nicht stören. »Houdini wäre bösen Glaubens, wenn er verkleidet hier auftauchte. Würden wir es nicht spüren, wenn in unserer Mitte ein Betrüger wäre?«

Das Schweigen auf diese Frage hin bewies, daß einige der anwesenden Medien wohl insgeheim doch Zweifel hegten, was die Fähigkeiten und auch die Absichten ihrer Kollegen anging.

Temple flüsterte Electra besorgt zu: »Mir scheint, diese Kristallkugelbeschauer sehen füreinander keine Zukunft, und nicht einmal für diese Séance!«

»Was für eine großartige Gruppe!« Electra gab sich ganz der Bewunderung hin. »Sie sehen hier die Crème de la crème der Westküste, was Medien angeht.«

»Auf mich wirken sie eher wie die Vettern und Cousinen der Addams Family, abgesehen von der Frau in der Jeans.«

»D'Arlene Hendrix. Sie hat schon oft der Polizei geholfen, Leichen aufzuspüren. Sie behauptet von sich, eine ganz normale Hausfrau zu sein, die eben manche Dinge anders spürt als andere.«

Temple glaubte genausowenig an »ganz normale Hausfrau« wie an Botschaften von toten Opfern. D'Arlene Hendrix saß an einem großen, leeren Holztisch und trank Kaffee aus einem Styroporbecher. In ihrem handbemalten T-Shirt und den Jeans sah sie so normal aus, wie man es sich nur vorstellen konnte; ihre Lesebrille mit Metallrahmen baumelte an einem schimmernden Halskettchen, und ein altgedientes Uhrband schnitt in ihr rundliches Handgelenk.

»Die da drüben ist Mynah Sigmund«, flüsterte Electra, als säßen sie in einer Kirche.

»Meinen Sie die Frau, die auf ›Weiße Dame‹ macht?«

Electras weit aufgerissene Augen waren ein einziger Tadel.

»Sie sagt, sie sei eine gute Hexe und sie kann mit der Rute Wasserquellen erspüren, den Gesundheitszustand oder Krankheiten über die Aura der Menschen ablesen. Und sie nimmt mit indianischen Geistern Verbindung auf. Natürlich muß man sie heutzutage ›eingeborene Amerikaner‹ nennen.«

Temple begutachtete die Sigmund im Lichte von Electras Aussagen noch einmal neu. Sie war großgewachsen, und die dicke Kaskade silbergrauer Haare wirkte wie ein gefrorener Wasserfall, obwohl sie noch keine vierzig Jahre alt sein konnte. Sie trug Weiß, als seien alle Farben sündhaft: ein langes, fließendes Kleid, vermutlich aus einem Stretchstoff. Opale in silbernen Fassungen leuchteten allenthalben an ihr: eine sorgfältig gearbeitete Kette und ein Armband mit Ringen, das die Finger ihrer

Hand über ein Netz von dünnen Silberkettchen mit dem Handgelenk verband. Sarah Bernhardt hatte einmal bei René Lalique ein ähnliches Stück mit einem üppig emaillierten Schlangenmotiv in Auftrag gegeben. Temple hatte schon oft Bilder dieses pseudodekadenten Theaterschmuckstücks bewundert. Mynah – war sie eigentlich nach dem sprechenden schwarzen Vogel benannt und trug sie diesen Namen etwa schon seit ihrer Geburt? – konnte sich derart überdeutliche Schlangenmotive sparen. Ihre ganze Figur und ihre wohlkalkulierte Selbstdarstellung verkündeten die Botschaft, daß sie zu Manipulationen fähig war, sowohl in körperlicher als auch in geisterseherischer Hinsicht, dachte Temple.

Vielleicht war das der Grund, warum sich die Männer im Raum um sie scharten. Schlau, dachte Temple, weiß klappte also entschieden besser als schwarz. Aimée Semple McPherson, die zu Zeiten von Harry Houdini erfolgreich als Predigerin durch die Lande gezogen war, hatte den Kontrast von hell und dunkel ebenfalls genutzt und damit unglaublichen Erfolg gehabt.

»Temple, von Ihnen kommt aber gerade eine sehr negative Ausstrahlung.« Electra runzelte die Stirn. »Mynah Sigmund gefällt Ihnen wohl nicht?«

»Ich traue ihr nicht. Das ist ein Unterschied.«

»Sie gilt als Koryphäe auf ihrem Gebiet.«

»Da habe ich keine Zweifel. Was ist eigentlich mit der kleinen, rundlichen Frau da drüben, die mit dem lächerlichen Hut?«

»Die habe ich noch nie gesehen. Muß wohl aus L. A. stammen. Aber der nett aussehende Mann daneben ist Oscar Grant, der Fernsehkommentator für *Dead Zones*.«

»Großartig.« Temple seufzte dramatisch auf. Er war der Traum eines jeden Regisseurs, wenn es um die Besetzung der Rolle »prominenter Geisterseher« gehen sollte.

Oscar Grant war zwischen dreißig und fünfzig Jahre alt und gerade damit beschäftigt, sich seine schwarzen Locken aus dem

Gesicht zu streichen. Ein dramatischer weißer Streifen führte wie ein Blitz von seiner linken Schläfe zu den Haarspitzen. Selbstverständlich trug er schlichtes Schwarz, ähnlich wie Max: seidiges schwarzes Hemd, teure schwarze Hose, glatte Lacklederslipper aus Italien, die mindestens sechshundert Dollar gekostet haben mußten. Ein geflochtener Ledergürtel ging um seine schmale Taille, und an einem ähnlichen, geflochtenen Lederhalsband hing ein großer, merkwürdig geformter Talisman aus Silber oder Zinn.

Intensiv redete er auf die ungepflegt, aber exzentrisch aussehende Frau ein, deren breitkrempiger Hut à la Edward Gorey mit riesigen Haufen Tüll und Unmengen schwarzer Seidenblumen beladen war.

Sie nickte, oder vielmehr, ihr Hut nickte. Ein Glück, daß sie ihn trug, denn bei genauerem Hinsehen merkte man, daß sie ein rundes, großmütterliches und sehr ausdrucksstarkes Gesicht hatte, das ihr Alter viel zu deutlich verriet, um attraktiv zu sein.

»Was ist eigentlich mit unserem Führer?« Electra blickte sich ratlos um, also versuchte Temple, ihn genauer zu beschreiben. Das war aber nicht einfach. »Der Typ im schwarzen Polyester.« Electra sah sie entgeistert an. »Der Typ, der offensichtlich Übergrößen kaufen muß. Der uns vorhin hier hochgeführt hat.«

»Ach so. Das ist Mynahs Ehemann.«

»Tatsächlich? Die weiße Hexe ist mit dem verheiratet? Was macht er denn beruflich?«

»Nichts Besonderes. Arbeitet irgendwo in einem Büro. Hängt in der Gegend herum. Mynah scheint ihn nicht sehr ernst zu nehmen.«

»Das ist ja wirklich eine interessante Situation. Wie heißt er denn?«

Electras Gesichtszüge wurden von einem Stirnrunzeln verdüstert. »Stellen Sie sich vor, das weiß ich nicht. Es hat mich nie interessiert.«

Temple beäugte den Mann noch einmal. Er stand allein. Trotz seiner Größe – sowohl hinsichtlich der Höhe als auch des Umfangs, er war sicherlich einen Meter neunzig groß und einen Meter breit – fiel es erstaunlich leicht, ihn zu übersehen: schütteres, mittelbraunes Haar, gewöhnliche, etwas fleischige Gesichtszüge; eine glanzlose Persönlichkeit am Rande der Depression. Doch war er der einzige der Anwesenden, der nicht vorgab, eine eigene telepathische Rolle zu spielen. Kein Wunder, daß er langweilig und uninteressant aussah: Er war wahrscheinlich nur normal.

Jedenfalls bildete er einen stillen Kontrast zu einem untersetzten Glatzkopf mit dicker, schwarzgerahmter Brille, dessen Gesten seine an eine Kollegin gerichteten, eindringlichen Sätze wie Karateschläge unterstrichen. Sie wirkte wie eine Motte: eine schmale, flatterige Präsenz mit fliehendem Kinn, unglücklich schiefen Zähnen und dünnen Haaren, die förmlich zu Wasser zu zerfließen schien, wenn man sie ansah. Sie trug ein Kleid aus blauem Chiffon, das sich genauso zitternd bewegte wie sie selbst.

»Das ist Agatha Welk.« Electra hatte in dieselbe Richtung geblickt wie Temple, und ihre Stimme wurde träumerisch und warm wie geschmolzene Schokolade. »Ein wunderbares, sehr instinktgesteuertes Medium, das aber äußerst anfällig für spirituelle Einflüsse ist. Ich habe gehört, daß sie schon zweimal in eine Nervenklinik eingewiesen werden mußte, nachdem sie bei wirklich entsetzlichen Fällen von Spuk und Besessenheit eingegriffen hat.«

Electra senkte die Stimme. »Professor Mangel da drüben hat seine wissenschaftliche Karriere in der Psychiatrie aufs Spiel gesetzt, um über die Welt des Okkulten zu schreiben. Er ist wie wir ein Beobachter und kein praktizierendes Medium.«

Temple nickte. So weit, so langweilig. Keiner der Anwesenden konnte wissen, daß sie die ... ehemalige Verlobte (*was für ein verlegener anzeigentypischer Ausdruck*) ... ehemalige Geliebte (*das war schon eher der Welt angemessen, ein bißchen härter*)... entfremdete ehemalige Mitbewohnerin (*das war wieder zu hochgestochen*)... eines professionellen Zauberers war.

Und Max war genau das: hochprofessionell. Er hatte nie so getan, als gäbe es irgend etwas Geheimnisvolles an seinen Illusionskünsten. Er würde diese künstlerisch angehauchten Typen mit ihren pseudotelepathischen Fähigkeiten verabscheuen.

Und dann trat der wirkliche Hochstapler ein, begleitet vom Licht eines grellen Scheinwerfers, der von einem Kameramann bewegt wurde.

»Du lieber Gott«, sagte Temple und wandte sich ab.

Electra blinzelte den Neuankömmling an. »Das ist doch nur der Reporter von *Hot Heads*, der für seine grauenvolle Parodie auf dem Schriftstellerkongreß für Liebesromane den Sonderpreis gewonnen hat.«

»Stimmt. Obwohl ich mir sicher bin, daß es keine Parodie war.«

»Er kann doch diesen Schrott nicht ernst gemeint haben?«

»Sie kennen Crawford Buchanan nicht. Schrott ist das, wovon er lebt. Erinnern Sie sich bitte, Electra, Sie haben auf das Grab Ihrer Mutter geschworen – und das hier sind schließlich genau die Leute, die sie zum Leben wiedererwecken könnten –, daß ich hier nicht mit diesem Idioten füßeln oder gar neben ihm sitzen muß.«

»Meine Mutter ist doch noch gar nicht tot«, murmelte Electra verwirrt. »Das ist also Ihre *bête noire*. Ganz ruhig bleiben, ich werde dafür sorgen, daß Sie vor Mr. Buchanan sicher sind, wenn Sie das wünschen.«

»Ein frommer Wunsch. Du liebe Zeit, schauen Sie sich mal an, wie die extrasensorische Wahrnehmungsfähigkeit anspringt. Ist doch erstaunlich, wie sich alle um den Kameramann herumscharen und hoffen, daß sie den richtigen Platz an der Sonne erwischen.«

»Abgesehen von D'Arlene Hendrix«, wies Electra sie zurecht.

»Oder dieser merkwürdigen kleinen Frau mit dem riesigen Hut. Vielleicht ist das in Wahrheit Bella Abzug, Sie wissen schon, die Politgröße aus den siebziger Jahren ... oder Dr. Ruth. Wissen Sie – «

»Ich weiß. Vielleicht haben die Geister den beiden gesagt, daß sie nicht besonders telegen sind. Ach du liebe Zeit, beim Geist des großen Caesar! Crawford steuert uns beide direkt an!«

Temple umklammerte Electras Handgelenk.

Kurz darauf war das Licht mehrerer Sonnen auf sie gerichtet.

»Und hier haben wir zwei ganz gewöhnliche Seelen«, dröhnte Buchanans mikrofongerechter Bariton, »Teilnehmerinnen und nicht Hellseherinnen, glaube ich.«

»Oh, richtig«, sagte Electra. »Ich habe überhaupt keine außersensorischen Fähigkeiten. Ich behaupte nicht, daß ich mehr sehen kann als die Nase vor meinem Gesicht, und das auch nur, wenn ich meine Brille trage.«

»Und die junge Dame?« schleimte Buchanans körperlose Stimme aus der anonymen Sicherheit der Dunkelheit hervor.

Jeder, der von den Gigawatt eines Kamerateams festgenagelt wurde, mußte sich vorkommen wie ein Reh vor einem Autoscheinwerfer: Es blieben nur Flucht oder plötzlicher Aufprall. Vor allem, wenn man gerade in das allerelektrischste Muumuu seiner Vermieterin gekleidet war.

»Ich bin die unschuldige Passantin«, sagte Temple voller Ruhe. »Eine unparteiische Beobachterin.«

»Sie glauben nicht an Mächte, die größer sind, als wir es erahnen können?« fragte er.

»Oh, durchaus, aber ich fürchte, daß sie nicht gerade an uns glauben.«

»Und glauben Sie, daß Harry Houdini eine solche Macht war, daß er heute abend aus den Hallen des Todes selbst zurückkehren wird, gerufen von diesen überaus berühmten Medien?«

»Houdini hat sich schon in seinem Leben von niemandem rufen lassen – ich glaube kaum, daß er im Tod nach irgend jemandes Pfeife tanzen wird.«

»Aber wenn Sie ihn heute abend sehen, werden Sie dann zugeben, daß ungeahnte Mächte existieren?«

»Wenn ich ihn heute abend sehe, ist er doch keine ungeahnte Macht mehr! Aber wenn er hier auftritt, will ich gerne alles zugeben. Es sei denn, er sieht wie eine gelungene Fälschung aus.«

»Und woher werden Sie wissen, daß er eine gelungene Fälschung ist?«

»Ich werde mir Standphotographien von Ihrem Film anschauen. Das ist eine Form von Zauberei auf wissenschaftlicher Grundlage.«

»Miss Temple Barr«, hörte sie Buchanan ihren Namen nennen. »Ein sehr kluger Kopf, exklusiv für die Kamera von *Hot Heads*. Wir werden später sehen, ob sie so kühl und ungläubig bleibt.«

Crawford und der Kameramann schwebten von dannen, um ihr blendendes Licht auf die weiße Hexe Mynah zu richten.

»Das haben Sie sehr gut gemacht, Liebes«, zwitscherte Electra in Temples Ohr.

»Was?«

»Sich dieser Salve von Fragen zu stellen, unter solch einem heißen Licht. Ihre bisherigen Verhörerfahrungen mit dem Las Vegas Metropolitan Police Department leisten Ihnen wohl gute Dienste. Ach du liebes bißchen, das ist aber eine verrutschte Metapher: Erfahrung kann doch keine Dienste leisten, nicht wahr?«

»Verrutschte Metaphern sind heute abend nicht unser Problem.«

»Sondern?«

»Mich davon abzuhalten, Crawford Buchanan zu erwürgen und ihn in seinem eigenen Saft schmoren zu lassen – oder besser, in seinem eigenen Schleim.«

»Keinen Mord erwähnen, Temple, noch nicht einmal im Scherz. Ich bin nur eine New-Age-Amateurin, aber vorhin habe ich ein sehr zittriges Gefühl gehabt.«

»Zittrig?«

»Ich … spüre den Tod. Vielleicht ist es nur der Tod des Oktobers, was meinen Sie? Schließlich ist heute Halloween. Oder … vielleicht wird heute noch weit entfernt jemand Berühmtes sterben. Das machen die meistens. Ich meine, irgendwo über Nacht sterben, und dann lesen wir am Morgen in der Zeitung davon.«

»Electra –«

»Oder es könnte auch ein organischer Tod sein, wie herausgerissene Pflanzen beim Gärtnern, nicht wahr? Vielleicht ist es eine schlechte Nacht für gelbe Kohlrüben. Eine Amateurin wie ich könnte alles mögliche erspüren. Ein Stern zum Beispiel, der im … na ja, im Stonehengenebel stirbt, oder sowas. Ich habe nur ein sehr, sehr unheilvolles Gefühl – aber was heißt das schon? Die meisten telepathischen Eindrücke bekomme ich von meiner Katze, also ist es wohl nichts Ernstes.«

»Von Ihrer Katze?«

»Oh. Na ja, sie ist nicht gerade meine Katze im Wortsinn –«

»Sie?«

»Na ja, wahrscheinlich. Sie fühlt sich an wie eine Sie. Ich habe mich noch nie getraut, das zu fragen.«

»Electra! Man kann doch keine Katze haben, ohne zu wissen, ob es ein Männlein oder ein Weiblein ist.«

»Kann man wohl, wenn die Katze eine sehr schummrige Umgebung verlangt und sich weigert, die Wohnung zu verlassen, nicht einmal für Tierarztbesuche.«

»Und so eine Katze haben Sie?«

»Nein. Habe ich das behauptet?«

»Sie haben angedeutet –«

»Und Sie haben eine seltene Art, Schlußfolgerungen zu ziehen! Wie wollen Sie eigentlich die Séance mit einem offenen

Geist beobachten, wenn Sie schon alles im voraus entschieden haben? Ich hätte direkt Lust, Sie doch noch neben Mr. Buchanan zu setzen. Das ist ein Mann, der bereit ist, absolut alles zu glauben.«

»Amen.«

Alle verstummten, wandten sich zu Temple um und schauten sie so mißbilligend an, als habe sie ein Schimpfwort gemurmelt.

Nachdem Buchanan und sein unsichtbarer siamesischer Zwilling, der Kameramann, aus dem Bild getreten waren, bestieg Oscar Grant die Bühne und begann seinen Auftritt damit, daß er die Haare zurückwarf.

»In Ordnung. Eine Warnung an alle Besucher, die uns heute abend beehren. Es ist wichtig, daß Sie alle«, und hierbei machte er jeder anwesenden Person das Geschenk seines braunen, glutvollen Blickes, »dieses Vorhaben voll und ganz ernst nehmen. Die Profis unter uns werden damit keine Schwierigkeiten haben, aber die Medien und ein paar Zuschauer seien hiermit gewarnt, das Geschehen nicht zu unterbrechen, egal, was passiert. Bleiben Sie bitte ruhig und gelassen. Lassen Sie zu, daß Ihr Gehirn ein offenes Fenster ist. Entspannen Sie sich, und die Phänomene werden in den staubigen Dachboden ihrer weltzugewandten Geister hineinrauschen wie wunderschöne, seltene Vögel.«

»Und wieder raus wie Fledermäuse«, murmelte Temple leise zu Electra.

»Fledermäuse sind sehr mystische Kreaturen«, kam die Antwort, »und bei den Chinesen waren sie heilig.«

»Drachen auch, aber von denen sehen wir nicht mehr so viele umherschwirren.«

»Schschsch!«

Mynah, die weiße Hexe, war in die Mitte getreten. Sie beugte ihr silbriges Haupt vor, das Temple an die Heuhaufenfrisur ihrer Hippiezeiten erinnerte: in der Mitte gescheitelt und bis zu den Fingerspitzen herabhängend.

Mynah streckte die beringten Händen aus, als folge sie einer Regieanweisung.

»Wir sind hier in ernsten Geschäften versammelt, trotz der frivolen Umgebung. Wir sind hier, um den Meister wiedererstehen zu lassen. Wir sind hier, um jene eine Stimme zu sein, die ihn vom Jenseits zurückrufen kann. Seit siebzig Jahren hat er allen Rufen widerstanden. Jetzt rufen wir, und er wird kommen. Die Welt« – ihre dunklen Augen glitten rasch zum Kühlschrank in der Ecke, vor dessen hellem Weiß Crawford Buchanans untypisch dunkler Anzug scharf umrissen war, während die Kamera wie ein unglückbringender Stern über seine Schulter schaute – »die Welt wird sehen, und wir werden beweisen, daß der Bereich der Geister ein viel mächtigeres Reich ist, als es auf dem Planeten Erde überhaupt vorstellbar ist.«

Sie beugte den Kopf noch tiefer, und ein Tremor begann in ihren Fingern, der die dünnen Silberkettchen auf ihrer rechten Hand vibrieren ließ, wanderte dann ihre Arme hinauf bis zu ihrem Oberkörper, bis ihr Kleid und die Opale und die Wellen ihres Sterlinghaars in schweigenden Vibrationen bebten.

»Du meine Güte«, murmelte Electra.

»Wie Mae West in einem ihrer Filme so treffend formuliert hat: ›Güte hat nichts damit zu tun‹. Das ist ein Bühnentrick, Electra. Völlige Anspannung aller Muskeln resultiert in einem völligen Ganzkörpertremor. A plus B gleich –«

»Ruhe bitte!« Die schwarz gekleideten Arme von Oscar Grant fuhren in die Höhe.

»Zuerst möchte ich Ihnen eine wohlbekannte Präsenz vorstellen. Sie ist gerade vom Machu Picchu eingeflogen: Edwina Mayfair.«

Ein höfliches Murmeln allenthalben bedeutete, daß der Name ein Begriff war, obwohl die stämmige Frau nur eine schwache Vertreterin dieser anscheinend so berühmten Persönlichkeit zu sein schien. Oscar warf ihr ein anerkennendes Lächeln zu, ehe er fortfuhr: »Wir werden jetzt nach oben geführt. Ruhe bitte.«

Er nickte in Richtung Küchentür, wo die langweilige Gestalt von Mynahs Mann wartete.

»Hallo«, formte Electra eine lautlose Begrüßung mit den Lippen.

Der Mann nickte ihr und Temple zu und stellte sich vor.

»Ich bin William Kohler. Ich werde Sie führen. Folgen Sie mir.« Er machte eine Bewegung mit seinem zotteligen Haupt und fing an, wie ein russischer Bär in schwarzen Kleidern die Treppen hinaufzusteigen.

Die Hellseher folgten ihm im Gänsemarsch, Temple und Electra als letzte. Widerwillig nahm Temple zur Kenntnis, daß Crawford nebst Kameramann sich geweigert hatten, ihnen voranzugehen.

»So ein Mist!« schimpfte Temple gegenüber Electra, während sie die dunkle, enge Hintertreppe hinaufstiegen. »Ich hasse es, daß Crawford und sein verdammter Kameramann mich in diesem Kraut-und-Rüben-Kleid von hinten sehen können.«

»Ich bin mir sicher, daß die beiden nicht daran interessiert sind, diese Art von Phänomen zu filmen, Liebes.«

Temple war nicht so gelassen, da sie die Neigung aller Kameraleute kannte, die Menschheit aus dem absolut schlimmsten Blickwinkel darzustellen – und das stets im Namen des Cinéma-vérité. Doch wahrte sie fortan das geforderte Schweigen und drückte ihren Ärger nur dadurch aus, daß sie die Treppen hinauftrampelte, als sei sie eine Riesin, so daß jeder Schritt wie das drohende Klopfen einer ungesehenen Macht klang.

Durch die dünnen Trennwände zwischen ihnen und der Geisterbahnstrecke konnte Temple das Kreischen und die donnernden Gleise und das Stöhnen hören.

Großartige Stimmungsmusik.

Nach der halben Treppe gingen sie eine hölzerne Rampe entlang, bis Temple das Hauptgerüst sah, und dann mußte sie noch weitere zweieinhalb Stockwerke eine schmale, kaum beleuchtete Holztreppe hinaufsteigen.

Endlich öffnete sich vor ihnen eine Tür, die (dank eines eingebauten Quietschens) eher gehört als gesehen wurde, und so trotteten sie alle pflichtergeben in die Dunkelheit hinein, geführt von Kohlers strengem Flüstern.

»Hier geht's lang, Herrschaften.« Er leitete sie in ein schummrig beleuchtetes Zimmer mit abgedunkelten Wänden. Es gab gerade genug Licht, daß man sein Gesicht sah. Es war von Schweiß bedeckt.

»In Ordnung. Mr. Kameramann, bitte schalten Sie an der Tür Ihr Spotlight aus. Danke. Wir möchten, daß Sie sich setzen und dann erst das Licht anmachen, als seien Sie gerade erst dort erschienen. Also einer nach dem andern.« Er nickte erst Oscar Grant und dann seiner Frau zu. »Sie können ja Junge-Mädchen, Junge-Mädchen als Tischordnung machen. Professor Mangel. Und Sie, Miss, der Rotschopf, einer der beiden Rotschöpfe, wenn's geht.« Electra setzte sich mit einem luftigen Rauschen ihres Muumuus.

»Dann am besten einer von euch beiden Medienjungs.«

»Nein!« protestierte Temple im Halbdunkel. Sie ahnte schon, was bei diesem »Junge-Mädchen, Junge-Mädchen« rauskommen würde. Crawford, dann sie, und auch noch händchenhaltend.

»In Ordnung, dann setze ich mich da hin und dann Sie, Miss. Der andere Rotschopf.«

Temple tat wie befohlen und stellte dabei mit Erstaunen fest, daß es ihr, so sehr sie auch bedauern mochte, rote Haare zu haben, genausowenig gefiel, wenn man sie »den anderen Rotschopf« nannte.

»So, wer bleibt uns jetzt noch? Der Kameramann? Ach so, Sie stehen? Ist das richtig? Dann also, der, Mr. äh – «

»Buchanan, Crawford Buchanan«, kamen die tiefen Töne von irgendwo hinter Temple.

Temple zuckte sichtbar zusammen. Der Glanz auf William Kohlers breiter, zerfurchter Stirn entwickelte sich zu Tautropfen.

»Ach so, der Medienmensch sollte vielleicht etwas weiter unten sitzen, von wo man auf alles einen guten Blick hat.«

An einem ovalen Tisch auf einer runden Bühne, dachte Temple, ergibt das überhaupt keinen Sinn, aber sie würde jeden Grund gutheißen, der es ihr ermöglichte, außerhalb der Schußlinie von Crawford Buchanan zu bleiben.

Aber möglicherweise würde Mr. Mynah das nicht schaffen. Seine Stirn runzelte sich noch mehr, und seine Stimme wurde noch belegter. »Das bedeutet, ähm, daß... damit bleibt neben Miss Temple, eh –«

»Ich fürchte, das war's dann mit Junge-Mädchen«, sagte eine volle Stimme brüsk. »Mr. Medienmann kann sich ja zu meiner Linken niederlassen, wenn Miss Temple nichts dagegen hat, neben jemandem ihres eigenen Geschlechts zu sitzen –?«

»Aber nicht im mindesten!« jodelte Temple, die froh war, den vorhin schon erspähten Hut zwischen sich und Crawford und hoffentlich auch seinem neugierigen Kameramann zu wissen.

»Nun denn«, fuhr die selbstsichere Stimme der älteren Dame fort, »damit bleiben D'Arlene und Agatha, die zu Oscars Linken die Stellung halten müssen, aber wir haben immerhin eine fast perfekte Trennung der Geschlechter. Die Geister werden sich also nicht beklagen können, daß es zwischen den Medien irgendein unbotmäßiges Techtelmechtel gibt. Setzen wir uns endlich und legen los.«

Temple spürte, wie sich die Luft veränderte, als Edwina Mayfair sich zu ihr herüber beugte und vertraulich flüsterte: »Ich bin Expertin in dieser Hinsicht, junge Dame, machen Sie sich bitte keine Sorgen.« Sie spürte eine beruhigende Hand auf ihrer, und dann einen ermunternden Druck. Temple war überrascht und blickte hinab. Die Hand trug einen schwarzen Handschuh.

»Ich bin ein sehr mächtiges Medium«, flüsterte Edwina. »Ich versuche in einer Séance immer, ein Puffer zwischen meinen Partnern und dem Schlimmsten zu sein.«

Temple dankte ihren Sternen, daß eine derart mütterliche Person zwischen ihr und Crawford Buchanan saß.

Auf Electras rechter Seite räusperte sich nun der Professor. Seine Stimme klang klar und zuversichtlich. »Jemand muß diese Sitzung leiten. Ich als neutrale Partei werde das entscheiden. So sehr Miss Sigmund den Respekt aller Anwesenden genießt, glaube ich doch, daß Houdini als Mann einer frühen Epoche am besten auf ein männliches Rufen reagieren wird. Mr. Grant ist wohl das bekannteste Mitglied dieser Runde. Daher habe ich Mr. Grant gebeten, uns die Ehre zu erweisen.«

Es herrschte Schweigen. Temple fragte sich, wie die Frau in Weiß die Nachricht aufnehmen würde, daß sie nur eine Nebenrolle spielen sollte – wo sie sich doch so sehr für die alles entscheidende Arie herausgeputzt hatte. Zumindest schickte sie Oscar Grant einen äußerst giftigen Blick.

Doch niemand protestierte.

Temple hörte Füße scharren und ein Räuspern ringsum. Etwa so wie bei einer Schauspielertruppe, die darauf wartet, daß sich der Vorhang zum ersten Akt hebt.

Plötzlich erwachte um sie alle herum ein leichter Lichtschimmer. Zunächst schien er zu schwach, um wahrgenommen, geschweige denn benannt werden zu können. Doch er wurde stärker. Zuerst glitzerte das Glas. Im Gegensatz zu den anderen erkannte Temple den Grund dafür genau.

Sie waren auf einer künstlichen Insel in einem riesigen Raum gestrandet. Ringsum sauste das programmierte Chaos: die Waggons der Geisterbahnfahrer. Zeugen. Sie selbst, die Teilnehmer an der Séance, waren beweglich, glitten drei Stockwerke hinauf und wieder hinunter, allzeit sichtbar für die Zuschauer.

Dank des stärker werdenden Lichts – Lampen, zwischen Scheiben aus geschliffenem Glas plaziert – waren die Teilnehmer der Séance in der Lage, sich gegenseitig über die leere, hochglanzpolierte Holzfläche des Tisches hinweg zu erkennen. Es gab einige Verwirrungen: zum Beispiel die schulterlangen

Haare sowohl der Männer als auch der Frauen. Temple vermutete, daß sie und Electra in ihren zueinander passenden, nur unterschiedlich wild gemusterten Muumuus und mit ihren elektrisierenden Haarfarben aussahen wie Pat und Patachon auf Drogen.

Crawford in seinem dunklen Anzug wurde schwach im gegenüberliegenden Fensterglas reflektiert und schien dem neunzehnten Jahrhundert entsprungen zu sein. Und der Kameramann, die einzige nichtseßhafte Figur im Raum, war ein Glühwürmchen, das am Rande des Geschehens herumflatterte und ohne Rast und Ruh filmte, filmte, filmte.

»Die Hände, meine Herrschaften«, befahl Oscar Grant.

Temple legte beide Hände auf den Tisch. Zwei andere ergriffen sie von jeder Seite, Edwinas Baumwollhandschuh warm und trocken von links, William Kohlers nackte Hand merkwürdig feucht von rechts.

Temple hatte seit den Tagen der Kinderspiele nicht mehr mit fremden Leuten Händchen gehalten. Sie stellte fest, daß sie ein wenig unter Xenophobie litt.

Und die Hände dieser Fremden sollten also die Kanäle sein, durch die die ungesehenen Mächte strömten? Aber nicht durch die des Professors. Er war auch nur ein Zuschauer. Parapsychologisch gesehen ein Hirntoter wie sie. Über Electra und ihre möglicherweise weibliche Phantomkatze konnte sie nichts sagen. Man stelle sich vor! Electra mit einer Katze. Vielleicht... Eines war sicher: Temple erfuhr an diesem Abend mehr über Electra als jemals zuvor. Wenn dieser Trend mit Hilfe der Toten anhielt...

Wow! Sie hatte sich der Geisterwelt geöffnet – und wer wußte schon, wer alles vorbeischauen würde? Plötzlich ging Temple auf, daß sie ziemlich viele tote Menschen »kannte«.

Sie schloß die Augen. Ärgerlicherweise traf man, wenn man starb und zum Himmel auffuhr – oder in die Hölle hinab –, Menschen wieder, die man im Leben gekannt hatte und gar nicht unbedingt wiedersehen wollte...

»Konzentrieren Sie sich«, intonierte Oscar Grants leicht fremdländisch klingende Stimme. »Befreien Sie Ihre Gedanken. Öffnen Sie sich für das Übersinnlich-Empyreische. Betrachten Sie die Zeit als Ganzes, den Raum als Ganzes.«

Temple öffnete die Augen wieder. Außerhalb ihrer erleuchteten Kristallkugel erblickte sie verzerrte Gesichter, die an ihnen vorbeisausten. Glückliche Menschen, die mit der besten Karussellfahrt ihres Lebens Halloween feierten? Oder gequälte Geister, die zwischen Leben und Tod hin und her geschleudert wurden?

Temple spürte, daß sie hinabsank, sehr langsam. Fühlte, daß der Raum zu einer winzigen Glaskugel zusammenschrumpfte, die auf der Bühne eines riesigen Universums lag. Spürte, wie die Hände auf den ihren mit unerwarteter Spannung pulsierten. Spürte ein ... Zwicken in ihrem Daumen. Irgend etwas Böses kam –

Nein!

Ihre Hände schliefen einfach ein wegen des ungewohnten Drucks. Wie konnte sie ihren benachbarten Séanceteilnehmern klarmachen, daß sie ein Kind des Computerzeitalters war, das unter Platzangst des Handwurzelknochens litt ...?

Platzangst.

Kaninchenloch.

Sie fiel hinunter und immer tiefer, und das verstorbene kleine weiße Häschen war eine schwarze Katze mit einem Smaragdhalsband. Die Karokönigin trug an Stelle einer Krone Schwerter, und die Raupe hielt eine Hookahpfeife, aus der regenbogenbunte Bläschen aufstiegen, und sie trug einen Hut aus Kohlrosen, die sangen ...

»Keine Sorge«, sagte eine fremde Stimme. »Schön festhalten. Die Geister sind heute abend verärgert. Es wird eine ungemütliche Fahrt werden.«

Und Bette Davis war die Herzdame.

13

Bingo für Louie!

Hallo. Da bin ich wieder, gleiche Stelle, gleiche Welle.

Glückszahl dreizehn.

Haben Sie sich eigentlich jemals klargemacht, daß dreizehn nichts anderes ist als einunddreißig, nur rückwärts gelesen, wie zum Beispiel beim 31. Oktober? Und genauso, wie die Zahl dreizehn willkürlich mit Pech in Zusammenhang gebracht wurde, ist aus *All Hallows Eve*, also dem Vorabend von Allerheiligen, ein Ereignis geworden, an dem fliegende Hexen, Geister und schwarze Katzen umherspazieren.

Das Ganze ist eine üble Lüge. Die einzige Hexe, mit der ich mich jemals zusammengetan habe, war eine ausgestopfte in der Austellung über den Zauberer von Oz vom MGM Grand Hotel, und die hat nicht mit mir geredet (außer, wenn man eine Ansage vom Tonband abspielte). Allerdings war sie gar nicht so schlecht. Und eine kleine Operation an der Nase und die Entfernung ihrer Warzen hätten ihr Aussehen sicherlich noch erheblich verbessert.

Jetzt aber bin ich umgeben von Hexen in spitzen Hüten, mit üblen, aufgemalten Gesichtern, die eine Eieruhr dazu bringen würden, stehenzubleiben, und manche von ihnen sind ganze ein Meter zwanzig groß. Da wären wir also. Kurz vor Mitternacht stehe ich auf dem sandigen Parkplatz außerhalb des Hell-o-ween Haunted Homestead. Drinnen kreischen die Leute in glücklichem Entsetzen.

Die Vorstellung, daß Menschen sich extra Mühe geben, um sich erschrecken zu lassen, ist mir sehr fremd. Es gibt in der realen Welt schon genug schreckliche Dinge für ein ganzes Leben, finde ich. Ich begreife nicht, wie man da noch das Übersinnliche hinzufügen kann.

Allerdings ist für manche das Außergewöhnliche einfach sehr chic. So finden manche Menschen Karma einfach wahnsinnig faszinierend. Ich hingegen finde sie ausgesprochen nervig, und sie geht mir an einem Ort vorbei, den ich in gesitteten Kreisen nicht gern erwähne. Mit A fängt er an.

Dennoch bin ich hier, und sie nicht, und das ist einer der vielen Vorteile des ausschließlich körperlichen Zustandes, in dem ich mich seit vielen Jahren glücklicherweise befinde.

Allerdings hat Miss Temple meinem Glück einen überflüssigen Streßfaktor hinzugefügt, indem sie meinen Drang, ab und zu aus der Wohnung an die frische Luft zu kommen, unterband. Ich bin wirklich beleidigt und würde mir wohl kaum darüber Sorgen machen, was gerade in dem programmierten Chaos da drinnen passiert, wenn ich nicht ein so durch und durch anständiger Kerl wäre.

Ich erinnere mich nur mit Unbehagen an meinen letzten Besuch an diesem Ort, der noch bei Tageslicht stattfand.

Doch bleibe ich diesmal frei und unversehrt und meistenteils unsichtbar, indem ich mich von dem Regenbogen aus Scheinwerfern fernhalte, die die groteske Fassade des Hell-o-ween Haunted Homestead zur Zielscheibe haben. Ich halte mich an die Schattenseite der Dinge, schleiche auf die Rückseite des Gebäudes und warte ruhig neben einer unauffälligen Tür. Dies ist der Dienstboteneingang, und obwohl das hier kein Hotel ist, weiß ich aufgrund der Mitteilungen der Katzengewerkschaft, daß, wenn ich nur geduldig neben einem Dienstboteneingang warte, die Tür irgendwann aufgehen wird, um ein menschliches Wesen hinein- oder hinauszulassen, das sehr wahrscheinlich etwas trägt und deshalb nicht bemerken wird, wie ich an seinen oder ihren Beinen vorbei ins Haus witsche.

Nach einiger Zeit geschieht genau das.

Eine offene Tür. Eine Kanne Wein kommt heraus oder geht hinein, und ich befinde mich im Haus der derben Schicksalsschläge und geisterhaften Regungen.

Wie man sich vorstellen kann, sind die Bewohner alle viel zu sehr damit beschäftigt, heimzusuchen oder heimgesucht zu werden, um ein flach am Boden verkehrendes Individuum wie mich zu bemerken. Ich umgehe im großen Bogen einen Raum, der eher eine improvisierte Küche darzustellen scheint, obwohl der Geruch von kalten Peperoni höchst verlockend in meine nachtgekühlte Nase dringt.

Aber die Pflicht ruft, und die Pflicht erscheint nur selten als Peperoni verkleidet.

Also sehe ich zu, daß ich die Treppe hinaufkomme, wobei ich darauf achte, in der Nähe der Wand zu bleiben, damit mein nicht ganz unbeträchtliches Gewicht dem allgemeinen Durcheinander nicht noch unpassende Laute hinzufügt. Was für ein merkwürdiger Ort dies doch nächtens ist, erleuchtet von all den Special-effects! Er erinnert mich an eine dieser Hamsteranlagen, die ausschließlich aus miteinander verbundenen Röhren und verwirrendem Auf und Ab bestehen. Die hiesigen Hamster rasen in kleinen, offenen Sesseln vorbei und kreischen sich ihre Nagetierlungen aus dem Leib, mit dem einzigen Unterschied, daß sie Menschen sind.

Ich vergesse mich derart, während ich die niedlichen Spielsitten der Menschen beobachte, daß ich wahrlich erschrocken bin, als sich vier Krallen in meine linke Schulter senken.

»Hssspppphhht!« sage ich und wirbele herum, die eigenen Klauen ausgefahren und blutrünstig gestimmt.

»Nu mal langsam, Jungchen«, knurrt eine Stimme, die ich im Dunkeln als die meines Herrn Papa erkenne.

»Dann paß in Zukunft auf, wen du von hinten überraschst, Daddio.«

»Daddio! Ihr Jungvolk habt heutzutage wirklich keinen Respekt mehr. Woher hast du nur solche Ausdrücke?«

Keinesfalls werde ich meiner eigenen respektlosen Tochter zugute halten, mein neuerdings so modernes Vokabular beeinflußt zu haben, aber ich muß schon sagen, daß es sehr angenehm ist, die Schande weiterzureichen. Schließlich ist der Alte nicht im Kinderzimmer geblieben, um bei mir und meinen Geschwistern zu wachen. Und unsere Mama mußte zugeben, daß er »danach« noch nicht einmal lange genug geblieben war, um eine Zigarette zu rauchen, geschweige denn ein paar Wochen später eine Zigarre, als wir Kleinen in einem jaulenden Sixpack ankamen.

Ich ignoriere also seine Frage und wende mich wichtigeren Dingen zu, wie zum Beispiel den Revierfragen.

»Ich hoffe, du hast nicht vor, deinen gemütlichen Rentnersitz am Lake Mead zu verlassen, um mir hier in Vegas in die Quere zu kommen. Wir mögen ja miteinander verwandt sein, aber vertragen tun wir uns deshalb noch lange nicht.«

»Wie könnte ein alter Kerl wie ich einem jungen, strammen Kätzchen wie dir zum Rivalen werden? Es sei denn, daß dir langsam alles zuviel wird.«

»Nicht im mindesten. Momentan folge ich meiner Wohnungsgenossin, die Mitglied der Séancegruppe dort oben ist.«

»Tatsächlich? Diese abergläubischen Idioten habe ich im Trupp nach oben marschieren sehen: eine aalglatte, silberfarbene Tussi, ein aufgedonnerter Kater mit einer weißen Flamme auf dem Kopf und auf den Schultern, ein angespannter Typ mit Brillenrändern um die Augen, eine alternde, gefärbte Ostereitype und eine kleine Zimtabyssinierin, die in eine Art Tapete eingewickelt war. Gehört einer dieser Typen zu dir?«

»Die, die du eine Zimtabyssinierin nennst. Meine Wohnungsgenossin hat großartige ingwerfarbene Haare, fast so rot wie Feuer. Aber ich verstehe nicht, warum sie eine Tapete trägt. Normalerweise kleidet sie sich mit mehr Gespür für die Außenwirkung.«

»Vielleicht hat sie sich verkleidet, damit die Gespenster sie nicht holen kommen. Nun denn, worauf wartest du noch? Sieh mal zu, daß du die Treppe hinaufkommst. Ich kann meinen Posten hier nicht verlassen, also bist du auf dich selbst gestellt, mein Sohn. Ich habe die Aufgabe, mich immer mal wieder zu zeigen und die vorbeikommenden Leute wie verrückt zu erschrecken.«

Three O'Clock Louie schüttelt seinen großen schwarzen Kopf. »Wer hätte je gedacht, daß es mal so weit mit mir kommen würde? Auftritte in einer Geistershow! Aber anscheinend genießen es meine Alten, mich vorzuzeigen. Ich bin hier das Hausmaskottchen. Man hat sogar meinen Namen draußen auf das Schild gesetzt, neben das Restaurant.«

Ich zucke mit den Achseln und schleiche dann die Treppe hinauf. Mir ist schon klar, daß ich das mir bestimmte Böse alleine werde bewältigen müssen.

Doch als ich glaube, das in Frage kommende Zimmer erreicht zu haben, ist es verschwunden, zusammen mit der Gesellschaft von Hellsehern und Miss Temple Barr in ihrem Tapetenkleid.

Ich linse in den Abgrund und sehe nur die Schwärze der Nacht. Die Treppe endet im leeren Raum.

Meine Lage analysierend stelle ich fest, daß sie extrem gefährlich ist. Ich befinde mich oben auf einer Treppe, die ins Nichts führt, mitten in einer Achterbahn aus umhersausenden Sesseln, in denen zu Tode erschreckte Leute sitzen, während um mich herum eine Lichtershow aus kleinen schrecklichen Sternchen blinkt.

Was ich allerdings nicht blinken sehe, ist Karmas glühende Astralprojektion, jenes kleine Stück Pussykätzchenhaftigkeit, das wie eine Felidenabart von Tinkerbell vor mir schwebt. Aber auf gar keinen Fall werde ich jetzt wieder hinunterschleichen und meinem Papa diese Schwierigkeiten beichten.

Und auf keinen Fall werde ich in das Ungewisse springen.

Schließlich will ich mich nicht mit dem Körperlosen verbinden.

So bleibt mir nur, die wagemutige Midnight Louise zu zitieren: »So 'ne Scheiße, Väterchen.«

14

Houdini war's, und nicht der Butler!

Der Raum mit den gläsernen Wänden wirkte wie ein Aquarium, umgeben von einer dunklen und tiefen See voller merkwürdigster Kreaturen, die vorbeischwebten, hereinstarrten.

Obwohl das Zimmer erleuchtet war, wirkte der Kontrast zwischen dem milchigen Licht und dem Dunkel dahinter, in dem gelegentlich Blitze aufzuckten, sehr beunruhigend – ebenso wie die Tatsache, daß der Raum langsam auf und nieder schwebte, als sei er eine durchsichtige Qualle. In dem Zimmer zu sein, fühlte sich ein bißchen so an, als säße man im Gesellschaftszimmer eines sinkenden Kreuzfahrtschiffes und spiele Gespenster, kurz bevor alle Mitspieler tatsächlich welche wurden. Selbst die Stühle unterstützen diese Vorstellung: geschnitztes, dunkles Holz mit hohen Rückenlehnen und wenig Polsterung auf den Armlehnen und Sitzen.

Mynah Sigmund sagte als erste etwas, endlich. »Ich spüre eine starke Präsenz. Die müssen wir erreichen. Wir dürfen uns nicht von dem Gewusel der Sterblichen ringsum ablenken lassen, dürfen nur diesen tiefen, endlosen Sog einer mächtigen Seele beachten.«

»Ehrich«, flüsterte D'Arlene Hendrix. »Ich höre das Wort Ehrich. Ist das ein Name? Der Name von jemandem am Tisch? Moment! Ich sehe ihn. Ehrich. Ein Junge, ein dunkelhaariger Junge. Könnte das ein Kind draußen auf der Achterbahn sein?«

»Wunderbar, D'Arlene! Sie sind bereits eingestimmt. Ehrich war der eigentliche Vorname von Harry Houdini«, gab Oscar Grant in so vollendet liturgischem Tonfall von sich, als sei er ein

Priester. »In früheren Jahren schon fühlte er sich von der Magie angezogen. Mit sechzehn hatte er sich selbst den Namen Houdini – nach dem großen französischen Zauberer Robert Houdin – gegeben.«

D'Arlene runzelte die Stirn, obwohl sie die Augen geschlossen hielt, als könne sie dadurch besser hören. »Dieser Junge ist kein Franzose. Aber den Mann, den Sie beschreiben, spüre ich nicht.«

Temple fragte sich, warum Medien immer so gestelzt sprachen. Vielleicht verloren auch die Toten die Fähigkeit, so zu sprechen wie im Leben, weil ihre steifen Kiefer inzwischen zu ungeschickt waren, um vernünftig artikulieren zu können.

»Tod, sinnloser Tod!« sagte Mynah Sigmund plötzlich und schüttelte ihr Haar in einer lockigen, quecksilbrigen Welle zurück. »Die Karten waren durcheinandergeraten, der Zauberer irregeführt. Aber welche Kraft des Willens! Er hat wie sonst auch an jenem Abend seinen Auftritt absolviert, obwohl der Schmerz seines entzündeten Blinddarms überwältigend gewesen sein muß. Immerfort diese Agonie, die sich auf seine Mitte richtet: die Faust in der Magengrube, die Kugel in der Handfläche. Spüren Sie seinen Schmerz und seinen Willen, der ihn überwunden hat?«

Ihr qualvoller Tonfall verursachte eine Kettenreaktion an den Händen rings um den Tisch. Temple blieb skeptisch. Sie hatte kurz zuvor noch über Harry Houdini im Internet recherchiert, und nichts von alledem war ihr neu. Die anderen Anwesenden beteten also Tatsachen aus Houdinis Leben und Sterben nach, als würden sie ihnen von dem Manne direkt eingegeben.

Temple war versucht, eine kleine Komödie aufzuführen, indem sie selbst auch ein paar Hinweise in die Runde warf. Um die Wetten zu erhöhen. Zum Beispiel mit einer Erwähnung seiner allzeit treuen Ehefrau Bess. Oder indem sie andeutete, daß der tödliche Schlag absichtlich erfolgt war, daß er auf eine Verschwörung von rivalisierenden Zauberern zurückzuführen war, um Houdini außer Gefecht zu setzen. Nur waren sie damit allzu erfolgreich gewesen. Mord! Das wäre mal ein Knüller für Crawford Buchanan!

HOUDINI PACKT BEI EINER SÉANCE IN VEGAS AUS! ZAUBERER KOMMT AUS DEM TOTENREICH ZURÜCK, UM ZU OFFENBAREN, DASS ER VOR SIEBZIG JAHREN ERMORDET WURDE!

Aber es war kein sensationeller Mord gewesen. Houdini der Zauberer nutzte schließlich oft die Fähigkeiten von Houdini dem Athleten, um das Publikum zu betören und seinem sorgsam gehegten Ruf als Mann von fast übernatürlicher Stärke zu entsprechen. Oft forderte er Männer dazu auf, ihm in den Magen zu boxen und vertraute auf seine gut trainierte, feste Bauchdekke, die den Schlag milderte.

Doch dann, 1926, zögerte ein junger Mann, den berühmten Entfesselungskünstler zu schlagen, obwohl dieser ihn dazu ermutigt hatte. Houdini entspannte gerade seine Muskeln, als sich der Herausforderer doch endlich entschloß, Houdini in den Bauch zu boxen, mehrfach. Die ersten Schläge trafen den Zauberer völlig überraschend.

Er schaffte es jedoch, seinen Schmerz zu verbergen und ignorierte ihn auch noch während des folgenden gefährlichen Unterwassertricks. Es gelang ihm so dauerhaft, seinen Zustand zu kaschieren, daß die Ärzte – als seine Schwächung offensichtlich und er schließlich ins Krankenhaus gebracht worden war – nichts weiter tun konnten, als zuzusehen, wie der berühmteste Zauberer der Welt im Alter von vierundfünfzig Jahren an einer akuten Blinddarmentzündung starb.

Männer mit eisernem Willen, dehnbaren Stahlkörpern und reingoldenem Selbstbewußtsein, schloß Temple. So waren Magier beschaffen, hinter ihrer kühlen, einstudierten Bühnenpräsenz.

Temple stellte fest, daß sie die Persönlichkeit von Zauberern sowohl im Lichte von Houdini als auch von Max Kinsella betrachtete. Manche, wie Houdini, glaubten zu sehr an ihre eigenen Fähigkeiten. Die Selbstüberschätzung hatte Houdini umgebracht. Professionalität bis hin zum Martyrium. Temple fragte sich, wieviel von dieser Berufskrankheit wohl auch dafür verantwortlich zu machen war, daß Max in bezug auf seine vergangene und gegenwärtige Gefahr so verschlossen war. Ein Zauberer hatte immer die Kontrolle über das Publikum, die Bühne, die Handlungen. Ein solcher Mann würde nicht um Hilfe bitten, und wenn er sie noch so dringend brauchte. Wie Houdini würde er lieber sterben, als seine tönernen Füße, geschweige denn seine ganz normalen Füße mit ihren Blasen und Hühneraugen, zu offenbaren.

Ging es Max ebenso?

»Das ist ja faszinierend«, murmelte Edwina und drückte Temples Finger schmerzhaft fest.

Temple wandte ihre Aufmerksamkeit augenblicklich wieder der Séance zu. Deswegen war sie schließlich hier: um aus nächster Nähe einen großartigen Werbegag zu beobachten, und um Ideen für den unterirdischen Komplex des Crystal Phoenix zu sammeln.

»Keine Sorge, Liebes.« Edwina senkte den Kopf mit angeschlossenem Hut so tief, daß der herabhängende Schleier kratzig über Temples Handgelenk strich. Ein Knie streifte das ihre, aber zumindest konnte es nicht Crawford Buchanan sein, der ihr derart auf die Pelle rückte.

»Das und nicht mehr sind Geister«, fuhr Edwina fort und kam mit einem heiseren Flüstern noch näher. »Nichts als Luft, egal, wie sehr sie umherstürmen, wie sehr sie kreischen. Wie Tinkerbell sterben sie, wenn man nicht an sie glaubt.«

»Aber glauben Sie denn etwa nicht –?« Schließlich war das doch eine berühmte Hellseherin!

Eine Hand tätschelte Temples Knie. »Nicht vergessen: Die meisten Geister, die bei Séancen erscheinen, sind das Ergebnis von Manipulationen unter dem Tisch.«

»Und der Rest?«

Die Frau kicherte leise und ließ sich gegen ihre Stuhllehne zurücksinken. »Das werden wir sehen. Das werden wir alle noch sehen.«

Temple wollte es bald sehen. Dieses nervenaufreibende Händchenhalten war sie nicht gewohnt. Und ihre Arme wurden schon längst müde davon, ausgestreckt über dem Tisch zu verharren. Doch alle anderen spürten ebenfalls die Anstrengung. Temple empfing ein Zittern, das wie eine Botschaft ringsum durch die Hände ging. Aber wieviel davon war wirkliche Telepathie und wieviel war einfach auf Ermüdung zurückzuführen?

Eins hatte sie schließlich in ihrem Zusammenleben mit Max Kinsella gelernt: Zaubern war nichts als Show.

Medium sein hingegen ... Temple hatte sich noch kein festes Urteil gebildet.

Ein entsetzliches Vibrieren erschütterte plötzlich den Tisch. Köpfe flogen hoch, Blicke trafen einander, und dann zitterte der Tisch noch einmal, während sich das Zimmer unmerklich anhob. Temple erhaschte durch das dunkle Fensterglas blasse, vorbeihuschende Gesichter.

»Harry Houdini!« kommandierte Mynah.

»Ehrich Weiss«, warf die sanfte Stimme von D'Arlene ein.

»Kommen Sie«, befahl Oscar. Die Lichter wurden schwach.

Ein Mitwisser am Lichtmischpult macht das mit links, dachte Temple.

Die Lichter wurden gleißend hell.

Ein Mitwisser am Lichtmischpult macht das mit links und rechts, korrigierte sie sich.

Plötzlich füllte ein Duft den Raum, bekannt, aber noch nicht genau zu bezeichnen.

Überall wandten sich die Köpfe um, alle atmeten ein, versuchten, die Quelle zu identifizieren.

Temple, die früher einmal Werbesprüche für Radiosender getextet hatte, eröffnete ein Kreuzverhör mit ihrem sensorischen

Gedächtnis, bis sie dem Geruch einen Namen geben konnte. Ente.

Gebratene Ente? Was sollte das denn heißen – daß hier einer so tot wie eine gebratene Ente war? Und daß es sich deswegen um Houdini handeln mußte?

Überall im Raum wurden Nasen emporgereckt und schnüffelten. Die Medien wirkten wie ein Symposion von blinden Gourmets. Jetzt begleitete die olfaktorische Vorspeise ein durchdringender, aber fruchtiger Duft, wie von gutem Wein.

»Ein Weingeruch«, diagnostizierte Oscar, und die anderen nickten ihre Zustimmung. »Sauternes?«

»Doch nicht zu Wild!« Edwina Mayfair klang beleidigt ob derartiger Patzer in diesem Geistermenu. »Ich rieche einen göttlichen und angemessenen Bordeaux.«

Temple hob die Augenbrauen, während es die anderen mit Begriffen wie Champagner, Portwein, Brandy versuchten. Jeder roch einen anderen Wein zu einem anderen Gericht, von einer Suppe bis zur Süßspeise.

»Bier«, warf Crawford Buchanan ein. »Mit warmen Brezeln.«

Die anderen starrten ihn kalt an, weil er einen derart proletarischen Geruchssinn offenbarte, doch hatte Temple keine Muße, weder dazu, diesen Augenblick zu genießen, noch dazu, die Symphonie an Gerüchen weiter zu erforschen. Was hatte dieses Durcheinander an Düften wohl zu bedeuten? Eine geheime Absprache unter den Medien? Oder eine regelrechte Ansammlung von Geistern, von denen jeder seinen Lieblingsküchenduft in einer Art von körperlosem Duell vor sich herschweben ließ?

Sie mußte leise kichern.

Dann wurden die Lichter wieder schwächer.

Als wäre es auf ein Stichwort hin, dachte Temple. Erst die witzigen Gerüche. Dann ... Tatatata! Das Gefahr bedeutende Abdimmen des Lichts, das als Vorbote einer –

Einer *Manifestation* diente!

Eine jungenhafte Gestalt hing an einem Fenster und schaute herein.

Ein interessanter kleiner Mann. Vielleicht fünf oder sechs Jahre alt, mit einem ernsten, intelligenten Gesicht, das leicht verdrießlich wirkte. Ein weicher, schwarzer Schal war um seinen Hals geschlungen. Er trug eine Winterjacke und Knickerbokkerhosen und wirkte auf Temple wie eines dieser Kinder, die man von Photographien aus der Zeit der Weltwirtschaftskrise kannte.

Er starrte sie alle mit einem merkwürdigen Ausdruck an, halb begeistert, halb gelangweilt, als ob sie Marionetten wären, faszinierend und kindisch zugleich.

»Hologramm«, flüsterte die Dame zu Temples Linken, ohne die Lippen zu bewegen, und drückte gegen ihr Knie.

Vielleicht, vielleicht auch nicht.

Der Knabe wirkte eher wie ein vernachlässigtes Kind als wie ein Geist.

Und dann, als sei er das Negativ einer Photographie, das in die Entwicklungslösung getunkt wurde, sank er in die umgebende Dunkelheit zurück.

Warte! wollte Temple brüllen. *Geh nicht weg, kleiner Junge.* Doch das war das Traurige an der Sache. Er hatte nicht wie ein kleiner Junge gewirkt.

»Zigarrenrauch!« rief Mynah aus. »Ein himmlischer Geruch.«

»Schrecklich!« Agatha Welk rümpfte die Nase.

Temple roch... Schwefel, wie von erloschenen Streichhölzern. War es vielleicht der Teufel gewesen? War der Teufel niemand anderes als ein verwöhnter, frühreifer kleiner Junge? Vielleicht. Vielleicht auch nicht.

Temples Füße reichten nicht ganz bis auf den Boden, wie immer, und ihre Fingerspitzen wurden langsam endgültig taub. Vielleicht brütete sie gerade eine Nervenentzündung in der

Hand aus, weil sie zuviel am Computer schrieb. Vielleicht würde diese dämliche Séance sie für ihre eigentliche Arbeit verkrüppeln. Vielleicht wurde sie auch ... einfach nur nervös.

»Ich sehe ...«, murmelte Mynah, »nichts.«

Temple versuchte, auf ihre große Uhr am linken Handgelenk zu blinzeln, aber Edwina hatte ihre Hand so fest im Griff, daß das Gelenk ihr zugewandt war und nicht Temple.

Temple schüttelte den Kopf. Dunkle Gedanken kreisten durch den Raum und wehten sie an. Die verführerischen Düfte von Essen waren jetzt einem starken Geruch nach Alkohol gewichen, alter Alkohol auf dem Grund eines Glases, der sich in einem zuckerigen Nebel kristallisiert.

»Schauen Sie nur!« Electra starrte auf ein Fenster in der gegenüberliegenden Wand.

Ein Mann füllte es aus, wie ein Porträt in einem Rahmen, und das Brokatmuster der Gespenstertapete wurde zur Tätowierung auf seinen blassen Händen und seinem Gesicht, seinem gestärkten weißen Hemd. Er trug einen Frack, wie eine aufblasbare Fred-Astaire-Puppe. Ein großer Mann. Er erhob ein Glas, und eine dunkle Haarsträhne fiel ihm über eine Augenbraue.

Temple holte tief Luft.

War auch er tot, dieser ehrwürdige Mann, der eher verwirrt durch ein Fenster auf sie herabschaute? Oder war er nur ein Schauspieler, der ein Hologramm darstellen sollte?

Er trug einen Spazierstock mit weißem Knauf, ebenfalls wie Fred, obgleich er wohl kaum so leichten Schrittes würde tanzen können wie Fred selig. Wie eine männliche Matrjoschka wurde er von den Füßen aufwärts und vom Hals abwärts breiter, nur daß er schwarzweiß war und nicht bunt wie die Puppe in der Puppe.

Die Figur wirkte vertraut, als habe Temple schon einmal irgendwo eine schwarzweiße Pappfigur von ihr gesehen ... vielleicht im Debbie Reynolds Hotel and Hollywood Museum.

»Ich glaube wirklich an die ganze Sache«, flüsterte Electra, die sich vorgebeugt hatte, um an William Kohlers unbewegter und unbeweglicher Masse vorbeisprechen zu können. »Aber das hier müssen doch Diaprojektionen sein, nicht wahr?

Temple nickte zögerlich. Obwohl sie sich nicht ganz sicher war.

»Das ist irgendein holographisches Programm«, tat Oscar abwertend kund.

»Ich sehe nichts wirklich ernsthaft Spirituelles«, sekundierte ihm Mynah.

Edwina beugte sich vor, starrte auf das Bildnis, als wolle sie es mit einem Laserstrahl sezieren. »Ich spüre nichts, keine dominierende Intelligenz, keine bewegende Seele. Aber ich sehe diesen Mann, sein Bildnis aus Silbernitrat, als ob er aus einer alten Filmrolle geschnitten wäre.«

»Houdini hat Filme gemacht«, warf Oscar Grant ein. »Schlechte Filme.«

»Miserable«, stimmte der Professor zu. »Gegen die würde *Waterworld* aussehen wie eine Bibelverfilmung zum Thema Sintflut.«

»Das ist nicht Houdini«, verkündete Agatha. »Houdinis geistiges Selbstbild mag zwar riesig gewesen sein, aber der Mann war in Wirklichkeit winzig.«

»Dennoch –« D'Arlene klang verwirrt. »Ich höre ein Wort. Wisconsin. Und ein Datum: 6. April 1874.«

»Wisconsin.« Professor Mangel pfiff leise durch die Zähne, ein merkwürdiger, ungehöriger Laut für eine Séance. »Houdini hat immer vorgegeben, daß er dort geboren sei. Aber eigentlich ist er in Budapest zur Welt gekommen und kurz danach mit seiner Familie in die Vereinigten Staaten ausgewandert. Er wollte ganz und gar aus der Neuen Welt stammen, verstehen sie?«

»Aber er ist im März geboren!« beharrte Mynah. »Am vierundzwanzigsten März. Er hat später das Datum in seinen Unterlagen auf den sechsten April gelegt, aber nie einleuchtend erklärt, warum.«

»Kann ein Geist seinen Geburtsmonat verwechseln?« fragte Temple.

»Jeder kann bezüglich seines Geburtsmonats durcheinandergeraten, wenn er nur lange genug lebt«, sagte Edwina ungehalten.

Professor Mangel hatte eine wissenschaftliche Antwort parat, und er lehnte sich an Electras Rücken vorbei, um sie Temple mitzuteilen. »Das Durcheinander ist im Unterschied zwischen dem Gregorianischen und Julianischen Kalender begründet, die beide noch gültig waren, als Houdini geboren wurde.«

Temple war von dem enzyklopädischen Wissen der Medien über Houdinis Geschichte aufrichtig beeindruckt. Sie wußten alles darüber, von A bis Z, vorwärts und rückwärts, so schien es. Ziemlich einfach, einen Fleck auf der Wand oder ein Spiegelbild im Fenster zur Manifestation eines Toten zu erklären, wenn man den Lebenslauf dieser Person genau kannte.

Doch während sie alle noch laut spekulierten, löste sich die reglose Figur so langsam auf, daß Temple ihren Augen nicht trauen mochte ... trauen *konnte*, da sie es gesehen hatte und es jetzt *nicht* mehr sah.

Dies war ein Gespenst, befand sie, das gleichermaßen durch seine Gegenwart wie durch seine Abwesenheit spukte.

Ein weiterer Duft füllte den Raum: muffig, schimmelig, verkommen. Der Geruch von Abwesenheit, Verwahrlosung.

Die Augen rund um den Tisch herum wurden weit und starrten Temple an, bis sie sich eindeutig unwohl fühlte.

Dann aber erkannte sie, daß man hinter sie sah, durch sie hindurch, über ihre Schulter hinweg.

Ohne ihre Hände von denen der anderen zu lösen, wandte sie sich mühsam um.

Sie erblickte ein Brustbild in schwachen Grauschattierungen. Ein riesiger Kopf mit Glupschaugen. Die Haare fielen grau und strähnig über die breite Stirn, unter einer Art von schwarzem Filzhut mit Krempe, wie ihn in vergangenen Zeiten ein Straßenräuber getragen hätte.

Weder das Gesicht schien aus diesem Jahrhundert zu stammen noch die lose, schwarze Seidenkrawatte, die eine riesige Hemdbrust zierte. Der Mann war der korpulenteste, fleischigste Geist, den Temple je gesehen hatte – wenn er denn wirklich ein Geist war.

Sein weißgraues Antlitz war angstverzerrt, der Mund so geöffnet und rund wie der eines Operntenors. Er sagte irgend etwas zu ihnen, Worte, die sie nicht vernehmen konnten.

Edwina Mayfair verrenkte sich vergeblich auf ihrem Stuhl. »Ich kann nichts sehen, ich kann nichts sehen«, jammerte sie voll bitterer Aufregung. »Wenn ich doch nur meine Hände lösen könnte!«

»Nein!« donnerten alle anderen Medien wie mit einer Stimme.

»Hey!« Crawford Buchanans Stimme ertönte wie das Fagott in *Peter und der Wolf*. »Ich werd' Sie loslassen, wenn Sie möchten, meine Dame, damit sie sich umschauen können. Kamera! Ich hoffe, du kriegst diese ganze wandernde Tapete in die Kiste.«

Temple biß sich auf die Unterlippe. Dieser hinreißende Crawford! Der einfach »Kamera« brüllte, als sei der Kameramann nichts anderes als seine Funktion, als habe er keinen Namen. Vielleicht war es ja auch eine Kamerafrau. Heutzutage konnte es durchaus auch eine Frau sein. Für wen hielt Crawford sich eigentlich, für den Regisseur eines der Filmepen aus alter Zeit?

Angestrengt beobachtete Temple, wie die blassen Lippen immer wieder lautlos irgendein Wort oder mehrere Worte formten. Lippenlesen war doch gar nicht so einfach, wie es im Fernsehen immer zu sein schien.

Und dann versank das Gesicht in der Schwärze. Sämtliche Teile schmolzen ab, bis nur noch die Lippen sichtbar waren, sich nach wie vor bewegten.

»Igitt!« Electra wandte sich brüsk wieder zum Tisch um. »Flotte Lippen, schmale Hüften, heißt es immer bei meinen

Treffen mit den Weight Watchers. Dieser Typ, wer auch immer er war, könnte gut und gerne mal eine Diät gebrauchen, und wenn er wirklich ein Geist ist, dann um so mehr.«

»Lassen Sie sich nicht von den Special-effects ablenken«, mahnte Oscar beschwörend. »Das darf uns heute abend nichts anhaben. Diese billigen Manifestationen werden mit dem wahren Ruf aus dem Jenseits konkurrieren.«

»Hoffentlich haben wir überhaupt Erfolg mit unserem Ruf« nörgelte Mynah.

»Es wird uns schon gelingen, wenn wir uns konzentrieren. Also, Hände fest gefaßt, Augen ... zu! Stellen Sie sich Houdini vor, imaginieren Sie Houdini, wie auch immer Sie ihn kennen. Bitten Sie Houdini, unserem gemeinsamen Wunsch nachzukommen: Zeige dich, sag uns, daß du hier bist, gib uns ein greifbares Zeichen.«

Temple wartete. Wenn sie nicht mit dem Mann aller Generationen zufrieden waren, der in jedem Fenster ein Gesicht hatte, womit konnte man diesen Haufen denn dann zufriedenstellen?

Einen Augenblick später wußte es ihre Nase.

Sie roch nicht mehr gebratene französische Ente oder italienischen Wein oder englischen Gin oder kubanische Zigarren. Nein, jetzt roch sie etwas, das wahrhaftig von außerhalb dieser Welt war.

Ein nasser Geruch, dachte Temple, feucht und voll Chlor.

»Ummph.« Das kam von Electra. Mit weit aufgerissenen Augen starrte sie hinüber zu dem riesigen Kamin, der die einzige gemauerte Seite des Raumes dominierte.

In der zwei Meter breiten Öffnung, einem von Ruß geschwärzten Mund aus schwarzen Backsteinen, der in einen Schornstein nach Nirgendwo hinaufführte, stand – nicht der Weihnachtsmann, so weit war es noch nicht – etwas, das vorher eindeutig noch nicht da gewesen war!

Alle um den ovalen Tisch hielten die Luft an.

Dann ergoß sich eine dunkle Pfütze aus dem Schatten.

»Eine dämliche Katze!« zischte Oscar enttäuscht.

»Eine schwarze Katze«, bemerkte die Dame unter dem Hut bedeutungsschwer.

»*Meine* Katze«, sagte Temple und reckte den Hals vor. »Louie?«

Er blinzelte und wirkte sehr selbstzufrieden für ein Geschöpf, das eigentlich hinter einem verschlossenen Badezimmerfenster sitzen sollte und statt dessen gerade von Gott weiß woher und Gott weiß wie viele Meter tief an diese Stelle geplumst war.

»Lassen Sie ihn«, befahl Mynah. »Sein Kommen ist vorherbestimmt. Er ist ein Omen.«

Nein, dachte Temple rebellisch, er ist zwar etwas Besonderes, aber es gibt nichts Geheimnisvolles an seinem Erscheinen – außer der Antwort auf die Frage, wie und warum er es geschafft hat, hierherzukommen.

Magier, warf sie ihm im Geiste vor. Schließlich trug er ja auch das dafür notwendige Schwarz.

Louie schlich zur Seite des Kamins und fing an, mit seiner grell rosafarbenen Zunge seine Pfoten zu waschen.

»Lassen Sie sich nicht davon ablenken«, befahl Oscar ein wenig verzweifelt. »Wir konzentrieren uns auf Houdini. Auf den Jungen Ehrich, der der Held Houdini wurde. Wir konzentrieren uns auf sein Leben, auf seinen Tod und auf seinen Schwur, nach dem Tod wenn irgend möglich zurückzukehren.«

»Aber er war selbst ein Skeptiker«, warf Edwina ein. »Er hat falsche Medien immer wieder entlarvt.«

»Ja, falsche«, entgegnete Mynah scharf. »Wir haben hier aber keine falschen Medien unter uns, es sei denn, die unbekannten Teilnehmer, für die niemand bürgt –«

Alle Augen wandten sich Temple und Electra zu. Und Crawford. Temple sah, wie der Kameramann im Zoom für eine Nahaufnahme von Buchanan einstellte. Selbst der Kameramann hat also nicht viel für C. B. übrig, dachte Temple.

Crawford zappelte unruhig auf seinem Stuhl hin und her und sandte seine Anspannung in die miteinander verbundenen Hände aus.

»Hören Sie, Leute. Ich bin nur hier, um über die Show zu berichten. Wenn Sie nicht mit etwas aufwarten können, was für die Kamera taugt, wird auch nichts gesendet. Ich werde mich nicht mit der Bühnenrequisite abgeben, die irgendwelche merkwürdigen Phänomene erzeugt. Dafür werde ich nicht bezahlt.«

»Eine Katze ist wohl kaum ein merkwürdiges Phänomen«, bemerkte D'Arlene.

»Ist sie wohl, wenn sie einer der Personen hier am Tisch gehört, über die wir nicht besonders viel wissen«, sagte Mynah.

»›Gehört‹ trifft den Sachverhalt wohl kaum. Ich habe sie im übrigen sechs Kilometer entfernt in meiner Wohnung eingeschlossen. Vielleicht ist sie auch nur eine Astralprojektion.«

»Eingeschlossen.« Agatha Welks Stimme war so leise, daß die anderen sich fragten, ob sie wirklich etwas gehört hatten. Ihre Augen waren geschlossen, aber die Lider zitterten. »Verstehen Sie nicht? Er ist ein ... Fluchtkünstler.«

»Ach so.« Electras Tonfall klang andächtig. »Katzen können sehr ... beunruhigend sein. Ich hätte nie gedacht, daß Louie auch nur ein Gramm Gespür besitzt, aber möglicherweise – «

»Er ist ein Medium!« tat Mynah mit ihrer üblichen Sicherheit kund. »Wir brauchten ein weiteres, um den Kreis zu schließen, den geistigen Kreis. Jetzt wird Houdini wirklich kommen!«

»Ich glaube nicht«, flüsterte Temple leise vor sich hin.

»Warum denn nicht, mein Herz?« Die verschleierte Dame beugte sich wieder dichter an sie heran.

»Er ist nur eine Katze – ein starke, eigensinnige, schlaue Katze, wohlgemerkt –, aber ich habe noch nie erlebt, daß er irgend etwas Merkwürdiges gemacht hat. Abgesehen von ... diesem hier.«

»Sehen Sie!« Mynahs Augen leuchteten triumphierend. »Ich spüre, wie Houdinis Lebenskraft gegen das Glas schlägt, das uns umgibt. Ich spüre, daß es sich aufbaut wie ein Hitzeblitz, so stark, so eigensinnig, so merkwürdig! Spüren Sie es auch? Spüren Sie es?«

Es lag tatsächlich eine lebhafte, elektrische Spannung in dieser künstlichen Kammer. Temple spürte es, spürte es an den bebenden Händen, spürte, wie die Köpfe der anderen nach Zeichen und Erklärungen suchten.

Dann sah sie abermals zum Kamin. Louie war fort!

Jetzt vermittelte sich den Händen ihre eigene Anspannung. Agathas Augenlider zitterten mit einer Geschwindigkeit, die der der REM-Phase glich, den raschen Bewegungen des Auges im Tiefschlaf. Mynahs Kopf war so weit zurückgeworfen, daß man die Struktur ihres Halses genau erkennen konnte. Von ihren Augen war nur das Weiße zu sehen. Oscars gesenkter Kopf war hinter einem Vorhang aus Haaren verborgen. Electra wirkte durch all diese beunruhigenden Zustände wie eingefroren, und nur ihre Augen bewegten sich, während sie ein Medium nach dem anderen betrachtete. Edwina Mayfair hatte den Kopf abgewandt, als lauschte sie nach einem sehr schwachen Geräusch.

Der Tisch klopfte. Donnerte. Vibrierte.

Alle zuckten zusammen, als sei ein starker elektrischer Stromschlag von einer Hand zur nächsten gerast.

Midnight Louie war in der Mitte des Tisches erschienen. Er schaute von dort aus aufmerksam zur Decke des Raumes. Dann setzte er sich hin, schlug auf irgend etwas auf dem Tisch ein – *nichts* war dort zu sehen! – und drehte den Kopf zur Seite.

Da rollte etwas Zylindrisches unter seinen Pfoten weg. Oscar Grant sprang auf und ergriff das Teil.

»Eine Patrone«, verkündete er.

»Geradewegs aus Houdinis Hand«, deklamierte Mynah. »Er hat diese Patrone von irgendeinem mysteriösen Zwischenfall fortgetragen, in jener Zeit, als er sein Zuhause als junger Mann verließ und ein Jahr in der Gegend herumreiste. Es ist ein Zeichen! Et-t-was sssteht bevvvor.« Mynahs zuversichtliche Stimme zitterte genauso heftig wie Agathas Augenlider.

Temple suchte mit ihrem Blick die Ecken und Schatten des Pseudozimmers ab, um jenes bevorstehende Etwas zu entdekken. Sie sah nichts.

Louie lag auf dem Tisch, um seinen Fund betrogen, und sein Schwanz peitschte mit einem Geräusch, als klopfe jemand sanft an der Tür zu ihrer Séance, immer und immer wieder.

Electra stieß hervor: »Meine Knie zittern so sehr, ich glaube, sie schlagen gegen den Tisch.«

»Nein, das ist Louies Schwanz«, sagte Temple.

»Aber warum ist denn Louie hier? Karma ist doch diejenige, die mit telepathischen Fähigkeiten ausgerüstet ist.«

»Karma?«

»Äh, ich meine, sein Karma hat schließlich keine hellseherischen Begabungen! Er hat in dieser Hinsicht keine Erfahrung, oder etwa doch?«

»Woher soll ich das denn wissen? Er hat damals keinen Lebenslauf bei mir eingereicht.«

»Ach so.«

Mynahs Kopf lag jetzt auf dem Tisch, und ihr langes, heftiges Seufzen lenkte die allgemeine Aufmerksamkeit wieder auf sich.

Selbst Midnight Louie blickte auf.

Und sie taten auch alle gut daran.

Nebel kroch durch die Nähte der Wände herein, tröpfelte aus den Wandleuchten, als seien sie riesige Nasenlöcher von Drachen.

Nebel quoll aus der Mittelfuge des Tisches, umwaberte alle, die darumsaßen.

Nebel verdichtete sich wie Cumuluswolken vor dem hohen Kamin und verdeckte die Dunkelheit dort. Nebel bewegte sich, eine schemenhafte Masse.

Nebel lag vor den Fenstern wie ein Spitzenvorhang, verbarg, offenbarte.

Ein plötzlicher Geruch nach Chlorlauge verätzte ihnen beinahe die Nasenlöcher.

Die Köpfe der Anwesenden wichen vor dieser olfaktorischen Attacke zurück, und ihre Hände trennten sich beinahe, als sie zu husten begannen und nach Atem rangen, als ihnen Tränen in die brennenden Augen schossen.

Eine Frau stöhnte geradezu orgasmisch. (Mynah, war Temples zynischer Verdacht.) Ein Mann räusperte sich verzweifelt, um die Kehle freizubekommen.

Louies Knurren war lang und leise und genauso tief wie sein schwarzes Fell schwarz war, und es klang so gefährlich wie von einem Panther. Temple war zu erschüttert, um irgendeinen Laut von sich zu geben. Jemand hickste. Ein anderer seufzte leise.

Der Geist?

Mit heftig tränenden Augen blickte Temple sich um. Im Kamin schimmerte noch immer die Gestalt wie das doppelt belichtete, körnige Photo eines halbnackten Mannes mit dunklen Augen und schwarzen Haaren. Er schien vornübergebeugt zu kauern wie ein Zwerg. Er schien ... mit metallenen Handschellen und Ketten gefesselt zu sein.

»Houdini!« kreischte Mynah und erhob sich, ohne jedoch ihre verkrampften Hände von denen der anderen zu lösen. Ruckartig gingen andere Hände mit ihr in die Höhe: Electras, Crawfords, D'Arlene Hendrix'.

Eine silbrige Lichtscheibe blitzte über ihnen. Temple blickte auf und sah etwas über dem Tisch schweben ... eine Schlagkeule aus der Waffensammlung, die über der Fensterfront hing. Wie gespenstisch, etwas in der Luft schweben zu sehen, das mindestens zehn Kilo oder mehr wiegen mußte! Eine andere Waffe fiel aus ihrer Halterung und knallte in die darunter hängende Lampe. Das Licht verendete in einer Kaskade aus zersplitterndem Glas. Im dunkler gewordenen Raum flogen jetzt auch andere

Waffen, senkten sich über dem Tisch, blitzten schillernd, flüchtig auf.

Eine Streitaxt kam geräuschlos auf den Séancetisch zugeschwebt, eine Art riesiger Habicht aus Metall.

Obwohl keiner die Hände der anderen losließ, duckten sich alle instinktiv, und Agatha fiel plötzlich mit dem Gesicht nach vorn auf den Tisch. D'Arlene, die auf ihrem Stuhl zusammengesackt war, streckte spontan einen Arm aus, um zu verhindern, daß die ohnmächtige Frau zu Boden rutschte. Neben ihnen war von Oscar Grant nur noch die weiße Strähne in seinem dunklen Haar sichtbar. Er hatte sich unter dem Tisch in Deckung gebracht. Mynah Sigmund saß wieder und beobachtete die tanzenden Klingen, bereit, jederzeit in Deckung zu gehen, wenn ihre Lockenpracht in Gefahr geriet.

Electra ließ gerade mal ihre Nase und ihre roten Haare unter dem Tisch hervorlugen. Nur der stoische William Kohler hatte sich merkwürdigerweise überhaupt noch nicht bewegt.

Temple sah sich nach Crawford Buchanan um, doch noch nicht einmal seine Haare waren irgendwo zu sehen. Sie selbst hatten die fliegenden Klingen bislang nicht in Angst versetzt. Sie nahm an, daß sie an Angelschnüren befestigt waren und zu computergesteuerten Zeiten jeweils ihre Tanzeinlage boten.

Auch Louie hatte nicht vor, sein Tischrecht aufzugeben, selbst wenn die Geister in das Besteck gefahren zu sein schienen und sich im Overkill übten. Er kauerte auf dem glatten Holz, die Nackenhaare in Kampfstellung aufgerichtet, mit peitschendem Schwanz.

Temple, die fachkundige Exfreundin eines Zauberers, erinnerte sich viel zu spät daran, wo sie hätte hinschauen sollen: dorthin, wo *nichts* geschah.

Es gab sozusagen nur eine Person, die tatsächlich den Schwanz eingezogen hatte und weggelaufen war, als der Schwertertanz begann: Im Kamin war niemand mehr zu sehen.

Alle hatten den Geist Geist sein lassen, auch der Geist selbst.

Temple blickte abermals zu William Kohler. Plötzlich machte sie sich Sorgen wegen seiner merkwürdig steifen Haltung und der bewegungslosen, schweißnassen Hand, die immer noch an ihrer festhielt. Hatte er womöglich einen Anfall erlitten?

Temple fragte sich gerade, ob sie wohl ihre Finger aus seinen lösen mußte, um seinen Puls zu ertasten, als sie erkannte, daß seine Augen in eine bestimmte Richtung blickten, mit ungläubigem Entsetzen. Er schlug mit den Augenlidern, während sie ihn anschaute. Genau einmal.

Da lenkte sie ihre eigenen Augen in die Richtung, in die William Kohler blickte.

Edwina Mayfair hatte ihr Gesicht in den Armen verborgen, um sich zu schützen. Ihre Hand samt Handschuh war so sanft aus Temples geglitten, daß es ihr gar nicht aufgefallen war.

Die Waffen hingen jetzt wieder bewegungslos an den Wänden. Temple wollte Edwina zur Besinnung bringen. Die arme Frau war scheinbar vor Entsetzen fast gestorben. Selbst in dem verbliebenen schwachen Licht konnte Temple sehen, wie aufgewühlt sie war.

Hinter ihrer zusammengesunkenen Figur tauchte plötzlich Crawford Buchanan auf, wie ein Maulwurf aus dem Loch. Er beugte sich über Edwina, seine Finger suchten nach dem nackten Handgelenk jener behandschuhten Hand, die er doch wohl während der ganzen Séance gehalten hatte.

Temple sammelte Edwinas zerknitterten Hut und Schleier wieder auf, die ihr beide vom Kopf gerutscht waren – und entdeckte darunter eine abgestürzte Streitaxt.

»Licht!« rief Oscar Grant. »Verdammt noch mal! Kann nicht mal jemand das Licht einschalten!«

Crawford trat von Edwina und der Streitaxt zurück und rieb sich die Hände am Jackett ab.

»Sie ist tot«, verkündete er in seinem üblichen Begräbnisbariton. Dann runzelte er die Stirn. »Glaube ich jedenfalls. Jawohl, tot. Das sollten wir filmen.«

Temple setzte Edwina rasch den Hut mit dem Gewirr an Schleiern auf.

Alle blinzelten wegen des grellen Lichts und beäugten die Szenerie. Am andern Ende des Tisches wurde auch Agatha langsam wach und seufzte mehrmals.

»Was ist geschehen? Ach! Ist Edwina auch in Ohnmacht gefallen? Wo sind denn all die schrecklichen Messer?«

Temples Augen waren von der scharfen und glänzenden Klinge der Streitaxt wie gebannt. Im taghellen Licht des Scheinwerfers glänzte die Schneide rostrot auf.

Und noch etwas anderes blinkte stählern und makaber in die Fernsehkamera... klobige Handschellen schlossen Edwinas schwarz behandschuhte Handgelenke zusammen wie ein Paar besonders häßlicher alter Armreifen.

»Was ist passiert?« fragte Agatha mit dem quengelnden Tonfall eines Kindes, dem kein Erwachsener zuhören will.

»Houdini«, erwiderte Mynah abwesend. »Was passiert ist?... Houdini wird es wissen.«

15

Die Stunde der Amateure

Ihr könnt euch gar nicht vorstellen, wie sehr es mich erstaunt, wenn ich nur das tue, was ich am besten kann – mich irgendwo hineinmanövrieren, wo ich nichts zu suchen habe – und der vermeintliche Kohlenschacht sich als Rutsche ins Stardasein erweist.

Eigentlich ist der Ausdruck »Rutsche« viel zu positiv. Es ist ein Abgrund, in den ich drei Meter tief stürze, um auf einem Haufen Backsteinen zu landen. Glücklicherweise führe ich mitten in der Luft instinktiv meinen berühmten Katzentwist auf, von dem wissenschaftlich erwiesen ist, daß er Leben rettet, und schaffe es so, stehend aufzukommen und dabei zu wirken, als wäre ich schon immer der kleine, artige Helfer vom Nikolaus gewesen.

Während im ganzen Raum lauter »Aaahs« und »Ooohs« erschallen, verschmelze ich mit dem Hintergrund und versuche zu überlegen, was als nächstes zu tun ist.

Mir gefällt der Nebel nicht, der sich über die Räumlichkeiten legt. Die Anwesenden scheinen davon begeistert, aber sie sind auch ein ziemlich durchgeknallter Haufen, das sehe ich auf den ersten Blick. Selbst meine eigene kleine Puppe sieht exotischer aus als sonst, aber das liegt wohl daran, daß ihr Kleid den Eindruck erweckt, als schaue sie gerade hinter einem Azaleenbusch hervor.

Überrascht erkenne ich einen alten Gegner: Crawford Buchanan. Er sitzt am Tisch und hält mit irgendeiner Dame mit schwarzem Hut Händchen. Die Kopfbedeckung sieht so aus, als hätte sich ihre Trägerin in der Schaufensterauslage eines Bestattungsunternehmens verfangen und den größten Teil davon zu diesem Abend mitgeschleift. Dann sind da noch die weißglühende Hexentussi, ganz und gar in Platinblond, ein Typ in Schwarz mit Haaren, um die Yanni ihn durchaus beneiden würde, ein dicker Typ im allzeit beliebten Schwarz, eine Frau, deren Schweif jetzt wohl zucken würde, wenn sie einen hätte, irgendein bebrillter Kerl ohne Haare, aber ebenfalls im üblichen Schwarz, Miss Electra Lark in ihrem üblichen Technicoloroutfit und eine Frau, die so aussieht, als könne sie in der Fernsehwerbung Insektenspray anpreisen.

Während alle Anwesenden die Art meines Auftritts und meine Bedeutung für die gerade stattfindende Veranstaltung erörtern, schleiche ich mich außer Sichtweite und schaue mich noch etwas genauer um.

Etwas ist unnatürlich an dem Nebel, der durch alle Ritzen dringt. Er ist weiß und undurchsichtig wie normaler Nebel auch, aber irgend etwas daran stört mich. Ich schnüffle herum und nehme einen Duft wahr, nach dem manche Vertreter meiner Spezies völlig verrückt sind: Chlor, das Zeug, das man zum Verpesten von Schwimmbädern und Sportklubs verwendet, um so die Bakterienbrigade auf Distanz zu halten. Wenn ich selbst einen Geruch als göttlich definieren soll, dann muß er von etwas Eßbarem künden oder vielleicht von ein bißchen Katzenminze bester Qualität, die ich über absolut sichere Kanäle erhalten habe. Auf diesen Chemietrip stehe ich allerdings überhaupt nicht.

Dann wird mir klar: Das Zeug kann man nicht nur sehen und riechen wie die meisten unbekannten Substanzen, sondern auch *hören*. Ich erkenne jetzt, was mich die ganze Zeit irritiert hat: das leise Zischen dieses Nebels. Er erinnert mich an unsere Reptilienfreunde, die zwar nicht immer tödlich sind, aber dazu neigen. Ich halte sehr viel davon, alle Wesen mit derartigen Neigungen großräumig zu umgehen. Also sehe ich auch diesmal zu, daß ich Land gewinne und springe auf höher gelegenes Terrain, um besser zu begreifen, was hier eigentlich gespielt wird.

Nun denn. Die tun so, als sei ich in einem höchst privaten Augenblick mitten auf ihr Bett gesprungen! Dabei steht auf diesem Tisch nicht einmal was zu fressen! Nein, die Holzoberfläche ist so leer wie ein Vorratsschrank bei Nulldiät, außerdem war ich ausgesucht höflich und habe meine ganze Kampfausrüstung komplett unter Deck verstaut, ehe ich in diese Richtung gesegelt bin.

Das Zimmer überblicke ich jedoch immer noch nicht, also schaue ich nach Alternativen, was Fluchtwege und Zugänge angeht – schon deshalb, weil ich mich in dieser Hinsicht kürzlich außerordentlich glücklos angestellt habe und mich der Hilfe einer ferngesteuerten Wollmaus katzenartiger Elektrizität habe anvertrauen müssen.

Da plötzlich entdecke ich ein helles Licht, das von einem der dunklen Fenster reflektiert wird, und zucke reflexartig zusammen. Die anderen am Tisch vergessen meine zumindest unerwünschte Gegenwart und stoßen erneut »Ooohs« und »Aaahs« hervor – ob meiner bestens ausgebildeten telepathischen Fähigkeiten und weil nun wohl eine Erscheinung aus dem Jenseits unmittelbar bevorsteht.

Es stellt sich heraus, das sie durchaus recht haben, aber es ist die falsche Erscheinung, und sie stammt aus einem Jenseits, das nicht ganz so weit entfernt ist, wie sie es wohl gehofft haben.

Was geschehen ist: Der Kameramann bewegt sich mit seinem großen hellen Licht, an das sich alle mittlerweile gewöhnt haben, nur bewegt sich der Widerschein des großen hellen Lichts im Fenster nicht, sondern bleibt ein kleines helles Licht. »Wir sind nicht allein«, tut die Platinblondine kund, und sie hat leider nur zu recht.

Ich blinzle, und das kleine helle Licht blinzelt zweimal zurück.

Wie ich schon fürchtete, ist mein Burmaschutzengel bei mir, oder wenigstens ein bißchen von ihrem Sternenstaub. Wo sie gesteckt hat, als ich den dunklen Schornstein hinuntergedonnert bin, weiß ich nicht. Vielleicht ließ sie sich gerade irgendwo ihr Glitzern toupieren. Manchmal habe ich das Gefühl, daß ihre Scheinwerfer auf Sparflamme gestellt sind. Mit dem Reich des Unsichtbaren in Verbindung zu stehen, ist ohnehin für jeden IQ anstrengend.

Ich setze mich also hin, um das Programm des Abends zu genießen, als plötzlich das kleine Licht dicht am Fenster hängt. Jetzt, wo frische Phänomene drohen, bin ich wohl Luft für sie.

Also beobachte ich nachdenklich, wie die versammelten Medien steif werden und stöhnen und zucken und seufzen ... und dabei vollkommen jene faszinierenden Phänomene mißachten, die als Antwort auf ihre Taten auftreten.

Zunächst sieht es so aus, als sei der Nebel an der Decke zu einem gespenstischen Eiszapfen geronnen, aber dann sehe ich Sterne glitzern, erkenne eine Gürtelschnalle in der Größe einer Pizzapfanne und schließlich ein unscharf vertrautes Gesicht ... Elvis gleitet in seinem glitzerigsten weißen Hosenanzug in der Ecke herunter, wie ein Feuerwehrmann an der Stange. Hey, der King ist so beweglich wie eh und je, auch wenn er im Leben nach dem Tod kein Gramm abgenommen hat. Und er zwinkert mir heftig zu, ehe er seine Lippen zu einem stummen Playback bewegt. Ich glaube, es ist »Cat, help! Falling in Love with You«, aber ich kann nicht besonders gut Lippen lesen, und obwohl ich weiß, daß Elvis merkwürdige Vorlieben hatte, glaube ich nicht, daß tierische Liebeleien dazugehörten.

Ich prüfe, ob die versammelten Experten im Dolmetschen besser sind, aber alle starren woanders hin und kriegen nichts von ihrer Umgebung mit. Ich schaue Elvis an, der mit den Achseln zuckt und mir sein süßes, kleines, abfälliges Lächeln schenkt, um sich dann im Nebel aufzulösen.

Ich reinige meine Schnurrhaare. Elvis' Koteletten haben mich daran erinnert, daß ein gepflegtes Äußeres das Zeichen eines Gentlemans ist, und während ich noch damit beschäftigt bin, fällt mir aus dem Augenwinkel etwas anderes auf: ein großgewachsener, schwer gebauter alter Herr, der eine Norfolkjacke aus Tweed und eine karierte Mütze trägt. Er rückt eine der Wandleuchten zurecht, indem er sie nur anschaut und mit seinen buschigen weißen Augenbrauen wackelt. Natürlich wird daraufhin das Licht mal schwach und dann wieder hell. Als wäre es eine dieser Signallampen, mit denen man in der guten alten Zeit über lange Entfernung hinweg Menschen Nachrichten geschickt hat. Aber wenn ihr glaubt, daß die versammelten Geisterseher einen Laserstrahl auf ihrem eigenen Geburtstagskuchen bemerken würden, dann habt ihr euch getäuscht.

Sie lamentieren alle darüber, daß nichts passiert und daß der Nebel interessant sei, aber was dies alles soll . . .

Der alte Kerl, der trotz seiner Wahnsinnskaros eher blaß aussieht, holt eine Pfeife heraus und beäugt mich hoffnungsvoll, als sollte ich ihn erkennen oder ihm Feuer geben oder so etwas. Rauchen kann ich nicht gutheißen, aber – man lernt doch immer dazu – das Licht meines Lebens (ich bin hier übrigens gerade sarkastisch) schwebt durch das Fensterglas herein und hält über der Pfeife des alten Typs an, die sogleich ein gespenstisches Rauchwölkchen von sich gibt, das im allgegenwärtigen Nebel verschwimmt.

Anscheinend nimmt man es im Jenseits mit dem Brandschutz nicht so genau.

Die Augen des alten Herrn werden auch für einen Augenblick hell, so daß man fast schwören könnte, daß er lebt. Aber dann beginnt er mit der Verschwindenummer, und nur einen Augenblick lang glaube ich zu wissen, wer er ist. Der Name fängt mit D wie »Detektiv« an, und wenn er nur ein paar Sekunden länger bleiben würde, dann hätte ich die Verbindung geschafft und den Preis gewonnen, aber das tut er nicht, und ich auch nicht – so ist das Leben, und manchmal sogar der Tod.

Es ist aber doch wirklich ziemlich traurig, wenn in einem Zimmer in Las Vegas die anwesenden Toten mehr Unterhaltung bieten als die anwesenden Lebenden – meine Bekanntschaft inklusive.

Noch weit berühmtere Persönlichkeiten aus der Vergangenheit stoßen zu der Versammlung hinzu, von niemandem bemerkt außer von mir. Mae West sieht so lungenkrank aus wie eh und je, und die Blässe steht ihr gut. Ich brauche eine Weile, bis ich herausgefunden habe, wer die schlaksige Dame in der Lederjacke ist, und als ich endlich brüllen könnte: »Hey, Amelia, wo in aller Welt bist du denn damals hingeflogen?« entschwindet sie auch schon, vermutlich, weil keiner sie beachtet hat.

Ich muß sagen, es würde jeder Katze die Tränen in die Augen treiben, zu sehen, wie all diese interessanten Leute auftauchen, ohne daß die Lebenden sie auch nur eines Blikkes würdigen. Ich lamentiere innerlich gerade darüber, als plötzlich ein riesiges Tohuwabohu losbricht und die Spiritisten endlich wieder etwas auftauen.

Ich sehe in die Richtung, wo sie auch alle hingucken, und entdecke, daß der Nebel sich auf meinem ehemaligen Landeplatz, dem Kamin, gesammelt hat. Nun, es ist inzwischen Nebel mit einer Gestalt darin, die irgendwie zappelt wie ein unscharfes Urlaubsdia, das auf ein Laken anstatt auf eine Leinwand projiziert wird. Beinahe kann ich in dem Gezitter von Hell und Dunkel eine Person erkennen, aber nicht annähernd so deutlich, wie die Berühmtheiten von vorhin.

Während die Lebenden um den Tisch herum »Houdini« murmeln, kann ich nicht anders, als für diesen schon lange verstorbenen Typen Partei zu ergreifen. Ich hab' seit jeher für den Underdog gestimmt (allerdings nur, wenn das im übertragenen Sinne gemeint ist, gegen Hunde hab' ich normalerweise was). Und ich sehe auch immer gerne ein gutes Comeback. Also, wenn dieser Houdini zurückkehren würde, wäre das eine Nachricht, die um die Welt ginge. Nicht zu vergleichen mit Amelia oder Elvis, versteht sich, aber man kann schließlich nicht alles haben.

Also spitze ich sogar die Ohren und mache mich auf Spektakuläres gefaßt, aber statt dessen gibt es nur noch mehr Nebel. Der hängt um den Tisch herum wie ein Kellner, der auf sein Trinkgeld wartet, und versetzt jedem Medium einen großen Stromstoß.

Ich fürchte, meine kleine Puppe wird Falten in ihrem süßen kleinen Gesicht zurückbehalten, so sehr runzelt sie während dieser ganzen Aufführung die Stirn (woran sie recht tut): Ein belebtes Nebelwändchen lohnt weiß Gott nicht den Eintrittspreis. Wenn sie nur eine verwandte Seele wäre und sehen könnte, was ich sehe – zum Beispiel den alten Typen vor der Wand, der auf- und niederspringt und zusammen mit den anderen im Chor sprechenden Medien »Houdini« stammelt! Doyly, so heißt er. Jedenfalls erleidet der alte Doyly hier vor allen Leuten einen waschechten Herzinfarkt, obwohl er ja gar keinen Körper mehr hat, und die haben nichts Besseres zu tun, als einen kreisrunden Nebelklumpen anzustarren.

Dann wird plötzlich etwas mit Wucht auf den glatten Holztisch geworfen.

Alles kreischt auf, und sogar ich zucke zusammen, denn der Gegenstand rollt geradewegs auf mich zu.

Immerhin erkenne ich ein Geschoß, wenn ich eins sehe, und dieses betaste ich sanft und drehe es einmal um, um es von allen Seiten betrachten zu können.

Darüber wird irgend jemand hysterisch – ich glaube, es ist die Puppe mit den verkrampften Augenlidern –, und der langhaarige Typ springt auf, um mir die Kugel zu entreißen, als würde ich damit spielen oder so. Ich kann es nicht leiden, wenn man mich unterschätzt. Ich versuchte gerade, das Kaliber festzustellen, aber es ist ein älteres Stück Munition und deswegen schwer zu kategorisieren. Ich hätte einmal über die Sache schlafen müssen (am besten auf einem Waffenlexikon), um sicher zu sein.

Jedenfalls hat der Nebel jetzt seine Runde zu Ende gedreht und ist wieder im Kamin und schwebt von dort weg wie Rauch. Ich sehe, daß Doyly auch schon fort ist, Karma allerdings leider noch nicht.

Jetzt fliegen plötzlich die Nippesgegenstände von den Wänden und durch die Luft, aber das erschreckt mich nicht allzusehr: Ich bin in meinem Leben schon so manchem geworfenen Gegenstand ausgewichen. Aber die anwesenden Herrschaften sind doch mehr als nur ein wenig verwirrt. Selbst Miss Temple Barr sieht ein bißchen blaß aus, während sie versucht, der Dame zu ihrer Linken behilflich zu sein, die anscheinend bei diesem Messerwerferkunststück in Ohnmacht gefallen ist.

Ich schau' ein bißchen genauer hin und stelle fest, daß die »Ohnmacht« besonders nachhaltig ist – wir reden hier tatsächlich von einem Todesfall.

Karmas kleines Licht saust drüben am Fenster wie ein hyperaktiver Moskito auf und ab, und die Deppen am Tisch stehen alle dumm und mit gerunzelter Stirn da.

Ich hab' sofort kapiert, daß dies eine Sache für Lieutenant Molina vom Las Vegas Metropolitan Police Department ist. Das sieht auch meine kleine Süße so, denn der Ausdruck auf ihrem Gesicht wird sehr blaß und leidend. Schließlich saß sie neben dem Opfer und hat mit ihm Händchen gehalten.

Das Schöne an der Sache ist nur, daß Crawford Buchanan die andere Hand des Opfers fest im Griff hatte. Wer will da also behaupten, daß er kein Tatverdächtiger ist?

Die anderen Leute ringsum schalten langsam ihre Scheinwerfer wieder ein und erkennen, daß die Dame mit dem Hut umgebracht worden ist. Und sie wollen einander sofort weismachen, Houdini sei es gewesen.

Ich weiß es nicht. Ich würde Houdini nicht erkennen, selbst wenn er in einer Teetasse vom Dach des Circle Ritz heruntersegeln würde. Allerdings kann ich definitiv sagen, daß Elvis Presley, Mae West, Amelia Erhart und der englische Doyly-Typ es nicht gewesen sind. Schade, daß ich vor Gericht keine Aussage machen darf.

16

Das Leben nach dem Tod

»Wenigstens hat Lieutenant Molina den Fall nicht übernommen.«

Temple saß früh um sechs Uhr auf dem Sofa in ihrem Wohnzimmer und hatte Midnight Louie auf dem Schoß.

Beziehungsweise auf Electras Schoß.

Electra selbst hockte am anderen Ende des Sofas und betastete abwesend ihr scharlachrotes Haar. »An Tagen wie diesen danke ich dem lieben Herrgott, daß ich selbständig bin. Und Sie können sich jetzt ja auch eine Mütze voll Schlaf gönnen.«

»Ich glaube eher nicht. Da Molina den Fall nicht bearbeitet – wie soll ich je herausfinden, wie das arme ... Opfer umgebracht worden ist?«

»Müssen Sie das denn wirklich wissen?«

»Wollen Sie denn nicht wissen, ob es ein Geist war?«

»Nein. Ich habe Geister immer als freundliche Wesen betrachtet. Schlimmstenfalls als ein bißchen mißverstanden. Ich glaube nicht, daß irgend jemand, der in das Leben nach dem Tod übergegangen ist, den Lebenden Böses wünschen würde.«

»Haben Sie noch nie von Dämonen und Teufeln gehört?«

Electra schüttelte störrisch den Kopf. »Nein. Diese Tat stammt von menschlicher Hand.«

»Und was ist mit dem ganzen Geschrei, daß es Houdini war, als die Kugel auf den Tisch aufschlug?«

»Das hat mir der Professor erklärt, während wir auf die Polizei gewartet haben. Als Junge ist Houdini für ein paar Jahre von zu Hause weggegangen und damals irgendwie angeschossen worden. Es ist nie aufgeklärt worden, aber sein ganzes Leben lang trug er die Kugel in seiner Handfläche mit sich herum.«

»Warum denn das? Warum hat er sie nicht entfernen lassen?«

»Vielleicht war es sicherer, sie drin zu lassen.«

»Vielleicht. Wir sollten noch eine andere Séance durchführen und Houdini tatsächlich befragen, anstatt ihn nur anzustarren wie einen Fernseher.«

»Sie glauben doch nicht, daß diese Erscheinung Houdini war.«

Temple streichelte Midnight Louies satinweiche Ohren. Er blinzelte zufrieden. »Und wie ist Louie dann hier rausgekommen und in das Gespensterhaus gelangt?«

»Sie wollen doch nicht etwa behaupten, daß Louie –?«

»Ich behaupte gar nichts – nur, daß wir eine Menge davon verpaßt haben, was gestern abend wirklich geschehen ist, während wir nach irgendwelchen ewigen Wahrheiten gesucht haben.«

Louie gab ein lautes Schnurren von sich und streckte sich dann aus, um mit seinen Vorderpfoten einen von Temples Oberschenkeln zu kneten, der immer noch unter dem blumengemusterten Muumuu verborgen lag.

Als Temple ihr Kleid sah, erinnerte sie sich wieder an die vergangene Nacht und sagte: »Ich wußte nicht, daß Muumuus grundsätzlich so verdächtig sind. Diese Leibesvisitation durch die Polizeibeamtin in der Küche des Gespensterhauses – «

»Ich mußte das auch durchmachen, Liebes. Und die anderen auch. Wir müssen es einsehen, daß wohl jeder, der an einer Séance teilnimmt, verdächtigt wird, irgendwelche Tricks zu verbergen. Die Polizei verdächtigt einen in jedem Fall.«

»Suchten die eigentlich nach einer Waffe? Den Eindruck hatte ich nicht. Ich glaube nicht, daß sie schon wissen, was Edwina Mayfair umgebracht hat.«

»Das waren natürliche Ursachen«, sagte Electra mit der ganzen Autorität einer Friedensrichterin. »Trauen Sie mir. Wild Blue Pike und Eightball O'Rourke sagen beide, daß die blutige Streitaxt ihre Schulter nur gestreift hat. Ich bin mir sicher, daß der Ärmsten bei der ganzen Aufregung einfach das Herz stehengeblieben ist. Die Polizei wird morgen früh den Irrtum peinlich berührt aufklären müssen, und Sie werden ganz umsonst den Crystal Ball versäumt haben.«

»Ach, vielen Dank übrigens, daß Sie im Phoenix angerufen und erklärt haben, warum ich nicht kommen konnte, während ich in der Küche ... untersucht wurde.«

»Nun habe ich gar nicht gesehen, was Sie anziehen wollten. Und die Midnight-Louie-Schuhe habe ich auch nicht mitgekriegt.«

»Die sind auch wirklich von besonderem Interesse.« Temple zog zwei einzelne Schuhbeutel aus ihrer Schultertasche. »Sie können sich gar nicht vorstellen, wie genau die von den Polizisten untersucht worden sind. Man könnte denken, ich hätte mich als Großschmugglerin für österreichische Bergkristalle betätigt.«

»Runter mit dem Muumuu. Lassen Sie mal sehen.«

Temple war froh, sich endlich aus dem riesigen Baumwoll-Zelt herauspellen zu können. Darunter trug sie ein knöchellanges schwarzes Stretchkleid aus Samt, das die Schuhe bestens zur Geltung brachte.

»Sehr klassisch, aber ... nun, in dem Kleid konnten Sie nicht sehr viel verstecken.«

»Das hat mir die Polizei auch bedeutet. Jedenfalls bin ich aus dem Schneider, was die Idee angeht, ich hätte bei der Séance gemauschelt.«

»Ich bin mir nicht sicher, ob irgendeiner von uns aus dem Schneider ist. Dieser bedauerliche Todesfall stellt die Ergebnisse unserer Sitzung in Frage. Was für ein Jammer! Eine so außerordentliche Erscheinung. So ein Pech für Houdini, daß jemand bei seinem ersten großen Auftritt nach siebzig Jahren zusammenbrechen mußte! Das verschreckt ihn vielleicht auf immer.«

»Glauben Sie wirklich, Houdini steckte in dieser vertrackten Wolke?«

»Aber ja, Liebes. Ich habe doch schon Photos von dem Mann gesehen. Die vorgebeugte Haltung, der beinahe nackte Körper, die Ketten und Schlösser. Absolut Houdini, wie er leibt und lebt. Und dann auch noch die Kugel.«

»Vermutlich hat er jetzt einfach keine Verwendung mehr dafür«, sagte Temple langsam. »Aber diese Figur könnte auch projiziert worden sein.«

»Das sind doch die meisten geisterhaften Phänomene – Projektionen der lebendigen Essenz des Todes.«

»Ich meinte eigentlich *photographisch* projiziert.«

Electra schien verletzt. »Ach, ihr Ungläubigen. Wie oder wo? Und warum?«

»Alle anwesenden Hellseher wollten sicher ihren Ruf aufbessern. Jede Wette, die Sache wird heute abend der Aufmacher von *Hot Heads* sein, und den ganzen Tag über werden in den Reklamepausen sensationsheischende Ankündigungen laufen. Die Organisatoren des Gespensterhauses haben womöglich ihre Effects darauf eingerichtet, daß sie für die Kamera von *Hot Heads* ein bißchen verrückt spielen, aber jetzt, wo jemand tot ist, wollen die das natürlich nicht zugeben.«

»Apropos hitzköpfig, dieser Buchanan-Typ war ziemlich darauf aus, möglichst bald wegzukommen.« Electras Augen wurden schmal. »Entweder hat er die Spürnase eines Vollblutjournalisten kurz vor Redaktionsschluß, was Schlagzeilen angeht . . . Oder wir haben es hier mit Schuldgefühlen zu tun.«

Temple lehnte sich in ihrem Sofa zurück und kratzte Louie am Bauch. »Daran hab' ich noch gar nicht gedacht.« Würde er jemanden umbringen, nur um seine Einschaltquoten zu verbessern? Ja! Hat er das? Da bin ich mir nicht so sicher.«

Temple stand auf und hinterließ einen grollenden Midnight Louie auf dem Sofakissen.

»Es gibt jetzt nur noch eins, was wir tun können, Electra: die Hellseher näher kennenlernen. Die bleiben doch noch für eine Weile hier, oder?«

»Da im Oasis das ganze Wochenende über ein großer Hellseherkongreß läuft, wird wohl keiner vor Montag die Stadt verlassen. Übrigens, dieses Team von Detectives, Watts und Sacker, blieb ja ziemlich gelassen.«

»Mag sein, aber falls sich herausstellt, daß das, was für Edwina Mayfair tödlich war, auch noch mörderisch ist, können wir jede Wette eingehen, daß sich das Verhalten der beiden rasch ändern wird. Eine Frage: Wann wird eigentlich der Hellseher-Kongreß eröffnet?«

Electra schaute auf ihre Uhr. »Heute, Freitag mittag. Wir haben doch nicht etwa den Dreizehnten, oder?«

»Nur, wenn die Geister den Kalender umgestellt haben. Heute ist der erste November, Allerheiligen.«

»Lassen Sie uns ein wenig schlafen gehen. Ich hole Sie um elf Uhr ab.«

»Sie sind dabei?«

»Selbstverständlich. Vielleicht hat ja jemand beim Kongreß eine Ahnung, wer das, was auch immer geschehen ist, verursacht hat.«

Temple brachte Electra zur Tür und fragte sich, ob ihre Vermieterin mittags wohl immer noch rote Haare haben würde.

Auf dem Weg ins Schlafzimmer nahm sie sich einen Bagel und räumte dann vorsichtig die Midnight-Louie-Schuhe in ihre besondere Schublade im Schuhschrank. Danach ließ sie sich aus dem Kleid, ihren Strümpfen und dem BH gleiten, zog ihren lilafarbenen Biberpyjama an und krabbelte in ihr ungemachtes Bett.

Einige Augenblicke später spürte sie, wie das Bett nachgab.

Auch Louie wollte anscheinend sein Katzenschläfchen halten, verständlich, nach seinen Abenteuern zu später Nachtstunde.

Es fühlte sich merkwürdig dekadent an, wenn man sich zu einem Zeitpunkt zur Nachtruhe legte, an dem man normalerweise aufstand. Aber Temple schlief zu schnell ein, um sich noch über irgend etwas Gedanken machen zu können. Als sie aufwachte, klingelte es an der Tür.

Temple streckte die Hand nach ihrer Brille aus, kontrollierte auf ihrem Wecker die Uhrzeit – Viertel nach zwölf! – und quälte sich hoch, um an die Tür zu gehen.

Da stand Electra, die Haare bananengelb, mit einem Gesicht wie eine leergewischte Schiefertafel.

»Temple! Ich habe gerade die Zwölfuhrnachrichten gesehen. Sie werden's nicht glauben!«

»Es war *tatsächlich* ein Mord!«

»Nein, das weiß man noch nicht, beziehungsweise, es wird behauptet, daß man es noch nicht weiß.«

»Aha. Und?«

»Es war keine Dame.«

»Die Nachrichtensprecherin war keine Dame?«

»Nein, das Opfer! Ihr händchenhaltender Partner war keine Frau.«

»Was war es denn dann?« Temple blinzelte, sie war noch ganz benommen.

»Ein Mann!«

»Ein Mann?«

»Namens Gandolph.«

Temple runzelte die Stirn und strich sich über den Nasenrükken. »Der Name sagt mir irgendwas –«

»Natürlich tut er das, es ist der Name des Zauberers in *Der Herr der Ringe*, diese Fantasy-Trilogie. Nur haben sie das im Fernsehen falsch buchstabiert. G-A-N-D-O-L-P-H, als sei er ein Deutscher oder so. Er heißt eigentlich G-A-N-D-A-L-F, das wissen Sie doch noch?«

»Nein, das weiß ich nicht. Ich hab' den *Herrn der Ringe* noch nicht gelesen. Hat das Buch etwas mit Eheschließungen zu tun?«

»Sie haben nie den *Herrn der Ringe* gelesen? Das müssen Sie aber tun, alle Welt hat ihn gelesen!«

»Ich nicht.« Temple kratzte sich am Kinn und gähnte. »Obwohl mir ›Gandolph‹ tatsächlich bekannt vorkommt. Wie heißt sie ... er denn weiter?«

»Nichts weiter.«

»Nur G-A-N-D-O-L-P-H?«

»Stimmt genau. Aber finden Sie es nicht merkwürdig, fast eine Stunde lang mit einem verkleideten Medium Händchen gehalten zu haben? Einem Betrüger? Einem Transvestiten?«

»Nicht im geringsten.« Temple konnte langsam wieder klar sehen. »Moment mal, ich hatte dauernd Sorge, daß Crawford Buchanan mit mir füßeln würde, und statt dessen hat da ein *Fremder*, noch dazu als Frau verkleidet, mein Knie gedrückt und betatscht! Ich glaube nicht, daß ich seinen Tod sehr bedauere.«

»Ganz ruhig! Manchmal kann das strenge Urteil der Lebenden die kürzlich Verstorbenen noch rühren.«

»Um so besser!« rief Temple aus. »Was für ein widerlicher Trick! Diese ganzen geflüsterten mütterlichen Tröstungen waren von diesem Miststück geschauspielert! Warum sieht er nicht zu, daß er sich seine Kicks auf der Route Sixty-Six besorgt... am besten mitten auf der Straße, wo man ihn gut überfahren kann?«

»Temple, der ist doch schon tot!«

»Noch nicht tot genug für mich! Da sieht man mal wieder, was für Betrüger diese sogenannten Medien sind.«

»Bitte, Sie können doch nicht von einem auf alle schließen.«

»Und ob ich das kann. Wieso haben Sie mich eigentlich geweckt?«

»Wir gehn zum Kongreß. Mal sehen, was wir da lernen können.«

Temple seufzte. »Ich vermute, wir sollten lieber herausfinden, was die Hellseher davon halten, daß man sich von einem Wolf im Schafspelz so hinters Licht führen läßt.«

»Medien sind keine Hellseher, die würden das sehr übelnehmen, wenn man sie so nennen würde.«

Electra verfolgte Temple bis zum Schlafzimmer und erklärte währenddessen eindringlich den Unterschied.

Doch Temple schloß die Tür, ehe Electra eintreten konnte.

»Kochen Sie doch bitte etwas Kaffee, während ich mich anziehe«, schlug sie von drinnen vor. »Da werde ich bestimmt gleich besserer Laune.«

Electra machte sich auf den Weg in die Küche.

Temple seufzte wieder uns suchte dann in ihrem Schrank nach passenden Anziehsachen. Leider hatte Midnight Louie sie schon gefunden, heruntergezogen und daraus ein Nest gebaut.

Temple ging in die Hocke, um diese gemütliche Heimstatt zu begutachten. »Die verstorbene Dame war eigentlich ein Mann, Louie. Man stelle sich das mal vor, ein Mann namens Gandolph. Wieso nur ist mir dieser Name so vertraut?«

17

Was sich so zusammenbraut

Das Oasis war Las Vegas' Antwort auf den Taj Mahal.

Der Erker draußen am Schwimmbad war *tatsächlich* der Taj Mahal.

Innen gab es eine exotische Dschungellandschaft, in der Affen schrien und Vögel zwitscherten, und das Klingeln der Geldspielautomaten klang wie weit entfernte Tempelglocken.

»Billigen Van und Nicky eigentlich die Tatsache, daß Sie vorübergehend als Hellseherdetektivin schwarzarbeiten?«

»Ich bin doch keine hellseherische Detektivin! Ich befrage nur Medien. Das ist ein großer Unterschied. Und die beiden sind sogar sehr dafür. Ich hab' angerufen, um zu erfahren, wie der Crystal Ball gelaufen ist – ein Riesenerfolg, schade, daß ich nicht teilnehmen konnte –, aber Nicky und Van waren vor allem entsetzt, wie dramatisch die Séance verlaufen ist. Sie wollten unbedingt wissen, warum die Organisatoren vom Gespensterhaus so unverantwortlich sind, ihre Special-effects derart hochtourig zu fahren, daß dadurch Totschlag verursacht wird.«

»Eightball meinte, daß diese Punk Kids, die heutzutage die Special-effects austüfteln, technologische Riesen und emotionale Zwerge sind.«

»Wann haben Sie denn Eightball gesehen?«

»Ich kann ja wohl mal mein Telephon benutzen«, sagte Electra obenhin, »selbst wenn es nicht ein so niedlicher roter Schuh mit Stilettoabsatz ist wie Ihres.«

Electra führte Temple rasch zu den Ballsälen, wo ihr lebhaftes Muumuu angesichts der Gewächshausdekoration wenigstens einmal in den Hintergrund trat.

Nachdem sie die saftigen Eintrittsgelder bezahlt hatten (anscheinend erhielten Teilnehmer an Folgeséancen keinen Kollegenrabatt) ließ man sie in das Lustschlößchen eines Maharadschas hinein. Schimmernde Seidenstoffe mit eingewebtem Goldmuster wölbten sich über allen Ständen. »Ist das nicht großartig?« Electra faltete ihre dicklichen Hände mit den vielen Ringen vor ihrer geblümten Brust. »Ich hab' das Gefühl, als stünde ich in Ali Babas Basar.«

»Ich hingegen habe eher das Gefühl, ich bin in Ali Babas Harem«, bemerkte Temple und beobachtete ein paar Superweiber, die in paillettenbesetzten Bikinis vorübertänzelten. »Oder auf dem Set von *Bay Watch*.«

»Mmmh? *Body Watch*? Was ist das denn, Liebes?«

»Nichts Besonderes«, sagte sie. »Wird auf Hellseherkongressen immer so viel Atmosphäre geschaffen?«

»Ach du liebes bißchen, nein! Es sind meistens sehr langweilige Veranstaltungen in einsamen Motels, die nach Desinfektionsmittel und tropfenden Wasserleitungen stinken. Das hier ist der Höhepunkt, was den Markt des Übersinnlichen angeht. Der Everest der übersinnlichen Wahrnehmung, der –«

»Wo sind eigentlich unsere Freunde von gestern abend?« unterbrach Temple ihren Redeschwall.

»Ach, sicherlich irgendwo an den Ständen verteilt.« Electra deutete mit ihren mit Granaten und Amethysten beringten Fingern in Richtung der Gänge. »Sollen wir uns zuerst etwas zu essen holen? Es gibt hier auch Imbißstände.«

»Gute Idee. Im Moment habe ich unglaublich Lust auf eine Feige.«

»Ach, ich glaube, hier wird es wohl keine Feigen geben. Eher Limonade und Coke und Nachos.«

»Nachos sind die Spezialität von Hellsehern und Medien?«

»Nein, aber sie sind beliebt. New-Age-Leute ziehen einen starken Geschmack vor, verstehen Sie.«

»Das wußte ich gar nicht.«

»Sie wollen das Leben in seiner ganzen Vielfalt und fremdländischen Würze erleben.«

»Und auch den Tod?«

»Oh, vor allen Dingen den Tod. Der Tod ist besonders interessant: der Tunnel, das Licht, die kleinen Menschen am Ende des Tunnels.«

»Das klingt eher nach einem Gespensterhaus.«

»Was für ein netter Vergleich, Liebes!«

»Bringen Sie mich mal zu jemandem, der mehr als wir über den Tod von Gandolph weiß.«

»Jeder von diesen Sehern und Mysteriarchen könnte mehr wissen.«

»Mysteriarchen?«

»Wie Houdini. Wie Max.« Electra strahlte Temple mit einer schelmischen Miene an. »Sie wissen schon, wie ein Patriarch, nur eben ein Meister der Zauberkünste.«

»Haben Sie Max in letzter Zeit gesehen?«

»Ich? Nein. Er scheint mal wieder verschwunden zu sein. Und Sie?«

»Ich auch nicht«, sagte Temple, die »in letzter Zeit« mitunter gerne als »die vergangenen zwölf Stunden« definierte.

»Ach, sehen Sie mal! Der braunhaarige Prachtkerl hat auch sein Zelt hier aufgeschlagen. Sollen wir ihm unsere Prachtnachricht überbringen? Ich bezweifle, daß irgend jemand von diesen Leuten sich die Mittagsnachrichten angeschaut hat, da sie doch heute morgen ihre Stände aufbauen mußten.«

»Temple, haben Sie eigentlich mal bedacht, daß die Polizei sehr wütend auf Sie sein wird, wenn Sie allen erzählen, wer der Tote war?«

»Es ist doch schon im Fernsehen bekanntgegeben worden. Und außerdem, hätten die nicht alle diese Nachricht schon auf telepathischem Wege erhalten müssen? Selbst unser Zeremonienmeister ist schließlich hier.«

»Der ist doch wirklich süß, nicht wahr?« Electra eilte hinter

Temple her, die zu dem Tisch ging, an dem Oscar Grant eine überwiegend weibliche Zuhörerschaft in seinem Bann hielt.

»Süß« war nicht gerade das Adjektiv, mit dem Temple Grant tituliert hätte. Er war ein geschmeidiger, schmaler Mann mit einer leicht weibischen Art – was keinesfalls bedeutete, daß er schwul war. Ein solcher Mann würde immer Erfolg bei den Frauen haben. Seine langen dunklen Haare, sein Schnurrbart und sein durch und durch schwarzes Outfit verliehen ihm – sicherlich völlig unverdienterweise – eine fremdländische Aura.

Temple vermutete, daß diese Sorte Mann etwas verkaufte, das zu gut klang, schmeckte, roch oder sich anfühlte, um wahr zu sein, und das außerdem zuviel kostete, um echt zu sein.

»Die Kassetten«, sagte er gerade, »kosten nur einhundertfünfundachtzig Dollar, und natürlich bekommt man einen trommelgeschliffenen Turmalinanhänger dazu, mein Video und meine kostenlose Servicenummer, falls Sie noch irgendwelche Fragen haben. Noch Fragen?«

Die anwesenden Frauen kochten förmlich über vor Fragen, eifrig wie Teenagermädels in der High-School.

Temple trat näher und fing seinen schmelzenden Begrüßungsblick auf, der ihr nur solange galt, bis er sie erkannt hatte. Dann wandte er die Augen sofort wieder ab.

»Wußten Sie schon«, begann sie ohne weitere Einleitung, und ihre Stimme klang in ihren eigenen Ohren auf erschreckende Weise genau wie die von Lieutenant C. R. Molina, »daß Edwina Mayfair eigentlich ein Mann namens Gandolph war, und wenn Sie es nicht wußten, warum nicht?«

Für sie gab es nicht den honigschmelzenden Blick, den weichen Tonfall und die ausdrucksstarken Augenbrauen. »Sie machen wohl Scherze!« keuchte er. »Sie waren doch gestern abend auch bei der Séance, so eine Dilettantin, ich erinnere mich –«

»Dilettantin« war eindeutig eine Kampfansage. »Sie haben doch behauptet, Sie seien ein Experte, was Medien angeht!

Wenn Sie Experte sind, wie konnten Sie denn dann auf Edwina Mayfair hereinfallen? Kannten Sie sie nicht vom Sehen? Oder vom Hellsehen?«

»Ich habe die Dame nie kennengelernt. Wir arbeiten nicht in derselben Gegend.«

»Distanzen sind doch sicherlich unerheblich, wenn man die Möglichkeiten der Kommunikation auf einer höheren, weniger körperlichen Ebene bedenkt?«

»Ihre Einstellung ist wirklich höchst unfreundlich«, sagte er. »Wir sind nicht allmächtig, sondern nur begabt.«

»Trotzdem, Sie geben zu, daß Sie Edwina Mayfair nicht kannten. Was ist mit diesem Gandolph?«

»Gandolph? Von dem habe ich schon mal gehört. Ein ewig Unzufriedener. Ein gescheiterter Bühnenmagier, der wahnsinnige Freude daran hatte, wahre Talente in den Dreck zu ziehen. Ein bitterer alter Mann, der wahrscheinlich den Erstickungstod gestorben ist. Ich kann nicht behaupten, daß mich das erstaunen würde, nachdem ich jetzt über seine wahre Identität im Bilde bin. Gandolph erstickte förmlich an seinem eigenen Versagen und versuchte, es uns anzulasten. Galle hat ihn umgebracht, ein Übermaß an Galle. Ohne Zweifel hat seine faulige Gegenwart die einzige echte Erscheinung von Houdini vertrieben, die die Welt seit neunzehnhundertsechsundzwanzig gesehen hat.«

»Sind Sie schon vorher mal mit ihm zusammengetroffen?«

Oscar Grant hielt inne, um sich Muskel für Muskel wieder zu entspannen. Als er weitersprach, geschah dies mit einer gelassenen Heiterkeit.

»Mit Houdini oder mit diesem toten Scharlatan? Warum soll ich eigentlich Ihre Fragen beantworten? Mir hat in den letzten zwölf Stunden schon die Polizei mit ihrer ganzen Skepsis gereicht. Aber – nein, ich habe den Mann nie getroffen, ich habe jedoch über ihn gelesen und kenne auch Photographien von ihm. Auf keinem dieser Bilder trug er Frauenkleidung, so daß ich ihn auch gar nicht hätte erkennen können. Das war ja wohl seine Absicht, nicht wahr? Unsere Versammlung zu infiltrieren, wie Sie es anscheinend auch getan haben? Wir sind Miesmachereien und Skepsis gewöhnt. Wir sind es gewöhnt, Feinde in unseren eigenen Reihen zu entdecken.«

»Und auch bereit, mit ihnen fertig zu werden? Soll ich das so verstehen?«

Oscars trauriges, überhebliches Lächeln kräuselte seinen Schnurrbart. »Wir sind bereit, sie mit der Wahrheit zu überzeugen. Das ist unser einziges Ziel, unsere einzige Waffe. Wenn Sie mich jetzt entschuldigen, ich habe noch eine Besprechung mit meinen Akolythen.«

Temple wandte sich um. Eine weitere Gruppe sonnengebrannter, demonstrativ gelassen wirkender Frauen stand hinter ihr Schlange. Sie ließ ihnen freundlich den Vortritt.

»Oh«, sagte Electra besorgt und kramte in ihrer Leinentasche, »jetzt hält er mich auch noch für eine Feindin. Könnten Sie nicht ein bißchen Takt und Sensibilität zeigen? Ich hatte so gehofft, eine von seinen singenden Kristallkrawattennadeln abzustauben! Er verschenkt nämlich gelegentlich welche an den einen oder anderen Jünger.«

Temple faßte sie am Arm. »Aber Grant gibt zu, daß er weiß, wer Gandolph war. Und haben Sie eigentlich mitbekommen, was er in Wirklichkeit war?«

»Ein Zauberer auf Kreuzzug, der versucht hat, Medien zu demaskieren. Houdini war selbst so einer. Das Zauberische hat schon immer das Mystische angezogen, aber wer von den Beteiligten ist wirklich der Falschspieler? Jeder weiß, daß Zauberei nichts anderes ist als ein Koffer voller Trickutensilien.«

»Ja, und nach dem, was ich gelesen habe, geben manche das auch zu, so wie Houdini. Dessen Freundschaft mit Sir Arthur Conan Doyle fand ein abruptes Ende, als Houdini nicht bestätigen wollte, daß Lady Conan Doyle in seinem Beisein medialen Kontakt mit seiner Mutter aufgenommen habe, und obwohl Sir Arthur darauf beharrte, einige von Houdinis Kunststücken beruhten auf Dematerialisation, stritt Houdini das standhaft ab. Dabei wäre es eine große Versuchung für den größten Verwirrer des Jahrhunderts gewesen, sich mit renommierter Unterstützung auf übernatürliche Kräfte zu berufen.« Temple blieb verwirrt stehen. »Warum wird dann ausgerechnet von Houdini behauptet, er habe geschworen, aus dem Jenseits zurückzukehren?«

»Hat er nie. Das war nur eine Dialogzeile in einem billigen Film, bei dem er mitgewirkt hat«, antwortete hinter ihr eine Stimme.

Die Frauen wandten sich um und erblickten D'Arlene Hendrix. Sie saß auf einem Klappstuhl vor einem schlichten Stand, in dem ein Tisch mit beigefarbenen Broschüren bedeckt war.

Temple nickte anerkennend. Dieser Laden sah aus, als würden dort Zahnpflegemittel verkauft. Sie vertraute D'Arlene Hendrix unbesehen hundert Prozent mehr als Oscar Grant. Aber ihre Zurückhaltung konnte schließlich genauso irreführend sein.

»Sie scheinen ja eine Menge über Houdini zu wissen.«

»Warum nicht? Ich lese die entsprechenden Bücher und schau' mir die Filme an.« D'Arlene lächelte. »Nein, ich hab' meine Informationen nicht über den telepathischen Ticker erhalten. Houdini war ein Bilderbuchbeispiel für alles mögliche: Todessehnsucht, Mutterfixiertheit, sexuelle Verklemmtheit. Bei einem Großteil seiner Tricks hat er sich an den Füßen aufhängen lassen oder sich in unglaublich engen Räumen zusammengekauert, von oben bis unten mit Ketten bedeckt. Die Mutter-Geschichte stimmt, er hat sie angebetet. Als sie starb, hat er sich fürchterlich mit dem Gedanken gequält, daß sie womöglich eine letzte, nicht weitergegebene Botschaft nur für ihn allein gehabt haben könnte.«

»Dann ... hätte er wohl eher versucht, *sie* zurückzubringen, und nicht geschworen, selbst zurückzukehren.« Temple wartete auf Zustimmung.

»Richtig.« D'Arlene strich ein unsichtbares Haar hinter ihr Ohr. »Und er hat ernsthaft nach einem Medium gesucht, das so etwas bewerkstelligen könnte. Nachdem er aber nur auf Schwindler stieß, wurde er zu einem entschiedenen Gegner des Spiritismus und ging damit an die Öffentlichkeit. Und er hat auch nicht versprochen, von den Toten zurückzukehren. Er hat nur Vorkehrungen getroffen für den Fall, daß jemand behauptet, er hätte es getan, so daß es dann Beweise gäbe, um die Betrüger zu entlarven. Aber die Öffentlichkeit wollte Houdini genausosehr zurückhaben, wie er seine Mutter hatte zurückrufen wollen. Sex-Appeal hat Houdini nämlich, trotz seiner Statur von einsfünfundsechszig, trotz der O-Beinchen und allem. Und so hat Bess, Houdinis Frau, die Tradition der jährlichen Séance zu Halloween begründet, um Kontakt mit ihm aufzunehmen. Nach zehn Jahren gab sie auf. Nicht aber die Spiritisten. Liebend gerne hätten sie den berühmtesten Zweifler jener Zeit zurückgebracht. Sie haben nie aufgegeben, sondern sind einfach nur ein wenig in den Hintergrund getreten.«

»Sind Sie wirklich davon überzeugt? Diese Figur, die wir gestern abend gesehen haben, der Mann in Ketten – «

»Sah genauso aus wie Houdini auf einem seiner berühmtesten Photos.«

»Photo?« wiederholte Electra und wirkte zutiefst enttäuscht.

»Genau«, sagte Temple. »Wir haben nichts gesehen, was nicht hätte gefälscht sein können.«

D'Arlene lächelte. »Stimmt. Aber ich habe bei Séancen Dinge gesehen, die hätten gefälscht sein können, von denen man aber nicht *beweisen* konnte, daß sie gefälscht waren.«

»Was ist mit Gandolph?«

»Wieso?«

»Er ist die Tote von gestern abend.«

D'Arlene Hendrix war plötzlich sprachlos. »Der große Gandolph, mit diesem lächerlichen Hut? Was für ein schrecklicher

Tod. So lächerlich gekleidet – eine Vogelscheuche! Der arme Mann. Ich hatte gehört, er habe sich zur Ruhe gesetzt.«

»Hat er ja jetzt auch«, sagte Temple grimmig und machte sich langsam wieder auf den Weg.

Weiter unten im Gang, hinter einer durchschimmernden Markise aus weißer und silberner Seide, hatte sie einen leuchtend silbernen Schopf ausgemacht. Sie wollte liebend gerne Mynah Sigmund über die arme, liebe Verblichene befragen.

»Kommen Sie schon«, sagte sie zu Electra, zog die Riemen ihrer Schultertasche hoch und schob die Brille nach oben. »Ich möchte, daß Sie sich vergewissern, daß die nächste mir nicht das Ektoplasma vor die Augen zieht und mich verwirrt.«

»Ektoplasma vor Ihre Augen?« D'Arlene rollte mit den ihren. »Das würde Ihnen gar nicht gefallen. Früher wurde geistiges Ektoplasma aus wiedergekäuter leuchtender Baumwollgaze hergestellt.«

Temple wurde blaß.

»Über Mynah Sigmund weiß ich nicht viel«, sagte Electra, während sie in Temples Fahrwasser keuchte, so schwach, daß ein Marshmallow davon garantiert nicht weggepustet wurde.

»Sie stammt von hier, und früher hat sie in der Stadtmitte im *Guilded Calf* eine Show gehabt.«

»Eine Zaubershow?«

»Nein, als Medium. Soweit ich weiß, hat sie nie irgendwelche magischen Dinge gemacht. Ach so, und sie stammt aus Sedona, Arizona.«

»Das paßt.« Temple biß die Zähne zusammen, während sie sich gegen eine Menschenmenge stemmte, die unbedingt in die andere Richtung wollte.

»Und sie war früher mit Oscar Grant verheiratet.«

»Ist nicht wahr!« Die Nachricht ließ Temple abrupt innehalten. »Da sieht man's mal wieder: Gegensätze ziehen sich an. Man schaue sich doch nur an, mit wem sie jetzt verheiratet ist!«

»Ähm, dieser große stille Typ – wie heißt er noch gleich?«

»Genau, dieser große Typ hat mich genausosehr beeindruckt, wie es eine Schüssel mit Haggis getan hätte.«

Temple betrachtete das Zelt der Sigmund. Trotz der Stretchstoffe aus moderner Zeit entpuppte es sich bei näherem Hinsehen als eine Albinokapelle für den Geist des Art nouveau. Es war eine blasse, ruhige Oase inmitten der Farben und des Tohuwabohus, ein Mond über den billig-bunten Regenbogen.

Mondsicheln waren auch an den dünnen Vorhängen angebracht. Ein alter Schrankkoffer stand offen, aus dem sich eine künstlerisch arrangierte Flutwelle glitzernder Stoffe ergoß. Uralte Kaleidoskope und Stereoskope lugten aus den blassen Falten hervor. Auf dem langen Vordertisch des Standes bildete mit Glitzerflecken besprengte Baumwolle den Hintergrund für Opalschmuck, der in glattes Silber gefaßt war.

Mynah regierte dieses winterliche Wunderland, als sei sie die Schneekönigin aus Hans Christian Andersens Märchen.

»Diese Mondsteine!« konnte Electra nur noch flüstern.

Mynahs gespreizte, lange Finger mit den ebenso langen Fingernägeln fuhren über die Auslage, als zögerten sie über den Tasten eines Musikinstruments. Temple konnte fast sehen, wie die Tropfen durchscheinenden Mondsteins erzitterten.

»Meine Miniaturspiegel für das Kristallsehen«, bemerkte Mynah. »Ich verkaufe sie, und Sie schaffen sie sich an, um herauszufinden, was in Spiegeln gesehen werden kann.«

»Da stehen ja keine Preise dran«, bemerkte Temple.

Mynah war nicht aus der Fassung zu bringen. »Nein, ich setze die Preise spontan fest, je nachdem, wie mir der Käufer gefällt.« Sie neigte den Kopf. Ihre Augenbrauen waren dunkel, doch ungeschminkt, ihre Augen von einem eisigen Kristallblau, und ihr Make-up zurückhaltend, wenn sie überhaupt welches trug.

»Gefällt Ihnen etwas? Soll ich Ihnen einen Preis dafür nennen?«

Sie hatte die Ausstrahlung einer gelangweilten Großkatze,

eine weiße Tigerin, die noch kurz einen Nachmittagsschlaf einschob, ehe sie sich entschloß, über ihre Beute herzufallen.

Temple wollte der Frau nicht den Vorteil einräumen, sie selbst spontan einzuschätzen, indem sie einen zu hohen oder zu niedrigen Preis nannte.

»Hier gibt es soviel zu sehen«, sagte sie deshalb. »Ich würde etwas Zeit brauchen, um mir einen auszusuchen. Sie sind wirklich exquisit. Machen Sie die alle selbst?«

»Nein. Ich berühre sie nur, um ihre versteckten Eigenschaften zu wecken. Das entspricht ziemlich genau dem, wie ich Séancen leite. Das gestern abend war keine Séance, sondern nur eine Show«, fügte sie rasch und abwertend hinzu.

»Obendrein eine schlechte Show«, warf Electra über Temples Schulter ein. »Diese Ohrringe finde ich wunderschön, wieviel kosten die?«

»Für Sie?« Ein Lächeln erschien, eher breit als warm. »Siebenundvierzig Dollar.«

Electra zuckte noch nicht einmal mit der Wimper, als sie ihr Scheckbuch hervorholte.

Mynah erinnerte sie daran, ihren Führerschein zu zeigen und schrieb sich dann die Nummer auf den Scheck. »Nicht vergessen, wenn ich sie einmal berührt habe, können Ihnen diese Minispiegel aus Mineralien alles mögliche zeigen.«

»Solange es nicht meine Augenfältchen sind ...« Electra lachte.

Fältchen schienen in Mynah Sigmunds Welt nicht eindringen zu können. Sie antwortete vollkommen ernst. »Die Mondsteine zeigen nicht die Gegenwart oder das Oberflächliche. Sie reflektieren tief und tauchen sowohl in die Vergangenheit als auch in die Zukunft ein.«

Ach du Schreck, dachte Temple, *wir sind schon wieder im Séancen-Modus: geschwollen muß es sein und furchtbar bedeutsam.*

Electra steckte ihr Päckchen ein und trat wieder hinter Temple.

»Mynah, Babe!« ertönte da überraschend eine männliche Stimme hinter Temple und Electra.

»Ach herrje, Big Mike.« Mynah neigte den Kopf, damit sie ihn unter ihren schwarzen Wimpern hervor anschauen konnte. »Komm doch einfach um den Seitenvorhang herum und in mein Wohnzimmer. Entspann dich für einen Moment.«

Aus ihrem Munde klang der Befehl »entspann dich« eher wie eine undurchsichtige Zauberformel.

Dem Mann schien die gestelzte Art dieser Einladung überhaupt nicht aufzufallen. Er trabte um die Seite des Standes herum, drängelte sich durch den zarten Stoff und ließ sich auf einen grauen Faltstuhl neben Mynah fallen.

»Wo hast du denn so lange gesteckt?« fragte die weiße Hexe in einem so sirupgetränkten Tonfall, daß darin alle Frühstückspfannkuchen dieser Erde mit Leichtigkeit ertrunken wären.

Sie hatte nur noch Augen für den Neuankömmling. Temple und Electra hätten mittlerweile ebensogut hölzerne Indianerstatuen sein können.

Temple war es nicht gewohnt, wegen der Ankunft eines Mannes derart aus dem Bewußtsein einer Frau gelöscht zu werden. Sie blickte zu Electra hinüber, die ebenfalls unter diesem plötzlichen Anfall von Unsichtbarkeit zu leiden schien.

Der Besucher war ein großer, stämmiger Typ um die vierzig, offenbar ein Rancher. Er streckte seine Cowboystiefel von sich und hakte die Daumen in die Taschen seiner Levi's. Ein Dolo-Band mit indianischem Silberschmuck, der eindeutig in einer Galerie gekauft worden war, gab seinem Westernhemd einen Hauch regionaler Eleganz. Er erwiderte Mynahs Blick ebenso süffig und zweideutig.

»Wie läuft denn die Messe?« Sein Ton deutete an, daß es ihm ziemlich egal war.

»Bestens, nachdem diese alberne, halböffentliche Séance vorbei ist. Wir haben mehrere Erscheinungen gehabt, hast du schon gehört? Und einen kleinen Todesfall.«

Der Mann nickte und grinste. Die Worte waren unwichtig. Wichtig war nur die Musik, mit denen sie unterlegt waren, die geheime Sprache der Gesichtsausdrücke, die diese Unterhaltung zu einem Duell der Andeutungen machte.

»Mynah!« Der nächste Mann, der hinter Temple und Electra auftauchte, war großgewachsen, aber ausgestopft wie ein Teddybär, der um die Mitte schon etwas aus dem Leim ging. »Soll ich jetzt die leeren Kisten wegbringen?«

Mynahs Ehemann, wie auch immer er hieß, war die Anwesenheit von Temple und Electra genauso gleichgültig wie dem anderen Besucher, aber hinter seiner Brille aus künstlichem Schildpatt entdeckte Temple verhaltene Ablehnung und eingeschüchterte Wut. Ach ja, diese farblose Gestalt war ihr gestern als schwergewichtiger Ehemann der Schneekönigin vorgestellt worden. Aber wer war dann jenes hochdekorierte Mittelgewicht, das sich in den Faltstuhl drapiert hatte?

William Kohler, so hieß er! Der Mann, nicht der Rancher.

»Ich hab' sie schon selbst unter die Tischdecken geschoben.« Mynahs Tonfall legte die Erkenntnis nahe, daß William seine Pflichten vernachlässigt hatte und daß die tapfere kleine Frau deshalb alles ganz allein erledigt hatte.

Außerdem war Mister Mynah hier eindeutig nicht erwünscht, genausowenig wie Temple, die nichts, und Electra, die immerhin etwas Kleines gekauft hatte.

Der neue Mann beobachtete mit selbstzufriedener Verachtung, wie William den Mund verzog. »In Ordnung«, murmelte er. »Ich schaue später noch einmal vorbei.«

Es sollte wohl eher wie eine Drohung als wie ein Versprechen klingen. Er marschierte davon, unablässig vor sich hinmurmelnd.

Mynah seufzte und verlagerte ihr Gewicht von einem Fuß auf den anderen. »Er ist wirklich ein Schätzchen.«

Genausogut hätte sie auch sagen können: »Er ist wirklich ein Deppchen.«

»Wen hast du denn nun gestern mit deinem Lächeln niedergestreckt?« fragte der Simpel im Stuhl.

Sie zuckte mit den Achseln. »Anscheinend einen Hermaphroditen.« Ein einstudiertes Trällern sollte wohl ein Lachen nachäffen. »Ein Mann, der sich als Frau verkleidet hat, kann man sich das vorstellen? Ist gekommen, um uns als Möchtegernmedien zu entlarven.«

»Klingt ja, als sei er zur Strafe dann selbst abgeräumt worden.« Der Typ holte ein Navajo-Taschenmesser hervor, um sich die Fingernägel zu reinigen.

Temple war so angewidert, daß sie nicht mehr bleiben wollte. Sie wandte sich mit erhobenen Augenbrauen Electra zu.

Electra nickte.

»Wir kommen nochmal wieder, wenn wir uns die anderen Stände angeschaut haben«, tat Temple bedeutungsschwanger kund.

Mynahs Halblächeln wurde breit, aber sie sah Temple nicht an; ihr Blick galt immer noch ausschließlich dem Typen auf dem Stuhl. »Lassen Sie sich Zeit, meine Damen«, sagte sie spitz.

Als sie außer Hörweite waren, brach sich die Empörung der beiden Bahn.

»Was für eine ... gekünstelte blöde Ziege«, keuchte Temple zischend hervor. »Ich dachte, diese Art von offensichtlicher Männerjagd sei seit den Zeiten von Scarlett O'Hara aus der Mode gekommen.«

»Scarlett war nie so eindeutig. Ich hatte das übrigens alles schon vergessen«, sagte Electra.

»Was alles?«

»Wie es sich anfühlt, wenn man augenblicklich unsichtbar wird, sobald sich die Frau, neben der man gerade steht, auf einen Mann konzentriert.«

»Sie waren das gewohnt?«

Electra riß die Augen weit auf. »Das haben wir damals doch alle gemacht. Es schien uns einfach ganz normal.«

»Den Männern auch, jede Wette.«

»Heutzutage bekommen die Männer nicht mehr sehr viel davon zu sehen«, sagte Electra. »Vielleicht fehlt ihnen das.«

»Na ja, ich werde mir mal die anderen Stände anschauen und hören, was man so über Mynah erzählt.«

»Sehr weise. Jetzt gibt es ja etwas, das Sie erfragen können.«

»Was denn?«

»Edwina Mayfair war doch eigentlich ein Mann, nicht wahr?«

Temple nickte.

»Vielleicht hatte er sich verkleidet, weil er und Mynah etwas miteinander hatten.«

»Sie machen Witze! Warum sollte sie sich mit einem ältlichen Skeptiker einlassen, wo sie doch schon einen Mann im Schlepptau hat und Papa Cartright für den kleinen Hunger zwischendurch? Mir scheint es eher so zu sein, daß das Motiv für den Mord eher darin begründet liegt, daß er vorhatte, irgend jemanden auffliegen zu lassen.«

»Klar. Aber es muß sich nicht um übersinnliche Tricks handeln, Temple. Es könnte genausogut ein ganz altmodisches Techtelmechtel sein.«

Während Temple abrupt stehenblieb, um sich diese Idee durch den Kopf gehen zu lassen, ergriff Electra mit beunruhigendem Nachdruck plötzlich ihren Arm. »Ach, schauen Sie nur! So schöne Kristalle! Kommen Sie schon!«

Electra tauchte in den Strom der Messebesucher ein. Temple ging nachdenklich hinter ihr her.

Im Gang vor ihnen brach in der Menschenmenge plötzlich Unruhe aus. Über allem strahlte ein helles, weißes Kameralicht.

»Crawford!« Temple hatte das Gefühl, Moby Dick zu sichten.

»Da läuft irgendwas!« Electra war zurückgewirbelt. »Nichts wie hin.«

Sie waren nicht die ersten am Schauplatz. Wie auf einer Bühnenmitte standen Crawford und der Kameramann, die Detectives Watts und Sacker und ... D'Arlene Hendrix.

»Das sollte doch diskret ablaufen«, sagte Sacker gerade und blickte sich irritiert um.

»Aber ich ... ich bin unschuldig!« protestierte D'Arlene. »Ich hab' doch nichts getan.«

»Nun kommen Sie schon«, drängte Watts. »Wir wollen Sie nur vernehmen. Handschellen vor laufender Kamera oder sonst irgend etwas Spektakuläres gibt's bei uns nicht.«

»Sie da!« bellte Sacker. »Stellen Sie die Kamera ab.«

Die beiden Detectives wandten sich um und schoben sich durch die Menge, zwischen ihnen D'Arlene, die verzweifelte Blicke um sich warf.

»D'Arlene Hendrix?« fragte Temple. »Das ist doch wirklich eine unwahrscheinliche Tatverdächtige. Ich würde nicht mal annehmen, daß die Gründerin des Clubs der Hellseher die Nerven hätte, eine Olive aufzuspießen.«

»Hätte sie auch nicht.« Electra versuchte, sich aus der Menge herauszudrängeln, um dem Trupp zu folgen, schaffte es aber nicht. »Das ist wirklich verrückt. Sie würde nie jemanden umbringen können. Temple, Sie müssen etwas tun!«

Eine tonlose Stimme war plötzlich hinter Temple zu hören.

»Eine verzweifelte New-Age-Interessierte hat soeben die bekannte Detektivin aus Las Vegas, Temple Barr, um Hilfe gebeten. Sie soll beweisen, daß die Tatverdächtige an dem Geistermord zu Halloween unschuldig ist. Wird sie es tun?«

Eine Mikrophonfaust sauste wie eine Eiscremewaffel aus Metall auf Temples Mund zu. Das Kameralicht gleißte.

»Werden Sie es tun?« wollte Crawford Buchanan mit dramatischer Stimme wissen.

»Ich ... kein Kommentar.« Temple wandte der Kamera den Rücken zu, ergriff Electras Arm und verschwand in der Menge. Sie spürte, wie die Hitze des Scheinwerfers hinter ihnen herkam, bis die beiden Nachrichtenhengste abbogen, um den Detectives zu folgen.

»Das war ja aufregend«, sagte Electra mit zitternder Stimme. »Ich fühle mich wie eine Staatsanwältin.«

»Crawford ist so ein Aufschneider! Man könnte meinen, er arbeitet für *Court TV.*«

»Ich kann es gar nicht fassen, daß D'Arlene Hendrix festgenommen wird. Ihre Arbeit mit Familien von vermißten Kindern ist einfach ausgezeichnet und sogar von der Polizei gelobt worden. Die haben sich mit Sicherheit die Falsche geholt.«

»Electra, die Polizei holt sie nur zur Vernehmung ins Hauptquartier! Das ist noch lange keine Festnahme, wie Sie ja von meinem Erlebnis neulich wissen.«

»Aber es ist jetzt ein handfester Skandal, da es Ihr Freund Crawford fürs Fernsehen festgehalten hat.« Electras Mine wurde hart, ein ganz neuer Gesichtsausdruck. »Es ist mir egal, wie geschmeichelt Sie sich fühlen, daß Sie Detektivin genannt wurden. Es geht hier um D'Arlenes Lebensqualität und um ihre Karriere. Sie müssen etwas tun.«

Temple schüttelte den Kopf.

»Erst mal muß ich nach Hause und ins Bett. Und Sie auch. Kein weiteres Wort mehr. Erst, wenn wir in der Zeitung davon lesen.«

Electra runzelte die Stirn. »Sherlock Holmes hätte nie gewartet, bis er über einen Fall in der Zeitung lesen konnte.«

»Vielleicht hatte der ja auch übersinnliche Wahrnehmungsfähigkeiten«, knurrte Temple und machte auf dem Absatz kehrt, um Crawford Buchanan, der Hellsehermesse und ihrem eigenen New-Age-Watson zu entkommen.

18

Schlummern mit Max

Ein Schläfchen am Freitag nachmittag.

Welch ein Luxus.

Temple räkelte sich, während sie aufwachte. In ihrem Unterbewußtsein gingen noch Geister und Panther umeinander her.

Louie hatte sich zu einem diffusen Klumpen am Fußende ihres Bettes zusammengerollt. Immerhin war er also zu Hause. Wie gerne sie ihn befragen würde!

Sie streckte sich noch einmal und blickte den schwarzen, verschwommenen Fleck auf ihrem Bett an.

Louie hatte aber gewaltig zugenommen.

Sie tastete aus dem Nachttischchen nach ihrer Brille.

Oh.

Midnight Louie war zu Max Kinsella worden.

Temple wünschte sich, richtig wach zu sein. Sie wünschte sich, daß sie ihre Brille nicht aufgesetzt hätte. Sie wünschte sich, daß sie Chanel No. 5 trüge und ein Hemdchen von Victoria's Secret, sagen wir mal aus hellblauem Seidensatin. Sie wünschte sich, daß sie einen Kartoffelsack trüge. Sie wünschte sich, sie wäre nicht hier. Sie wünschte, er wäre nicht hier.

Sie lächelte.

»Max! Was in aller Welt hat dich hierher geführt?«

Er schüttelte nur den Kopf. »Erzähl mir von dem Mord.«

»Wir wissen noch nicht, ob es ein Mord war.«

»Schade, daß ›wir‹ das noch nicht wissen. Ich weiß es nämlich.«

»Tatsächlich? Woher denn? Habe ich in den Nachrichten etwas verpaßt?«

Er fand die TV-Fernbedienung des Fernsehers und schaltete dann einen Sender ein. Eine Gruppe von hundert Jahre alten Teenagern, die an jedem sichtbaren Zentimeter ihrer Haut mit Ausnahme ihrer Ohren gepierct waren, schienen leidenschaftlich über die Vor- und Nachteile von lila gefärbtem Haar zu diskutieren.

»Heute nachmittag gibt es wohl keine Nachrichten außer schlechten.« Max schaltete die Talk-Show wieder ab. »Erzähl mir, was passiert ist. Du hast schließlich mit Gandolph Händchen gehalten.«

»Habe ich nicht. Ich wußte überhaupt nicht, daß die Frau eigentlich Gandolph war. Ich war glücklich, nicht mit Crawford Buchanan Händchen halten zu müssen, und es war mir nicht klar, daß ich auf das grausamste hinters Licht geführt worden war und in Wirklichkeit mit einem ältlichen, verkleideten, männlichen Magier herumfummelte, von dem noch nie irgend jemand gehört hat.«

»Eine Menge Leute haben schon von Gandolph the Great gehört. Allerdings hatte er sich zur Ruhe gesetzt.«

»Zur Ruhe gesetzt, um Transvestit zu werden.«

»Er war ein Showman«, sagte Max. »Er war ein Don Quichote. Er war da, weil er etwas beweisen mußte, nicht, weil er als Frau auftreten wollte.«

»Woher weißt du das?«

»Weil es eine uralte Tradition bei der Séanceentlarvung ist. Selbst Houdini hat sich verkleidet und Perücken getragen, wenn er Medien auf die Probe stellte. Möglicherweise sogar Frauenkleider. Und außerdem kenne ich Gandolph. Er war ... mein Freund.«

»Max!« Temple war schockiert. »Er muß doch in Las Vegas gewohnt haben, als wir hierhergezogen sind, aber du hast nie von ihm gesprochen.«

»Doch, das habe ich, aber nicht sehr oft.«

»Stimmt! Daher habe ich auch den Namen schon mal gehört

… vielleicht *ein* Mal! Wenn ihr beide so gute Freunde wart, warum sind wir einander nie vorgestellt worden?«

»Das wurdest du doch gestern abend«, sagte Max ernst. Dann fuhr er fort: »Über Gandolphs letzte Augenblicke möchte ich gar nichts hören, ich muß aber einfach wissen, was geschehen ist.«

»Es ist viel passiert, Max. Ich kriege es immer noch nicht ganz sortiert. Ich glaube, wir haben alle einen Geist gesehen, nur bezweifle ich, daß das derjenige war, den wir sehen sollten.«

Max lächelte, ließ die Fernbedienung auf die Überdecke mit dem Zebramuster fallen und stand auf.

»Ich werde mal einen Pulverespresso kochen. Es ist fast fünf Uhr nachmittags. Zieh dir doch in der Zeit etwas … weniger Legeres an.«

Temple beäugte ihren flauschigen lilafarbenen Jogginganzug, während er ging. Etwas weniger Legeres, also wirklich. Wo war eigentlich ihr schönster Kartoffelsack, wenn sie ihn brauchte?

Sie fand eine Art von Kaftan, den sie ganz vergessen hatte, smaragdgrüne Gaze mit fließendem Goldsaum, und schaffte es, hellwach und umgezogen zu sein, als Max mit zwei Bechern trübem, matschfarbenem Instantkaffee zurückkehrte.

»Meintest du das wirklich ernst?« fragte sie nach einem ersten köstlichen Schluck. »Gandolph war ein Freund von dir?«

»Vielleicht ist ›Mentor‹ ein besserer Begriff für Gandolph«, antwortete er. »Den meisten Kontakt hatten wir am Anfang meiner Karriere und am Ende.«

»Max, sag doch nicht so was, deine Karriere ist doch noch nicht beendet!«

»Findest du? Ich habe ein halbes Dutzend Engagements abgesagt, zwei für wohltätige Zwecke, ohne ein Wort zu verlieren. Ich wußte, was ich tat. Ich wollte es nicht tun, aber ich mußte. Jetzt bin ich ein armer Mann, Temple.«

»Was ist denn mit all dem Geld, das du auf Europatournee eingenommen hast?«

Er wandte sich um und grinste. »Da rechnen wir das Schweizer Nummernkonto und die Eigentumswohnungen auf den Cayman Islands noch nicht mit ein, oder?« Sie konnte nicht einschätzen, ob er sie auf den Arm nahm oder nicht. »Also, du hast neben ihm gesessen. Erzähl mir, was passiert ist.«

Normalerweise wäre das keine große Aufgabe gewesen. Jetzt aber, angesichts des Durcheinanders zwischen zwei Welten, der wirklichen und der wirklich verrückten...

»Ich weiß nicht, Max.« Temple war froh über den heißen Kaffee. »Ich bin auf seine Geschichte reingefallen: eine merkwürdige alte Frau in einem merkwürdigen Hut. Nur eines kam mir komisch vor: ›Sie‹ hat mich dauernd gewarnt, nichts von dem, was dort geschah, ernst zu nehmen. Ich hielt das für ein etwas merkwürdiges Benehmen für eine Hellseherin bei einer Séance.«

Max kicherte. »Ich bin mir sicher, daß er nicht wußte, wer du bist, aber glaube mir, wenn Gandolph dich in irgendeiner Art und Weise anmachen wollte, dann auf jeden Fall heterosexuell.«

»Dieser alte Bock in Großmutterkleidern! Und ich habe nur an diesen schrecklichen Crawford gedacht und in der Zwischenzeit Händchen gehalten mit dem schlimmsten miesen alten Kerl der ganzen alten Truppe!«

»Manchmal läuft man so beharrlich vor etwas weg, daß man geradewegs hineinläuft.«

»Ja, das ist mir auch schon aufgefallen.«

Die beiden schwiegen für eine ganze Weile, während ihnen plötzlich die Bedeutung dieses Dialogs für ihre gegenwärtige Situation klargeworden war.

»Jedenfalls hat die Person, die Gandolph gespielt hat, die Special-effects nicht ernst genommen«, sagte Max schließlich.

»Überhaupt nicht, vor allen Dingen nicht das verzerrte Gesicht, das hinter ihm im Fenster hing und wortlos unverständliche Nichtigkeiten murmelte. So wie der Laden aufgebaut ist –«

»Ich weiß, wie er aufgebaut ist, ich hab' ihn mir angeschaut.«

»Wann?«

»Nach dem ... Todesfall.«

»Max, man hat das Haus doch danach geschlossen, wie hast du denn –?«

Er zuckte mit gespielter Unschuld die Achseln. »Ich bin doch ein Magier. Wie Midnight Louie. Ich habe da so meine Methoden.«

»Das kann man wohl sagen!« Temple beugte sich über die Bettkante und sah, daß ihre Katze auf dem Fußboden einen Platz gefunden hatte.

»Soll ich sie dir mal demonstrieren?« fragte Max auf eine Art, die Temple in ihr Kissen zurücksinken ließ.

»Laß nur.«

Sie blies Dampf von ihrem Kaffee, ehe sie vorsichtig einen weiteren Schluck nahm.

Midnight Louie rollte sich auf die Seite und fing an, eins seiner Hinterbeine zu lecken, vermutlich in dem Versuch, einen weniger appetitlichen Bereich seiner Anatomie in Richtung von Max dem Usurpator zu richten.

»Okay, laß mich nachdenken«, sagte Temple zu Max. »Das Gesicht erschien in dem Fenster hinter Gandolph, kurz bevor der Zwerg im Kamin auftauchte.«

»Auch noch Quasimodo! Ihr hattet ja richtig was zu tun bei eurer Séance.«

»Nein, die anderen meinten, das sei Houdini selbst gewesen. Alle anwesenden Hellseher haben ihn erkannt. Eine scheußliche Erscheinung, ehrlich gesagt. Vornübergebeugt, lauter Muskeln, und das bei seiner Größe.«

»Ein Meter sechzig«, warf Max sofort ein. Er wußte über alles Bescheid, was Houdini anging. Temple hatte den Verdacht, daß Houdini für eine Menge kleiner Jungen, die gerne Zauberer werden wollten, ein Held gewesen war.

»Diese Handschellen und Ketten haben ihn regelrecht nach unten gezogen. Nackt war er außerdem, und sehr sehnig für seinen kleinen Körperbau. Ich meine, er muß doch irgend etwas angehabt haben, aber man konnte es in dem Nebel so schwer erkennen. Er sah aus wie irgendein primitives Wesen, eingefangen und ausgestellt.«

»Diesen Eindruck wollte Houdini auch erwecken. Einsamer, nackter Mann gegen alle Schlösser und Ketten der zivilisierten Welt.«

»Was hältst du übrigens von dem ganzen Nebel?«

»Verschleierung. Wurde eingeblasen. Im ganzen Raum sind Zuläufe. Das ist ein Teil des Effekts von Gespensterhäusern.«

Temple nickte. Es überraschte sie nicht.

Max fragte: »Was hat Gandolph während der Houdini-Erscheinung gemacht?«

»Er hat dauernd gemurmelt, daß man nicht glauben sollte, was man sieht, und nur die Hälfte dessen, was man hört.«

Max lächelte. »Ein Zyniker ... bis zum letzten.«

»Hatte er denn recht?«

»Natürlich! Das Ganze war doch ein Witz. Diese Visitation von Houdini. Du hast gerade eine berühmte Pose für ein Photo beschrieben. Hat sich die Erscheinung bewegt? Nein, sie ist nur näher herangekommen und wieder zurückgegangen, was man mit einem Projektor leicht erreichen kann. Das Ganze war noch nicht einmal eine technisch gut ausgetüftelte Schwindelei. Sie war erbärmlich. Ich vermute, die ganze Scharade wurde nur ersonnen, um eine Bühne für den Mord an Gandolph zu haben – von jemandem, der wollte, daß die Welt davon erfährt.«

»Warum?«

»Weil Gandolph alles Falsche verabscheute. Weil er nicht widerstehen konnte, Humbug zu entlarven. Weil er ein alter, nicht ausgelasteter Mann war, und weil er seine Nase einmal zu oft in häßliche Angelegenheiten gesteckt hat.«

»Und warum willst du diese Sache aufklären?«

Max nahm einen letzten Schluck Kaffee und ließ seine grünen Augen auf Temple ruhen. »Ich schulde ihm einen Gefallen. Ich selbst mag auch keine Vorspiegelungen. Und ...« Er seufzte. »Was hast du denn geglaubt, wo ich in Vegas wohne, als ich nicht hier war? Wer, glaubst du, wird verdammt verdächtig aussehen, wenn die Polizei das herausfindet, und wer kann es sich nicht leisten, daß sie es herausfindet? Ich muß Gandolphs Mord aufklären, weil der Mann mir viel bedeutet – und gleichzeitig, um meine eigene verdammte Haut zu retten.«

Temple nickte. Sie hatte es vermieden, darüber nachzudenken, wo Max wohnte, vielleicht aus Schuldgefühl, daß sie ihn nicht mit offenen Armen in ihrem Bett willkommen geheißen hatte, vielleicht aus Sorge, daß er noch eine andere Frau oder zwei oder drei in der Stadt kannte. Selbstverständlich wäre ihr die Vorstellung, daß Max bei einem älteren Transvestiten wohnte, einfach lächerlich vorgekommen.

»Noch ein bißchen Kaffee?«

Als sie nickte, begab er sich in die Küche.

Temple folgte ihm, sie war froh, aus dem Schlafzimmer heraus zu sein. Midnight Louie folgte ihr wie ein Aufseher.

Max wartete, bis die Mikrowelle ihr »Ping« von sich gab, so daß Temple Gelegenheit hatte, den Anblick seines Rückens mit dem von Oscar Grant zu vergleichen.

Max' neuerdings langes Haar war zu einem Pferdeschwanz zurückgebunden. Seine schwarze Kleidung wirkte weniger theatralisch. Max war viel größer gewachsen, aber genauso schlank; sein Rollkragenpullover und seine Hose hatten dieselbe seidenglatte Eleganz, jedoch ohne aufdringlich zu wirken.

Das Schwarz von Matt. Max trug dasselbe Schwarz wie Matt, stellte Temple fest. Der ehemalige Pater Matt. Max Kinsella mit einem Priester zu vergleichen – sie mußte lächeln. Doch dann dachte sie noch einmal nach. Magier nahmen doch auf der Bühne häufig eine zeremonielle, priesterliche Rolle an, nicht wahr, wenn auch die eines Priesters aus irgendeiner exotischen, fremden Kultur? Sagen wir mal, irgendeiner uralten östlichen Kultur. Sie fragte sich ganz spontan, wie es wäre, mit einem Mann mit langen Haaren ins Bett zu gehen.

Der Mikrowellenherd machte höflich »ping«. Kurz danach drehte sich Max mit zwei Bechern Kaffee um und warf ihr einen durchdringenden Blick zu. »Du siehst nicht allzu mitgenommen aus. Trotz des ... Todesfalls.«

Temple nahm ihm den Becher aus der Hand. Sie ging rasch ins Wohnzimmer, um ihn dort auf dem Couchtisch abzusetzen.

»Ich bin auch nicht mitgenommen. Vielleicht bin ich ja schon abgebrüht, was Todesfälle in meiner Umgebung angeht. Und Gandolph ist nicht brutal ermordet worden. Er ist nur einfach fortgeglitten. Eine der anderen Frauen wurde ohnmächtig, also war ich nicht erstaunt, als ich auch ›sie‹ vornübergebeugt sah, gleich nach Houdinis angeblicher Erscheinung. Es hat bei allen eine Weile gedauert, zu erkennen, daß er tot war.«

Sie saß an einem Ende der Couch. Max kam auf sie zu. Midnight Louie sprang sofort auf, um sich in ganzer Länge mitten auf der Couch breitzumachen. Max hielt inne und setzte sich dann an das gegenüberliegende Ende.

»Ich habe nicht viel übrig für Haustiere.«

»Louie ist kein Haustier.«

»Was ist er dann?«

»Ein alter Freund, der hier ein und aus geht. Er hat darüber hinaus nach wie vor seine Orte, an denen er herumgeistert – vergib mir diesen Ausdruck.«

»Aber nicht das Gespensterhaus, oder?«

»Ich weiß nicht. Er hätte da auch schon vorher auftauchen können.«

»Folgt er dir immer irgendwie?«

»Nein, manchmal bittet er mich, ob er mitkommen darf, andere Male ist er schon vor mir da.«

»Er ›bittet‹ dich, ob er mitkommen kann?«

Sie nahm einen Schluck und nickte. »Katzen bitten um Dinge genauso wie Hunde. Nur bellen sie nicht dabei.«

»Was entschieden von Vorteil ist«, gab Max zu. Er lehnte sich auf dem Sofa zurück. »Das hier kommt mir vor wie ein üblicher Sonntagmorgen, wenn wir jetzt nur noch die dicke Sonntagszeitung hätten.«

Temple nickte, wagte aber nicht, den nächsten Satz zu sagen, denn sie ahnte, worauf das hinauslaufen konnte. Ach, zum Teufel, warum sollte es nicht darauf hinauslaufen? Sie hatten sich beide eingestanden, daß sie immer noch monogam lebten. Die Sittenpolizei hatte andere Verbrechen der Libido zu verfolgen ... Es klingelte. Max sprang auf. Louie blieb sitzen.

Max war schon im Schlafzimmer, ehe Temple an der Tür ankam.

Innerhalb weniger Sekunden öffnete sie, ihren Kaffeebecher immer noch in der Hand.

Da stand Matt.

Von Klingel und göttlicher Vorsehung gerettet, dachte Temple und lächelte schwach.

19

Zweideutigkeiten

»Du siehst ja überraschend fröhlich aus«, sagte Matt ernsthaft und versuchte, seinen Blick von dem schleierartigen grasgrünen Bademantel abzuwenden, der Temples rostrote Haarfarbe wunderbar betonte. »Nachdem ich in der Waschküche Electras Schauergeschichte über eure Séance zu Halloween gehört habe, bin ich gleich hochgeeilt, um nachzuschauen, ob du seelischen Beistand brauchst.«

»Mir geht es bestens.« Temple trat zurück, um ihn hereinzulassen. »Ich habe nur einen Kater, weil ich so unregelmäßig geschlafen habe. Bin gerade erst aufgestanden. Du kennst das ja.«

»Und Midnight Louie war auch da?« Matt beäugte die Katze voller Respekt, aber das hatte er schließlich schon immer getan.

»Höchst per*kätz*lich. Er war die geringste unserer Erscheinungen.«

Matt setzte sich an das Ende des Sofas, den einzigen Platz, den Louie ihm gelassen hatte. Temple betrachtete ihn etwas nervös, als sähe sie dort den Geist von jemand anderem.

»Ich war auf dem Weg zu ConTact«, begann er in dem plötzlichen Bedürfnis, seine Gegenwart zu erklären. »Willst du mir nicht von der Séance erzählen?« fragte er dann.

»Womit soll ich anfangen?«

Sie machte eine Pause, um ihre Eindrücke zu sammeln.

»Nun, um es kurz zu machen: Die Frau neben mir – eigentlich ein Mann, aber, wie ich es aus wohlinformierter Quelle weiß, normalerweise kein Transvestit und auch unnormalerweise nicht – ist nach der letzten Erscheinung in Ohnmacht gefallen. Niemand hat irgend etwas Böses dabei gedacht, bis wir merkten, daß ihr Hut verrutscht war und er eine Glatze hatte.«

Matt lachte über Temples üblichen Rat-Ta-Tat-Tatsachenbericht, der wie immer vollkommen durcheinander klang, aber genau das Geschehene wiedergab. Er konnte verstehen, warum Carmen Molina mit ihrer übergenauen Art bei Temples Kommunikationsstil der Geduldsfaden riß.

»Trotzdem kann einen ein Todesfall in nächster Nähe ziemlich traumatisieren«, sagte er mitleidig.

»Es war allerdings noch traumatischer, festzustellen, daß die mütterliche Frau, die den ganzen Abend über meine Hand gedrückt hatte, eigentlich ein Mann war. Der Tote ist ... war ... ein Bühnenmagier namens Gandolph, der sich mittlerweile zur Ruhe gesetzt hat.«

Matt nickte.

»Findest du den Namen nicht merkwürdig? Jetzt erzähl mir nicht, daß du den *Herrn der Ringe* gelesen hast!«

»Sogar mehrfach, warum?«

»Ich nicht. Ich scheine ja hinter dem Mond gelebt zu haben! Kannst du es mir leihen?«

»Klar, ich hab's als Taschenbuch. Aber es sind eigentlich drei Bücher. Sogar drei dicke Bücher.«

»Dafür bin ich gerne zu haben. Jedenfalls war der Tote nicht nach *diesem* Gandalf benannt, zumindest nicht auf den ersten Blick. Er schrieb sich G-a-n-d-o-l-p-h, wie Rudolph und so weiter, und er hatte es sich zum Hobby gemacht, betrügerische Medien zu entlarven.«

»Ach herrje. Dann hätte ja jedes anwesende betrügerische Medium ein Motiv gehabt, ihn umzubringen! Nun, die Specialeffects des Abends waren wohl eine Enttäuschung.«

»Eher verwirrend, würde ich sagen. Der Typ, der dort auftauchte, ehe wir tatsächlich ein Bild von Houdini sahen, war interessanter. Er hatte ein paar geisterhafte Metamorphosen durchgemacht.«

»Als da wären?«

»Zuerst haben wir ihn als einen Jungen gesehen, ungefähr sechs Jahre alt. Dann ist er in verschiedenen Fenstern aufgetaucht, dabei wurde er jedesmal etwas älter. Und größer. Viel größer. Am Ende war er ein trauriger, riesiger alter Mann, der dauernd etwas sagte, aber wir konnten kein Wort verstehen. Ich fühlte ein solches ... Mitleid! Das war das einzig Gespenstische an dieser ganzen Séance, diese Visionen eines traurigen Mannes von der Kindheit bis ins hohe Alter. Er wollte so gern mit uns Verbindung aufnehmen, aber irgend etwas hat ihn zurückgehalten.«

Matt schwieg, trank seinen Kaffee aus und stellte dann den Becher ab. Temple rieb sich die kühlen Unterarme und blickte zu ihrer Schlafzimmertür. Sie wirkte nervös.

»Ich muß wieder los.«

Temple widersprach nicht, sondern stand ebenfalls auf. »Vielen Dank für deinen Besuch. Wenn ich mehr in Erfahrung gebracht habe, lasse ich es dich wissen. Doch diesmal gibt es keine Hinweise von Molina. Sie bearbeitet den Fall nicht.«

Matt war aus irgendeinem Grund enttäuscht.

Temple fuhr fort: »Watts und Sacker sind vollkommen professionell, und sie verdächtigen mich nicht mehr als andere auch. Aber das heißt gleichzeitig, daß sie nicht daran interessiert sind, Small talk mit mir zu machen.«

»Arme Temple, steht draußen vorm Fenster und darf nur reingucken, genau wie der geisterhafte Dicke.«

Jetzt standen sie an der Tür. Sie öffnete, um Matt zu verabschieden.

»Das ist es ja gerade, Matt.«

Ihre Stimme wurde leise, so vertraulich, als säße sie im Beichtstuhl. »Er wirkte für einen Geist so körperhaft! Das war wirklich die einzige Sache an dem Abend, die mich erschreckt hat. Ich glaube, er versuchte – ach, du lieber Gott, jetzt klinge ich schon wie Tommy Rettig in den alten *Lassie*-Filmen – er hat ›versucht, uns etwas zu sagen‹.«

Matt konnte ein bekümmertes Gemüt sofort erkennen. Impulsiv legte er eine Hand auf ihren eiskalten Unterarm, um sie zu beruhigen.

»Weder in den Fernsehnachrichten noch in der Zeitung ist davon die Rede, daß die Polizei von einem Mord ausgeht. Warum bist du dir so sicher, daß dein Tischnachbar ermordet wurde?«

Temples graublaue Augen wurden weich.

»I-ich kann es dir nicht sagen. Ich vermute nur, es ist der übliche Instinkt. Vielen Dank, daß du mir zugehört hast.«

Sie stellte sich auf die Zehenspitzen, um ihn auf die Wange zu küssen. Doch er ergriff auch ihren anderen Arm und küßte sie auf den Mund, wo er starken Kaffee, Überraschung, Erwiderung und Zurückhaltung schmeckte.

»Mach dir keine Sorgen, Temple«, sagte er, ohne zu wissen, warum. Er schaffte es, sich zurückzuziehen, ohne ihre Reaktion abzuwarten.

Matt ging mit rhythmischen Schritten die Treppe hinunter und machte sich zum Schuppen auf, um dort sein zuverlässiges Gefährt aufzusuchen.

Die *Heskith Vampire* machte ihm eigentlich Angst, genauso wie Christine, der mörderische Oldtimer bei Stephen King.

Nur die Tatsache, daß Electra sie fuhr, hatte ihn dazu gebracht, Unterricht zu nehmen und schließlich den Führerschein zu machen. Nur das und die traurige Tatsache, daß er ein Transportmittel brauchte, ohne es sich leisten zu können.

Er schloß die Tür des Schuppens auf und starrte die *Vampire* an, die dort glänzend im Lichtstrahl stand.

Sein gesamtes religiöses Leben als Priester war diszipliniert gewesen und darauf ausgerichtet, sich von den materiellen Dingen zurückzuziehen, nicht das zu benötigen, was die meisten Menschen als ein Recht beanspruchen: gute Gehälter, teure Kleidung, schöne Wohnungen, Geld für Luxus, Statussymbole und Markenartikel, für eine Ehe, für Kinder, für eine Hypothek auf das Haus, Speed im Sinne von Geschwindigkeit, Sex im Sinne von Lust.

Obwohl er versuchte, die *Vampire* schlicht als das beste und billigste zur Verfügung stehende Transportmittel zu betrachten, konnte er sich angesichts seiner Situation nicht in die Tasche lügen.

Die geballte Kraft machte ihn nervös. Der große Wert dieser Maschine beunruhigte ihn. Bei so viel angedeutetem silbernem Sex fühlte er sich wie ein Hochstapler.

Die Leute auf der Straße erwarteten etwas von dem Mann, der eine solche Maschine fuhr – und sie erwarteten nicht ihn.

Matt öffnete die hölzernen Flügeltüren des Schuppens, die auf die Rückseite des Parkplatzes vom Circle Ritz hinausgingen.

Das abendliche Licht ließ das gute Stück wie einen Sternennebel leuchten.

Er drehte den Schlüssel im Schloß, schob es so langsam, wie es nur ging durch die Tür hinaus, stellte es auf Leerlauf, trat den Ständer hinunter, von dem er nie glauben konnte, daß er eine halbe Tonne Stahl und Chrom senkrecht hielt.

Nachdem er den Schuppen wieder abgeschlossen hatte, ging er zur *Vampire* zurück.

Er fuhr gut, das wußte er, aber nicht mit Leichtigkeit oder Eleganz. Manchmal genoß er den Vorzug, in stockendem Verkehr an Autos oder sonstigen Hindernissen lässig vorbeiziehen zu können.

Doch diese Augenblicke waren selten. Meistens machte er sich nur riesige Sorgen. Machte sich Sorgen, daß sie jemand vor dem ConTact-Büro stehlen würde, obwohl sie abgeschlossen war. Machte sich Sorgen, daß die Gaszufuhr am Griff ein Eigenleben entwickeln und ihm durchgehen würde. Machte sich Sorgen, daß irgend jemand glauben könnte, er sei jemand Besonderes, weil er ein solches Monster fuhr. Sorgen. Sorgen. Sorgen.

Das hatte er sein ganzes Leben lang gelernt: sich Sorgen zu machen über gut und böse, über all seine Taten und Vorhaben, Sorgen wegen der guten Meinung anderer Leute, wegen seiner Note, seines Gnadenstandes, wegen des Jenseits und der täglichen kleinen Sünden.

Er lächelte, als er den Ständer einklappte und gleichzeitig den Motor aufjaulen ließ.

Das auffällig angebrachte Firmenzeichen von *Hesketh Vampire* war ein Huhn mit Königskrone. Nur die Briten konnten sich eine derartige Untertreibung leisten.

Während die tausend Kubik des Motors eine faire Warnung an alle kleinzylindrigen Gefährte knurrten, fing Matt gerade noch den leuchtenden Kometenschwanz der abendlichen Rushhour auf dem Strip ein.

Und ob er nun ein potentieller Geschwindigkeitsteufel war oder nicht, bei der langen Rotphase einer Ampel auf der Sahara Avenue wurde er dennoch von ungefähr dreihundert anderen Autos umzingelt.

Während ihre Motoren im Leerlaufchor summten, überquerte ein Strom von Fußgängern die Kreuzung. Matt schauderte, während er das große Gefährt im Gleichgewicht hielt. Es war merkwürdigerweise noch kälter, wenn man still saß, als wenn man sich dem Wind stellte. Er verstand mittlerweile, warum Leder ein Markenzeichen für Biker geworden war. Es war in erster Linie praktisch. Das Bedrohliche kam später hinzu.

Vielleicht lag es daran, daß sich sein Geist auch im Leerlauf befand und ebenso ungeduldig schnurrte wie die ihn umgebenden Autos. Oder weil seine Gedanken plötzlich in seine Heimatstadt Chicago gesprungen waren, in knietiefe Schneewehen und bitterkalten, beißenden Wind. Bitterkalte, beißende Erinnerungen.

Vielleicht lag es auch daran, daß der Tag jetzt in der Dämmerung versank, daß die Schatten von den westlich gelegenen Bergen sich über Las Vegas zu strecken schienen. Als hätte sich eine riesige Hand erhoben, um das Licht des Lebens auszudrücken wie den Saft aus einer Zitrone.

Vielleicht war es aber auch nur Temples Gerede von Séancen, Tod und Geistern.

Wie auch immer: Mitten in seiner Tagträumerei erkannte Matt plötzlich einen gewissen schlurfenden Gang. Ein Mann in der Menge: Fliegersonnenbrille, obwohl das Tageslicht für heute verloschen war, Cowboyhut, Jeansjacke, vornübergebeugte Schultern. Koteletten. Matt blinzelte.

Der Mann hatte schon drei Viertel des Fußgängerüberwegs hinter sich und wurde beinahe von der Menge um ihn herum verschluckt. Nur die hohe Krone seines schmuddeligen Westernhutes war noch zu sehen.

Matt bedachte seine Position. Ganz außen rechts in der Spur. Der Typ ging von ihm fort nach links. Es konnte nicht schlimmer sein. Ungefähr so unmöglich wie dieser Gang, dieser zögernde Schritt, der niemals in Eile zu sein schien und trotzdem schneller irgendwo ankam, als man gedacht hätte. Der eisige Wind, den Matt spürte, kam nicht mehr von außen. Die echte Kälte war jetzt nicht mehr wichtig.

Wie konnte er ...?

Das Licht der Ampel war grün geworden. Die Autos um ihn herum stürmten vor. Im Bruchteil einer Sekunde traf Matt eine Entscheidung. Vielleicht wurde sie auch von der *Hesketh Vampire* getroffen: nach links lehnen, in die Lücke zwischen einen trödelnden Volvo und einen eiligen Camaro schießen, den Weg einer schwerfälligen Limousine kreuzen, die genausolang war wie die Schlange am Buffet des Goliath. Matt fühlte sich wie Charlton Heston in der Szene mit dem Streitwagenrennen in *Ben Hur.* Nur war Matts Rivale nicht Messala mit seiner Peitsche, der um jeden Preis gewinnen wollte, sondern die unsichtbare Peitsche der Erinnerung, die immer um höchste Einsätze spielte ...

An der nächsten Ampel am Charleston Boulevard stand Matt als erster in der Schlange, um nach links abzubiegen, wartend, wartend, daß die Zeit endlich das rote Licht in ein grünes verwandelte. Als es endlich geschah, sauste die *Hesketh Vampire* so rasch und so knapp um die Betoninsel, daß Matt einen Augenblick lang das Gefühl hatte, horizontal zur Straße zu schweben.

Jetzt preschte er über die Fahrbahnen nach rechts. Herrgott, wenn er Electras – Kinsellas – kostbaren Scooter auch nur ein bißchen zerkratzte! Dieser blöde *Geo* bewegte sich nicht, also ... rein, raus, überholen. Die Maschine war geradezu dafür geschaffen, Komplizin eines verwegenen Fahrstils zu sein, stellte Matt fest. Sie schien einen Mordsspaß an seiner verrückten Raserei zu haben. Wo war der Fußgänger jetzt bloß? War er auf dem Strip nach links oder nach rechts abgebogen? Oder die Sahara entlanggegangen, irgendwo in der Menge? Matt hatte nur den Hut als Erkennungszeichen.

Jetzt stand er an derselben Kreuzung wie vorhin, nur in südlicher Fahrtrichtung. Das Licht war noch einmal um drei Grade blasser geworden.

Welche Richtung?

Keine Wahl.

Die Ampel vorne war grün geworden. Eine pulsierende Metallwand stürmte nach vorn, die *Vampire* wieder als erstes.

Keine Cowboyhüte. Überhaupt nirgends Hüte.

Eine Einfahrt. Er mußte jetzt umdrehen, zurückfahren.

Es gab aber keine Einfahrt, eine ganze Weile lang nicht.

So war der Strip eben, lange Strecken von Hotelmauern, ununterbrochen.

Wo? Wohin war er verschwunden, mal wieder? Da drüben.

Mittlerweile schwitzte Matt, trotz des kalten Windes. Hinter dem Plexiglasschirm liefen ihm Rinnsale am Gesicht herunter. Er mußte umkehren.

Die *Vampire* sprang über die Bordsteinkante, als ginge es um eine berittene Jagd, fuhr den Bürgersteig entlang, holperte in die nächste Gasse hinein, ohne darauf zu achten, wohin sie führte.

Matt fuhr weiter, bis er an eine Parkplatzzufahrt kam, die nach Westen führte. Er sauste die Gerade entlang, wich einem Paar Autoscheinwerfer aus, das zwischen geparkten Fahrzeugen herauslugte. Eine Hupe quäkte verärgert, aber er und die *Vampire* hatten sich auf der Suche nach einer Ausfahrt schon in einen anderen Gang geworfen.

Zusammen hielten sie an der verlassenen Einfahrt zum Sahara an, und ihre Herzen schlugen im selben Takt. Das Röhren des Motors war lauter. Die Kälte war so entmutigend, daß auf dieser toten Seite des Hotels nur sehr wenige Fußgänger zu sehen waren.

Matt blickte nach rechts und links. Er sah keinen Cowboyhut. Er hob sein Visier, um noch einmal die Straße zu begutachten. Nichts. Niemand von Interesse.

Schließlich blickte er auf seine Uhr, deren blaßgrünes Zifferblatt jetzt hell in der Dämmerung leuchtete. Zehn Minuten vor sieben. Höchste Zeit, zu ConTact zu fahren.

Matt mußte pünktlich zur Arbeit kommen. Da brauchte man ihn. Hier jagte er nur seinen eigenen Phantasien hinterher. Der Wind trocknete die Feuchtigkeit auf seiner Haut. Er gab der *Vampire* die Sporen. Sie rollte schnurrend hinaus auf den Asphalt der Straße.

Matt hielt das Cycle auf gemäßigter Geschwindigkeit und fuhr in die falsche Richtung: blieb in der Bahn, hielt sich in der rechten, langsamen Spur. Er blickte nach rechts und links, entdeckte aber nichts. Dennoch war er sich sicher: Der Mann, der den Strip überquert hatte, war Cliff Effinger gewesen. Der Stiefvater aus der Hölle, eigentlich schon totgesagt.

Matt hatte seinen Gang so sicher erkannt, wie er unsicher gewesen war, ob die Leiche tatsächlich still und kühl in jenem

Schubfach im Leichenschauhaus lag. Er hatte ihn nicht eindeutig identifizieren können, wie der Lieutenant es von ihm verlangte. Doch der Name des Mannes auf der Straße hatte bei jedem Schritt, den er machte, in seinem Hirn gedonnert.

War nun also Effinger die geheimnisvolle Leiche, die vor einigen Wochen auf die Spieltische im Crystal Phoenix gefallen war? Ging hier etwa ein toter Mann spazieren? Besuchte er anonym dieselben Casinos, die ihn vor so vielen Jahren nach Las Vegas gezogen hatten? Wie würde Matt ihn schließlich finden, wenn sein Instinkt ihn nicht trog?

Was würde er tun, wenn er ihn tatsächlich fand? Matts Hand fuhr an den Gashebel der *Vampire.* Das Bike stürzte sich ins Tal des grünen Lichts. Matt hatte gar nicht bemerkt, daß die Ampel umgesprungen war, aber irgendwie war das Motorrad ihm eben immer einen Herzschlag voraus.

20

Auf den zweiten Blick

Während Miss Temple Barr und Miss Electra Lark zum Medienkongreß gegangen sind, bleibe ich zu Hause und versuche, ein kleines Schläfchen zu halten.

Dieses spätabendliche Spielchen im Hell-o-ween Haunted Homestead hat mir eine Menge Stoff für meine Träume gegeben. Ich habe kein solches Stelldichein von Geisterstars mehr gesehen, seit ich durch Zufall in das Wachskabinett drüben auf der Harmon gestolpert bin.

Ehrlich gesagt kann ich überhaupt nicht entscheiden, was an jenem Abend echt war und was gefälscht, dabei bin ich es nicht gewöhnt, in solchen Dingen im dunkeln zu tappen. Vielleicht war es ein Fehler, meine Wohnungsgenossin und ihre Vermieterin nicht ins Oasis begleitet zu haben, aber ich kann besser nachdenken, wenn ich gut ausgeruht bin. Mit diesen beiden Damen und der heiligen Katze des Karma oben bin ich kaum dazu gekommen, auch nur ein Auge zu schließen.

Also dämmere ich vor mich hin, aber gegen Abend wache ich wegen einer vertrauten Attacke auf: Ich kriege sozusagen abermals psychisches Salz auf den Schwanz. Schlaftrunken wälze ich mich hoch und beäuge die Decke. Ich kenne bereits die vertraute Seele, die an mir herumzuppelt.

»In Ordnung«, sage ich zu ihr. »Ich bin nicht bereit, noch einmal die heilige Pyramide zu erklimmen. Diesmal geht Midnight Louie nicht zum Berg, der Berg muß zu Midnight Louie kommen. Kapiert?«

Ich warte, daß mir der Himmel auf den Kopf fällt, doch

schweigt die Decke still. Keine verärgerten Putzbröckchen purzeln auf mich herab, keine herbeigerufenen Schläger regnen wie Taranteln auf meinen rebellischen Kopf herunter. Dennoch geschieht etwas Außerordentliches. Mitten auf dem Fernsehbildschirm im Schlafzimmer taucht ein Blitz auf, und dabei habe ich den Fernseher nicht berührt, noch nicht einmal, als ich mich herumwälzte, um aufzustehen. Kein Bild füllt die dunkle Fläche, nur dieser Blitz, der wie eines meiner Lieblingsspielzeuge auf und ab springt, ein Pingpongball. Tatsächlich stehe ich kurz davor, den Fernsehbildschirm für ein Katz-und-Maus-Spielchen anzugehen, als eine Stimme in meinem Kopf auf Sendung geht.

Mein erster Verdacht ist, daß die Aliens Frequenzen erobert haben, aber der Tonfall überzeugt mich, daß es wieder mal nur Karma ist, die die übliche heiße Luft in meine Richtung pustet. Ihre eigentlichen Worte brauchen hier nicht wiederholt zu werden (soll heißen, ich empfand sie auch in sich als unnötig), aber die wesentliche Botschaft ihrer Nachricht ist, daß demnächst im Gespensterhaus eine zweite Séance stattfinden wird und daß ich an ihr teilnehmen soll.

Diese Nachricht bringt meine Ohren dazu, sich aufzustellen, und meinen Schwanz, das gleiche zu tun. Eine zweite Séance? Da wird Miss Temple aber sauer sein, wenn sie eine derart wichtige Veranstaltung verpaßt. Obwohl ich es verabscheue, Karma irgend etwas schuldig zu sein, lüfte ich meinen unsichtbaren weichen Filzhut, wie ihn alle Detektive tragen, in ihre Richtung, ehe ich mich aus der Wohnung schleiche.

Wie, so mag man sich fragen, will Midnight Louie das Circle Ritz verlassen, wenn das Badezimmerfenster nach wie vor fester verschlossen ist als die Geldschublade einer Kassiererin? Ein Kinderspiel. Ich werde das gleiche machen wie neulich und aus derselben Balkontür hinausgleiten, die vor kurzem erst das kleine körperlose Licht von Karma aufgestemmt hat. Es hat mich noch nie gestört, die Hilfe eines kleineren Lichts anzunehmen. Ich habe schon so manches Mal zuvor bewiesen, daß ich ein erfolgreicher Ausbruchartist bin. Ohne Zweifel ist das der Grund, warum Houdini bis zur letzten Sekunde gewartet hat, um sich bei der vorangegangenen Séance zu zeigen. Er muß es langsam leid sein, beweisen zu müssen, daß er immer noch alles kann. Genau diese Haltung habe ich mir auch schon angewöhnt, was mein Liebesleben angeht. Ach du Sch . . .! Junge Junge, das ist aber kalt hier draußen! Ich kann diese frostigen Nächte in Nevada nicht ausstehen, und augenblicklich wünsche ich mir, auf Miss Temples Bett zu liegen und ein schönes Basketballspiel anschauen zu können.

Aber ich weiß ja, das beste Gegenmittel gegen solch einen Temperaturschock ist ein rascher Trott, der die guten alten Fettpolsterchen zum Schwingen bringt. Innerhalb einer halben Stunde stehe ich abermals vor der billigen Fassade, die den Höhepunkt menschlicher Vorstellungskraft in puncto Gruselschocker darstellt.

Aber ich nehme meinen Besuch bei dieser zweiten Séance nicht auf die leichte Schulter. Nachdem jetzt bestimmte berühmte Gespenster einen Weg zurück in die sterbliche Welt gefunden haben, könnten die ja schließlich ein Massencomeback veranstalten.

Trotz dieser schrecklichen Vorstellung erfülle ich meine Pflicht. Ich finde ein Loch in der Fassade des Gebäudes, das mit vom Winde verwehtem Müll vollgestopft ist. Ich trete über Crawfords kaum erkennbare Visage hinweg und auch über einen alten Prospekt vom mysteriösen Max und schlängele mich dann in den zweiten Boden, wo Seile und Rohre und Drähte so tun, als seien sie Spaghetti. Bald schon schüttle ich den Staub und Dreck von meinem Mantel und trotte hinauf zu dem Raum, der sich hebt und senkt wie ein Aufzug. Angesichts der Glaswände, von denen er umgeben ist, bezeichne ich ihn lieber als mobile, wenn auch etwas quadratische Kristallkugel.

Wer wird wohl dort sein, frage ich mich und denke dabei gar nicht einmal an die Geisterwelt. Wer werden die Medien sein?

Ich hoffe, eine von ihnen ist diese Dame in Weiß. Auf zehn Meter Entfernung habe ich schon gerochen, daß sie sich nicht viel aus meiner Spezies macht, so daß ich also zusehen könnte, auf ihrem schneeweißen Schoß zu landen, nur um die Dinge etwas interessanter zu gestalten ... Ich hinterlasse einfach unglaublich gerne meine Visitenkarte ausgerechnet da, wo man sie nicht erwartet, und ein paar glänzende schwarze Haare würden schließlich die langweilige Monotonie ihrer Kleidung unterbrechen.

Ich sause die Treppe hinauf zu der einzigen Türe des Raumes, die leicht offensteht.

Aber das Mädel und die anderen sind alle ausgeflogen. Ich sehe nur den Tisch und seine Gefährten, die hölzernen Stühle mit den hohen Rücken. Keine Hände klammern sich an die Armlehnen der geschnitzten Eichenstühle. Keine Füße tanzen unruhig unter dem Tisch. Keine menschlichen Köpfe schauen über die hohen Rückenlehnen hinweg.

Ich bin kurz davor, entsetzlich auszurasten und den Fluch aller Katzen auf Karma auszusprechen (nichts bringt so sehr den Olivier-Schauspieler in mir heraus wie eine leere Bühne), als ich ein merkwürdiges Geräusch höre und mir das Blut in den Adern gefriert und jedes der Haare meines Mäntelchens sich aufrichtet. (Ja, schon gut, ich habe durchaus schon früher einmal ein merkwürdiges Geräusch gehört, aber das war zu Zeiten, als ich nicht ganz alleine irgendwo meinen Mann stehen mußte.)

Das Geräusch ist mechanisch, ein Summen von hundert Generatoren, leise und völlig ohne Variation.

Ich bin drauf und dran, kehrtzumachen, als ich ein weiteres Geräusch wahrnehme: ein winziges Klingeln, das auf verhaßte Weise vertraut klingt. Ich durchforste die Schatten nach der Quelle dieses Geräuschs. Das Glöckchen klingelt noch einmal, genau in dem Moment, als ich eine knochenlose Form entdecke, die sich von einem Sitz auf den Boden gleiten läßt.

»Fort, verdammter Fleck«, will ich gerade fluchen, nur handelt es sich hier nicht um einen gefleckten Hund. Auch nicht um einen Frosch. Auch keine Tarantel. Noch nicht einmal um etwas so Mausartiges wie eine Fledermaus.

»Was machst du denn hier?« verlange ich zu wissen.

Er kommt zu mir herübergewalzt, und sein Halsband klingelt wie der Anhänger an einem der Hälse von diesen widerkäuenden Riesenvierbeinern. Hinter ihm ertönt das Summen, gleichmäßig und laut, doch jetzt erkenne ich die Quelle.

»Heute abend assistiere ich Karma«, sagt Ingrim und setzt sich vor mir auf, um die Knöchel auf seinen fleckenlosen weißen Handschuhen zu reinigen. »Wir müssen wissen, wen du letztes Mal gesehen hast, weil wir nicht eine ganze Kohorte von Geistern herbeizitieren möchten, die wir dann anschließend wieder an den Absender zurückschicken müssen. Das wäre ein ermüdender Vorgang für uns alle, inklusive die Zurückzusendenden selbst.«

»Woher weißt du denn so viel über dieses Zeug mit dem Spiritismus?« frage ich.

»Mein lieber Freund, ich bin das Maskottchen eines Buchladens. Ich habe Stunden damit verbracht, mir die vielen Bände über das Übersinnliche anzuschauen, die durch das Thrill'n'Quill geschleust werden. Miss Maeveleen Pearl ist ein großer Fan des Übersinnlichen.«

Da sitzt er in seinem löcherigen, tigergestreiften Pullover, der an den Ellbogen und an den Knien ganz ausgebeult ist, seine gelben Augen verfärben sich bernsteindunkel vor

Zufriedenheit, und er tut so, als ob alles Okkulte ihm gehören würde.

»Ich bin mir nicht sicher«, sage ich, »daß ich bei einer Séance mitmachen will, die von einem Haufen Amateure geleitet wird.«

»Amateure? Louie, du kennst wohl nicht unsere Stammbäume.« Er macht mit dem Kopf eine Bewegung über seine eklige Schulter hinweg. Ohren und Schnurrhaare zeigen sich an den Seiten des Stuhls, meistenteils befinden sie sich an Abendanzügen und Gefleckten und Gestreiften.

Ich schnaufe. »Und wieviel Schwarze habt ihr?«

»Zwei, wenn man dich mitrechnet.«

»Zwei?« Da fällt mir doch nur Midnight Louise ein, und ich richte mich stocksteif auf.

Statt dessen ist das Gesicht, das hinter dem anderen Stuhl hervorschaut, kein anderes als das meines höchstverehrten Erzeugers. Ich bin überrascht, daß der alte Herr bei solch einem New-Age-Firlefanz zugegen ist, und das teile ich ihm auch mit.

»Nun, mein Junge«, sagt er und springt auf den Boden, damit er besser gesehen werden kann und seine Stimme noch weiter reicht – was für ein Bühnenhengst –, »meine Jahre auf See haben mich einen großen Respekt für die Natur in ihren vielen Spielarten gelehrt. Gestern abend nun habe ich an diesem Ort gesehen, wie ein mittlerweile toter Mensch einen Schatten seiner selbst zurückgeschickt hat. Es scheint mir, daß wir mit den besonderen hellseherischen Fähigkeiten unserer Spezies eine noch beeindruckendere Parade von Geistern zusammentrommeln können, und ich schulde meinen Genossen die Erkenntnisse meiner weiten Reisen und tiefen Einsichten.«

Mir scheint, der Erzeuger hat sich auf seinen weiten Reisen auch ein Gutteil Schwülstigkeit angeeignet!

Und dann erkenne ich, daß es schon zu spät ist. Ich bin

längst in diese wahrhaft verrückte Geschichte hineingezogen worden. Also springe ich auf den nächstgelegenen leeren Stuhl und sage nichts mehr. Innerhalb von Augenblicken nehmen wir alle unsere Positionen ein, hüpfen auf den Séancetisch, blicken nach außen und berühren uns mit den Schwänzen.

Ich spüre Aufregung, als dieses gemeinsame Summen von neuem beginnt. Ein Trommeln vibriert durch die miteinander verbundenen Schwänze. Dies ist der wahre Sinn und Zweck dieser eleganten Extremitäten, und kein Mensch könnte ihn je erraten, wenn er sie uns elegant hin und her wedeln sieht.

Nun ist das Schnurren unserer Art im Königreich der Tiere einzigartig. Wir schnurren aus vielerlei Gründen: Wir schnurren aus Zufriedenheit, und wir schnurren bei Schmerzen. Man kann das Schnurren eine Art von hörbarem Beruhigungsmittel nennen. Als solches ist es auch auf den Menschen anwendbar. Meine Spezies schnurrt bei dem Wurf von Kätzchen, und Kätzchen schnurren, während sie an ihrer Mutter Zitzen saugen. Wir schnurren im Schlaf, wir schnurren, wenn wir wach sind. Wir schnurren allein, und wir schnurren gemeinsam. Wir schnurren, wenn man uns streichelt, wir schnurren, wenn man mit uns spielt. Für einige unter uns gibt es noch ein weiteres Schnurren, ein geheimes Schnurren. Wenn wir unser geheimes Schnurren miteinander verbinden, produzieren wir das ›Schnurren der Macht‹.

In diesem Zustand, bei solch einer Gelegenheit können wir das Ungewöhnliche herbeirufen. Das Außergewöhnliche. Das Außerweltliche. Geister. Erscheinungen. Wiedergänger. Spukgespenster.

Das sehen wir, wenn wir aufmerksam in eine dunkle Ecke starren. Das hören wir, wenn wir oben auf der Standuhr sitzen und die Köpfe zur Decke neigen. Das spüren wir, wenn wir rasch und zielgerichtet auf ein nachtdunkles Fenster zulaufen. Der Mensch, der uns folgt, sieht, hört, spürt möglicherweise nichts. Oder der Mensch sieht, hört, spürt eine Maus oder eine Grille. Aber sehr oft haben wir dann längst das Unsichtbare erhascht, das Unspürbare.

Was stellen wir mit dieser unschätzbaren Gabe an? Meistens gar nichts. Einer der größten Vorzüge daran, keine beherrschende Spezies zu sein, ist das Recht, seine Möglichkeiten nicht auszuleben.

Aber dies hier ist eine besonders wichtige Gelegenheit. Dies ist eine absichtliche Zusammenkunft, auf eine bestimmte Geistererscheinung gerichtet. Ich frage mich, warum Karma an der Wiederkehr eines Entfesselungskünstlers namens Houdini interessiert ist. Ich frage mich, welche Vision wir heute heraufbeschwören werden. Denn wir werden bestimmt etwas sehen. Die Frage ist nur, ob es auch uns sehen wird.

21

Der Horizont so . . . schwarz

Temple war an diesem Abend viel zu müde, um sich Gedanken wegen einer verdächtigten Person zu machen, selbst wenn Electra ihr Leben darauf verwetten wollte, daß ihre Bekannte unschuldig war. Lediglich Max' Verhältnis zu Gandolph beunruhigte Temple.

Wenn Molina das herausfände –! Sie schauderte. Und Max, professioneller Mysteriarch, der er nun einmal war, würde ihre lächerlichen Bemühungen ohnehin verächtlich abtun.

Der Schlaf kam über sie wie ein Vorschlaghammer.

Das Aufwachen ebenso.

Sie erwachte mit dem Gefühl, daß sie etwas verloren hatte oder daß es ihr gestohlen worden war. Im Schlafzimmer war es stockdunkel. Eine Hand an ihrem Oberarm hatte sie aufgeweckt.

»Schschsch«, hörte sie als nächstes, und dann legte sich ein Finger an ihrem Mund.

Sie biß hinein, fest und gefühlvoll.

Die folgenden unterdrückten, aber höchst kreativen obszönen Bemerkungen ließen über die Identität des Eindringlings keinen Zweifel zu.

»Wie bist du denn hereingekommen?« flüsterte Temple.

»Jemand hat eine der Türen zum Balkon offengelassen«, sagte Max. »Hast du so was eigentlich in deinem Selbstverteidigungskurs gelernt?« fügte er dann in dem beleidigten Tonfall eines Mannes hinzu, der gerade gebissen worden ist.

»Nein, das habe ich gelernt, als ich mit einem Brandstifter kämpfte. Und die Balkontür habe ich auch nicht offengelassen ... obwohl ich heute abend nicht mehr extra nachgeschaut habe.«

»Warum nicht?«

»Ich habe über den Hellseherkongreß im Oasis nachgedacht, wo die Polizei D'Arlene Hendrix abgeholt hat, um sie wegen Gandolphs Tod zu vernehmen. Beziehungsweise wegen des Mordes.«

»Die irren sich.« Max war so schockiert, daß er mit normaler Stimme sprach. »Ich glaube, wir können laut sprechen, außer uns ist doch keiner hier, oder? Ich hab natürlich noch nicht auf der anderen Seite des Bettes nachgeschaut.«

»Louie ist gerade nicht zu Hause«, sagte Temple mit fester Stimme. »Aber was die anderen Räume angeht, kann ich es natürlich nicht beschwören. Ich hab die Wohnung nicht durchsucht. Dazu war ich zu müde. Und du warst ja auch schon weg, als ich aus dem Wohnzimmer zurückgekommen bin. Max, was machst du eigentlich schon wieder hier? Ich dachte, du wolltest in Zukunft immer anklopfen.«

Ihre Augen kämpften gegen die Dunkelheit an. Sie spürte, wie sich das Bett bewegte, als Max sich erhob, und merkte, wie er sich auf leisen Sohlen zur Schlafzimmertür bewegte.

»Um diese Zeit kann man nicht anklopfen, fürchte ich. Ich schau mal nach, ob die Balkontür zu ist und sich niemand sonst in der Wohnung befindet. Und dann koche ich einen Kaffee, während du dich anziehst.«

Temple stöhnte auf. »Max, warum denn?«

»Ich möchte, daß du mit mir in ein Haus einbrichst.«

»In wessen Haus, um Himmels willen?«

»Meins.«

»Mensch, Kinsella, so lustige Sachen haben wir nie gemacht, als wir noch zusammen waren«, bemerkte Temple, als sie über einen Hahn der Bewässerungsanlage stolperte und mit dem Gesicht zuerst in das dicke, braunverwelkte Hundszahngras fiel.

»Beeil dich, der Mond leuchtet ziemlich hell.«

»Und so süße Dinge hast du mir damals auch nie gesagt«, fügte sie hinzu, während er sie mit einem Ruck auf die Füße zog.

Temple war sich nicht sicher, wo sie sich befanden – abgesehen davon, daß es eine elegante Vorstadtgegend war, mit Zaun und Einlaßgitter.

»Diese silbernen Tennisschuhe sind ja wirklich gefährlich.« Max' Tonfall klang beinahe haßerfüllt. Er war nie ein Kenner in Sachen Schuhwerk gewesen, also verteidigte Temple gar nicht erst ihre elegante Fußbekleidung.

Allerdings stellte sie fest, daß ihre Schuhspitzen bei jedem Schritt dem Mond zuzwinkerten.

Das Haus lag direkt vor ihnen – niedrig, breit ausgedehnt und mit schwarz gähnenden Fensteröffnungen. Max, dessen Kleidung genauso lichtschluckend dunkel war, lief gebeugt hinüber. Er kauerte sich an der Hauswand nieder, an der ein Hollywoodtwiststrauch spitze, immergrüne Arme in den Nachthimmel über jener Stadt reckte, die mit ihren Lichtern für permanente Morgendämmerung sorgte. Temple schlich ihm nach.

Als nächstes stemmte Max ein Fenster mit Kunstschmiedegitter auf, Augenblicke später stand es offen. Er kletterte zuerst hinein und lehnte sich dann wieder hinaus, um Temple hochzuziehen.

Sie ließ sich erschöpft im Zimmer auf den Boden fallen – glücklicherweise war der Teppich weich und dick.

»Warum mußt du denn in dein eigenes Haus einbrechen?« fragte sie zum dritten Mal an diesem Abend.

Diesmal antwortete er: »Es hat mir früher einmal gehört.«

Max schloß das Fenster wieder und durchquerte dann den dunklen Raum. Er schaltete eine Lampe auf einem Schreibtisch mit dünnen Louis-Soundso-Beinchen und lederner Arbeitsfläche ein.

»Warum sind wir dann eingebrochen?«

»Ich hab' meinen Schlüssel auf der Kommode liegenlassen.«

»Du hast noch anderen Besitz in Las Vegas gehabt und mir nie etwas davon erzählt?«

»Ich bin hier vor sechs Jahren ausgezogen. Damals habe ich es Gary überlassen.«

»Gary?«

Max setzte sich auf den Schreibtischstuhl und fuhr sich mit den Fingern durch die Haare. »Gandolph the Great, kürzlich verstorben, so heißt es in den Nachrichten. Paß mal auf, ich packe jetzt die Gelegenheit beim Schopfe und glaube einfach daran, daß du in derlei Dingen gut bist. Ich bin zu dicht dran. Die Polizei hat keine Sekunde getrödelt und dieses Haus durchsucht, aber ich hoffe, daß wir... daß du noch etwas anderes finden kannst.«

»Das hier ist der Schauplatz eines Verbrechens, von außen versiegelt und so weiter?«

»Technisch ja, aber die haben nur nach Beweisen gesucht. Es ist nicht der Ort, an dem der Mord stattgefunden hat.«

»Wir befinden uns hier also am polizeiversiegelten Ort eines Verbrechens?«

»Mach dir keine Sorgen, jedes Fenster ist zugezogen, und die Vorhänge sind alle von Verdunkelungsqualität. Ich habe sie selbst angebracht. Also, kannst du irgend etwas beisteuern?«

»Warum hast du mich das nicht als erstes gefragt? Dann hätte ich im Bett bleiben können.«

»Gehen wir also zurück.« Max stand auf und schaltete das Licht aus.

»Na ja, wo ich schon mal hier bin und meine Tennisschuhe ohnehin völlig versaut habe...«

Das Licht ging wieder an. »Wo sollen wir anfangen?«

Im Schein der Lampe hatte Temple zu einem Ledersofa mit Quasten gefunden und setzte sich darauf. »Am Anfang. Mit ein bißchen Hintergrundinformation über dieses Haus, Gandolph the Great und dich selbst.«

Sie sah den Anflug eines Lächelns über sein Gesicht huschen.

»Ich habe da aufgehört, wo ich vielleicht hätte anfangen sollen.« Er erhob sich und ging zu einer chinesischen Truhe an der Wand hinüber. Mit einem Griff öffnete er eine Tür mit Intarsienarbeit. »Einen Brandy?«

Temple schüttelte den Kopf. Nachdem er eine Minute lang herumgeklimpert hatte, brachte Max ihr trotzdem etwas: einen Whiskylikör in einem Glas aus geschliffenem Kristall in der Größe eines Schnapsglases. Ihre Zunge beschloß, daß ein Tropfen dieses kraftvollen Zeugs ihr ungefähr so lang reichen dürfte wie ein Hustenbonbon.

Max setzte sich aufs Sofa und tätschelte den Cognacschwenker, bis er den Brandy auf Trinktemperatur erwärmt hatte. Seine Hände waren immer unruhig, konnten nie stillhalten. Berufskrankheit. »Das ist ein charmantes Haus«, sagte er. »Ein bißchen konventionell, aber trotzdem recht nett.«

»Wie ich?« warf sie ein.

»Ich rede nicht von uns. Und auch nicht von jetzt oder von der jüngsten Vergangenheit. Darum hast du nicht gebeten. Ich rede von der Zeit vor sechs Jahren, und von der Zeit vor mehr als fünfzehn Jahren, als ich Gary kennengelernt habe. Gary Gandolph. Die Nachnamen von Zauberern verschwinden schneller als ihre Assistentinnen aus einem Schrank. Und zu den Zeiten, als Gary berühmt war, legten sich Zauberer verrückte Phantasienamen zu.«

»Wie zum Beispiel Houdini.«

Max hielt inne, um einen Schluck zu nehmen, und seufzte dann. »Wie Houdini. Garys Bühnenname war Gandolph the Great.«

»Stammte das aus diesem verflixten Buch, das alle außer mir gelesen haben?«

Max zuckte mit den Achseln. »Vielleicht. Ist auch egal. Eines immerhin weiß ich: Gandolph hatte ein sehr anständiges Programm. Nur hat er den Übergang zum Fernsehen nicht geschafft wie die neue Generation: Doug Henning, echter Name –

David Copperfield, falscher Name. Ist dir eigentlich je aufgefallen, daß alle Entertainer aus den siebziger Jahren ihre Künstlernamen von historischen literarischen Figuren geklaut haben? David Copperfield, Tom Jones, Engelbert Humperdinck, Jane Seymour.«

»Temple Barr«, fügte sie ironisch hinzu.

»Das ist zwar keiner, aber er würde einen sehr guten Künstlernamen abgeben.«

»Unbewußter Erkennungsfaktor«, stimmte Temple zu. »Die Titel von Romanen, ein Komponist aus dem neunzehnten Jahrhundert, eine Frau von Heinrich dem Achten. Ich hab immer davon geträumt, mir eines Tages ›Katharine Howard‹ als Phantasiekünstlernamen zuzulegen. Sie war auch eine von Heinrichs Ehefrauen, die den Kopf verloren hat. Außerdem klingt das so unglaublich britisch, RADA und so weiter.«

»Ich habe mich mal für die Royal Academy of Dramatic Art in London beworben«, bemerkte Max mit beinahe sehnsüchtiger Stimme.

»Tatsächlich? Hat man dich aufgenommen?«

»Ich war ein kleiner Punk von sechzehn Jahren. Zum Teufel, nein.«

Aha, dachte Temple, *noch ein Auslandsabenteuer im IRA-Sommer.* Ob sie es eines Tages wagen würde, ihn danach zu fragen?

»Wußtest du, daß es auf Lake Mead eine Temple Bar gibt?« fragte sie statt dessen.

»Nein!« Max' ernster Gesichtsausdruck hellte sich auf. »Ich habe nicht viel von der Gegend hier gesehen, außer dem Strip.«

Er blickte sich um. Gary hatte vor, sich zur Ruhe zu setzen. Ich sollte bald auf Tournee gehen, und das Haus hat vier Schlafzimmer, also habe ich es ihm vermietet. Es hat eine Geschichte.«

»Das haben alle Häuser. Selbst... unsere Wohnung hat eine Geschichte.«

Max beugte sich vor und begutachtete das Zimmer, als sei es ein Brandy, den er probieren wollte. »Es gehörte einmal Orson Welles.«

Temple richtete sich ungläubig auf.

»Was? Dem Weingutbesitzer aus dem Napa Valley?«

Dann schlug er die Augen nieder und nahm einen Schluck. »Wußtest du, daß die Polizei am Halloweenabend hierher gerufen wurde, und zwar *bevor* Gary ... Gandolph auf der Séance gestorben ist?«

»Nein. Woher weißt du das?«

»Das haben mir die Nachbarn erzählt. Ich habe den besorgten Vermieter von auswärts gespielt, der nach einem tragischen Ereignis sein Eigentum wieder an sich nimmt. Was ich ja auch bin.«

»Wird die Polizei nicht –?«

»Ich habe gefragt, nachdem sie heute morgen ihre Vernehmung in der Nachbarschaft durchgeführt hatten. Im Grunde haben sie mir damit einen Gefallen getan. Sie ebneten mir den Weg, indem sie den Tod bekanntgaben. Alle waren so schokkiert, daß sie sofort erzählt haben, was sie wußten.«

»Und warum hat man die Polizei hierher gerufen?«

»Stimmen. Die Nachbarn hörten aufgeregte Stimmen aus dem Haus.«

»Um welche Uhrzeit?«

»Zwischen Mitternacht und ein Uhr in der Früh.«

»Aber ... während der ganzen Zeit war Gandolph doch auf der Séance. Das Haus hätte also leer sein müssen, es sei denn, er hatte Familie.«

Max schüttelte den Kopf. »Er lebte allein. Hat in den anderen Schlafzimmern seine Zauberrequisiten untergebracht, zusammen mit meinen.«

»Erregte Stimmen ... die sich stritten?«

»Die jedenfalls laut genug waren, um die direkten Nachbarn aufzuwecken und zu stören. Du solltest wissen, Temple, daß die

Menschen in dieser Wohngegend sehr diskret sind. Die meisten sind Berühmtheiten, oder waren es jedenfalls einmal, so daß ihr Name vielen Leuten vertraut ist. Sie schätzen öffentliche Aufmerksamkeit nicht besonders, und alle schwören, daß sie es nicht waren, die die Polizei gerufen haben. Aber es ist nun einmal ein Einsatzwagen hergekommen und hat Nachforschungen angestellt. Vielleicht könnte deine Freundin Molina etwas Näheres über diesen Anruf herausbekommen.«

»Mhmmm. Die bearbeitet diesen Fall gar nicht.«

Max strich sich eine Haarsträhne aus der Stirn. Darunter lauerte eine zynisch angehobene Augenbraue. »Das dürfte dir ja gut gefallen.«

»Eigentlich nicht. Ich weiß es jetzt zu schätzen, daß ich früher kleine Informationshäppchen von Molina bekommen habe, während wir unsere verbalen Zweikämpfe ausfochten. Von Watts und Sacker bekomme ich gar nichts, obwohl sie sehr viel höflicher sind.«

»Vielleicht war Molina wesentlich stärker von deinem beachtlichen Charme beeindruckt, als du glaubst.«

»Nein. ›Unbeeindruckbar‹ wird eines Tages auf ihrem Grabstein stehen. Und wenn ich dir erzählen würde, was das C in dem C. R. bedeutet –«

Max formte mit seinen langen, beweglichen Fingern ein Zelt. »Erzähl es mir. In meiner Position ist es immer sinnvoll, Einsichten über die Mitglieder der örtlichen Gendarmerie zu haben.«

»Du hast keine Position, das ist doch der Ärger, du wirst vermißt! Und ›örtliche Gendarmerie‹ – also ehrlich, Max. Manchmal redest du so, als befändest du dich in einem Bühnenstück von Agatha Christie.«

»In meiner Jugend habe ich eine Weile im Ausland gelebt.«

»Ach, ich vergaß. Deine Tage bei Interpol.«

»Wir sind nicht hier, um uns gegenseitig alte Geschichten aus der Nase zu ziehen.«

»Ich werde mehr wissen müssen als bisher, wenn ich irgendein Licht auf Gandolphs Tod werfen soll.«

Temple schleckte einen weiteren Tropfen von dem Likör und genoß sein Feuer.

»Es ist also möglich, daß sich jemand hier aufhielt, während Gandolph auf der Séance war. Mehr als ein ›jemand‹, sonst hätte man keine ›Stimmen‹ gehört. Du hast dir doch den Laden schon angesehen – ist irgend etwas verändert worden?«

»Schwer zu sagen, es ist schon eine Weile her, seit ich meine Sachen gesehen habe. Aber... ja, die Zaubererrequisiten scheinen erheblich durcheinandergebracht worden zu sein.«

»Gandolphs? Oder deine?«

»Beide. Dir ist doch klar, daß die Ausrüstung eines Magiers als seine Betriebsmittel Tausende wert sind? Seine ganzen Berufsgeheimnisse – in ein paar Tischen und Schränken und Kisten zusammengeschnürt.«

»Du glaubst, jemand hat da nach etwas gesucht?« Temple setzte sich aufrechter hin. »Warum nimmst du eigentlich an, daß auch Gandolphs Sachen durcheinandergebracht worden sind? Warum nicht nur deine? Vor nicht allzu langer Zeit hat jemand bei mir nach dir gesucht, und zwar ziemlich intensiv. Warum sollte man jetzt nicht auch nach deiner Ausrüstung gesucht haben?«

»Glaubst du wirklich, diese Halbstarken, die dich verprügelt haben, wüßten, was sie mit einem Verwandlungsschrank anstellen sollen, wenn sie einen vor sich sehen?«

Temple lehnte sich zurück. »Nein. Und niemand hat überhaupt irgend etwas gesehen, dank deiner Verdunkelungsvorhänge. Hübsches Muster, übrigens.« Sie nickte zu den zinnoberfarbenen Brokatvorhängen hinüber, die mit roten und goldenen Paradiesvögeln bestickt waren.

»Das Haus ist im chinesischen Stil eingerichtet. Ich habe versucht, das zu respektieren.«

»Warum hat Welles dieses Haus verlassen, und wann?«

»1985, als er starb.«

»Er ist gestorben? Aber doch nicht hier?«

»Nein, in Los Angeles. Du wußtest nicht, daß er gestorben ist?«

»Ich muß den Nachruf verpaßt haben. Damals war ich noch im College und hatte im Wohnheim nicht immer Zugang zu einem Fernseher.« Temple beäugte das Zimmer mit neuer Besorgnis. »Und du hast das Haus dann gekauft?«

»Etwas später. Nach meiner ersten Erfolgswelle. Ich hatte immer das Gefühl gehabt, Orson Welles sei eine tragische Figur gewesen, aus der Bahn geworfen von seinem eigenen angsterregenden Talent und der Angst anderer vor dem wirklich Innovativen. Er war auch eine Art Zauberer, weißt du.«

»Nein, wußte ich nicht. Taugte er etwas?«

Max zuckte mit den Achseln. »Wie alle Amateure genoß er das Drumherum, hatte aber nicht die Grundlage, um wirklich originelle Effekte zu erzielen. Und ihm fehlte auch der Körper dafür.«

»Du meinst, er hatte *zuviel* Körper.«

»Trotzdem hat er eine ganze Menge erstaunlicher Effekte hinbekommen. Der große Orson schluckte Nadeln und Feuer, machte den Kistentausch mit Rita Hayworth, solange Harry Cohn das zuließ, hat hypnotisierte Hähne gepiesackt, eine Gewehrkugel mit den Zähnen gefangen und Hellsehertricks durchgeführt.«

Nur eines auf dieser exzentrischen Liste erregte Temples Aufmerksamkeit. »Hellsehertricks?«

»Angeblich hat er das früher tatsächlich gemacht, auf Tournee mit einer Show, um ein bißchen Geld zu verdienen. Aber er gab aus denselben Gründen auf, aus denen auch andere oft aufhören: Er hat sich selbst mit seiner Treffsicherheit erschreckt. Auch Houdini hat es mit Hellseherei versucht, als er am Anfang seiner Karriere sehr wenig Erfolg mit anderem hatte, und ist dann davor zurückgeschreckt.«

»Glaubst du, daß Welles ein Hellseher war?«

»Nicht im mindesten. Jeder, der kein Betrüger ist und mit Hellseherei herumspielt, erschrickt ganz fürchterlich. Die haben alle keine Ahnung, welche Rolle der Zufall im täglichen Leben spielt. Wenn ein paar von ihren Vorhersagen zutreffen, kriegen sie Panik, schmeißen den Turban in die Ecke und sehen zu, daß sie Land gewinnen.«

»Du glaubst überhaupt nicht an ein Leben nach dem Tod, oder an Mächte, die das Normale übersteigen?«

»Nein«, sagte Max, ohne zu zögern. »Jeder, der versucht, anderen so etwas zu erzählen, ist ein Betrüger.«

»Die meisten Religionen akzeptieren unerklärliche Ereignisse, die sie ›Wunder‹ nennen. Die meisten Religionen behaupten auch, es gäbe ein Leben nach dem Tode.«

»Ich wiederhole, jeder oder jede Institution, die versucht, einem anderen so etwas zu verkaufen, handelt betrügerisch.«

»Das Thema haben wir früher nie diskutiert. Ich habe immer angenommen, daß Zauberer sich am mysteriösen, am Unerklärlichen berauschen.«

»Das tun wir auch, aber nur in unserer eigenen Show. Professionelle Zauberer verabscheuen die merkwürdigen Seiten des Okkultismus. Wir wissen, daß die Heimsuchungen durch Geister und die steptanzenden Tische alle getrickst sind, und wir wissen auch, wie solche Tricks durchgeführt werden. Deswegen stellen viele Zauberer – aus Verärgerung darüber, daß ihre Kunst mißbraucht wird, um die Leichtgläubigen über den Tisch zu ziehen – ihre Dienste freiwillig zur Verfügung, um parapsychologischen Schnickschnack aufzudecken.«

»Worin unterscheidet sich das denn davon, dem Publikum Geld abzuknöpfen, damit es deinen Tricks zuschaut?«

»In erheblichen Dingen!« Max beugte sich vor, die Ellbogen auf den Knien, und gestikulierte mit dem mittlerweile leeren Brandyglas. »Wir Zauberer sagen ja vorher, daß wir Tricks vollführen. Wir geben zu, daß wir Entertainer sind. Wir spielen nicht mit der Vergangenheit der Leute und nicht mit ihrem Schmerz. Wir sprechen ihren Realitätssinn an, wir fordern sie öffentlich dazu heraus, uns dabei zu erwischen, wie wir sie hinters Licht führen. Hellseher und Medien hingegen behaupten, sie hätten höher ausgebildete Sensibilitäten. Sie nehmen Geld für nutzlose und lügnerische Information unter Vorspiegelung falscher Tatsachen. Sie lassen diesen Prozeß so lange andauern, wie ihr Opfer Geld hat. Sie stehlen den Leuten Zeit, nicht nur Geld. Es sind Taschendiebe der Seele. Sie sind ... verabscheuungswürdig.«

»Und Gandolph hat das genauso gesehen wie du?«

»Er war noch viel unerbittlicher.«

Temple lehnte sich zurück. »Hat er sich deswegen für die Séance verkleidet? Hatte er vor, einen oder alle Hellseher dort zu entlarven?«

»Ich weiß es nicht. Offensichtlich wollte er nicht erkannt werden. Vielleicht wollte er auch für ein Buch recherchieren. Die Zeit dazu hatte er ja jetzt. Aber es war offensichtlich ein Gag: eine öffentlichkeitswirksame Séance in einem Gespensterhaus mit angeschlossener Achterbahn, das war wirklich unter seiner Würde.«

»Er hat dir gegenüber nichts von dem Plan erzählt?«

Max runzelte die Stirn.

»Ich war nicht gerade der geliebte Hausgast, dessen Pantoffeln zum Wärmen vorm Kamin stehen. Ich komme ... und gehe wieder. Ich war nur hier, wenn ich mich zurückziehen wollte.«

»Also weißt du eigentlich nicht viel über Gandolphs Treiben, oder wie es ihm allgemein ging?«

»Nein.« Max' Stimme wurde bitter. »Ich hatte noch keine Zeit gefunden, mir seine Larifarivorhaben fürs Pensionärsdasein anzuhören. Schließlich gab es für mich selbst lebenswichtige Angelegenheiten, um die ich mich kümmern mußte.«

»Max, vielleicht ist er ja versehentlich umgebracht worden! Es war dunkel, neblig, und so beißend in diesem Séanceraum, daß man Tränen in den Augen hatte. Ich konnte kaum etwas sehen. Vielleicht war der Killer sehr menschlich und hat einen menschlichen Fehler begangen.

»Was ist dann mit den Stimmen, die hier gehört wurden?«

»Schall trägt weit. Das kann täuschen. Jemand läßt ein Fenster auf und einen Fernseher an ... Bingo, da hast du schon gespenstische Stimmen in der Nacht, die sich streiten.«

»Irgendwie habe ich das Gefühl, daß wir gerade die Rollen tauschen.«

»Wieso?«

»Du versuchst mich zu überreden, meinen grundlosen Verdacht sausenzulassen. Dabei könnten wir doch wenigstens die Räume durchsuchen. Vielleicht entdeckst du etwas, das mir überhaupt nichts sagt.«

»Weil ich Zauberertricks nicht verstehe?«

»Nein, weil du kein Interesse daran hast, irgendwo Mörder zu sehen, wo eigentlich nur Gespenster sind. Und dieses Haus ist jetzt in doppelter Hinsicht von Gespenstern heimgesucht.« Max blickte zu den dunklen Balken unter dem spitzen Dach empor. »Prima, daß ich nicht an Geister glaube.«

Temple fragte sich, was er mit »Geister« meinte: echte Gespenster oder Schnüffler? »Wo wirst du jetzt wohnen?« fragte sie, obwohl sie nur ungern dieses heikle Thema anging.

Max schien über ihre Frage erstaunt. Seine Augen öffneten sich weit, wie die von Midnight Louie, wenn er ein unerwartetes Geräusch hörte. »Natürlich hier.«

»Hier? Das geht doch jetzt nicht.«

»Warum? Das Haus gehört mir, wenn auch unter einem Firmennamen, aber meins ist es trotzdem noch.«

»Aber die Polizei ist doch hier gewesen und hat alles durchsucht.«

»Genau, Vergangenheitsform. Die haben bekommen, was sie wollten. Das beste Versteck ist immer das, wo schon jemand gesucht hat.«

Er schaute Temple listig an. »Hattest du schon Angst, du müßtest großzügig werden und mir ein Obdach im Circle Ritz bieten?«

»Nein! Daran hatte ich überhaupt nicht gedacht. Ich habe mich nur gefragt, wieviel Verstecke du in Las Vegas noch hast.«

»Ungefähr so viele, wie es Neonröhren am Strip gibt.«

»Verstehe. Und vermutlich soll ich die Geschichte mal wieder auflösen, während du weiterhin dein gewohntes mysteriöses Spielchen spielst.«

»Wie üblich bist du von unglaublicher Auffassungsgabe.« Max machte eine Verbeugung und nahm dann mit einer ausladenden Geste seiner linken Hand eine speisetellergroße Papierrose aus der Luft.

Temple lachte, wie sie es immer tat, und nahm die Rose an. Papierrosen mußte man nicht pflegen, anders als Beziehungen.

»Ich schau' mir das Haus mal an«, gestand sie ihm zu und erhob sich.

Max sprang auf die Füße, um sie herumzuführen.

Er hatte die Wahrheit gesagt: Das Haus war zwar kein Schloß, aber groß, geräumig und voller Zaubererzubehör.

Selbst das Gästezimmer, in dem ein massiges und kostbares Opiumbett stand, war ansonsten mit bemalten Schränken und Kisten und Tischen aller Arten zugestellt.

»Du hast das Haus möbliert vermietet?« fragte Temple.

»Wenn du mich damit fragst, ob die Opiumliege mir gehört – ja. Ich habe sogar schon einmal darin geschlafen und mich gefühlt wie ein Kaiser, der sehr teure Träume genießt.«

Temple beäugte etwas zweifelnd das weich gepolsterte Möbel.

»Da drin mußt du doch Alpträume gehabt haben.«

»Noch nicht«, sagte Max mit einem schwer zu deutenden Lächeln.

Temple ging weiter den Flur hinunter. Die anderen beiden Schlafzimmer erinnerten an Lagerräume, so vollgestellt waren sie mit ungenutzten Möbeln und Magierrequisiten.

Das vierte Schlafzimmer befand sich auf der gegenüberliegenden Seite des Hauses und war ordentlich aufgeräumt, nur ein schwarzer Futon lag auf den Dielen, daneben stand ein niedriger, geschnitzter zinnoberroter Tisch mit einer Mingvase voller Papierrosen.

»Ist das echt?« fragte Temple.

»Die Blumen?«

»Die Vase.«

»Kein Kommentar«, sagte Max und gab damit alles zu.

»Ich hoffe wirklich, daß Molina dich nicht in die Finger bekommt«, sagte Temple in gespielter Drohung. »Du würdest zerbrechen wie Tangporzellan.«

»Vielleicht auch nicht.« Max' Lächeln war geheimnisvoll, und Temple ärgerte sich.

Sie gingen wieder durch den Korridor, und ihr fiel auf, daß weder Max noch sie Schuhe trugen, die auf den Dielen ein Geräusch machten. Er aus Gewohnheit, sie auf seine Bitte hin.

Sie hielt abermals an Gandolphs Schlafzimmertür inne, die Hand am Türrahmen.

Es war nicht nur die Tatsache, daß der Bewohner dieses Zimmers tot war, die sie am Eingang verharren ließ. Irgend etwas an der Einrichtung – wenn man diese Unordnung überhaupt so bezeichnen konnte – störte sie, wirkte unpassend.

»Wo schließt er denn seinen Computer an, wenn er ihn benutzt?«

»Da drüben –«

Er marschierte geradewegs in den Raum hinein, als würden keine alten Gespenster die Schwelle bewachen. Temple folgte ihm, wobei sie im stillen eine Entschuldigung gegenüber Gary und Orson vorbrachte.

Max stand an dem kleinen Computertisch. Den großen, hellen Stecker hielt er in seiner Hand. »Er hat den Computer doch immer eingestöpselt gelassen, da drüben an der Wand! Was macht der Tisch überhaupt hier? Es sieht so aus, als sei er einfach aus dem Weg geschoben worden.«

»Laß ihn uns doch mal anschließen.«

Max und Temple schoben das Gerät gemeinsam wieder an die Wand.

Nachdem Temple den Stecker in die Dose gesteckt hatte, kniete sie sich vor den Computertisch und startete das Gerät. Max beugte sich über sie und starrte auf den Bildschirm.

WordPerfect baute sich auf, doch Temple verließ das Programm, um den Datei-Manager aufzurufen. Der blaue Bildschirm wurde schwarz, und dann erschien das Programm wie von Zauberhand, wie ein guter Geist aus der Flasche.

»Großartig«, murmelte Max.

Temple sah sich die Verzeichnisbäume an, suchte nach irgendwelchen interessanten Namen.

»Es sieht tatsächlich so aus, als hätte er an einem Buch gearbeitet. Schau mal, es gibt ein Verzeichnis namens ›Bio‹.«

»Biologie?«

»›Biographie‹ ist wohl wahrscheinlicher.« Temple beendete das Programm, ging zurück zu WordPerfect und klickte das Verzeichnis »Bio« an.

Eine ganze Latte von Dateien rollte über den Bildschirm.

»Reicht das für ein Buch?« fragte Max.

»Aber sicher.« Temple kam sich vor wie ein Schlüssellochgukker im Computerzeitalter, als sie aufgeregt die Datei bio12.doc öffnete.

»Er hat ein Exposé geschrieben«, sagte Max leise. »Er hat die bekanntesten Hellseher der Gegenwart dokumentiert. Er muß Jahre damit verbracht haben, Daten zu sammeln – und schau mal da oben: ›Als Edwina Mayfair‹. Er hat diese Identität benutzt. Aber –«

»Aber was ist mit der richtigen Edwina Mayfair?«

»Was ist, wenn es nie eine Edwina Mayfair gegeben hat?«

Max Augen wurden im gespenstischen Licht des Computerbildschirms schmal. Wenn seine Augen schmal wurden, wurde ihr Grün intensiver, und meistens wurde Temple dann auch intensiver.

»Du meinst, er hat Edwina Mayfair aus dem Nichts geschaffen?«

»Kein ordentlicher Hellseher – laß es mich anders formulieren: Kein Hellseher bei Sinnen würde einen abgehalfterten Zauberer zu einer Sitzung zulassen, aber wenn es sich bei dem Besucher um eine Kollegin handelt . . .«

Temple hatte auf der Tastatur herumgehauen, hatte andere Verzeichnisse aufgerufen. Sie suchte nach brauchbarem Beweismaterial: Zahlen und Daten. »Die Dateien sind teilweise drei Jahre alt, und es ist ein ziemlich neues Gerät. Wahrscheinlich hatte er eine Menge Daten auch auf Diskette gespeichert.«

»Es ist mir wirklich ein Rätsel, wie du das alles mit diesen Fingernägeln machst«, bemerkte Max.

»Jetzt paß doch mal auf! Ich sagte gerade, daß das hier riesige Dateien sind, sowohl was Anzahl als auch Umfang betrifft. Gandolph hat *Krieg und Frieden* geschrieben, was das Entlarven von Hellsehern angeht.«

»Mit langen russischen Namen und dem ganzen Zeug?«

»Mit Namen, Daten, Orten und . . . einer Photodokumentation, steht hier.«

»Photos?«

»Ich vermute, eine Infrarotkamera, verborgen . . . in . . . sagen wir, in einem großen Hut . . .«

»Oder einem selbigen Busen.«

» – hätte eine Menge aufnehmen können.«

»Na ja, dann haben wir jetzt das Motiv.«

»Vielleicht.« Temple schaute sich im Zimmer um. »Ich sehe

keine Leerdisketten herumliegen. Ich sehe überhaupt keine Disketten.«

»Geklaut?«

»Kann sein. Kann sein, daß Gandolph der modernen Technologie blind vertraut hat. Vielleicht hat er seine Sachen nicht noch einmal gesichert.« Temple stand auf. »Na ja. Ich schlage vor, daß du gleich morgen früh losgehst und einen Jahresvorrat an Dreikommafünfzoll, einskommavierundvierzig Megabyte, hundertfünfunddreißig Tehpehiieh Disketten besorgst. Dann setzt du dich hier hin und sicherst alles, was in den Verzeichnissen ist, ehe jemand anderes an diesem Computer herumfummeln kann.«

Max blickte von einem Zettel auf, auf den er alles hastig mitgeschrieben hatte. »Das klingt ja ziemlich ... mühsam.«

»Hast du geglaubt, die Arbeit eines Detektivs wäre das reine Zuckerschlecken? Schwarze Designerklamotten und ein bißchen herumschleichen?«

»Ich bin mir nicht sicher, ob ich dieses Verzeichnis noch einmal finden werde, Temple.«

»Ich schreibe dir den Pfad auf«, bot sie an, »sobald du mich nach Hause gebracht hast.«

22

Mittendrin

Mit der eindrucksvollen Schlagzeile: HELLSEHERIN WEGEN TODESFALL BEI HALLOWEEN-SÉANCE VERNOMMEN schrie am nächsten Morgen das *Las Vegas Review Journal* alle Erkenntnisse auf der ersten Seite heraus.

Also hatte die Polizei nichts davon verlauten lassen, daß das Opfer verkleidet gewesen war.

Louie hatte sich genau auf den Teilen der Zeitung breitgemacht, die Temple noch nicht gelesen hatte – eine seiner weniger angenehmen Gewohnheiten. Diesmal hatte sie keine Geduld, nicht bei dem Schlafmangel der letzten achtundvierzig Stunden. Sie zog alle Seiten unter ihm weg.

»Du hast wirklich Glück, daß ich gestern abend überhaupt nach Hause gekommen bin«, sagte sie zu der Katze. »Und du hast Glück, daß niemand anderes auf deiner Seite des Bettes geschlafen hat.«

Das alles stimmte natürlich nicht. Aber wenn man schon ein Haustier nicht anlügen konnte, wen dann? Temple hatte keineswegs vorgehabt, Max zum Bleiben aufzufordern, nachdem er sie sicher und heimlich wieder nach Hause gebracht hatte. Und er wollte auch gar nicht bleiben, sondern hatte sich gleich wieder verabschiedet und irgend etwas von Computerläden gebrummelt, die die ganze Nacht über aufhatten.

Temple lächelte. Man stelle sich vor, wie Max den ganzen Tag lang wie ein Eremit eingesperrt war und Dateien auf Disketten kopierte! Sie hingegen war frei, da ihre Arbeitgeber sie ermuntert hatten, im Namen der Wissenschaft die äußeren Grenzen des Paranormalen zu untersuchen. Sie konnte tun und lassen, was sie wollte. Nur, was war es noch gleich?

Wie als Antwort auf ihre Gedanken klingelte es an der Tür. Temple warf sich eilig etwas über. In der Zwischenzeit machte Midnight Louie eine große Show daraus, jede verdammte Seite der Zeitung wieder als Lagerstatt zurückzuerobern.

An der Tür wartete Electra. Sie erweckte den Eindruck verhaltener Aufregung. »Eine Frage: Kommen Sie heute abend zur Séance?«

»Welche Séance schon wieder? Hat Ihnen die erste nicht gereicht?«

Electra schüttelte ihre weichen, heute magentarot gesprühten Locken. »Ganz im Gegenteil. Die erste verlangt nach einer zweiten, etwas privateren. Ich werde sie heute abend bei mir in der Wohnung abhalten.«

»Bei Ihnen in der Wohung? Ist das nicht eine Art Allerheiligstes? Ich habe gehört, noch nicht einmal ein Klempner hätte dort Zutritt.«

»Ich lebe durchaus gerne zurückgezogen, und genau deswegen ist meine Wohnung der ideale Ort. Sie ist noch nicht entweiht worden. Ich kann Ihnen versprechen, daß kein Kameramann und kein Crawford Buchanan dort sein werden. Nur wahre Gläubige und lange erprobte Medien. Und natürlich Sie, Liebes, wenn Sie Lust haben, dabei zu sein.«

»Warum wird denn für mich eine Ausnahmeregelung gemacht?«

Electra sah angestrengt auf den geblümten Teppich, als ob dort etwas Großes, Totes und Insektenähnliches läge. »Ihre hervorragenden Erfahrungen in Sachen Mordfälle. Wir sind der Meinung, daß Sie in diesem Bereich über außerordentliche und noch nicht ausgeschöpfte Fähigkeiten verfügen.«

»Ich bin zu einer potentiellen Hellseherin befördert worden? Da wird es Lieutenant Molina aber leid tun, daß sie bei früheren Fällen meine Hilfe abgelehnt hat!«

»Jetzt seien Sie nicht so sarkastisch, Temple. Das beleidigt die Geister.«

»Warum laden Sie nicht auch Max ein? Er ist doch schließlich Experte, was Zauberdinge angeht.«

Electras Schaudern ließ die riesigen Paradiesvogelblumen auf ihrem Muumuu so heftig hin und her schwanken, als herrsche eine Brise. »Das ist genau der Typ, den wir absolut *nicht* dabeihaben wollen! Einer dieser ekligen Zauberer, die immer alle Bemühungen, mit der Geisterwelt in Kontakt zu treten, schlechtmachen. Ein Spielverderber.«

»Genau wie Houdini«, bemerkte Temple.

»Genau! Anders als die Polizei bin ich aber davon überzeugt, daß es Houdini war: Er ist der Verbrecher, der Mörder.«

»Wie nett von ihm, daß er ganze siebzig Jahre bis nach seinem Tod gewartet hat, um schließlich seine Mordgelüste auszuleben.«

»Nettigkeit hat nichts damit zu tun. Es geht hier um Motiv und Gelegenheit«, widersprach Electra und verdrehte ihre Augen. »Houdini hat Medien gehaßt, sie verabscheut! Jetzt hatte er eine Chance, diese tiefsten Gefühle auszudrücken und gleichzeitig einer Strafe zu entgehen. Verstehen Sie die teuflisch schlaue Psychologie dahinter? Okay, er ist zurückgekommen, aber nur, um einen Hellseher umzubringen. Das wäre der tollkühnste Fluchttrick mit doppeltem Boden aller Zeiten: erst dem Jenseits lange genug entkommen, um sich selbst stofflich zu manifestieren, und dann einen anderen in das Jenseits zu holen – und zwar ein verabscheutes Medium.«

»Aber Gandolph war kein Medium, das ist doch gerade der Punkt! Er war auch nur eine Art Houdini, der vermutlich losgezogen ist, um die Künstlichkeit im Herzen jener Finsternis zu offenbaren. Niemals würde Houdini so jemanden umbringen.«

»Mag ja sein, aber Houdini wußte nicht, daß sein Opfer der verkleidetete Gandolph war.«

»Wenn Houdini gestorben ist und siebzig Jahre lang im Jenseits herumgesessen und dabei seine Daumenschrauben gedreht hat oder seine Handschellen oder was auch immer – «

»Sieben und zehn. Sieben ist eine höchst bedeutsame Zahl in mystischen Kreisen.«

»Na ja, jedenfalls, wenn er nach sieben Dekaden zurückkehrt, um einen Mord zu begehen, dann müßte er doch eigentlich genau wissen, wen er umlegen will.«

»Nur weil man tot ist, wird man noch lange nicht allwissend, Liebes. Es ist genau die Art von tragischem Fehler, der jedem unterlaufen könnte. Gandolph hat ja durchaus überzeugend eine Frau dargestellt – als würde er dieses Spielchen schon seit Jahren spielen. Selbst Sie waren doch in die Irre geführt, und dabei haben Sie direkt neben ihm gesessen. Sie haben ja sogar mit ihm Händchen gehalten.«

»Handschuhchen«, korrigierte Temple. »Er trug Handschuhe, und das war ja auch richtig so. Aber was ist eigentlich mit der anderen Erscheinung, diesem armen Kid, das durch das Fenster des Schokoladenladens schaut?«

»Ach, das.« Electra tat die drei Gesichter des Jedermann mit einer vagen Handbewegung ab. »Wir glauben, daß das eine symbolische Manifestation von Houdinis Haß auf Medien war. Jedesmal, wenn diese Figur erschien, war sie älter und größer geworden. Verstehen Sie, das ist metaphorisch.«

»Immer älter und größer. Hmmm. Klingt eher wie die Verwandlung von Midnight Louie seit seiner Ankunft im Circle Ritz.«

»Neun Uhr heute abend«, sagte Electra mit einem mahnenden Zeigefinger.

Dann eilte sie den Flur hinunter.

Natürlich würde Temple hingehen, und sei es nur, um sich noch einmal die Hellseher in Aktion anzuschauen. Wenn nicht die Hand Gottes oder Houdini Gary »Gandolph« Randolph umgebracht hatten, dann war es vielleicht jemand anderes am

Tisch gewesen. Und außerdem war Temple sehr daran interessiert, Electras Bude einmal von innen kennenzulernen. Temple hatte eine Vorahnung – schließlich waren ihr ja gerade hellseherische Fähigkeiten attestiert worden –, daß es wichtige Gründe gab, warum die Séance in Electras Wohnung abgehalten werden sollte. In gewisser Hinsicht wünschte sie sich, Max könnte dabeisein. Er würde bestimmt wissen, was echt bei einer Séance war und was nicht.

Darüber hinaus gab es allerdings noch eine andere Methode, dies herauszubekommen. Warum fragte sie nicht einfach die Genies, die sich die Special-effects ausgedacht hatten?

Sechs Laster standen hintereinander vor dem Hell-o-ween Haunted Homestead, als Temple ihren *Storm* im bedrohlichen Schatten der riesigen Trucks parkte. Deren bodygebuildete Reifen waren so hoch wie ihr ganzes Auto.

Sie wußte, daß Bühnenarbeiter und die Roadies von Rockbands Bühnenaufbauten innerhalb kürzester Zeit wieder abschlagen konnten, aber sie hatte nicht erwartet, daß sie das Gespensterhaus jetzt schon von allen guten Geistern und Guhls verlassen vorfinden würde.

»Sind die Leute, die dieses Haus aufgebaut haben, noch da?« fragte sie den ersten vorbeieilenden Arbeiter, den sie aufhalten konnte. Der Arbeiter entpuppte sich bei näherem Hinsehen als Arbeiterin, als muskulöse Frau in Jeansblaumann und mit straßenköterblonden Haaren, die unter einem orangefarbenen Bauhelm zu einem Unisexpferdeschwanz zusammengebunden worden waren.

»Ja, aber ohne Kopfbedeckung dürfen Sie hier nicht rein.«

»Zeigen Sie mir doch bitte die Mannschaft von den Special-effects.«

»Die Jungs da drüben in den engen Klamotten.« Die Frau zeigte auf ein Trio, das aussah wie eine Rockband kurz nach dem Auftritt.

Temple gesellte sich zu ihnen.

»Erlaubt Ihnen die Polizei eigentlich, auch den Séanceraum zu zerstückeln?«

»Zerstückeln – cooler Ausdruck.« Der mit der Spinnennetztätowierung über der einen Gesichtshälfte schüttelte den Kopf. »Nö. Wir nehmen dieses Liftzimmer nie auseinander, das ist unser Mittelstück. Die Polizei hat sich nicht viel draus gemacht. Warum fragen Sie?«

»Ich bin an Ihren Tricks und Ihrer Technik interessiert. Ich vertrete ein Hotel am Strip –«

»Ein Hotel am Strip?« Jetzt lächelte sogar das Spinnennetz des Typen. »Hast du das gehört, Crash? Sieht ganz so aus, als hätte dieser plötzliche Todesfall unserem Unternehmen doch nichts anhaben können.«

Crash war von bulliger Statur, fleischig und an allen sichtbaren Hautfalten gepierct.

»Ihr habt das alles selbst entworfen? Die Hologramme? Und alles andere auch?«

Mit Schmeicheleien kommt man immer an Informationen.

»Klar.«

»Das ist doch noch gar nichts! Wollen Sie mal was wirklich Abgefahrenes sehe? Da müßten Sie mal in unser Studio kommen.«

»Wahnsinnig gerne, aber was ich unbedingt jetzt schon rauskriegen muß, ist das, was die Geldsäcke im Hotel wissen wollen.«

»Ach ja?«

»Habt ihr, na ja, Sie wissen schon, die Effects der Séance schärfer gestellt, um alles ein bißchen aufzupeppen, wo doch *Hot Heads* da war? Ich hab' gehört, diese schrecklichen Waffen und ein paar uneingeladene Geister sollen da richtig ins Schwitzen gekommen sein.«

»Nö.« Alle drei wehrten diese Unterstellung mit schmutzigen Händen ab.

Auf zweien, so bemerkte Temple, waren die Knöchel mit den Worten »Dweeb« und »Dreck« tätowiert. Sie fragte sich, ob das wohl Spitznamen waren. Crash, Dweeb and Dreck Productions Ltd. hatte zumindest einen gewissen rauhen Charme.

»Wir haben noch nicht eine einzige Zeituhr angerührt«, sagte Crash.

»In Wahrheit«, fügte Dweeb hinzu und kratzte sich mit seinen dreckigen Fingernägeln am Kopf, »war unser Zeug selbst total durcheinander. Diese Geister müssen mit unserem Kontrollschaltkreislauf rumgespielt haben, als sei es ein Hackbrett, das kann ich Ihnen sagen. Und das haben wir auch der Polizei gesagt.«

»Und was hat die Polizei geantwortet?«

»Nix.« Dreck nahm einen Schluck aus einer Dose Gatorade. »Die Polizei glaubt, wir wären Punks.«

»Sind wir ja auch«, sagte Dweeb sofort. »Aber das heißt noch lange nicht, daß wir nicht eine großartige Show für Ihr Hotel zusammenstellen können, Lady.« Crash, ganz alerter Verkäufer, fügte noch eine Einladung hinzu, die man kaum abschlagen konnte. »Kommen Sie doch mal zu uns ins Studio, und wir erschrecken Sie so gewaltig, daß Ihnen die Fußnägel hochklappen.«

»Wo ist denn Ihr Studio?«

»In North Las Vegas.«

»Und Sie haben diese Geisterhäuser gemacht, seit –?«

»Seit wir in der High-School waren«, sagte Dreck.

»Und das war –?«

Crash zuckte mit seinen Schultern, die so mächtig waren wie die eines Polarbären. »Vor ein paar Jahren.«

»Vielen Dank, ich werde euch auf jeden Fall in Erinnerung behalten.«

Temple schlich mit diesem sehr vagen Versprechen hinaus und gelangte in einen Strom stöhnender Arbeiter, die durchaus geneigt schienen, sie mit ihren schweren Ausrüstungsgegenständen wie einen Käfer zu zerquetschen.

Als mörderische Monteure waren Crash, Dweeb und Dreck genauso tatverdächtig wie Grumpy, Doc und Dopey von den sieben Zwergen. Aber es war natürlich durchaus möglich, daß sie sich von ihrer »Kunst« dazu hatten verführen lassen, irgendeinen bösartigen Unsinn zu treiben.

Nun denn, Temple mußte einfach noch weiterforschen. Und vielleicht würde sich Electras geheimnisvolle, hausgemachte Séance als ergiebiger erweisen als jede Darbietung in diesem Geisterhaus.

23

Das Ende vom Lied

Matt wollte schon dreimal fast wieder auflegen, nach jedem vergeblichen Klingelzeichen. Die Ironie, daß ein Telefonseelsorger so ängstlich war, wenn er eigene Anrufe tätigen mußte, fiel ihm durchaus auf.

Vermutlich war diejenige, die er anrief, zu dieser nachtschlafenden Zeit nicht zu erreichen, aber er mußte es einfach jetzt versuchen.

Endlich antwortete eine Stimme, eine Frauenstimme. Aber nicht die, die er sprechen wollte.

»Ich versuche, Lieutenant Molina zu erreichen.«

»Handelt es sich um einen Notfall?«

»Nein. Ich habe nur eine Information.«

»Können Sie morgen während der Bürozeiten noch einmal anrufen?«

»Nicht vor Mittag.«

»Eine Minute.«

Sie war weg, und Matt fragte sich, ob man den Anruf zurückverfolgte. Er wußte, daß das Gespräch aufgenommen wurde.

»Ihr Name?«

Er nannte ihn. Nannte Adresse, Bürotelefon, Privatnummer. Als es um sein eigentliches Anliegen ging, sagte er einfach: »Cliff Effinger.«

Nachdem er aufgelegt hatte, fühlte er sich vollkommen ausgelaugt. Er spürte plötzlich Mitleid mit den Menschen, die bei ConTact anriefen. Menschen, die kurz vor dem Zusammenbruch standen, unsichere Menschen. Menschen, die auf Hilfe hofften. Verlorene Menschen.

Seine Hände waren klamm. Wie schwierig Telefonate sein konnten, wußte nur ein ConTact-Veteran – oder einer, der schon einmal bei der Polizei angerufen hatte.

»Kalt draußen«, bemerkte eine Stimme hinter seiner Schulter. »Einen Schluck Kaffee?«

Er drehte sich um. Sheila lächelte ihn an, hilfreich, hoffnungsvoll. Dampf erhob sich wie Rauchsignale von dem Becher in ihrer Hand.

»Irgend etwas stört dich«, sagte Sie ziemlich treffend, schließlich war sie auch Seelsorgerin bei einer Hotline.

Er dachte an all die brüsken Abwehrreaktionen, die eine derartige Bemerkung in den Telefonaten bei ConTact sofort auslöste. *»Nein. Ich brauche nichts. Ich habe nur zufällig angerufen. Sie können mir nicht helfen. Nun helfen Sie mir doch!«*

»Ja.« Matt legte seine eisigen Finger um den heißen Keramikbecher. »Viel zu kalt für die Jahreszeit.«

»Das ist ja gerade das dumme. Es *ist* jetzt die Jahreszeit für Kälte. Selbst Las Vegas muß ein bißchen Herbst und Winter ertragen.« Bei diesem Gesicht, dieser Stimme konnte selbst ihr Lächeln nichts mehr ausrichten.

»Es ist Halloween. Um diese Zeit kann die Temperatur nachts schon mal in den Keller gehen.«

Er nickte und zuckte dann zusammen, als das Telefon klingelte.

»Du hast immer noch Pause, soll ich rangehen?«

»Nein, ich mach' das schon.« Er stellte sich vor, daß Lieutenant C. R. Molina irgendwo ihren Feierabend genoß und nur darauf wartete, von ihm angerufen zu werden. »Hallo.«

»Molina.«

Sie klang genauso offiziell, als sei sie gerade aus einem Streifenwagen ausgestiegen. Matt fragte sich, wo sie war, was sie trug, und ob ihre Tochter irgendwo in der Nähe war.

»Was ist mit Cliff Effinger?«

Er konnte es sich leisten, gemütlich herumzuspekulieren, sie nicht. Sie ging geradewegs auf das Ziel zu. Der Anruf, der Name, worum es ging. Matt konnte sie jederzeit rumkriegen, indem er nur diesen einen magischen Namen nannte. Ein toter Mann, ein Zusammenhang mit einem anderen Toten, und beide hatten sie etwas mit einem vermißten Magier zu tun, der jetzt von den Toten zurückgekehrt war.

»Ich glaube, ich hab' ihn gesehen.«

»Im Leichenschauhaus? Sie sind sich jetzt sicher, daß er es war?«

»Nein, ich bin weniger überzeugt denn je. Ich glaube, ich habe ihn auf der Straße gesehen, gerade eben.«

»Gerade eben? Wo?«

»Heute abend. Vor drei Stunden, als er an der Sahara den Strip überquert hat.«

Ein anklagendes Schweigen. »Warum rufen Sie mich dann jetzt erst an?«

»Ich ... war mir nicht sicher. Er sieht anders aus. Aber der Gang. Ich kenne niemand anderen, der so geht.«

»Der Gang.«

»Ich weiß, es klingt – «

»Es klingt ... als sei dieser Mann, wer auch immer er war, schon längst nicht mehr an der Ecke Las Vegas Boulevard und Sahara. Warum rufen Sie mich denn jetzt noch an?«

Jetzt noch steckte voller Anklage: Ich bin alleinerziehende Mutter, lag darin, ich habe jetzt Feierabend. Man sollte mir keine falschen Hoffnungen machen, die brauche ich genausowenig wie einer Ihrer lächerlichen Anrufer.

»Ich möchte wissen, was Sie wissen wollen, was Sie erwarten würden, wenn er noch lebendig wäre und sich in Las Vegas befände.«

Sie lachte, aber es war kein humorvolles Lachen.

»Fingerabdrücke. Jagen Sie den Typen und legen Sie seine Finger um ein schönes sauberes Glas Wasser, wie in *Bei Anruf Mord*. Oder fliegen Sie zurück nach Chicago und graben Sie dort ein paar Proben aus, weil die Führerscheinbehörde dort, genau wie die hiesige, keine Abdrücke hat, und die Schulen haben keine, die Armee hat keine, und derzeit, Mr. Devine, habe ich auch keine. Die Art eines Ganges bringt uns in einem Gerichtsprozeß nicht sehr viel weiter. Fröhliches Halloween, kann ich da nur sagen.« Sie legte auf.

Er starrte den Becher an, der in seinen Händen langsam abkühlte. Jetzt war ihm ganz und gar warm. Vor Scham und noch aus einem anderen Grund. Vor Wut. *Gott verdammt noch mal*, und diese Worte meinte er so ernst, wie andere Leute sie wohl nur selten meinen, denn er wußte schließlich, was – wen – er gesehen hatte.

Er würde diesen Geist auf eigene Faust aufspüren müssen.

24

An alle Katzen …

Temple war schrecklich aufgeregt. Das mußte sie zugeben, zumindest gegenüber sich selbst, und sie war schließlich die vertrauenswürdigste Person, die sie kannte.

Sie zögerte im Korridor vor Electras Wohnung und fragte sich, wer außer ihrer Gastgeberin wohl noch dort drin war. Auf keinen Fall die widerwärtige Mynah. Vielleicht die arme D'Arlene Hendrix, gerade zurück von ihrer Vernehmung im Polizeihauptquartier. Zumindest würde Temple sich mit ihr darüber unterhalten können und ihr Mitleid anbieten!

Und wahrscheinlich der Professor. Agatha Welk nur eventuell – ein bißchen zerbrechlich für Electras Geschmack, dachte Temple. Keinesfalls Oscar Grant. Und auch nicht Crawford Buchanan. Kein Max, leider. Aber … vielleicht Matt?

Temple seufzte, senkte die Schultern und klingelte. Das konnte ja heiter werden.

Es dauerte natürlich ewig, bis sich die Tür öffnete, und dann auch nur gerade weit genug, daß man knapp hindurchgehen konnte, trotz des vergrößernden Spions, der in alle Wohnungstüren eingebaut war.

Electra linste hervor, und ihr Haar war in einem Zustand, den Temple noch nie zuvor gesehen hatte: verborgen.

Der entsprechende Verbergungsmechanismus war allerdings noch auffälliger als Electras Arsenal von auswaschbaren Haarfärbemitteln. Es war ein Schal aus Goldlamé, gesteckt wie der Kopfputz eines ägyptischen Pharaos.

Electra warf einen mißtrauischen Blick nach rechts und links, ehe sie Temple hereinließ. »Niemand ist Ihnen gefolgt?«

»Nee. Louie liegt gemütlich unten auf meinem Bett.«

Electra nickte ernst.

Jetzt schon im Geist des Abends gefangen, konnte Temple es kaum erwarten, endlich einmal in das Herz der Finsternis einzudringen. Bereits vom Flur aus konnte sie das Licht eines riesigen grünen Balls auf Electras uraltem Fernseher glänzen sehen.

Electra wandte sich um und führte sie in ihr innerstes Heiligtum.

»Funktioniert der wirklich?« Temple konnte sich diese begeisterte Frage nicht verkneifen, als sie in dem großen Zimmer angekommen waren.

Electra sah zum Fernseher hinüber, auf dem etwas stand, das einem riesigen grünen Glasturban ähnelte.

»Bestens.«

»Wirklich? Sie empfangen heutige Signale ohne irgendwelche Schwierigkeiten?«

»Heutige, alte, alles, was das Herz begehrt.«

»Sogar Kabel-TV?«

Electra runzelte die Stirn. »Kabel? Sie meinen ›Gable‹ wie Clark Gable? An berühmten Geistern habe ich mich noch nie versucht, Liebes. Natürlich hat mich das schon mal gereizt, aber ich finde es ein bißchen amateurhaft, wenn Sie verstehen, was ich meine.«

Sie hob die grüne Kristallkugel an ihrem dekorierten Messingfuß in die Höhe. »Räumen Sie doch bitte mal den Tisch frei, dann setzen wir uns gleich hin und fangen mit der Arbeit an.«

Temple räumte gehorsam ein paar alternative Gesundheitszeitschriften beiseite, eine Ausgabe von *Modern Maturity* und ... einen Wäschekatalog von Frederick's of Hollywood.

Na ja, immerhin konnte sie hier etwas lernen, wenn auch bislang noch nichts Übersinnliches.

»Setzen Sie sich«, sagte Electra und strahlte, als würde sie einen Lieblingspekinesen abrichten.

Temple gehorchte. »Das war's, Electra? Nur wir beide? Wir sind die einzigen ›wahren Gläubigen‹?«

»Fast. Unser wichtigster Partner für diese Séance ist allerdings noch nicht angekommen.«

»Da stockt mir ja vor Spannung der Atem! Lassen Sie mich raten.«

»Nein, tun Sie es nicht! Erwartungen vermögen eine Séance zu zerstören. Inzwischen können Sie mich ja über die neuesten Entwicklungen in Ihrem Liebesleben informieren.«

»Electra! Warum sollte ich?«

»Ich habe Ingwerkekse mit Zuckerguß und einen Himbeertee. Es tut gut, wenn man sich alles einmal von der Seele redet.«

»Mit Tee und Keksen können Sie mich nicht bestechen.«

»Außerdem würden Sie vielleicht von den Geistern einen guten Rat bekommen, wenn Sie sich offenbaren.«

»Welche Geister? Möglicherweise rufen Sie noch König Blaubart herbei. Nicht gerade meine Vorstellung eines Benimmgurus.«

»Nun ja, während wir auf unsere besondere Verbindung warten, können wir ja wenigstens meine interessante Mieterschaft durchgehen.«

»Also, dann holen Sie mal Tee und Kekse.«

Electra rauschte an den Ort, der die Küche sein mußte, so daß Temple Zeit hatte, das Wohnzimmer ausführlich zu begutachten.

Wow. Das Sofa, auf dem sie saß, war fast zweieinhalb Meter lang, mit einem knubbeligen Stoff bezogen, aus dem hier und dort Lurexfäden hervorschauten. Die große, grüne Kristallkugel war nicht ganz glatt, sondern ebenfalls knubbelig. Das mußte ein Glas aus den sechziger Jahren sein, wo alles Wellige dekorativ und chic war, insbesondere bei Stehlampen. Hopsa. Wenn man vom Teufel sprach – da stand ein besonders formvollendetes Exemplar in der Ecke, dessen Leuchtelemente sich in alle möglichen Richtungen reckten.

Dieser Laden war ja ein Rauschparadies erster Ordnung! Kitsch in voller Blüte. Temple entdeckte sogar einen Cognacschwenker, der mit bunten Murmeln gefüllt war, ein Aquarium, das von vielfarbigen Kristallgewächsen besiedelt war, einen schwarzen Aschenbecher mit Chromdeckel, ein ausgestopftes Eichhörnchen auf einem sehr unecht wirkenden Ast (das Eichhörnchen hingegen war absolut naturgetreu) und, na ja, jede Menge unsäglichen Plunder. Hier und dort lag die eine oder andere Murmel dekorativ verstreut. Sogar unter dem Sofa, auf dem sie saß, blinkten zwei Stück grünlich hervor.

Und dann bewegten sie sich.

Temple hob die Füße vom Boden und kreischte so hysterisch wie die Figur in einem alten Zeichentrickfilm, die eine Maus gesehen hat.

»Was ist denn, Liebes? Haben Sie etwas Seltsames in der Kristallkugel entdeckt?«

»Ich habe etwas Lebendiges unter dem Sofa gesehen! Haben Sie Ratten im Haus?«

»Sehr gut! Sie gewöhnt sich schon an Sie.«

»Wer ist ›sie‹? Die Natter der Cleopatra?«

»So ein Unsinn! Sie ist die Hellseherin, auf die wir warten. Bleiben Sie ganz ruhig. Ich hole unsere Köstlichkeiten, und dann können wir anfangen. Tun Sie einfach so, als hätten Sie sie nicht gesehen. Dann wird sie sich entspannen und gleich hervorkommen.«

»Ich habe sie ja gar nicht richtig gesehen, nur ihre gespenstischen Augen. Wollen Sie etwa sagen, unter dieses Sofa paßt eine erwachsene Frau? Es ist zwar ziemlich groß, aber –«

Electra war verschwunden, so daß Temple ihre hochhackigen Schuhe ausziehen und die Füße unterschlagen konnte. Auf keinen Fall würde sie zulassen, daß dieses grünäugige Geheimnis in ihre Achillessehne biß.

Electra kehrte mit einem Aluminiumtablett zurück, auf dem Teetassen, Kekse und eine flache Schale mit getrocknetem

Grünzeug standen, wobei letzteres aussah wie ein sehr kleingehackter Blattee.

»Das ist ein . . . Würzmittel?«

»Oh nein. Es ist ein Bestechungsmittel. Nehmen Sie nur und trinken Sie, wir können in Kürze beginnen.« Electra bückte sich, um das Schälchen in der Nähe des Sofas abzustellen.

Temple zuckte mit den Achseln und aß den Zuckerguß von einem Keks. »Ich hab' seit Ewigkeiten keinen mehr von dieser Sorte gegessen.«

»Manchmal sind die Gekauften einfach besser. Also?« Electra zog die Augenbrauen hoch.

»Also was?«

»Haben Sie in letzter Zeit Max gesehen?«

»Na ja, ein bißchen.«

»Max ist nicht die Sorte Mensch, die man ein bißchen sieht. Entweder er ist da oder er ist nicht da.«

»Das weiß ich selbst. Ja, wir sind uns ein- oder zweimal begegnet.«

»Was ist mit Matt?«

»Was soll mit ihm sein?«

»Sehen Sie ihn häufiger? Ist es eigentlich fair, sich mit beiden Männern zu treffen?«

»Electra, das geht nur mich etwas an.«

»Vielleicht, aber ich mache mir eben Sorgen.«

»Um wen?«

»Na ja, Max hat Sie schließlich ins Circle Ritz gebracht.«

»Der ist also Ihr Liebling?«

»Matt hingegen ist mir schon eine große Hilfe gewesen, und Ihnen auch, und zwar mehrfach in ernsten Angelegenheiten.«

»Ich weiß.«

Electra seufzte, nahm einen Schluck Tee und beugte sich vornüber, um unter das Sofa zu linsen. »Ich muß zugeben, selbst ich hätte Schwierigkeiten, mich zwischen diesen beiden süßen Jungs zu entscheiden.«

»Vielen Dank, Electra«, preßte Temple zwischen den Zähnen hervor. »Sie haben mir aus der Seele gesprochen. Jetzt habe ich meinen Keks gegessen, meinen Tee getrunken und erzählt. Können wir nun endlich loslegen?«

Electra beugte sich noch weiter hinunter, bis ihr Kopfputz fast den Boden berührte. »Ich glaube schon. Na, haben wir beschlossen, uns der Gabe zu nähern?«

Auch Temple beugte sich vor, um dieses bedeutsame Ereignis zu beobachten.

Das, was so aussah wie einer dieser beigefarbenen Staubwedel aus falschem (so hoffte sie wenigstens) Lammfell, kam vorsichtig unter dem Sofa hervor, um an dem Schälchen mit dem getrockneten Grünzeug zu riechen.

Als weiche weiße Pfoten erschienen, riß Temple erstaunt die Augen auf. Als sie umwerfend helle grüne Augen erspähte, blinzelte sie. Als Ohren mit dunklen Spitzen erschienen, wackelten ihre eigenen erstaunt. Und als sich schließlich ein sehr buschiger Schwanz mit dunkler Spitze aus dem Schatten des Sofas löste, atmete sie erleichtert auf.

»Electra, das ist eine Katze!«

»Ich weiß. Und nicht nur irgendeine Katze. Dies ist eine heilige Katze aus Burma. Und ihr Name ist Karma.«

»Seit Monaten haben Sie doch geleugnet, eine Katze zu besitzen.«

»Sie ist schüchtern«, sagte Electra mit zarter Stimme. »Wir lassen nicht zu, daß jeder x-beliebige von unserem Dasein erfährt, nicht wahr? Nein ... sie hat Fähigkeiten, die größer sind als die anderer sterblicher Katzen.«

»Tatsächlich?«

»Sie ist eine begabte Hellseherin.«

»Woher wissen Sie das?«

»Das werden Sie schon sehen. Beobachten Sie nur die grüne Kugel. Wenn Karma anwesend ist, erscheinen in ihrem undurchsichtigen Zentrum die erstaunlichsten Visionen.«

Temple mußte der Sache mit dem undurchsichtigen Zentrum zustimmen. Sie warf einen Blick auf die Katze: ohne Zweifel eine wirkliche Schönheit.

»Electra, warum diese ganze Geheimniskrämerei wegen der Katze?«

»Sie ist so unglaublich sensibel! Alle großen Hellseher waren so. Ein zu großer Eindruck von außen kann sie überwältigen. Es ist eine große Ehre, daß sie sich herabläßt, sich Ihnen zu zeigen. Bitte machen Sie keine plötzlichen Bewegungen. Lehnen Sie sich einfach zurück und stellen Sie sich darauf ein, was die Kristallkugel Ihnen zeigen wird, wenn Karma anfängt, ihre Wunder zu wirken.«

»Ich kann es kaum erwarten.«

»Wenn es irgendwelche dringenden persönlichen Angelegenheiten gibt, in denen Sie Führung wünschen, behalten Sie sie einfach im Geiste und schauen Sie genau in die Kristallkugel.«

Temple rollte die Augen himmelwärts. Sie war am dringendsten daran interessiert, im Renovierungsprojekt Crystal Phoenix die Führung zu erhalten. Sie bezweifelte, daß die Kristallkugel darüber irgend etwas Bedeutsames zu sagen haben würde. Sie beobachtete sie genau, in Erwartung irgendwelcher Bilder.

Es kamen keine.

Obwohl Electra der Katze etwas zuflüsterte und ermutigende Geräusche machte, rollte sie einfach auf die Seite, wie es Temple schon dutzende Male bei Midnight Louie beobachtet hatte, und blickte sie an, wobei sie gelegentlich mit den Augen zwinkerte.

Ein leises Summen erhob sich vom Fußboden.

»Na ja, sie schnurrt. Also muß sie Sie wohl mögen«, sagte Electra. »Aber ich verstehe das nicht. Normalerweise ist die Kristallkugel dann voll mit interessanten Bildern, spätestens jetzt. Karma, Liebes, es ist an der Zeit, durch das Empyreum zu spazieren.«

Selbst diese Erinnerung schien die Katze nicht zu den Lebenden rufen zu können. Sie legte den Kopf auf den Teppich und hielt die Augen schläfrig geschlossen.

»Das ist unglaublich peinlich, Karma ist sonst ein so starkes Medium! Ihre schlichte Anwesenheit ist wie Hitze unter einem Topf Wasser: Alles gerät ins Kochen. Ich weiß nicht, was ich sagen soll. Ich bin völlig durcheinander.«

Es gab auch nicht viel, was Temple dazu sagen konnte. Es war, als würde man zu Freunden zum Klaviervorspiel eines Kindes eingeladen, und dann vergißt das arme Ding die Noten.

Während Temple nach tröstenden Worten suchte, ertönte irgendwo in der Wohnung ein unheilschwangeres Rumsen.

»Sie haben doch gesagt, wir wären allein«, wunderte sich Temple.

»Sind wir auch.« Electra war so niedergeschlagen, daß sie unablässig auf die sanft schnurende Karma starrte.

Sie reagierte noch nicht einmal auf das Geräusch.

»Und wenn es sich um einen Eindringling handelt?«

»Wahrscheinlich ist es einer«, sagte Electra traurig und betrachtete Karma, als läge die Katze auf dem Totenbett.

»Electra! Matt ist mittlerweile bei der Arbeit, und ich weiß nicht, wo Ihr Telefon steht, falls wir die Polizei zu Hilfe rufen müssen!«

»Ja, Matt ist fort. Und Max ebenfalls. Und ich weiß nicht, wo mein Telefon steht. Mein Herz ist gebrochen. Was ist nur mit meiner armen Karma passiert?«

»Sie sieht doch großar– «

»Es geht ihr *nicht* großartig! Karma lebt und blüht auf in ihrer Rolle als Medium. Wenn sie anwesend ist und nichts geschieht, dann ist sie schrecklich, schrecklich krank. Was soll ich nur tun?«

Temple erkannte wahres Leiden und schob rasch ihren angebotenen Skeptizismus beiseite. »Ganz offensichtlich ist sie körperlich gesund. Also ... muß es irgendeine Art psychischer Einflüsse geben, das ist wohl alles.«

»Aber warum gerade jetzt?«

›Warum gerade jetzt‹ nutzte genau diese Gelegenheit, um geradewegs hereinmarschiert zu kommen.

»Electra, es ist Louie!«

»Wie sollte Midnight Louie von zwei Stockwerken unter uns aus eine Empfängerin stören können? Er ist doch nur ein Hinterhofkater.«

»Er mag ja nur ein Hinterhofkater sein«, stimmte Temple zu, »aber zumindest kann er stets dahin gelangen, wohin er will. Louie ist hier!«

Electra blickte zu dem Schatten am Rand des Zimmers hinüber und sah die beiden glühenden grünen Punkte. »Louie! Störst du etwa gerade Karma?«

Midnight Louie setzte seinen üblichen gelangweilten Blick auf, während er herüberspaziert kam. Er beugte sich hinab, um Karma zu beschnüffeln, und beäugte dann die beiden Frauen.

Schließlich sprang er auf das Sofa zwischen Electra und Temple. Während Temple ihre Hand an seinem Rücken hinuntergleiten ließ, rückte Electra mißtrauisch beiseite.

Louie setzte sich auf, neigte wissend seinen Kopf und starrte die grüne Kristallkugel an.

Temple tauschte mit Electra einen Blick.

»Schauen Sie nicht mich an, schauen Sie die Kugel an«, ermahnte Electra sie mit plötzlich zurückgekehrter Energie.

Temple kam dem Wunsch nach. Sie hatte viele weitaus weniger interessante Abende damit verbracht, den Bildschirm ihres Fernsehers anzustarren, vor allen Dingen, nachdem Max sie verlassen hatte.

Midnight Louie war genauso konzentriert wie sie selbst und Electra. Karma befand sich mittlerweile im Tal der Seligen und schlief.

Während Temple das schlierige Glas anschaute, während ihre Gedanken sich zu anderen Gefilden aufmachten, während sich ihr Körper entspannte und ihr Geist nachgiebiger wurde, schien sie kleine Lichtstrahlen wahrzunehmen, die wie winzige, durchsichtige Fische in den Glasklippen umhersausten.

Die Bewegung war beruhigend, auf eine selbsthypnotisierende Art. Man stelle sich nur vor: Electra glaubte tatsächlich, ihre Katze könne Geistererscheinungen in einer Kristallkugel vom Trödelmarkt heraufbeschwören... Man stelle sich die Kugel als eine Art Aquarium vor, wie die riesigen Benzintanks von Mirageflugzeugen. Und die Katzen waren keine Medien, sondern Raubtiere, die die Minifischchen des Es und des Ego durch die leere Luft innerhalb der Kugel fixierten. Atmende Fische der Phantasie. Phantome. Ideen. Bewegliche Erinnerungen. Unbewußte Unterwassergeister.

Katzen würde ein derartiges Spiel gut gefallen. Katzen würden es auch über Stunden beobachten. Aber das hieß noch lange nicht, daß sie innerhalb der Kristallkugel etwas hervorriefen. Es bedeutete nicht, daß die Menschen irgend etwas sehen mußten.

Obwohl... Temple nahm unruhige Bewegungen wahr. Sah ölige Muster im Wasser, sah Worte, die auf Wellen geschrieben waren, sah Bilder... das Luxor zum Beispiel, das pyramidale Hotel auf dem Strip.

Sie sah eine Pyramide!

Sie sah... Steinwände, die von Bildern bedeckt waren... Hieroglyphen. Ägyptische Grabszenen. Eine Lotosblume, die vorbeischwebte. Und Katzen. Katzen im Profil. Katzen mit spitzen Ohren, schlank und bronzefarben. Mumifizierte Katzen, eingewickelt in die ägyptische Version heutiger Wundpflaster. Mumiensärge, die auf den Wellen in der Kugel schwebten, als seien sie wie der Weidenkorb des Moses.

Bewegung, Bewegung. Und Wellen, Wellen. Bilder, die wie Fischschulen herumsausten. Warum hatte sie Hunger? Unglaublichen Hunger, aber auf angenehme Art. Schläfrig war sie auch. In der Sonne, der gefleckten Sonne auf dem Wasser, war auf dem Stein das Glitzern von Fackeln zu sehen, auf vergoldeten Mumiensärgen und auf Möbeln und Juwelen. Das Grab des Königs Tutenchamun. Sie befand sich innerhalb seines Grabes, unter Wasser, unter Wellen, aber sie erkannte die weltberühmten Schätze, und ihr Auge ging über eine ganze Reihe von Friesen an der Innenwand, als sei sie die Kamera eines Kulturvideos. Aber sie war dort hinspaziert. Getrottet. Auf allen vieren. Und sie schaute auf, roch an den Fackeldämpfen. Ihre Augenschlitze wurden in dem hellen Licht noch schmaler. Ihre Schnurrhaare zuckten, als sie es merkte.

Vögel. Im Profil gemalt. Futter. Im Profil gemalt. Im Profil gemalt, mit dunkel umrandeten, mandelförmigen Augen. Unsere Art, im Profil gemalt, Ohren aufgestellt, die Hälse mit üppigem Kragen, Schwänze ordentlich um die Füße gerollt.

Eine ganze Reihe unserer Art, und sie formten Worte und Vorstellungen. Hieroglyphen. Alles Bronzegötter. Alle heilig. Und dort, der König selbst, im Profil, wie er herabschaut.

Einer unserer Art liegt und sitzt nicht. Einer unserer Art liegt selbst ausgespreizt, als sei er ein Pharao und erwarte ein Tätscheln der königlichen Hand. Warum sollte ein König nicht eine Katze anschauen dürfen, und warum sollte eine heilige Katze nicht auch den Pharao selbst anschauen dürfen? Und warum sollte dieser Pharao nicht dieses besondere Exemplar unserer Art anschauen und feststellen, daß es besonders groß und ungewöhnlich war, gutaussehend, begabt und weise? Die einzige völlig schwarze Katze in dem ganzen Haufen?

25

Alle Kätzchen des Pharao

Ich lagere auf meinem Bett, als Miss Temple von ihrem Aufenthalt oben zurückkehrt.

Eigentlich glaubt Miss Temple, daß es nur *ihr* Bett sei. Genauso wie Mr. Max früher geglaubt hat, daß es sich hier um *sein* Bett handele, aber letztlich ist es *mein* Bett, und ich bin bereit, es zu teilen. In fünftausend Jahren habe ich eine Menge gelernt. Sie sieht ein bißchen mitgenommen aus, ich verstehe ja auch, daß es für sie zur Zeit anstrengend ist, aber man muß sich doch nur einmal in Erinnerung rufen, was ich alles durchgemacht habe, und dabei bin ich nach wie vor das schlichte, freundliche Gemüt, das ich immer schon war. Was ziemlich erstaunlich ist, wenn man sich meine Ahnenreihe anschaut.

»Louie«, sagt sie und sieht mich mit einem Blick an wie die Bergmann den Bogart am Ende von Casablanca, ein bißchen verwirrt, aber endlich wirklich zufrieden. »Ich vermute, ich sollte dich jetzt fragen, wie du hier rausgekommen bist und bei Electra rein, aber da ihre sogenannte seherisch begabte Katze die totale Pleite war, ist es gut, daß du gekommen bist. Ich bin allerdings müde geworden und irgendwie eingeschlafen. Ich fürchte, daß Electra wirklich Anfälle von Größenwahn hat. Diese Katze Karma ist ein Staubfeudel. Unglaublich hübsch, aber ziemlich nutzlos. Sie glaubt, sie ist sensibel, aber ich glaube, sie ist einfach nur faul.«

Ich kann gar nicht sagen, wie sehr diese Worte mich begeistern.

Natürlich weiß ich, daß die nervige Karma, die mich in letzter Zeit so gnadenlos gescheucht hat, deswegen jetzt einfach fix und fertig ist und nicht mehr über ihre gewohnten Kräfte verfügt. So spielte sie halt den Fußabtreter, und ich konnte die Gelegenheit nutzen, hereinzuspazieren und ihr Sand in die Augen zu streuen.

Nicht, daß es mir Spaß macht, Sand in die Augen einer adligen Feliden zu reiben, die von einer widerstandsfähigen und einst angebeteten Wüstenrasse abstammt, wie ich selbst.

Jetzt ist also der Geist aus der Flasche. Midnight Louie hat tatsächlich Vorfahren, und sie sind gar nicht allzu schrecklich. Man hat es mir mit unangreifbarer Autorität kundgetan, daß einer meiner Ururahnen, der vielleicht noch einmal genauso viele Leben und Wiedergeburten hinter sich hat, ein Favorit im Palast des Pharao war.

Ich spreche von dem hochgeehrten Kater aus dem Tempel von Karmanah, erster Freund des Pharao, heimlicher Hausfreund in der Pyramide und deren Umgebung, Cousin ersten Grades der Sphinx, Louie Sr. Sr. Sr. Sr. Sr. und so weiter. Kein Wunder, daß ich noch heute mit einer Temple in Verbindung stehe.

Was die erschöpfte Karma angeht, hat sie in dieser Hinsicht versagt. Diese modernen birmanischen Katzen haben einfach nicht solch einen astreinen Stammbaum, der bis zu den wahren Wurzeln unserer Art zurückreicht.

Man warte nur ab, bis ich das erst einmal der göttlichen Yvette erzählt habe, die ohne Zweifel die Reinkarnation einer dieser Königinnen vom Nil ist.

Ich bin also nicht nur ein zeitgenössischer cooler Detective. Früher war ich sogar der Leibwächter von König Tutenchamun.

26

Anruf für Mrs. Bates …

Matt saß neben dem Telefon in seiner Wohnung im Circle Ritz.

Die Tatsache, daß er es im Schlafzimmer installiert hatte anstatt in einem weniger privaten Raum, legte stummes Zeugnis davon ab, wie selten es klingelte. Und er selbst rief auch kaum jemanden an.

Wieder einmal dachte er an die Leiche, die er nicht eindeutig hatte identifizieren können. Dann rief er sich das Bildnis des Mannes auf der Kreuzung ins Gedächtnis. Matt wußte, daß er den Anruf tätigen mußte. Obwohl er dem Ganzen am liebsten aus dem Weg gegangen wäre.

Die Nummer tippte er auch nach all der Zeit noch ganz mechanisch ein.

Das Telefon klingelte lange. Matt schaute dauernd auf die Uhr, obwohl er die Zeit genau wußte. Und auch, daß es in Chicago Viertel vor acht abends war. Eigentlich müßte jemand rangehen.

Das geschah auch. Ihre Stimme klang entfernt. Flach. Die typische Sprachfärbung des mittleren Westens.

»Hallo, Mom. Hier spricht Matt.«

»Matt! Ist alles – ich hab' nicht damit gerechnet … ist irgend etwas passiert?«

Seine Mutter erwartete immer das Allerschlimmste. In der Vergangenheit hatte sie damit auch oft recht gehabt.

Sie unterbrach seine Gedanken. »Warte mal, ich stell nur das Fernsehen leiser.«

Am anderen Ende gab es ein lautes Geräusch, als sie den Hörer ablegte.

Ein stetes Plappern im Hintergrund hörte plötzlich auf, dann war sie wieder am Apparat.

»Nichts Schlimmes passiert?« fragte sie erneut.

Wenigstens formulierte sie es diesmal in der Negativform.

»Nein, Mom, nichts. Bei dir auch alles in Ordnung?«

»Alles bestens.«

Alles bestens. Das besagte nichts und sprach doch Bände. *Du brauchst nichts weiter zu sagen. Es ist alles bestens. Das brauchst du nicht zu wissen.* Es ist alles bestens. *Es geht dich nichts an.* Es ist alles bestens. *Das ist schließlich mein Problem.* Es ist alles bestens.

Natürlich war nichts je bestens gewesen.

»Wie schön«, sagte er. Das war seine übliche Antwort auf die Endgültigkeit von »Alles bestens«.

»Bist du immer noch in ... immer noch da?«

Damit hätte sie das Circle Ritz meinen können, von dem er ihr erzählt hatte. Oder sie konnte damit auch Las Vegas gemeint haben.

»Selbe Stadt, selber Job.«

»Es ist ein solcher Jammer...« Sie überließ es ihm, die Leerzeichen zu füllen: bei deiner Ausbildung und Berufserfahrung, und nur ein einfacher Telefonseelsorger, ein schlecht bezahlter Laie, der früher einmal jemand war. Ein Mann mit einer Berufung, eine besondere Rolle... ein schlecht bezahlter Priester, fügte Matt hinzu und beendete damit die schuldzuweisende Litanei.

»Hast du denn dort eine polnische Gemeinde gefunden?« fragte sie ängstlich.

»Nein, Mom. In Las Vegas gibt es nicht sehr viele Polen, aber« – er wußte, daß er kurz davor stand, sie in die Irre zu führen, wußte, daß er das nicht tun sollte, konnte es sich aber nicht verkneifen – »ähm, ich habe mit einer hispanischen Gemeinde zu tun. Our Lady of Guadeloupe.«

»Oh. Dieses hübsche Heiligenbild. Steht immer noch eine Statue der Heiligen Jungfrau in ihrer Kirche?«

»Ja, es ist eine alte Gemeinde.«

Er konnte jetzt beinahe sehen, wie sie langsam nickte. Ihr Gesicht trug dieselbe ausgeblichene Farbe wie ihr Haar, beides von der Zeit rauh geworden und von den ... Umständen.

»Das ist ja wunderbar«, sagte sie, doch in ihrer Stimme lag überhaupt keine Freude, nur derselbe resignierte, monotone Tonfall, den er sein Leben lang gehört hatte.

»Ja.« Er zwang sich, den Telefonhörer nicht mehr so fest zu umklammern. »Hier ist alles bestens. Und ich habe eine meiner alten Lehrerinnen von Saint Stan's getroffen, in der Kirche!«

»Tatsächlich?«

»Schwester Seraphina, aus der siebten Klasse. Erinnerst du dich noch an sie?«

»Ein bißchen. Das ist ja nett. Geht es ihr gut?«

»Sie ist jetzt im Ruhestand, aber es geht ihr bestens. Immer noch sehr dynamisch.«

»Wir haben jetzt nur Laien als Lehrer an der Schule. Ich habe mir schon überlegt, ob ich nicht Assistentin werden soll, aber – «

»Warum tust du's nicht? Das ist doch eine großartige Idee! Und ich bin sicher, die Schule braucht jede Hilfe, die sie bekommen kann.«

»Ach, ich bin doch schon viel zu alt, um mit diesen ganzen lärmenden Grundschülern zurechtzukommen.«

»Du bist erst zweiundfünfzig, Mom. Noch ein junges Mädchen.«

Sie lachte, war wider Willen geschmeichelt. »Warte erst mal, bis du so alt bist wie ich. Es geht mir ganz gut, aber der Winter kommt bald, und alles tut mir weh.«

Matt knirschte mit den Zähnen. Er erinnerte sich an die Winter von Chicago, an den eisig kalten Wind, der vom großen kalten See herüberblies. Er erinnerte sich aber auch an andere Gründe, weshalb seiner Mutter jeder Knochen schmerzte.

Der Parkettboden zu seinen Füßen verwandelte sich in abgenutztes Linoleum. Cliff Effinger lag darauf, wie eine Leiche. Diesmal war es eindeutig Cliff, nur war er bloß ohnmächtig und nicht tot. Matt blickte in seiner Erinnerung in dieses schlaffe Gesicht, so wie er es damals getan hatte, erstaunt, dankbar, daß er *das* getan hatte, voller Ideen, was er als nächstes tun würde...

Aber er hatte nichts getan, und es war siebzehn Jahre her. Seine Mutter hätte es besser mittlerweile vergessen, hätte weiterleben, sich einer Volkstanzgruppe anschließen, neue Leute kennenlernen, vielleicht sogar noch einmal heiraten sollen. Aber das hatte sie nicht getan. Und Cliff Effinger lag immer noch auf dem Küchenfußboden seiner Erinnerung ausgestreckt, lag zwar, war aber noch nicht ausgezählt, noch nicht aus ihrem Leben verschwunden. Nicht mehr stark genug, um einen sechzehnjährigen Jungen einzuschüchtern, aber immer noch so kraftvoll, um das Leben aus einer alternden Frau auszusaugen.

»Mom, ich muß dich etwas fragen.«

»Was denn?«

»Hast du ... hast du irgend etwas? Ein Photo, etwas, das ihm gehörte, irgend etwas, was Cliff dagelassen hat, das ich haben könnte?«

»Was willst du denn damit?«

»Ich brauche ... etwas Konkretes, etwas von ihm, es ist ein Teil ... meiner Therapie.« Das stimmte sogar, zumindest, wenn man die Wahrheit von Chicago bis zum Caesar's Palace dehnte.

»Er hat nichts hiergelassen.« Ihre Stimme war noch flacher als vorher, und Matt gab sich dafür die Schuld. »Er ist einfach gegangen, nachdem du ... ihn gezwungen hast. Hat den Schrott genommen, der ihm wichtig war, und ist gegangen.«

»Und du hast nie wieder von ihm gehört?«

Ein langes und verletztes Schweigen folgte. Matt fragte sich, wie er die Sache wohl rückgängig machen, das Thema ändern, den Konsequenzen entgehen konnte.

»Zweimal kam eine Postkarte.«

»Hast du sie aufgehoben?«

»Bist du verrückt geworden? Ich war froh, als du Priester wurdest. Ich dachte, jetzt ist der Junge wenigstens in Sicherheit, aber du bist wieder abgesprungen. Warum hast du das getan? Es war ein Hort der Sicherheit. Jetzt bist du sogar in dieser schrecklichen Stadt, in die er auch gezogen ist!«

»Die Postkarten waren also aus Las Vegas?«

»Ich glaube. Ich achte nicht auf solche Dinge. Fürchterlich bunt. Widerlich.«

»Erinnerst du dich an die Motive?«

»Was willst du denn damit?«

»Ich muß das unbedingt wissen. Es ist unsere Vergangenheit.«

»Es ist nicht die Vergangenheit.«

Damit hatte sie recht. Matt entspannte sich bewußt, ließ seinen Atem vorsichtig aus sich herausströmen. »Ich muß meine eigene Vergangenheit verstehen lernen«, sagte er.

Wieder ein Schweigen. »Ein ... hoher Turm mit einer Zwiebel oben, wie in Rußland.«

»Rußland?«

Das war auf einer der Postkarten abgebildet, nachts. Und lauter bunte Lichter.«

»Und die andere?«

»Die habe ich zerknüllt und weggeworfen. Ich hab' nie wieder eine bekommen.«

»Was stand denn drauf?«

»Auf der ersten? Er hat damit angegeben, wie großartig dort alles sei. Meinte, ich sollte doch auch kommen und mir alles anschauen. Du weißt doch, wie er sein konnte, wenn er sich ... wie jemand fühlte. Las Vegas.« Sie schnaufte abfällig.

»Er war damals ein Niemand, und er ist jetzt ein Niemand, Mom. Er ist nicht mehr Teil unseres Lebens.«

»Meinst du wirklich?«

»Hör zu, eine letzte verrückte Frage. Denk einfach nach. Du

besitzt nicht zufällig etwas – irgend etwas –, auf dem er möglicherweise seine Fingerabdrücke hinterlassen hat?«

Wieder ein langes, langes Schweigen. »Nur mich selbst«, sagte sie dann.

Und Matt wünschte sich, er wäre damals den Racheinstinkten eines Sechzehnjährigen gefolgt und hätte den Mann umgebracht, als er definitiv noch lebte.

Temple war gerade auf dem Weg vom Schlaf- ins Wohnzimmer, als ihr Telefon klingelte, und sie hatte eigentlich keine Lust ranzugehen.

Sie war mit ihren Gedanken ganz woanders: was Max Kinsella wohl gerade mit Gandolphs Computer anstellte, wo Midnight Louie wohl steckte, was Matt Devine wohl dächte, wenn er wüßte, daß sie mit dem mysteriösen Max unter einer Decke steckte (welch provozierende Vorstellung!).

Doch schließlich eilte sie zum Telefon in der Küche und nahm schwungvoll den Hörer ab.

»Temple?« Die Stimme war weiblich, bekannt und gleichzeitig unvertraut.

»Allerdings.«

»Du klingst so ... durcheinander. Ich störe doch nicht?«

»Ich befasse mich nur gerade mit ein paar interessanten Fragen.« Wer war das bloß? Eine der Hellseherinnen? Wollte sie etwas beichten?

»Du rätst nie, wer mir gerade einen langen, tratschigen Brief geschrieben hat.«

»Mom! Warum rufst du an? Geht es Dad gut?«

»Bestens, Schätzchen. Nun hör mir doch mal zu! Ich habe neulich einen ganz langen Brief von Ursula bekommen.«

Ursula? Das war doch ein Nonnenname? Warum sollte jemand von Our Lady of Guadalupe einer Dame in Minneapolis, die der unitarischen Kirche angehörte, einen Brief schreiben? »Ach, du meinst Kit. Tante Kit.«

»So hat sie ihren Brief aber nicht unterschrieben. Den Namen kenne ich nicht. Jedenfalls schreibt sie, ihr hättet euch in Las Vegas gesehen.«

»Haben wir auch. Sie war hier auf einem Kongreß, und da bin ich ihr zufällig begegnet.«

»Kongreß? Was für ein Kongreß? Arbeitet Kit denn nicht mehr für dieses Antiquariat in New York City?«

»Schon möglich, ich habe sie nicht danach gefragt. Wie ich schon sagte, wir sind uns wirklich nur zufällig begegnet, und sie hat mich erkannt, kannst du dir das vorstellen?«

»Ja, kann ich. Du hast dich nur sehr wenig verändert, seit du ein Teenager warst, Temple. Bist noch nicht einmal gewachsen. Hast du übrigens immer noch vor, da draußen zu bleiben?«

»Hier? In Vegas?«

»Vegas. Das klingt wie der Name einer Gaswolke oder so ... jedenfalls nicht nach einem Ort, an dem normale Menschen leben. Ich wünschte, du würdest wieder hierherkommen und dir wieder einen anständigen Job besorgen, wie du ihn vorher hattest.«

»Ich habe einen guten Job. In Wahrheit habe ich sogar einen besseren Job. Ich bin gerade beauftragt worden, die Neupositionierung eines Hotels am Strip zu leiten.«

»Neupositionierung? Warum kann es nicht einfach da bleiben, wo es immer schon war, und du kommst nach Hause, wo du hingehörst? Deine Geschwister vermissen dich.«

»Und ich vermisse sie, aber ich kann ja jederzeit zu Besuch kommen.«

»Tust du aber nicht.«

Temple schwieg.

»Du kannst dir gar nicht vorstellen«, fuhr ihre Mutter in dem angenehm singenden Tonfall von Minnesota fort, »wie merkwürdig es ist, mehr Informationen über dich von meiner Schwester zu erhalten, die ich seit zwölf Jahren nicht gesehen habe, als von dir, meiner eigenen Tochter.«

»Was für Informationen?«

»Na ja, ich wollte nicht so direkt fragen, aber Ursula hat *ihn* gar nicht erwähnt.«

»Ihn?«

»Du weißt schon, diesen Mann.«

»Diesen Mann?«

»Den Zauberer«, sagte ihre Mutter widerwillig. »Temple, du glaubst immer, daß du erwachsen bist, aber niemand ist wirklich erwachsen vor –«

»*Fünfunddreißig*«, setzte Temple in das winzige Päuschen.

»– mindestens fünfunddreißig.«

»In dem Alter hattest du schon drei Kinder.«

»Wie, glaubst du, bin ich so schnell erwachsen geworden? Du hast keine Kinder –«

»Ich habe eine Katze.« Ein schöner Kinderersatz. »Hat Tante Ursula das erwähnt?«

»Nein! Ich hoffe, sie ist ... stubenrein. Du hast sie doch impfen lassen? Sie kann alle möglichen Krankheiten –«

»Es geht ihm bestens! Er ist von einem Ende bis zum anderen mit Impfungen versehen worden. Er ist stubenrein. So rein wie der helle Schnee, abgesehen davon, daß er kohlrabenschwarz ist.«

»Temple! Du bist doch nicht mit irgendwelchen unzulässigen Leuten zusammen, die ... du weißt schon, trinken?«

»In meinem Alter darf man das, Mutter.«

»Das biologische Alter bedeutet nichts.«

Temple rollte mit den Augen, knirschte mit den Zähnen und dankte Gott und der Telekommunikation, daß Bildtelefone noch nicht allgemein erhältlich waren. Jede Mutter auf dieser Erde besäße sonst eines.

»Was diesen Zauberer angeht«, fing ihre Mutter erneut an, »bist du den inzwischen losgeworden?«

Er ist mich losgeworden, Mutter! Doch Temple sagte dies nicht laut. Es wäre nur ein weiterer Hinweis, daß ihre liebste Tochter nicht in der Lage war, ihr Leben ordentlich zu führen. »Max geht es bestens«, sagte sie statt dessen ruhig.

»Ach so. Nun denn, ich war jedenfalls erstaunt, so ausführlich von Ursula zu hören. Sie sagt, daß es im Laden bestens gehe, obwohl man sich schon fragt, wieviel Geld sie eigentlich damit verdient, Bücher zu verkaufen.«

Jede Menge, Mutter, wenn du in Wahrheit eine Bestsellerautorin namens Sulah Savage bist! »Ich bin mir sicher, daß es Tante Ursula bestens geht, Mom. Und mir auch.«

»Wirklich? Temple, dein Vater und ich – und alle deine Brüder und Schwestern – wir machen uns große Sorgen deinetwegen. Du bist schließlich unser Baby, weißt du.«

Und ob ich das weiß!

»Vielen Dank, Mom. Alles bestens.« Temple seufzte. Dann sagte sie eilig: »Vielen Dank für den Anruf. Bitte grüß alle.«

Temple hörte das Klicken in der Leitung und atmete auf.

Dann rekapitulierte sie den Verlauf der Unterhaltung. Sie hoffte, daß sie nicht zu abrupt gewesen war. Mom meinte es nur gut. Es war halt schwierig für sie, die Jüngste loszulassen.

Eines Tages würde ihre Mutter gar nicht mehr da sein, um sie anzurufen, und dann würde es Temple leid tun. Sie seufzte.

Nun ja, vielleicht unterschätzte sie auch das Leben nach dem Tode. Man schaue sich nur Houdini an und seine Treue gegenüber seiner Mama über das Grab hinaus!

»Mein Sohn, mein Sohn«, rief der Schatten mit sehnsuchtsvoller Stimme.

»Mutter!« Die Stimme des Mannes war laut und voller Gefühl.

»So lange hat es gedauert, Ehrich. Und ich möchte dir sagen ...«

»Ich habe auf ein Wort gewartet, ein einziges Wort. Wenn ich nur da gewesen wäre, als du heimgegangen bist, Mutter. Du weißt, daß du die Königin meines Herzens bist. Ich habe es der Welt gesagt. Ich habe auf deinem Grab um Viertel nach zwölf geweint, die Zeit, zu der du gestorben bist. Du weißt doch von meiner Hingabe, nicht wahr? Nicht wahr?«

»Immer, mein Junge. Immer.«

»Aber ich muß es wissen, welches Wort du mir sagen wolltest, als du starbst und ich einen Ozean von dir entfernt weilte. Ich bin zurückgekehrt, so schwierig es auch war. Ich habe nicht zugelassen, daß man dich beerdigt, ehe ich gekommen war, um meinen Kopf noch ein letztes Mal auf dein Herz, dein Leben zu legen. Du hast geschwiegen, Mutter, es war nicht deine Schuld. Ich bin verrückt geworden. Ich habe Medien aufgesucht, um dich zu finden. Was wolltest du mir sagen?«

»Du bist bei mir, Ehrich. Immer.«

»Aber die Botschaft? Ich habe voller Qual gelebt, denn ich mußte wissen, welches Wort du mir schenken wolltest. Ich habe versucht, den Tod zu erhaschen, und er ist endlich langsam genug geworden, damit ich ihn einfangen konnte. Aber selbst der Tod hat es nicht gewußt, und auch nicht die arme Bess, die mich überlebt hat. Was hättest du mir denn gesagt, Mutter, wenn ich rechtzeitig gekommen wäre?«

»Ein einziges Wort, Ehrich. Man kann es nicht oft genug hören.«

»Jetzt! Jetzt kannst du es mir sagen!«

»Ja, mein Lieber. Ein Wort. ›Vergebung‹.«

»Vergebung. Ich war mir nicht sicher, also konnte ich nicht vergeben.«

»Jetzt kannst du es, mein Sohn.«

»Jetzt ... ist nicht damals.«

»Vergib, mein Sohn. Vergib.«

»Und dann werde ich vergessen?«

»Ja.«

»Aber werden sie Houdini vergessen?«

»Nicht jetzt.«

»Nein?«

»Noch ... noch nicht.«

27

Himmlische Zeichen für Katzen

Ehrlich gesagt ist keine einzige Faser in meinem Körper abergläubisch.

Was also, so kann man sich durchaus zu Recht fragen, tut dieser Körper in dem mittlerweile geschlossenen Gespensterhaus, mitten in einem ganzen Haufen von Katzen, und fügt den tiefen Baß seines perfekt intonierten Schnurrens der allgemeinen Katzophonie hinzu?

Manche würden sicher annehmen, daß ich durch die körperlose Anstachelung von Karma hierhergeschickt worden bin. Und ich will zugeben, daß es auch so aussieht. Tatsächlich ist mir das Licht meines Lebens in einem Traum erschienen und hat verlangt, daß ich zu dieser verrückten Felidenséance auftauche.

Tatsache ist aber: Wenn man Midnight Louie etwas tun sieht, das scheinbar seiner Vernunft widerspricht, dann hat seine Vernunft eben einen vernünftigeren Grund, es doch zu tun, als man auf Anhieb denken würde. Kapiert? Ich will es hoffen. Der Pfarrer predigt nämlich nicht zweimal.

Meine höhere Vernunft sagt mir: Wenn man meinen Artgenossen hellseherische Fähigkeiten zuschreibt, obwohl das einfach Humbug sein mag, wieso sollte ich mich dann nicht einmischen? Wenn ich mitmache, kann ich in dem ganzen Rumgequassel vielleicht den Schlüssel aufschnappen, der mich auf einen sinnvollen Pfad bei der Untersuchung führt.

Aber ich erwarte genausowenig, daß diese inbrünstig summenden Feliden etwas heraufbeschwören werden, wie ich daran glaube, daß sich irgend etwas Echtes bei der

Séance zu Halloween gezeigt hat, abgesehen von den Auftritten von Amelia Airheart, Elvis Presley und den anderen. Jedenfalls war der sogenannte Houdini im Kamin ein Betrug. Ich bin persönlich nur wenige Minuten vorher durch diesen Schornstein hinuntergekommen, und ich kann bezeugen, daß ihn mehr als nur Spinnennetze ausgekleidet haben. Meine scharfen Rasierklingen haben zum Beispiel ein paar festgespannte Angelschnüre berührt ...

Die hellseherischen Fähigkeiten, die ich meiner eigenen Rasse zubillige, umfassen auch übernatürlich gut hörende Ohren und eine Fähigkeit, die menschliche Neigung zum Bösen zu kennen. Daher mögen diese Katzen, die hier in einem Kreis auf dem leeren Séancetisch sitzen, wie ein Haufen von schwanzpeitschenden Deppen wirken, aber ich glaube, daß sie mehr wissen, als sie annehmen. Ich bin hier, um mir irgendwelche bedeutungsschweren Brocken aus dem ganzen Müll hervorzuholen.

Außerdem ist die Gegenwart von mindestens zwei Katzen von mitternächtlicher Farbe Voraussetzung für eine anständige Felidenséance, und ich finde, ich muß meine Herkunft ehren und bei dem ganzen Quatsch mitmachen, und wenn es nur ist, um die Tradition hochzuhalten. Vor allen Dingen jetzt, da ich weiß, daß Midnight Louise nicht eingeladen worden ist – zu meiner großen Erleichterung, obwohl sie behaupten würde, ihr Ausschluß habe mit Sexismus zu tun.

Nachdem wir nun das Wer, Wie und Warum geklärt haben, sollte das Was in der notwendigen Zeit erfahren werden.

Diese Zeit wird allerdings langsam etwas sauer, finde ich.

Doch dann ist es plötzlich da, das spitze Lichtpünktchen in Gestalt von Karma, und saust rüber an eine Glaswand. Das Dunkle hinter uns wird tatsächlich heller. Ich beobachte, wie der Schimmer breiter wird, während er sich nähert. Das

Schnurren um mich herum wird lauter und intensiver, und die Schwänze zucken sozusagen elektrisch. Ich ziehe meine eigene Extremität aus diesem hysterischen Kreis. Haben diese Idioten noch nie etwas von Nachtwächtern gehört! Mit Taschenlampen? Und Pistolen?

Ich sehe mich nach meinem alten Herrn um und hoffe, daß er das Licht auch gesehen hat und dieselben lebensrettenden Schlüsse daraus gezogen hat wie ich. Aber nein, er summt mit einem tiefen Baßschnurren mit, die Augen halb geschlossen, vollkommen verloren in der seltenen Freude eines Chorabends. Ich habe schon immer Soloauftritte vorgezogen.

Das mag auch der Grund sein, warum ich mich um Nr. eins kümmere (soll heißen, um mein erstes Leben), als wäre es mein letztes. Ich schleiche mich also aus dem Kreis, der sich hinter mir sofort wieder schließt.

Ich springe auf den Boden, von wo ich unbemerkt zuschauen kann. Wenn irgendwelche Schüsse fallen, kann ich wenigstens meinem alten Herrn ein bißchen Hilfe leisten.

Ich beobachte, wie das Licht näherkommt, und achte darauf, ob es dort plötzliche Veränderungen gibt. Eines weiß ich: Wenn ich der Schatten von etwas aus dem Jenseits wäre und mich als warmes, leuchtendes Licht manifestieren wollte, wäre ich bereit, die Verursacher des gegenwärtigen monotonen Lärms umzubringen.

Das Licht hält am Fenster inne. Ich lege die Ohren eng an, damit sie nicht durch irgendwelche Querschläger eingeritzt werden – was im übrigen den glücklichen Nebeneffekt hat, daß das Schnurren etwas gedämpft wird.

Siehe, was im Fenster dort drüben sichtbar wird, ist das Bild eines leichenblassen Menschen mit gespenstischen, schmalen Zügen und dünnen, überlangen Fingern. Es scheint, als ob diese Person auf einem Ballon aufgemalt wäre, der gerade aufgeblasen wird, denn bald schon gehen die schwachen Umrisse in die dünne Luft über und verschwinden.

Ein pathetisches, triumphierendes Miauen unterstreicht das Schnurren über mir, aufgrund dessen die Tischbeine nahezu zu tanzen beginnen. Aber Midnight Louie weiß, daß das, was die anderen sehen und als übersinnlich akzeptieren, nur irgendein billiger Trick ist, der in die Séancekammer des Hell-o-ween Haunted Homestead eingebaut ist. Das Licht ist immer noch dort, hängt noch in der Luft – ein weiterer bekannter Trick, der sich dadurch verrät, wenn man mich fragt. Welcher Geist nämlich, der noch einen Funken Respekt vor seinem eigenen Können hat, würde sich die Gelegenheit entgehen lassen, ein paar entsetzte Keucher zu provozieren, indem er etwas so Schlichtes tut, wie durch das Glas hindurchzugleiten?

Anscheinend stimmt der Träger der Taschenlampe meinen Überlegungen zu, denn das Licht stirbt langsam ab, als würde es sich schämen.

Jetzt werden wir den Nachtwächter sehen.

Aber alles ist dunkel und bleibt auch so.

Das Felidensummen wird immer intensiver. Die armen Idioten versuchen geradezu, die Gefahr und den Tod in allzu menschlicher Form anzulocken.

Und . . . und da ist er! Der Nachtwächter. Ich erkenne seine Umrisse jetzt ganz deutlich. Dunkel. Beleibt. Einen Hut mit Krempe und ein Cape. Cape? Für wen hält sich dieser Trottel denn? Für einen Flüchtling aus dem Rembrandt-Schinken »Die Nachtwache«?

Ich habe schon das eine oder andere Kunstwerk in meinem Leben gesehen, als in Miss Temples Fernseher aus Versehen ein Kulturprogramm eingeschaltet war. Aber das hier ist ein Gespensterhaus. Man kann also erwarten, daß sich ein Nachtwächter passend kleidet. Ich warte aufgeregt, ob ein Gesicht unter dem Schatten der Krempe erscheint, und ob es grün ist oder Reißzähne hat. Oder hervortretende Augäpfel, passend zu den Plattfüßen, die dieser schwergewichtige Hauswächter haben dürfte.

Es wird jetzt deutlicher. Ah! Er trägt unter seinem Hut einen Bart. Eine Verkleidung? Ein Bart und dicke Hamsterbacken. Und Augen. Fröhliche, zwinkernde Augen unter ungepflegten Brauen. Hat sich der Weihnachtsmann hier einen Abendjob besorgt, bis es mit seinem eigenen Geschäft in ein paar Monaten richtig losgeht?

Das Gesicht der Möchtegernerscheinung nähert sich dem Glas (hiermit hat er sich verraten; wenn seine Nase oder sein Kinn das Glas berühren, werden sie eine körperliche Präsenz beweisen). Der Mann grinst und schaut mich an. Ja, genau, mich und niemand anderen, nichts anderes. Er legt einen dicklichen Finger auf die Lippen, wie der gute, alte, fröhliche soundso. Nur ist sein Gesichtsausdruck jetzt nicht fröhlich. Er ist bittend. Er ist geheimnisvoll. Er ist dringlich.

Ich starre ihn an. Ich werde aufgefordert zu schweigen? Wo ich doch der einzige bin, der hier im Raum schweigt. Über mir geht das naive Schnurren unbeeindruckt weiter. Ich recke meinen Kopf unter dem Tisch hervor und beäuge meine Mitstreiter. Alle starren sie mit leerem Blick nach vorn, manche schauen meinen Nachtwächter direkt an. Doch niemand sieht etwas anderes als sein eigenes schwaches Spiegelbild im Glas.

Ich schaue wieder zur Glasscheibe, hinter der der Nachtwächter wartet. Seine Hände sind jetzt vor dem dunklen Cape gefaltet, in dringender Bitte. Während ich noch hinstarre, macht er plötzlich den Mantel auf. Ich sehe einen Raum, in dem Regale stehen. Ich sehe eine Lampe auf einem Tisch ... Nein, es ist ein heller Fleck auf einem Tisch, ein blasser, rechteckiger heller Fleck, wie ein offenes leuchtendes Buch. Nein, wie das Gesicht der Maschine, mit der Miss Temple schreibt, und mit der ich mich gelegentlich amüsiere, indem ich über die Tastatur laufe. Ohne ein Geräusch fangen die Bücher an, aus den Regalen zu fallen, und der alte Nachtwächter lacht lautlos, hinter seinem Bart und unter dem Schatten seines breitkrempigen Hutes. Dann wird der erleuchtete Bildschirm plötzlich dunkel, wie immer, wenn das Gerät abgeschaltet wird, nur langsamer jetzt, wie ein Tag, der zu Ende geht... Und der Nachtwächter ist traurig, niedergeschlagen, so verzweifelt, daß er selbst gleich mit verschwindet. Der Mantel fällt zu, die Dunkelheit draußen ist schlichte Dunkelheit, der erhellte Bildschirm eine Erinnerung, so weit entfernt wie das erste Feuer auf Erden.

Und immer noch summen die Idioten auf dem Tisch ihre stupide Beschwörung. Immer noch suchen sie Kontakt zum Jenseits.

Ich sitze still und denke nach. Offensichtlich haben sie nicht gesehen, was ich gesehen habe.

Jetzt fangen die albernen Feliden auch noch an, zwischen ihren Schnurrereien zu stöhnen. Sie klingen wie ein VW-Käfer, 73er Baujahr, der gerade startet beziehungsweise sich gerade überlegt, ob er starten will. Urrrr-rummmm. Urrrr-rummm. Uuuuur-eeee. Uuuur-eee.

Hurry?

Uuuu-iiii. Uuuu-iiii.

Hurry Ouie?

Ein Funken knistert im Kamin. Ich sehe mich um, denn ich möchte nicht, daß mein einziger Fluchtweg in Flammen aufgeht. Doch das einzige, was ich erspähe, ist eine alte Flamme, trotz alledem: Karma, glutvoll wie eh und je. Der Funke springt in den Raum und tanzt überall herum, gibt keine Hitze ab, aber viel elektrische Energie. Bald schon steht mir das Haar dermaßen zu Berge, daß ich als gute Imitation des Himalaja durchgehen würde, und ich bin gezwungen, auf die höhere Fläche des Tisches auszuweichen.

Doch auch dort oben malträtiert mich die dämonische Karma mit Elektroschocks, bis ich wieder in den Kreis aufgenommen werde.

»Rasch!« zischt Ingram mir durch seine Reißzähne zu. »Auf dich konzentriert sich die Aufmerksamkeit des eingedrungenen Geistes.«

Ach, großartig. Erst bin ich derjenige, auf den sich der elektrische Aal des Circle Ritz konzentriert, diese Domina des Lichts, diese Karma. Und dann werde ich bald von irgendeinem eingedrungenen Geist weggezappt. Nein, danke.

Ehe ich meinen Pelzmantel wieder in Fassung schütteln und zusehen kann, daß ich aus dem Kamin rauskomme, werde ich von dem eindeutigen Geräusch einer geisterhaften Stimme aufgehalten.

»Uuu-iii«, stöhnt es. Hohl.

Wenn man akzeptiert, daß »Uuu-iii« in Geistersprache »Louie« heißt, dann bin ich wohl damit gemeint.

Wenn Sie allerdings meiner Meinung sind, daß »Uuu-iii« auch absolut nichts bedeuten könnte, dann habe ich eigentlich keinen Grund, hierzubleiben.

Doch ehe sich meine Pfoten zur Vorbereitung des Abfluges auf den Tisch pressen können, scheint ein weiteres Licht im Dunkel auf.

Ich wünschte, ich könnte sagen, daß es Karmas kleine, gemeine Restfunkerei ist oder sogar das Geisterfernsehen meines Nachtwächters. Aber das ist es nicht. Es ist ein riesiges grünes Auge felider Art, in der Mitte geschlitzt, und es schaut mich geradewegs an.

Flugs bin ich wie gebannt. Jede Katze, die groß genug ist, ein solches Auge zu haben, muß so groß sein wie ein Leopard... nein, so groß wie der Leo am Eingang des MGM Grand, was gleichbedeutend ist mit ein paar Stockwerken, plus/minus ein paar Meter.

Während ich dastehe, festgefroren, und mein Gehirn die mathematischen Möglichkeiten durchrechnet, registriere ich weiterhin das idiotische Summen der Möchtegerns im Kreis. Wenn sie es sind, die dieses riesige, starrende Felidenauge angezogen haben, dann sollen sie gefälligst den Mund halten!

Aber dann zwinkert das Auge. Und der dunkle mittlere Streifen, so schmal wie ein Zauberstab, ist breit geworden und öffnet sich, und es marschiert – auf allen vieren – eine Katze hindurch, von der ich schwören könnte, daß ich sie noch nie gesehen habe, geht durch die Luft bis zum Tisch, wo sie sich ungefähr zwölf Zentimeter über der eigentlichen Tischfläche auf die Hinterbeine setzt.

Was für ein Kaliber! An dem Typen ist aber auch gar nichts getürkt, ein gestreifter Kater wie tausend andere derselben Musterung, inklusive ein Kater meiner Bekanntschaft.

»Maurice?« flüstere ich.

»Gleich beim ersten Mal richtig geraten«, bemerkt er zufrieden.

»Dann bist du also« – ein kleines triumphierendes Grinsen kneift unwillkürlich an meinen Schnurrhaaren – »tot.«

»Das behaupten jedenfalls alle.«

Ich stelle fest, daß kein Karmafunken auf diesen Typen übergesprungen ist, sondern daß sein orangefarbener Pelz von einem echt güldenen Kranz umgeben wird. Er hat eine wahre Aura, und sie bewegt sich wie das Nordlicht. Dieser Typ könnte ein Wahnsinnsgeld bei MTV machen!

»Ein tragischer Unfall, was?« frage ich mit allem mir zu Gebote stehenden Mitleid, also mit wenig. Schließlich ist das der Typ, der die göttliche Yvette anbaggern wollte.

»Tragisch, stimmt, und ich möchte, daß du mich rächst.«

»Rächen? Das bedeutet, etwas anderes als ein Unfall, tierärztlicher Kunstfehler oder Pech hat dich über den Jordan gebracht, Alter?«

»Jemand anderes.«

»Oho. Jemand, den ich kenne?«

»Allerdings. Irgendein Abschaum deiner Bekanntschaft.«

»Abschaum kenne ich nicht. Jedenfalls soweit ich weiß«, füge ich hinzu.

»Einen wohl . . . Maurice.«

»Aber . . . hör mal, Alter, schau doch mal in irgendeinen Geisterspiegel, wenn du da, wo du dich aufhältst, einen hast. Du bist schließlich Maurice.«

»Du hast schon ziemlich genau verstanden.«

»Also . . . so wie ich dich verstehe, bist du ein Selbstmörder, und da kann ich nicht viel für dich tun. Du bist jenseits der Strafverfolgung, was deinen eigenen Tod angeht, wenn du verstehst, was ich meine.«

»Meine Lage ist alles andere als komisch.« Der geisterhafte Typ rückt mit der Zunge seine Aura wieder gerade. »Du bist der einzige, der meinen unruhigen Geist rächen und mir dazu verhelfen kann, in den Katzenhimmel zu kommen. Ansonsten gehe ich an den anderen Ort.«

»Es gibt wirklich einen Katzenhimmel? Wie ist es denn da?«

»Das werde ich dir erzählen, wenn ich dort ankomme, was aber erst geschieht, wenn du das tust, was ich dir sage, und mich rächst.«

»Was ist mit diesem anderen Ort, von dem ich noch nie gehört habe?«

»Der Ort, an den die Hunde kommen. Muß ich noch mehr sagen?«

»Nein.« Ich bin entsetzt. Wer leitet eigentlich dieses Universum, daß er/sie/es es zuläßt, daß selbst eine tote Katze noch dorthin geschickt wird, wo Hunde hinkommen? »Trotzdem, du stellst mich vor ein gewisses Problem. Wenn du Maurice bist und Maurice dich umgebracht hat, dann, würde ich sagen, bist du einer dieser Selbstmörder, denen nicht mehr zu helfen ist.«

»Nein.« Die Aura des Typen ist schon wieder verrutscht. »Ich bin Maurice eins.«

Ich blinzle.

»Du mußt mich an Maurice zwei rächen.«

Ich blinzle wieder. Aber in der Zwischenzeit habe ich es geschafft nachzudenken. »Dann ist der gegenwärtige Maurice also Maurice zwei. Wenn du Maurice eins und tot bist – dann hat dich der miese Betrüger umgebracht, um an deinen Job als Katzensprecher für Yummy Tum-Tum-Tummy ranzukommen.«

»Er war mein Double«, bemerkt Maurice eins mit gramvoller Stimme. »Er sollte die gefährlichen Stunts durchführen und meine Haut vor ungebührlichen Strapazen schützen. Statt dessen hat er es so hingekriegt, daß ich bei einem dieser Stunts umgekommen bin.«

»Ist ja ein dolles Ding. Allerdings habe ich mit Maurice auch noch ein Hühnchen zu rupfen.«

»Ich wünschte, du würdest das nicht so persönlich formulieren.«

»Entschuldigung. Aber du siehst aus, als wäre noch alles an dir dran.«

»Wir ... nehmen eine Erscheinungsform an, die diejenigen, die noch unter den Lebenden sind, nicht erschreckt.«

»Freut mich. Es erschreckt mich nämlich genug, mir vorzustellen, daß ich demnächst Maurice zwei als Yummy Tum-Tum-Tummy-Katze nachfolgen soll.«

»Das weiß ich. Warum glaubst du, stehe ich hier? Du bist genau in der richtigen Position, um mich zu rächen.«

»Ich bin Privatdetektiv, Maurice, kein Scharfrichter.«

»Wenn du nicht nach diesem Killer Ausschau hältst, wirst du sein nächstes Opfer sein.«

»Andererseits ist ein bißchen vorausschauende Selbstverteidigung verständlich, insbesondere wenn man von einer verläßlichen Quelle aus der Unterwelt gewarnt worden ist.

Vielleicht kann ich Maurice zwei das Leben derart zur Hölle machen, daß er es vorzieht, sich von selbst zu verabschieden, und zwar auf Dauer. Hast du eigentlich zufällig auch irgendwelche Erkenntnisse über die menschlichen Erscheinungen hier am Abend von Halloween?«

»Ach, damit hatte ich nichts zu tun, obwohl ich damals schon versucht habe, zu dir durchzukommen. Leider fand an jenem Abend schon ein dringender Geisterauftritt statt. Mich hat man in die Warteschleife gestellt. Auch jetzt bin ich nur durch Zufall hinter irgend jemandem durchgekommen, der eine extrastarke Verbindung hatte. Ich glaube, der wollte auch zu dir, aber vergiß bitte nicht, daß mein Fall Vorrang hat. Wir Feliden müssen zusammenhalten, tot oder lebendig.«

»Dann hab' ich aber auch was bei dir gut, denk dran. Und jetzt sieh zu, daß du hier wegkommst, ehe diese Vollidioten glauben, sie hätten etwas gesehen.«

Maurice – ganz toter Schauspieler, der er nun mal ist – kann nicht anders, als einen großartigen Abgang zu machen. Er verblaßt Streifen für Streifen, einer nach dem anderen.

Ich schaudere beim Gedanken daran, was ich den Summern sagen soll, wenn sie aus ihrer Trance erwachen und wissen wollen, was geschehen ist. Ich habe tatsächlich aus dem Jenseits einen Hinweis über einen Mord erhalten, nur geht es nicht um die Angelegenheit, mit der wir uns hier befassen, sondern um ein Felidenverbrechen aus der Vergangenheit.

28

Kameramann

An einem kühlen Montagmorgen im November rief Temple Barr im Büro des *Las Vegas Scoop* an, um ein Treffen mit einem der Angestellten dort zu vereinbaren. Sie hatte sich einmal geschworen, niemals irgend jemanden aus diesem Laden, den sie insgeheim den *Las Vegas Furz* nannte, um irgend etwas zu bitten, aber Hochmut kommt vor dem Fall, auch vor dem Fall von Temperaturen. Und der Tod des großen Gandolph wurde sehr rasch sehr kalt.

Sie parkte ihren *Storm* vor dem Gebäude der Wochenzeitung. Dann ging sie durch eine Glastür, die vor lauter Fingerabdrükken fast schon undurchsichtig war. Warum gab es Fingerabdrücke immer nur da, wo sie keiner gebrauchen konnte?

Drinnen herrschte das totale Chaos – das Klicken und Rattern von Computertastaturen, das unausgesetzte Geschnatter von Menschen, die bestrebt waren, ein neues Gutenbergwunder aus ihren Köpfen, Händen und Hüten zu zaubern.

Der typische Lärm eines Redaktionsraumes machte, daß Temple sich wieder einmal nach ihren Zeiten beim Fernsehsender WCOL sehnte, aber die Person am Empfang ließ diese Sehnsucht rasch versickern.

»Sie wünschen?« fragte der Mann, schob einen Presseverteiler beiseite und zeigte seine polierten Fingernägel. Seine spanielblonden Haare waren bis zu den Ohrläppchen gleichlang geschnitten, der Nacken war rasiert. Er trug einen geschmackvollen Ohrring aus Auroraborealkristall im rechten Ohr, und seine beiden Augen waren mit Kajal umrandet.

Temple fragte nach dem Mann, den sie – leider – dringend sprechen mußte.

Der Herr vom Empfang warf sein Haar Richtung gegenüberliegende Wand. »Photoredaktion. Da drüben.«

Die Photoredaktion wurde offenbar von einem grauhaarigen, vierschrötigen Mann geleitet.

»Ich habe einen Termin bei Wayne Tracy«, sagte sie.

»Junge, Junge, sind wir aber vornehm! Termine und so'n Kram. Wayne!« brüllte er über die Schulter.

Eine Drehtür, die nur groß genug war, um einen Kunden pro Drehung zuzulassen, setzte sich in Bewegung, bis ein gestreßt wirkender Typ um die Dreißig mit aufgerollten Ärmeln ausgespuckt wurde.

»Kommen Sie ruhig herein«, sagte er. »Ich hab' was in der Suppe und kann jetzt nicht unterbrechen.«

Temple huschte in die Drehtür. Sie tappte in völliger Dunkelheit, bis sie auf der anderen Seite den Ausgang fand, und schon befand sie sich in der lichtlosen Infrarotatmosphäre der Dunkelkammer.

Sie ging auf den einzigen Mann zu, der sich darin befand und der gerade Papier in einer Lösung versenkte, bis ein Bild darauf erschien. Das hat durchaus Ähnlichkeit mit einer Séance, fand Temple, obwohl sie bisher Photostudios und Bildentwicklung für etwas ganz Normales gehalten hatte.

»Ja?« fragte der Photograph, ohne aufzuschauen.

»Wayne Tracy?«

»Genau.«

»Sie müßten mich von der Séance im Gespensterhaus kennen, die Sie neulich abends gefilmt haben.«

Er blickte sie überrascht an. »Wieso sollte ich? Ich schieße ein paar Dutzend Photos am Tag. Und wenn ich den Kameramann mime, dann schieße ich Tausende von Metern an Filmmaterial. Ich achte nicht darauf, wer sich vor meiner Kamera befindet, Hauptsache, der Reporter sagt mir genau, was los ist und wo ich meine Kamera draufhalten soll.«

»Ach so. Na ja. Ich möchte auch nur gerne wissen, ob irgendwelche Spukeffekte auf Ihrem Mitschnitt festgehalten sind.«

Er nahm das klatschnasse Photo eines zerstörten Omnibusses, umgeben von noch schlimmer zugerichteten Passagieren, mit einer Pinzette auf und warf es in ein anderes Chemiebad.

»Was hätte ich da schon festhalten können? Nebel. Nicht viel anders als draußen, obwohl es in Vegas ja nicht viel Nebel gibt. Das Klima ist nicht feucht genug.«

»Hat die Polizei Ihren Film schon gesehen?«

»Gleich als allererstes. Hat ihn beschlagnahmt. Ich durfte nur eine Kopie davon haben, und das war's. Und wofür das Ganze? Auf dem Film sind nur wabernde Nebelschwaden zu erkennen, und die Leute, die um den Séancetisch sitzen, sehen alle aus wie geschnitzte Indianerstatuen, die die Reise nach Jerusalem spielen.«

»Jedenfalls kein Gedränge und Geschiebe, das eine Liveaufnahme rechtfertigen würde«, stimmte Temple mitleidig zu. »Man hatte uns schließlich angewiesen, ruhig zu sitzen und uns zu konzentrieren. Aber haben Sie nicht das Theater mitbekommen, als diese Person umgekippt ist? Sie wissen doch, der Mann, der bei der Séance verstarb.«

»Na schön, jemand ist in Ohnmacht gefallen. Das bringt mir immer noch keinen Oscar ein. Und noch dazu dieser Typ mit Perücke und Filmdivahut, so ein Blödsinn. Er hat mich an unseren Typen am Empfang erinnert, ein Kunstwerk im Werden. Diese Hellseher haben alle den totalen Knall, echt, und ich sehe in meinem Job weiß Gott jede Menge Verrückte.«

»Wenn Sie ein solcher Experte sind, vielleicht könnten Sie mir dann sagen, ob Ihnen die Veranstaltung wie eine normale Séance erschienen ist?«

»Eine normale Séance? Hey, Séancen machen doch nur Spaß, wenn alles völlig unnormal ist.« Er schüttelte den Kopf. »Nein, nichts Ungewöhnliches, abgesehen von den vernebelten dramaturgischen Effekten. Der ganze Kamin war voll mit nebelgebundenem Ektoplasma.«

»Also haben Sie tatsächlich etwas im Kamin gesehen?«

»Wahrscheinlich Rauch. Das hat die Polizei auch gemeint.«

Er ging rasch an Temple vorbei, um ein Photo an einer Wäscheleine aufzuhängen.

»Was ist mit dem Gesicht, das in den verschiedenen Fenstern erschien?«

Wayne unterbrach seine Beschäftigung, um Temple stirnrunzelnd anzuschauen. »Gesicht? Von einem Gesicht weiß ich nichts. Außer vielleicht von irgendeinem beunruhigten Gast, der in einem programmierten Sessel vorbeigerauscht ist. Oder die Reflektion von meinem Licht. Dieses Glas überall ist fürchterlich, wenn man Aufnahmen machen will. Kein Wunder, daß diese Freaks sich einbilden, sie würden da ein Gesicht sehen.«

»Aber Sie ... haben nichts gesehen?«

»Nee. Ich habe nur gesehen, was auf meinem Film war. Jede Menge gar nichts.«

»Entschuldigen Sie die Störung, und vielen Dank. Ich werde Sie jetzt nicht länger aufhalten.« Temple machte kehrt, um sich den Weg nach draußen zu ertasten.

Auf der anderen Seite der Lichtschleuse hielt Temple für einen Augenblick inne, während sich ihre Augen an das Deckenlicht gewöhnten. Und das war ein großer Fehler.

»Da ist sie ja«, donnerte eine Stimme, schon zu dicht, als daß sie hätte ausweichen können.

Kalte Finger schlossen sich um ihren Unterarm. »Was bringt den Star der örtlichen Gridiron Show über unsere bescheidene Schwelle, T. B.?«

Crawford Buchanan wirkte verdächtig fröhlich. Vielleicht war es nur die orangefarbene Krawatte. Selbst sein übliches fieses Schmunzeln war in den Mundwinkeln so hochgedreht, daß es aussah, als bewerbe es sich um eine Stelle als echtes Grinsen.

»Recherche.«

»Fragen Sie nur«, sagte er, und sein Gesicht wurde jetzt zur vollkommenen Parodie äußerster Selbstzufriedenheit. »Wenn Sie allerdings versuchen sollten, mal wieder ins Rampenlicht zu stürmen, indem Sie den nächsten Mordfall lösen, dann hätten Sie heute morgen lieber Ihr Horoskop lesen sollen. Heute ist nicht Ihr Glückstag.«

»Warum?«

»Sehen Sie sich später einfach *Hot Heads* an und weinen Sie dann bittere Tränen. Das wird vielleicht eine Überraschung für Sie! Diesmal habe *ich* die große Neuigkeit, und Sie sind aus dem Spiel, meine kleine Amateurdetektivin.«

»Vorsicht mit den Adjektiven, Crawford. ›Meine‹ und ›kleine‹ könnten Sie noch vor Gericht bringen.« Temple entriß ihm ihren Arm. »Ich kann mir einfach nicht vorstellen, daß Sie irgend etwas über den Mord bei der Séance zu sagen haben, wofür sich irgend jemand interessieren würde.«

»Machen Sie nur weiter so, T. B., stecken Sie Ihren süßen kleinen Rotschopf schön in den Sand – hier gibt es ja auch genug davon.«

Crawford richtete den Kragen seines dunkelblauen Zweireiherjacketts, das ihn so wichtig aussehen ließ, wie den Kapitän eines Vergnügungsschiffes.

»Diesmal war ich auch in der Nähe des Tatorts, mit einem Kameramann, und mein Bericht heute abend wird Sie aussehen lassen wie einen Salat von gestern.« Er trat näher an Temple heran und senkte die Stimme. »Wir könnten uns um halb sieben in der Bar des Crystal Phoenix treffen und die Sendung gemeinsam anschauen. Ich lade Sie sogar auf einen Drink ein. Sie werden ihn gut gebrauchen können.«

»Das stimmt wohl, wenn ich doof genug wäre, mich irgendwo mit Ihnen zu treffen.«

Temple stürmte auf die Tür zu.

Sie war nach dieser Begegnung so wütend, daß sie auf dem ganzen Heimweg schimpfte.

»Widerling! Der tut doch nur so, als wüßte er etwas, was ich nicht weiß. Der Kameramann hat schließlich gesagt, daß im Film nichts zu sehen ist. *Nada*. Das große *Nada*, wie C. B. selbst.«

Temple latschte auf die Bremse, ehe sich der *Storm* die Nase an dem Oleander am Ende ihres Parkplatzes stieß, stieg aus dem Auto und knallte die Tür zu.

Sie stürmte ins Circle Ritz und rannte die beiden Treppen zu ihrer Wohnung hinauf. Nachdem sie die Tür geöffnet hatte, raste sie gleich ins Wohnzimmer zum Videorecorder. Sie drückte so lange sämtliche Knöpfe, bis sie halbwegs sicher war, das Gerät so eingestellt zu haben, daß es jede nervende Sekunde von *Hot Heads* an diesem Abend aufnahm.

Als sie nach diesem Kampf wieder aufstand, tobte sie immer noch.

»Der wird heute abend sowieso nicht gesendet. Er wird auf dem Fußboden des Schneideraums enden, zusammen mit dem Rest dieser B-Mannschaft. Wahrscheinlich verliert er gegen einen Spielfilm mit Rush Limbaugh!«

Diese Vorstellung war so angenehm, daß Temple in die Küche eilte, um dort einen Happen zu essen. Es endete damit, daß sie einen Becher fettarmen Joghurt mit ins Auto nahm. Als sie diesmal den Gang des *Storm* einlegte, fuhr er so glatt rückwärts, als sei er ein Vanille-Himbeer-Joghurt.

Sie stellte das Radio an und nickte im Takt der Countrymusik, während das Auto zu ihrem nächsten Termin sauste. Zu ihrem nächsten Treffen mit einem Mann, dem sie nicht mal so weit traute, wie sie ihn werfen konnte.

Temple brauchte in dem Wohngebiet zehn Minuten, ehe sie das Haus fand, in das sie und Max am Vorabend eingebrochen waren.

Dann brauchte Max noch einmal drei Minuten, um auf ihr Klopfen zu reagieren, obwohl er sie doch hätte erwarten müssen.

»Hallo«, sagte er, verschwand sofort wieder und überließ es ihr, die Tür zu schließen.

Temple folgte ihm. Eine solche Unhöflichkeit war sonst eigentlich nicht Max' Art. Sie fand ihn im ersten Schlafzimmer vor dem Computerbildschirm. Ein riesiger Stapel Papier lag bereits ausgedruckt neben ihm. Er sagte: »Das Ganze ist wirklich unglaublich. Schau dir nur mal dieses Material an! Ich habe alles ausgedruckt, was irgendwie interessant aussah. Gary hat ziemlich gefährliches Zeug zusammengeschrieben!«

Temple blätterte den Stapel durch. Worte erschienen: Illusion, Show, St. Louis, Missouri ... irgendeine »Aunt Velda«, faule Tauben, Houdini, *Citizen Kane*, eine Erwähnung von Friedhöfen ... ein Dialog, wohl aus einem Interview oder einem ... einem Roman.

»Das geht ja alles wie Kraut und Rüben durcheinander! Das ergibt doch gar keinen Sinn.«

Max stützte seine Ellenbogen auf.

»Soll ich mich lieber mit dem Computer –«

»Nein, es geht mir bestens. Es ist nur so viel, und Gary hat irgendein geheimnisvolles Namen- und Ablagesystem benutzt, das einen zum Wahnsinn treiben kann. Ich glaube, er wollte nicht, daß ich dieses Zeug entwirre, nur konnte er es nicht gänzlich vor mir verstecken. Es ist alles genauso angelegt wie ein Bühnenzauber. Dabei bin ich es gewöhnt, so zu denken ...«

»Max, die Rolle als Computerfreak steht dir nicht. Komm mal wieder für eine Minute offline und erzähl mir, was du gefunden hast.«

»In Ordnung.« Er löste seinen Blick von dem Bildschirm.

»Nimm diese Papiere«, sagte er, »und laß uns in die Küche gehen, wo wir besseres Licht haben und vielleicht etwas Warmes zu essen oder zu trinken finden. Oder beides.«

»Danke«, sagte Temple fromm und drehte die Augen zur Decke. »Danke sehr, ihr Götter des Computerzeitalters.«

Max führte sie in die große und ... wow! ... bestens ausgerüstete Küche des Hauses.

Temple öffnete eine Edelstahltür und stellte fest, daß sich dahinter ein Gefrierfach befand, in dem sich exquisite Fertiggerichte stapelten. »Gandolph war anscheinend in Sachen Essen nicht gerade zurückhaltend.«

Max durchsuchte die verschiedenen durchsichtigen Plastikschachteln und Behälter. »Du wirkst so verbissen«, sagte er beiläufig, »was ist los?«

»Nichts. Ich fürchte nur, daß heute abend noch etwas schiefläuft.«

»Was denn?«

»Ach, Crawford Buchanan hat damit angegeben, daß sein Beitrag auf *Hot Heads* überraschende Informationen über das enthüllen wird, was er das ›Halloween Tohuwabohu‹ nennt.«

»Der schreckliche Crawford läuft jetzt auf *Hot Heads*?«

Max lehnte sich gegen die Marmor-Küchenanrichte und verschränkte die Arme. »Klingt ja so, als wollte der alte C. B. die Welt übernehmen.«

»Nicht die ganze Welt, nur meinen Teil. Ich bin ihm gerade beim *Las Vegas Scoop* über den Weg gelaufen. Er ist ein solches Ekel! Die Hälfte der Zeit tut er so, als würde er mit mir flirten wollen, und die andere Hälfte verbringt er damit, so zu tun, als wolle er mich unangespitzt in den Boden rammen. Beides ist widerlich.«

Max lächelte. »Temple, Buchanan blüht doch nur auf, wenn er dich ärgern kann. Auf jeden Fall ist er es nicht wert, daß du dir seinetwegen Sorgen machst. Konzentrier dich lieber auf etwas Wesentliches: Was möchtest du zu Abend essen?«

Er löste erst einen Arm und dann den anderen, um zwei von Temples Lieblingsessen hervorzuzaubern: Echte Makkaroni mit Käse von Kraft (jede Menge Käse) und Linguini Alfredo (jede Menge Alfredo).

»Ich habe seit Ewigkeiten keine Makkaroni mit Käse mehr gegessen. Mist! Zwischen zwei gleichermaßen verlockenden Gerichten zu wählen ist nicht gerade eine meiner Stärken. Die Linguini müssen nur noch einmal aufgewärmt werden, und die Makkaroni müssen erst gekocht werden, andererseits soll es ja schnell gehen, aber ... Ach, zum Teufel, nehmen wir Makkaroni.«

»Bravo.« Max wandte sich zu den Töpfen um, die hoch oben von einer Leiste herabhingen. »Das bescheidene, ganz und gar amerikanische Hauptgericht. Nicht irgendein prätentiöses, teures Zeug mit einer europäischen Vorgeschichte. Gute Wahl.«

»Jetzt hol schon den verdammten Topf da runter, ich will das Wasser aufsetzen. Was gibt's zum Nachtisch?«

Max öffnete weitere Küchenschränke. Er holte eine braune Glasflasche hervor. »Ist Bailey's in Ordnung?«

»Makkaroni mit Käse und Bailey's Irish Cream. Du kannst ein Mädchen aber wirklich kulinarisch verwöhnen, Kinsella.«

Wasser dabei zu beobachten, wie es zum Kochen kommt, war eine langweilige und undankbare Beschäftigung, aber es gab Temple Zeit, darüber nachzudenken, wie merkwürdig normal es sich anfühlte, mit Max in einer Küche zu kramen und ein spontanes Abendessen zusammenzustellen. Dabei war es egal, daß die Küche so ausgestattet war, daß Fünfsterneköche aus Frankreich sich verwöhnt fühlen würden. Oder daß der Mann, der hier gewohnt hatte, gestorben war und dabei Temples Hand gehalten hatte, und das erst vor vier Abenden. Oder daß Max tatsächlich dieses Haus gehörte, in dem leckeres Essen aufbewahrt wurde und Zaubereibedarf.

»Für den Hauptgang von Madame.« Max verbeugte sich wie ein echter Sommelier und reichte ihr mit der üblichen großen Geste eine Flasche. »Ein arroganter kleiner Médoc.«

»Ich glaube, Bier ist zwar eher das passende Getränk zu Makkaroni mit Käse, aber Wein ist mir auch recht, und Orson Welles würde es auch gutheißen.«

»Ich glaube nicht, daß Orson Welles vieles gutgeheißen hat«, sagte Max und holte den Korken auf die Art und Weise aus der Flasche, wie jeder Sterbliche ihn herausziehen würde: mit einem Korkenzieher aus der Schublade.

29

Das erste Türchen

Mynah Sigmund – man hielt es kaum für möglich, sagte Temple sich im stillen – war ein Naturtalent und hier eine lokale Berühmtheit.

Sie wohnte in einem älteren Viertel mit ansehnlichen Häusern, die aber nicht halb so schön waren wie das von Max (auch das sagte Temple sich).

Während des Hellseherkongresses bot sie zu Hause eine kostbare Stunde am Tag als Sprechstunde an, und die hatte Temple sich rotzfrech reserviert. Für manche Menschen war fünf Uhr nachmittags die Zeit für Cocktails. Für Mynah war es die Stunde, zu der sie Gäste empfing.

»Seien Sie bitte um fünf Uhr da«, hatte sie Temple angewiesen. Ihre Augen – blau, klar und kalt – hatten diese Anweisung betont. »Ich meditiere immer um drei Uhr nachmittags für eine Stunde, und dann ... sammle ich mich. Sie können gerne einfach hereinkommen.«

»Ich soll nicht klopfen?«

»Klopfen? Nein. Pochen ist ein Phänomen, daß ich weder anrege noch in meiner Nähe toleriere. Das werden Sie schon sehen.«

Dann hatte Mynah ein unschuldiges Madonnenlächeln à la Mona Lisa gelächelt, das vermutlich den Zweck verfolgte, Männer in den Wahnsinn zu treiben.

Jetzt parkte Temple ihren *Storm* in der halbrunden Auffahrt, die an einer Mauer entlang zu Mynahs Anwesen führte. Die anderen Häuser der Gegend lagen offen da, eingerahmt von Joshuabäumen und verschiedenen großgewachsenen, spitzen und blassen Wüstengewächsen. Nur Mynahs Heim wurde von einer abweisenden Mauer umringt. Temple richtete ihre wildbunten Schulterpolster und bereitete sich darauf vor zu klingeln, da Klopfen ja verboten war.

Aber der Eingang bestand schlicht aus rundbogigen Türflügeln. Es gab gar keinen Klopfer. Keine praktische, runde Schale mit eingebauter Klingel.

Hinter der Mauer und dem Tor fiel vermutlich Wasser in einem gesprächigen, türkisfarbenen Klagewall auf blasse Steine. Dorffrauen weinten und wuschen in diesem Tränental ihre Wäsche.

Welche Frauen? Welches Dorf? Das hier war, um Himmels willen, ein ganz normales Vorstadthaus, mahnte Temple sich selbst. Sie haßte Hexereien aller Art, es sei denn, sie wurden von großmütterlichen Frauen mit Zauberstäbchen betrieben.

Während Temple nach irgendeiner Gerätschaft suchte, mit der sie ihre Ankunft kundtun konnte – eine Autohupe vielleicht, ein schlichter Stock? Ein mechanisch tretender Fuß ...? – öffnete sich das Tor und schwang leise nach innen.

Temple suchte nach dem Zyklopenauge einer Sicherheitskamera, entdeckte aber keines.

Eine Klingel ging. Eine einzige Klingel. Eine dieser eleganten Wüstenglocken, die ein mönchischer Architekt entworfen hatte, der eine moderne Cíbola-Stadt im Land der Peyotensonne hatte errichten wollen, wußte Temple. Eine dieser Glocken, die ein Vermögen kosteten, bestellte man sie über den besten (den zurückhaltendsten, diskretesten, wortreichsten) Versandhandel: *Gefunden in einer spanischen Missionsstation, die vergessen wurde, seit Frey Junipero Serra erstmals die Baha bereiste* ...

Temple unterbrach ihr geistiges Gezwitscher und trat auf die durchsichtigen Glaspflastersteine, die in den reinweißen Zement eingelassen waren.

Der Springbrunnen, den sie gehört hatte, litt in einer Ecke des Hofes unter Nasentropfen.

Die einzelne Glocke, jetzt merkwürdig stumm, zitterte immer noch wegen ihres jüngsten Versuchs, ein Geräusch von sich zu geben.

Hinter dem Springbrunnen und dem weißen Steingarten und den kupfer- und grünspanfarbenen Blättern hing ein Vorhang aus Glasperlen, die das Weiß reflektierten.

Temple verzögerte ihren Schritt, denn sie ahnte, daß irgendein Effekt zu erwarten war, daß dieses Portal sich Blütenblatt für Blütenblatt teilen und Mynah preisgeben würde.

Aber der Vorhang tat sich nicht auf, denn er bestand gar nicht aus Glasperlen. Es war sprühendes Wasser.

In einen weißen *Gi* gekleidet, stand Mynah hinter dieser unsichtbaren Grenze. Ihr Gürtel war schwarz und paßte zu ihren aggressiven Augenbrauen.

»Kommen Sie hindurch«, forderte sie Temple auf, »es sei denn, ein gelegentlicher Wassertropfen verängstigt sie.«

Wasser, so erinnerte sich Temple, ließ bunte Farben ineinander überlaufen. Wie ein Käfer huschte sie über die gläsernen, benetzten Steine.

Hinter der Wand aus Wasser umgab sie lautstark digital aufgenommene New-Age-Musik. Mynah hatte sich hingesetzt.

»Das erinnert mich ein bißchen an den Séanceraum«, bemerkte Temple.

»Séanceraum? In diesem ... Witz von einem Gespensterhaus? Ich bitte Sie, wir reden von einer Karikatur!«

»Eine Karikatur hat aber nicht Edwina Mayfair umgebracht.«

»Edwina Mayfair. So offensichtlich ein Künstlername!«

»Offensichtlich?«

Mynah hob ihre drahtigen Augenbrauen und lehnte sich in einen kunstvoll arrangierten Haufen aus baumwollbezogenen Kissen. »›Edwina‹. Die weibliche Version eines Männernamens. Schauen Sie mal auf die Geburtsurkunde dieses Mannes, und Sie werden feststellen, daß ›Edwin‹ sein zweiter Vorname ist oder der seines Vaters. Und ›Mayfair‹! Spielte man da nicht mit ›Playfair‹, das heißt: fair play? Ohne Zweifel hatte er den Eindruck, daß wahre Hellseher nicht fair spielen, weil sie ihre Erfolge durch ungreifbare Mittel erreichen. Ein Meister des Greifbaren, unser Gandolph the Great.«

»Unser?«

»Ich meine damit die Situation. Er ist bei unserer Séance gestorben, so albern und unehrlich die gewesen sein mag. Deswegen ist er ›unser‹.«

»Fühlen Sie sich für seinen Tod verantwortlich?«

»Verantwortlich ... nein. Meine liebe Miss Barr, Sie sind ernsthaft von diesem ... Melodram in Mitleidenschaft gezogen worden, nicht wahr?« Mynahs blaue Augen stachen. »Lassen Sie das nicht zu! Es war vorherbestimmt; wer dabei war, wann oder wo sein Tod stattfand, ist gleichgültig. Er sollte sterben. Irgendwo. Mit irgend jemandem.«

»Ermordet?«

»Ermordet? Nun, davon wissen wir doch gar nichts, oder? Ich glaube, daß ... ›Herzprobleme‹ die angemessen sentimentale Diagnose für solche Vorfälle ist, finden Sie nicht auch? Die arme Edwina!« Mynah schlug mit den Fäusten, deren Knöchel so weiß wie Perlen waren, auf ihre knochige Brust. Ein *Gi* kann auffallen oder zu, je nachdem, wie sein Träger sich dreht und wendet. Wieder beäugte Mynah Temple. »Ist das der Grund, warum sie so besorgt sind? Warum sie auf der Suche nach psychischer Heilung sind? Ist der Tod für Sie ein solcher Schrekken?«

Diese Ausrede war so gut wie jede andere auch. Temple blickte zu Boden, versuchte, den Mut zu finden, Nervösität zu mimen.

»Sie armes Mädchen!« Mynah öffnete ihre zusammengeballte Faust und streckte die Hand zu Temple aus. »Ich kann Ihre Verwirrung lesen. Sie sind zwischen zwei – Überzeugungen hin- und hergerissen.«

»Ja!« sagte Temple, und vor Erleichterung über Mynahs gütige Schlußfolgerung klang sie geradezu begeistert.

»Welche sind es? Sie müssen es mir erzählen.«

Als Temple zögerte, zog Mynah ein Säckchen aus ungebleichtem Stoff aus einem ihrer hochgekrempelten Ärmel. Sechs oder sieben winzige farbige Steine ergossen sich in ihre Handfläche.

»Suchen Sie sich einen aus. Nur einen. Rasch! Sie müssen reflexartig wählen, wie ein Meister der Selbstverteidigung, nicht mit dem Kopf.«

Temple suchte sich nie etwas aus, ohne darüber nachzudenken; das war doch der ganze Spaß an der Sache. Nun also, nicht ein Amethyst oder ein Granat oder eine Perle, die waren gewöhnlich. Etwas Ungewöhnliches mußte es sein, um die Seherin auf ihrem eigenen Gebiet zu verwirren. Temple griff rasch nach einen Lichtstrahl, der so hell wie das Auge einer Eidechse war.

»Peridot«, tat Mynah kund. »Wie ungewöhnlich.« Die kalten blauen Augen wanderten rasch zu Temples Haaren. »Nicht unbedingt geeignet für eine Person mit Ihrer Färbung und Ihrem Temperament. Sie sind ... impulsiv.«

Lächerlich, antwortete Temple im stillen. »Empfänglich.« *Stabil.* »Mit verborgenen seherischen Gaben ausgestattet.« *Quatsch.* Mynah lehnte sich näher zu ihr herüber. »Leidenschaftlich.« *Na jaaa, das kommt der Wahrheit schon näher.* »Phantasievoll, fast zu sehr.« *Das kann man wohl sagen.* »Sie machen sich viel zu viele Sorgen«, fügte sie beruhigend hinzu. *Jawoll! Zum Beispiel darüber, daß ich eine manipulative, lügende Schlange wie diese hier besuche.* »Nichts liegt im argen, mein armes, impulsives, phantasievolles, verschrecktes Mädchen!«

Sie nahm Temple bei der Hand und fing an, ihre Finger von dem Halbedelstein zu lösen. Temple überlegte, ob sie sich wehren sollte, aber sie wollte ihre Maskerade als besorgtes kleines Mädchen nicht aufgeben.

»Sehen Sie, wie Sie insgeheim nichts anderes wünschen, als die Geheimnisse in Ihrem Inneren zu offenbaren ...«

Temple blickte auf ihre Handfläche und sah nur den Peridot – ein wirklich winzig kleiner Peridot, kaum groß genug für einen winzigen Ohrring. Es lohnte wohl kaum, daß eine Ameise so ein Ding zum Ameisenhaufen schleppte ...

»Gebirge entstehen aus Ameisenhaufen«, fuhr Mynah fort, »und aus schlichten natürlichen Ursachen wird Mord. Trauen Sie mir. Ich lese nicht nur in Kristallkugeln und Sandformationen, sollten Sie wissen.»

Temple wußte nichts über Kristallkugeln und Sandformationen. Warum durfte sie die Hauptattraktion nicht sehen? Was sollte sie jetzt tun, mit dem Peridot über Mynahs Handflächen streichen? Sie drehte ihre Hand zur Seite, um den dunkelgrünen Splitter in die Hand ihrer Gastgeberin gleiten zu lassen.

»Großzügig.« Mynah fügte diese Eigenschaft noch Temples Liste hinzu.

»Verfügt Ihr Ehemann auch über irgendwelche hellseherischen Fähigkeiten?« fragte Temple.

»Mein Mann?« Mynahs große blaue Augen blinzelten irritiert. Es war, als sei ihre Aufmerksamkeit abrupt auf den Bewohner eines anderen Planeten gelenkt worden. »Warum erwähnen Sie ihn gerade jetzt, hier in meiner Sprechstunde?«

»Na ja, Sie sind schließlich verheiratet - «

»Und was geht Sie das an?«

»Gar nichts. Ich dachte nur, er wäre vielleicht... in der Nähe.« Temple blickte nervös zu den schwebenden Pflanzen hinüber.

»William hat mit meiner Arbeit nichts zu tun«, sagte Mynah kurz angebunden.

»Wo könnte ich ihn denn antreffen?« ließ Temple nicht lokker.

»Bei seiner Arbeit.« Mynahs weißgeschminkte Lippen verzogen sich.

»In –?«

Sie warf den Kopf herum, als sei es für sie ein Akt physischer Gewalt, weltliche Tatsachen zu offenbaren. »In ... irgend einem Bürogebäude. Ich kümmere mich nicht um solche Orte, solche Beschäftigungen.«

Temple nickte langsam. Eine Frau, die nicht wissen wollte, wo ihr Ehemann arbeitete? Zugegeben, viele moderne Eheleute gingen oft getrennte Wege, aber meistens wußte man doch wenigstens, welchen Weg man einschlagen mußte, um zum Arbeitsplatz des Ehegatten zu gelangen. Aber Temple spürte, daß Mynah ihr nichts verschwieg. Sie wußte es wirklich nicht.

»Warum möchten Sie denn William sprechen?« wollte die weiße Frau wissen, und ein winziges Schmollen brachte den Lippenstiftrauhreif in ihren Mundwinkeln durcheinander.

»Mir ist das alles hier ganz neu. Ich versuche, mir einen Überblick zu verschaffen.«

»Nein!«

Temple hob höflich die Augenbrauen. Mynahs dunkle Brauen hingegen zogen sich zusammen.

»Sie sind ... großzügig, wie es der Peridot auch aussagt, aber es gibt noch eine andere Seite des Peridots in Ihrem Charakter, eine mit Fehlern behaftete Seite.«

Temple wartete. Die Rezitation ihrer angeblichen Tugenden war langweilig gewesen, vielleicht würden die Fehler größere Einsichten bieten.

»Sie sind neidisch. Als unverheiratete Frau sind Sie hinter meinem Ehemann her.« Temple hätte dieser himmelschreienden Schlußfolgerung widersprechen wollen, doch Mynah war jetzt in voller Fahrt. »Aber Sie neiden den anderen Menschen auch ihre Fähigkeiten, so zum Beispiel mir. Ja, Sie tun so, als würden Sie Erleuchtung suchen. Aber Ihre Absichten sind ganz anderer Art. Behalten Sie diese kleine Zyste grünen Gifts –« Sie ließ den Splitter wieder auf Temples Handfläche fallen, ehe diese ihre Hand zurückziehen konnte, und schloß ihre Finger um den scharfen Stein. »Ich sehe alles, das sollten Sie wissen. Sie sind hierhergekommen in der Hoffnung, meine Kräfte zu testen, ihre eigenen Kräfte auszuloten, und doch haben Sie nur Ihre eigenen Begrenzungen erfahren.«

»Was meinen Sie damit?« Temple war ehrlich empört.

Mynah stand auf. »Wissen Sie nicht, daß ich jeden Ihrer unwürdigen Gedanken lesen kann? Sie wollen mein Geheimnis auskundschaften.«

»Geheimnis? Ich habe noch nicht einmal darum gebeten, die Sandformationen zu sehen.«

Mynah warf ihre l'Oréalgetönte Silbermähne über die Schulter. »Sie neiden mir meine Macht über die Männer. Sie, die von den Männern ignoriert werden, die Sie alleine leben wie eine alte Jungfer mit ihrer Katze - «

»Was ist mit meiner Katze?« War Midnight Louie etwa hier gewesen? Was hatte er jetzt wieder angestellt?

»Sehen Sie nur, wie Sie gleich in Verteidigungsstellung gehen! Wie lächerlich Sie eigentlich sind! Und Sie geben zu, eine Katze zu haben. Ihre Anmeldung zur Sprechstunde war doch nur ein Vorwand! Leugnen Sie es, wenn Sie können.«

Temple konnte es nicht.

»Sie werden von flammender Eifersucht zerfressen. Sie möchten übersinnliche Fähigkeiten nur aus schändlichen und sinnlosen Gründen erwerben. Hinfort, Sie College-Girl! Träumen Sie Ihre lächerlichen Träume. Zeigen Sie Ihre wahren Farben. Die schlichte Reinheit wahren Könnens werden Sie niemals erringen.«

»College-Girl«, das war ja wohl der Gipfel! Glaubte diese Madame eigentlich, daß sie es mit irgendeiner dämlichen Amateurin zu tun hatte? Temple überlegte (impulsiv), ob sie selbst (mit viel Leidenschaft) einige passende Bemerkungen loslassen sollte, die wesentlich mehr zum Punkt kommen würden als dieser Hokuspokus-Quatsch.

Aber dann hätte sie ja ihre Maskerade verraten, nicht wahr,

überlegte Temple großzügig. Ihre verborgenen hellseherischen Fähigkeiten offenbarten, daß es besser wäre, eine Tatverdächtige nicht in ihren irrtümlichen Annahmen zu erschüttern anstatt sie leidenschaftlich zu korrigieren und damit den ganzen Erkenntniswert des Gesprächs zu zerstören.

Nein, es war sinnvoller, ihre Befragungen zu Ende zu bringen, und dann die Ergebnisse Max oder Matt vorzulegen, je nachdem, welcher ihrer beiden psychologischen oder zaubernden Experten besser dazu geeignet war, ihr geschundenes Selbstwertgefühl wieder aufzurichten.

Eifersüchtig, da lachten ja die Hühner!

Temple ging, ohne darauf zu warten, daß der Wasservorhang beiseite gezogen wurde.

Fröstelnd drehte sie im *Storm* die Heizung hoch. Den Peridot ließ sie in ihr Handschuhfach gleiten.

Doch ehe sie dem Haus von Mynah Sigmund den Rauch von ihrem Auspuff zeigte, fuhr sie einmal rundherum, um es ihr so richtig zu zeigen. In dem Moment sah sie die glänzende schwarze Stoßstange einer *Viper*, die hinter einem dicken Busch Pampagras hervorschaute.

Entweder machte einer der Gebrüder Fontana Mynah seine Aufwartung, während ihr Ehemann irgendwo bei der Arbeit war, oder es war jemand anderes mit dem selben Geschmack für auffällige Autos.

Temple schlüpfte aus ihren patschnassen Schuhen (seufz) und trat mit bestrumpften Füßen heftig auf das Gaspedal, um ihre nächste Verabredung einhalten zu können.

Vielleicht hatte Mynah Gandolph the Great umgebracht, weil er mit seinem Hut eine zu starke Konkurrenz für sie war.

Temples nächstes Ziel war das Hi-Lo-Motel.

Las Vegas bot seinen Besuchern und Bewohnern ein ganzes Buffet an Unterbringungsmöglichkeiten, vom billigsten Kellerloch bis hin zur Eleganz einer Dachgeschoßwohnung.

Über die Höhe konnte man übrigens auch die Gegenden mit niedrigen Mieten von denen mit den hohen Mietpreisen unterscheiden. Die billigsten Motels waren ein Stockwerk hoch, weniger billige hatten zwei oder drei Geschosse, die Mittelpreisklasse gab es mit zehn oder zwölf Stockwerken, und die wirklich, wirklich schicken Läden beleuchteten den Himmel genauso heftig, wie sie auf der Abrechnung der Kreditkarte ihrer Gäste auftauchten.

D'Arlene Hendrix bewohnte Zimmer 223, was bedeutete, daß sie zwar mit ihrem Gepäck hatte in die Höhe steigen müssen, aber auch nicht auf der Straßenebene von Eindringlingen belästigt werden konnte. Der Laden war gut beleuchtet und sauber, aber jeder sonstige Luxus war offenbar entschieden abgelehnt worden. Temple stieg die Betonaußentreppe zum zweiten Stockwerk hoch und ging dann an der Außengalerie entlang zum richtigen Zimmer.

Sie klopfte – und der Fernseher verstummte sofort. D'Arlene Hendrix öffnete die Tür nur so weit, bis die Sicherungskette einhakte, erkannte Temple und schloß die Tür wieder, um die Kette zu lösen und ihre Besucherin einzulassen.

Sie trug Bluejeans, abgetragene Tennisschuhe und ein T-Shirt, auf dem ein Landschaftsarchitekt aus Lexington, Kentukky Reklame machte.

Ihre Lesebrille baumelte an einer Perlenkette.

»Wie freundlich von Ihnen, mich zu empfangen«, setzte Temple an.

»Ich habe immer noch nicht ganz verstanden, warum Sie bei dieser Séance dabei waren.« D'Arlene wies auf den gepolsterten Schreibtischstuhl dem Bett gegenüber und setzte sich dann auf selbiges. Es war von einer Überdecke mit Paisleymuster bedeckt.

»Ich war aus sachlichem Interesse da. Ich arbeite für das Crystal Phoenix Hotel und Casino. Wir haben vor, dort eine ähnliche Attraktion einzurichten. Und ich wollte mir anschauen, wie so etwas funktioniert.«

»Sind Sie schon früher einmal in Las Vegas gewesen?«

D'Arlenes unerbittliche Dauerwelle blieb bewegungslos, während ihr Kopf ein festes »Nein« schüttelte.

»Wenn ich gewußt hätte, was für eine Mogelpackung diese sogenannte Séance war, hätte ich nie daran teilgenommen.«

»Was meinen Sie mit ›Mogelpackung‹«?

»Ich vermute, die Tatsache, daß Oscar Grant angesagt war, hat mich angelockt.«

»Tatsächlich?« Temple hatte D'Arlene Hendrix nicht als jene Art Frau eingeschätzt, die Oscar Grant in irgendeiner Hinsicht vielversprechend fand.

D'Arlene lachte mit einem ironischen Tonfall. »Sie dürfen mich nicht für einen Oscar-Grant-Fan halten. Das bin ich nämlich nicht, aber ich sehe wohl, daß sein Programm ein außerordentlich großes Publikum erreicht. Und ich hoffe immer, daß irgend etwas, das ich tue, mir noch größeren Respekt einbringt. Den brauchen echte Hellseher schließlich, wenn wir bei der Aufklärung von schrecklichen Verbrechen helfen wollen, vor allen Dingen von Verbrechen gegen Kinder.«

»Also waren Sie überhaupt nicht an Houdini interessiert? Nur daran, die Aufmerksamkeit auf Ihre Arbeit zu lenken?«

»Houdini, so scheint mir, war durchaus in der Lage, für sich selbst zu sorgen. Die Fälle, bei denen ich zu Rate gezogen werde, betreffen meistens die hilflosesten Menschen in der Gesellschaft, unschuldige Kinder, die von Straßen oder selbst aus ihren eigenen Häusern gestohlen werden. Trauernde Familien, die das Gefühl haben, daß die Adlermethode der Polizei – lange suchen und dann endlich zustoßen – nicht reicht.«

»Also wenden sie sich an die Adlermethode des Hellsehens.«

»Das kann ich nicht bestreiten.«

D'Arlene Hendrix nahm eine Tüte mit getrockneten Aprikosen von dem schlichten Nachttischchen und bot Temple daraus an. »Meine ... Intuitionen schlagen zu wie der Blitz. Hier. Da.

Dicht am Boden. Hoch in der Luft.« Sie kaute nachdenklich auf einer Aprikosenhälfte. »Ich habe es gelernt, die zwiespältige Eigenart meiner Fähigkeiten anzunehmen. Die Polizei möchte Vorhersehbarkeit. Programm. Manche Polizisten akzeptieren meine Einsichtsblitze, auch wenn sie sie nicht respektieren.«

»Sie klingen ja wie eine moderne Johanna von Orléans.«

Temple lächelte. »Haben Sie selber Kinder?«

D'Arlenes Gesicht wurde traurig. »Nein, ich konnte keine bekommen. Manchmal glaube ich, das ist der Grund, warum ich Ahnungen über vermißte Kinder habe.«

»Spüren Sie sie je lebendig auf?«

»Ja. Ja, das tue ich. Zwei Mal in fast achtzehn Jahren. Dann kam die Presse ... Ach ja, dann gibt jeder bereitwillig zu, daß es möglicherweise noch andere Erkenntnisebenen gibt, als wir ahnen. Aber sobald die Fanfaren verstummt sind, kommen neue Fälle, und auch die sind irgendwann wieder gelöst. Die Verstorbenen werden begraben, und ich werde vergessen. Bis zum nächsten Mal.«

»Jetzt klingen Sie wie ein ausgebrannter Bulle.«

D'Arlene wandte ihren Kopf zu Temple um wie ein neugieriges Eichhörnchen. »Sie haben wohl auch ein paar besondere ›Instinkte‹. Ja, ich trete mir derzeit unheimlich in den Hintern, daß ich mitgegangen bin. Erst beschließt die Polizei, daß ich die einzige Person bin, bei der sich eine Befragung wegen des Todes von Gandolph lohnt – «

»Warum?«

»Wer weiß das schon? Vielleicht hat sie jemand auf mich aufmerksam gemacht. Aber wie Sie sehen, hat man mich wieder ins Wasser zurückgeworfen. Dann niste ich mich in diesem bescheidenen Motel ein, weil ich es so gewöhnt bin. Ich konnte den betroffenen Familien nie großartige Reisekosten in Rechnung stellen. Aber die Show zahlt ja meine Auslagen, und jetzt erkenne ich, daß ich ziemlich blöd war, nicht ein exklusives Hotel wie das Camelot gebucht zu haben. Wenigstens könnte ich da durch das

Casino oder die Einkaufsmeile oder über den Strip bummeln. Aber nein, D'Arlene, die Knauserin, muß in Las Vegas auf Geheiß der Polizei in einem Motel bleiben, das dem eines x-beliebigen Hotels in Nirgendwo, Kansas, entspricht. Ein Glas Wein?«

Der plötzliche Themenwechsel ließ Temple aufschrecken, aber sie nickte, denn sie war neugierig zu sehen, was D'Arlene Hendrix in ihrem Motelzimmer zu sich nahm.

Aus dem Waschbecken im Badezimmer kam eine Weinflasche mit einem Schraubverschluß, deren Preis eindeutig zu dem der Zimmer des Hi-Lo-Motel paßte. Jedenfalls hatte Temple die Marke Old Grapevine noch nie getrunken.

»Stört es Sie, daß wir aus Plastikbechern trinken müssen?« fragte D'Arlene.

»Aber überhaupt nicht. Meine beste Arbeit entsteht auf Plastik. Plastiktastatur, Plastikkreditkarten - «

D'Arlene lachte. »Sie sind aber nicht gekommen, um sich die Frustrationen bezüglich meines Jobs anzuhören.«

»Eigentlich doch. Die Frustrationen eines jeden Berufs sind meistens dieselben: distanzierte Mitarbeiter, Kollegen, die unser Talent nicht erkennen, und Chefs, die einen nicht respektieren. Was Ihre Schwierigkeiten interessant macht, ist Ihr ungewöhnlicher Job. Was ist mit dieser Séance? Mir sind solche Unternehmungen ganz neu, aber ich ... spürte, daß da etwas los war.«

»Verstehen Sie mich nicht falsch. Ich sagte, es sei ein Hokuspokus gewesen, aber ich habe nie behauptet, daß da nichts vorgefallen sei. Es gab jede Menge Schmerz in diesem Raum.«

Sie schüttelte den Kopf und nahm einen Schluck Rotwein. »Eine große Menge.«

»Psychischer Schmerz?«

»Psychischen Schmerz, geistigen Schmerz, emotionalen Schmerz. Das ist der einzige Schmerz, den ich empfange. Immerhin schlage ich nicht auf jeden Daumen an, der von einem Hammer getroffen wird.«

»Und das Ganze war vor Gandolphs Tod?«

»Oh, ja, auf jeden Fall.« D'Arlene setzte ihren Plastikbecher auf dem Nachttischchen ab und blickte versonnen auf die Wand gegenüber, als würde sie dort einen Film ablaufen sehen. »Vielleicht ist das der Grund, warum ich so deprimiert bin. Vielleicht ist es nicht nur der Tod dieses armes Mannes. Diese Séance war ein wahres Schmerzensschloß. Meine Haut... schmerzte schon, nur weil ich da war.«

»Und Ihre Gefühle waren wirklich echt?«

»Man kann eine dünne Haut nicht vortäuschen, Schätzchen, selbst wenn es eine hellseherische Haut ist.«

Old Grapevine hatte D'Arlene Hendrix wirklich gelockert. Selbst ihre starre Dauerwelle schien sich langsam aufzulösen.

»Und woher stammte dieser ganze Schmerz?«

»Meine ›Eindrücke‹ tragen keine Namensschildchen. Ich spürte eine schreckliche Wut. Und Willen, einen unglaublichen Willen. All diese gewalttätigen Gefühle gingen von einer Person zur nächsten, wie überspringende Elektrizität. Haben Sie das nicht gespürt?«

»Ich habe mehr gespürt, als ich erwartet hätte, das stimmt in jedem Fall. Und ich habe gesehen –«

»Den wilden Mann im Kamin?«

»Klar, den habe ich gesehen. Ich schätze, jeder, der ein Buch über Houdini gelesen hat, kannte dieses Photo.«

D'Arlene nickte und griff erneut nach dem Plastikbecher.

»Sie glauben auch nicht, daß das Houdini war?« hakte Temple nach.

»Houdini würde nicht nackt zurückkehren. Alle echten Geister, von denen ich je gehört habe, sind immer anständig gekleidet. Anders als meine armen Opfer.«

Temple wurde bei diesem Hinweis etwas blaß, doch sie fuhr fort:

»Ich wußte gar nicht, daß Geister lieber gutgekleidet erscheinen. Aber ich habe noch eine andere... Person gesehen. Einen kleinen Jungen und dann gealtert, als Mann.«

Ein Nicken. »Schrecklicher Schmerz, schreckliche Wut.«

»Sie haben diese Figuren auch gesehen?«

Diesmal schüttelte sie den Kopf. »Nein. Das einzige, was ich ›sehe‹, sind Todesschauplätze, und in diesem merkwürdigen Raum war bislang noch niemand gestorben. Ich spürte die Gefühle, so wie andere Menschen Musik hören. An jenem Abend spielte eine ganze Symphonie.«

»Und wer hat welches Instrument gespielt?«

D'Arlene nickte abermals, Temples Metapher hatte sie beflügelt. »Jede Person hat ihr eigenes. Das Fagott war schwierig unterzubringen, das habe ich nicht ganz geschafft. Aber das Cello war Gandolph, tief dunkle Musik, sehr traurig.«

»Was noch?«

»Es gab ein Pfeifen. Ein melancholisches, leises Pfeifen. Der andere Mann, glaube ich, nicht Oscar Grant, und der Professor.«

»William Kohler.«

»Die Frauen waren der Chor der Pilger, sie suchten alle etwas, das sie verloren hatten, und zwar verzweifelt.«

»Aber wer hat die Art von Schmerz gesendet, von der Sie gesprochen haben?«

D'Arlenes Augen waren jetzt völlig durchscheinend. Ihr ganzes Gesicht wirkte wie abgestorben. »Sie zum Beispiel.«

»Ich habe aber doch keine Schmerzen.«

D'Arlenes schlaffe Lippen versuchten ein Lächeln.

»Dann wenigstens schmerzvolle Verwirrung. Ich kann jetzt noch diese aufgeregte Flöte hören, die versucht, ihren Puls zu beruhigen.«

»Ich war nur bei der Arbeit, das ist alles, habe über Realität und Illusion nachgedacht.«

»Illusion. An dem Abend gab es viele Illusionen. Gandolphs. Ihre, glaube ich … Sie arbeiten jetzt in einer Illusion. Sie sind nicht mehr nur das, was Sie sagen oder scheinen, so wie auch Gandolph es an dem Abend nicht war. Und diese Kreatur. Oh, mein Gott! Geboren, um dem Okkulten einen schlechten Ruf zu verleihen, als sei es noch nicht übel genug beleumundet. Und um euch alle herum dieser Strom an Wille. Reiner Wille. Und Wut, weiße, heiße Wut. Oscar Grant war vielleicht das Fagott, obwohl er mehr wie ein Tenorsaxophon klang. Glatt. Tenor Sax. Tenor Sex. Sie hat jedenfalls nicht gesungen, diese eine.«

»Wer?«

»Ihre Verbindung mit der Technicolor-Aura. Elektrizität. Merkwürdiger Widerhall. Und so wunderbar friedlich, wie eine ... Harfe.«

»Ich bin eine hysterische Flöte, und Electra ist eine elegante Harfe?«

D'Arlenes schläfrige Augen öffneten sich leicht. »Es war Ihr Vergleich, Miss Barr. Und durchaus produktiv. Ich habe noch nie eine so gute Erinnerung in hellseherischer Hinsicht gehabt. Ihre Gabe ist nicht, zu sehen, sondern andere zum Sehen zu führen.«

»Das sehe ich ein.«

D'Arlene lachte. »Sie glauben, das sei nur eine kleine Gabe. Und Sie verabscheuen das Kleine, das Kleine in sich selbst, das Kleine in anderen Menschen, was ein großer Fehler ist. Kleine Menschen. Aber wer ist das Fagott? Solche Macht und solch eine Verschwendung. Solche Wut und solche Angst. Und das stumme Kaninchen, das nur in Augenblicken höchster Verzweiflung schreit, welches Instrument spielt es? Eine Violine, die völlig ungestimmt herumkratzt. Und dann eine letzte, hysterische Note, sehr beeindruckend, sehr endgültig.«

Die Frau schüttelte den Kopf, und wieder entstand nicht die geringste Bewegung in ihren graubeigefarbenen Locken. Sie setzte sich auf und stellte die Füße mit einem Ruck auf den Boden, als kehre sie in die Realität zurück.

»Ich fühle mich schon besser. Ich hatte diese Séance nicht noch einmal sehen wollen, aber ich konnte es ertragen, sie noch einmal zu hören. Ich glaube, Sie haben bekommen, was Sie wollten, Miss Barr. Ich glaube, Sie sind eine zufriedene Kundin, selbst wenn Sie dies erst später erkennen werden.«

»Das ... war faszinierend.«

D'Arlene Hendrix schaute sie nicht an. Sie saß vornübergebeugt, betrachtete den billigen Teppich. »Das würden Sie nicht sagen, wenn es vorgetäuscht gewesen wäre. Aber es war echt. Daher ist es nicht faszinierend, sondern traurig. Und das werden Sie auch noch erfahren.«

Temple stand auf, stellte ihren leeren Becher auf den Fernseher und ging zur Tür. D'Arlene schien zu erschöpft, um sich bewegen zu können.

»Ach«, sagte sie verträumt. »Eines dürfen Sie nicht vergessen, Miss Barr, vor allen anderen Dingen. Ich weiß nie, ob ich meine Eindrücke von dem Opfer ... oder vom Mörder empfange.«

30

Das zweite, das dritte Türchen geht auf

Am nächsten Tag fühlte sich Temple wie Miss Scarlett in dem Spiel Cluedo. Mit jeder Ortsveränderung stieß sie auf einen anderen Tatverdächtigen in dem großen Spiel um Mord … vielleicht.

Sie fand Professor Mangel unter einer weit ausladenden Pappel auf dem Campus der University of Nevada in Las Vegas, wo er zwei Dutzend Studenten à la Sokrates ansprach: im Freien.

Temple klappte den Kragen ihres Blazers hoch und steckte die Hände in die Taschen. Es war nicht gerade kalt, aber zumindest die Vorstellung von Kälte lag in der Luft.

So wie auch noch großartigere Vorstellungen.

»Hellseher, Medien, Wahrsager, Kaffeesatzleser«, zählte Mangel mit dramatischer Präzision auf. »Schauspieler, Arrangeure, Künstler. Keine dieser Bezeichnungen paßt direkt in den Satz Karten hier.«

Er zeigte eine Handvoll aufgefächerter, übergroßer Karten, deren wunderschön illustrierte Rücken Temple näher treten ließen, um sie besser sehen zu können.

»Aber die eine Karte, die sie alle sticht, ist … Kann jemand das erraten?«

Die Studenten flüsterten untereinander, aber keiner wagte sich mit einem Vorschlag vor.

Mangel zog eine Karte heraus und zeigte ihr Gesicht: ein Mann mit einem Umhang und mit bedeutender Miene.

»Der Kaiser!« sang ein junger Mann förmlich.

Mangel lächelte und schüttelte den Kopf.

»Der Teufel!« rief eine weibliche Stimme zittrig.

Lächelnd schüttelte Professor Mangel abermals seinen glänzenden Glatzkopf. »Visionen zu haben ist nichts Böses, nur etwas Außerordentliches, obwohl viel zu oft auf dieser Welt das Außerordentliche für das Böse gehalten wird. Gibt es noch andere Vorschläge?«

Seine Herausforderung brachte noch einmal eine ganze Menge Antworten hervor.

»Der Hohepriester«, war die erste.

»Kraft«, kam der nächste Vorstoß.

Mangel lachte.

»Der Gehenkte«, brüllte ein langhaariger Bikertyp von hinten.

»Worte eines wahren Pessimisten«, gab Mangel zurück. »Aber hängt der Gehenkte wirklich, oder sehen wir ihn nur verkehrt herum an?« Ein weiteres rätselhaftes Lächeln.

Temple erkannte, daß er gern unterrichtete. Sie war so fasziniert, daß sie mitmachen mußte. Sie kannte selbst einige Karten aus dem großen Arkanum des Tarot.

»Der Narr!«

»Nicht schlecht.« Mangel nickte ihr zu, und hinter den dicken Brillengläsern leuchteten seine hellen Augen. »Und eine vielseitigere und machtvollere Karte als meist geglaubt wird. Denn was ist der Narr anderes als die Möglichkeit ›Jugend‹? Und die ist immer vielversprechend ... und gefährlich, wie ihr jungen Leute ja sehr gut wißt. Also – ?«

»Der Tod«, schlug eine tiefe männliche Stimme vor, ohne daß man den Sprecher irgendwo ausmachen konnte.

Temple erschauderte, aber der Professor lachte. »Das *glauben* Sie vielleicht. Sehr wacker, aber wenn ich Sie weiterraten lasse, würden Sie bloß das komplette Arkanum aufzählen. Nein.« Er schob den Daumen zur Seite und ließ sie den Namen der Karte sehen.

»Der Magier«, erscholl ein leiser Chor, und in allen Stimmen lag ein Stöhnen.

»Der Magier«, wiederholte Mangel hochzufrieden. »Und was ist ein Magier? Keine Sorge. Ich werde Sie heute nicht noch weiter auf die Probe stellen. Ich werde jetzt meine Aufgabe erfüllen und Ihnen erzählen, was Sie wissen müssen. Das heißt, ich werde es *jemand anderen* tun lassen. Edmund Wilson. Haben Sie diesen Namen schon mal gehört?«

Das Schweigen belehrte ihn eines anderen.

Mangel gab ein trauriges »Tss« von sich. »Er war Amerikaner, meine Damen und Herren. Ein amerikanischer Weiser, Romancier, Publizist, vor einigen zig Jahren verstorben ... erkennen Sie ihn immer noch nicht? Welch ein Trauerspiel. Nun. Hören Sie, was dieser völlig unbekannte Wilson über die Funktion des Magiers gesagt hat. ›Er hat Charaktereigenschaften, die denen des Kriminellen ähneln, des Schauspielers und des Priesters‹« – Mangel hielt inne und hob die Augenbrauen, um sich zu vergewissern, daß seine Zuhörer auch aufmerksam waren – »›doch er genießt besondere Vorteile, die für diese Berufungen nicht in Frage kommen. Anders als der Kriminelle hat er von der Polizei nichts zu fürchten, anders als dem Schauspieler gehört die Bühne immer ihm ganz allein, anders als der Priester muß er sich nicht um Glaubensfragen sorgen ...‹«

Ein Mädchen in der ersten Reihe fragte plötzlich: »Gibt es eigentlich auch Magierinnen?«

»Wenige.« Geschickt brachte Professor Mangel die ausgebreiteten Tarotkarten wieder auf einen massigen Stapel zusammen. Der besprochene Magier verschwand in der Menge. »Allerdings hat das weibliche Geschlecht in der Ausübung übersinnlicher Künste immer einen Vorsprung gehabt. Ein besonderes Ohr, sozusagen, für das weniger Gesehene, das weniger Gehörte, das seltener Geglaubte. Houdini mag man für die Symbolfigur des männlichen Magiers halten. Wir dürfen aber nicht vergessen, daß der größte Einfluß in seinem Leben – und seinem Sterben – seine Mama war. Er war an ihre ... an ihr Allerinnerstes gebunden, so daß er sie nicht sehr lange überlebt hat. Vielleicht war seine lebenslange Suche nach dem Ultramännlichen eine Flucht vor dem Weiblichen in ihm selbst. Er war weniger ein Magier als vielmehr ein Fluchtkünstler. Und seine Legende versucht immer noch, dem einen Kunststück zu entkommen, das uns alle einmal erwischt. Darum haben wir in die jährliche Halloweenakademie der Attraktionen die übliche Séance mit dem Zurückholen von Houdini integriert, selbst hier in Las Vegas, wo es weit bedeutendere Geister gibt, die wir zurückholen könnten, so zum Beispiel –?«

Jetzt explodierten die Antworten geradezu: »Elvis!« »Marilyn Monroe!« »Frank Sinatra!« »Bugsy Siegel!«

»Mit diesem Gedenken an gewesene Berühmtheiten werden wir die Untersuchung der seherischen Künste für heute beenden«, sagte der Professor und schaute auf seine Uhr. »Vielen Dank, daß Sie gekommen sind.«

Temple beobachtete die sich entfernenden Studenten und wartete darauf, daß Mangel ein Pärchen verabschiedete, das nach dem Kurs noch mit ihm sprechen wollte.

»Nett, Sie einmal von nahem kennenzulernen, Miss Barr.«

Professor Mangel stand neben ihr und lächelte sie Aug' in Auge an, Brille in Brille. »Ihr Einwurf mit dem Narren hat die traurige Raterei etwas belebt, und zwar genau in dem Moment, als ich irgendein Anzeichen von Ideenreichtum brauchte. Schade, daß Sie nicht eine meiner Studentinnen sind.«

»Für ein paar Minuten war ich das ja, und es hat Spaß gemacht.«

Er grinste. »Immerhin kann mein Thema es mit Fernsehsendungen der billigsten Art wie *Geraldo* und *Close Encounters* und *Sightings* aufnehmen! Wer hätte je gedacht, daß Transistoren eines Tages die heiligen Hallen der akademischen Welt ersetzen würden?«

Er wies mit einer Geste auf den Campus. »Sollen wir bei unserm Gespräch etwas schlendern?«

Sie machten sich auf den Weg, während Temple darüber

nachdachte, wann sie wohl das Verb »schlendern« zuletzt gehört hatte. Trotz seiner Ausdrucksweise war Mangel jünger, als es seine Glatze nahelegen wollte. Sein Gang, seine Art zu sprechen, seine geistige Beweglichkeit addierten sich zu einer dynamischen, männlichen Energie, die es völlig unwesentlich machte, daß er klein, kurzsichtig und frühzeitig glatzköpfig war. Temple wäre jede Wette eingegangen, daß so manche Studentin sich gleich im ersten Semester in ihn verliebt hatte.

»Ich gebe auf meinen Reisen gerne solche Gastseminare in den örtlichen Universitäten, obwohl meine Erforschung paranormaler Phänomene für ›Populärwissenschaft‹ gehalten wird. Sie brauchen also Informationen über Medien und die immaterielle Welt für den Amüsierpark in einem Hotel?«

»›Amüsierpark‹ ist ein ziemlich hochgestochener Begriff für das, was mir vorschwebt. Es soll Teil eines Themenparks über Jersey Joe Jackson im Crystal Phoenix werden.«

»Vom Crystal Phoenix habe ich schon gehört. Aber von Jersey Joe Jackson nicht. Wissen Sie was? Wir setzen uns doch besser und plaudern dann. Ich möchte mir ein paar Notizen machen.«

»Ich auch.« Temple holte einen Stenoblock aus ihrer Schultertasche, während sie sich beide auf eine niedrige Steinbank niederließen. »Das ist wirklich ein wunderschönes Tarotspiel, das Sie da gezeigt haben.«

»Nicht wahr?« Mangel holte das schwarze Samtfutteral aus seiner Tasche und ließ die Karten herausgleiten. »Das Tarot der Katzenmenschen von Karen Kuykendall.«

»Das war also das Muster auf der Rückseite! Katzen – aber mit blaugrüngestreiften Körpern! Sieht ein bißchen aus wie die Cheshirekatze. Darf ich mir den Magier mal von nahem anschauen? Wie haben Sie ihn überhaupt so blind ziehen können?«

»Natürlich ein Zaubertrick. Man muß heutzutage ein bißchen unterhalten können, um die Aufmerksamkeit der Studenten zu fesseln. Psychologieprofessoren sind wesentlich weniger interessant als Internet-Browser und Computerspiele.«

Er reichte ihr die Karte mit dem Gesicht nach oben. Der Magier war eine exotische Figur, sein gebauschter Umhang war mit einem Regenbogen aus Blasen gemustert, seine Haare glichen einer riesigen, schwarzen ägyptischen Perücke, die von der juwelenbesetzten Gestalt einer gefleckten Katze gekrönt wurde. Vor ihm schwebten ein Pentagramm, ein Kelch und ein Schwert.

Temple begutachtete die Karte. »Irgend etwas an dieser Figur erinnert mich an Beardsleys Gemälde von Salome mit dem Kopf von Johannes dem Täufer.«

»Gruseliger Vergleich«, sagte er und nahm die Karte zurück, um sie noch einmal zu betrachten. »Aber ich verstehe, wie Sie das meinen. Vielleicht ist es die intensive Konzentration der zentralen Figur.«

»Meinen Sie, daß Magier genauso besessen sein müssen wie Mörder?«

Mangels wässrig braune Augen, die fast so hell waren wie gelbe Katzenaugen, weiteten sich vor Interesse. »Wieder ein interessanter Vergleich. Aber er paßt. Niemand ist besessener als ein Magier.«

Temple zeigte auf die schwebenden Gegenstände auf der Karte. »Ich erkenne den Kelch des Priesters, und ich vermute, das Schwert soll den Verbrecher darstellen, aber das Pentagramm ist ein schlecht gewähltes Symbol für einen Schauspieler.«

»Ich weiß nicht. Man braucht schauspielerische Fähigkeiten, um eine Bühne zu beherrschen – David Copperfield bezeichnet den Magier in erster Linie als Bühnenkünstler, und diese Einstellung hat ihn unglaublich reich gemacht.«

»Was ist mit Medien und Hellsehern? Sind die auch Magiere? Verbrecher? Priester und Priesterinnen?«

»Selbstredend, Temple, wenn ich Sie so nennen darf.«

»Selbstredend, wenn Sie mir verraten, ob Professoren auch Vornamen haben.«

Sein Lachen kam abrupt und kurz. »Ja. Ich werde immer der ›Professor‹, seltener ›Jefferson‹ genannt.«

»Und niemals ›Jeff‹?«

»Niemals! Das paßt nicht zu meinem Doktortitel.«

»Also, Jeff, was ist nun mit den Hellsehern und Medien, den Wahrsagern und Kaffeesatzlesern? Sind die alle echt oder Betrüger?«

Sorgsam steckte er die Tarotkarten wieder in ihr Futteral, und noch sorgsamer wählte er seine nächsten Worte. »Ich glaube, daß Sie mehr in Erfahrung bringen wollen als irgendwelche billigen Geisterdetails für einen Amüsierpark oder Themenpark oder wie Sie das nennen. Also werde ich Ihnen das sagen, was ich aufgeblasenen Akademikern nicht sage: Ja, viele dieser Leute sind Betrüger, viele bilden sich nur etwas ein, und ein paar, nur ganz wenige, sind ... bestenfalls zwielichtig.«

»Und ich dachte, Sie seien ein überzeugter Fürsprecher.«

»Das wird gemeinhin angenommen. Nein, ich bin lediglich dafür, das seltene Echte zu suchen.«

»Wie der verstorbene Gandolph, der das Unechte ausfindig machen wollte?«

»Der arme Mensch. Ist Ihnen eigentlich klar, daß er zu dem geworden ist, was er selbst verabscheut hat – nur um die Wahrheit ausfindig zu machen? Die Person Edwina Mayfair war in Hellseherkreisen ziemlich gut bekannt, sogar respektiert. Sobald Gandolph mal wieder einen Enthüllungsartikel über irgendeinen aus der Zunft geschrieben hatte, fragten sich alle, wie er eigentlich an die Informationen gekommen war. Niemand hätte es sich je träumen lassen, daß er seine Recherchearbeiten sozusagen als verdeckter Ermittler durchführte.«

»Hat niemand vermutet, daß Edwina Mayfair irgend etwas anderes sein könnte, als das, was sie war? Kaum zu glauben.«

»Hellseher sind extreme Persönlichkeiten, die extreme Positionen einnehmen. Es hat nie irgendwelche Vermutungen gegeben, daß Edwina etwas anderes war, als sie zu sein schien.«

»Angesichts des Theatralischen, das viele Medien zu kultivieren scheinen – wie kann man da ernsthaft an sie glauben, oder an ihre Effects?«

»Sie meinen, wie ich das kann? Ganz einfach.« Er holte eine Packung Käsecracker aus seiner Tasche und bot Temple so beiläufig davon an, als reiche er ihr eine Zigarette. Sie hätte tatsächlich eine Zigarette vorgezogen und schüttelte daher den Kopf.

»Verstehen Sie«, fuhr er fort, kaute glücklich und verteilte Kekskrümel auf seinen Jeans, »Ich unterscheide mich gar nicht so sehr von Houdini.« Er registrierte ihren ungläubigen Gesichtsausdruck. »Nun, ich behaupte nicht, daß ich ein unverbesserliches Mamasöhnchen bin oder überhaupt ein Zauberer. Und Sie dürfen nicht vergessen, daß Houdini den prägendsten Teil seines Lebens im neunzehnten Jahrhundert verbracht hat, in der die Anbetung der Mutter hochgradig sentimentalisiert wurde. Es ist nur so: Bei der Vorstellung, mit den Toten in Kontakt zu treten, bin ich ein hoffnungsloser Optimist, während ich gleichzeitig so skeptisch wie eine Klapperschlange bleibe.«

»Houdini war auch so skeptisch wie eine Klapperschlange? Warum hat er denn dann überhaupt die Hoffnung gehabt, daß irgend jemand eines Tages von den Toten wiederkehrt?«

»Die alte Besessenheit. Mama. Er wollte seine Mama unbedingt wiedersehen. Sie starb, während er auf Reisen war, und zu einer Zeit in ihrem Familiendrama, als er kurz davorstand, seinen Bruder Leopold zu enteignen, weil er die ehemalige Frau seines Bruders Nathan geheiratet hatte. Verstehen Sie, schon damals gab es kaputte Familien, obwohl man sie ›sündig‹ nannte und nicht ›pathologisch‹. Wenn Houdinis Mutter ihn gebeten hätte, das neue Paar zu akzeptieren, um einen Bruch in der Familie zu vermeiden, hätte er es getan. Er hatte gehofft, da zu sein, wenn sie starb, hoffte, daß ihr letztes Wort an ihn gewesen wäre: ›Vergib ihnen‹.«

»Hat er Leopold vergeben?«

»Nein. Houdini war seit dem Tod seines Vaters das Oberhaupt der Familie, also seit er siebzehn war. Seine Mutter wäre die einzige gewesen, die ihn überreden konnte, das zu akzeptieren, was er für einen Verrat an der Familie hielt. Aber sie starb, ohne mit ihm gesprochen zu haben, so daß er den Leichnam seines Bruders aus dem Familiengrab verbannte und sogar sein Konterfei aus den Familienbildern herausschnitt.«

»Nein!«

»Houdini war nie jemand, der sich mit halben Sachen zufriedengab, und er hatte eine beunruhigende Art, sich gegen die zu wenden, die ihm am nächsten standen, vor allen Dingen gegen die, die er einstmals angebetet hatte. Irgendwann wurde er sein eigenes Idol, der einzige, den er zu übertrumpfen suchte, und darüber ist er gestorben. Krankhafter Konkurrenzwahn bis zur Schizophrenie. Das hat ihm seinen beinahe legendären Ruf verschafft. Viele Menschen seiner Zeit glaubten, Houdini verfüge über paranormale Fähigkeiten. Selbst Arthur Conan Doyle hat – Houdini gegenüber – beharrlich behauptet, daß er unbewußt auf dematerialisierende Kräfte Rekurs nehmen mußte, um manche seiner Kunststücke zu vollführen.«

»Das hab' ich auch schon gelesen. Dennoch ist es schwer, dies von dem Schöpfer von Sherlock Holmes zu glauben.«

»Jetzt sehen Sie mal nicht so enttäuscht aus. Gegen Ende seines Lebens wurde Conan Doyle ein richtiger Spiritualist und hat ernsthaft an Dinge geglaubt, die die Leute heute für indiskutabel halten.« Jeff Mangel lächelte und bröselte den letzten Keks zu kleinen Krümeln. »Natürlich dürfen Sie nicht vergessen, daß ich selbst auch an Präsenzen nach dem Tod glaube, oder zumindest an Energien, die das Leben überdauern!«

Temple schüttelte den Kopf, als wolle sie ihre Gedanken klären. Wie alle anständigen Professoren genoß Jeff Mangel alle Widersprüche.

»In Ordnung«, gab sie zu, »aber glauben Sie wirklich an *Medien*?«

»Das ist eine gute Frage. Und eine genauere. Meinen Sie damit, ob ich *den* Medien bei der Séance glaube?« Er schaute sie aufmerksam an. »Ich kann mich des Eindrucks nicht erwehren, daß Ihr Interesse an meiner Meinung mehr mit dem jüngst verstorbenen Herrn Gandolph zu tun hat als mit dem lange schon bei den Toten weilenden Herrn Houdini. Nun denn, in meinem Beruf muß man alle weibliche Aufmerksamkeit annehmen, die man kriegen kann. Also, wenn wir einmal das einköcheln lassen, was ich glaube, dann gibt es einen dicken Eintopf von Möglichkeiten: Agatha Welk – sehr wahrscheinlich macht sie sich etwas vor. D'Arlene Hendrix – eine reale Möglichkeit. Oscar Grant – ein möglicher Kandidat ... für den ersten Preis für seine wenig überzeugende Art, die Realität programmieren und verkaufen zu wollen.« Temple vermutete, daß Grants flottes Aussehen wohl etwas mit diesem Urteil zu tun hatte. Es gab nämlich noch eine Gemeinsamkeit zwischen Mangel und Houdini: die ungewöhnlich kleine Statur. Obwohl sie noch nie einen Mann kennengelernt hatte, dem das so wenig auszumachen schien wie ihm.

»Und Mynah Sigmund?«

Irgend etwas blitzte in seinen Augen, die hinter den Brillengläsern winzig klein wurden, so daß sie zwar besser sehen konnte, aber weniger gesehen wurden. »Habe ich sie ausgelassen? Wie unverzeihlich. Ein eindeutiges Vielleicht.«

»Tatsächlich?«

»Ich kann Ihre Skepsis verstehen, vor allen Dingen, da Sie eine Dame sind. Vergessen Sie nicht, daß in der Welt des Paranormalen das Normale immer eine Maske ist.«

»Genau wie in Las Vegas bunte Kleider eine bessere Verkleidung sind als Nacktheit.«

Mangel nickte, bis er seine Brille wieder hochschieben mußte. »Sehr richtig, und so gut formuliert!«

Temple konnte wohl kaum den mysteriösen Max als Urheber nennen.

»Aber, zum Teufel auch!« Mangel grinste schon wieder. »Vielleicht irre ich mich ja bezüglich der weißen Witwe. Ich hätte Edwina Mayfair durchaus auch in Betracht gezogen. Sie / er war sehr gut.« Seine Hand tauchte plötzlich mit einer Karte zwischen zwei Fingern auf. »Wenn Sie mich für einen Festvortrag brauchen, für die Einweihung Ihrer Anlage, rufen Sie mich einfach an. Ich genieße es, nichtakademisch vor die Öffentlichkeit zu treten. Es könnte auch nicht schaden, ein paar Medien dabei zu haben, oder sogar einen Zauberer. Viel Glück mit den Geistern und Kobolden!«

Sie schüttelte ihm die Hand, und schon war er aufgestanden und schritt über den Campus davon, voll unschuldiger Energie und Sorglosigkeit, die Personifizierung eines neugierigen Geistes. Temple erinnerte sich an den Rat, den Jeff Mangel ihr hinsichtlich seiner eigenen Betätigung gegeben hatte: Alles Normale sei verdächtig. War diese Selbstdarstellung als leicht verrückter Professor vielleicht eine Ablenkung?

Und wie hätte irgendein Mann Mynah übersehen können, fragte sie sich. Und warum hatte Mangel sie die weiße Witwe genannt? Bezog er sich damit auf die Tatsache, daß sie offensichtlich in ihrer Ehe nicht sehr treu war?

Temple holte ihr Notizbuch hervor und las die Anmerkungen zu den dringend Tatverdächtigen – hoppla, Kandidaten – durch. Das »normalste« Medium und daher das am meisten verdächtige, so Mangel, ruhte sich vermutlich von einem harten Tag auf dem Hellseherkongreß aus: Agatha Welk wohnte im Debby Reynolds Hotel.

Damit blieb nur noch Oscar Grant, und der hatte vorgeschlagen, sich um sechs Uhr zu einem Cocktail zu treffen. Temple begutachtete die Uhr an ihrem Handgelenk. Hatte sie noch Zeit, nach Hause zu gehen und sich umzuziehen, ehe sie sich mit dem eleganten Mr. Grant traf, oder sollte sie die restliche Zeit bei Max vorbeischauen? Kommt Zeit, kommt Rat, beschloß sie.

31

… und die Damen der Séance

Temple tänzelte in das Debby Reynolds Hotel and Hollywood Museum und war drauf und dran, wie Fred Astair geradewegs zum Empfang zu gleiten. Die helle und luftige Lobby glitzerte unter den hohen Leuchtern.

Die Aura des Hotels von nostalgischer, leicht abgetragener Eleganz stand einer sensiblen Frau wie Agatha Welk sicher gut, dachte Temple. Agatha war ihr als jemand aufgefallen, der sicherlich unter der hektischen Atmosphäre der meisten Hotelcasinos des Strip leiden würde.

Agathas Zimmer lag im vierten Stock. Sie war da und beschäftigte sich gerade an einem Teetischchen mit weißer Damasttischdecke, überfüllt mit Tüten und Schälchen aller Art.

»Ich reise immer mit meinen eigenen Tees«, erklärte sie, als Temple überrascht stehenblieb, um diese Ansammlung zu begutachten, »es werden überall nur selten Kräutertees gereicht, und natürlich immer nur als Beutel.«

Temple setzte sich und legte sich eine riesige weiße Serviette auf den Schoß. »Das ist ja wirklich reizend von Ihnen.«

»Ich entspanne mich nach einem Tag in einer fremden Stadt immer mit einem Tee, ob nun nach einem Hellseherkongreß, an denen ich selten teilnehme, oder nach einer … privaten Beratung. Grün oder grau?«

»Gerne grau«, sagte Temple, die eigentlich einer gesetzlich erlaubten Kaffeesucht verfallen war.

Agatha Welk schob die Rüschen ihres dreiviertellangen Ärmels zurück und füllte ein Tee-Ei mit trockenen Blättern, die Tabak ähnelten. »Rothaarige ziehen stets grauen Tee dem grünen vor, vielleicht weil sie meinen, daß ihre Färbung zur Teezeit etwas gedämpft werden sollte.«

»Da geht es mir anders. Ich habe zwar schon von Earl-Grey-Tee gehört, aber alle anderen Sorten sind mir völlig fremd.«

»Was für ein Jammer.« Miss Welk war eine Dame alter Schule, die das Wort »Jammer« zu Recht benutzte.

Agatha Welk war das Musterbeispiel einer alten Jungfer. Sie erinnerte Temple an die ersten Stummfilmschauspielerinnen, diese winzigen Elfen mit den riesigen Augen, die dauernd das Kinn auf den Brustkorb senkten und scheu mit den Augenlidern klimperten. Schön, daß es solche Gesten gab.

Agatha Welks Image schien in den dreißiger Jahren steckengeblieben zu sein. Doch selbst wenn sie gut erhaltene siebzig Jahre alt war, konnte sie in den Dreißigern nicht schon erwachsen gewesen sein. Dennoch trug sie die flatternden Seiden- und Chiffonstoffe jener Zeit, blasse Blumenmuster, die von schlappen Rüschen heruntergezogen wurden, formlose Mehlsackschnitte, aus denen nirgendwo ein Schulterpolster hervorlugte. Selbst Geister schienen für eine solche Persönlichkeit viel zu robuste Zeitgenossen zu sein.

»Nicht gerade die Art von Porzellan, die es bei mir gäbe«, sagte Agatha trocken und reichte Temple die dicke Tasse aus den Beständen des Hotelrestaurants.

»Wenn sie möchten«, fügte das Medium hinzu, »kann ich in den Blättern lesen, wenn Sie fertig sind.«

Oh nein! dachte Temple. *Dann muß ich diesen ganzen Tee herunterschlürfen, um über meine Zukunft etwas zu erfahren!* Nicht, daß sie glaubte, daß man in Teeblättern etwas lesen konnte. Jeff Mangel hatte es als die am wenigsten bedeutende seherische Kunst angeführt. Und was wäre eine solche Lesestunde schon wert?

»Teeblätter führen zu den unglaublichsten Ergebnissen. Tee ist verdaulich, verstehen Sie. Er wird ein Teil von uns. Er berührt unser innerstes Wesen.«

Ganz schön gruselig, wenn man es so sah. Als würde man eine dieser high-tech-medizinischen Kameras verschlucken! Temple hob ihre schwere Tasse hoch, nahm einen Schluck und versuchte, keine Grimasse zu ziehen, als der bittere Tee ihre Geschmacksnerven lädierte.

Agatha Welk lachte. »Also wirklich! Starke Medizin ist gut für die Seele, und starker Tee ist gut für die Psyche. Trinken Sie aus, ich bin sicher, daß Sie schon viel bitterere Getränke unter dem Namen importierter Biere zu sich genommen haben, meine Liebe.«

»Stimmt.« Temple stellte ihre Tasse ab. »Aber dunkles Bier schmeckt mir nicht.« Max hatte es natürlich geschmeckt. Schmeckte es immer noch.

»Man gewöhnt sich daran.«

»Haben Sie sich denn daran gewöhnt?«

»Nur bei meinen Reisen ins Ausland.«

Max war natürlich auch im Ausland gewesen, und zwar mehrfach, wenn man seine Vergangenheit bedachte. Warum kam er ihr gerade jetzt in den Sinn?

»Erzählen Sie mir von Ihrem Gruselpark«, schlug Agatha mit unüberhörbarer Mißbilligung vor.

»Das Vorhaben ist von Jersey Joe Jackson inspiriert. Haben Sie schon einmal von ihm gehört?«

Agatha schüttelte den Kopf, und die Strähnchen darin ließen ihre grauen Haare blau wirken. Sie nahm kleine, aber regelmäßige Schlucke aus ihrer Tasse.

»Eine Lokalgröße«, erklärte Temple. »Hat in den vierziger Jahren eine ziemliche Feudalherrschaft etabliert, die dann aber scheiterte. Ist vor ungefähr zwanzig Jahren in einer Suite des Hotels, das ich vertrete, gestorben. Im Crystal Phoenix.«

»Ach so! Diese wunderbare Neonfontäne, die ich jeden Abend aus meinem Fenster sehen kann. Ich hielt es für die berühmte Flamingobrosche der Duchess of Windsor.«

»Hier gibt es kein Hotel für die eiserne Herzogin, nur das Crystal Phoenix.«

»Tatsächlich?« Agatha senkte den grauen Kopf, um grauen Tee aus ihrer weißen Tasse zu trinken.

»Jedenfalls«, fuhr Temple fort, »Jersey Joe hatte anscheinend den größten Teil seines Reichtums verloren. Nur wird überall erzählt, daß er im alten Teil von Las Vegas jede Menge von Reichtümern versteckt haben soll, und auch in der Wüste dahinter.«

»Von lokalen Gestalten behauptet man das häufig. Also möchten Sie in einer Art Museum die guten Zeiten des Jersey Joe Jackson wieder aufleben lassen?«

»Es soll mehr eine unterirdische Fahrt durch die Jersey-Joe-Jackson-Mine sein, und unterwegs gibt es dann verschiedene Sehenswürdigkeiten. Ich dachte zum Beispiel an eine geisterhafte Ansicht des alten Las Vegas, darunter Jersey Joes Vorfahren und Zeitgenossen. Das könnte lustig sein – und gleichzeitig einen hohen Bildungswert haben.«

»Das mit dem Bildungswert kommt immer gut an. Es ist wohl der Versuch, das Image aufzupolieren und Familien anzusprechen, was?«

»Ich dachte, Sie wohnen in Philadelphia?«

»Jetzt gucken Sie nicht so erstaunt! Auch in Philadelphia gibt es Zeitungen. Aber woher haben Sie denn die Idee mit dem Geist?«

»Angeblich geht der Geist des alten Joe im Crystal Phoenix um.«

»Haben Sie ihn denn schon gesehen?«

»Ich noch nicht. Obwohl meine Katze sich manchmal so benimmt, als hätte sie ihn gesehen, aber es ist eine schwarze Katze, und die müssen schließlich ihren Ruf als Hexenkatzen aufrechterhalten.«

»Alle Katzen benehmen sich so, als hätten sie einen Ruf zu verlieren. Sie sollten Ihre Katze in Ihrem Vorhaben einplanen.«

»Das fände sie großartig. Sie stellt sich vor, sie wäre irgendeine Art freier Mitarbeiter.«

»Auch das tun alle Katzen. Wie kann ich Ihnen eigentlich helfen?«

Temple war so erleichtert, daß sie jetzt mit ihrer Befragung anfangen konnte, daß sie einen riesigen Schluck Tee nahm, den sie kaum schmeckte. »Es ist wegen der Séance zu Halloween. Wieviel davon war echt, und was war nur gespielt?«

Das freundliche, bescheidene Gesicht der alten Dame gefror Zentimeter um Zentimeter, als sei sie ein Channel für Hägar den Schrecklichen.

»Das war eine schreckliche Veranstaltung. Ich möchte lieber nicht darüber sprechen. An jenem Abend ist ein Geist ausgelöscht worden. Außerdem war die ganze Veranstaltung unglaublich manipuliert. Es gibt Fälschungen, und es gibt offensichtliche Fälschungen.«

»Aber Sie waren doch da –?«

Sie blickte auf ihre Jacke hinunter und befingerte dann einen der vielen kleinen stoffbezogenen Knöpfe. »Ich bin ... zu sehr Optimistin. Und habe einen schrecklichen Ehrgeiz. Ich bin davon überzeugt, daß nur ich allein Houdinis Energie aus dem Gefängnis der letzten Falle herausholen kann, die er sich selbst konstruiert hat. Wenn Sie nur wüßten, wie sehr es ihn gequält hat, daß er wirklich eingesperrt war! Sein ganzes Leben war schließlich eine Flucht genau davor! Wie grausam es ist, daß sein letzter Wunsch, das immaterielle Tor zwischen den Lebenden und den Toten zu durchschreiten und uns alle ein letztes Mal in tiefes Erstaunen zu versetzen, noch nicht wahr geworden ist.

Ein- oder zweimal in seinem Leben ist Houdini im Scherz eingesperrt gewesen, an einem Ort und zu einer Zeit, da er nicht darauf vorbereitet war, zu entkommen. Er ist dabei fast verrückt geworden. Ich stelle mir vor, wie dieser Mann, dieser Geist an den Türen zum Leben herumflattert, wie eine Motte auf der Suche nach dem Licht, und das seit siebzig Jahren! Ich bin in Houdinis Todesjahr geboren, so daß diese Zeit des Eingesperrtseins *meiner* Lebenszeit entspricht! Ich habe in der Vergangenheit einige ... beunruhigende Begegnungen mit Geistern gehabt. Ich hatte gehofft, daß ich der Weg zu Houdinis kurzem Erleben von Freiheit sein könnte, ehe ich in das unausweichliche Gefängnis des Todes hinabsinke. Ich war vermessen, albern und unglaublich irregeleitet.«

»Also glauben Sie nicht, daß die Figur im Kamin Houdini war?«

»Houdini soll sich durch den Schornstein herabfallen lassen, als sei er der Weihnachtsmann? Ich bitte Sie, Miss Barr. Sie mögen ja eine kommerzielle Ausbeuterin des Übersinnlichen sein, aber von diesem billigen Dia haben Sie sich doch nicht etwa reinlegen lassen – «

»Natürlich nicht«, sagte Temple hastig. »Ich wollte doch nur wissen, was Sie davon halten.«

»Ich habe es kaum gesehen. Ich habe nämlich Kontakt gehabt mit ... einem anderen, der sich lösen wollte, dessen Willen – oder dessen Ego – stark genug war, um dieses Kunstwerk für ein paar Augenblicke zu vollbringen.«

»Etwa der kleine Junge, der ein alter Mann wurde?«

Agatha setzte ihre Tasse so rasch wieder auf die Untertasse, daß es fast Scherben gegeben hätte. »Wie? Sie haben ... etwas gesehen?«

»Die anderen denn nicht?«

»Nein.« Sie legte die rechte Hand mitten auf ihre Stirn, als stelle sie dort irgendeine geistige Filmkamera an. »Nein. Alle haben gesagt, sie hätten nichts außer diesem lächerlichen Houdini gesehen, obwohl nicht alle darin übereinstimmten, daß dieser Anblick auch lächerlich war.«

»Wenn Sie ›alle‹ sagen, wen meinen Sie damit?«

»Oscar. D'Arlene. Diese Mynah. Jeff. Edwina zu fragen ist mir nicht mehr gelungen.«

»Aber Sie haben Electra nicht gefragt, und mich auch nicht.«

»Sie waren doch Amateure, bloße Beobachterinnen! Sie können unmöglich –« Agatha starrte Temple an, und ihre grauen Augen wurden weit. »Aber nun – Sie haben den Jungen gesehen? Den alten Mann?«

»Ich ging davon aus, daß alle ihn gesehen haben.«

»Was ist mit dieser Electra?«

»Ich habe sie nicht danach gefragt.«

»Tun Sie es. Bei der nächsten Gelegenheit, die sich bietet.«

Jetzt war Agatha Welk gar nicht mehr unsicher, stellte Temple fest, während sie diesen knappen Befehl bedachte.

»Diese andere Erscheinung ist in verschiedenen Fenstern aufgetaucht, so daß sie vielleicht einfach nicht alle sehen konnten. Wenn zum Beispiel der Winkel falsch war.«

»Winkel! Das sind Sorgen, die sich Zauberer machen, aber nicht Medien. Blickwinkel haben nichts damit zu tun. Sie und ich haben einander gegenübergesessen, erinnern Sie sich nicht? Ich habe den Jungen in dem Fenster hinter Ihnen gesehen.«

»Er war doch im Fenster hinter *Ihnen*!«

»Ganz ohne Zweifel, aus Ihrer Sicht. Und der alte Mann –?«

»War hinter Gandolph.«

Agatha nickte und nahm einen langen, stärkenden Schluck aus ihrer Tasse.

»Was war eigentlich mit dem Mann im mittleren Alter?« fragte Temple.

Agatha betrachtete sie mit eisigem Mißtrauen. »Den habe ich nicht gesehen.«

»Aber ich. Er war ... weiter links, zwischen dem Jungen und dem alten Mann. Aber sie sind nie zusammen aufgetreten.«

»Ich habe keinen erwachsenen Mann gesehen, außer dem alten und der lächerlichen Diaprojektion von Houdini. Wissen Sie eigentlich, wie er sich immer entfesselt hat?«

Temple schüttelte den Kopf.

»Nun, er war ein Meister der Werbung für sich selbst. Am Anfang seiner Karriere war er wohl dringend auf der Suche nach einem Publikum, nehme ich an. Er war auf seine Fluchtkunststücke fixiert, aber niemand fand die Darbietung eines Zauberers, der sich aus Handschellen befreit, besonders spannend. Man vermutete wohl, die Handschellen seien Fälschungen oder am Zauberer sei ein Schlüssel versteckt. Aber Houdini war ehemaliger Schlosser und davon besessen, Fesselungen durch anscheinend mystische Methoden zu lösen. Er brauchte ein Publikum, das seine Besessenheit teilen und sogar loben würde. Also ist er in den verschiedenen Städten, in denen er auftrat, zur Polizei gegangen. Er hat sie herausgefordert, ihn zu fesseln und einzuschließen, auf welche Art auch immer. Er würde doch entkommen. Das gelang ihm dann auch, und zwar so erfolgreich, daß die Polizisten der Meinung waren, er sei ein schlechtes Vorbild. Sie haben daraufhin versucht, Ketten zu produzieren, aus denen man nicht entkommen kann, Handschellen, Kisten, Zellen – alles mögliche. Houdini hat sich sogar einmal in den angespülten Kadaver eines Wals einnähen lassen.«

»Igitt!« Temple rümpfte die Nase und jedes andere Teil ihrer Physiognomie, das sie verziehen konnte. »Totes Fleisch!«

»Ganz genau. Houdini ist dabei fast selbst zu ›totem Fleisch‹ geworden. Der Kadaver war von Wissenschaftlern mit chemischen Lösungen konserviert worden, unter anderem mit Formaldehyd. Die Luft da drin war so giftig, daß er nicht lange genug bei Bewußtsein bleiben konnte, um sich zu befreien.«

»Aber er ist noch herausgekommen?«

»Seine Mitarbeiter haben erkannt, daß irgend etwas nicht stimmte, und haben ihn da herausgeholt. Was Houdini unglaublich beschämte. Mal wieder einer dieser Fälle, in denen er den Mund zu voll genommen hatte.«

»Dieses Kunststück war ja widerlich!«

»Widerlich egozentrisch. Deswegen ist Houdinis Tod auch so armselig. Durch die Achtlosigkeit eines Augenblicks niedergestreckt, um das Ganze dann zu leugnen, indem er alle Gefahrenzeichen ignorierte und auch den Schmerz, bis es zu spät war und der entzündete Blinddarm – ein winziges Teilchen, kaum so groß wie unser kleiner Finger – ihn langsam zugrunde gerichtet hat.«

»Er ist zu Halloween gestorben.«

»Da hatte er schon mehrere Tage lang mit dem Tod gerungen. Eine solche Persönlichkeit, ein solches Ego wird die Auslöschung besonders bitter empfinden. Schon deswegen würde er, wenn es irgendwo noch einen Funken von ihm gibt, in irgendeiner Form irgendwo zurückkehren.«

»Woher würden Sie aber wissen können, daß irgendein Phänomen wirklich Houdini ist?«

»Mein Instinkt. Ich habe schon öfter Überreste ins Leben geholt.«

Überreste. In Temples Ohren klang dieser Ausdruck nach verrottenden Streifen von Walfischfleisch, Leichenteilen, die plötzlich umhertanzten: Wanda die Walstripperin, die »Don't get around much any more« singt, während der sprechende Blinddarm von Houdini aus einer geplatzten Naht herausschaut und sein neues Buch anpreist: Wie ich den Meister besiegt habe. Vielleicht würden die wiederbelebten Überreste auch nur zu hören sein, wie die letzten Worte von Thomas Edisons *Twilight Zone*.

»Das ist ja gruseliger als die eigentliche Séance«, bemerkte Temple.

»Eine richtige Séance sollte nicht gruselig sein, sie sollte nur effektiv sein. Ehrlich und effektiv. Aber ich kann mir immer noch nicht vorstellen, warum Sie gesehen haben sollten, was außer mir niemand sah.«

»Vielleicht haben es die anderen nur nicht zugeben wollen.«

»Warum sollten sie es leugnen?«

»Wer auch immer es war, er stand nicht auf der Gästeliste. Also tendieren die anderen dazu, Houdini auf der Muschel zu akzeptieren.«

»Houdini auf der Muschel –? Was soll denn das heißen?«

»Wie Venus auf der Muschel hat er nicht sehr viel angehabt.«

»Meine Liebe, allen ist es egal, wenn ein Geist nackt ist, obwohl die große Mehrheit der Geister tatsächlich angekleidet gesichtet wird.«

»Da fragt man sich doch, wer der Schneider ist im Jenseits.«

»Diese Frage stelle ich mir überhaupt nicht. Wenn man einmal akzeptiert hat, daß die Energie der Seele überleben kann, versteht man, daß diese Energie das Bildnis des Toten so bewahren kann, wie es auch im Leben war.«

Agatha setzte sich aufrecht und streckte einen knochigen Unterarm aus, um Temples Teetasse zu überprüfen. »Sind Sie schon fertig?«

Leider nein. Sie trank den letzten Rest ihres mittlerweile kalten Tees und reichte dann die Tasse hinüber.

»Nein. Sie müssen den letzten Rest dreimal herumschwenken, dann die Tasse umgekehrt auf die Untertasse stellen und dreimal darauf klopfen.«

Temple befolgte diese Anweisungen, während ihre Zunge große Teeblätter von ihren Zähnen löste. Diese Art Tee zu trinken war genauso widerwärtig, als würde man rauchen.

»Heutzutage braut einfach kaum noch jemand einen richtig schönen Tee aus ganzen Blättern«, sagte Agatha. »Die Kunst der Geomantie stirbt aus. Eine solche Lesung ist zur Seltenheit geworden.«

Im stillen dankte Temple ihrem freundlichen Schicksal und hoffte, daß der Tee nicht zu einem ausgepumpten Magen in der Notaufnahme führen würde. Im übrigen befragte sie gerade potentielle Mörder... Fühlte sie sich etwa ein bißchen... schwindelig? Etwas ängstlich? Ein klein wenig kaltschweißig? Was hatte sie nur getan?

Miss Welk hatte inzwischen eine Juwelierlupe aus einer ihrer Taschen geholt und beugte sich jetzt über die Tasse. Temple fragte sich, welche Schätze an Falschinformationen das Medium wohl unter den feuchten Teeblättern finden würde.

»Das ist ja faszinierend«, murmelte Agatha. »Absolut faszinierend.«

»Was denn?«

»Anscheinend sind Sie eine sehr tapfere junge Dame. Ich sehe Sie von allen Seiten durch Gefahren bedroht. Kein Wunder, daß Ihnen ein Geist erscheint. Irgend jemand muß Sie ja schließlich warnen!«

»Ist es eine besondere Gefahr?«

»Na ja, ich sehe mehrere Männer, von denen jeder in der Lage ist, Ihnen viel Unglück und Trauer zu bringen.«

»Ohne Scherz?«

»Aber Sie haben einen geheimen Verbündeten!«

»Tatsächlich?«

»Ich habe aber nicht viel von ihm mitbekommen: ein kleiner Typ mit dunklen Haaren.«

»Ist es irgend jemand, den wir kennen?«

»Einer der Männer bei der Séance, meinen Sie? Na ja, Professor Mangel ist klein, und seine Haare waren früher, als er noch welche hatte, ziemlich dunkel, aber nein ... ich spüre eine frühere Bekanntschaft. Immerhin haben Sie wenigstens einen Beistand, und der war bei der Séance dabei! Nur nicht im üblichen Sinne.«

»Könnte das Houdini sein?«

»Er paßt auf die Beschreibung, aber wir waren doch übereingekommen, daß diese lächerliche Vorgaukelung nur aus Pappe und Beleuchtungstricks bestanden haben kann. Nein, es handelt sich um jemanden, den sie für gewöhnlich nicht um emotionale Unterstützung bitten, aber er ist auf jeden Fall da, keine Sorge.«

Kurzgewachsen. Dunkelhaarig. Bei der Séance, ohne ein Medium oder ein Unterstützer von Medien zu sein. *Oh, nein! Crawford Buchanan. Sagt, daß es nicht so ist, ihr Teeblätter!*

»Meistens ist der Held doch ein großgewachsener, dunkelhaariger Fremder«, sagte Temple.

»Tut mir leid, im Moment gibt es in Ihrem Leben keine Fremden. Übrigens, ich mag ja alt genug sein, um Ihre Großmutter zu sein, und ich bin nicht Ihre Mutter. Trotzdem finde ich, daß Sie es sich noch einmal überlegen sollten, mit dem Hell's Angel auszugehen.«

»Hell's Angel?«

»Sie mögen ja Ihre nächsten und liebsten Verwandten und Freunde hinters Licht führen können, aber nicht die Teeblätter«, schimpfte Agatha. »Ich sehe ein Motorrad.«

Temple war verwirrt, bis sie sich an die jüngste Leihgabe der *Hesketh Vampire* erinnerte und deren neuen, noch mehr verwirrten Fahrer.

»Wie erstaunlich!« Sie versuchte, nicht zu lächeln. »Sie haben ganz recht, ich kenne tatsächlich jemanden, der ein Motorrad fährt.« Sie konnte sich vorstellen, daß Matt auf einem Motorrad wohl durchaus eine Art Engel in der Hölle war.

»Testen Sie Ihre vermeintlichen Freunde und deren Lebensstil genau. Die Dinge sind oft nicht so, wie sie scheinen.«

Das ist wohl wahr, sagte Temple im stillen. *Und so schade. Aber dann sind sie auch oft nicht das, was in den Teeblättern zu lesen ist.*

»Ich sehe einen anderen dunklen Mann, oder vielleicht ist es auch der erste, nur in einer anderen Rolle. Eine romantische Rolle.« Agathas Stimme war bei diesen letzten beiden Worten vor Zufriedenheit regelrecht gehüpft, als erwarte sie jetzt, daß Temple aufspringe und vor Freude jauchze.

Statt dessen war Temple besonders vorsichtig. Es war schon schlimm genug, daß der Tee ihr Crawford Buchanan als Verbündeten andrehen wollte, mit wem sollte sie denn jetzt auch noch kuscheln?

Agathas Stimme wurde vor lauter Optimismus ganz wacklig. »Ich sehe einen Nachtklub, eine Begegnung, einen Mann mit etwas Lebenswichtigem im Sinn, und Sie sind mittendrin.«

»Wie sieht er denn aus?«

»Meine Liebe, die Blätter sind kein Feldstecher. Ich fange nur Strömungen auf. Sie scheinen ja eine Menge dunkelhaariger Männer zu kennen.«

»Einige. Gibt es denn keine Männer mit blonden Haaren in meiner Zukunft?«

»Ähm, möglicherweise doch. Ich spüre nächstes Jahr irgendeinen Ärger mit den Steuern. Vielleicht werden Sie von einem blonden Finanzbeamten geprüft.«

»Ach, großartig!«

»Hören Sie, das hier sind alles nur Hinweise. Es kann auch gut sein, daß ich heute alles falsch verstehe. Ich bin ... durcheinander.«

»Wieso denn das?«

»Müssen Sie das noch fragen?« Agatha wirkte empört. »Diese echten und falschen Erscheinungen bei der Séance! Ich verabscheue es, auf solch eine Art manipuliert zu werden, sei es nun von den Lebenden oder von den Toten. Das Hinscheiden von Edwina Mayfair. Höchst beunruhigend, wenn jemand stirbt. Und dann auch noch zu wissen, daß er ein bekannter Enthüller von parapsychologischen Phänomenen war! Na ja, man fragt sich einfach, warum er genau in dem Moment und an dem Ort sterben mußte.«

»Vielleicht weil er wußte, daß da irgendeine Betrügerei stattfand?«

Agathas graue Pupillen wurden weit, bis sie wie zu stark gebratene Eidotter im wässrigen Weiß ihrer Augen schwebten. »Weil er vielleicht irgendeine Fälschung *verursacht* hat, damit er etwas offenbaren konnte! Wir wollen nicht behaupten, daß unsere Visionen exakt stimmen oder unsere Vorhersagen immer eintreten. Aber viele von uns erhalten ehrliche Signale, auch wenn wir sie vielleicht falsch verstehen. Wir versuchen nur, sie weiterzugeben, und dafür werden wir oft beleidigt und verfolgt. Daß dieser Mann, dieser... gescheiterte Zauberer sich solche

Mühe gegeben hat, uns eine Falle zu stellen, ist höchst ärgerlich. Ich hatte schon vor Jahren von Edwina Mayfair gehört! Wie konnte er nur eine solche unnatürliche Maskerade fortführen? Ehrlich, wenn ich von seiner Gegenwart und seinen Absichten gewußt hätte, hätte ich mir gewünscht, Houdini wäre wirklich zurückgekehrt, um es ihm einmal zu zeigen. Vielleicht ist er das ja auch und hat die arme Seele zu Tode erschreckt.«

Temple hatte ihren männlichen Harem von dunkelhaarigen Schönheiten vergessen. Die blauhaarige Miss Welk kam ihr plötzlich sehr bedrohlich vor.

»Das wäre alles«, sagte Agatha und reichte Temple die Tasse wieder zurück.

Das war das Ende der Audienz. Temple nahm die Tasse, schlug sie in eine Serviette ein und verstaute sie in ihrer Schultertasche.

Miss Welk hob ihre dünnen Augenbrauen, sagte aber nichts. Temple fragte sich, ob sie wohl in den Blättern gesehen hatte, daß Temple die Tasse untersuchen lassen wollte, bevor sie sie dem Hotel anonym zurückgab.

Wahrscheinlich nicht, dachte sie, schaute noch einmal über die Schulter, um sich zu verabschieden, und stellte überrascht fest, welch konzentrierte Giftigkeit im Blick der lieben alten Dame erschienen war.

32

Wo geht's denn hier zur Oscarverleihung?

Temple hatte noch die Zeit gefunden, nach Hause zu gehen und sich umzuziehen – war sich aber überhaupt nicht sicher gewesen, was sie anziehen sollte.

Schließlich hatte sie sich für eine glänzende Steghose entschieden, die sie einmal für drei Dollar achtundneunzig im Sonderangebot gekauft hatte, und trug nun dazu schwarze Lacklederschuhe mit Riemchen, einen roten Kummerbund und einen eleganten roten, gestrickten Bolero mit wichtig aussehenden Messingknöpfen.

Auf dem beweglichen Bürgersteig des Mirage wimmelte es vor Touristen, und bald schon sauste sie an den vollen Fischaquarien vorbei, um in eine der vielen Ecken des Hotels zu gelangen, in denen man essen oder trinken konnte.

Am Eingang zur Black Spot Bar hielt sie inne und begutachtete die schwach beleuchteten Tische, die mit unbekannten Gesichtern bevölkert waren. Es war so, als versuche man einen großen Fisch in einem riesigen Schwarm ausfindig zu machen. Tatsächlich. Jetzt, wo sie die Kundschaft genauer anschaute, wirkten einige von denen tatsächlich etwas fischig.

Einer winkte allerdings mit einer Flosse ... sollte heißen, mit einer Hand, und sie eilte zu ihm hin, in der Hoffnung, daß sie in ihrer Kleidung nicht für eine Cocktailkellnerin gehalten wurde.

An Oscar Grants Tisch kam sie so plötzlich zum Stehen, daß ihre Schultertasche aus rotem Lackleder Oscar Grant fast getroffen hätte, als er sich erhob, um ihr einen Stuhl zurechtzurücken.

Temple setzte sich und stellte die Tasche auf den anderen Stuhl am Tisch. Warum kam sie eigentlich zu den wichtigen Gelegenheiten, bei denen es um Liebe oder Tod ging, immer zu spät? Sie lächelte Oscar Grant an wie ein weiblicher Haifisch auf der Jagd.

»Entschuldigen Sie die Verspätung. Ich fürchtete schon, ich würde nie von Agatha Welk wegkommen. Sie hat mir aus Teeblättern gelesen.«

Sein Schnurrbart verzog sich mit unausgesprochener Verachtung für die Person, die gerade erwähnt wurde.

»Agatha!« Er lachte hämisch. »Die war schon immer hinter dem Mond. Teesatz lesen ist doch völlig altmodisch.«

»Ohne Zweifel. Heutzutage würde es viel mehr Sinn ergeben, Zigarettenasche zu lesen, wenn man einmal davon absieht, daß auch Raucher langsam schon wieder verschwinden. Ach, wie ich sehe, rauchen Sie auch.« Temples Blick folgte dem schlangenlinienförmigen blauen Rauch, der sich von einem Messingaschenbecher in die Luft erhob.

Oscar erledigte die Sache mit der verräterischen Asche sehr schnell, indem er die Zigarette in ihrem eigenen Exkrement ausdrückte.

»Ich hoffe, Sie glauben nichts, was Agatha Ihnen erzählt«, sagte er. »Sie lebt eigentlich in einer anderen Welt.«

»Ich dachte, das sei der eigentliche Witz an der Sache?«

»Für Agatha ist es nicht nur eine Welt im Jenseits. Es ist eine Welt jenseits von Gut und Böse.«

»Sind Sie nicht der Organisator gewesen? Warum haben Sie sie dann eingeladen?«

»Ich konnte sie kurzfristig buchen, und sie wohnt in der Nähe. Also, jetzt wollen wir uns mal über die wirkliche Welt unterhalten.«

Er lächelte und fixierte sehr dunkle, sehr feuchte, sehr koffeinhaltige Augen auf sie. »Wie ist denn Ihre Jagd nach den Medien verlaufen?«

»Hellseher gesichtet und versenkt. Das einzige, was ich gelernt habe, ist, daß alle ganz unterschiedlich sind. Warum haben Sie aber Professor Mangel eingeladen?«

»Seine mumienstaubtrockenen wissenschaftlichen Beiträge zu dem Thema verleihen der Sache in den Augen der Öffentlichkeit eine gewisse Legitimität. Aber ich würde an Ihrer Stelle vielem, was er zu diesem Thema, zu *irgendeinem* Thema sagt, keine großartige Bedeutung beimessen. Er ist viel zu sehr in die Sache einbezogen, um noch objektiv sein zu können.«

»Und Sie sind das nicht?«

»Natürlich nicht. Ich bin Journalist. Ich glaube, Sie waren auch einmal Journalistin.«

»Woher wissen Sie denn das?«

Oscar lächelte, nahm ihre Hand und drehte sie um, um die Handfläche zu begutachten, vielleicht auch nur das Fehlen von Ringen. »Jedenfalls nicht dadurch, daß ich Handflächen lese oder Teesatz.«

»Sie haben sich erkundigt? Das beeindruckt mich.«

Er schüttelte den Kopf. »Das braucht es nicht. Hören Sie, es ist mein Job zu wissen, wer in einer Aufnahme für *Dead Zones* auftaucht.«

»Sie haben die Séance für Ihre Fernsehsendung aufgenommen?«

Oscar nickte, und ein glattes, festes Lächeln erschien auf seinem Gesicht.

Oscar ließ seinen Zeigefinger über ihre Lebenslinie... Liebeslinie?... gleiten. Auf dem Rückweg wollte sie sich gleich ein Buch aus der Bibliothek holen, um das nachzuschlagen. Die Verführung kitzelte, und das war vermutlich auch der Hintergedanke. Seiner, nicht ihrer. Aber schließlich hatte ja auch der Teesatz ihr vorhergesagt ... eine Schande, daß sie nicht darauf geachtet hatte, Oscars Größe einzuschätzen, als er aufgestanden war, um sie zu begrüßen. Vielleicht war er der kleine, dunkelhaarige Mann, der ihr helfen würde, aus dem blauen Jenseits herauszukommen...

»Was haben Sie denn sonst noch über unseren Kreis aus Hellsehern herausgefunden?« fragte er jetzt ein wenig zu beiläufig.

Wer wollte hier eigentlich wen befragen? »Mynah ist... interessant, zumindest hat sie sich eine faszinierende Umgebung geschaffen.«

»Ach so, Sie haben sie zu Hause besucht! Gut. Ganz schön beeindruckend. Ich habe einmal einen Sonderbericht über Mynah und ihr völlig abgedrehtes Wunderland gemacht, die Hälfte einer Sendung in der letzten Saison. Eine faszinierende Frau.«

Sie halten mit mir Händchen und loben dieses billige Flittchen des New Age, unglaublich! Vor allen Dingen, wo Sie nicht zugeben wollen, daß Sie einmal mit ihr verheiratet waren. Wenn er schon nicht Herr Richtig war, so war Oscar Grant zumindest ein Kandidat für den Titel Mr. Ausgesprochen Falsch.

Temple entwand ihre Hand seiner Obhut, indem sie so tat, als wolle sie sich die Plastikstaffelei auf dem Tisch näher ansehen. Eine Farbreklame bot den Drink des Tages an. »Er heißt ›Tanz auf dem Vulkan‹. Wie witzig.«

»Dieser Pseudovulkan da draußen ist wirklich ein großartiges Erkennungszeichen«, stimmte Oscar zu und schien den Entzug ihrer zierlichen Extremität zu überleben. »Medien könnten eine Menge von Las Vegas lernen. Man braucht einfach das richtige Setting, ehe man erwarten kann, daß irgend etwas Außerordentliches geschieht. Das gilt für Séancen genauso wie für Casinos.«

»Eine interessante Haltung. Und wie beurteilen Sie das Setting unserer Séance?«

Oscar verlagerte unbewußt sein Gewicht, um ein Päckchen Zigaretten aus seiner Hosentasche zu holen. »Nicht so gut, wie ich gehofft hatte, als ich sie vorbereitete. Die Aktivität draußen schien manche der zarter besaiteten Hellseherinnen durcheinanderzubringen, wie zum Beispiel Agatha. Sie hat reklamiert, daß Houdini im wörtlichen Sinne nur ein Schatten seiner selbst war. Aber der alte Junge sieht auf dem Film ziemlich beeindrukkend aus.«

»Wie haben Sie eigentlich diese Sitzung filmen können? Es war doch nur der Kameramann vom *Scoop* da – ach so!« Sie hatte sein entschuldigendes Lächeln mitbekommen, als er die lange, dünne Zigarette mit einem langen, dünnen Feuerzeug aus Gold anzündete. »Er war ein Doppelagent und hat sowohl für Crawford Buchanans Beitrag für *Hot Heads* gefilmt als auch für Sie!«

»Sehr gut.«

Temple verabscheute Leute, die richtige Schlußfolgerungen mit Kommentaren wie »Braver Hund« belohnten. Oscar mußte einfach ein Bösewicht in Verkleidung sein. »*Hot Heads* – was für ein schrecklicher Name – braucht nur ein paar Einstellungen mit Ton. Ich hingegen kann einen richtigen Beitrag daraus machen. Es wird Waynes Karriere fördern, wenn er im Abspann meines Films genannt wird.«

»Aber was gibt es denn überhaupt zu sehen? Ich habe gehört, daß Crawfords ›Entdeckung‹ nur irgendwelche auf Nebel projizierten Photos waren. Und ich stimme Ihnen zu, was den Namen *Hot Heads* angeht. Ich glaube, die wollten damit andeuten, daß es sich um ›heiße‹, also aktuelle Köpfe im öffentlichen Leben handelt, aber statt dessen klingt es nach einem Fön, der sich warmgelaufen hat.«

Grants Lachen war schmeichelhaft herzlich, dauerte aber einen Augenblick zu lange an.

»Was für ein schlaues Ding Sie doch sind, Temple. Wenn Sie irgendwann mal auf den Geisterzug aufspringen wollen, lassen Sie es mich einfach wissen. Ich könnte wetten, Sie sehen unglaublich niedlich vor der Kamera aus.«

»Klar, schlau und niedlich«, antwortete sie lächelnd.

Er nahm wieder ihre Hand. »Was halten Sie also von unseren Hellsehern?«

»Professor Mangel wirkt ehrlich, aber er ist wohl kaum ein

Hellseher. Ich habe den Eindruck, er hofft darauf, dabei zu sein, wenn einer mal Erfolg hat.«

»Ein Mitläufer, aber er ist nützlich.«

»Und D'Arlene Hendrix ist so normal, daß sie sich schon als Kandidatin für den Posten der Bürgermeisterin aufstellen lassen könnte.«

Oscar schüttelte den Kopf.

»Nein?«

»Nein. Diese Frau ist ein menschlicher Bluthund, wenn es darauf ankommt, Mordopfer zu finden. Die mögen vielleicht nur noch zur Hälfte da sein, aber ihr ist noch keines durch die Lappen gegangen. Sie behauptet, sie würde sie ›rufen hören‹. Sie geben ihr Anweisungen. Wenn das stimmt, dann steht sie mit dem entsetzlichsten Phänomen nach dem Tod in Verbindung: Geister, die keinen Frieden mit ihrem körperlosen Zustand finden können. Was hat sie denn von der Séance erzählt?«

»Sie war ... zurückhaltend. Sagte, sie hätte irgend etwas gesehen, ohne aber zu verraten, was. Will mir nicht einmal einen Hinweis geben, ob es greifbar war oder, Sie wissen schon ... Duh-duh Duh-dah.« Temple summte die uralte Titelmelodie von *Twilight Zone.*

»Deswegen gibt es bei *Dead Zones* keine alberne Titelmusik. Nur eine rasche Montage aus den Reportagen, die schon gesendet wurden. Und dann ein schneller Schnitt zu mir als Reporter.«

Er schaute hinunter, um anderthalb Zentimeter Asche in den Aschenbecher zu schnipsen. Der Jackenärmel an seiner Raucherhand hatte sich hochgeschoben, und Temple erspähte die Tätowierung eines ... sie schaute genauer hin. Er bemerkte es und zog es vor, ihre Neugierde für persönliches Interesse zu halten.

»Gefällt Ihnen mein Armband?«

Das Armband, das Temple tatsächlich nicht aufgefallen war, war ein männliches (was auch immer das heißen sollte) Goldkettchenkonstrukt, bei irgendeinem billigen Juwelier sicher ein paar Hundert Dollar wert, aber es bedeckte jetzt die Tätowierung. Allerdings war es nicht ganz breit genug, um ein zweifarbiges, sehr selbstgestrickt wirkendes Bildchen zu verdecken, das zu nichts paßte, was sich sonst an Oscar Grants Körper befand. Ach, wenn doch nur Molina diesen Fall bearbeiten würde! Temple hätte ihr diese Tätowierung so lange vor die Nase halten können, bis sie vor lauter Wut eine Erklärung geknurrt hätte. Temples Vermutung war nicht besonders freundlich – entweder Knast oder Mitglied in einer Gang. Es gab doch einige nicht geglättete Kanten hinter dem glattrasierten Äußeren von Oscar Grant.

»Sehr nett«, sagte sie schließlich, wobei sie sich nicht sicher war, ob sie damit das Armband meinte und log oder die Tätowierung und dabei dachte, wie schön es sei, sie entdeckt zu haben.

Oscar lehnte sich erfreut weiter nach vorn, so daß sein rechter Ärmel noch mehr Geheimnisse entblößte. »Deathreats« las Temple. Ging es bei diesen »Deathreats« um Todesdrohungen oder um Todesratten wie »Rats«? Jedenfalls ziemlich häßlich, sich so etwas ausgerechnet in die eigene Epidermis eingravieren zu lassen.

»Also? Was hat Sie nun bei Ihren Gesprächen am meisten beeindruckt?« Grant lächelte immer noch hinter seinem Schnurrbart.

»Ach, ich weiß nicht, vielleicht etwas, das eine der Hellseherinnen gesagt hat. Bestimmt ist es Quatsch.«

Temple lächelte ebenfalls. »Es ist albern ... Eine behauptet, daß der Houdini, den wir gesehen haben, gefälscht war, aber daß es eine andere, echte Erscheinung gab – «

»Eine Fälschung!« Er ließ ihre Hand fallen, als sei sie eine erloschene Zigarette. »Das ist ja verrückt. Ich habe von dieser Erscheinung doch großartiges Filmmaterial! Wer ist denn so unvorsichtig, derartige Anschuldigungen zu machen? Meine

Show über diese Séance wird ein Riesenerfolg, passen Sie nur auf. Sie schauen sich doch *Dead Zones* an?«

»Das werde ich von jetzt an«, gestand Temple und senkte schüchtern ihr Kinn auf die Brust, wie eine gute Schauspielerin aus einem Stummfilm.

Oscar fiel darauf herein, wie sie beinahe auf Houdini hereingefallen wäre.

»Und welche ›echte Erscheinung‹? Diese Idioten, die eine gute Sache noch unnötig verbessern wollen! Die sollten ihre Augen und Münder mit dem beschäftigen, was sie sehen und hervorrufen wollen. Houdinis Gestalt oder wenigstens die Vorstellung davon! Er wirkte in Ihren Augen doch echt, oder etwa nicht?«

»Er sah sehr merkwürdig aus. Hat er wirklich darum gebeten, daß man ihm all diese Fesseln anlegt?«

»Aber absolut. Er war der erste Iron Man, der Vorläufer dieser Athleten. Hat es genossen, eingeschlossen zu werden. Hat das fast so sehr geliebt wie seine Mama. Da fragt man sich doch unwillkürlich, wie seine Kindheit ausgesehen hat, nicht wahr?«

Temple nickte und ließ ihre Augen und ihr Lächeln spielen. Dank ihrer geschauspielerten Anerkennung leuchtete Grants Zynismus mittlerweile wie ein Stück Aluminiumfolie in der gelben Tonne. Sie wußte, daß er zu schön war, um derjenige zu sein, den Agathas Teeblätter angekündigt hatten. Sie beschloß, ihm zu zeigen, daß sie auch zu schön war, um wahr zu sein, und ihm zu sagen, was sie wirklich glaubte.

»Man fragt sich doch«, sagte sie, »wer das Photo bearbeitet und es so hinbekommen hat, daß es auf den Nebel im Kamin projiziert werden konnte. Wenn es keine Ablenkung von dem Mord an Gandolph the Great sein sollte, was dann?«

Oscar war vor Entsetzen stumm und starrte Temple an, als hätte sie sich plötzlich in eine Kobra verwandelt.

Als er schließlich die Sprache wiederfand, war er wütend, und sein Tätscheln wurde zu einem festen Griff um ihr Handgelenk.

»Es war ein verdammt gutes Leitmotiv für eine Show und nichts anderes! Und jetzt halten Sie den Mund, was irgendwelche Theorien –« Er kam nicht weiter.

Ein großgewachsener – na ja, eher mittelgroßer – dunkelhaariger Mann war plötzlich an Temples rechter Seite erschienen.

»Jetzt passen Sie aber mal auf, wie Sie mit dieser Dame umgehen«, intonierte einer der Fontana-Brüder im Singsang von John Wayne.

»Ganz genau«, sagte ein anderer mittelgroßer, dunkelhaariger Mann, der zur Linken von Temple erschienen war. »Lassen Sie diese Dame los.«

Oscar zog seine Hand zurück, doch nicht schnell genug, so daß ein Mann hinter ihm ein Stilett genau zwischen zwei seiner Finger in den Tisch rammte.

Ein wahrhaft klassischer Leinwandmoment, dachte Temple. Man konnte wirklich auf die Fontana-Brüder zählen.

»Entschuldige, *Hombre*. Hab' mir nur gerade die Fingernägel saubergemacht, und da ist mir wohl das Messer ausgerutscht. Aber ich bin auch noch nicht damit fertig, Ihre Hand zu lesen.« Ralph Fontana (an dessen linkem Ohrläppchen ein Minirasiermesser baumelte) nahm Grants Handgelenk und hielt es an eine Kerze, die in einem Windlicht auf dem Cocktailtischchen gebrannt hatte. Jetzt war das Windlicht fort, und die Kerze tröpfelte heißes Wachs auf die dünne Haut an der Innenseite von Grants Handgelenk.

Der arme Oscar wand sich, aber da sagte Ralph schon: »Deathreaters. Das war dieser Punkerhaufen in L. A. vor ungefähr einem Dutzend Jahren. Alles Jammerlappen. 'tschuldigung«, wandte er sich an Temple, ehe er Oscars Handgelenk, jetzt ohne Goldkettchen, wieder auf den Tisch knallte.

»Toll«, sagte der Fontana an Temples linker Schulter, »daß Sie solche dicken Trinkgelder für die Bedienung hierlassen. Die Kellnerinnen laufen sich wirklich für wenig Geld den Arsch ab.«

Auch er wandte sich Temple zu. »Was machen Sie eigentlich in so schlechter Gesellschaft, wenn Sie andernorts dringend gesucht werden? Kommen Sie mit, Miss. Ich bin mir sicher, daß wir für Sie eine ehrliche Arbeit auf der Missionsstation finden werden.«

»Was machen Sie überhaupt in so einem Laden?« fragte Ralph in genervtem Tonfall von hinten, während Temple von zwei Brüdern flankiert hinausging.

»Ermitteln. Und das Mirage ist ein erstklassiges Hotel.«

»Nun, das ist immer eine Frage des Vergleichs. Dieser Typ ist doch ein Betrüger.«

»Ich weiß! Deswegen wollte ich ihn doch befragen.«

»Aber er hat Ihnen über Ihre gesamte Maniküre gesabbert«, sagte ein anderer Bruder (sie hielt ihn für Aldo).

»Maniküren kann man wieder in Ordnung bringen. Informationen hingegen sind nicht so einfach zu bekommen.«

»Na ja, uns hat jedenfalls nicht gefallen, was wir da gesehen haben.«

»Wie ich feststellen konnte. Wie habt ihr das mit der Tätowierung erkannt?«

»Er hatte diesen Look von L. A. Außerdem haben wir Sie sehr genau beobachtet.« Ralph deutete zur Decke.

»Big Brother? Sie haben uns per Sicherheitskamera beobachtet?«

Ralph genoß es, daß sie diese Leistung bewunderte.

»Wir kennen ein paar Leute in dieser Stadt, wichtige Leute und weniger wichtige Leute. Und wer einen Fontana kennt, schuldet ihm immer einen Gefallen.«

»Dann schulde ich Ihnen ein großes Dankeschön dafür, daß Sie eingesprungen sind, als ich Mr. Grants Illusionen zerstört habe; er wurde gerade ein bißchen sehr zudringlich.«

»Wo ist denn Ihr Auto?«

»Auf dem Parkplatz.«

»Wir bringen Sie da hin. Es ist dunkel.«

»Jungs, es ist oft dunkel genug in Las Vegas, und ich bin auch oft genug ganz allein in der Dunkelheit unterwegs.«

»Nicht, wenn wir in der Nähe sind.« Ralph öffnete zwei Türen, damit seine Brüder sich nicht mit ihren gut gepolsterten Schultern zusammendrängen mußten.

»Euer Glück«, sagte Temple, »daß ich schon fast fertig war.«

»Hey, wir hatten Glück, daß wir Sie gesehen haben.«

Eduardo (nahm sie an) ergriff ihren Autoschlüssel, um ihr die Tür des *Storm* zu öffnen.

Aldo klopfte den Sitz ab, ehe sie sich setzte. Ralph reinigte sich die Nägel, während er sich vorne davon überzeugte, daß die Scheinwerfer funktionierten.

»Und jetzt schön abschließen.« Eduardo drohte ihr mit dem Finger, so daß sein Glasring glitzerte.

Sie standen in einer Reihe wie französische Legionäre und winkten, während sie das Auto startete und losfuhr.

Temple winkte zurück. Sie waren ziemlich groß, dunkelhaarig und traten im Plural auf. War es möglich, daß das Schicksal ihr aus dieser Herde einen heraussuchen würde, ganz für sie allein? Sie konnte sich keinen besseren Begleitschutz vorstellen.

33

Amore, amore

Es war inzwischen richtig finster, als Temple den *Storm* vor Orsons/Gandolphs/Max' Haus parkte.

Kein Lichtstrahl, keine Streifen, kein Funken Licht war an der unbewohnten Fassade zu entdecken. Maß man Licht eigentlich auch in Funken? Wahrscheinlich nicht.

Die eigentliche Kunst kam jedoch erst noch. Wie sollte sie bis zur Haustür gehen und dabei eine Kiste mit Riesenpizza-mit-allem-und-doppelter-Kruste-Schnickschnack verbergen? Der Karton allein würde einen ausreichenden Teppich für ein großzügig bemessenes Wohnzimmer abgeben.

Ihre Tarnung als Maklerin des abwesenden Eigentümers konnte man wohl kaum gelungen nennen, wenn ein Nachbar sie dabei beobachtete, wie sie etwas in ein angeblich leeres Haus trug, das im Bereich des Fast food einem UFO entsprach.

Glücklicherweise war diese Wohngegend aber so teuer, daß die Kinder im Haus spielten, Autos sicher in Garagen standen und niemand auf eine vordere Veranda hinausschlenderte, um zu beobachten, wie die Nachbarn kamen und gingen.

Temple hatte den Vorgarten schon durchquert und stand an der Tür, bevor sie erkannte, daß sie gar keinen Schlüssel besaß, und daß, selbst wenn sie einen gehabt hätte, sie beide Hände (und wohl auch beide Arme) brauchen würde, um dieses Portal zu öffnen.

Kein Problem.

Die breite Holztür schwang leise nach innen auf. Max – oder sonst jemand – wußte anscheinend, daß sie kam.

Geisterhaft.

Sie trat vorsichtig ein, ihre heiße Pappschachtel vor sich hertragend.

Gandolph? Oder sogar Orson?

Die Tür ging leise hinter ihr zu, und erst als sie wieder fest verschlossen war, flammte ein Licht auf.

»Abendessen, nehme ich an.« Max nickte in Richtung der Schachtel.

»Du kannst sie mir auch gerne abnehmen.« Sie reichte ihm den Karton und lächelte.

Gedämpftes Licht führte sie zur Küche.

»Pepes«, las Max laut von dem wild gemusterten Deckel der Schachtel ab. »Du hast es nicht vergessen.«

Temple zuckte mit den Achseln. Pepes war ihre Lieblingspizzeria gewesen. Manche Dinge änderten sich eben nicht.

»Können wir das noch abkühlen lassen?« fragte er. »Im Ofen ist es in Null Komma nix wieder aufgewärmt.«

»Was ist los?«

»Erzähl mir erst, was du von denen gehört hast, die mit den Verschwundenen kommunizieren.«

Temple berichtete pflichtergeben von ihren Abenteuern im Land der Hellseher, und Kinsella lehnte sich dabei lässig an den Travertinküchentresen von Gandolph the Great.

»Während du mit den Hellsehern in Kontakt gestanden hast, war ich selbst auch ein bißchen unterwegs«, sagte er, als sie geendet hatte. »Ich möchte dir etwas zeigen. Wein?«

Er öffnete einen der Edelstahlschränke. Ein kleiner Weinkeller mit Flaschen auf gußeisernen Ständern tat sich auf.

»Hast du die Pizza wie immer genommen?« fragte er sie über die Schulter hinweg.

»Mit allem.«

»Also würde ein leicht nussig schmeckender, aber edler Weißer der Kalbswurst gerecht werden, doch ein roter Landwein würde sich mit der Peperoni gut vertragen. Dann gäbe es da noch den ehrgeizigen Rosé, der zu allem passen wird.«

»Max, du weißt doch, daß ich mir aus Weinstammbäumen nichts mache.«

»Dann ist es also der volle Rote«, sagte er und zog die Flasche hervor.

Die Gläser, die er einem weiteren Schrank entnahm, waren riesig groß, mundgeblasen und mit einer leicht irisierenden Oberfläche, so daß sie das Gefühl hatte, sie hielte eine Seifenblase in Händen. Zauberergläser. Eine Seifenblase füllte sich mit blutrotem Wein. Die Gläser eines toten Zauberers, vielleicht. Vielleicht sogar die Gläser eines ermordeten Zauberers.

»Ich habe das Haus möbliert vermietet«, sagte Max.

Temple hatte das Glas angestarrt wie eine Kristallkugel, und er hatte ihre Gedanken gelesen, als sei ihr Kopf genauso durchsichtig.

Sie lächelte schwach und folgte Max dann den schummerigen Korridor entlang.

Im Büro waren nur die kleinen Lampen an, denn das Hauptlicht kam von der Oberfläche des Computerbildschirms. Bunte tropische Fische, die in einem Bildschirmschoner umherschwammen, brachten ihr die Aquarien des Mirage in Erinnerung. Hier gab es jedoch keine Haie, zumindest hoffte sie das.

Max war zurückgetreten, als stünde er auf einer Bühne. Das Zimmer hatte sich bemerkenswert verändert, seit sie es zuletzt gesehen hatte. Nur nicht zum Besseren.

Überall waren Bücher aufgestapelt, und Papiere, die der Drucker ausgespuckt hatte, lagen auf dem Schreibtisch, auf den Stühlen, auf dem Boden.

Ein Telefon stand jetzt auf einem Stuhl, der zum Drehstuhl herangezogen worden war. Neben dem Schreibtisch ragte ein Turm von Taschenbüchern auf, deren Umschläge grellgelb und schwarz waren.

»Setz dich doch.« Er wies auf den Ledersessel, der einem Vorstandsvorsitzenden zustehen würde. »Ich stell' mal deinen Wein ab . . .« Das war auch nötig.

In Ordnung. Wenn Pepes Pizza in der Küche abkühlen konnte, dann konnte Temple sich hier auch Zeit lassen, um herauszufinden, was eigentlich vor sich ging. Sie bückte sich, um sich den Bücherturm näher anzuschauen. *Windows 95 für Idioten. Das Internet für Idioten. Datenbewegungen für Idioten.* Waren das Computerlehrbücher oder Zaubererlehrbücher? Oder waren die Computerlehrbücher heutzutage eigentlich Zaubererlehrbücher?

»Ich begreif' das nicht«, gab Temple zu. Die einzige sichere Art, wie man aus einem Zauberer Informationen herausbekam, war es, seine Verwirrung zuzugeben.

»Schau dir das mal an.« Max beugte sich über ihre rechte Schulter, um mit seinen langen Fingern ein paar Tasten zu drükken.

Der Bildschirmschoner war verschwunden. Anstelle von Fischen gab es jetzt Zeilen von Wörtern, und ein Bild baute sich darüber auf. Nichts Künstlerisches, eher eine Art... Formular. Ein Einstellungsformular vielleicht. Datum. Name. Alter. Beruf. –

Das Bild wurde jetzt von oben nach unten in Schwarzweiß gefüllt. Eine Photographie.

»Also?« Max hing immer noch über ihrer Schulter, und sein Gesicht verharrte neben ihrem. Als er sich bewegte, spürte sie ein leises Schrappen wie von Sandpapier und blickte ihn an. Er hatte sich nicht rasiert, dabei war Max sonst eigentlich übernatürlich gepflegt – ohne daß sie jemals zugesehen hätte, erinnerte sie sich bitter, weswegen sie auch nie mitbekommen hatte, wie seine blauen Augen zu grünen wurden.

Max hatte jetzt nur Augen für den Bildschirm.

»Also?« fragte er.

Temple schaute ebenfalls auf den Bildschirm. Eine gute Idee, da sie leicht zu Tränen neigte. Es dauerte einen Moment, bis sie sich konzentrieren konnte. Das Photo war jetzt ganz aufgebaut. Nicht ganz so scharf wie eine gute Porträtaufnahme, aber immerhin ziemlich gut für einen Bildschirm.

»Also?« wiederholte Max.

Und dann sah sie es endlich … »Mein Gott! Es ist … einer von denen!«

Er nickte, ohne zu bemerken, daß sie praktisch Wange an Wange waren, daß seine Wange an ihrer kratzte.

»Was meinst du?« fragte er mit einer Dringlichkeit, die ihm überhaupt nicht ähnlich sah.

»Wie –? Ich meine, das ist doch einer der Typen, die ich erkannt habe.« Ehe sie noch mehr sagen konnte, tippte Max ein paar weitere Tasten.

Die Vision des Dämons verschwand und wurde von einer anderen Datei ersetzt, und wieder gab es ein Photo, das sich langsam zusammensetzte.

Temple wandte das Gesicht ab. So würde sie sich wenigstens keine Sorgen mehr machen müssen, daß er sie kratzte.

»Temple? Du … weinst doch nicht etwa?«

»Ich habe nur – «

Sein Arm lag sofort um ihrer Schulter. »Ich hätte wissen müssen, daß es ein Schock für dich ist. Es tut mir leid … Ich vermute, deswegen sind all diese Bücher hier für Idioten.«

Es war einfacher, ihn glauben zu lassen, daß diese Photos von Kriminellen sie durcheinandergebracht hatten. »Mir geht es gut, ich hatte nur einen anstrengenden Tag. Eine von diesen Hellseherinnen hat meinen Teesatz gelesen und Gefahren darin gesehen.«

Seine Hand an ihrer Schulter griff noch fester zu und schüttelte sie leicht. »Du glaubst doch nicht etwa an diesen Hokuspokus, oder?«

»Nein, aber die scheinen so sehr daran zu glauben, daß man es manchmal nicht mehr fertigbekommt, ihnen zu widerstehen.«

»So kriegen die ihre Kunden«, sagte Max ernst. »Deswegen hat Gandolph sich in seinem Ruhestand damit befaßt, sie ausfindig zu machen und ihre Arbeit unter die Lupe zu nehmen.«

»Aber, Max –« Sie konnte sich jetzt wieder zum Bildschirm wenden, zu ihm, zu dem unausweichlichen Licht, das der Bildschirm auf ihr Gesicht warf. »Wo hast du das her? Das kann doch nicht aus dem Internet sein, obwohl es wahrscheinlich irgendeine Art von Polizeinetz – «

Er schwieg, und zwar verdächtig lange.

Sie fürchtete, daß sie den Grund dafür kannte. »Es *ist* das Polizeinetz.«

»Mach dir keine Sorgen.« Er drückte ihr noch einmal die Schulter. »Es ist nicht das Polizeinetz.«

»Was ist es dann?«

»Ich habe es heruntergeladen, also gehört es ... uns.«

»Von wo hast du es heruntergeladen?«

Er zögerte. »Vom Polizeicomputer.«

»Welchem Polizeicomputer?«

»Unserem.«

»Hier? In Las Vegas? Ausgeschlossen! Die haben doch Sicherheitssysteme ... Feuerwände, so heißen die doch? Die werden jeden Augenblick mit einem Sondereinsatzkommando hier sein!«

»Nein, werden sie nicht. Ich habe mir das Zeug schon heute morgen besorgt.«

»Wie denn? Du bist doch kein Hacker! Klar, du hast früher immer ein bißchen auf meinem Computer herumgespielt, nachdem ich dir gezeigt hatte, wie man ihn ein- und ausschaltet, aber so was –! Gesicherte Informationen herauszufischen, als seien sie Spielzeuge in einem dieser Spielautomaten ...«

»Hey, selbst das ist nicht so einfach, sonst würden diese Maschinen ja wohl nicht so viel Geld abwerfen. Aber das hier – «

Max zeigte auf die zweite Visage, die jetzt den ganzen Bildschirm einnahm. »Das ist Kleinkram. Wohl kaum geheim. Es soll vermutlich sogar in Umlauf gebracht werden, in gewisser Hinsicht.«

Temple sah sich noch einmal genauer im Zimmer um. Sie entdeckte ein weiteres Buch. »*Take down?* Das ist doch das Buch über die Jagd nach diesem Typen, der in die Dateien internationaler Flugsicherheitsexperten reingekommen ist!«

»Von schlechten Zauberern kann man eben manchmal mehr lernen als von guten.«

»Das hier ist keine Zauberei, Max. Das ist ... Computerkriminalität.«

Er wies auf den Bildschirm. »Das Kriminelle ist, daß diese Typen weiterhin das tun können, was sie dir angetan haben, und immer noch frei draußen herumlaufen. Siehst du das denn nicht? Wenn ich Informationen über sie habe, haben wir auch Kontrolle über sie.«

Sie starrte ihn entsetzt an. So hatte sie Max noch nie erlebt. Er war nicht nur unrasiert, er hatte in den letzten vierundzwanzig Stunden auch keine Sekunde geschlafen und wahrscheinlich nichts gegessen. Seine neue Begeisterung für den Kick, den man als Hacker bekam, schien sehr ehrlich zu sein. Und selbst wenn Max seine Computerfähigkeiten durch einen Pakt mit dem Teufel erlangt hatte, waren sie zu verlockend, als daß man sie ablehnen konnte. Temple klopfte sich gedankenvoll an einen Schneidezahn.

»Kannst du da noch mal rein?«

»Können Vögel fliegen? Was brauchst du denn?«

»Die Kfz-Zulassungsstelle.«

»So einfach wie ein Fingerschnipsen. Was brauchst du denn, ein Nummernschild, das Modell und den Hersteller eines Autos, das Herstellungsjahr?«

»Das Herstellungsjahr ist mir nicht klar, und das Nummernschild habe ich auch nicht gesehen.«

»Das könnte eine sehr lange Liste werden. Wieviel Wochen hast du denn Zeit?«

»So lang vielleicht doch nicht. Ich bin auf der Suche nach einem *Viper.*«

»Die meisten Frauen begnügen sich mit einem Mann.«

Sie zog eine Grimasse. »Blödmann.«

»Wen kennst du denn mit einem *Viper*?«

»Bislang nur die Gebrüder Fontana.«

»Alle?«

»Ich glaube ja. Und er ist schwarz, genau wie der, den ich suche. Können die sich denn überhaupt neun *Vipers* leisten?«

»Keine Ahnung. Also, hier sind alle schwarzen *Vipers* aufgereiht, die es am Ort gibt.«

»Ooooh.« Temple sah erschrocken auf die lange Reihe. »Ich hatte keine Ahnung, daß es hier so viele Leute mit zuviel Geld gibt.«

»Wir sind in Las Vegas, Temple. Jede Menge Geld und noch mehr Möglichkeiten, damit zu protzen.«

»Aha! Da haben wir einen Fontana. Auf wen ist das Auto zugelassen?«

»Auf unseren Macho Mario Fontana. Der Onkel aus der Hölle, mit dem man sich nicht anlegen sollte.«

»Interessant. Gibt es noch irgendwelche andere Namen, die wir kennen?«

»Wayne Newton?«

Temple schüttelte den Kopf. »Der wird's nicht sein ... jedenfalls hoffe ich, daß er es nicht ist.«

»Was ist eigentlich mit diesem *Viper*?«

»Ich hoffe, daß er am unrechten Ort war und versuchte, nicht gesehen zu werden ... Warte mal! Was war das für ein Name –? Geh doch mal sechs Zeilen zurück.«

»Hmmm.« Temple starrte den Bildschirm an. »Oscar Grant natürlich. Der wohnt ja auch in Las Vegas.«

»Dieser Möchtegern von *Dead Zones*.« Max schnaufte. »Hab' ich es gut gemacht? Ein Leben gerettet? Ein fröhliches Lächeln verdient?«

»In Ordnung. Jedenfalls ist damit klar, wessen Auto so diskret hinter Mynah Sigmunds Haus gelauert hat.«

»Nämlich?«

»Oscar Grants.«

»Dieser Schlangenölverkäufer aus dem Fernsehen! Das überrascht mich überhaupt nicht.«

»Daß er einen *Viper* fährt?«

»Daß er mit der weißen Witwe unter einer Decke steckt. Was die wohl fährt? Einen weißen Walfisch?«

»Dann bist du also kein besonderer Fan von ihr?«

»Du solltest dir mal Garys Datei über sie anschauen.« Max hatte die Datei mit den schnellen Autos verlassen und klickte sich jetzt irgendwo anders hin. »Dieses Gerät ist nicht nur dazu gut, um irgendwelche *Vipers* ausfindig zu machen. Schau mal.« Sein Gesicht wurde wieder von dem Bildschirm beleuchtet, und es trug den Ausdruck von jemandem, der im Cyberspace herumraste. »Es ist nicht nur nützlich, es macht sogar Spaß.« Er blickte Temple an. »Ich hoffe, das regt dich jetzt nicht zu sehr auf, aber ich war in der Lage, eine winzig kleine kosmetische Veränderung vorzunehmen. Willst du mal sehen?«

Natürlich wollte sie es sehen. Was hatte Max sonst noch gelernt, während sie unterwegs gewesen war? Die Tastatur klapperte, der Bildschirm veränderte sich, und das Ganze geschah zu schnell, als daß sie dieser Sequenz hätte folgen können.

Ein weiterer Datensatz. Wieder eine Auflistung von Merkmalen und Vergehen, und wieder füllte sich Pixel um Pixel ein Rechteck mit einem Verbrecher.

Sie beobachtete, wie sich Gesicht und Schultern zusammensetzten, sie kannte beides. Molina hatte dieses Bild keines Blikkes gewürdigt, als sie es Temple vorgehalten hatte. Daher war Temple jetzt gestählt, sie wußte, was sie erwartete. Sie zuckte mit keiner Wimper, als der kleine Max sichtbar wurde.

Nachdem er ganz aufgebaut war, protestierte sie: »Also bist du sogar zu Interpol reingekommen. Wen schicken die denn los, um Eindringlinge ins Netz zu fangen? Die Fremdenlegion? Und was bringt dir das? Im Hauptcomputer haben sie immer noch deine Datei.«

»Ja.« Max lächelte seine Unterlagen zärtlich an. »Aber ich habe eine kleine Veränderung vorgenommen. Nicht im Photo. In den Angaben.«

Temple schaute genauer hin. Max Kinsella, siebzehn, Bürger der Vereinigten Staaten. Ein Meter sechsundachtzig, blaue Augen. Nein, nicht mehr ... grüne Augen.

Grün. Wie die von Midnight Louie. Wie die grünen Augen, die jetzt im Licht des flackernden Bildschirms in ihre lächelten. *Augen, die lügen, kann man nicht verbergen.*

Aber Max Kinsella konnte es.

In dem Moment verlor Temple fast die Selbstbeherrschung. Sie hätte jetzt gut und gerne einen ganzen See voller Tränen weinen können. Nur brachte diese alberne, optimistische, geschickte Frechheit sie zum Lachen, nicht zum Weinen. Sie verbarg ihr Gesicht in den Händen und schüttelte den Kopf. Er hatte so recht: Nacktheit war nicht die beste Verkleidung, Frechheit war es.

Max war nicht sicher, was Kinsella da eigentlich angerichtet hatte. Er wartete, bis sie wieder auftauchte. Als sie es schließlich tat, hatte sie jedes Recht, sich offen ein paar Tränen aus den Augen zu wischen.

»Du bist verrückt! Du kannst unmöglich in einem Tag bei Interpol reingekommen sein. Du magst ja gut sein, aber so gut nun auch wieder nicht.«

Er zuckte mit den Achseln. »Ein paar Freunde in größerer Entfernung haben mir dabei geholfen. Die haben mir gesagt, wie ich da reinkomme. Und außerdem haben sie mir ein paar Sachen gemailt, die man in Buchläden nicht kriegt.«

Er nickte zu den Stapeln mit Ausdrucken hinüber.

»Das klingt gefährlich, Max.« Jetzt war sie schon wieder ganz ernst.

Er nickte. »Aber da draußen war's auch schon ziemlich

gefährlich. Verstehst du nicht? Es ist einfach unglaublich, was es alles gibt. Information ist Macht. Ich weiß, daß jeder vor mir das auch schon gesagt hat, aber jetzt bedeutet mir dieser Satz etwas, ganz persönlich. Temple, ich kann Dinge in Erfahrung bringen, ohne dafür vor die Haustür gehen zu müssen. Ich war schon so weit, daß ich bei der Polizei eingebrochen wäre, um die Informationen über diese Verbrecher zu bekommen, aber das kann ich mir jetzt sparen. Ich muß auch nicht riskieren, irgendeine Art von Deal mit Molina abzuschließen, ich muß mich nicht stellen.«

»Molina? Meinst du ›diese dumme Kuh‹, die mir nicht glauben wollte, als ich ihr sagte, ich wüßte nicht, wo du bist? Du hattest vor, einen Deal mit Molina zu machen?«

Er zuckte mit den Achseln. »Es war eine Idee, Temple.« Er hatte den Bildschirm vergessen und auch dessen geheimnisvollen Informationsfluß. Er blickte jetzt nur sie an, überzeugte sie, verkaufte ihr etwas. »Vielleicht, vielleicht kann ich dieses Zeug auseinandersortieren, das mich schon ein halbes Leben lang verfolgt. Vielleicht kann ich es tun, ohne verschwinden und weglaufen zu müssen.«

Er wollte unbedingt, daß sie ihm glaubte, wie sie es einstmals getan hatte. Es wäre so leicht, ihm wieder zu glauben.

Sie seufzte und lächelte. »Es ist dein Leben, Max. Ich kann dir sagen, was ich denke. Aber ich kann dir nicht sagen, was du tun sollst, oder wohin du gehen oder nicht gehen sollst.«

»Du sollst mir sagen, was du jetzt fühlst.«

Ach, so vieles, von dem nichts vollkommen vertrauenswürdig war, genau wie Max Kinsella, das Computergenie.

»Hunger«, sagte sie.

34

Darf ich bitten?

Das ist keine einfache Kletterpartie, aber ich kriege sie in vierzig Sekunden hin, obwohl es mitten in der Nacht ist. Ich habe in den letzten paar Tagen etwas zurückgezogener gelebt, und das hatte auch gute Gründe.

Schließlich hört man nicht jeden Tag, daß man wahrscheinlich das Opfer eines Mordversuchs wird. Und es ist noch unwahrscheinlicher, daß man aus dem Munde einer toten Katze von dieser Verschwörung hört. Und lieber möchte ich glauben, daß der Schatten des verstorbenen Maurice eigentlich ein belebtes vorangegangenes Leben war, eins zwischen dem ersten und dem achten, und nicht der echte Leichnam.

Ich meine, ich würde auch nicht gerne aus meinem Endlosschlaf herausgeholt werden, um erzwungenermaßen persönliche Auftritte vor unwilligen Beobachtern zu leisten, und dann auch noch im selben abgetragenen alten Pelz, den ich mit ins Grab genommen habe. Man sagt, daß menschliche Geister fast ohne Ausnahme in bekleidetem Zustand erscheinen. Ich finde, ein solcher Anstand könnte sich auch auf die Felidengeister im Tod erstrecken, wenn schon nicht im Leben. Was würde man denn dann tragen? Ich vermute, alles würde gehen. Ich selbst sehe ganz großartig in einem kavaliermäßigen Outfit aus, wie der Gestiefelte Kater zum Beispiel, berühmt wegen seiner extravaganten Fußbekleidung. Miss Temple Barr ist schließlich nicht die einzige, die sich über besondere Accessoires freut. Ein scharlachroter Futterstoff für meine Siebenmeilenstiefel würde auf das hübscheste mit meiner Fellfarbe kontrastieren und meine lange Karriere als berühmter Jäger und Detektiv symbolisieren. Ich kann mir einen Schlapphut gerne sparen (bei der letzten Séance habe ich ganz entschieden genug Schlapphüte gesehen, aber eine scharlachrote Straußenfeder wäre schon schön. Vor allen Dingen, wenn der Vogel Strauß gleich mitgeliefert würde, lecker, lecker.

(Wie ich höre, ist Strauß ein zartes, hühnchenähnliches Gericht mit einem begeisternd niedrigen Fettgehalt. Andererseits weiß ich nicht, ob auf der anderen Seite eine fettarme Küche besonders viel gilt, denn schließlich können wir dort hoffentlich fröhlich umeinander springen und uns endlich all das gönnen, was schlecht für uns und für den ganzen Planeten ist. Das ist meine Vorstellung vom Katzenhimmel.)

Im Moment klettere ich aber rasch und schnell hinauf, um mich in die Katzenhölle zu begeben.

Die letzte Barriere habe ich bald überwunden. Immer noch keuchend gehe ich die Tür an. Nach einem Schlag mit meiner machtvollen Vorderpfote brüllt das Schloß nach Gnade und fliegt auf. Nur einen Zentimeter, aber ein Zentimeter ist schon ausreichend für einen Klettermaxe wie mich. Ich trete also ein. Es ist mir egal, wer mich hört. Ich bin das Hellseherische, das Zurückhaltende und das Körperlose leid. Ich bin immer noch sterblich, und es ist mir egal, wer das weiß.

Mein Opfer hat sich unter dem Sofa versteckt, aber ich strecke die Pfote aus und vollführe einen tödlichen Schlag, die Krallen ausgefahren.

Ich werde durch ein erschrockenes Knurren von der dunklen Unterwelt hinter der Franse des Sofas bedroht.

Diese verwandelt sich in einen glühend grünen Blick aus zwei wutschrägen Augen. Ich hole mir diese wackelnde Franse – eine Fünfzigerjahreranke aus kakaofarbenem und goldenem Faden – mit einem Nagel und reiße daran.

»Nein!« höre ich ein entsetztes Kreischen. »Madame Electra betet jeden verzwirbelten Faden dieser Franse an.«

»Mich interessieren die verzwirbelten Fäden von Madame Electra überhaupt nicht. Komm hier raus und stell dich mir wie ein körperliches Wesen, sonst werde ich diese Franse in ihre einzelnen Bestandteile auflösen. Ich werde das Circle Ritz damit einwickeln, als sei es ein Weihnachtsgeschenk. Ich werde all diese Goldfäden herausziehen und sie den Flamingos im Zoo als Material für den Nestbau stiften –«

Meine Drohungen haben gewirkt. Karma gleitet unter dem Sofa hervor – nicht besonders elegant, denn sie ist viel zu groß und zu breit für derartig enge Räume.

»Ich habe gerade ein Schläfchen gehalten«, schnaubt sie, »und Madame Electra schläft auch, wie jeder normale Mensch es zu dieser Nachtstunde tut. Was bildest du dir ein, um diese Zeit in meinen Tempel einzudringen?«

»Tempel«, schnaube ich. »Ich wohne *mit* einer Temple, und das ist alles, was anständige, gesetzestreue Katzen brauchen. Und ich bin derzeit übrigens keine gutwillige Person. Ich bin Beschwerdeführer.«

»Er sieht mir aber recht fröhlich aus.«

»Du vor allen anderen solltest wissen, daß es mehr als nur sterbliche Sorgen gibt. Du hast mich in eine ziemlich üble Lage gebracht. Nicht nur, daß ich jede Menge menschlicher Geister treffen mußte, ich habe mich auch nicht geziert und war so freundlich, noch einmal für eine private Felidenséance zum Gespensterhaus zu gehen. Und womit werde ich konfrontiert? Mit einem Rachegeist der Katzenspezies.«

»Louie, so etwas nennen wir, die wir uns mehr für spirituelle Dinge interessieren, karma. Mit einem kleinen ›k‹.«

»Wisch dir mal dieses blöde Grinsen vom Gesicht, Mädel! Hier ging es um Karma mit einem großen ›K‹, aber nicht um deines. Sondern meins! Der Racheengel hat gegen mich persönlich gar nichts einzuwenden, aber er erwartet von mir, daß ich seinen Mörder zur Rechenschaft ziehe. Damit sitze ich genau in der Mitte. Ich fühle mich wie dieser arme Däne, dieser Hamlet, kurz davor, von anderen so richtig in die Mangel genommen zu werden. Aber ich habe nicht vor, mich von irgendeinem verlassenen Schrubbergeist, der noch nicht einmal mit mir verwandt ist, erschrecken zu lassen! Ich werde nicht zulassen, daß ich ganz durcheinandergerate, mich in irgendwelchen Amateurtheaterspielereien verliere und dann in einem Massenduell mit dem Tod ende. Aber angesichts meines bevorstehenden Vertrages für eine Werbeserie im Fernsehen und meiner Rivalität mit dem vermutlichen Mörder von Maurice I., seinem Double, Maurice II., sieht das Szenario schrecklich ähnlich aus.«

Mittlerweile hat Karma ihre Selbstsicherheit zurückgewonnen, insbesondere in der Gegend ihres Schwanzes, den sie zu einem sahnigen Schweif aufplustert, der am Ende einer Schreibfeder wunderbar aussehen würde. »Ich glaube kaum, daß irgend jemand dich mit Hamlet verwechseln würde, Louie, oder daß dieser mörderische Maurice II. dich übertölpeln wird.«

»Er hat zumindest Maurice I. übertölpelt. Das kann ich dir sagen. Einen tölpelhafteren Typen habe ich noch nie gesehen. Ich will jetzt nur wissen, was dir eigentlich in den Kopf gekommen ist? Warum mußtest du mich ausgerechnet zu Halloween zu diesen ganzen geisterhaften Ereignissen losschicken? Ich habe einen ganzen Haufen Verblichener, von Elvis bis Amelia Earhart, gesehen. Und jetzt bin ich von den Toten meiner eigenen Spezies damit beauftragt, einem Mörder gegenüberzutreten. Ich bin kein Racheengel, und genausowenig spiele ich für irgend jemanden den Deppen, weder für Maurice II. noch für dich.«

»Louie, Louie, Louie! Beruhige dich. Offensichtlich hast du hellseherische Fähigkeiten, die das weit überschreiten, was Sterbliche erahnen können, und Unsterbliche genauso.

Elvis, sagtest du? Hast du ihn wirklich gesehen? Hast du dir ein Autogramm geben lassen?«

»Nein ... obwohl das natürlich keine schlechte Idee gewesen wäre –«

»Und Miss Earhart, das ist ja wirklich etwas Besonderes. Hat sie irgend etwas gesagt?«

»Ich habe nichts gefragt.«

»Schande über dein Haupt! Gelegenheiten, Informationen aus dem Jenseits zu erhalten, sind selten. Du darfst dich nicht von einem berühmten Geist ins Bockshorn jagen lassen.«

»Ich lasse mich von niemandem ins Bockshorn jagen. Ich bin nur wütend.«

»Wut hilft in diesen Dingen nicht weiter. Du brauchst einen Plan. Ehrlich gesagt war mein Rat an dich, loszuziehen und die Geisterwelt zu konfrontieren, offenbar sehr nützlich. Warst du etwa nicht am Tatort, als ein mysteriöser menschlicher Todesfall eintrat?«

»Ja, aber niemand hat mir zugehört, noch nicht einmal, als ich versuchte, ihre Aufmerksamkeit auf Elvis zu lenken.«

»Bist du nicht aus dem Jenseits vor einem gefährlichen Genossen gewarnt worden, der dir möglicherweise übelwill?«

»Ja ... aber eine Warnung hilft nicht viel weiter, da ich keinesfalls ein Felidenverbrechen begehen werde, nur um einem möglichen Angriff auf meine Person zuvorzukommen.«

»Dennoch ist es immerhin besser zu wissen, wo ein Stein fallen könnte, als überhaupt keinen Stein zu sehen.«

»Steine haben mit dieser Angelegenheit gar nichts zu tun, Werteste. Ein fetter Vertrag als Fernsehkatze ist das, worauf dieser vergangene Mord basierte, und vielleicht auch der zukünftig geplante. Und was den toten Typen der Séance zu Halloween angeht, werde ich es Miss Temple überlassen, sich darum zu kümmern, ich habe schon genug Ärger mit meiner eigenen Spezies. Ich werde dir sagen, was ich wirklich nicht mehr sehen kann – und ich meine nicht Steine! Es ist deine leuchtende kleine Astralprojektion, die mich von hierhin nach dorthin schubst und wahrscheinlich von einem moderaten zu einem enormen Risiko, was mein Leben und meine geistige Gesundheit angeht.

Midnight Louie ist nicht mehr dein Botenjunge, verstanden? Du kannst deine Notlichter so viel blinken lassen, wie du willst, ich bin beileibe kein Pawlowscher Hund! Diese Katze ist dem Hier und Jetzt verhaftet. Mir reicht's. Halt deine reinweißen Pfötchen einer heiligen Katze von Birma aus meinem Leben und auch aus meinem Geist. Kapiert? Gut.«

Mit diesen Worten schüttele ich mich überall, so daß ich mindestens um ein Drittel größer aussehe als sonst, und stolziere aus dem Raum. Aus dem Schlafzimmer höre ich Miss Electra Lark unruhig rufen: »Karma, hast du einen Alptraum, Schätzchen?«

Ich bin hier der Alptraum, Schätzchen. Ich muß zugeben, daß es durchaus nett ist, in jemand anderes Leben der Alptraum zu sein, mal zur Abwechslung. Maurice II. sollte lieber auf sein Free-to-be-Feline aufpassen.

35

Für die Doofen

Die Pizza war mittlerweile so kalt geworden, daß sie sie noch einmal im Ofen aufwärmen mußten.

Max ging in der Küche herum und öffnete Schränke und Schubladen, bis er ein paar schwere Steingutteller und ein paar Gabeln gefunden hatte.

»Kein Paprika«, tat er kund, als er im Gewürzregal nachschaute.

»Das ist wirklich eine beeindruckende Küche, so groß wie bei den meisten Leuten das Wohnzimmer. Was in aller Welt hat dich eigentlich geritten, ein Haus mit einer solchen Küche zu kaufen?«

»Die Frage habe ich mir nie gestellt. Welles war natürlich ein Gourmand. Kein großer Gourmet, ein wirklicher Gourmand. Er hat gut gegessen.«

»Und oft.«

Max nickte. »Und man konnte es sehen. Was mich angeht ... bei dem Vagabundenleben, das ich führen mußte, besagt eine Küche Stabilität. Eine große Küche bedeutet, daß man sich ein Nest gebaut hat.«

»Und was besagt eine kleine Puppenküche im Circle Ritz?«

»Daß du ein Mädchen gefunden hast, genau wie das, das den guten alten Dad geheiratet hat. Sie kann Kochen nicht ausstehen.«

»Tatsächlich? Deine Mutter hat auch nicht gerne gekocht?« Temple freute sich – nicht nur zu hören, daß er nichtkochende Damen gewohnt war, sondern weil er endlich einmal über seine Familie sprach.

»Dieses Haus war vermietet, als wir in Las Vegas ankamen. Wenn ich allein gewesen wäre, hätte ich mit Gary hier gewohnt.«

»Also hast du dir einfach eine zweite Wohnung gekauft, die du gar nicht brauchst.«

»Solch eine Empörung, direkt aus dem puritanischen mittleren Westen«, sagte er neckisch. »Du hattest doch große Freude an der Wohnungssuche, und das Ritz ist schließlich ein Juwel. Du wohnst doch immer noch gerne da, oder?«

»Ich find's herrlich.«

Er schien gerade etwas hinzufügen zu wollen, unterbrach sich aber mitten im Satz und blickte statt dessen auf die Arbeitsfläche. »Du hast kaum deinen Wein angerührt, dabei ist der schließlich fast so teuer wie manche deiner Schuhe.«

»Du weißt doch, daß ich die meisten im Ausverkauf erstehe.«

»Extravaganz auf bestimmten Gebieten ist erlaubt. Obwohl...« Er sah ihre Beine an wie Crawford Buchanan, wobei das Interesse und nicht das Glotzen überwog. »Das ist auch ein äußerst attraktives Outfit.«

»Meine Teesatzleserin hat angedroht, daß ich eine gefährlich romantische Begegnung haben könnte, also habe ich mich entsprechend angezogen.«

»Tatsächlich? Aber ich kann mir überhaupt nicht vorstellen, wie du auf einem harten Fußboden wie diesem auf diesen hohen Absätzen stehen kannst.«

»Man gewöhnt sich dran.«

»Extravaganz auf bestimmten Gebieten ist erlaubt, auch, sich zu setzen.«

Er hob sie auf die Arbeitsfläche in der Mitte. Alle Flächen waren höher als normal, um Rückenschmerzen zu vermeiden. Das bedeutete, daß Temple und Max jetzt auf einem ziemlich ähnlichen Niveau waren. Temple ließ einen Fuß gegen den Unterbau schlagen.

»Ich fühle mich wie eine Opferjungfrau.«

»Du hast deinen Wein ja gar nicht angerührt«, sagte er wieder, streckte die Hand nach dem Glas aus und brachte es ihr an die Lippen.

Seine Hand lag an der Rückseite ihres Kopfes, während sie ihr Kinn hob, um einen Schluck zu nehmen, und als das Glas fort war, trat Max' Mund an seine Stelle.

Es hätte ein Kuß sein können, es hätten auch sechzehn sein können. Was immer es war, es war nur die Einleitung. Eine Neueinleitung. Max ließ von ihr ab und wirbelte sie herum, so daß sie jetzt an der Längsseite der Arbeitsfläche saß, hob dann ihre Beine und legte sie lang, und das hätte der Anfang von etwas sein können, das enden mußte.

Nur daß er zurücktrat, die Unterarme neben ihren Kopf legte und sein Kinn darauf bettete.

»Ich habe nachgedacht«, sagte er und lächelte ihr ins Gesicht, »während ich fort war. Ich habe nie mit einer weiblichen Assistentin gearbeitet, aber wenn ich ein Comeback starten sollte, dann bist du für diesen Job genau die Richtige.«

Sie hob eine Augenbraue, was im Grunde das einzige war, was sie unter dem erotischen Bann eines Meisterzauberers hinbekam.

Er richtete sich auf und wirbelte auf dem glatten Marmor herum, als befänden sie sich auf einer Bühne und er erkläre den Zuschauern eine Illusion. Temple war ebenfalls Teil des Publikums.

»Ich könnte zum Beispiel eine Variation des Tricks mit der zersägten Jungfrau bringen. Immer eine ziemlich unangenehme Sache, die man einer durch und durch hübschen Dame antut, findest du nicht? Ich könnte diese Tradition auf etwas weniger unangenehme Weise neu interpretieren, und du hast die ideale Größe für alle Arten von Tricks.«

Temple rollte sich auf die Seite und stützte ihren Kopf auf die Hand. »Ich habe auch schon die eine oder andere Illusion in meinem Leben erlebt.«

»Mag sein, aber das waren kurze, improvisierte Geschichten. Ich rede hier von einer ganzen Aufführung, von der Konzeption bis zum Höhepunkt.« Er kam wieder näher. Er trug immer noch den Gesichtsausdruck eines Zauberers, doch seine Augen tanzten. »Houdini hat über mehrere Jahre mit seiner Frau gearbeitet, wußtest du das?«

Temple wußte es nicht und wußte noch weniger, was sie sagen sollte. Was redete Max da? Er brauchte ihr keinen Heiratsantrag zu stellen, um mit ihr zu schlafen. Und ihr ureigenster Nestinstinkt und die Hoffnung nach Stabilität waren noch nie an Bedingungen gekoppelt gewesen.

Ehe jedoch irgend etwas aus dieser interessanten Idee werden konnte, trat der Regisseur dazwischen, um sie beide von der Bühne zu zerren. Die Uhr des Ofens schrillte. Sie zuckten zusammen. Temple setzte sich auf, ihr Herz klopfte, und Max sauste an den Tatort, um das verfluchte Ding abzustellen. Dieser Moment konnte nie, und sei es mit noch soviel Garzeit, wieder aufgewärmt werden.

Bedauernd wandte sich Max vom Herd ab. »Hast du immer noch Hunger?«

Temple nickte und sprang auf die edlen Fliesen der Küche hinunter. »Und wie.«

Sie verbrachten die Nacht am Computer.

Exquisiter Wein in schimmernden Gläsern war durch Dosen mit Classic Coke ersetzt worden.

Verbotene Geständnisse waren in Gandolphs Dateien übergegangen, für seine Untersuchung, für sein Buch.

Liebestänze auf Küchenarbeitsflächen waren durch ermüdende Zweikämpfe mit einer Computertastatur ersetzt worden.

»Eine spezielle Datei war nicht für das Buch bestimmt, sondern nur für ihn selbst. Es war ein Tagebuch, das er vor fünfzehn Jahren begonnen hat. Eher traurig«, erzählte Max.

»Ein Tagebuch?«

»Über seine Mutter. Das erklärt in gewisser Hinsicht alles, was es zu wissen gibt. Ich druck' es dir mal aus.«

Temple ging dichter an den Bildschirm heran.

»Ich les' es am Bildschirm. Ich kann mich jetzt nicht auf gedruckte Seiten konzentrieren, und wenn es um meine Seele ginge.«

Max lehnte sich zurück, um ihre nackten Füße unter dem Schreibtisch zu begutachten.

Sie ließ einige Seiten durchlaufen, las und runzelte dann die Stirn. »Ich verstehe, warum du das für wichtig hältst. Gandolphs Mutter war anscheinend süchtig nach Hellsehern, so klingt es jedenfalls.«

»Und dabei hast du noch nicht einmal die Finanzunterlagen gesehen. Gary anscheinend auch nicht. Er hat erst herausgefunden, um wieviel Geld es sich drehte, als seine Mutter starb. Tausende.«

Temple blickte ihn fragend an.

»Es war nicht das Geld, das sie dafür ausgegeben hat, was Gary so wütend gemacht hat. Er kam gut zurecht. Es war die Vorstellung, daß ihre Schutzbedürftigkeit ausgenutzt wurde, um sie derart zu melken.«

»Sie hat früh ein Kind verloren.«

»Es gibt nichts Schlimmeres, so sagt man mir«, bemerkte Max mit trostloser Stimme. Temple blickte ihn scharf an, aber er erhob sich gerade, um den Ausdruck zu holen.

»Sein Buch hätte also eine ganz schön explosive Wirkung gehabt, was?« fragte sie Max, als er zurückkehrte und einen dikken Stapel Papier auf ihren Schoß fallen ließ.

Er nickte. »Jedenfalls in der übersinnlichen Gemeinde. Und das wird es immer noch tun. Ich kann es genauso gut fertigstellen. Hier kann ich etwas leisten, was Gary wirklich von mir gewollt hätte. Ich bewundere ihn sowohl als Mann als auch als Zauberer. Über so lange Zeit Edwina Mayfair zu spielen! Wenn du den Mann gekannt hättest, würdest du wissen, daß er so aufrecht war wie General Eisenhower. Er muß unumstößlich entschlossen gewesen sein, sie alle zu demaskieren. Wie er selbst schreibt, hat er es nicht nur um seiner Mutter willen getan, sondern für alle Menschen, deren Trauer über verstorbene, geliebte Menschen ausgebeutet worden ist.«

»Ich habe gerade ein bißchen schneller gelesen. Max, anscheinend hat sie selbst ihre elementarsten Bedürfnisse zurückgeschraubt, nicht einmal ihre Medikamente gekauft, um ihren Weg von Hellseher zu Hellseher zu finanzieren.«

Er nickte. »Ich habe dieses spiritistische Zeug nie ernst genommen. Ich hielt uns immer alle für Brüder und Schwestern im Geiste, Spieler in einer wunderbaren Show. Seit ich aber Garys Geschichte gelesen habe und die über die anderen armen betrogenen Teufel, verstehe ich ihn um einiges besser. Ich schätze ihn noch mehr. Wenn er umgebracht worden ist, Temple, dann war das Teil eines sehr schmutzigen geheimen Krieges. Wir müssen seinen Killer finden.«

»Wie?«

»Das weiß ich noch nicht. Wenn du deine Hausaufgaben gemacht hast, wirst du vielleicht den eindeutigen Hinweis erkennen, und dann kann ich den Mörder womöglich durch irgendeinen schlauen Trick festnageln.« Max schaute auf seine Uhr, grinste Temple an und setzte sich dann auf den Boden. »Mein Gott, ich muß jetzt wirklich mal ein paar Stunden schlafen.«

»Und ich muß nach Hause und Louie Frühstück machen.«

»Sage noch einer, du könntest nicht kochen.«

Sie stolperten viel zu hastig durch das schweigende Haus.

»Was werden nur die Nachbarn denken?« fragte sich Temple, als die breite Haustür aufging und ein dünnes Rinnsal an Morgenlicht einließ.

»Vielen Dank fürs Abendessen«, sagte Max, hielt sie kurz fest und küßte sie zum Abschied wie ein Betrunkener.

Temple stolperte in das kühle Tageslicht hinaus, ihre Schultertasche vollgestopft, die Augen in der Helligkeit blinzelnd.

Sie wandte sich noch einmal um.

»Wenn du wieder aufwachst, Max, vergiß nicht, dich zu rasieren. Du könntest einen Kaktus verletzen, so kratzig bist du.«

Sie schlich zu ihrem Auto und brauste davon, noch ehe irgendein Nachbar die Nase zur Haustür herausstreckte, um die Zeitung reinzuholen.

Eines Tages, und zwar schon bald, würde in einer dieser Zeitungen stehen: MÖRDER EINES ZAUBERERS FESTGENOMMEN.

36

Wie neugeboren

»Also, wo haben *Sie* sich denn rumgetrieben?« Electra Lark stellte diese Frage im Eingang des Circle Ritz wie eine Jugendherbergsmutter, und ihre rosa Plastiklockenwickler sahen so natürlich aus wie Tofu.

»Jetzt regen Sie sich doch nicht auf«, sagte Temple. »Sie sind schließlich nicht meine Erziehungsberechtigte.«

»Es ist fast sieben Uhr in der Früh, und Sie kommen gerade nach Hause, in denselben Kleidern wie gestern abend.«

»Immerhin noch vollständig bekleidet. Machen Sie sich keine Sorgen, ich war damit beschäftigt, den Séancemord zu untersuchen.«

»Und ich weiß auch, wie. Nachdem Sie gestern abend fortgegangen waren, hat mich Agatha Welk angerufen, um mich wegen Ihres beunruhigenden Teeblätterwesens zu warnen. Sie erwähnte, daß sie unterwegs seien, einen Drink mit dem Grafen Dracula der ganzen Séancegruppe zu nehmen: mit diesem schleimigen Oscar Grant.«

»Stimmt genau, aber im Gegensatz zur Behauptung von Agathas Teeblättern ging es mir blendend.«

»Oscar hat sich wie ein Gentleman benommen?«

»Nein, aber die Gebrüder Fontana haben mich gerettet.«

»Wieviel denn?«

»Nur drei.«

»Liebes, ich halte mich für ziemlich tolerant, und der Herr weiß, daß ich jede Menge Exmänner habe und daß die Gebrüder Fontana ausgesprochen ansehnliche Erscheinungen sind, aber Ihre derzeitigen Frustrationen durch langes Aufbleiben und wilden Sex ertränken zu wollen, ist weiß Gott keine Lösung.«

»Electra, mein Privatleben ist kein angemessenes Thema für Ihre Spekulationen, vor allen Dingen, wenn Ihre Spekulationen in solche unangemessene Richtungen gehen. Ich kann Ihnen versichern, daß ich nicht während dieser ganzen Zeit mit den Gebrüdern Fontana zusammen war. Würden Sie jetzt bitte freundlicherweise beiseite treten und mich in den Aufzug lassen, damit ich rechtzeitig zum Brunch bei mir zu Hause bin, wenn schon nicht zum Frühstück?«

Electra schlug die Arme übereinander und zerdrückte dabei die Papageienmuster auf ihrem Muumuu. Sie bewegte sich keinen Zentimeter zur Seite.

»Sie haben sich während dieser ganzen Zeit irgendwo auswärts aufgehalten. Da muß ein Mann dahinterstecken.«

»Wie wäre es mit einem toten Mann? Ich habe heftig über Gandolph the Great recherchiert.«

»Die Bibliothek hatte die ganze Nacht offen?«

»Wir befinden uns in Las Vegas, Electra. Hier hat alles die ganze Nacht über auf. Öffnen Sie mal Ihre Augen.«

Temple sauste energisch an ihr vorbei.

»Es tut mir leid, Liebes.« Electra folgte ihr in den Aufzug. »Ich bin nur so furchtbar aufgeregt gewesen seit Agathas Anruf. Sie ist für ihre Genauigkeit bekannt. Und die Vorhersage eines dunklen, gefährlichen Mannes ist doch wirklich beunruhigend.«

»Electra, alle Vorhersagen sind beunruhigend, warum würde man sich sonst mit Vorhersagen abgeben?«

»Mag sein.« Electra beobachtete, wie der Anzeiger über der Tür auf 2 sprang. »Vielleicht bin ich nur so nervös, weil es heute abend wieder eine Séance geben wird.«

»Was für eine Séance?«

»Es war die Idee von Professor Mangel. Alle Medien treffen sich noch einmal im Gespensterhaus. Diesmal werden sie sich darauf konzentrieren, den Geist von Gandolph the Great zu rufen.«

»Na, großartig.« Temple lehnte sich gegen die polierten, mahagonigetäfelten Wände des Aufzugs.

»Können Sie auch kommen? Professor Mangel sagt, es muß alles so sein wie beim letzten Mal.«

»Tja, wenn ich zwischen jetzt und heute abend noch ein bißchen Schönheitsschlaf abkriege, schon. Ansonsten würde ich für einen vom Schicksal sehr gebeutelten Geist gehalten werden. Bitte halten Sie fest, daß ich ›gebeutelt‹ und nicht ›vergewaltigt‹ gesagt habe, Electra. Aber hat Professor Mangel auch darüber nachgedacht, daß eine neuerliche Auflage der ersten Séance die Bühne für einen weiteren Tod bereiten könnte?«

»Einen weiteren Tod? Warum denn das?«

Die Tür des Aufzugs öffnete sich. Temple schaffte es, eine dramatische Pause auf der Schwelle zu machen.

»Weil noch niemand den Grund für den ersten Todesfall kennt.«

Electra verschwand hinter den Aufzugtüren, und ihr Gesicht war schlaff geworden vor entsetztem Nachdenken.

Temple marschierte den Flur hinunter und spürte die Auswirkungen der Nacht. Sie gähnte, während sie auf ihre Wohnungstür zuging.

Matt Devine sah auch ziemlich müde aus. Er saß in der Ecke unter dem fahlen Nachtlämpchen, die Beine wie ein Yogi im Lotussitz übereinandergeschlagen.

Temple hätte beinahe ihre zwanzig Kilogramm schwere Schultertasche fallen lassen.

»Matt –«

Seine Gliedmaßen entfalteten sich, und er sprang auf.

»Matt, was machst du denn hier?«

»Warten, das siehst du doch. Electra hat mich heute morgen um vier Uhr geweckt.«

»Und warum?«

Er zögerte. »Sie wollte nur wissen, ob du bei mir wärst.«

»Electra –«

»Nicht böse sein. Sie war wirklich außer sich vor Sorge.« Matt massierte seinen Nacken. »Anscheinend nimmt unsere Vermieterin diese ganze Wahrsagerei ernst. Sie war sich sicher, daß du einem dunklen, gefährlichen Mann in die Hände gefallen bist.«

»Dunkler, gefährlicher, *kleinwüchsiger* Mann«, korrigierte Temple, mehr um Matts willen als um Electras. »Wie gut, daß sie dieses letzte Adjektiv übersehen hat, sonst würde die Polizei Crawford Buchanan aus dem Bett geholt haben. Wartest du hier etwa seit vier Uhr früh?«

»Als wir feststellten, daß du immer noch nicht nach Hause gekommen warst, war sie noch aufgeregter, also habe ich ihr versprochen, hier zu warten und sie wissen zu lassen, wenn du wieder aufkreuzt.« Er schaute auf seine Uhr. »Viertel vor acht. Ich sollte es ihr besser sagen.«

Temple hielt ihn zurück. »Spar dir die Mühe. Sie ist in der Eingangshalle über mich hergefallen. Sie muß wohl auf ihrem Balkon nach meinem Auto Ausschau gehalten haben. Komm rein, wir brauchen jetzt beide eine Tasse Kaffee.«

Er streckte die Hand aus, um ihr die Schultertasche abzunehmen.

»Vielen Dank, aber ich warne dich.«

»Was hast du denn da drin, eine Leiche?«

»Nur Louie. Quatsch, war nur ein Scherz. Unterlagen. Ich habe eine Quelle gefunden, die Zugang zu allen Computerdateien von Gandolph the Greats noch nicht veröffentlichtem Buch hat.«

»Das ist der Typ, der gestorben ist, nicht wahr?«

»Genau.« Temple drohte ihrem altersschwachen Schloß mit dem Schlüssel, bis es sich auf den Rücken rollte und aufgab. »Könntest du die Tasche einfach auf den Küchenfußboden stellen? Ich habe das Zeug letzte Nacht überflogen und will es nicht wiedersehen, bis ich geschlafen habe und mich besser konzentrieren kann.«

Matt befolgte ihre Anweisungen, während Temple in die Küche stolperte und zwei Becher aus einem Schrank holte. Der Instantkaffee hatte sich irgendwo verborgen, ganz nach hinten geschoben hinter alle möglichen Instantprodukte. Während sie ihn gerade hervorzog, in der Hoffnung, auf keine lebenden oder verstorbenen Insekten zu treffen, fiel etwas von einem oberen Schrankbrett herunter. Ein unglaublich lautes Gedonner auf der Arbeitsfläche, dann sauste etwas Großes an ihr vorbei und landete auf dem Boden wie ein Sack voller Bleikartoffeln.

Temple kreischte auf, denn ihre Nerven waren durch den Schlafmangel etwas strapaziert – und aus anderen Gründen, die oft auch mit Schlafmangel in Verbindung zu bringen, aber weitaus interessanter sind.

Matt stand sofort wie ein Lebensretter neben ihr, aber nicht schnell genug, um Midnight Louie zuvorzukommen, der seine Vorderläufe an der offenen Schranktür entlangstreckte und diese mit seinem Gewicht schloß, nachdem Temple gerade noch ihre Finger aus dem Spalt hatte ziehen können.

»Miaaaauuuu.« Louie knurrte förmlich.

»Der will wohl auch wissen, wo du die ganze Nacht über gewesen bist«, bemerkte Matt ernst.

Temple seufzte. Kaum entfernte man sich ein winziges bißchen von der üblichen Routine, schon verwandelte sich jeder in einen Inquisitor.

»Ganz offensichtlich kennst du Katzen nicht besonders gut«, antwortete sie. »Er möchte natürlich wissen, wo ich gewesen bin, aber nur, weil er sein Abendessen nicht bekommen hat.«

»Aber in seiner Schüssel da drüben sind doch jede Menge grüne Körner.«

»Das ist kein Abendessen, das ist … eine Beigabe. Könntest du wohl?« Ihre letzte Bemerkung ging an Midnight Louie, während sie noch einmal die Schranktür öffnete, um zwei kleine, flache Dosen herauszuholen.

Sie sah Matt an, in der Hoffnung, zu dieser Morgenstunde halbwegs appetitlich auszusehen.

»Könntest du«, fragte sie wesentlich freundlicher, »wohl diese Dosen öffnen und deren Inhalt über die grünen Körner verteilen, für Louie?«

»Gern.« Er drehte sich um, Louie auf den Fersen wie ein Bluthund. »Ein ziemlich durchdringender Geruch«, bemerkte Matt, nachdem er die beiden Deckel mit einem leisen »Plopp« geöffnet hatte. »Und er kriegt beide Dosen? Okay, Louie, hier kommt das Frühstück. Austern? Babyshrimps in Muschelsoße?« Matt klang verunsichert. »Ist das nicht ein bißchen schwer für ihn?«

»Sehr wahrscheinlich. Aber etwas anderes will er einfach nicht essen. Ich habe schon alles mögliche ausprobiert.«

»Warte doch einfach mal ab, bis er so richtig hungrig ist.«

»Wenn er so richtig hungrig ist, dann kommt er einfach nicht nach Hause, sondern überfällt vielmehr die nächste Mülltonne, und das Menü dort dürfte noch ungesünder für ihn sein.«

»Vielleicht sollte er sich einfach nicht mehr auf den Straßen herumtreiben.«

»Nein, das sollte wohl niemand, aber Louie ist ein Straßenkater, und wenn ich ihn einsperre, wird er verrückt. Freiheit ist für manche eben eine Lebensvoraussetzung.«

Matt schüttelte den Kopf, ohne ihre Worte jedoch zu kommentieren. Für ihn war die Freiheit nie ein besonderer Faktor in seinem Leben gewesen. Dann sagte er: »Laß mich den Kaffee kochen.«

»Aber du warst doch auch die ganze Nacht auf. Es tut mir schrecklich leid, Electra hätte dich nicht damit belästigen sollen.«

»Ich habe vorher immerhin etwas geschlafen. Ich bin Krisen gewohnt. In den letzten Nächten war ich ohnehin immer viel wach.«

Temple hatte Angst davor, sich nach dem Grund zu erkundigen, deshalb schlich sie wortlos an dem austernverschlingenden Louie vorbei ins Wohnzimmer. Dort ließ sie sich aufs Sofa fallen, warf die hohen Hacken ab und zog ihre Füße hoch.

Heute abend eine Séance. Das hieß, daß sie noch mit Electra sprechen mußte, ehe sie schlafen ging und die Unterlagen von Gandolph durchlas.

Matt brachte die dampfenden Becher zum Wohnzimmertisch, setzte sich, fast so schwerfällig wie sie selbst, und trank einen Schluck von dem Gebräu. »Ziemlich scheußlich. Ich weiß nicht, wieviel man nehmen muß.«

»Wenn es heiß ist und als Kaffee durchgeht, ohne mich vom Schlafen abzuhalten, werde ich es genießen.« Sie beugte sich vor, um den Becher zu nehmen und brachte ihn an ihre Lippen. Allein schon der Dampf, der in ihre Nase stieg, wirkte wie eine Inhalation, verlieh ihr neue Energien und entspannte sie gleichzeitig. »Hmmmm.«

»Nun, hast du denn jetzt rausgekriegt, wer den Zauberer umgebracht hat?«

»Noch nicht. Ich weiß noch nicht einmal, ob er überhaupt von jemandem umgebracht worden ist, also von jemandem, der noch lebt. Er hat allerdings ein unglaublich spannendes Buch geschrieben. Eine Enthüllung über Medien, die verwirrte Leute um ihr Geld und ihre Würde betrügen. Mir scheint, für ihn war das wie ein Kreuzzug – seine Mutter ist von solchen Leuten hinters Licht geführt worden.«

Matt nickte. »Man hat es nicht gerne, wenn die eigene Mutter fertiggemacht wird.«

»Meine würde keinesfalls fertiggemacht werden. Die ist viel zu vorsichtig. Sie hat nicht zugelassen, daß ich allein über die Straße gehe, bis ich ungefähr acht Jahre alt war.«

Ihre Bemerkung ließ Matts Augen beunruhigt aufflackern. Er hatte nie gelernt, seine Reaktionen zu verbergen, wenn es nicht gerade um die Gefühle anderer ging.

Temple spürte, daß ein innerer Konflikt in ihm schwelte. Max war wie ein Vulkan, unvorhersehbar und aufregend, aber Matt war der ruhende Pol, sicher und heilsam. Max war Koffein, Matt war Kamillentee. Max bedeutete blankliegende Nerven, Matt bedeutete das Nirwana. So hätte sie noch stundenlang weitermachen können, müde und gleichzeitig aufgedreht wie sie war, aber Matt zeigte Anzeichen einer bevorstehenden Gefühlsäußerung.

»Temple, ich sollte dich mit so etwas zum gegenwärtigen Zeitpunkt besser nicht belästigen – «

»Belästige mich«, befahl sie, da sie in der glücklichen Lage war, die Füße endlich hochgelegt zu haben. Matt beugte sich über seinen dampfenden Kaffeebecher wie hinter eine schützende Mauer. Seine honigbraunen Augen wurden dunkel. »Ich ... ich glaube, ich habe am Wochenende Cliff Effinger gesehen.«

»Deinen Stiefvater? Bist du dir sicher?«

»Ich bin mir absolut unsicher. Der Typ sah überhaupt nicht aus wie Effinger, hatte ganz andere Kleidung an als er. Aber er hat den Strip überquert, und dabei *ging* er wie Effinger. Merkwürdig, ich habe Effingers Gang nie registriert, als ich noch bei ihm lebte, aber als ich ihn neulich sah ...«

»Was hast du getan?«

»Hab' versucht, ihm zu folgen. Aber ich saß auf diesem verdammten Motorrad und fuhr außerdem in die falsche Richtung. Ich habe so bald wie möglich gedreht, aber er war schon fort. Er hat sich jedenfalls ziemlich verändert – falls er es überhaupt war. Cowboyhut, Jeans und Stiefel. Weste aus Jeansstoff. Völlig aufgetakelt als Westernheld. Ziemlich lächerlich. So, als hätte er sich in dieser Phase des Lebens noch ein neues Äußeres zugelegt.«

»Oder er hat sich verkleidet.«

»Verkleidet?«

»Nicht Nacktheit ist die beste Verkleidung in Las Vegas, sondern Schrillheit. Mir scheint, dieser Neocowboy mit einem Gang wie Effinger benutzt eine solche Verkleidung.«

»Aber das hieße doch ... Effinger weiß, daß er gesucht wird, um vernommen zu werden! Er geht der Polizei aus dem Weg, indem er so tut, als sei er tot!«

Temple nickte. »Genau das war's, was ich meinte, Dr. Watson.«

»Ich bin ja wirklich ziemlich bescheuert gewesen! Vielleicht sollte der Tote im Crystal Phoenix die Leute glauben machen, daß Effinger tot ist! Das bedeutet, Effinger selbst wollte Las Vegas nicht verlassen, aber hier bleiben konnte er auch nicht, ohne wenigstens den Anschein zu erwecken, daß er die Stadt verlassen hatte. Warum?«

»Ich weiß nicht, aber ich bin mir sicher, daß dir ein Grund einfallen wird.« Temple gähnte.

»Entschuldige. Du mußt jetzt schlafen.«

Sie nickte. Ihre Augen hatten sich geschlossen, und sie wollte sie nie wieder öffnen. Jemand beugte sich über sie und nahm ihr den Becher aus den Händen. »Soll ich dir den Weg weisen?« fragte eine tiefe, männliche Stimme.

»Hmhmmm.« Sie wurde hochgezogen, umgedreht und irgendwohin geführt.

Der schönste Teil an dem Ganzen war die Ankunft, als sie sich auf etwas Weiches und Gemütliches setzte: ihr ureigenstes Bett.

»Brauchst du noch irgend etwas?«

»Nur zehntausend Jahre tiefen, traumlosen Schlaf. Ach, nein ... geht nicht. Wecker stellen«, murmelte sie.

»Auf wieviel Uhr?«

»Drei.« Das klang gut.

»Ich werde Electra sagen, daß sie dich nach drei Uhr anrufen kann.«

»Hmhmmm.«

»Gibt es sonst noch etwas?«

»Geh einfach nur weg. Aber erst noch ...«

Sie streckte die Hände in das graue Nichts aus, fand seine Arme, zog daran, fand sein Gesicht und küßte ihn. »Danke.«

Dann sank sie zurück.

Irgend etwas schwebte über ihr herab wie eine Wolke, wie ein Geist. Sie hörte schwache Geräusche, die dann entschwanden. Später spürte sie noch undeutlich ein weiteres schweres Plumpsen neben sich.

Als Temple aufwachte, verharrte sie zunächst in diesem schläfrigen, benommenen Zustand friedlicher Orientierungslosigkeit. Ihr war wunderbar warm unter der zusätzlichen Decke, und auch dank Midnight Louie, der sie an einer Hüfte wärmte wie ein pelzbesetztes Heizkissen.

Die zugezogenen Jalousien ließen winzige Lichtstrahlen in dünnen Streifen ins Zimmer dringen. Temple blinzelte die Leuchtziffern der Uhr an. Zwei Uhr fünfunddreißig. Temple streckte sich und gähnte. Midnight Louie protestierte bei dieser Bewegung und fügte dem ihren sein eigenes Gähnen hinzu. Noch eine Séance. Wollte sie das eigentlich? Sie wußte jetzt eine Menge mehr, kannte die Medien. Vielleicht würde Houdini sie ja alle überraschen und einfach in die Stadt gereist kommen. Vielleicht würde auch ein Mörder sie alle überraschen und es noch einmal versuchen. Aber damit konnte sie fertig werden. Sie nahm ihre Brille vom Nachttisch und zog gähnend die Zeitung näher. Sie überflog rasch die Schlagzeilen auf der ersten Seite. Eine war so klein, daß nur das Wort »Séance« ihre benebelte Aufmerksamkeit erregte. TOD BEI SÉANCE AUFGRUND VON NATÜRLICHEN URSACHEN. Wow! Temple blinzelte. Die Gerichtsmedizin hatte bei der Obduktion festgestellt, daß Gandolph an einem Herzinfarkt gestorben war. Herzinfarkt? In diesem Kostüm, unter diesen Leuten, in diesem völlig abgefahrenen Geisterhaus? Temple hätte erleichtert sein müssen. Max war jetzt aus dem Schneider und sie auch, was das anging. Nur ein normaler Feld-Wald-und-Wiesen-Herzinfarkt. Gandolph hatte immerhin unter Streß gestanden, bedachte man seine Maskierung und sein Buch.

Nein. Vielleicht hatte ja jemand Gandolph so erschreckt, daß er den tödlichen Herzinfarkt erlitt. Die neue Séance war jetzt wichtiger als je zuvor. Es galt, aktiv zu werden. Zu beweisen, daß ein Hellseher mit Gandolphs geistiger Gesundheit herumgespielt hatte, und selbst wenn der Fall nie vor ein Gericht kam, sollten alle wissen, wer für seinen Heimgang verantwortlich war. Max würde niemals das Verdikt »natürliche Todesursache« akzeptieren, und sie auch nicht.

»Jetzt hängt es von uns ab, Louie«, sagte Temple und schloß ihn dabei mehr aus Höflichkeit mit ein. »Ich werde keinesfalls glauben, daß Gandolph nicht umgebracht wurde, wie auch immer es geschah. Und heute abend werde ich genau das herausfinden.«

Die grünen Augen der Katze blinzelten und blinzelten noch einmal, fast so, als seien sie ein cooles katzenhaftes Alarmsignal.

37

Geistersprüche

Noch immer flatterten herrenlose Papiere über den leeren Parkplatz rings um das Gespensterhaus, aber das Schild fehlte und die Außenbeleuchtung war auch abgeschaltet.

Das Tor zum Parkplatz war mit einer Kette verschlossen, so daß Temple ihren *Storm* am Straßenrand stehen ließ, dicht an dicht mit interessanten anderen Fahrzeugen.

Eines davon war ein kohlrabenschwarzer *Viper*.

»Na so was, man sollte doch meinen, daß der Besitzer dieses Autos seine schwarze Schönheit nur ungern hier allein im Dunkeln stehen läßt«, sagte Electra. »Das ist doch nicht etwa einer der Jungs?«

»Keine Fontanas, nur die ursprüngliche Besetzung der ersten übersinnlichen Farce.»

»Ich frage mich, wer den roten *Miata* fährt.«

»Lassen Sie mich raten.« Temple fiel etwas Häßliches ein.

»Ein kleiner, dunkelhaariger, gefährlicher Mann namens Crawford Buchanan.«

»Ach, das kann sein! Und sein Kameramann wird auch dabeisein.«

»Jede Wette gehört dem der lindgrüne Käfer. Photographen verdienen fast genausowenig Geld wie freischaffende PR-Leute.«

»Und der Minibus?«

»Der müßte ... von D'Arlene Hendrix sein. Bei der kann man doch praktisch die Tätowierung ›Kinderchauffeurdienst‹ auf der Stirn lesen.«

»Das macht ja richtig Spaß! Wir müssen hinterher unbedingt

mitkriegen, ob sie auch wirklich in die Autos einsteigen, die wir erraten haben. Was ist mit dem ältlichen Oldsmobil?«

»Das muß Agatha Welk gehören; das Auto sieht so alt aus, daß es gut und gern auch Lawrence hätte gehören können.«

»Lawrence?«

»Ihr verstorbener Mann Lawrence Welk. Das war ein Witz, Electra.«

»Ich verstehe nicht, wie Sie ausgerechnet jetzt Witze machen können.«

»Bei dem da drüben läßt sich die Besitzerin auch leicht erraten.« Temple zeigte auf ein weißes Cabriolet.

Electra nickte. »Mynah Sigmund. Wenn sie so dermaßen auf Weiß steht, warum ist ihr Vorname dann eigentlich so dunkel? Mynahs – die Vögel sind doch schwarz.«

»Vielleicht ein nicht ganz so dezenter Hinweis, daß sie eine übertünchte Totengräberin ist.«

»Sie kommen ja von dem Mordthema wirklich nicht los. Ich hoffe übrigens sehr, Sie irren sich mit Ihrer Annahme, daß der Tod heute abend noch einen zweiten Auftritt hat.«

»Der Tod hat immer neue Auftritte, genauso wie die Steuer.«

»Was ist denn mit dem Professor?«

»Der hat auch neue Auftritte.«

»Davon weiß ich nichts, aber wie ist er hierhergekommen?«

»Jede Wette mit dem Mietwagen da drüben, dem *Santra*.«

Temple drehte sich um, um die dunkle Fassade des ehemaligen Hell-o-ween Haunted Homestead zu begutachten. »Merkwürdig, Sie haben viel mehr Angst davor, was im Rahmen dieser Geisterwelt passieren könnte, aber ich mache mir größere Sorgen darum, was in der wirklichen Welt da draußen passiert.«

»Wenn Sie erst mal so alt sind wie ich, wird Ihnen das Immaterielle auch weitaus näher sein.«

»Wie alt sind Sie eigentlich?«

»Die Damen meiner Generation sind mit solchen Auskünften immer sehr zurückhaltend. Ich glaube, ich werde diese Tradition aufrechterhalten. Das ist die Solidarität unter älteren Mitbürgern, verstehen Sie?«

»Dann sind Sie also mindestens fünfundsechzig, was?«

»Nicht unbedingt. Man kann sich schon mit fünfzig Jahren der American Association of Retired Persons anschließen.«

»Fünfzig! Das ist ja in ... zwanzig Jahren! In zwanzig Jahren könnte ich offiziell schon *alt* sein?«

»Was für eine altmodische Einstellung Sie haben! Heutzutage ist man erst alt, wenn man sich alt fühlt.«

»Und warum verschweigen Sie dann Ihr Alter?«

Electra überlegte für einen Moment. »Vielleicht stehe ich ja auf jüngere Männer.«

»Wie zum Beispiel Eight Ball O'Rourke?«

»Unsinn.«

»Das haben Sie auch geantwortet, als ich Sie fragte, ob Sie eine Katze haben. Langsam glaube ich, daß Sie in vielen Ecken etwas zu verbergen haben.«

»Das, meine Liebe, macht eine Frau in meinem Alter faszinierend. Und übrigens auch einen Mann. Wenn sie nicht wenigstens ein paar Geheimnisse haben können, was sollen die Leute im mittleren Alter denn dann anstellen?«

»An Séancen teilnehmen und versuchen, die Geheimnisse anderer Leute herauszufinden.«

»Großartige Idee.« Electra grinste. »Auf geht's.«

Sie näherten sich der düsteren Fassade, die ohne die Beleuchtung noch abschreckender wirkte.

Temple dachte über die Tatsache nach, daß die meisten Teilnehmer der Séance selbst hierhergefahren waren. Mobilität machte einen Mord leichter durchführbar. Jemand hätte ohne Probleme vor Beginn der Séance in dieses Haus kommen können, um die Special-effects zu manipulieren. Max war auch gekommen und gegangen, wie es ihm gepaßt hatte, womit

Temple ein wahrhaft unwillkommener Gedanke kam: Auch Max hätte den Mord verüben können. War das nicht genau das, wessen Molina ihn verdächtigte? Mord?

Doch wenn Max recht hatte – und sie hatte schließlich keinen Grund anzunehmen, daß dem nicht so war –, dann kannten selbst »echte« Medien die Methoden, wie man Erscheinungen vortäuschte. Wo war Max eigentlich jetzt, fragte sich Temple sehnsüchtiger, als es ihr gefiel. Und auch nervöser. Sie hoffte, daß er schlief, nach diesem Marathon an Computerschnüffelei. Einige Ergebnisse hatte sie noch gelesen, ehe sie hierhergekommen war. Letztlich hatte es sich um Regieanweisungen für effektvolle Séancen gehandelt, so daß sie jetzt eine wesentlich kritischere Teilnehmerin war als beim ersten Mal. Und Max hatte recht. Gandolphs Buch war es in jedem Falle wert, veröffentlicht zu werden, insbesondere, wenn es mit seiner spektakulären Verkleidung und seinem Tod in Verbindung gebracht wurde. Insbesondere, wenn es bei diesem Tod nicht mit rechten Dingen zugegangen war.

»Muß man hier anklopfen?« Electra starrte den riesigen Türklopfer in Form eines knurrenden gotischen Wasserspeiers an.

»Ich weiß nicht, wie Oscar Grant, oder wem dieser Laden gehört, das hier gedeichselt hat, aber ... lassen Sie uns doch mal sehen, ob sich die Tür von allein öffnen läßt.«

Temple lehnte sich so fest sie konnte dagegen.

Die große Tür schwang nach innen auf, diesmal jedoch lautlos.

Auch der Hauptraum hatte seinen früheren Gruseleffekt verloren. Jetzt war es nur noch eine riesige Anlage in der Größe eines Hollywood-Filmstudios, in das man einen nicht besonders aufregenden Achterbahnkorso hineingeschlungen hatte. Die beiden Frauen marschierten auf die Treppe zu, die sie zu dem isolierten Inselchen des Séanceraumes bringen sollte, der hoch oben auf seinen Stalagmiten aus beweglichen Gerüstteilen saß.

»Das ist ja noch merkwürdiger als die eigentliche Veranstaltung«, bemerkte Electra.

»Wir haben wirklich da oben inmitten dieser Achterbahn gesessen? Ich sage es nur ungerne, aber wir waren ja wie Fische in einem Aquarium! Kaum vorstellbar, daß irgend etwas da rein- oder rauskommt, ohne daß irgend jemand auf der Achterbahn oder im Gespensterhaus selbst es bemerkt hätte. Es muß also tatsächlich einer von uns gewesen sein, der Gandolph umgebracht hat. Aber wer? Wir haben doch alle miteinander Händchen gehalten?«

»Der älteste Trick im Geschäft. Eine falsche Hand.«

»Eine falsche Hand?«

Temple nickte. »Das hat früher bestens funktioniert, noch lange bevor die technischen Großmeister Hollywoods diese beeindruckenden künstlichen Gliedmaßen erfunden haben. Jemand, der eine Verbindung zu einer Fernsehsendung wie *Deaed Zones* hat –...«

»Also jemand wie Oscar Grant.«

»– könnte wahrscheinlich eine hochmoderne bewegliche Hand mit warmer Haut und allem Drum und Dran besorgen.«

»Igitt! Das ist ja scheußlich, Temple. Professor Mangel hat an meiner rechten Seite gesessen. Ein solch fester, warmer Griff! Ich bin mir sicher, daß er es war.«

»Wer saß denn zu Ihrer Linken?«

»William Kohler. Glaube ich.«

»Ganz genau. Glauben Sie. Selbst Gandolph hätte irgend etwas veranstalten können, als es dunkel wurde. Früher waren die Medien unglaublich beschäftigt, ein regelrechtes Einmann- oder Einfrauorchester, sobald ihre Zuschauer im Dunkeln saßen. Die haben ihre Knie, Füße, Zehen, Brustkörbe und Köpfe eingesetzt, alles Mögliche, damit Tamburine klappern und Trompeten röhren und Tische tanzen. Und Gandolph hat ausdrücklich darum gebeten, neben mir zu sitzen, erinnern Sie sich noch? Vielleicht dachte er, er könnte eine Anfängerin mit einem falschen Körperteil hinters Licht führen, insbesondere mit seinen Handschuhen. Jetzt erinnere ich mich: Jemand hat mir das Knie getätschelt, nachdem wir alle Händchen hielten! Nun, ich kann jedenfalls nicht beschwören, daß ich mit einer echten Hand verbunden war! Es passierte viel zuviel um mich herum, als daß ich mich einzelnen wahrgenommenen Reizen voll und ganz hätte widmen können – und das ist ja genau die Idee, die hinter den Phänomenen von Séancen steht.«

»Und all das steht in dem Buch von Mr. Gandolph?«

Temple nickte. »Mr. Randolph. Das war sein wirklicher Nachname.«

»Junge, Junge, das dürfte wohl ein Bestseller werden.«

»Ja.« Temple nickte abermals. »Jedenfalls wird es hoffentlich die finanziellen Probleme seines Ghostwriters lösen.«

»Gandolph hatte einen Ghostwriter?«

»Hat er jetzt. Schauen Sie mal! Da drüben bewegt sich was. Lassen Sie uns endlich die Treppe hochgehen, zu unserem Treffen mit dem König der Handschellen.«

»Klingt wie etwas Perverses auf einem privaten Kabelsender, meine Liebe.« Das schien Electra jedoch nicht sonderlich zu beeindrucken. Etwas anderes hingegen schon. »Diese Treppe sieht aber nicht so aus, als sei sie von der Bauaufsicht genehmigt worden.«

Die beiden stiegen die wackelige Holztreppe hoch, deren Knarren durchaus echt war. Hier und da warfen über ihnen angebrachte Scheinwerfer ein grelles Licht auf sie – wie eine Konstellation aus helleuchtenden Fixsternen.

»Mir ist gerade etwas klar geworden.« Electra hielt inne.

»Was?«

»Die Séance soll erst um Mitternacht anfangen, und selbst wir sind unglaublich früh dran, aber alle sind auch schon da, jedenfalls stehen die Autos draußen.«

»Stimmt. Ich frage mich, wann wer gekommen ist. Die Überpünktlichen hätten hier jedenfalls schon alles mögliche erledigen können.«

»Das kann man wohl sagen.«

»Glücklicherweise habe ich dafür gesorgt, daß noch frühere Frühankommer hier alles im Blick haben.«

»*Sie* haben dafür gesorgt? Wen haben Sie denn bestellt? Watts und Sacker?«

»Ich könnte wohl kaum die Polizei wegen etwas so Wahnwitzigem wie einer zweiten Séance bemühen – die im übrigen veranstaltet wird, um einen Mörder ausfindig zu machen, den selbst die Polizei nicht sucht. Nein, es sind nur Eightball O'Rourke und Wild Blue Pike und noch ein paar andere Freunde von der Grey-Hole-Gang. Die kennen den Laden hier, und die kennen sich auch bei Spezialeffekten aus.«

Electra begutachtete die drei Stockwerke hohen Kulissen eher mißtrauisch. »Warum haben Sie mir denn nichts davon gesagt?« Sie strich sich über ihre zurückhaltend zinnfarbenen Haare. »Ich hätte mich dann für diese Gesellschaft richtig angezogen.«

»Macht das denn im Dunkeln etwas aus?«

»Meine Liebe, in meinem Alter macht es insbesondere im Dunkeln etwas aus.«

Sie stiegen weiter nach oben, und offensichtlich erinnerte sich nicht nur Temple, sondern auch Electra daran, daß sie beim ersten Mal von Buchanan verfolgt worden waren.

Electra hielt plötzlich inne. »Wissen Sie, Crawford hätte es doch sein können.«

»Crawford? So gerne ich glaube, daß er zu allem fähig ist, aber was hätte er denn gegen Gandolph haben sollen?«

»Nichts Spezielles gegen ihn, aber er hat immerhin neben Gandolph gesessen, und schließlich haben Sie doch gesagt, daß Mr. Buchanan ehrgeizig ist und daß diese *Hot-Head*-Show seine große Chance sein sollte.«

»Es heißt *Hot Heads*, im Plural. Sie meinen, Crawford hätte jemanden umgebracht, um die Quote bei seinem Programmbeitrag zu verbessern?«

Electra zuckte mit den Achseln.

»Wirklich toll. Jeder da oben ist ein potentieller Mörder, nur daß die Polizei niemanden anklagen kann, weil es schließlich und endlich so ist, daß Gandolph eines natürlichen Todes gestorben ist – wenn man der Zeitung glaubt.«

»Gibt es natürliche Tode bei Séancen?« fragte Electra kryptisch. »Ich glaube immer noch, daß die Geisterwelt ihn für seinen Unglauben bestraft hat.«

»Dann sind Geister nichts anderes als paranoide, kleingeistige Götter, genau wie die auf dem Olymp.«

»Niemand ist vollkommen. Ich sage ja nur, daß Geister es auch manchmal leid sein können, wenn man sie dauernd beleidigt. Uff.« Electra nahm die letzte Stufe und hielt an. »Öffnen Sie die Tür, Liebes, ich bin zu erschöpft, um auch nur den kleinen Finger zu heben.«

Temple widerstand ihrem Wunsch zu klopfen und drehte den alten Messingknopf. Ein unglaublich theatralisches Kreischen tat ihren Eintritt kund.

Unwillkürlich erschrak sie, als sie die blutige Streitaxt (nunmehr saubergewischt) an ihrem Platz neben dem Fenster hängen sah. Und auch die ganzen anderen Spieße und Streitkolben und sonstigen Geräte hingen immer noch an der Wand, nur die zerstörte Leuchte samt Schirm war ersetzt worden.

Die anderen saßen in ihren üblichen Kostümierungen auf den vorgesehenen Plätzen: Oscar in Schwarz, Mynah zu seiner Linken in Weiß, Jeff Mangel in den akademischen Farben Schwarz und Blau (seine Jeans), ein freier Platz für Electra, dann die kohlschwarze Gestalt von William Kohler, ein Platz für Temple und dann wieder ein leerer Platz . . .

Nein, kein leerer Platz! Ein besetzter Platz für Edwina Mayfair/Gandolph.

Temple wandte sich zu Electra um. »Wer –?«

»Es ist . . . Sophie! Eine meiner großen Puppen aus der Hochzeitskapelle. Sie sieht wirklich aus wie Edwina, bis hin zu dem Hut mit Schleier und den Handschuhen.«

»Wie kommt sie denn hierher?«

Electra zuckte mit den Achseln. »Vielleicht gebeamt? So was dürfen Sie mich nicht fragen. Möglicherweise fand einer der Jungs von Glory Hole, wir bräuchten einen Ersatz für ihn. Jede Wette hat sie allen Eintretenden einen ordentlichen Schrecken eingejagt.«

»Durchaus.« Temple beachtete ihren donnernden Herzschlag nicht weiter und trat über die Schwelle, von der sie wußte, daß sich dort alle normalen Erwartungen zu verabschieden hatten.

Crawford, der neben der Ersatz-Edwina saß, wandte sich zur Tür, um ihren Eintritt zu beobachten. Links von ihm saß D'Arlene Hendrix und einen Stuhl weiter die aschfahle, zierliche Gestalt von Agatha Welk.

Niemand sah besonders fröhlich aus, stellte Temple fest, als sie sich setzte und höflich in die Runde nickte, selbst zu der falschen Edwina.

»Haben *Sie* etwa den Transvestiten wiederbelebt, T. B.?« fragte Crawford.

»Ich habe damit nichts zu tun. War die Puppe bereits hier, als Sie alle ankamen?«

Kopfnicken allenthalben, aber kein Kommentar.

»Wer ist als erster angekommen?«

Alle tauschten Blicke aus. »Ich nicht.« »Sie waren schon hier, als ich ankam.« »Ich war nicht als erster hier.«

Temple erkannte, daß dies kein einfacher Abend werden würde. Warum hatten sie eigentlich zugestimmt, sich alle noch einmal zu treffen?

»Wessen Idee war dieses neuerliche Treffen eigentlich?«

»Meine«, sagte eine Stimme.

Temple wandte sich erstaunt wieder zu Crawford. »Und warum haben Sie das vorgeschlagen, C. B.?«

Er wies auf den Kameramann, der sich an einen der wenigen tragfähigen Teile der Wand lehnte. »Eine gute Gelegenheit, an

Bildmaterial zu kommen. Ein schöner Bericht zum Nachlegen. Da alle Sterblichen anwesend sind, können wir wohl anfangen. Nehmen Sie sich ruhig den ausgestopften Handschuh, T. B., und halten Sie ihn schön fest. Wenn wir etwas Glück haben, wird das hier ein anregender Abend.«

Temple setzte sich widerwillig hin und griff nach Sophies ausgestopfter Hand. Das Ganze kam ihr ein bißchen makaber und sogar etwas respektlos vor. Sie wußte inzwischen mehr über Gandolph the Great als zur Stunde seines Todes. Und die Tatsache, daß er Max' Freund gewesen war ... Fast brachte sie es nicht fertig, sich mit diesem obszönen Ersatz für eine lebendige Person zu verbinden. Ein schrecklicher Gedanke kam ihr, der sie nur deswegen überraschte, weil sie keine Spiritistin war, nicht an Geister glaubte, nicht in Kürze eine Verbindung erwartete.

Gandolph war jetzt ein Geist. Wie Houdini ein Ungläubiger, der hinübergegangen war.

Deshalb konnte natürlich auch Gandolph jetzt zurückkehren. Auweia! Schließlich hatte er allen Grund, dorthin zurückzugehen, wo er gestorben war, wo eventuell ein Mörder saß, der ihn nicht nur umgebracht hatte, sondern der es bislang auch geschafft hatte, ungestraft davonzukommen. Temple hielt die Luft an. *(Ich glaube nicht an Geister, ich glaube nicht an Geister, ich glaube noch nicht einmal an Tinkerbell ...)*

»Wir fangen jetzt an«, tat Mynah mit kalter Stimme kund.

Hinter ihnen ging ein Licht an. Die Kamera war soweit.

Temple sah zu William Kohler hinüber. Trotz der kühlen Luft in diesem Raum glänzte Schweiß auf seinem Gesicht, der verräterische Protest eines übergewichtigen Körpers. Oder eines schlechten Gewissens.

Oscar hielt mit Mynah Händchen, doch warf er immer wieder nervös seinen Kopf zurück, um seine silberne Haarlocke zu bändigen.

Agatha hatte die Augen geschlossen, sie würde keinesfalls Geister sehen können, und D'Arlene schaute von einem zum anderen Teilnehmer, als sei sie auf der Jagd nach den Gedanken des möglichen Mörders unter ihnen. Electra wirkte entschlossen, konzentrierte sich auf Agatha direkt gegenüber am Tisch, und ihre Hand lag in dem warmen Griff des Professors, der auf Temple eher verzweifelt wirkte. Jeff Mangel bemerkte ihren Blick und biß sich auf die Unterlippe.

Nur Crawford Buchanan wirkte ungerührt.

»Wir fangen da an«, fuhr Mynah fort, »wo wir immer schon angefangen haben, mit dem Geist und dem Willen von Harry Houdini, der vor der Zeit gestorben ist. Er war kein Freund der Medien, doch nur die Medien erinnern sich gut genug an ihn, um Jahr für Jahr ein Treffen zu vereinbaren und um seine Rückkehr zu bitten, immer zu Halloween, und das seit siebzig Jahren. Jetzt ist ein Mann wie er selbst gestorben, ein Ungläubiger. Ein Skeptiker. Ein Medienjäger. Hat Gandolph the Great doch von der Realität des Lebens nach dem Tode erfahren? Hat er bereut? Möchte er in seiner neuen, ephemeren Gestalt zu uns zurückkehren? Möchte er uns etwas sagen? Daß er und Houdini dasselbe Jenseits bewohnen? Daß die Vorstellung eines Lebens nach dem Tode Humbug ist? Kommen Sie, Houdini. Kommen Sie, Gandolph, nur Sie selbst können es uns sagen, und auch das nur, indem Sie sich zeigen. Zeigen Sie sich, das befehle ich Ihnen! Zeigen Sie sich, ich bitte Sie inständig! Für all jene, die an Sie geglaubt haben, zeigen Sie uns die Bande, die über den Tod hinausreichen. Jetzt! Es muß jetzt sein, sonst geschieht es nie.«

Während Mynahs Deklamation waren die Lichter fast unmerklich abgedimmt worden, nahm Temple zur Kenntnis. Nicht nur die Leuchten an der Wand waren schwächer geworden, sondern auch die Scheinwerfer hoch oben. Wer beschäftigte sich wohl mit der Beleuchtung, fragte sie sich zynisch. Gandolph oder Houdini? Oder vielleicht Mrs. Houdini, seine Frau Bess, die bei seinen Auftritten immer die Assistentin abgegeben hatte?

In dem Moment kam der Nebel.

»Die Temperatur«, sagte Agatha Welk heiser, ohne dabei die Augen zu öffnen. Ein Temperatursturz. Temple spürte eisige Luft, die unter dem Tisch hochwehte und ihren Nacken entlangglitt. Dies war ein neuer Effekt. Effekt! Dies war ein Effekt, kein natürliches Vorkommen in der Natur, sondern ein Effekt.

Überall um den Tisch herum wurden die Hände fester gefaßt, als Reaktion auf die Kälte, auf die Angst.

Ein unterdrücktes Geräusch kam aus dem Kamin, und alle Augen wandten sich dorthin. Etwas Dunkles hatte den leeren Innenraum des Kamins erfüllt. Ein kreischendes, knurrendes Jaulen hob an. Eine schwarze Katze. Aber kein Stadtkater wie Midnight Louie, sondern ein langes, geschmeidiges Kraftpaket. Der Panther trug ein Halsband, an dem riesige, rubinrote Steine angebracht waren, und die noch größeren Smaragde seiner das Licht widerspiegelnden Augen leuchteten wie die Kohlen in einer eisgrünen Hölle.

Die große Katze sprang nach vorn. Die Hände am Tisch zuckten zurück, verloren fast den Griff.

Der Mund des Panthers öffnete sich, um einen ganzen Himalaja an eisig weißen, scharfen Zähnen zu offenbaren. Wieder durchdrang ein Wildkatzenschrei den Nebel, und der dünne, glatte Schwanz des Tieres peitschte wie besessen.

Dann ... war es fort. Die ganze todbringende Energie. Es folgte ein Vakuum, ein Verlust, ein kleiner Tod.

Alle atmeten auf, aber die festgekrallten Finger lösten sich nicht voneinander. Die arme Sophie! Nachdem Temple und Crawford sie bei einem Tauziehen unbewußt mißhandelt hatten, waren ihre Arme ganz verdreht.

»Der Panther ist Houdini«, interpretierte Mynahs heisere Séancestimme. »Drahtige, muskulöse Energie. Unglaubliches Ego und schauspielerische Fähigkeit. Eine unersättliche Besessenheit.«

Sie warteten, beobachteten weiterhin den tintenschwarzen Schlund des Kamins, als würden sie einen schwarzen Bühnenvorhang anstarren. In Erwartung des nächsten Akts, des nächsten Auftritts.

»Oh!«

Agatha Welks zittriger Ausruf ließ sie alle zusammenzukken.

Ihre Augen waren immer noch geschlossen, die Lider zitterten. »Wer ist da?«

»Wo?« fragte Temple.

Agatha nickte träumerisch zu einer Stelle ihr gegenüber. Alle blickten in die angegebene Richtung, wobei diejenigen auf Temples Seite des Tisches sich ziemlich verrenken mußten.

Sie sah nur die leere Dunkelheit außerhalb ihres Raumes. Temple war es leid, sich umzudrehen und entdeckte statt dessen eine Reflektion im Fenster hinter Agatha Welk. »Da draußen ist jemand«, sagte sie.

»Also wirklich, T. B.«, protestierte Crawford. »›Draußen ist jemand.‹ Wenn sie versuchen, diesen alten Spruch aus der *Akte X* wiederzubeleben, muß es korrekterweise heißen: ›Die Wahrheit ist dort draußen.‹ Ziemlich abgegriffen, T. B., ausgelutscht und –...«

»Halten Sie den Mund, Crawford, und schauen Sie selbst hin. Ist da draußen jemand oder nicht?«

»Ich sehe irgendeine Art von schwarzem Fleck, ringsum etwas Licht. Aber natürlich wissen wir, daß alles, was da draußen wäre, im leeren Raum hängen müßte.«

»Der Panther«, schlug Oscar vor.

»Es ist eine sitzende Person«, warf Jeff Mangel ein. »Ganz in Schwarz gekleidet. Sehen Sie nicht den großen Schlapphut, die herabfallenden Schultern, den langen Mantel, der bis auf den Boden hängt?«

Temple nickte. Zumindest er sah, was sie auch wahrnahm.

»Also ist es Edwina!« Mynah klang sehr aufgeregt.

»Gandolph«, erinnerte sie Oscar.

»Sehen alle diese Erscheinung?« wollte Electra wissen.

»Ich sehe sie«, sagte Agatha, die immer noch in die entgegengesetzte Richtung blickte, immer noch die Augen geschlossen hatte.

»William?« wollte Mynah wissen.

»Ich sehe etwas«, murmelte er.

»Ich aber nicht«, beklagte sich eine Stimme, die bisher geschwiegen hatte, die Temple aber erkannte. »Ich muß näher ran und die Kamera scharfstellen. Können Sie mal ein bißchen ruhiger werden?«

Den hatten alle schon wieder vergessen. Wayne, der Kameramann. Also warteten sie schweigend, bis er zur anderen Seite des Zimmers gestampft war und mit seinem Licht durch das Glas zielte.

»Verflucht schwer, das zu filmen«, murmelte er. »Das reflektiert unglaublich.«

»Was glauben Sie denn, was es ist?« fragte D'Arlene plötzlich.

»Kann ich nicht sagen, Lady. Ein Haufen dunkler Kohle. Vielleicht ein Hut, vielleicht ein Schatten. Vielleicht auch gar nichts.«

Doch als er zurücktrat, war das Abbild immer noch da, immer noch verschwommen, immer noch ziemlich formlos.

»Also?« wollte Crawford wissen. »Das soll's schon gewesen sein? Mehr zeigt sich nicht? Nach allem, was wir hier auf die Beine gestellt haben? Also los jetzt, Leute, strengt euch mal an.«

»Medien sind sensible Instrumente«, sagte Oscar voller Würde.

»Die funktionieren nicht auf Bestellung, nur Geister können sie anregen.«

»Na ja, also diese Geister sollten sich mal lieber ein bißchen sputen, sonst sind wir hier weg, und dann ist die Sendung über sie in *Hot Heads* gestorben.«

»Die Geister zeigen sich nicht im Angesicht solcher Derbheit«, sagte Agatha, die nicht eine Minute die Augen öffnete, um das Gesicht der Derbheit zu betrachten.

Temple konnte nicht umhin, ihre Taktik zu bewundern.

Dann richtete sie ihren Blick wieder auf die verschwommene Figur in der Schwärze jenseits des Fensters. Ja, sie erinnerte sie an Gandolph als Edwina Mayfair, und er war tot, so daß die Annahme nahelag, sein Geist suche sie heim, sei allen sichtbar.

Aber. Aber Temple erinnerte sich auch an die letzte Séance, und den Jungen/Mann/Alten, den sie gesehen hatte, genau wie Agatha. Die anderen schienen ihn höchstens als holographischen Effekt abgetan zu haben, der von den Betreibern des Gespensterhauses programmiert worden war. Wie auch immer, in seiner letzten Erscheinung hatte er einen Hut und den Umhang eines Wegelagerers getragen. Wenn also diese Vision Gandolph/Edwina sein konnte, konnte sie genausogut jener andere Mann sein, der noch vor dem Tod Gandolphs erschienen war. Eine Projektion des Geistes des toten Zauberers? Oder ... Nein! An die andere Möglichkeit wollte Temple nicht denken. Sie war viel zu weit hergeholt. Dennoch erschien auf ihren Armen eine Gänsehaut, als sie sich an die Nachbarn erinnerte, die »Stimmen« bei Gandolph zu Hause gehört hatten, am Abend von Halloween, zu genau derselben Stunde, zu der die erste Séance stattgefunden hatte. Die Gänsehaut blieb, als sie sich an die drei Stadien der Erscheinung des Mannes erinnerte. Sie erinnerte sich an den aufgeregten alten Mann, der hinter Gandolphs wohlbehütetem Kopf lautlos Silben in der Dunkelheit formte, an den Mund, der sich bewegte, immer weiter bewegte, während sein Besitzer verschwand, der ein Wort artikulierte, ein Wort, das Temple sich vorstellen konnte, von dem sie sich auch denken konnte, daß ihr eigener Mund es formte, und das sie fast benennen konnte ...

»Dieser Geruch!« Electra war überrascht. »Der ist nicht wie beim letzten Mal. Kein Essen oder Wein.«

»Chlor ist es auch nicht«, tat der Professor kund.

»Rosen«, sagte Agatha mit einem Lächeln in ihrer Stimme. »Das ist der betörende Duft von Rosen. Ein freundlicher Geist naht heran.«

Rosen, genau. Temple schloß wie Agatha die Augen, um diesen himmlischen Duft über sich wehen zu lassen, genauso greifbar wie der Nebel, der in den Ecken des Raumes hing. Wahrscheinlich war der Geruch eingeleitet worden, rief sie sich in Erinnerung. Und dann, inmitten des Duftes, kam es zu ihr, dieses Wort, der Schlüssel zu dieser ganzen Geschichte ... der Name der Rose, der lautete ... Rose.

»Rose«, sagte sie laut.

Das hatten jene Lippen in der Vision zu sagen versucht.

Sie sah die Lippen jetzt abermals.

Aber es gab eine zweite Silbe.

Rose ... Rosa ... Rose-Beh –...«

»Oh mein Gott!« Professor Mangels Stimme klang so, als sei er in den vergangenen drei Sekunden zum Mond und wieder zurück gefahren. »Temple nimmt es auf! Den Schlüssel zu Houdinis Code, den er seiner Frau Bess hinterlassen hat. Sie kann es nicht gewußt haben, sie wußte nichts über Houdini, als dies hier alles begann.«

»Ja!« Mynah jauchzte selig.

»R-R-Rose ... Rosa ... Rose-Beh –« Temple lag es auf der Zunge, aber es war noch nicht ganz da. Das eine Wort, das sie alle erlösen würde.

Agatha Welk konnte es nicht abwarten. *»Rosabell!«*

»Wir kennen es alle«, sagte Mynah. »Jeder Verehrer von Houdini hofft seit siebzig Jahren, es bei einer Séance zu Halloween zu hören. Wir haben schon gefürchtet, wir würden es nie hören. Es ist der Titel des Liedes, das Houdinis Frau im Vaudeville mit ihrer Schwester gesungen hat, als Houdini sie kennenlernte. Es war in Bess' Ehering eingraviert, dieses Wort. Es befand sich in dem Safe, in dem Houdini den Code hinterlassen hat, der seine

Rückkehr bestätigen würde. Ein Akrostichon, das mit den Buchstaben R-O-S-E-B-E-L-L anfängt. Der Schlüssel, das Geheimwort, das seine Rückkehr kundtut. Wenn diese … Amateurin es erhalten hat, dann hat Houdini es gesandt. Wir haben den Durchbruch endlich geschafft!«

Agathas Augen öffneten sich endlich. Sie schwammen in Tränen. Agatha starrte Temple direkt an.

»Nach siebzig Jahren des Schweigens spricht Houdini. Durch Sie!«

38

Auf den Spuren der Gespenster

»Ach, bitte, keine Großaufnahmen.« Temple blinzelte in das Zyklopengesicht von Waynes Kamera. »Ich habe nur ... laut vor mich hin gedacht.«

»Durch Sie spricht Houdini mit uns«, sagte Mynah andächtig. »Ich pflastere Ihren Pfad mit Peridot.«

Niemand sonst verstand diesen Hinweis. *Ich will Ihren blöden Peridot nicht,* wollte Temple schreien. *Ich will nicht der Channel für Houdini sein. Ich will das nicht gesehen haben, was ich sah, was anscheinend nicht alle gesehen haben. Und vor allen Dingen will ich nicht diese zweitausend Megawatt Licht in meinem Gesicht haben!*

Glücklicherweise trat Wayne einen Schritt zurück, um die allgemeine Überraschung auf Zelluloid zu bannen. Temple seufzte auf und lockerte ihren Griff bei Sophie, der es egal war, und bei dem armen William Kohler, der wie ein Haufen ausgestopfter Séancenkartoffeln neben ihr saß, ihr seine fleischige Hand zum Auswringen bot, was auch bitter vonnöten war.

Temple begutachtete die Menschen um sich herum. Sie musterten sie mit dem vorsichtigen Staunen jener, die überzeugt waren, daß gerade etwas Besonderes vorgefallen war. Dies war also die Reaktion, für die Houdini gelebt hatte und gestorben war? Nach der Max süchtig war? Temple verabscheute sie. Sie fühlte sich eher wie Matt. Sie fühlte sich wie eine Hochstaplerin unter Hochstaplern. Sie fühlte sich unwert. Warum hatte der kleine Junge/alte Mann sie zur Empfängerin seiner Botschaft gemacht? Warum mußte sie etwas sehen, das die anderen nicht sahen? Sie war keine Hellseherin, war nur zur falschen Zeit am falschen Ort gewesen.

»Und jetzt ist er auch noch persönlich gekommen!«

Oscar Grant wies mit den Augen auf den Kamin.

Die anderen blickten ebenfalls dorthin. Temple war froh, daß sich das Scheinwerferlicht mit Waynes Kamera in eine andere Richtung wandte.

Irgendwie hatte sie ein ungutes Gefühl. Irgend etwas fehlte. Dann sah sie, daß die Figur hinter dem Fenster verschwunden war. In Luft aufgelöst. Fort.

Der Kamin hingegen war voller Leben.

In den verrauchten Umrissen stand erneut die gefesselte, niedergekauerte und angekettete Figur vom letzten Mal, und ihre durchdringenden Augen starrten sie so frech an wie die des Panthers.

Nur, daß sie sich diesmal bewegte.

Ein scharfes Klirren war zu hören, als eine massige Handschelle auf den Boden des Kamins fiel. Der Mann in den Ketten wand und drehte sich. Seine nackten Muskeln verkrampften sich vor lauter Anstrengung, das sah man deutlich. Ein hohles Stöhnen erfüllte den Raum.

Der Anblick und die Geräusche waren wirklich schrecklich. Temple zuckte immer wieder zusammen, ihr zynischer, aufgeklärter Blick gehörte längst der Vergangenheit an.

Ein Stück Kette, das über seinen Brustkorb geschlungen war, fiel ab, und dann schwollen die Muskeln an seinen Armen und an der Brust abermals an, und eine sechs Zentimeter breite Brustfessel klickte mit der Leichtigkeit eines Zigarettenetuis auf.

Jetzt duckte sich die Figur wie ein Höhlenbewohner, um an den Fußfesseln herumzuspielen. So verschwommen die Gestalt auch bisher gewirkt hatte – jetzt schien sie sich mit jeder gelösten Fessel zu verfestigen. Indem sie sich befreite, materialisierte sie sich.

»Er kommt unseretwegen!« säuselte Agatha.

In dem Moment schlugen dunkle, aufgeplusterte Bilder wie

Fledermäuse an die Fenster. Schemen eines Fledermausmannes in Schwarz, mit einem großen, verschleierten Hut und einem unförmigen Mantel, Dracula, der an das Fensterglas schlug, um altes Blut zu erlangen, Gandolph, der nach Atem rang und Rache …

Dann begannen die an der Wand dekorierten Waffen hin und her zu schwingen. Sie donnerten durch die Fenster, eine nach der anderen. Und die Hände der Anwesenden ließen alle gleichzeitig los. Die Frauen hoben die Arme, um sich vor herumfliegenden Glassplittern zu schützen, die Männer ergriffen die Arme ihrer Sessel, als wollten sie sie zur Waffe machen.

Nur die Streitaxt raste noch durch den Raum, senkte sich im Flug so tief herab wie eine dämonische Metallfledermaus. Die Anwesenden kreischten auf und schützten ihre Köpfe. Temple, die zynische Beobachterin, war zu schockiert, um zu schreien, aber genauso fassungslos wie alle anderen auch. Es schien, als seien die Erscheinungen der ersten Séance zurückgekehrt, jetzt aber wild und blutrünstig.

Der Scheinwerfer von Wayne Tracys Kamera flackerte. »Bist du jetzt zufrieden?« brüllte er. »Ich filme dich. Ich hab' alles im Kasten, du Arschloch. Wie fühlt es sich an, wenn man tot ist, na? Mich kriegst du nicht!«

Der Leuchter über ihnen erstrahlte plötzlich hell. Als sie voller Furcht nach oben schauten, tropfte Blut von den kristallenen Tränen und fiel mitten auf den Tisch.

Die Streitaxt sauste tief hinunter und bohrte sich plötzlich mitten in den Tisch, drängte sich unter die Blutstropfen.

Und dann erhob sich der Tisch, schüttelte sich, klapperte und wiegte hin und her, als suche ihn ein Erdbeben heim.

Agatha schloß die Augen, begann zu schreien und hörte nicht mehr auf.

Durch die zersplitterten Fensterscheiben war ein anderer verrückter, schrill kreischender Laut zu hören.

Alle sahen nach draußen. Die Bilder von Gandolph waren mit

dem Fensterglas verschwunden, aber die Dunkelheit war unverändert, bewegte sich.

Bewegte sich herein wie ein brüllender schwarzer Whirlpool.

»Vorsicht!« rief jemand. »Ducken Sie sich unter den Tisch!«

Unter dieses vierzig Kilogramm schwere mexikanische Etwas, fragte sich Temple.

Und dann sah sie den Schwarm Fledermäuse durch den Lichtschein des Leuchters fliegen.

Sie tauchte unter den Tisch ab, vergewisserte sich schnell, ob Electra es auch tat, und war beruhigt. Kreischen und Flattern und Splittern und Klingeln dröhnten überall um sie herum. »Ich hab's geschafft«, brüllte Wayne Tracy in dem ganzen Durcheinander.

Temple sah, wie er seine Kamera auf die Fledermäuse richtete, als sei sie eine Waffe, und zuckte zusammen, als sie die armen Tiere gegen die Wände fliegen hörte, auf der Flucht vor dem Licht.

Der Tisch war inzwischen an seinen ursprünglichen Platz zurückgekehrt und stand wieder ganz fest. Alle Köpfe kamen langsam neugierig hervor. Nur Agatha in ihrer blinden Trance und William Kohler waren auf ihren Plätzen sitzen geblieben, letzterer an seinen gotisch geschnitzten Stuhl festgeklebt wie eine Strohpuppe.

Das wildgewordene Licht der Kamera sauste durchs Zimmer. Wayne machte eine Nahaufnahme von der Edwina-Mayfair-Puppe und begann ein Interview.

»Was sagst du jetzt, Gandolph the Great? Nachdem du entlarvt worden bist? Was hast du dazu noch zu sagen? Was hast du zu alldem hier zu sagen? Geister sind wirklich. Sie haben diesen Raum und alle, die sich darin befinden, mit ihrer Macht erschüttert. Du hättest Wanda Wayne Tracy nicht zu vernichten brauchen. Alle hast du mit deiner Verkleidung hinters Licht geführt, nur mich nicht. Hast du meine Mutter gesehen, im Jenseits? Hat es dir leid getan, daß du sie derart verletzt und in den Dreck gezogen hast? Hat sie dir vergeben? Das sähe ihr ähnlich. Aber ich werde es nicht tun. Ich habe dir nicht vergeben. Ich habe dir gezeigt, daß die Geister wirklich sind. Komm zurück, damit ich dich filmen und all denen zeigen kann, die du als Scharlatane hinstellen wolltest, obwohl du selbst ein Scharlatan warst, in deiner Verkleidung und mit deinem Vorhaben. Ich habe keine Angst, nur weil du ein Geist bist. Eines Tages sind wir alle Geister, und dann wirst du mir noch einmal gegenüberstehen.«

»Setzen Sie sich hin.« D'Arlene Hendrix hatte sich hinter Wayne Tracy gestellt, während er sich über die weiche Puppe beugte, seine Kamera in das ausdruckslose Gesicht unter dem Schleierhut gedrückt.

D'Arlene führte Wayne zu ihrem Stuhl und drückte ihn hinunter.

»Sie brauchen jetzt keine Kamera mehr. Sie haben alles aufgenommen«, sagte sie in einer beruhigenden Stimme.

Als das Scheinwerferlicht ausgestellt wurde, atmeten alle erleichtert auf. Langsam nahmen sie wieder ihre Plätze ein und warteten.

»Dieser junge Mann«, sagte D'Arlene, »trägt eine schreckliche Last der Rache mit sich herum.«

»Er wußte über Gandolphs Verkleidung Bescheid?«

»Anscheinend, nach allem, was wir gehört haben. Anscheinend hat Gandolph seine Mutter enttarnt. War sie ein Medium, Wayne?«

Wayne nickte und starrte die Streitaxt an, die im Tisch steckte.

»Ich wollte ihn nicht umbringen. Ich wollte ihn nur enttarnen, ihn erschrecken. Ich wollte nicht, daß er ins Jenseits kommt. Ich wollte, daß er sich den Konsequenzen stellt, genau wie meine Mutter es tun mußte! Die Artikel, die Fernsehsendungen, die Beleidigungen, der Hohn. Er ist mit geheimen

Videoaufnahmen ihrer Séancen ins Fernsehen gegangen. Er war damit überall ... Bei der *Tonight Show*, als Johnny Carson sie noch machte. Bei Tom Snyder mit seiner ersten Fernsehsendung. Und nachdem sie in den Dreck gezogen worden war, haben er und diese Sender sich auf andere Opfer konzentriert. Als sie letztes Jahr starb, wußte ich, daß ich handeln mußte. Ich wollte, daß Sie alle wissen, wer er war.« Er sah sich um. »Mich trifft keine Schuld.«

»Oh doch«, warf Crawford Buchanan ein. »In dieser Stadt werden Sie nie wieder arbeiten.«

Seine Worte schienen Wayne Tracy wieder etwas wach zu machen. Er schaute auf und grinste. »Vielen Dank. Das war wirklich sehr ermutigend.«

»Was genau haben Sie eigentlich getan?« fragte Temple vorsichtig.

Wayne sah sie mit stumpfem Blick an. »Ich kam etwas früher, um ›die Beleuchtung zu überprüfen‹. Niemand nimmt von einem Kameramann Notiz, vor allem nicht von Crawford Buchanans Kameramann. Alles war schon vorbereitet, damit die Messer auf ihren unsichtbaren Führungsleinen herumsausen konnten. Als alle sich gesetzt hatten, habe ich die Führungslinie der Streitaxt verlängert, weil ich dachte, sie würde dann etwas dichter an Gandolph vorbeisausen und ihn erschrecken. Ich habe nicht damit gerechnet, daß sie ihn trifft.«

»Das hat sie zwar, aber davon ist er nicht gestorben.«

»Waren Sie für den Nebel verantwortlich?« fragte Jeff Mangel. »Das hat uns ziemlich durcheinandergebracht.«

Wayne schüttelte den Kopf.

»Ich –« Oscar Grant räusperte sich. »Ich bin auch ein paar Stunden früher hergekommen und habe das organisiert. Ich brauchte für meine Show gute Aufnahmen und dachte, je undurchsichtiger, desto besser. Ich meine, die Effekte waren ja vorhanden, warum sollten wir sie also nicht nutzen?«

»Und das Chlor?« Jeff Mangel klang wütend.

»Das diente als Projektionsfläche.« William Kohlers leise Stimme traf alle wie ein Donnerschlag, denn er hatte in diesem Raum noch nie ein Wort gesprochen. »Mynah hat dafür gesorgt, daß ich die Projektion von Houdini organisiere, und sie wollte nicht, daß man sie allzu gut sieht.«

»Halt den Mund, du verdammter Idiot!« Mynah war offenbar nicht in der Stimmung für solche Enthüllungen. Ihr Gesicht war eine Maske, wie eine beleidigte Medusa, und ihr silberfarbenes Haar stand von ihrem Kopf ab, als hätte sie gerade eine Schlange angefaßt. »Kriegst du eigentlich gar nichts vernünftig auf die Reihe? Dann halt wenigstens den Mund.«

»Und dieser Houdini gerade eben?« fragte Temple William.

Er grinste plötzlich, und sein rundes Gesicht hellte sich auf. »Dasselbe Photo, nur viel bessere Effects. Ich hatte nichts damit zu tun, und Mynah könnte keinen Faden in eine Nähmaschine einfädeln, selbst wenn es um ihr Leben ginge. Vielleicht hatte der arme alte Gandolph auch sein Händchen mit im Spiel. Er hatte recht, Medien sind ein Haufen verlogener Betrüger.«

»Nicht alle«, sagte D'Arlene Hendrix von der anderen Seite des Tisches aus.

Da erinnerte sich Temple an etwas. »Was war eigentlich mit den Handschellen? Irgend jemand oder irgend etwas hat doch Gandolph gefesselt, und zwar, als er schon ohnmächtig war.«

»Ein brillantes Detail«, gab Oscar zu, »aber leider nicht mein Kunstgriff. Du hast mit dem Typen Händchen gehalten, Mädel.«

»Stimmt, aber die umherfliegenden Besteckteile waren eine derartige Ablenkung, daß ich noch nicht einmal bemerkt habe, wie Gandolphs Hand aus meiner glitt.« Temple seufzte.

»Ich dachte, sie sei nur in Ohnmacht gefallen«, gestand eine leise Stimme.

»Das hätte ich gleich wissen müssen.« Temple wandte sich wie ein Wachhund zu Crawford Buchanan. »Warum hatten Sie überhaupt die Handschellen bei sich? Hatten Sie nach der Séance eine kleine Sadomasonummer vor, C. B.?«

»Nun regen Sie sich bloß nicht auf. Nein, die waren eine gute Requisite. Fernsehsendungen brauchen visuelle Effekte. Ich hatte vor, sie einfach auf den Tisch zu werfen, aber als die alte Dame neben mir umkippte, hatte ich die Idee, ihr die Handschellen anzulegen, als ob Houdini damit eine Herausforderung gestellt hätte. Leider war sie – er – schon tot. Und dadurch war der Effekt natürlich im Eimer.«

»Haben Sie auch die Kugel geworfen, die Louie gefunden hat?«

Crawford schüttelte seinen Kopf so ernst, als sei er der Hauptleidtragende bei einem Mafiabegräbnis. »Nein, so etwas ist mir nicht eingefallen. Eine Kugel ist nicht groß genug, die kommt im Bild nicht besonders gut.«

»Wer hat dann die Kugel zu unserem kleinen Sachkundeunterricht beigetragen?« fragte Temple alle am Tisch.

Niemand gab zu, etwas damit zu tun zu haben, und Midnight Louie würde niemals sagen, wo er die Kugel gefunden hatte.

Electra blickte sich um. »Vielleicht hat der wirkliche Houdini ja versucht, ein schlechtes Medium anzuschießen und dabei sein Ziel verfehlt. Was die Erscheinungen angeht – es bleibt also nur noch der merkwürdige Mann, den wir vor den Fenstern gesehen haben.«

»Und die anderen Gerüche«, fügte Jeff Mangel hinzu. »Das Essen, der Wein – ...«

»Die Rosen«, schloß Temple den Satz.

»Haben Sie etwas damit zu tun?« verlangte Mynah plötzlich zu wissen. »Ich hatte immer schon das Gefühl, daß Sie eine verräterische Ziege sind.«

»Nein.« D'Arlene antwortete an Temples Stelle, mit einem Ton, der aufrichtiger Wut sehr nahe kam. »Sie hat vielmehr etwas verstanden, was wir anderen nicht sehen konnten, wodurch sie das einzige ernstzunehmende Medium im Raum außer Agatha ist. Du versuchst schon wieder, deine eigene Unehrlichkeit auf jemand anderen zu übertragen, Mynah. Das funktioniert aber nicht mehr. Nicht nach dem heutigen Abend. Das wird alles publik werden. Hier und auch im Jenseits. Man nennt dich nicht umsonst die weiße Hexe.«

»Es stimmt«, fügte Temple hinzu, »ich dachte wirklich, ich hätte jemanden draußen vor dem Fenster gesehen. Das Wort, das Sie alle erkannt haben, habe ich nicht von der Erscheinung Houdinis erhalten, sondern von ihm, einem müden alten Mann, einer Art König Lear mit Hut und Umhang.«

»Vielleicht war es eine vorausahnende Vision von Gandolphs Geist«, sagte Agatha schüchtern. »Ich habe ihn auch gesehen, und er wirkte viel mehr wie Gandolph als Houdini.«

»Also haben wir versagt.« Die Enttäuschung lastete schwer in Oscar Grants Stimme. »Ich vermute, die heutigen Aufnahmen sind völlig nutzlos.«

»Ich kümmere mich darum.« Crawford stand auf und nahm Waynes Kamera hoch.

»Was wollen Sie denn jetzt über uns sagen, über uns im Fernsehen zeigen?« fragte Mynah hysterisch. »Sie können doch nicht im Ernst glauben, was mein sogenannter Ehemann alles erzählt. Oscar ist ein Betrüger und Mangel ein akademischer Fachidiot und Agatha neurotisch und D'Arlene hat Phantasien, sie sei die Jugendherbergsmutter der hilflosen Menschheit – ...«

»Das werden Sie schon sehen. Vielleicht kann ich es ja an die Sendung *America's Most Wanted* verkaufen.«

Crawford machte sich auf den Weg zur Tür, die Kamera wie ein Kind an die Brust gedrückt.

Oscar stand auf und brüllte ihm nach: »Aber es hat doch eigentlich niemand Gandolph umgebracht, verstehen Sie das nicht? Er ist einfach nur gestorben. Vielleicht hatte er Schwierigkeiten mit seinem Herzen, vielleicht war er gegen Chlor allergisch. Vielleicht hat er von der Axt eine Blutvergiftung bekommen. Es gab hier kein Verbrechen!«

Crawford war fort, man hörte nur noch seine Schritte auf der Treppe. Temple lauschte angespannt in der Hoffnung, daß er vielleicht stürzte.

»Nun denn«, sagte Electra. »Oscar hat recht. Ich sehe nicht, daß wir der Polizei etwas berichten können. Aber ich muß gestehen, daß ich von vielen unter Ihnen enttäuscht bin. Und die Geisterwelt, ehrlich gesagt, wohl auch. Sie hat ihre Mißbilligung in dem ausgedrückt, was wir heute abend erlebt haben. Temple, wir sollten jetzt gehen. Es war wirklich eine anstrengende Séance.«

Temple stand auf, froh, daß sie noch auf den Beinen stehen konnte. Von all dem, was sie gehört hatte, blieb etwas zurück, das ihr nicht aus dem Sinn wollte. Auch sie hatte ein Geständnis abzulegen über ihre Rolle bei den Ereignissen des Abends – aber hier war nicht das richtige Publikum dafür.

39

Ghostwriter ganz oben

Max' Stimme am Telefon klang, als käme sie aus einer Echokammer, wie die Mitteilung eines Geistes. Temple hatte ihn seit Monaten nicht am Telefon gehört. Er hörte sich wieder an wie ein Fremder.

»Du hast doch deine Schuhe vom Preisausschreiben nicht zum Crystal Ball im Phoenix tragen können«, fing er an.

»Nein«, stimmte sie zu, »aber wer hat dir – ?«

»Warum gräbst du sie nicht einfach aus« – er kannte ihren Schrank – »und wir gehen heute abend zum Essen aus?«

»Aber – . . .«

»Ich kann hin und wieder ruhig in der Öffentlichkeit auftreten, und ich gehe davon aus, daß nach dir nicht gefahndet wird . . . noch nicht.«

»Wo soll ich denn solch auffällige Schuhe tragen?«

»Wo du willst. Früher hast du dir deswegen keine Sorgen gemacht.«

»Früher hatte ich auch nicht diese Schuhe. Max, ich muß wissen, wo wir hingehen, damit ich weiß, was ich sonst noch anziehen soll.«

»Ein eleganter Laden, ein bißchen abseits gelegen. Zieh einfach das an, was zu den Schuhen paßt. Ich komme um sieben Uhr vorbei.«

Temple war um halb sieben fertig und stellte fest, daß sie sich nicht hinsetzen konnte, weil Midnight Louie auf jeder horizontalen Fläche dünne schwarze Haare hinterlassen hatte. Sie trug das knöchellange Kleid aus Stretchsamt, das die Lichter des Balles im Crystal nicht hatte sehen dürfen. Heute abend hatte sie eine Brosche aus schwarzer Emaille in Form eines Pantherkopfes mit smaragdgrünen Augen ein paar Zentimeter unter den weichen Rollkragen des Kleides gesteckt. Abgesehen von den Schuhen war das ihr einziger Schmuck. So war sie für alles angemessen gekleidet.

Früher war es immer unglaublich aufregend gewesen, sich zu fragen, wohin der mysteriöse Max Kinsella sie ausführen würde, jetzt machte sie sich nur Sorgen. Sollte er sich wirklich zeigen? War das sicher? Für ihn? Für sie?

Er klingelte wie ein anständiger Kerl an der Tür.

Ihr fiel auf, daß sie an diesem Ort noch nie die Tür für ihn aufgemacht hatte.

Max trug passend zu ihrem Outfit einen schwarzen Rollkragenpullover, allerdings nicht aus Samt, einen schwarzen Blazer, schwarze Hose und schwarze Schuhe.

Sie mußte lächeln. »Wir sehen ja aus, als würden wir zur Beerdigung gehen.«

»Abgesehen von deinen Schuhen.« Er blickte hinunter, und sie drehte sich, so daß der weit geschnittene Rock um sie herum schwang. »Sehr spektakulär, aber ich hoffe, du findest nicht, daß auch der echte Midnight Louie mit ausgehen soll.«

»Nein. Der hat es sich im Schlafzimmer gemütlich gemacht.«

Max machte ein paar Schritte in die Wohnung. »Vermutlich hält er das jetzt für sein Territorium.«

Temple dachte nach und beschloß dann, diese Bemerkung nicht zu beantworten. Max drehte sich um. »Bist du fertig?«

Für was? »Klar.« Sie ergriff ihre einzige Abendhandtasche, eine silberne Minaudière an einem schwarzen Satinband.

Draußen war es kühler und dunkler, als sie erwartet hatte. Auf dem Parkplatz stand ihr dunkelblauer *Storm* neben Electras *Pogue*, zusammen sahen die beiden wie ein Trailer für die Neuauflage von *Miami Vice* aus. Daneben wartete ein neuer *Taurus*, der ... schwarz aussah.

Max öffnete die Beifahrertür. »Gehört Gandolph.«

»Darfst du ihn denn einfach benutzen?«

»Ich bin sein Erbe«, sagte Max beiläufig, nachdem er eingestiegen war und sich angeschnallt hatte.

»Wird das nicht schwierig? Mußt du da nicht irgendwann vor Gericht erscheinen?«

»Nein.« Max blieb einsilbig, und seine Stimme wie auch sein Gesichtsausdruck ermunterten Temple nicht gerade, weiter nachzuhaken.

Sie starrte in dem Gefühl nach vorne, daß dieser Abend ganz falsch anfing, daß der *Taurus* nicht zu Max paßte und auch nicht zu ihr, daß er der Leichenwagen eines toten Mannes war. Es war der Leichenwagen einer toten Beziehung. Die kleine Abendtasche lag auf ihrem Schoß wie ein totes Ding, schwer und bewegungslos. Sie wand den Riemen um ihre Hand, war es nicht gewohnt, kleine Handtaschen zu tragen oder in einem gutgefederten Großwagen zu sitzen und das Gefühl zu haben, sie befände sich in einer Zeitschriftenreklame für irgend etwas.

Erst nach einer ganzen Weile blickte sie Max an. »Liegt der Ort, zu dem wir fahren, auf der westliche Seite von Las Vegas?«

Er nickte. Sie würde sich noch an diesen Pferdeschwanz gewöhnen müssen. Er sah nicht schlecht aus, nur anders. Wie das Auto. Temple hatte fürchterliche Angst, daß sie in die falsche Richtung fuhren, wußte aber nicht, wie sie das sagen sollte, also sagte sie nichts, noch nicht einmal, als der *Taurus* in den Parkplatz des Blue Dahlia einbog.

Gräßlich! Temple war sprachlos vor Entsetzen. Vor Schock. Dann blickte sie Max vorsichtig an, in dem Verdacht, daß er ganz genau – *ganz* genau – wußte, was er tat. Er grinste sie an wie Sean Connery als James Bond, unschuldig und mit sich selbst zufrieden. Und mit ihr.

»Diesen Laden habe ich erst vor kurzem entdeckt. Ziemlich ungewöhnlich.«

Temple nickte benebelt und versuchte, nicht zu der Stelle des Parkplatzes hinüberzusehen, wo sie mit Matt vor Lachen zusammengebrochen war, als sie sich Molina als singende Polizistin vorstellten.

Das wurde ja immer schlimmer! Wie genau wußte Max eigentlich über das Blue Dahlia Bescheid und über die dort gelegentlich auftretende Sängerin, und ob Temple schon mal dagewesen war und vor allem, mit wem?

Sie betraten das Restaurant und wurden an einen Zweiertisch gewiesen, der von den kleinen, korallenrosa Lämpchen beleuchtet wurde, an die sie sich vom letzten Mal erinnerte.

»Das ist ja niedlich hier«, bemerkte sie, wahrscheinlich genauso wie beim letzten Mal.

»Das Lokal ist ziemlich neu. Das gibt es erst seit meinem ... Freisemester.«

»So nennst du das jetzt also?«

Er ließ sich in seinen Sessel fallen, den er wie immer vom Tisch zurückschieben mußte, um seine langen Beine unterzubringen. »Das Wort ist genauso gut wie jedes andere auch. Gefällt es dir?«

Natürlich meinte er das Restaurant. Temple blickte sich um. Die kleine Tanzfläche war leer, aber ein paar Musiker steckten auf der von Scheinwerfern erhellten Bühne ihre Instrumente zusammen. Ein einsamer Barhocker stand leer an der Seite.

Temple strich über ihr kaltes Metalltäschchen. Wahrscheinlich sollte sie Max jetzt sagen, daß sie wieder gehen mußten, daß Molina jederzeit hereinkommen konnte, aber als sie ihn anblickte, stellte sie fest, daß er sich so wohl fühlte, so sehr unter Kontrolle hatte, sich so sicher fühlte, daß sie ihn nicht warnen konnte.

Außerdem würde er sie dann fragen, woher sie wußte, daß Molina dort sang, und sie würde erklären müssen, daß sie schon einmal dagewesen war, was natürlich den Überraschungseffekt dieses Abends zerstörte, der für Max immer wichtig gewesen war. Und dann würde er fragen, mit wem sie dagewesen sei, nicht aus Eifersucht, sondern weil er immer über alles Bescheid wissen wollte.

Und sie würde sagen müssen, daß es nur ein Abendessen mit Matt gewesen war, würde dieses »nur« verabscheuen, weil es Matt zu beleidigen schien, und das hatte er nicht verdient.

Sollte Molina Max doch festnehmen, sollte er doch aus dem Gefängnis ausbrechen, beschloß Temple deprimiert. Sie wollte sich nicht die Gegenwart mit einer Autopsie der jüngsten Vergangenheit verderben.

»Du wirkst ernster als sonst«, sagte Max.

»Ich mache mir Sorgen.«

»Worüber?«

»Daß wir beide uns in der Öffentlichkeit zeigen. Daß du dich zeigst.«

»Laß das nur meine Sorge sein, schließlich mache ich es nicht zum ersten Mal.« Max' Lächeln hätte man selbst durch dichtesten Nebel erkennen können. »Auf geht's, du willst doch deine Schuhe vorführen, oder etwa nicht?«

Er nahm ihre Hand, zog sie hoch und führte sie auf die winzige, mit Parkett belegte Tanzfläche.

Niemand sonst war da, aber Max war schließlich Soloauftritte im Scheinwerferlicht gewöhnt. Die Musiker spielten mittlerweile etwas Vertrautes aus den vierziger Jahren, das irgendwie brasilianisch klang.

Max führte Temple so leicht und selbstbewußt, daß sie immer genau das Richtige tat. Sie hatte vergessen, wie angenehm es war, mit Max zu tanzen, weil sie so klein war und er nicht.

Natürlich waren die beiden der Blickpunkt aller Anwesenden, also genau das, was Max in seinem eigenen Interesse *nicht* sein sollte. Vielleicht zogen wenigstens ihre Schuhe ein wenig von der Aufmerksamkeit von ihm ab. Midnight Louie würde das sicherlich gefallen.

»Endlich lächelst du«, sagte Max, als die Musik sie wieder Wange an Schulter tanzen ließ.

»So habe ich schon Ewigkeiten nicht mehr getanzt.«

»Ich auch nicht.«

Als das vierte Stück begann und sie die Tanzfläche verließen, wurden sie von Applaus begleitet.

»Also ehrlich.« Temple faltete ihre Serviette auseinander und legte sie sorgfältig über ihren Schoß. »Was für ein Exhibitionist du doch bist! Du würdest selbst in einem Wüstensturm nicht undercover bleiben können.«

Max faltete gerade seine Serviette zu einem aufwendigen Stern, den er ihr wie einen Strauß präsentierte. Mitten darin befand sich eine unglaublich schöne, rosafarbene, frische Rose.

Sie starrte ihn überrascht an, nicht so sehr wegen des Zaubertricks und der Blume, sondern wegen der dahinterliegenden Bedeutung. Und plötzlich war die Nacht doch kein Traum. »Für deine großartige Leistung unter den ganzen Medien neulich abend«, sagte Max. *»Magnifique.«*

»Du ... du warst dabei?«

»Wer, glaubst du denn, war bei der ganzen Geschichte der Bühnenleiter?«

»Max, das kannst doch nicht du gewesen sein!«

»Natürlich kann ich das. Schließlich ist das mein Beruf.«

»Aber du warst doch zu Hause und hast geschlafen.«

»Da hätte ich sein sollen«, stimmte er zu. Die Cocktailkellnerin kam und streifte mit ihrem Röckchen seine Schulter.

»Temple?« fragte er.

Sie winkte mit der Hand. »Bestell du.«

Max nahm den Bestellzettel der Kellnerin und schrieb etwas darauf. Sie machte mit einem Augenzwinkern einen Knicks und verschwand.

»Woher wußtest du überhaupt von der zweiten Séance?«

»Von Electra. Ich rief sie an dem Morgen an, um zu fragen, ob du auch sicher nach Hause gekommen warst.«

»Max, das ist doch nicht dein Ernst!«

»Sie sagte mir, du würdest dich für die Séance am Abend ausruhen. Sie schien sich sehr zu freuen, von mir zu hören.«

»Das glaube ich gern.«

»Hat mich gefragt, ob ich in letzter Zeit viel in der Bibliothek gesessen hätte, und was ich denn eigentlich recherchieren würde.«

»Grrrr.«

»Hast du irgendeine Ahnung, was sie damit meinte?«

»Electras unbändige Neugier. In Ordnung, und dann bist du also in dieses Gespensterhaus gekommen und hast das alles arrangiert. Haben dich die Jungs vom Glory Hole nicht gestört?«

»Du bist also für diese Komplikation verantwortlich! Die alten Kerle sind erst nach zehn Uhr gekommen, als ich schon fast fertig war. Ich mußte mich nur vergewissern, daß sie meine Tricks nicht in Bewegung sahen und mich dann verrieten.«

»Was wolltest du denn damit erreichen?«

»Ich weiß nicht. Ich hoffte vermutlich, daß ich das Gewissen eines Mörders wachrütteln könnte.«

»Und du hast mehr Erfolg gehabt, als du dir je hättest träumen lassen, wie immer.«

»Nicht wie immer. Ich habe noch jede Menge Träume.«

Temple fingerte an der Rose herum. »Welche Effects gehen denn nun auf dein Konto?«

Er tat so, als wisse er nicht, wo er mit Aufzählen anfangen solle. »Der Panther.«

»Wo um Himmels willen hattest du denn den her?«

»Eine Menge Zauberer arbeiten mit Panthern. Schöne große Katzen, sehr dramatisch, leichter zu handhaben als Löwen oder Tiger. Kahlúa ist uns für den Abend ausgeliehen worden.«

»Dann ... war der Kamin also mit Spiegeln ausgeschlagen ... oder du hast einen falschen Boden eingebaut.«

Max zuckte bescheiden mit den Achseln.

»Aber Max, du warst doch halb tot vor Müdigkeit, als wir uns trennten.«

»Nachdem ich mit Electra gesprochen hatte, habe ich ungefähr vier Stunden geschlafen und bin dann direkt zum Gespensterhaus. Ich bin es gewohnt, unter Druck zu arbeiten.«

»Aber wie konntest du wissen, daß die Medien derart auf die Erscheinungen reagieren würden?«

»Bescheidenheit ist nicht gerade eine meiner Schwächen, auch wenn ich zahlreiche andere habe.«

Temple verdrehte die Augen.

»Na ja, es hat ja wirklich bestens funktioniert, Kinsella. Du dürftest gerne eine öffentliche Verbeugung machen, aber Vorsicht, im Moment bist du ein gesuchter Mann.«

»Heute und hier erwünscht, hoffe ich.«

Temple blickte zur Bühne. »Ich hoffe nicht.«

»Sie kommt heute nicht.«

»Was?«

»Herrlich! Es ist einfach zu toll, wenn du völlig überrascht bist und versuchst, es nicht zu zeigen. Du schaffst das eigentlich sehr gut. Nur nicht gut genug. Molina singt heute abend nicht.«

»Du weißt, daß sie hier auftritt?«

Max nickte. »Sie ist aber mit einem Fall beschäftigt. Keine Gefahr, daß sie hier auftaucht.«

»Und du hast mich die ganze Zeit fürchten lassen, du marschierst in die Höhle des Löwen? Warum?«

»Es ist ein toller Laden. Es ist genau der Ort, an dem ich mit dir sein wollte, minus der Sängerin natürlich. Ich brauchte doch bloß den Einsatzplan zu überprüfen.«

»Im Polizeicomputer!«

»Genau. Es ist nie Zauberei, Temple. Es ist nur immer verdammt gute Planung.«

Wie von Zauberhand erschien jetzt ein Drink in einem Stielglas vor Temple. Schäumend und rosa. Eine Pink Lady. Die

Kellnerin beugte sich hinab, um einen dazu passenden grünen Drink vor Max zu stellen. Ein Grashüpfer.

»Ich fürchte, diesmal warst du nicht ganz so erfolgreich, Kinsella.« Temple nahm einen Schluck durch den Strohhalm. »Erst das Dessert und anschließend die Sättigungsbeilage.«

»Die Medien und der Sohn des Mediums haben doch alles gestanden, oder etwa nicht?«

»Die Tatsache, daß sie Gandolph zu Tode geängstigt haben, ja. Doch keiner von denen hat ihn umgebracht oder das beabsichtigt. Keine Festnahme, kein Verfahren, alles abgeschlossen. Auch keine Rache.«

»Das Buch wird die Rache sein. Ich hoffe, daß du mir dabei helfen kannst.«

»Mit dem Schreiben?«

»Nee. Na ja, vielleicht ein bißchen Lektorat. Nein, ich brauche eine Frontfrau.«

»Eine Pressetante, die es hochjubelt?«

Max schüttelte den Kopf. »Einen Ghostwriter, der das Lob dafür einheimst. Ich muß dabei nicht unbedingt im Scheinwerferlicht stehen. Du wirst das großartig machen. Natürlich wird es als Gemeinschaftswerk mit Gandolph the Great herausgegeben.«

»Max, es ist wirklich schade, daß du das nicht selbst machen kannst. Dein Name würde als Coautor viel mehr bewirken.«

»Geht nicht. Außerdem werde ich noch mindestens ein Jahr brauchen, bis ich es fertig habe. Gary hat unglaublich viel recherchiert und Notizen gemacht, und die muß ich alle noch durcharbeiten. Immerhin wird mich dieses Vorhaben von der Öffentlichkeit fernhalten.«

Temple nahm die Rose auf, die sie an ihr Wasserglas gelegt hatte, um noch einmal den wunderbaren Duft zu inhalieren.

»Hör mal, was war eigentlich mit den Fledermäusen, den Hunderten von Fledermäusen?«

»Die haben die Gespenster wirklich total erschreckt und meine ganzen Illusionsfäden durcheinandergebracht. Vermutlich sind sie importiert worden, um die Besucher des Gespensterhauses zu beglücken. Oder ob Houdini etwa eine andere Gestalt angenommen hat?«

»Als ich meinen ersten Rundgang durch das Hell-o-ween Haunted Homestead machte, gab es weit und breit keine einzige Fledermaus und nichts, was irgendwie mit Houdini oder mit Welles zusammenhing. Ein paar Demonstranten haben vor dem Haus dagegen protestiert, daß es Spinnen und Schlangen und Ratten und Fledermäuse in ein schlechtes Licht rückt. Jede Wette, die Fundis haben im leeren Haus einen ganzen Schwarm Fledermäuse ausgesetzt, um deutlich zu machen, wie friedlich diese Kreaturen eigentlich sind.«

»Klingt überzeugend.« Max nickte ihr zu.

»Also hast du alles getürkt: den Panther, Houdinis zweiten Auftritt, die fliegenden Kampfgeräte, den Nebel, die Figur im Raum.«

»Sagen wir mal, ich habe vergrößert, was schon da war. Welche Figur im Raum?«

»Die, die Gandolph ähnlich sah, mit dem Edwina-Hut und dem Umhang.«

»Massenhysterie.« Max winkte lässig ab. »Hat aber dem Nachdruck meiner Effekte nicht geschadet.«

»Ich glaube, daß da wirklich irgend etwas war.«

»Selbstverständlich. Es ist immer irgend etwas da, wenn die Leute solche Dinge sehen wollen. Eine Reflektion, oder nur ein erwartungsvoller Geisteszustand.«

»Nein. Diese Figur war echt. Ich habe sie auch bei der vorangegangenen Séance gesehen, in drei Stadien: Junge, Mann und Greis. Agatha Welk hat ihn auch gesehen. Die anderen entdeckten schließlich auch etwas, aber sie hielten es für ein Hologramm, das von den Betreibern des Gespensterhauses programmiert worden sein soll. Sie haben ihn nie so deutlich gesehen wie ich, vor allen Dingen nicht, als er lautlos etwas sagte – ...«

»Temple, für dich ist das alles sehr anstrengend gewesen. Lehn dich zurück, entspann dich, trink in Ruhe deinen Drink.«

»Also, das geht mir jetzt aber wirklich gegen den Strich! Ich weiß doch, was ich gesehen habe. Ich meine es ernst! Und es war nicht Houdini, es waren auch ganz bestimmt keine Gespenster aus dem unerschöpflichen Vorrat des Max Kinsella.«

Er schwieg.

Temple nahm die Rose auf. »Sie ist wunderschön. Vielen Dank. Aber ... Du hast sie mir aus dem falschen Grund gegeben.«

»Wieso?«

»Erinnerst du dich an den Moment, als ich versucht habe, das Wort zu sagen?«

»Wunderbar! Ich hatte keine Ahnung, daß du Houdini so sorgfältig erforscht hast, daß du die ganze Geschichte mit Rosabelle kennst. Hat glänzend mit meinen Illusionen zusammengewirkt, um die Medien aus dem Konzept zu bringen. Und es hat schließlich ihre Zungen gelockert, als du mit ›Rosabelle‹ angefangen hast.«

»Das ist es eben, Max. Ich habe nicht mit ›Rosabelle‹ angefangen.«

»Aber ... du hast es doch gesagt!«

»Nein, ich habe angefangen, etwas Ähnliches zu sagen, und dann haben es die Medien aufgegriffen. Wir haben alle den falschen Geist gesucht. Es ist genau, wie du immer sagst. Die Leute sehen nur das, was sie zu sehen erwarten, hören nur das, was sie zu hören erwarten. Selbst Max Kinsella. Manchmal.«

Jetzt hörte er ihr wirklich zu. Sein Gesicht war ernst.

»Als ich diese Figur das letzte Mal sah, formten ihre Lippen immer wieder dasselbe Wort. Ein letztes, lautloses Wort. Sie stand direkt hinter Gandolph, und ich glaube, sie hat versucht, ihn vor der Gefahr zu warnen.«

»Warum sollte irgendein Geist Gandolph warnen wollen ... Es sei denn, seine tote Mutter – ?«

Temple schüttelte den Kopf. »Dieser Geist hat eine Menge mit Houdini und Gandolph gemein. Und mit dir. Zumindest in der eigentlichen Bedeutung des Wortes. Das war ein Geist, der sich im Leben nicht hat unterkriegen lassen, obwohl es oftmals genug Gründe dafür gegeben hätte. Ein Mann, der in Wisconsin geboren wurde, zur ähnlichen Jahreszeit wie Houdini. Ein Mann, der sehr an seiner Mutter hing, die starb, als er noch ein Kind war. Ein Zauberer mit einer engen Verbindung zu Gandolph und zu dir.

Aber das alles erkannte ich nicht, ehe ich nicht nach dem Wort suchte. Ich arbeite mit Worten. Ich schreibe sie. Ich habe früher einmal Worte vor einer Kamera gesagt. Ich kann keine Lippen lesen, aber ich habe einen bestimmten Instinkt. Also versuchte ich, dieses lautlose, zweisilbige Wort nachzuvollziehen.«

»Nicht ›Rosabelle‹?« Max wirkte verwirrt, aber es schien, als glaube er ihr.

Temple schüttelte den Kopf.

»Ich war gerade kurz davor, es auszusprechen, als die anderen mich unterbrachen und erklärten, es laute ›Rosabelle‹. Aber das war es nicht.«

»Wie hieß es denn?«

»Ein Wort, ein letztes Wort, vor langer Zeit.«

»Temple, jetzt rück schon raus mit der Sprache!«

Sie holte tief Luft und roch noch einmal an der Rose.

»Rosebud.«

Max und Temple tanzten abermals, geblendet vom Scheinwerferlicht.

Nach einer ganzen Weile sagte Max: »Die streitenden Stimmen, die die Nachbarn am Abend von Halloween gehört haben.«

»Ja?«

»Ich habe eine Vermutung, aber dafür müßten wir zurückfahren.«

»Bestens.«

»Können wir bis nach dem Abendessen warten?«

»Nein.«

»Schade, daß wir von gar nichts anderem sprechen.«

»Man muß alles in der richtigen Reihenfolge tun.«

»Ich kann es immer noch nicht fassen.«

»Ich erwarte auch nicht, daß du das tust.«

»Es ändert alles.«

»Nicht alles, aber eine Menge. Wir müssen los.«

Max zog sie dichter an sich heran und legte sein Kinn auf ihren Kopf. »Noch ein Tanz, dabei kann ich besser nachdenken.«

»Das ist ja was ganz Neues.«

»Die Musik. Kryptologen nutzen Musik, um sich für ihre Arbeit in die richtige Stimmung zu versetzen. Musik ist sehr mathematisch und inspirierend.«

Temple lächelte.

Sie bewegten sich in einem engen Kreis umeinander, während die Musik von einer Melodie in die nächste überging.

Worte wehten Temple durch den Sinn. Rosebud. Halloween. Geister. Midnight Louie. Schwarzer Zauber. *That old black magic ...*

Diese letzten Worte wurden allerdings nicht gedacht, auch nicht nur lautlos geformt, sie wurden gesungen! Temple blickte Max entsetzt an.

Er starrte über ihren Kopf hinweg, ebenso entsetzt.

»Verdammt! Die soll doch einen Mordfall im Norden von Vegas untersuchen!«

Statt dessen säuselte Molinas Altstimme leise ins Mikrophon.

Max trat rückwärts aus dem Scheinwerferlicht und von der Tanzfläche herunter. Sie schlichen sofort zur Tür, wo Max dem Oberkellner ein paar Geldscheine reichte.

»Ein Notfall. Wir müssen weg. Das ist für den Tisch dort drüben. Die Kellnerin in diesem Rüschenteil.«

»Max, die tragen doch alle Rüschenteile«, flüsterte Temple, während sie auf Zehenspitzen hinaushuschten. »Hat sie uns gesehen? Ich hab' mich nicht getraut hinzuschauen.«

»Sie ist auf der Bühne. Der Scheinwerfer leuchtet ihr direkt in die Augen. Sie hat nicht mit uns gerechnet.«

»Also hat sie uns nicht gesehen.«

»Hat sie wahrscheinlich doch.« Max klang resigniert.

»Meine Handtasche!« Temple blieb mitten auf dem Parkplatz stehen.

Max steckte die Hand in seine Jackettasche und holte sie hervor.

»Gott sei Dank.«

Sie hielt noch einmal inne. »Meine Rose!«

Er steckte wieder die Hand in die Tasche und holte einen Zehndollarschein hervor, der zu einer Rose gefaltet war. »Ich muß dir eine andere basteln.«

Temple schüttelte den Kopf. »Was ist, wenn sie dich gesehen hat?«

»Was kann sie dann schon tun?«

»Dich festnehmen.«

»Dazu muß sie mich erst einmal finden.«

Er öffnete ihr die Autotür. »Tut mir leid mit dem Abendessen.«

»Wenigstens hatten wir noch nicht bestellt.«

»Ich hab' noch die Linguine Alfredo zu Hause.«

»Geht in Ordnung.«

Die Fahrt zurück war nicht so ungemütlich wie die zuvor.

»Ich habe fast Angst, da hineinzugehen«, bemerkte Temple, als sie in der Garage vor der Verbindungstür zum Haus standen.

»Das hier ist kein Gespensterhaus.«

In der Küche stöberte Max in den Schränken herum und wandte sich dann zu ihr. »Sollen wir hier essen oder auf der Opiumliege?«

»Du willst doch auf diesem kostbaren Bett nicht etwa *essen?*«

»Ähm, nein«, gab Max zu. »Ich dachte, wir könnten ... hinterher essen.«

»Ich dachte, wir sollten uns vielleicht lieber vorher ... unterhalten.«

»Also erst ein Wein.« Er organisierte abermals eine Flasche irgendeines seltenen Jahrgangs. »Zumindest können wir den auf der Opiumliege trinken.«

»Du scheinst ja sehr darauf fixiert zu sein.«

»Es ist bequem. Außerdem sind alle Möbel von Gary riesig wie in einem Club.«

Gläser und Weinflasche wanderten mit ins Schlafzimmer.

Temple mußte wie eine kleine Geisha die Midnight-Louie-Schuhe ausziehen, ehe sie sich auf die bestickte Satinüberdecke setzte. Das Bett wirkte wie eine Art Laube, mit einem offenen Dach und durchlässigen Seiten. Es war genauso gemütlich wie ein Kinderspielhaus an einem regnerischen Tag, trotz der Zinnoberintarsien und dem Perlmutt. Temple konnte verstehen, warum Max gerne darin las. Er stellte die Flasche auf den Tisch hinter den niedrigen Rücken des Bettes und ließ sich dann in eine mit Kissen vollgestopfte Ecke fallen.

Temple saß im Schneidersitz neben ihm und trank ihren Wein.

»Was ist deine Theorie?«

»Ich glaube, daß Orson Welles' Geist Gandolph schützen wollte. Er hat sich auch zu Houdini hingezogen gefühlt.«

»Welles hat sich ›The Great Orson‹ genannt, als er als Zauberkünstler auftrat. Und er wurde neunundvierzig Jahre und einen Monat nach Houdini geboren: am 6. Mai 1915.«

»Und Halloween ist natürlich auch ein wichtiges Datum für ihn.«

»Du meinst das Hörspiel, das 1939 an Halloween gesendet wurde? Über die Invasion vom Mars, die halb Amerika für wahr gehalten hat? Es war das erste Mal, daß er die ganze Welt schokkierte, aber nicht das letzte.«

»Die ›Geräusche‹, die hier am Abend von Halloween gehört wurden, hätten auch eine geisterhafte Radioaufnahme sein können! Und Welles hing wie Houdini unglaublich an seiner Mutter. Hat er nicht als Kind größtenteils bei ihr gelebt?«

»Ja. Sie war eine großartige Sängerin, eine sehr kultivierte Frau.«

»Also, angesichts dieser Ähnlichkeiten und Houdinis Tod an Halloween und seiner unglaublichen Willensstärke glaube ich, daß Orson Welles' Geist irgendwie von dieser Zusammenführung der Kräfte gespeist wurde und erfahren hat, daß Gandolph in Gefahr war.«

»Dann ist er also erschienen, um ihn zu warnen, aber gerettet hat er ihn nicht.«

»Woher wissen wir das? Die Streitaxt hätte ihn womöglich umgebracht. Was niemand – und vielleicht nicht einmal ein Gespenst – hat wissen können, war die Sache mit Gandolphs schwachem Herzen. Ich glaube, der Streß der Séance hat ihn umgebracht.«

»Hmmm.« Max nickte und schenkte sich Wein nach.

»Du verschweigst mir etwas.«

»Zum einen habe ich den Vorteil, daß ich mir schon Garys Unterlagen über Medien angeschaut habe. Alle deine Partner bei der Séance neulich hatte er schon abgespeichert.«

»Und – ?«

»Alle hatten ein Motiv, ihn umzubringen. Oscar Grant zum Beispiel war nicht nur der wohlangesehene Leiter einer eher weniger angesehenen Fernsehsendung, sondern – ...«

»War in L. A. mal Mitglied einer Gang. Vielleicht hatte sie etwas mit Drogen zu tun. Vielleicht hat er heute noch mit Drogen zu tun.«

Max hob beeindruckt die Augenbrauen. »Sehr gut. Sehr wahr. Und natürlich hat die weiße Hexe – ...«

Temple unterbrach ihn wieder. »Woher wußtest du das denn?«

»Glaubst du wirklich, ich würde den ganzen Raum ausstatten und ein Mikrophon und einen Kassettenrecorder vergessen? Jedenfalls hatte die schöne Mynah zahllose außereheliche Liebschaften, darunter auch eine wieder aufgelebte mit ihrem Exehemann Oscar. Es würde mich nicht überraschen, wenn sie es neben ihren eher fleischlichen Techtelmechteln auch mit den Geistern treibt. Eine Offenbarung hätte ihr bestimmt nicht geholfen und außerdem auch ihre Ehe gefährdet.«

»Und warum sollte ihr das etwas ausmachen?«

»Weil William Kohler das Geld hat. Er hat ihr schönes New-Age-Häuschen finanziert.«

»Nein! Dieser ... dieser Schlappschwanz? Wo hat der denn das ganze Geld her?«

»Er ist Börsenmakler und laut Garys Erkenntnissen kein besonders moralischer. Außerdem betreibt er einen sehr lukrativen Finanzrundbrief. Ein Skandal wegen Mynah und ihrer psychischen und physischen New-Age-Eskapaden würde seinem guten Leumund mehr als schaden.«

»Und die anderen?«

»Na ja, D'Arlene Hendrix scheint tatsächlich einiges Gute im Bereich der Hellseherei bewirkt zu haben, aber der Grund, warum die Polizei sie zur Vernehmung abgeholt hat, ist, daß Gandolph bei den Polizeidezernaten nachgefragt hatte, mit welchen Methoden sie eigentlich arbeite. So etwas macht die Polizei immer mißtrauisch. Ihre Arbeit ist ihr Leben, also ...«

»Also bedeutete Gandolph eine wirkliche Bedrohung für sie, indem er allein nachforschte. Aber sicherlich haben Agatha und der Professor – ...«

»Beide durch und durch in Ordnung, aber Mangel soll möglicherweise an einen hochangesehenen Lehrstuhl berufen werden und tritt jetzt ein bißchen leiser, was seine Begeisterung für übersinnliche Phänomene angeht. So dürfte er auch kein Interesse daran haben, in Gandolphs Untersuchung aufzutauchen. Und immerhin hatte er seit zwei Jahren nicht mehr an Séancen teilgenommen, so daß man sich fragen muß, warum er ausgerechnet jetzt zu einem solch öffentlichkeitswirksamen Abend nach Las Vegas kam – ...«

»Es sei denn, er wußte, daß Gandolph hier wohnte und vermutete, er könne einer Séance zu Halloween für Houdini nicht widerstehen. Gibt es überhaupt derart berechnende Menschen?«

»Temp-le«, ermahnte Max sie und riß seine katzengrünen Augen weit auf.

»Und Agatha? Man mag ja kaum noch fragen.«

»In schlichten Worten: völlig verrückt. Sie hat einmal versucht, ein paar Menschen, denen sie die Teeblätter gelesen hat, zu vergiften. Sie nahm an, daß sie ihr gute Kontakte in der Geisterwelt wären, wenn sie sie selbst dort hingeschickt hatte. Sie wurde irgendwann aus der Psychiatrie wieder entlassen.«

Temple setzte sich aufrecht und griff sich an den Hals.

»Temple?«

»Gift im Tee? Max, ich habe ihren Tee getrunken, als sie mir die Teeblätter gelesen hat!«

»Wie lange ist das her?«

»Zwei Tage, aber – igitt! Ich fühle mich, als hätte ich einen Käfer verschluckt, oder zumindest einen Joint.«

Max tätschelte ihr die Schulter. »Zwei Tage? Dann trink mal schön deinen Wein und danke deinem Schutzengel, daß die liebe Agatha dich nicht für ein gutes Entree in die Geisterwelt gehalten hat.«

Max schenkte ihr noch etwas in ihr Glas ein und füllte dann sein leeres auf.

»Trinkst du nicht ein bißchen viel in letzter Zeit?«

»Ja. Ja, das tue ich. Verstehst du, es gibt noch ein anderes Motiv, warum Gary umgebracht worden sein könnte. Ich vermute noch immer, daß es eine menschliche Tat war, nur kann ich es nicht beweisen, und ich bezweifle auch, daß irgendeine Spur gefunden werden wird. Aber um meine Theorie zu erklären, kann ich mich nicht darauf verlassen, daß die Geisterwelt mir den Weg zeigt. Ich muß ein paar ziemlich schmerzhafte Teile meines eigenen Lebens ausgraben.«

Max lächelte Temple etwas schief an. »Hilfst du mir dabei?«

Sie nickte nur.

Max starrte an ihr vorbei in die gegenüberliegende Ecke des Opiumbettes.

»Was du meinen ›Interpolsommer‹ nennst, damals, als ich fast siebzehn war: Mein Vetter Sean und ich wurden von unseren Eltern nach unserem letzten Schuljahr vor dem College nach Irland geschickt. Du kennst ja meine lange Reihe von Vornamen. Michael Aloysius Xavier. Sean hat außerdem Patrick und Donnell dazubekommen. Unsere Familien waren seit vier Generationen in Amerika, aber mit dem Herzen lebten sie noch in der alten Heimat.

Sean und ich waren echte Kumpel. Der Sommer sollte eine letzte Vergnügungsreise sein, ehe wir uns dem Ernst des Lebens und dem Studium widmeten. Ich wollte Publizistik studieren und mir für das Studium Geld verdienen, indem ich nebenher als Zauberer auftrat. Sean wollte Geschichtsprofessor werden. Der Segen unserer Familie und eine Liste mit den Adressen von ein paar hundert Vettern überall in der alten Heimat begleiteten uns auf unsere erste große Reise fort von zu Hause.«

»Es muß doch großartig gewesen sein.«

»Das war es auch. Nur, daß zwei Teenager allein in einem fremden Land alles unternehmen: in den Pubs herumhängen, jedes Mädchen abzuschleppen versuchen, das irgendwie vorbeikommt, sich leidenschaftlich über Politik auslassen. Wir waren entsetzt von der Unterdrückung, die in Nordirland herrschte. Die Sympathien der meisten Amerikaner liegen bei den Iren.

Es ist eine lange, sehr traurige Geschichte, also mache ich's kurz. Wir haben uns mit den falschen Leuten herumgetrieben, wir sind in den verdammten Bürgerkrieg hineingeraten. Es war alles so aufregend, so interessant, so exotisch. Wir wußten nicht, wie wir die schmale Grenze zwischen Orange und Grün entlanggehen sollten, wir haben sie gar nicht gesehen. Sean wurde bei einem Anschlag der IRA in die Luft gejagt.«

»Nein!«

»Ich wäre auch in die Luft gejagt worden, nur ... es gab ein Mädchen, das wir beide kennengelernt hatten, mit dem wir beide flirteten. Sie war etwas älter als wir, was die Jahre angeht – was die Erfahrung angeht, handelte es sich um Jahrzehnte. Ich war bei ihr, als Sean starb. Wir hatten uns vorher richtig um sie geprügelt, bis aufs Blut, mit allem Drum und Dran. Sean ist fortgestürmt, in den falschen Pub geraten, und das war es dann.«

»Max, das ist ja schrecklich! Aber wie kam es so weit, daß man dich verdächtigt hat, ein IRA-Mitglied zu sein?«

Max wirbelte den teuren Wein in seinem Glas herum. »Ich bin der IRA beigetreten mit dem Entschluß, diejenigen zu finden, die Sean umgebracht hatten. Dann wollte ich sie anzeigen.«

»Was? Aber du hast doch mit der IRA sympathisiert.«

»Damals nicht mehr.«

»So etwas hat eine Bezeichnung.«

»Gegenspionage. Ich glaube kaum, daß ich den Begriff damals schon hätte buchstabieren können. Es war ein Versuch der Wiedergutmachung. Ich war zur Beerdigung nach Hause gefahren. Natürlich hatten wir den ganzen Sommer über Briefe nach Hause geschickt, und Sean hatte von unserem romantischen Dreiecksverhältnis erzählt. Ich entdeckte damals, daß es ihm die ganze Zeit ernster war als mir. Wäre mir das klar gewesen, hätte ich verzichtet. Aber auf mich wirkte es nur wie ein Spiel, ein Wettkampf. Jedenfalls war bei der Beerdigung offensichtlich, daß Seans Eltern mir die Schuld gaben. Meine Familie stand natürlich voll und ganz hinter mir. Damit hatte der Bürgerkrieg also auch Wisconsin erreicht. Meine Leute wollten nicht, daß ich nach Irland zurückgehe. Aber unsere Familien waren immer so eng miteinander befreundet gewesen! Ich konnte diese Selbstzerfleischung nicht ertragen, also bin ich fortgegangen.«

»Und wurdest ein Teenagerspion.«

»Es gibt keine Teenager in Irland, weder im Norden noch im Süden, Temple. Jedenfalls damals nicht, und auch nicht in den Jahrhunderten davon. Die Kinder kämpfen in dem Guerillakrieg mit und bezahlen dafür mit ihrem Leben. Ich war ganz tief drin, und schließlich habe ich die Gruppe von Männern ausfindig gemacht, die damals diese Kneipe in die Luft gejagt hatten. Meine ganze Erfahrung als Zauberer erwies sich seinerzeit als sehr nützlich, trotz alledem. Und dann habe ich sie den Briten übergeben.«

Temple stützte die Ellbogen auf die Oberschenkel und legte das Gesicht in die Hände.

»Ich weiß. Es war die Wahnidee, Rache für Sean geübt und mich selbst von der Schuld befreit zu haben. Dafür habe ich mein ganzes Leben in den Fleischwolf gesteckt. Ich hatte damals noch nicht verstanden, daß es nicht um die einzelnen Attentäter ging, daß dieser jahrhundertealte Konflikt viel mächtiger war als irgendein Mensch, der darin mitmischte, inklusive meiner selbst.«

»Wie hast du das alles überlebt?«

»Habe ich nicht. Ich bin geflüchtet, auf den Kontinent. Aber das war nicht weit genug. In manchen Kreisen galt das, was ich getan hatte, als besondere Leistung. Ich wurde schließlich aufgespürt und bekam ein ›Stipendium‹ angeboten von ... einer anderen Organisation.«

»Was meinst du damit?«

»Ich kann nicht viel mehr sagen. Es gibt Menschen, die sich jedwedem Terror widersetzen, die ihn einfach nicht dulden wollen. Nationen, Konzerne, Einzelpersonen. Die haben mir eine Heimat geboten, mir eine Ausbildung überall in Europa ermöglicht, die Chance, ein echter Zauberer zu werden. Sie haben mir Rückhalt gegeben und eine angesehene Karriere als weltweiter Spion angeboten. Gary war auch mit denen verbunden. Er war einer meiner ersten Lehrer. Er kann für diese Vergangenheit umgebracht worden sein, und es gäbe nicht die kleinste Spur.«

»Aber er hatte sich doch zur Ruhe gesetzt, selbst als Zauberer, oder etwa nicht?«

»Es gibt keinen Ruhestand. Ich habe es auch versucht, und du hast ja gesehen, was daraus geworden ist.«

Temple nickte langsam. »*Ich* war dein Ruhestand.«

Er nahm ihre Hand. »Gandolphs Buch muß erscheinen – nicht nur, weil ihm das Thema so sehr am Herzen lag und er ein geruhsames Leben verdient hätte, nach seinen langen Dienstjahren und den Jahren voller Risiko. Sondern auch, weil einige ... Elemente fürchten, was darin stehen wird. Wenn ein harmloses Buch über Medien veröffentlicht wird, wird das ihr Mißtrauen beruhigen. Sie werden glauben, daß das alles war, was er im Kopf und in seinen Computerdateien hatte.«

»Das ist ja wahnsinnig! Wir sollen also den ganzen Zirkus mit der Veröffentlichung eines ganzen Buches hinter uns bringen, nur um jemanden in die Irre zu führen?«

»Nicht um Garys willen. Dazu ist es zu spät. Um meinetwillen. Je normaler ich das Leben um mich herum gestalten kann, desto größer ist meine Chance, daß ich meinem alten Leben entkomme.«

»Aber du warst doch schon vorher eine Person des öffentlichen Lebens!«

»Und das wurde so lange toleriert, wie man wußte, wo ich war und was ich tat. So lange stellte ich für niemanden eine Gefahr dar. Man ist nur gefährlich, wenn man aussteigt. Ich hätte mich am Ende vielleicht um eine neue Identität bemühen können. Deswegen war es so unfair von mir, dich da hineinzuziehen, aber ich hatte das Leben auf der Flucht satt, hatte es satt, allen menschlichen Regungen zu entsagen, auch der Liebe. Ich vermute, ich bin wieder ein alberner Teenager geworden, als ich dich kennenlernte, Temple, und das war's dann.«

»Mir hat noch nie einer gesagt, daß man sich nur als dummer Teenager auf mich einlassen kann.«

»Du weißt, wie ich es meine. Ich sollte auch jetzt nicht bei dir sein. Wenn also in deinem Leben etwas ... Interessantes stattfindet, dann sag es mir, und du wirst nie wieder von mir hören.«

»Ach, großartig. Bei dir gilt immer nur alles oder nichts. Dieser edle Verzicht scheint mir übrigens nicht sehr überzeugend, wo du fast davon besessen scheinst, uns beide dahin zurückzubringen, wo wir früher immer waren ... im Bett.«

»Unbedingt«, gab er zu. »Nur zu gerne. In dem Bereich gibt es wahrhaftig keine Lügen oder Verdunkelungen. Ich weiß nur nicht, ob ich auch morgen da sein kann oder übermorgen, und ob es überhaupt sicher für dich ist. Ich bin es leid, daß andere Leute dafür bezahlen sollen, daß sie mich kennen.«

»Aber in gewisser Hinsicht gefällt es dir auch: in das Leben der Menschen einzudringen und wieder auszusteigen wie ein Zauberer auf der Bühne. Sie zu verwirren, alle hinters Licht zu führen, deine Freunde genauso wie deine Feinde.«

»Vielleicht hast du recht.« Max leerte sein zweites Glas Wein. »Wir werden es in Erfahrung bringen.«

»Wie denn?«

»Diesmal bleibe ich, Temple. Ich laufe nicht wieder weg. Ich werde mich möglicherweise verstecken müssen. Ich werde möglicherweise ein paar nicht ganz legale Zaubertricks durchführen müssen, aber ich werde mich allen Dingen stellen, die in der Vergangenheit gegen mich gearbeitet haben. Hast du etwas dagegen einzuwenden?«

Es gab darauf nur eine mögliche Antwort.

»Wir werden es schon erfahren«, sagte sie.

40

Die Mutter aller Gespensterauftritte

Ich habe mit dem Okkulten überhaupt nichts am Hut.

Ich möchte nicht sehen, was nicht da ist.

Ich bin noch nie in den Bauch eines außerirdischen Fortbewegungsmittels gebeamt worden. Die einzige mir fehlende Zeit ist diejenige, die mir entgeht, wenn ich gerade ein Nikkerchen halte.

Ich bin noch nie durch Wände hindurchgegangen. Und ich bin noch nie auf dem Wasser gegangen, außer gelegentlich bei der Jagd nach einem Karpfen, und dann auch nur für den Bruchteil einer Nanosekunde.

Daher bin ich von meinen jüngsten Begegnungen mit Dingen, die in der Nacht merkwürdige Geräusche machen, nicht gerade angetan.

Am meisten tut mir leid, daß ich vom Geist des wahren Maurice aufgesucht worden bin. Ich war eigentlich viel glücklicher, als ich noch nicht wußte, daß Maurice ein anständiger Typ ist – war –, ein Typ, den ich im Leben vielleicht sogar gemocht hätte, der kein besonderes Interesse an der göttlichen Yvette hatte, wenn nicht bestimmte entsetzliche Ereignisse stattgefunden hätten. Wieviel besser geht es mir doch, wenn ich weiß, daß der gelbgestreifte Typ, der in den Werbespots für Yummy Tum-Tum Tummy sein Tänzchen aufführt, ein mörderisches Monster ist, der die wahre Sprecherkatze ins Jenseits befördert hat. Wir reden hier von einem Double mit einer dreifachen Portion Chuzpe.

Angesichts meiner Abneigung gegen solchen spiritistischen Mumpitz wird man verstehen können, daß nur meine unbedingte Loyalität gegenüber Miss Temple Barr mich noch einmal zu dieser zweiten Séance in das Hell-o-ween Haunted Homestead locken konnte.

Allerdings bekam ich dort mehr ab, als ich eigentlich haben wollte, und dabei sei zunächst einmal die Gruppe hysterischer Feldermäuse genannt, die ihr schrilles Kreischen an meine Schädeldecke prallen lassen mußten.

Natürlich sind die eigentlichen Vorgänge dieser Veranstaltung den menschlichen Teilnehmern kaum bekannt, die wie üblich das Eigentliche verpaßt haben.

Ich bin bereits vor dem ersten der sogenannten Hellseher angekommen, um das Gelände nach irgendwelchen ungebetenen Geistern abzusuchen. Meine Aufmerksamkeit galt zunächst einem großen Typen in schwarzem Catsuit. Zunächst hielt ich ihn für meinen hochgeschätzten Erzeuger, Three O'Clock Louie, aber dieses Glück war mir nicht beschieden. Als der kleine Halloweenhorrorladen geschlossen wurde, brauchten die Organisatoren kein Lokalkolorit mehr. Three O'Clock wurde wieder in sein Altersheim am Lake Mead zurückgebracht. Außerdem ist diese neue Katze ein viel beeindruckenderer Typ als mein Alter, da sie in einem Käfig gehalten wird ... obwohl ein erstes Schnuppern offenbart, daß es sich hier um keinen Typen handelt! Ihr Name, so erfahre ich nach ein paar vorsichtigen Fragen, ist Kahlúa, und sie tritt abends im Oasis mit einer Verschwindenummer auf.

»Und wer bezahlt heute abend die Frachtkosten für dein Rubinhalsband?«

»Kollege von meinem Chef«, antwortete Kahlúa mit einem unnötigen Knurren am Anfang des Satzes. (Ich glaube, ihr gefällt nur einfach das Geräusch ihrer eigenen Stimme.) Wie der Likör mit Kaffeegeschmack, von dem sie ihren Namen hat, ist Kahlúa stark, dunkel und steigt schnell zu Kopf. Ihre großen grünen Augen blicken zu dem Gerüst unter der Decke.

Natürlich hatte ich den mysteriösen Max gleich gesehen, so daß ich mich keinerlei Illusionen darüber hingab, wer in den dunklen Gegenden über der Séancekammer die Fäden in der Hand hatte.

»Und was steht heute abend auf dem Programm?« fragte ich die Dame, die offensichtlich eine Primadonna der Taschenspielerei ist, in ihrem Körper selbst, ganz anders als Karma, die einfach nur ihre nervende dumme kleine Aura in Situationen hineinprojiziert, die sie nicht das geringste angehen.

»Gastauftritt.« Kahlúa kümmert sich um ihre Maniküre. »Nichts, wobei man sich eine Klaue brechen müßte. Ich erscheine wie üblich in einem Kamin, sehe wunderschön, exotisch und tödlich aus, und verschwinde dann – wie immer. Sowas mache ich im Schlaf.«

»Davon würde ich abraten«, warne ich sie, »ich habe in demselben Schornstein auch schon mal einen Spontanauftritt gehabt. Da drin sind genug Angelschnüre, um einen Barrakuda einzufangen.«

»Vielen Dank für den Hinweis, aber Mr. Max würde mich nie mit einer Situation konfrontieren, die er nicht von vorne bis hinten überprüft hat«, sagt Kahlúa mit einem Gähnen, das einen Rachen offenbart, der die Größe einer rosasamtigen Höhle mit Elefantenhauern statt Zähnen hat.

Nun ja, Midnight Louie hat keinen treuen Vorarbeiter, der die Schmutzarbeit für ihn macht, aber das werde ich bestimmt nicht Kahlúa unter die Nase reiben, wenn sie gerade ihre Kauleiste zeigt. Diese Fangzähne sind wahrscheinlich alle mit Kronen behaftet oder voller Füllungen oder gefärbt. Schließlich ist das hier Showbiz!

Ich verabschiede mich eher distanziert von der Pantherin und untersuche die restliche Umgebung. In dem Moment entdecke ich eine noch größere Bevölkerungsexplosion rings um die Séancekammer. Eight Ball, Wild Blue und

Spuds von der Glory-Hole-Gang sind als Wachen auf allen drei Etappen postiert, vermutlich auf Bitten von Miss Temple. Es erleichtert mich, daß Verstärkung in der Nähe ist, sollten die Offenbarungen während der Séance sich als zu dramatisch herausstellen, um von den Nerven der oder des Schuldigen ertragen zu werden.

Während ich umherwandere – klein (relativ gesprochen), schweigsam und in derselben Farbe wie die riesige Dunkelheit um die Séancekammer – werden mir beunruhigende Einflüsse klar.

Denn schon wieder befinden sich dort ungeladene Gäste. Ich sehe abermals viel mehr, als ich sehen sollte. Kein Anzeichen von Elvis und Amelia und Mae, leider (für die könnte ich wohl 'ne Menge Karten losschlagen), aber leise Andeutungen der Geister, die auch beim ersten Mal zu sehen waren, wie Standaufnahmen von alten Schwarzweißfilmen. Der Junge in dem Anzug des kleinen Lords hängt von dem Gerüst für die Achterbahn. Der dicke alte Mann in Schwarz sitzt zusammengekauert auf einem leeren Stuhl, unter einem Ganovenhut und über einen Stock gebeugt. Selbst der alte Doyly, der (für einen Geist) sehr robust wirkende Typ mit Pfeife, der anscheinend Houdinis Auftritt zu unterstützen schien, ist gelegentlich in der Nähe des Kamins in der Séancenkammer zu erspähen. Was aber den so oft gerühmten Houdini selbst angeht – welch eine Enttäuschung! Ich sehe noch nicht einmal ein Molekül seines früheren Abbildes, seiner ganzen Kettentracht. Nur ein nackter blasser Fleck in der Dunkelheit.

Schließlich finde ich eine versteckte Nische, in der ich mir einen Überblick über die Vorgänge verschaffen kann, ohne gleich dem mysteriösen Max oder den Jungs vom Glory Hole aufzufallen.

Keine Sekunde lang kann mich die ausgestopfte Figur in der Kammer in die Irre führen. Ich habe schon vorher solche

Puppen gesehen, und auch solche Tiere, und ziehe sie durchaus den echten Exemplaren vor. Eine nach der anderen erscheinen schließlich die Dramatis personae. Meine kleine Puppe und Karmas Madame Electra kommen als letzte hinzu.

Über mir sehe ich den mysteriösen Max wie eine riesige Spinne hin und her flitzen, um die Verbindungen in seinem versteckten Netz in Bewegung zu setzen. Also brauche ich mich von den üblichen Spukeffekten unter mir nicht ins Bockshorn jagen zu lassen. Weder Nebel noch Messer noch Chlorgeruch werden Midnight Louie von seiner ihm zugewiesenen Pflicht ablenken: die falschen Anteile des Gesamtbildes herauszufiltern. Ich weiß nicht, was ich von meinem gemütlichen Aussichtspunkt zu erspähen hoffe. Vielleicht einen weiteren Mordversuch? Einen Schuldigen, der auf die Ereignisse des Abends reagiert? Leider können alle Wunder des mysteriösen Max – und sie sind viel beunruhigender als die Tricks davor – nicht die drohende Gefahr bannen, nach der wir alle suchen. Kahlúa mit ihrer rauhen Stimme – eine Sinfonie aus Drohung und Abscheu – ist, so fürchte ich, eine viel schrecklichere Erscheinung im Kamin als meine Wenigkeit. Die Erscheinung von Houdini bewegt sich tatsächlich. Die tanzenden Bestecktruppen wirbeln wieder herum wie eine ganze Horde Ninjas. Und die versammelten Teilnehmer betrachten diese Kunststücke mit einem nervösen Stoizismus, der für ein sofortiges Geständnis nichts Gutes bedeutet. Doch dann bemerken meine scharfen Augen etwas. Miss Temple Barr und Mr. Crawford Buchanan haben tapfer die Hände der Puppe zwischen sich genommen. Nennen wir sie Edwina Sophie Gandolph. Ich sehe, wie ihr Kopf unter dem riesigen, verschleierten Hut einnickt und kann noch nicht einmal einem ausgestopften Haufen Stoff einen Vorwurf daraus machen, daß sein Interesse zu diesem Zeitpunkt erlahmt.

Dann registriere ich, wie die Puppe zusammenzuckt. Vielleicht wringt Miss Temple (oder wahrscheinlich Mr. Crawford Buchanan, der Feigling) ihr in der Hitze des Gefechts die behandschuhte Hand. Niemand jedoch bemerkt, wie die Puppe tanzt, und es bemerkt auch keiner, daß die zusammengesackte Figur sich plötzlich aufrichtet und den Kopf leicht von rechts nach links bewegt, als geschähe dies von alleine.

Und dann ... höre ich eine körperlose Stimme, die durch die Kammer schwebt und dann zu mir hinausgelangt.

»Mein Sohn«, atmet sie, flüstert, seufzt.

Mein Sohn. In Ordnung. Midnight Louie platzt geradezu vor Theorien, um das Unerklärliche zu erklären. Vielleicht ist Gandolphs verstorbene Mutter, die betrogene Heilige der Geisterbeschwörer, endlich vom Leben nach dem Tode durch eine echte Manifestation belohnt worden: sich selbst. Oder vielleicht hat Houdinis Materfamilias einen leeren Körper gefunden, in den sie ihre Frustration gießen kann ob ihrer erfolglosen Versuche, den geliebten Sohn zu erreichen. Oder – hey! – vielleicht ist dieses belebte Stück Watte wirklich Mrs. Bates, die seit Psycho unsterblichen Ruhm erlangt hat. Vielleicht sind unsere versammelten Geisterbeschwörer viel mehr Psycho, als irgend jemand gedacht hätte!

Nur fangen jetzt die anderen wieder an, nervös zu werden.

Welche anderen, fragt man sich? Ich wünschte, ich hätte darauf keine Antwort, aber ich kann das Zeugnis meiner eigenen Augen nicht leugnen.

Denn die sitzende Figur, die mit einem Umhang und einem Hut bekleidet ist, die der späte Orson Welles sein könnte oder Gandolph in seiner Verkleidung als Edwina oder irgend jemand ganz anderes, rauscht näher an die Kammer heran, wie ein Dia, das schärfer gestellt wird. Und Doyle hat sich an eins der verzierten Fenster gemacht, um zu beobachten, wie das Abbild von Houdini sich von den Ketten befreit und jeder

Muskel sich anstrengt, um die Fesselungen einzeln, Glied um Glied, abzuschütteln.

»Nun«, sagt Doyle und nimmt die Pfeife aus seinem mit einem Schnurrbart garnierten Mund. »Ich wußte, daß du zum Scheitern verurteilt warst, armer Kerl. Ich habe es vorausgesagt, aber ich wußte immer, daß du über Kräfte verfügst, die du nie eingestanden hast. Ich habe immer gesagt, daß du der größte PR-Mensch warst, der je gelebt hat. Jetzt beweise doch, daß du der größte PR-Mensch bist, der je gestorben ist. Komm zurück.«

Der arme Geist. Er meint es so ehrlich, daß ich einen Ruck des Bedauerns verspüre. Schade, daß der Houdini, den wir beide beobachten, nur ein Bild ist, das vom mysteriösen Max auf das holographische System des Gespensterhauses geleitet wird. Doch tatsächlich ist es der mysteriöse Max selbst, mit dem auf ihn projizierten Bild von Houdinis Gesicht. Der wahre Zauber daran ist, wie ein Mann von einem Meter neunzig so überzeugend einen Mann von einem Meter fünfundsechzig nachmachen kann. Die verkrampfte und angekettete Stellung unterstützt die Illusion so sehr, daß sie auch einen Geist hinters Licht führt, und das ist keine kleine Leistung, Mr. Mysteriöser Max!

Mittlerweile hängt die schwarze Figur am Rande wie das stumme Mitglied eines griechischen Tragödienchors. Immerhin scheinen sie manche Teilnehmer der Séance zu sehen. Welche Erleichterung! Mir gefällt der Gedanke nicht, daß ich alleine in der Twilight Zone bin.

Und jetzt weiß ich auch, glaube ich, wer Doyly in Wirklichkeit sein könnte. Sein richtiger Name hat etwas mit einem barbarischen Krieger und einem Wüstenkönig zu tun, und ich denke auch an ein Kamel. Aber selbst Doyly verschwindet jetzt, während sich das Abbild von Houdini in Rauch und Spiegel verwandelt.

»Mein Sohn«, ruft die belebte Puppe noch einmal, doch

vergeblich. »Ich versuche so sehr, dich zu erreichen, und schon seit langer Zeit. Vergib – . . .«

Die arme Mrs. Houdini. Ihr Junge ist der einzige, der sich nicht dazu herabgelassen hat, hier zu erscheinen.

Und dann kommen die fliegenden Mäuse aus den Dekkenbalken gerauscht wie, nun, wie höllische Fledermäuse.

Die Hölle! Ich würde mir gerne ein paar fangen, aber wenn ich im Einsatz bin, wird nichts gegessen.

Jetzt herrscht hier das Chaos, und ich bemerke, daß selbst der Kameramann ein bißchen verrückt geworden ist, daß er sein machtvolles Licht auf die herannahenden Fledermäuse richtet, auf die immer noch in der Luft befindlichen Waffen. Ich vermute, daß es demnächst eine Pastete aus kleingehacktem Fledermausfleisch geben wird, doch eilt der mysteriöse Max, die fliegenden Waffen wieder vor Anker zu legen, so daß die Fledermäuse bald als Soloauftritt herumflattern. Ihr eingebautes Sonarsystem führt sie schon bald aus dem Menschennest heraus. Währenddessen nähert sich die Gestalt des Mannes mit dem Hut der Kammer, und er hört jedem Wort zu, das Wayne sagt, und nickt dabei.

Und während ich – und nur ich allein – beobachte, wie die Stoffigur von Edwina Sophie Gandolph wie ein kaputter Luftballon bei jedem Wort, das Wayne Tracy von sich schleudert, in sich zusammensackt, stelle ich bedeutsame Überlegungen an.

Ein Sohn wurde gebeten zu vergeben. Vielleicht wurden damit implizit auch andere gebeten, einem Sohn zu verzeihen.

Mir scheint, daß es noch eine weitere Kandidatin für die kurze Inbesitznahme von Sophie, der weichen Puppe, gibt: Wayne Tracys tote Mutter, das aufgeflogene Medium, die ihren Sohn ermutigt, sich von dem Haß zu reinigen, der die Lebenden krank macht.

Die Toten – so scheint es mir nach dem, was ich hier gesehen habe – haben vom Haß genug.

Midnight Louie vernimmt pharaonisches Stöhnen

Obwohl ich mir schon Beleidigungen habe anhören müssen, was meine verstorbenen Vorfahren angeht, habe ich als friedliebender Zeitgenosse noch nie eine gute Replik auf diejenigen Idioten ersinnen können, die meinen etwas verwachsenen Familienstammbaum thematisieren.

Jetzt habe ich aber doch eine.

Ich möchte diese Idioten anweisen, sich einmal tief zu bücken und meine Wurzeln anzuschauen. Nicht jeder stammt in direkter Linie von ausländischem Königshause ab, aber meine jüngsten Erfahrungen unter den Hellsichtigen haben es mir deutlich gemacht: Durch meine Adern strömt königliches Blut. Ich werde nicht zulassen, daß mir das zu Kopfe steigt – ich meine die Tatsache, daß ich ein Jemand bin. Wohl aber, daß das königliche Blut mir geradewegs in den Kopf strömt, wo es hingehört, in mein Gehirn. Midnight Louie mangelt es nicht an Geist.

Ich muß zugeben, ich bin nicht ganz ehrlich gewesen, was die Erscheinungen bei der letzten Séance angeht. Eine wichtige Tatsache habe ich wohl vergessen zu erwähnen: Durch den Auftritt von Kahlúa waren die erforderlichen zwei Schwarzen anwesend, so daß eine Energieverbindung nach Katzenart geschaffen werden konnte. Und Kahlúa und ich sind ein außerordentlich potentes Paar.

Während die menschlichen Geister verschwinden, kehre ich zu Kahlúas Käfig zurück, um ihr zu ihrem großartigen Auftritt zu gratulieren. Die Dame setzt sich in ihrem Käfig aufrecht hin, so still wie eine Statue, und ihr satinschimmernder Pelz ist gegen den Strich aufgestellt, als herrsche ringsum elektrostatische Aufladung.

Ihre grünen Augen glühen stärker als die glutroten Rubine an ihrem Halsband, und sie zischt wie eine Riesenschlange, als sie mich sieht.

»Du hast dich geirrt, Midnight Louie«, tut sie mit einer hohlen Stimme kund.

»Laß das mit dem Geisterzeugs ruhig bleiben«, sage ich ihr. »Du stehst jetzt nicht mehr auf der Bühne, und mich kann man ohnehin nicht beeindrucken.«

»Du hast das Richtige gesehen, aber den falschen Schluß gezogen. ›Die Vor Pharao Liegt‹ ist tatsächlich eine Vorfahrin – . . .«

»Wovon redest du überhaupt? Der einzige Pharao, den ich kenne, hängt immer an der Oasis Bar herum.«

»Es ist dir erlaubt worden, die uralte Vergangenheit unserer Art zu sehen, aber es wird nicht zugelassen, daß du sie falsch interpretierst: Ich wiederhole, deine Ahnin war weiblich. Du stammst von den Edlen über die mütterliche Linie ab, nicht über die väterliche. Wenn du den Segen von Bastet behalten willst, halte dich daran.«

So ein Ärger! Ich schlucke und beobachte, wie das Smaragdfeuer in Kahlúas Augen schwindet.

Sie blinzelt und gähnt freundlich. »Ich muß eingenickt sein. Habe ich irgendein Feuerwerk verpaßt?«

»Nicht das geringste«, sage ich und verschwinde von der Bildfläche, so schnell es geht.

Ich habe es also aus erster Hand gehört. Meine Ururur-und-so-weiter-Großmutter war die Leibwächterin von König Tutenchamun. Ich frage mich, ob sie je bei der Arbeit einen kleinen Zeremoniellen Zierbart getragen hat? Ich frage mich aber nicht, ob ich jemals diese genealogische Information an Midnight Louise weiterreichen werde. Sie hält sich sowieso schon für viel zu vornehm.

Was mich angeht, habe ich schon immer nach einem

strengen Moralkodex gelebt und werde jetzt auch nach den Gesetzen der Bastet leben, die ungefähr zu der Zeit aufgeschrieben wurden, als Hammurabi sein Jurastudium angefangen hat. Es gibt mehrere dieser Gesetze, aber ich hatte keine Zeit, sie alle auswendig zu lernen.

Ich glaube, sie lauten ungefähr so:

Sei freundlich zu Tieren.

Sei freundlich zu Menschen.

Laß nie ein Schnurrhaar ungeleckt (oder einen Abfall unbegraben).

Geh leise und trage einen großen Schweif.

Gehe nicht im Regen, wenn es sich vermeiden läßt.

Teile gelegentlich deinen Lieblingsruheplatz (soll heißen, jeden weichen, hochgelegenen oder warmen Ort in einer menschlichen Behausung) mit den menschlichen Bewohnern dieser Behausung.

Zeige Bösewichten keine Gnade.

Vergiß nicht, wie man ein Geheimnis behält.

Natürlich ist es nicht einfach, diese aristokratische Noblesse zu befolgen. Ich habe das immer schon instinktiv getan, und jetzt, wo ich von meiner Abstammung weiß, werde ich noch härter als zuvor daran arbeiten, ihrer Ahnschaft würdig zu sein.

Außerdem wird die göttliche Yvette tierisch beeindruckt sein, wenn sie die Geschichte erfährt.

P. S. Wer keine übersinnliche Reise ins alte Ägypten plant, kann Midnight Louie am anderen Ende des Spektrums erreichen (im Cyberspace) unter seiner (und meiner) Homepage:

http://www.catwriter.com/cdouglas

CND

Econ & List

Carole Nelson Douglas

Eine Katze im Diamantenfieber

464 Seiten

TB 27372-8

Deutsche Erstausgabe

Männer und andere Probleme: Privatdetektivin Temple Barr hat von allem die Nase voll. Zur Ablenkung besucht sie daher einen Talentwettbewerb für Romanschriftstellerinnen und trifft dabei allerlei skurrile Menschen: verschollene Tanten, alte Freunde, die ihren gestählten Körper als Model verkaufen möchten, schmierige Italiener-Machos … Als Temples Freund Cheyenne jedoch plötzlich von einem Pfeil durchbohrt zu Boden sinkt, haben die Probleme sie wieder.
Gemeinsam mit ihrem schnurrenden Partner Midnight Louie, dem massigen Katzendetektiv, setzt sie sich auf die Spur des Mörders. Und diesen Beistand hat sie auch bitter nötig, denn der Fall ist komplizierter als erwartet – und weitaus gefährlicher …

Carole Nelson Douglas ist mit ihrer Midnight-Louie-Reihe die preisgekrönte Königin der Katzenkrimis.

Econ & List

G. A. McKevett

Mit Schirm, Charme und Schokolade

Ein Savannah-Reid-Krimi

336 Seiten

TB 25197-X

Deutsche Erstausgabe

Mit Charme kommt man in den meisten Fällen weiter – sollte man meinen. In ihrem ersten Fall in der eigenen Detektei macht Savannah Reid allerdings andere Erfahrungen. Allzu unbedarft macht sie sich für den als seriös geltenden Immobilienmakler O'Donnell auf die Suche nach seiner verlorenen Schwester. Daß sie mit ihren Ermittlungen dem Mörder nur den Weg zu seinem Opfer weist, übertrifft selbst ihre schlimmsten Erwartungen. Zu guter Letzt steht sie am Ende ihrer Arbeit auch noch unter Mordverdacht. Die Situation für Savannah scheint ziemlich ausweglos, doch bewaffnet mit ihrer heißgeliebten Schokolade löst sie auch diesen Fall. Ein hervorragendes Krimi-Menu.

»Einfach großartig!«

Publishers Weekly

Econ & List

Barbara Block
Eine Frau mit Biß
Krimi
344 Seiten
TB 25187-2
Deutsche Erstausgabe

Eigentlich hatte sich Robin Light ihr neues Leben als Besitzerin einer Reptilienhandlung recht angenehm vorgestellt. Doch als ihr Mitarbeiter plötzlich an einem Schlangenbiß stirbt, muß sie feststellen, daß auch Tiere ein mörderisches Geschäft sein können. Der Hauptverdacht fällt zu allem Übel sofort auf sie selbst. Robin, intelligent, humorvoll und spitzzüngig, setzt alle Kräfte daran, den wirklich Schuldigen zu entlarven. Dies aber erweist sich trotz einiger Hinweise schwieriger als erwartet, und schon bald droht sie in einem Sumpf aus Drogengeschäften, illegalem Tierhandel und Hexenritualen zu versinken …
Mit Robin Light betritt eine neue und wunderbar skurrile Privatdetektivin die deutsche Krimibühne.

017